木垒河

李健◎著

湖南文艺出版社
HUNAN LITERATURE AND ART PUBLISHING HOUSE
博集天卷 CS-BOOKY

小说，是一个民族的秘史。

在这片土地上，世代繁衍生息着弹冬不拉、敲手鼓、唱京戏、吼秦腔的人们。

——题记

木垒河

目 录

一　该死的娃娃球朝天

守了两次望门寡、嫁过一次人的汪秀英，又嫁人了。

时值民国六年秋农历十月初八，汪雨量望着女儿再次身着喜服，头顶大红盖头，在喜庆的唢呐声里，被花轿抬出汪家大门，吧嗒吧嗒嘴，长长地舒了口气，嘴里嘟哝了一句：“丫头，这后头就看你的造化啦……”

汪秀英刚满十七岁时，媒人就踏破了汪家的门槛。她大汪雨量几经挑选，把她许给东吉尔高财东的大儿子。高财东的大儿子高英杰高大帅气，才从省城的高等师范学堂毕业回来。汪秀英曾在门帘后偷偷看过高英杰一眼，满心欢喜地庆幸自己嫁了一个英俊潇洒又帅气的如意郎君。三媒六聘，合了婚，喝了定亲酒，就等着一个黄道吉日了，高英杰却得了个怪病，且一日重似一日。高家遍请了方圆百里或是更远地方的名医方士，都只能眼睁睁地看着高大帅气的高英杰渐渐变成一把骨头，却没有一丝一毫的办法。无奈，高家只好请媒人一趟趟地往汪家跑，想和汪雨量商量，看看能不能早点把喜事办了，把汪秀英娶进门，好给一把骨头的高英杰冲冲喜。汪家还在犹豫，总不能把女儿的一辈子就这么葬送了，高英杰却等得不耐烦了，在夏日一个阴雨绵绵的傍晚撒手而去。临死时，拉住高财东的手，睁着眼窝深陷的双眼，不肯松手。

汪秀英守了望门寡。

高英杰死后不到半年，汪雨量又给汪秀英定了一门亲。男方是白杨河张大户家的二小子张茂才。憨厚实诚的张茂才，长得五大三粗，虎背熊腰，铁塔一般。走起路来，嗵嗵有声，一副不急不慢的样子。两家人互换了庚帖，算了八字，婚事很快定下来。入秋后的一个吉日，媒人带着张茂才和他哥来汪家送聘礼行订婚礼。汪雨量特意杀了一只当年的冬羔子羯羊，请了几个乡党作陪。汪雨量的大儿子汪子恒坐在桌子的横头上倒酒。酒到兴头，汪雨量喊出丫头给在座的诸位叔伯大佬倒茶，也算是让丫头跟未来的女婿见个面。汪秀英含羞带怯地给各位叔伯大佬斟了酒，添了茶，就一溜小跑地躲开了。看着汪秀英在里屋门口一闪，走了，张茂才的魂也跟着去了，心里像是揣了只小活兽，再也没安生，眼睛不时地觑着里屋门口，盼着能再看一眼花一般水灵的丫头。

酒一直喝到后晌，满心欢喜的张茂才不觉间喝多了。按汪雨量的意思要他们住下，第二天再回。可媒人和张茂才他哥执意要走，汪雨量也就没强留。几个人把摇摇晃晃、懵懵懂懂的张茂才扶上马，目送他们离去。

第二天，张家带话来，说张茂才死了。带话的人说，昨儿个后晌，他们走到一碗泉，张茂才说渴了要去路旁的泉水边喝水，同行的人也没在意，看他一个人下马摇晃着去了。他们撒完尿，又等了一阵子，还不见他过来，就去看。张茂才趴在泉水边，脸浸在水里，已经没气了。

汪秀英又一次守了望门寡。

隔年，在奇台一家老毛子[①]开的洋行里做事的崔吉娃回来了。崔吉娃是镇西头车马店崔六的二儿子，人长得不错，脑子也活泛，上过几年私塾，偶尔来几句“自在飞花轻似梦，无边丝雨细如愁”的词句，是走到哪里都让人觉得有些洋气的儿娃[②]。闲来无事时就在镇上瞎逛。这天，在汪家门口碰到了汪秀英。崔吉娃的眼前一亮，没想到这里还有如此鲜亮的美人。一双清澈妩媚而又透着淡淡忧郁的眼睛，长长的眨动着的睫毛。娇如凝脂的脸上，两个浅浅的酒窝，一张小巧的嘴，嘴角微微上翘。左边嘴角下一颗小小的黑痣，使得这张脸更加妩媚动人。崔吉娃眼睛都看直了，不知道自己该不该上去搭讪，就那么愣怔地盯着看，直到那丫头消失在一扇门里，才醒悟似的拽了旁边的人问，这才知道是汪雨量的丫头。被问话的人还说了些关于汪秀英的传说，崔吉娃一脸不屑地瞥了说话人一眼，转身离去。回到家，崔吉娃满眼都是那丫头的影子，躺在他妈给他铺得绵软的炕上，仍然觉得到处硌得肉疼。丫头的眼神幽幽的，似一口深井，还有低顺浓密的睫毛都在撩拨着他，迷迷糊糊中崔吉娃的裤裆支起了帐篷。崔吉娃就这么火烧火燎地折腾了一宿，终于还是忍不住，要崔六去汪家提亲。崔六一听就蹦起来，“娃，你好歹也在洋行里做事，啥

① 老毛子：晚清民国时，东北、新疆一带对俄罗斯人的称呼。
② 儿娃：方言，意为男娃。

样的女人不好找？我看那汪家的丫头不吉利，命硬，克夫呢！”

“那是别人没福消受。她命硬，我还命硬呢！我怕啥？！”崔吉娃也蹦起来。

僵持了几天，崔六拗不过儿子，只好托人上汪家提亲。

汪家虽嫌弃崔六的门户，但想想自家丫头的处境，也就说不出啥了。要了崔吉娃的生辰八字，说先合合婚，要是八字没啥，这事就成了。汪家专门请了城南龙王庙里的王道士来合婚。王道士看了双方的八字，眯起眼，掐算了半天，又摇头又点头，看得旁边的人心里也是一惊一喜，眼睛都随着王道士的头转。半晌，王道士才呷口茶，捋捋下巴上几根稀疏的山羊胡子，“好姻缘！”看看众人，又重重地道，“好姻缘！天赐的。”众人也都舒口气，皆大欢喜。在喝定亲酒的时候，崔六表示，想在年内就把喜事给办了，这也正合了汪家的心意。

民国元年冬一个农历逢双的吉日，天蒙蒙亮的时候，崔吉娃终于穿上新衣，骑着马，跟在迎亲的轿子后面，踏上了娶亲的路。冬日的清晨，天气清冷，到处都盖着厚厚的积雪。唢呐吹奏出的喜庆的欢乐乐曲冲散了死巷僻角的寂静，四下里一片狗叫，《喜鹊登枝》的曲调更是撩拨着人和狗的情绪。一切都在按部就班地进行。汪秀英身穿大红绸缎的棉袄棉裤，头顶绣着“囍”字的大红盖头，被她哥汪子恒抱上花轿。门口的鞭炮已经点燃，唢呐声再度响起，崔吉娃骑的马突然惊了。马冲开人群，载着崔吉娃在这个清冷的早晨左冲右突。初始，崔吉娃在马上东倒西歪地还想控制住马，可没几下就掉下来了，一只脚套在马镫里，被马拖着狂奔而去。等人们制伏了受惊的马，救下崔吉娃的时候，崔吉娃只剩下了半拉脑袋。

突起的变故出乎所有人的预料。人们不知道下面的事该如何处理，谁也没有经历过这样的场面。连处世精明老到的汪雨量也没了主意，神情颓丧、不知所措地望着众人。

镇上几个德高望重的老人觉得，汪秀英还是要被崔家娶走的，因为崔家的花轿不能空着抬回去。至于花轿为什么不能空着抬回崔家，谁也说不出个令人信服的理由。于是那边派人去通知崔家，这边喜庆的大红轿顶上缠上一匹白布抬出了汪家的大门。这让人觉得不伦不类，不知道是该继续喜庆还是该沉浸在悲痛之中。请来的乐师也不知道该吹什么曲调，稀稀拉拉地走在轿子的前面，不时地敲一下铜锣，像是开道。

望着抬走的轿子，汪雨量的心像被抽空了一般，撕扯般的疼痛令他颓然跌坐在一片狼藉的地上，捶胸顿足地后悔起来，后悔没能阻止这场婚礼，由此葬送了女儿的一辈子。他觉得，这是他亏欠了汪秀英的。在这个冬日清冷的早晨，望着慢慢升起的太阳，汪雨量心里充满了懊悔，任由老泪慢慢在脸上流过。

崔家翘首盼来的不再是喜庆的新郎新娘。崔吉娃他妈看到还剩半拉脑袋的儿子，大叫一声，朝后仰跌下去。随后的号哭是这里能听到的最美丽动听的歌唱。“我的苦命的儿啊——你不听话啊——让这个狐狸精扫帚星、克夫星把你克死了啊——我的苦命的儿啊——”望着抬进家门的轿子，她疯了一般冲上去撕扯着汪秀英，“你个扫帚星啊——你赔我儿子的命来！”

只能像木偶一样任人摆布的汪秀英早就是个泪人，刚被人扶下轿子，就被疯子似的老女人撕扯一番，之后，又与躺在临时搭就的灵床上还剩半拉脑袋的崔吉娃拜堂成亲。随后，不是被送入洞房，而是披麻戴孝地跪在崔吉娃的灵前，为崔吉娃守灵了。

在这个到处贴满“囍”字的清冷的早晨，汪秀英这个花儿一样的女人，在呜呜咽咽的《小寡妇上坟》的曲调和一片哭声里，一头栽倒在崔吉娃的灵床边。

两个月后，汪雨量接回了已经憔悴得脱了人形的汪秀英。

嫁了人的汪秀英，没有成为媳妇，却变成了寡妇。她的名字开始在大街小巷、市井宅第被人传说。说什么的都有，有说汪秀英是命硬克夫，有说她是灾星转世，还有说是汪秀英太美，这份艳福不是凡夫莽夫所能享受得了的。总之，没有人再敢上门为她提亲说媒。汪雨量数次托媒，都被人家婉言拒绝了。眼看着一个嫣红的汁鲜肉嫩的桃子就要烂在树上，却无人敢来采摘。

日子像流水一般逝去，汪秀英成了汪雨量的一块心病，越来越重地堵在他的心口，让他不得安生。

就在这时候，魏家出事了。

这年秋天，断断续续修了十来年的西城门，却在竣工后的第三天，在腾起的一片尘雾中轰然坍塌了。

正值秋收之后秋播之前一段短暂的农闲时节。太阳悬在空中，烈烈地炙烤着新竣工的城门楼。新城门楼上的琉璃飞檐下坠着的四个硕大的铜制风铃，纹丝不动。廊柱上猩红的桐漆散发着浓郁气味。紫红色城门是桦木的，足足有五寸厚，上面钉着一排排铜钉。城门外一条土路蜿蜒向西，在一个梁湾下消失了，又在很远的梁坡顶上冒出来。四下里收割了庄稼的土地袒露着，一派萧条荒凉的景象。刚刚拾掇完地里的庄稼的农民三三两两地进出新城门，慢悠悠的行色中透着农忙之后的辛苦和懒散。

一个值守城门的士兵正拿着一块西瓜引逗谭二傻子。士兵左右躲闪着，谭二傻子左右随着追。这时候，士兵听到了响声，看到城门楼上有砖掉下来。城门洞被巨大的压力挤压着，慢慢地变形变小，伴随着“吱——吱——嘎——嘎——”的响声，更多的砖块在往下掉。士兵稍一愣神，一把推开纠缠他的谭二傻子，想自己逃开去，结果，还是被城楼上掉下的一块飞檐砸死了。被推开的二傻子奇迹般地活了下来。

坍塌的新城门除砸死了两个值守城门的士兵，还砸死砸伤了乡下进城的六七个人。这不是一件小事，虽说这年头死个把人算不得什么，可这新竣工的城门不但塌了还砸死了人，蔡县佐就难逃干系了。

蔡县佐是木垒河的老人了，做了好多年县吏。大清国的时候就在奇台县衙当差，帮着知县料理木垒河地方的琐碎杂事。直到两年前，木垒河设县佐，做了多年县吏的蔡老爷顺理成章地成了木垒河的首任县佐。蔡老爷一上任，第一件事就是倡议复修西城门。这座修修停停历时十多年尚未完工的西城门让他咋看都觉得不舒坦。好端端一座城池，独独少了西城门，不但不雅，更重要的是世道不太平，城门不严，难防盗匪。蔡县佐倡议后，各商户踊跃捐资复修西城门。在决定领工修建西城门的人选时，蔡县佐想起了三鑫和的掌柜魏宗寿。三鑫和本是个粉坊，兼卖一些日用杂货，可它的掌柜魏宗寿是个远近闻名的泥水匠，他砌的灶台更是受人推崇。蔡县佐说，能砌那么好的锅灶，就一定修得好城门。于是魏宗寿领工修建西城门，又历时两年，新城门终于完工。可蔡县佐蔡老爷上任后主持的第一件大事，辛辛苦苦倡议修建的西城门，却在竣工后的第三天坍塌了。

当日下午，县佐衙门的两个士兵带走了三鑫和的掌柜魏宗寿。那天晚上，魏宗寿没能回家。他的大儿子魏啸才去给他送铺盖。魏宗寿和大儿子魏啸才在县佐衙的门房里说了大约有半个时辰，魏啸才一脸凝重地走了。

魏啸才今年十九岁，长得精精壮壮，浓眉大眼，走起路来嗵嗵有声。他在来见他大之前，先去找了蔡县佐。他还不知道他大被士兵带来县佐衙门这事究竟有多大，但他隐约觉得这事很麻缠[①]。他觉得不管咋样，都应该先去见见蔡县佐。虽说他们家和蔡县佐没什么特别的交情，但修建西城门的事毕竟是蔡县佐做主交给他大的。他推开县佐衙门值守的士兵，没等通报，就直接闯到蔡县佐的办公室里，“蔡家爸，你说我大究竟是咋回事嘎？”魏啸才的声音很大，在已经暗下来的屋子里回旋着，嗡嗡的，震得人耳朵疼。

蔡县佐苦着脸坐在阔大的榆木桌子后面。见魏啸才闯进来，一脸泼烦[②]地挥

① 麻缠：方言，意为麻烦。

② 泼烦：方言，意为特别烦躁。

挥手，连眼皮都没抬一下，“你嚷嚷啥呢？麻溜地备钱去，先打发了压死的那几个人再说！”

魏啸才向前冲了两步，站在阔大的榆木桌前，两手撑在桌子上，冲着蔡县佐急赤白脸道：“蔡家爸……”

蔡县佐撩撩眼皮，摆摆手，止住魏啸才的话头，“现在出的这事是个大事情，不是我说了能算的事。我不过是个小小的县佐，我的上头还有知事大人呢。我已派人到奇台县衙禀报知事了，让他麻溜地派人来。”他瞭一眼一时语塞的魏啸才，“你就不要在我这达磨叽了！麻溜地备了钱料理了死人，这事可能还好弄些。”边说边泼烦地冲魏啸才挥手。

魏啸才张张嘴，看看蔡县佐的脸，犹疑着转身走到门口又停下来，“反正我大的事就靠你了！”说完，看看依然苦着脸坐在榆木桌子后面发愣的蔡县佐，唶了一声，一跺脚，甩着膀子走出屋门，去见他大。

魏啸才见过他大，走出县佐衙门的门房，神情茫然地站在县佐衙门口，左右张望着。夜色渐浓，镇子已看不清轮廓，一切都像陷入了一潭深不见底的黑水。魏啸才踽踽而行。猝然而至的变故，一切都在瞬间落到了他的肩上，让他第一次有了一种茫然无措的感觉。走到家门口，他站住了。院子里静悄悄的，没有了往日的喧嚣。

魏啸才愣怔地站了半晌才举手拍门。他的大妹冬梅一路嚷嚷着来开门，见是魏啸才，说：“妈在等你呢。你咋才回来？”魏啸才愣了一下，粗声大气地道：“去给妈说，没啥大事，让她放宽了心睡觉！”冬梅还想问问，看她哥泼烦地挥着手，欲言又止，撇着嘴一溜小跑地离开。魏啸才又呆站了一会儿，扭头去了刘师傅的屋子。

刘师傅是粉坊的师傅，父女二人，到他们家好多年了，住在库房旁边的一间屋子里。女儿湘绣和魏啸才的事是大家都知道的，所以，刘师傅还是魏啸才未来的老丈人。刘师傅住的屋子不大，里套外两间。外间住刘师傅，里间住湘绣。魏啸才到屋门口，看里面还亮着灯，就推门进去。刘师傅还没有睡，斜歪在炕头抽烟，见魏啸才进来，身子往炕里挪了挪，给魏啸才腾出块地方，冲魏啸才扬扬下巴。魏啸才觑着眼，在屋里踅摸一圈，闷着头蹴在炕角。刘师傅没有说话，依然抽他的烟，等魏啸才开口。

“你咋才回来？”湘绣一撩门帘，一脚探出里屋门。猛然看到她大阴了她一眼，一伸舌头，犹疑着把另一只脚移出屋门。

“姨夫！”魏啸才看看刘师傅，声音嗫嗫的，没有了往日的声气，“我大麻缠了。”

“见着你大了，你大咋说的？”刘师傅伸手弹一下烟灰，闷闷地问道。

魏啸才说了下午见蔡县佐和他大的经过。“我大让我找你商量商量呢。说，看看能不能把我们家的粉坊抵出去，先兑些钱打发了城门洞里压死的人。我大还说，他估摸着能一下拿出这么多钱的没几家，他让我先去找找汪家。”

停了片刻，刘师傅才犹疑道：“我想——嗯，才娃，我想——是不是把铭娃喊回来？铭娃识文断字，脑子活。”

“把他喊回来干啥呢？”刘师傅的话音还没落尽，魏啸才就粗声大气截住了刘师傅的话头。铭娃是魏啸才的二弟，在老毛子开的天兴行奇台分号做学徒。“铭娃尕[①]的呢，喊回来顶个球用呢。”

刘师傅睃一眼魏啸才，屋子里一时静下来，只有“吱吱”的抽烟声。魏啸才觑着湘绣。湘绣的脸浸在昏黄的煤油灯光里，泛着茸茸的光。他的心里就毛躁起来，“姨夫！你倒是说话嗄，咋办呢？”

“大，你说嘛！”湘绣也禁不住催促道。

刘师傅抬头瞪湘绣一眼，“丫头家家的，胡插啥嘴呢！睡觉去。”看看魏啸才，又闷头抽烟。约莫有一袋烟的功夫，才清清嗓子，开了口：“你明儿个晌午先去汪家看看，就说是你大让你去的，要把你们家的粉坊抵给他家，你看汪家咋说。我估摸着就是汪家答应了，这些钱也填不了这个坑。”他没有问魏啸才的意见，也没有商量的意思，说完又闷头抽起烟来。

魏啸才等了半晌，看刘师傅不再说话就站起身，面对着刘师傅却斜瞅着湘绣说：“姨夫，那——那我睡觉去了。”

湘绣也站起来，想去送，看看她大的脸，又忍住，“才娃哥，那你走啊！”

魏啸才从刘师傅的屋子出来，看母亲的屋子还亮着灯，往前走了两步，又停住。慢慢走到自己的屋门口，袖起两手，背靠着门框圪蹴[②]下身子。

天深得看不见底，满天的星星像芝麻一样，撒落在夜空中。

“想扁个头，也不顶个球用，该死的娃娃球朝天。”许久，魏啸才恶狠狠地嘟哝一句，站起身，一脚踢开屋门，进屋睡觉去了。

第二天早起，他把家里凑出来的几十块大洋送给蔡县佐。蔡县佐看才拿来这么些钱，也没怨怪，“这些钱哪够？麻溜地再去想办法。”

---

① 尕：方言，意为小。

② 圪蹴：方言，意为蹲下。

魏啸才哭丧着脸，“就这还是凑的呢。再要你也得给些个时间准备呀。”

蔡县佐瞪了魏啸才一眼，一脸泼烦地挥挥手。

魏啸才从县衙出来，没耽搁，直接去了吉升昌，找汪雨量。

吉升昌是做百货的。坐北朝南，是个三进的院子。房子是四檩四噙口的。门面就是商行。从侧面进去，是个四合院。当院一棵老榆树，枝叶繁茂，几乎遮住了整个院子。魏啸才一进门，汪家的小伙计就迎上来。魏啸才说了来意。小伙计引魏啸才去见汪雨量。

汪雨量五十来岁年纪，比魏宗寿年长几岁。齐脖根的短发，夹杂着几根银丝，纹丝不乱，红润的脸颊上透出些蚯蚓般细细的血丝，双目清明。穿一件做工精细的团花蚕丝绸衫，黑色绸裤。一抬足一摆手，绸衫绸裤忽悠悠地抖。这时候，汪雨量正坐在堂屋的楠木太师椅上抽烟。见魏啸才进来，欠欠尻子，挥挥手里的水烟袋，算是打了招呼。

“汪家爸，我大让我来和你商量个事。”魏啸才走到南面一排靠近汪雨量的椅子前，冲汪雨量弓弓身，坐下。

“啥事？说吧。”汪雨量又给烟锅里塞进些烟丝，嘬起嘴对着手里的纸煤“噗”地一吹，纸煤燃了，点着烟锅一口气吸进去。水烟袋咕嘟咕嘟一阵响。汪雨量微仰起头，丝丝缕缕的烟雾从口鼻中溢出来，淡蓝色的烟雾萦绕着慢慢散去。少顷拔下烟筒，“哧”的一声吹进气去，燃过的烟灰弹到地上粉碎了。

“汪家爸，我大的事你听说了吧？”魏啸才看汪雨量只顾抽烟不言传[①]，发急道，“我们家要用钱，我大说想把我们家的粉坊抵给你们家，兑些钱救急呢。”

“这是你大说的？”半晌，汪雨量才漫不经心地问道。

“嗯！就是我大让我来的。我大现在还在县衙大牢里呢。”

汪雨量撩撩眼皮，不急不慢地摆弄着手里的水烟袋。其实，从昨儿个儿子汪子恒告诉他魏宗寿被抓，他的心里就涌起个念头。念头开始很模糊，可当他看到魏啸才的瞬间，模糊的念头一下子清爽了。虽然他还不清楚西城门坍塌对魏家的影响有多大，但他觉得这对魏家未说一定是一道坎。

“我昨儿去找蔡县佐。他说先交了钱，打发了那些压死的人就放了我大。我们家一时没有那么多钱，我大说现在只有你们家能拿出钱来。”魏啸才显得很急迫，唯恐汪雨量一口回绝了他，把脑子里能想到的，竹筒倒豆子似的全倒了出来。

汪雨量给烟袋里重新续上烟丝，点燃深吸一口，又慢慢仰靠在楠木太师椅

① 言传：方言，意为说话。

上。半晌，微微抬起头，眯着眼望了望魏啸才，似不经意地问道："才娃，今年多大了？"

魏啸才愣怔地看着汪雨量，一时没有反应过来。他没想到汪雨量沉默半晌，会突然问这么个问题。魏啸才吧嗒吧嗒嘴，看汪雨量欠了欠身，才急急地道："十……十九了！汪家爸，咋啦？"

"哦——你回去给你大说，这事麻缠的呢！我得思谋一下再给回话！"

魏啸才有点摸不着头脑，眨着眼犹疑地说："汪家爸，我大说这事急得很呢！"

"知道！我知道呢！"汪雨量一副莫测高深的样子。

魏啸才一时也不知道再说啥，愣怔一会儿，看汪雨量依然是一副漫不经心的样子，只好站起身告辞。"那就先谢谢汪家爸了！我先回去了，我等你回话！"说完站起身，心有不甘地瞪着汪雨量，看汪雨量依然仰靠在椅子上，只好犹疑地向门口挪着脚步。

"才娃，定亲了没？"

已经挪到门口的魏啸才听汪雨量这么问又停下来，眨着眼瞪着汪雨量。他不明白汪雨量今天咋了，老是提些让他摸不着头脑的问题，他愣了一下，往汪雨量跟前走了两步，"汪家爸！你咋想起问这个了？"

汪雨量慢条斯理地端起手边的小茶壶，吸溜吸溜地喝了口茶，抬起眼皮，瞟魏啸才一眼，看魏啸才一脸疑惑，发急地站在那里，又慢慢地向后靠了靠，"没啥，没啥，随口问问，你去吧！"

魏啸才呵呵一笑："汪家爸要给我做媒呢吗？"他盯着汪雨量，看没答话，又赶紧说："那我回去了！"说完拔腿奔出屋子，很快地走了。魏啸才脚步轻快，脚下像安了弹簧，让人觉得有什么东西在催逼着他，显得急促又富有生气和力量。

汪雨量听着脚步声渐远，慢慢欠起身，望着魏啸才的背影，咧咧嘴角，自言自语道："娃是好娃，就是少些历练。"

隔日下午，在警察所供职的汪子恒去县衙大牢见魏宗寿。他在大牢门口踟蹰了很久，怎么想都觉得无法向魏宗寿张口。他觉得他大汪雨量的想法太不地道，有点下作了。妹妹现在的处境是有点难堪、尴尬，但也不至于让他大想出这种乘人之危的办法。

牢房很暗，弥散着腐朽气味。后墙上高过头的小窗口透进一缕光，斜照在对面的墙上，光柱里飞舞着粉尘和说不出名字的蚊虫。

魏宗寿正沉浸在自己的思绪里，见晃进来个人，怔怔地眨着眼，半晌才醒悟似的站起身，冲汪子恒讪讪一笑，搓搓手，转着身子左右踅摸，似乎是想给汪子恒找个坐的地方。他想，汪子恒是来找他商量怎么把魏家的粉坊抵给汪家的。魏汪两家，虽说同在一地抬头不见低头见，可毕竟两家来往不多，也说不上有啥交情。他之所以让才娃去找汪家，是因为汪家有钱。他想，汪家肯定会借机狠狠地敲他一下。他的脑子急剧地转起来，盘算着应对汪家的办法。

汪子恒冲魏宗寿摆摆手，轻咳一声，清清嗓子。一路上想好的话突然不知道咋说了。“嗯，魏家爸，嗯……”一向快人快语的汪子恒，突然觉得他大汪雨量让他做的是一件很不好开口的事情。

“你大咋说的？”魏宗寿问得有点小心翼翼。

“嗯，叔，我今儿个来，是想和你说些别的事！”他看魏宗寿疑惑地瞪着他，咬咬牙，“是……是我妹子的事。你知道……嗯，嗐——我大想和你结亲家呢！”说完这句话，汪子恒舒了口气。

魏宗寿一时没明白，“结亲家？结啥亲家？”

“我大想招才娃做女婿呢！”汪子恒咬咬牙，索性开门见山。

魏宗寿眨着眼，依然疑惑地瞪着汪子恒，他在想他是不是听错了，“你说啥？”

“我大——想——招才娃做女婿呢！”汪子恒重重地重复了一遍。

魏宗寿的脸一下僵住了，“这事咋说的？才娃已经定亲了！”

汪子恒讪讪一笑，“你这事呢说大不大，说小也不小。我大说，成了亲家就是一家人了，他也好帮你说个话啥的。”

魏宗寿哦了一声，终于明白了汪子恒的来意。他挺了挺腰板，别过头去，半晌，说：“才娃大了，儿大不由爹，这事你找他说去吧！你回去给你大说，这事，他可做得不地道！”说完，魏宗寿扭头坐在地上，喘着粗气，不再搭理汪子恒。

“那你的意思呢？”汪子恒不甘心地问。

“我——我没意思！该死的娃娃球朝天，命！”魏宗寿说得有点恶狠狠的。

汪子恒把魏宗寿的话告诉他大，汪雨量嘿嘿嘿地笑起来。笑得汪子恒莫名其妙，他傻站着不知道说啥好。汪雨量笑着，嘴里嘟哝着：“和了半辈子稀泥的泥水匠，这阵子倒牛气起来了！”

汪子恒一脸的不屑，“魏家才娃比秀英小着好几岁呢吧？你弄的这事究竟对不对劲嗄？”

汪雨量想了想，说：“要小个三四岁呢吧。那年，魏家才娃他大到木垒河的时候，正好你外爷[1]家的独一庄翻修，他在那达干了有一年多时间，那时候，他婆姨是个大肚子。”

“魏家……魏家是逃荒来的？”

汪雨量沉吟道：“也是，也不是。魏宗寿他大和你外爷进疆的时间差不多。听你外爷说，当年，左大帅进剿阿古柏，魏宗寿他大给一个赶大营的天津人赶马车到新疆。挣了些钱，又回了老家。原本想置田买地的，没承想，老家三年滴雨未下，赶上魏宗寿他妈又死了，他大一跺脚，带着魏宗寿二次进新疆。结果，走到半路上，他大又死了。好像是病死的，说是死在马莲井还是啥地方，我也说球不清。”汪雨量端起紫砂壶，呷口茶，“哎，你别说，这泥水匠砌的锅灶，就是结实好用，十几二十年了，到现在，还用得好好的。要不是那些个贼尿烧了你外爷家的庄子……咳，这尿球世道，就不是个能让人过安生日子的世道。”

汪子恒瞥了他大一眼，咬着牙，发狠道：“啥时候，阿地力个贼尿，落在我手里，我非活剥了他！”

“唉，这就是个命，你说这泥水匠，小心了半辈子，修得好好的城门楼子，咋就塌了呢？”汪雨量感叹道，“这人哪，说不上啥时候就灾难临头了！”稍停片刻，又幸灾乐祸地续道，“这回西城门塌了，就是他魏家的一道坎，这是老天爷帮我呢！”

汪子恒撇着嘴，嗤了一声。

汪雨量没有理会儿子的不屑表情，闷头想了一会儿，要汪子恒再去找魏啸才。

“还去？”汪子恒睁大眼睛。

“去！我非要和魏家结这门亲不行。”

傍晚的时候，汪子恒见到了魏啸才。他盯了魏啸才很久，才慢悠悠地道：“才娃，下午我去看你大了，他在里面住得可不自在！”

魏啸才被盯得浑身不自在，半张着嘴，眨着眼，盯着汪子恒，不明白汪子恒到底要说啥。他暗自思忖，汪家这一老一少，这两天是怪球了，说话做事咋都神神道道的。

那天，汪子恒对魏啸才曲里拐弯、云里雾里地绕了半晌，魏啸才渐渐地听出了味道。他惊讶地瞪大眼睛，看着汪子恒的嘴皮子慢悠悠地上下翕动着，“你是说让我娶了你妹子？”看汪子恒点了点头，一下子跳起来，额头和脖子上暴起一

① 外爷：方言，意为外祖父。

条条蚯蚓般的青筋，梗着脖子，“我已经定了亲了！”就地转了个圈，又重重地道，“这咋可能呢吗？！”

汪子恒依然不急不躁，伸手拍拍魏啸才的肩膀。魏啸才使劲地扭一下肩膀，抖开汪子恒的手。汪子恒笑笑，“可能不可能的，你慢慢思谋吧，这不是商量呢嘛。我们家又没逼你。”他看看气得发呆的魏啸才，背起手，晃晃悠悠地走到院门口，又扭回身喊道：“才娃，好好掂量掂量吧！”

魏啸才愣怔地望着走远的汪子恒，半晌才反应过来，狠狠地踢了一脚地上的石头，冲着汪子恒的背影恶狠狠地道：“日你妈！汪子恒，老子就是憋死，也不娶你们家的丫头。”

汪子恒走后，魏啸才蒙了，不知接下来该咋办。他像一只被困在泥潭里的野兽，徒劳地挣扎着，而且觉得越挣扎陷得越深。狗日的汪雨量咋会提这么个条件。魏啸才想破脑仁都没有想出一个应对的办法。他在屋子里焦躁地转来转去，觉得有一股气在胸间慢慢积聚膨胀。湘绣进来看他黑着脸，吐了吐舌头又退出去，可过了没一盏茶的工夫，忍不住又蹭进屋来。魏啸才瞪她一眼，看她还站在那里，从炕上跳下来，“你出去进来的，找魂呢吗？”湘绣嘟起嘴，一脸的委屈，“我就来看看咋了吗？你大声嚷气的干啥呢吗？”魏啸才梗梗脖子，“你——你看了能弄啥？狗日的汪雨量要我娶他的丫头呢！你有办法？”一扭身闪过湘绣，扔下呆愣的她，一脚踢开屋门，走了。

院门口一片沸腾，不知哪儿来的几只野狗，呜咽着凶残地撕咬。魏啸才盯着撕咬着的野狗看了一阵子，猛扑过去，冲着撕咬的野狗咬牙切齿地乱蹬乱踢，“狗日的，让你咬！狗日的老㞞①。”咬得难分难解的野狗遭到突然袭击，停下来，龇着牙，瞪着魏啸才。魏啸才更气了，“还瞪我！狗日的，我叫你再瞪。”冲上去，也像疯狗一样，双手乱舞，发狠地踢着野狗。野狗呻吟着四下里逃开，跑出不远，又停下来，蹲坐在地上，嘲笑似的龇牙瞪着魏啸才。魏啸才望着跑开的狗又停了下来，一股气更是憋闷在胸间。他猛跑两步，拾起地上的石头，撵着狗砸过去。

街道上空荡荡的，间或有人神色匆匆地走过。远远地有哭声传过来，哭声里夹杂着呜呜咽咽的唢呐声。该是被压死的人家里办丧事。这样想着，魏啸才更烦躁了。

---

① 老㞞：方言，意为老东西。

魏啸才在路上漫无目的地晃荡着，不自觉晃到和合生的门口。

和合生是肖先生经营的中医堂。中医堂门脸不大，前面是药堂，穿过药堂是个不大的小院子，住着肖先生的家人。肖先生五十来岁，高高的个头，瘦得跟麻秆似的。穿大布长衫，不管啥时候见着他，嘴上都叼着一根尺把长的烟袋。烟袋锅是黄铜的，摩擦得锃光瓦亮。烟嘴是玛瑙的，油润中渗着一股暗红。一根黝黑光亮的竹烟杆，竹节分明。长长的烟袋杆上，系着一个脏兮兮的早已分辨不出颜色的黄羊皮烟口袋。大烟袋几十年与他相依相伴，只要一有空闲，他就点燃浓烈的莫合烟，然后眯起小眼睛，尽情地享受着吞云吐雾的美妙。肖先生的烟袋杆除了吃饭睡觉接待病人外，从不离手。每次有人来看病，他都要猛吸几口烟，然后，手在玛瑙烟嘴上一抹，手持烟袋在脚上磕了烟灰，把烟口袋往背上一撩，烟袋杆和烟口袋一前一后地搭在肩上，这才开始为病人诊脉看病。肖先生医术说不上高明，但为人和善，生就一副大嗓门，且熟知红白喜事的各项礼仪，镇上人家的婚丧嫁娶都要找他去主事。

肖先生是魏啸才的远房表舅。虽说这么叫着，也是八竿子打不着的表亲，只是大家有什么事都互相照应着。这时候，坐在门口抽烟的肖先生，看魏啸才慢腾腾地晃过来，站起身，“才娃，你大咋样了？”

魏啸才哭丧着脸，“还在班房里关的呢，几个压死的人家不发丧，等着我们家拿钱呢。”

“你大这㞞人，咋就摊上这号㞞球事情呢？”肖先生猛抽口烟，“你没带话给铭娃？”

“没，铭娃回来又能咋？！”魏啸才看看肖先生又说，“舅，这事麻缠的呢，我们家又再没地方来钱。我大想把粉坊抵给汪家，可人家——”

肖先生等着魏啸才说汪家咋了，可魏啸才支吾了半晌也没说出来。

残阳已经落尽。镇子西面，清真寺的阿訇在唤礼。清朗悠远的唤礼声，萦绕在小镇上空，透着原始和神秘。坍塌的西城门静卧在漫溢过来的清幽的夜色中，凌乱的瓦砾间，清理出一条仅能供人畜通行的窄道。厚重的桦木大门斜靠在残墙上。魏啸才紧咬着牙，盯视着参差残破的城门洞。残破的城门洞犹如张着大口的怪兽，粗大的廊柱突兀地支棱在瓦砾间，像怪兽的獠牙。他觉得自己正被这大口吸附，将要被这大口吞噬。数日前，新竣工的城门前欢腾热烈的场景，依然历历在目，庆贺的鞭炮硝烟已消散殆尽；新城门廊柱上的桐漆依然散发着浓郁刺鼻的气息，新城门却在转瞬间轰然坍塌了。魏啸才郁愤地踢了一脚脚下的碎砖烂瓦，蹦起来，一脚踹在桦木大门上。他又一连踹了几脚，随着几声闷响，一屁股跌坐在桦木大门上。两手搂着头，遍数了有可能帮上自己的朋友和这个镇子上有能力帮上他的人家，结果只能让他愈发沮丧。

魏啸才回到家，已经是掌灯时分，院子里没有了往日的喧嚣和欢乐。母亲魏陆氏正在安顿弟妹们睡觉，看儿子蔫蔫地走进屋子就迎过来，“才娃，你到哪达去咧？吃饭也找不见你，你先坐下，妈给你端饭去。”魏啸才没有言语，闷头坐在母亲的炕头上。魏陆氏端来饭菜，放在炕沿上，催促儿子快吃。魏啸才就狼吞虎咽地吃起来。

“才娃，下午汪家来人说啥了？”看魏啸才没有说话，又忐忑地问道：“你大——？”

魏啸才将饭吃得更响，吃完饭，抹抹嘴，看看等着他说话的母亲，更不知道如何开口。

“你倒是说话嗄，真是急死个人呢。”魏陆氏嘟哝了一句。

“问球个啥嘛，汪家要我娶他丫头呢，你有办法？”魏啸才涨红着脸，抢白道。

魏陆氏一时没听明白，半张着嘴，盯着魏啸才。

魏啸才见母亲没听明白，又粗声大气地说道：“汪秀英，就是汪秀英，汪家要我娶了汪秀英，他们家才肯帮忙！”

“那——那湘绣咋办呢？”魏啸才说的话，魏陆氏还是没有反应过来。

“你——你问我？我能知道咋办就好了。”看母亲魏陆氏还眨着眼睛，一脸的疑问，魏啸才站起来，走到门口，一脚踢开门，又回过身，“我——我找我大去！”

刘师傅正蹲在自己的屋门口抽烟，看魏啸才一脸怒气地从堂屋里出来，轻咳一声，冲魏啸才招招手。

魏啸才犹豫一下，慢步走过去，斜靠在刘师傅身后的墙上。

刘师傅又抽了两口烟，抬头看魏啸才一眼，“后晌，汪子恒找你来了，咋说的？”等了好一会儿，没听到魏啸才答话，“我听说……听说汪家要你娶他们家的丫头才肯帮忙？”

魏啸才一下站直了身子，憋了半晌，才恶狠狠地憋出一句：“我——我娶个球呢！”

刘师傅没吱声，又闷头抽了几口烟，长叹道：“这是他们早就思谋算计好的呵！”

“算计？算计有球个用，我不答应，他还能把我绑上去！”稍停，又道：“姨夫，我睡觉去了。”说完，也不等答话，撇下刘师傅，回屋去了。

刘师傅望着魏啸才的背影，叹息道：“唉，你娃经见得少，还识浅的呢。”

第二天，魏啸才在焦躁憋闷中煎熬过一天后，依然没有思量出办法。他怎么想都觉得没有办法去对他大说汪家提出的条件。午后的秋阳炙烤着，闷热的天气使魏啸才更加烦躁。他敞开衣襟，在炕上辗转反侧。

就在魏啸才把自己困在屋子里的时候，粉坊的刘师傅走进了魏陆氏的屋子，不大一会儿，刘师傅又低着头走出来。魏陆氏跟到屋门口，望着刘师傅的背影，犹疑道：“他姨夫，你还是再思谋一下，和才娃他大商量一下吧。”刘师傅停住脚步，回头望一下，嘴张了几张也没说出什么，重重地“嗐”了一声，一跺脚，回自己的屋子去了。

还没等魏啸才去找他大，更麻缠的事情来了。

天刚蒙蒙亮的时候，魏啸才被一片嘈杂声吵醒。他迷迷糊糊地翻了个身，嘴里嘟哝着骂了一句，准备再睡。可嘈杂声越来越大，呜呜咽咽的唢呐和尖细刺耳的哭声，顽强地挤进紧闭的屋门，钻进他的耳朵。魏啸才彻底醒了，呆愣片刻，猛地翻身跳下炕，趿拉着鞋冲出屋子。他妈也拐着一双小脚，急匆匆地边系着大襟衣服的扣襻边走出来，看到魏啸才，匆忙问道：“这是咋了？”魏啸才没有搭理他妈，冲到院门口，一把拉开大门。大门口停着两具猩红的棺材，棺材前面跪着几个婆姨娃娃，一边在瓦盆里烧纸，一边咿咿呀呀地哭，两杆唢呐正吹得起劲。旁边散散的有几个男人或站着或蹲着，他们手里或拿着或搂着抬棺材的杠子，嘴里叼着烟，目光阴冷地瞪着魏啸才。

魏啸才愣怔片刻，冲过去，一脚踢翻了瓦盆。瓦盆顺着门前的斜坡骨碌碌地滚下去，撞在路边的石头上，碎了。“日你妈！你们这是欺负人呢！”魏啸才急赤白脸地挥舞着手臂冲门口的人群吼道。几个男人围过来，揪住魏啸才的脖领子。魏啸才挥手一拳，打在一个人的鼻子上。随后的情景可想而知，魏家的大门口一片混乱，几个力大的男人把魏啸才揪翻在地，好一顿拳打脚踢。

魏陆氏看儿子被人摁在地上打，哭喊着冲过来，“你们不要打了，你们放开他！”没有人搭理她，她根本就挤不进那个圈子，徒自在人群背后哭喊着，“他姨夫……他姨夫，你快来救救才娃！”

一个男人的背上挨了重重的一下，又一个男人挨了一下，被打的人惊跳开去，看到一个年轻貌美的女子正举着扁担，疯子似的左右挥舞着。人群散开了，都睁大眼睛看着湘绣。湘绣冲上去，拉起倒在地上的魏啸才，一边替魏啸才擦着嘴角上的血渍，一边愤怒地瞪着那些男人。魏啸才扒拉开湘绣的手，弹弹身上的草屑尘土，一瘸一拐地往回走。临进大门的时候，魏啸才停下来，回头望望，恶狠狠地扔下一句："你们等着！"

半晌午的时候，魏啸才翻过前面的院墙，走了。他去找驻军的军需官赵四成。

赵军需听魏啸才说了原委，在屋子里转了两圈，招呼魏啸才跟他走。赵军需在院子里又叫了四五个当兵的，去了魏家。几乎没费什么周折，那帮人就歪歪斜斜地把停在魏家门口的棺材抬走了。

那帮人并没有把棺材抬回家，而是抬进了县佐衙门，还有三五成群的人在不断地拥向县佐衙门，慢慢地竟聚起很多人。初始，蔡县佐并不以为意，渐渐地，他就觉得这事不那么简单了。等他明白事情的起因，他的额头上就有汗慢慢地渗出来。他派人叫来警察所长，请来驻军的关营长商量对策。

吃午饭的时候，赵军需来找魏啸才。他告诉魏啸才，事情麻缠了，晌午来帮忙打架的几个当兵的已经被关了禁闭。关营长给了他几天假，让他先出去躲一躲，等过了风头再回来。他让魏啸才也出去躲几天。魏啸才梗了梗脖子，"球！我能躲到哪达去？我走了我们家咋办？"赵军需推了魏啸才一把。"你这尿娃！就是犟得很。"停了一下，塞给魏啸才两块大洋。魏啸才不要，他还是硬塞在魏啸才的口袋里，"老哥再帮不了你啥忙，你自己操心吧！"说完，急匆匆地走了。

赵军需刚走不久，两个警察带着一帮人来，封了魏家的粉坊，要魏家三天内凑齐了钱送到县佐衙里。临走时，这伙人带走了魏啸才。

湘绣拿着扁担怒目站在大门口。几个人上来，把她扭住拉到一边。看阵势，刘师傅知道拦也拦不住，不及招呼，匆忙跟着带走魏啸才的警察一起去了县佐衙。

魏陆氏早就瘫软在屋子门口。眼前发生的一切是游离于这个女人的意识、经历以及她对生活所感知的经验之外的。此刻，她突然觉得天塌了。丈夫是她的天，丈夫被抓走了，她的天没有了。儿子就是她的世界，儿子也被带走了，她的世界也一下子混沌了，她六神无主了。她想哭，嘴大张着却没有一丝声音出来，她的胸间淤积着一团什么东西，使她无法呼吸。她的手一下下地拍打着自己的胸口，她觉得快要被这团淤积在心里的东西憋死了。她极力地伸长脖子，终于大大地“啊”了一声，随后，没有一个完整音符的号哭，充溢了整个小院，弥散在秋日午后的骄阳中。

院子里一片凌乱，鸡被毒日晒蔫了，愣愣地挤成一团，呆立在院角落。净蓝的天空因为无云也没有鸟雀，显出一种没着没落的空寂景象。魏陆氏终于止住哭泣，爬起身，呆愣地坐了片刻，替身边的月月抹去鼻涕眼泪。半晌，她像突然想起了什么，反身抱起炕上的月月，一手拉着仪娃，嘱咐湘绣和冬梅看好家，头也不回地走出院门，找肖先生去了。

魏啸才被带到县佐衙门的大院子里的时候，整个院子里已经围满了人。院子当间摆着两具棺材，一群婆姨娃娃披麻戴孝地跪在那里，两杆唢呐在一片嘈杂声里吹得咿咿呀呀、呜呜咽咽。院子门口跪着早上帮魏啸才打架的士兵。蔡县佐背着手，在衙门口的土台子上焦躁地来回踱着。蔡县佐的身后站着驻军关营长、警察所长和一些乡绅。人们看到魏啸才被带来，一阵躁动之后，人群里让出一条通道，魏啸木被带到蔡县佐的面前。

蔡县佐盯着魏啸才看了一会儿，猛然暴喝一声：“你给我跪下！”

原本不以为然梗着脖子的魏啸才被这一嗓子吼得哆嗦了一下，看看蔡县佐的黑脸，又回过头望望后面的人群，甩甩头，跪下了。

蔡县佐清了清嗓子，大声道：“诸位乡党、兄弟姐妹们！我老蔡你们都是知道的，今天出了这事都怪我没给大家把事情办好，没尽到心。我给众位赔罪了！”说着，作个罗圈揖。“为了给大家一个交代，把今天参加闹事的兵一人十军棍，让魏才娃个狗日的给你们披麻戴孝守灵，让魏家麻溜拿出钱来发送这些出事的人，再给每家一些贴补。行不行，啊？要是行，你们就先散了，回去，算是给我老蔡一个面子。”

人群里没有出现蔡县佐希望的声音，人们都冷着脸，或低下头。蔡县佐的脸上微微露出些失望，他似乎还想说些什么，可沉吟了半晌，也没有再说出什么来。他走下土台，路过魏啸才的时候，踢了魏啸才一脚，“狗日的！都是你娃干的好事！”蔡县佐走到大门口那些跪着的士兵跟前，停下来，转回身看看身后的人群，又背起手绕着这些士兵转了一圈，才冲关营长喊道：“来呀！给我打！”随后，县佐衙门前荡起一片士兵的惨叫声。

人群挤在一起，把县衙大院围得水泄不通。刘师傅站在人群外面，踮起脚，张望着，什么也看不到，只听得一片嘈杂声。半晌，刘师傅一跺脚，转身去找肖先生。

那天下午，人群并没有像蔡县佐希望的那样给他面子散去，整个县佐衙门的大院子里烟雾缭绕，唢呐在不经意间爆响，尖锐的长音刺破青天，直冲云霄。伴随着唢呐声骤然而起的是一片哭声和喧嚣。蔡县佐望着院子里嘈杂的人群，摇摇头。他隐隐约约地感觉到，这是有人在捣鬼，可这人是谁，为什么捣鬼，他不知道。他长叹一声，突然觉得该去看看魏宗寿了。

他在大牢门房里见了魏宗寿，两个人没说多大一会儿，蔡县佐就释然了。他知道外面的人群不会闹起多大动静，这让他如释重负。他本想再说几句，提醒一下魏宗寿，想了想又忍住了，只是抚慰了魏宗寿一番，就走出大牢门房，让人通知关营长，今晚派几个人到县佐衙门协助警察所的警察值守。然后，放心地回家睡觉去了。

那天来看魏宗寿的还有肖先生和刘师傅，他们在蔡县佐来之前就走了。肖先生是在路上碰到去找他的刘师傅，二人简单商量了几句，觉得还是先看看魏宗寿的意思再说。肖先生一见魏宗寿的面就忙不迭地告诉他外面发生的事情，魏宗寿听了，神情颓然地叹口气，“都是汪雨量个狗日的捣的鬼啊！”魏宗寿说了那天汪雨量让儿子汪子恒来这里跟他说的话。肖先生和刘师傅听完同时哦了一声，之后就没声音了。三个人都神情黯淡地坐着，屋子里静得能听到三个人的呼吸。半晌，还是刘师傅首先打破了沉寂，“兄弟，我想——我——我昨儿个后晌就想过了。”他抬起头望了望肖先生和魏宗寿，舔了舔嘴唇，清清嗓子，下了决心似的，“我想带湘绣走！”

肖先生望望魏宗寿，又看看刘师傅，瞪着眼睛等刘师傅说下文。

魏宗寿也眨着眼惊异地瞪着刘师傅等着他继续说下去，可刘师傅说完这句就住嘴了。

屋子重新归于沉寂。

第二天快中午的时候，来个大个子警察，从人群中把魏啸才拽出来。有几个人拦住不让走，大个子警察一副毫不在意的样子，背起手，往旁边一站，“不让走是不是？拿不到钱可就不关我的事了。”那几个人互相看看，没了声气。大个子警察带着魏啸才走到县佐衙门的大门口站住，冲魏啸才笑笑，低着嗓门说：“老蔡让我给你捎句话，他说，人在屋檐下，咋能不低头！”抬手拍拍魏啸才的肩膀，暧昧地眨一下眼睛。“快去吧！麻溜的备了钱来就没事了。”说完，径自走了，留下魏啸才一个人在那里发呆。

魏啸才抬头望望天，隐约觉得老蔡的话里有话，他似乎可以感到这句话里暗含的玄机，可到他要弄清究竟是什么的时候，又感到茫然。他伸手抹一把汗渍渍的脖子，甩了甩手上的汗，决定去牢里看看他大。

魏宗寿看上去一下老了许多，头发乱草似的支棱着，下颌上一片黑乎乎的胡楂儿，脸上的皱纹也深了，跟刀刻似的，神情委顿地斜靠在地铺上。他看着走进来的儿子，往旁边挪了挪屁股，下颌往腾出来的地方扬了扬。魏啸才没坐，慢慢地蹲下身，打开手里的油纸包，把羊头往魏宗寿的面前一摆。魏宗寿看一眼儿子。儿子的脸上有些青肿，眼睛里布满了血丝。他突然觉得儿子的眼里有一种东西在游弋。他轻叹一声，没再说什么，伸手撕下一块羊头肉，放在嘴里，慢慢吃起来。魏啸才咳嗽一声，告诉他大蔡县佐让那个警察带给他的话。魏宗寿抬起头，看着魏啸才，半晌，才说道："才娃，你也大了，有些事你就相端[①]着弄去吧。"

魏啸才从班房出来的时候已临近中午，他没有回家，走进那家小酒馆。

小酒馆是个回族人开的，卖些羊头羊蹄羊杂碎之类的小吃。因为是常客，主人很快端上来一个热气腾腾的羊头和一盘凉拌好的羊肚丝、一壶酒。酒是镇子西边老陈家的干榨高粱烧，甘洌醇厚。腾着热气的羊头翻龇着森白的牙，像是在笑。魏啸才嘴里吸溜溜地吹着腾着热气的羊头，伸手撕下一块羊头肉，放进嘴里，咬一口大葱，嘴里快快地倒腾着，端起酒猛地灌一口，一股浓烈的酒气呛得他一阵干咳。

魏啸才累了，这些日子发生的事情就像做梦一样，让他猝不及防、心力交瘁。他神情颓丧地坐在桌子前，大口地喝着高粱烧，突然生出一丝悲凉来。这感觉在心里慢慢地膨胀着，终于化为一股不可遏制的委屈。委屈像水一样迅速地漫溢过来，将他紧紧裹住。虽然他大的态度，或者说他大能给他说的话，多少在他的预料之中，他也终于想明白了老蔡带给他的话里隐含的玄机和他大这"有些事你就相端着弄去"所包含的意思，但他还是很委屈。这种委屈无以言表。

小酒馆不时有人进进出出。浓烈的莫合烟气和着汗酸味以及煮羊肚羊杂碎散发的淡淡的青草味羊膻味，弥散在小酒馆里，让人不由得感到憋闷。

"让我相端，相端个球呢！"他咬咬牙，又灌进一口酒，"就这破命，还给你算球！"

魏啸才一直喝到日头偏西才摇摇晃晃地从小酒馆里出来。回到家，冬梅和仪娃正在院子里玩，见他进门就迎了过来。一边伸手扶着他，一边冲屋子里喊："妈——我大哥回来了，他喝酒了。"

---

① 相端：方言，意为看着办。

魏啸才甩开冬梅的手，踢了她一脚，“骚情个啥呢？”

冬梅捂着腿蹲在地上，眼里溢出泪来，“你——你——”冬梅望一眼她哥的黑脸，把剩下的话咽了回去。魏啸才看看捂着腿蹲在地上的冬梅，不再说什么，径自摇晃着回到自己的屋里。

意识犹如一条早春刚刚开封的、混浊的、冰冷的河，魏啸才就淹没在这条河里，被冰块碰撞着拥着慢慢地向前漂移。河上空悬着一个苍白的耀眼的月亮或是太阳，像一个人悲伤的眼睛。许多陈年往事在河两岸一幕幕闪过。湘绣蒙着水雾的迷人的眼睛，映着红晕嵌着两个浅浅酒窝的脸。脸慢慢地隐去，慢慢地遥远了……魏啸才觉得河水越来越冰冷。隐隐觉得有人在哭，他竭力想看清是谁在哭，可冰冷的河水不时打在他的脸上，让他无法睁眼，哭声却越来越响。

魏啸才费力地睁开眼，眼睛涩涩地转动着。昏黄的煤油灯光里，湘绣正泪眼婆娑地盯着他。魏啸才张了张嘴，舌头干涩地搅动了一下，“汪雨……量个狗日的要我……娶……他们家的……丫头呢。”声音沙哑，同样透着干涩。

湘绣趴在魏啸才的胸前哭得更凶了，“哥，我知道了，我大给我说了。”魏啸才搂着湘绣，手在她背上轻轻地拍着，“我……我娶个球呢！我……我就是憋死也不娶他们家的丫头！”魏啸才咬牙切齿地发着狠。湘绣潮润的呼吸滚滚地扑向他的面颊，这气息让他迷醉，还有隔着一层薄薄单衣挤在他胸前的奶子，更使他呼吸急促。魏啸才不安地扭动了一下，湘绣绵软的奶子也紧紧地贴过来，一刹那，魏啸才的血液像惊马般奔腾嘶鸣，体内似有什么东西，奔突着要找寻出口。他感到自己在膨胀，黑暗在膨胀，整个世界都在膨胀。魏啸才抬起头，虽然这个动作让他头疼欲裂，可他还是急切地想要抬起头来。他的嘴在迫切地寻找着。他触到了湘绣沾满泪水的脸，那种潮湿黏腻的感觉更鼓动了他的迫切。湘绣躲了一下，一种陌生的欲望像风一样灌进她的身体，她觉得自己憋闷得喘不过气来，嘴唇无力地启开，嚅动着。两张嘴叠印在一起，这似乎满足了他们某种含混的目的。“哥，哥你要了我吧！啊……你……要了……我，汪家就不让你娶他们家的丫头了……我大也不会带我走了……哥，你要了我吧……你要了我……我给你生养个娃……生养好多个娃呢……”

魏啸才的手在湘绣身上急促地摸索着，他不知道究竟要寻找什么。心里隐隐有种渴望，可渴望什么又让他茫然。他推起湘绣的衣服，看到藕荷色的绣着一朵大大牡丹的胸衣。胸衣下鼓起的两个肉球像两只受惊的兔子伏在那里，颤巍巍地像随时要蹿出去。魏啸才用力握着它，脸也深深地埋了进去，深深地呼吸着，一种令他快慰的迷醉的气息鼓励着他的含混的欲望，让他一心想要将面前的女人裹在怀里。他撕脱掉身上的衣服，俯身在女人身上，一股奇异的感觉从腹下涌起。

他的下体也如他酒醉的、懵懂的大脑一样，在黑暗中，左冲右突，四处乱撞。突然，他像遭电击了一般，浑身一阵痉挛，有什么东西奔突而出，一种奇妙的感觉迅即涌遍全身，他几乎承受不住那种美妙无比的感觉的冲击，一下趴倒在湘绣的身上。那种美妙太短暂了，就像闪电一样，一瞬而过。魏啸才感到一种不由自主的疲惫，有一股浓浓的倦意漫溢过来，还有一种含混的让他懊悔的感觉。

魏啸才一直睡到日上三竿才醒来。他伸了个懒腰，恍惚记起昨晚在这面土炕上发生的事，怔怔片刻，一下惊跳起来，蹦下炕，趿拉着鞋，冲出屋子。

院子里一片死寂，雨后的天空一片湛蓝，太阳孤独地悬在空中，阳光一无遮拦地撒下来。魏啸才冲到刘师傅住的屋子门口，里面静悄悄的，一种不祥的感觉迅速笼上他的心头。他猛地推开屋门，里面空荡荡的。“湘绣！”他大大地喊了一声，没有人应答。他不甘心似的又大喊一声，确信早已人去屋空。反身站在小屋门口，茫然四顾，突然不知道接下来该干啥，第一次感到绝望像虫子一样爬满心头。

魏陆氏从屋里出来，犹犹疑疑地走到他跟前，“才娃，刘师傅带湘绣走了。”魏陆氏眼睛躲闪着，声音轻轻地，嗫嚅着，“刘师傅不让我喊你。”

“妈——你——他们到哪达去了，啊？”魏啸才一把扳住他妈的肩膀，使劲摇晃着，“你说，你说，他们到底到哪达去了嘛！”

“我也不知道哇！刘师傅只说要走，也没给我说要去哪达。”魏陆氏反手抓住魏啸才，“才娃，你听妈话！现在家里就靠你了。你要不听妈话，妈就没法活了……”魏陆氏神情哀哀地盯着魏啸才，“听妈的话，啊？”

魏啸才愣了一下，甩开他妈的手，转身向院门口冲去。

魏陆氏喊了他一声，看他没有回头，一下跪在院子的地上哭喊道：“才娃，才娃，我把你叫爷呢，你回来！”

魏啸才回头看了她妈一眼，不知所措地停在大门口。他的脑子里一片空白，突然感到很茫然，不知道眼前发生的事情究竟是真实的还是一场梦。魏啸才仰起头望着空中的日头。日头一动不动地悬着。一圈黑渐渐地浸入它的中心，耀眼的中心愈来愈小，最终变为一个黑而沉重的球体，随即一爆，晴空中犹如响了一声炸雷，血线笼罩了整个世界。魏啸才的嘴大张着，“啊——啊——”地喊着，却没有一丝声音出来，只挤出一丝干涩的气体嘶嘶地冲击喉管的声音。有一丝血在他的嘴角慢慢地渗出来，他用头在墙上狠狠地撞了一下，疼痛使他一下跌坐在地，他才抱着头声音很响地哭出来。那声音沉闷得如荒野上凄鸣的野兽，绝望的哭声一下充溢了整个空间，像漩涡一样发出令人惊惧恐怖的声音。

魏陆氏往儿子跟前蹭了两步又停住，惊恐无助地望着儿子，片刻才醒悟似的奔过来，搂着儿子的头大哭起来，“娃——我的娃呀！你可让妈咋办呢呀？”

魏啸才轻轻推开魏陆氏，站起来掸掸身上的土，扯着衣袖擦干眼泪。不远处，汪家吉升昌不时有人进出。看到汪家，魏啸才心里突然涌起一股恶气，腮边立时隆起一块块肉疙瘩。他咬牙切齿地踢了一脚院门，瞪着破旧的木门板呻吟着来回晃荡，又挑衅般回头看看忐忑不安地站在旁边的母亲，迈步走出院门。

“才……才娃！”魏陆氏迟疑地叫了一声。

魏啸才回头看一眼魏陆氏，嘴张了几张，也没说出话来。

脑子一片空白的魏啸才，站在街上，茫然四顾。半晌，一咬牙疾步走了。整个上午，他像疯了一般，出没于他所能想到的、有可能借到钱的人家。他挨个儿求告他们，却毫无所获。临近傍晚的时候，醉成一摊烂泥的魏啸才被人送回来。魏陆氏千恩万谢地送走来人，叫上冬梅帮忙，好不容易才把魏啸才身上吐得一塌糊涂的衣服脱下来。

冬梅一边吭哧吭哧地帮忙，一边嘴里嘟嘟哝哝：“死样子！还当哥呢！”

魏陆氏剜了冬梅一眼，冬梅就嘟着嘴不言传了。

魏啸才醒来已经是第二天快午饭的时候，他妈进来几次，他都佯装睡着了。他躺在炕上，一会儿唉声叹气，一会儿咬牙发狠，却怎么也拿不定个主意。头疼得像要裂开，这更让他六神无主。

午后，肖先生来了，他坐在魏啸才的炕头，说了半天，也无非是要魏啸才为家里人想想之类开导劝解的话。

魏啸才一直躺着，闷声不语。他觉得，他现在就像一条被堵在死胡同里再也无路可逃的狗，徒自龇着牙，凶狠地瞪着别人，却没有丝毫办法逃脱。

“我就是一头驴，你们把我拉出去卖了吧！”他咬着牙憋出这一句，有一滴泪，从眼角慢慢地渗出来。

肖先生愣怔了一下，嘿嘿嘿地笑了，“这么说，你答应啦？那我可就去汪家啦。”看魏啸才默不作声，拍拍魏啸才的胳膊，“我就知道你是个乖娃嘛，我走了！”

听到肖先生走出去关上门的声音，魏啸才一下翻身跪坐在炕上，两手揪着头发慢慢地伏下身，头抵在炕沿上，满眼都是湘绣的影子。完了，这下都完了！他喃喃自语着。他知道他将永远失去这个女人了，这个让他第一次领略了男人滋味的女人，虽然到现在他也没弄明白那滋味究竟是怎样的一个过程，但这个每晚念叨一下名字就可以让他安然入睡的女人，就要永远地失去了。“湘绣——湘

绣——湘绣——湘绣——”他叫着湘绣的名字，每叫一下，头在炕沿上磕一下。他终于精疲力竭地歪倒在炕上，被一种绝望又迷茫的情绪包裹着，犹如一头被牵到集市上任人摆布的驴。

晚上，魏啸才拾掇了几件衣服，找块布包好，提着包袱在炕头到门口之间徘徊了半夜，最终也没有走出屋门。

二　狗日的命

“不管咋着，既然是婚嫁大事，就不能委屈了娃。问名、合婚、下聘礼、挂坠、要日子，一样都不能少！”肖先生说。“我已经找龙王庙里的陆道士给算过了。人家说狗配羊，过得强，羊配狗，过得有，一个守家，一个聚财。”

“几年前，汪家和崔家的婚事好像也是龙王庙的道士给算的，他算得准不准嗄？”魏陆氏疑惑地问道。

“那是王道士，王道士早走了。现在是陆道士当家，陆道士算得可准了，嘿嘿！好姻缘！”肖先生看看魏陆氏，“不过陆道士说了，得禳治一下。掐算的时候，汪家的人也在呢。我看，虽然他们家想做这门亲，可也担心着呢。”

魏陆氏苦着脸，“咋禳治呢？哥，我一个妇道人家，到现在也没了主意，你就相端着弄吧。只是这钱咋办呢？拿啥给人家下聘呢？”

“我想办法吧！”肖先生看看为难的魏陆氏，“妹子，你也不要着急，急也没用。”

魏陆氏在炕柜里翻腾半晌，拿出个小绸布包放在肖先生手里，“哥，这是我出嫁时我妈给我的，就给汪家做聘礼吧！”魏陆氏看看肖先生，又低下头，“家里再也拿不出啥像样的东西了。”

肖先生打开布包，看是一对玉镯子。的确是个稀罕物件。玉质细腻圆润，一段凝脂般的白，向两端渐行渐红，用一指挑着，就像是里面的血红，在慢慢地向下沉淀，最后凝聚的那一点嫣红，像是要滴出玉镯一般。肖先生小心地把布包揣进怀里，笑笑，“这就好得很了！”走到门口又停下来，回头看着魏陆氏，“我这阵子就去龙王庙，让陆道士看看，这两天哪天是好日子，选个日子，让他来给禳治禳治，你看咋着？”

“嗯，行呢！”

陆道士拿着个罗盘，由肖先生陪着，在魏家的房前屋后转了半天，一会儿看天看地，一会儿望东望西，拿手比画着，看南面的双疙瘩山。双疙瘩山浑圆挺拔，犹如女人两个坚挺的乳房。越过双疙瘩山是覆盖着皑皑白雪的天山，郁郁葱葱的森林。双疙瘩山下是一片平坦如女人腹部的梁坡，下行不远，梁坡一分为二，木垒河镇就犹如处在女人的两腿间了。镇子西边是木垒河，东边是黄土梁和洪水冲刷出的宽而深的浪沟。一条蜿蜒曲折的土路向东蔓延消失在山梁间。陆道士暧昧地笑着摇摇头，又回过头看看魏家的房子，脸上一会儿惊喜、一会儿疑惑地挠头。肖先生倒是不惊不喜地静静地看着陆道士忙活。末了，都进屋在炕桌前坐定。魏陆氏端上茶和馍，“哥，你先陪陆道士吃点馍，垫补垫补，我做饭去。”

“嗯，你忙去吧！”肖先生道。

陆道士拿起馍掰了一块塞进嘴里，鼓起腮慢慢地倒腾着嚼了几下，一伸脖子咽下去。脖子上粗大的喉结急速地上下滑动一下，端起茶碗咕噜灌进一口茶，伸手抹一把嘴边的水渍。

肖先生把头往前凑了凑，“咋着？”

陆道士看一眼肖先生，又掰了块馍，塞进嘴里慢慢嚼着，一副沉思状。“没啥大事！你把娃喊过来，我再看看。”一张嘴说话，嘴里的馍屑掉出来，陆道士忙伸手接住，又填回嘴里。

“嗯，我喊去。”

魏啸才进来的时候，陆道士正把最后一块馍塞进嘴里，又很仔细地把掉在衣襟上的碎屑轻轻地掸到手里，仰起脖子，倒进嘴里，拍拍衣服，搓搓手，喝了口茶，才抬起头盯着魏啸才，上下左右地打量一番。他低头想了一会儿，走到魏啸才的身前，伸手在魏啸才的肩膀、胳膊、脖子上捏了捏，然后走到屋门口，眯起眼望着远处的双疙瘩山，半晌才道：“没啥大事！”他回过头看着都是一脸迷惑的肖先生和魏啸才。“好的呢，没啥大事，放宽了心办事吧！”转而又对着魏啸才道，“让你妈备块红布！”

陆道士拽着魏啸才走出院门，走到南院墙前站定。掏出罗盘看了看，前后用步子量了一番，停下来等肖先生。

不大一会儿，冬梅拿着红布和肖先生气喘吁吁地跑过来。

陆道士从怀里掏出早就画好的符递给魏啸才，把魏啸才推到墙根下站好，“你从这达往前走一百步，低头，不管看到啥都拾起来，先用这符包好，再用红布包起来，就地埋了，就成了。”

魏啸才一脸疑惑地看着陆道士，眨着眼，半张着嘴，又看看手里拿着的红布和符，神情疑惑地朝前走去。走到一百步的地方闭起眼睛站定，长长地舒口气，才睁开眼看脚下的地上有啥。地上除了几根快要枯死的草，啥也没有。魏啸才茫然地扭过头去看身后的陆道士和肖先生。

“啥？”肖先生挥一下长烟袋，着急地问。

魏啸才望着肖先生，摇摇头。

“有啥呢？说，说话嘎！”

“啥也没有！”魏啸才有点沮丧地说。他又回过头看脚下。脚下不知啥时候冒出一只蚂蚱，魏啸才不及多想就蹲下身逮蚂蚱。蚂蚱一惊朝前蹦了一下，魏啸才身子也朝前一扑，逮住蚂蚱。

陆道士和肖先生都跑过来看。陆道士看魏啸才手里捏着一只蚂蚱，想了想，“哈哈哈！好好好！天意，天意呵！就是它了。好兆头，好兆头呵！”

就在陆道士在魏家忙活的时候，汪雨量从孚远[1]请来的道士也在汪秀英的闺房里，拾掇纠缠着汪秀英的三个小鬼。

魏啸才终于没有拗过他妈和肖先生，在湘绣走后的第六天上午去了汪家。他提着肖先生替他准备好的四色礼物，走进汪家大门的时候，如临深渊。每向前迈进一步，就有一种力量要拉他回头，一种濒死的感觉，让他喘不过气来。那种绝望也随着他步履的迈进，在一点点地加深。他看着汪雨量个狗日的站起来迎接肖先生，他看着汪雨量个狗日的和肖先生相互抱拳行礼，他一脸阴鸷地站在一边一言不发，直到肖先生向他招了招手，才猛然想起他来时肖先生交代过的礼节。他上前两步，把提来的礼物重重地蹾在汪雨量面前的桌子上，退过一边，重重坐下。

“咦，这娃还羞得不行，也不知道叫声姨父问声好啥的。”肖先生笑呵呵地替他圆场。

汪雨量笑着摆摆手，“算啦，我知道这娃心里憋屈着呢。”

---

① 孚远：今吉木萨尔县。

肖先生干笑着没有接话。

气氛一时有些尴尬。半晌，还是汪雨量先开了口，“才娃，我不管你心里是不是憋屈，你既然提了东西上了我的门，我就当是你要认我这个老丈人。”看一眼肖先生，“我也不逼你，你要是认我，就给我磕个头，叫我一声‘姨父’，这事就成了；要是不认，赶紧提上你的东西走，就当没这个事情。”汪雨量说完身子往后靠了靠，端起茶碗，呷口茶。

肖先生瞪着魏啸才，看他没动，就有点急了，“呵呵，老汪，汪掌柜，你看你……你这是……”

汪雨量摆了摆手，不让肖先生再说下去。

魏啸才咬咬牙，猛起身，几步跨到屋门口，一脚踏在门外，回头扫一眼汪雨量和肖先生。

肖先生慌失地站起来，叫了一声：“才娃！”扭头看汪雨量稳坐着不动，又迟疑地坐下，半张着嘴看着魏啸才。

魏啸才在屋门口犹疑良久，反身走到汪雨量的面前，直挺挺地跪下去，重重地磕了个头，“姨父！”声音哑哑的，有点发颤。

肖先生暗暗松了口气。

汪雨量哈哈大笑，眼泪都笑出来了。他赶忙起身，要去扶魏啸才，魏啸才却一甩手自己站起来，转身跨出屋门，头也不回地走了。

汪雨量望着走出去的魏啸才，叹口气道：“这也是头犟驴子哟。”

肖先生干笑笑，没言传。

第二天，汪雨量请肖先生一起去了趟县佐衙门。他们先见了蔡县佐，然后去看魏宗寿。

汪雨量一见魏宗寿，开口就道：“亲家，我看你来了。”

魏宗寿尴尬地笑笑，吧嗒吧嗒干涩的嘴，“让你看笑话喽。”

肖先生赶忙过来打圆场，“老魏你咋这么说呢？你看这不是好事吗？”看看汪雨量，“现在都是一家人了，好好商量着把眼前的麻缠事弄利索了，往后都是好日子！”

汪雨量两手把住魏宗寿的胳膊，“亲家，你多心了！我今儿个和老肖来，一是看看你，再就是才娃说的你要把你的粉坊抵给我。我想我们亲归亲、理归理，该走的过场还是要走的。”他又对着肖先生道：“你说呢，老肖？”

肖先生笑笑，“就是就是，来来来，都坐下说。”

汪雨量和肖先生先分头坐下。

魏宗寿愣怔一下，也走到一边坐下，“就是，我也是这么想的呢。”看一眼肖先生，“哥，你今儿个就做个中人，把这事给弄了吧！”

汪雨量哈哈一笑，“兄弟，我们想到一起了。不过有一点我还是要声明的，是把你的粉坊卖给我，不是抵给我！还有你们家的房子院子都加上。”汪雨量说完，狡黠地笑笑，“光粉坊才值几个钱，你说呢？”

肖先生一下愣住了，汪雨量事先没给他透一点口风。他半张着嘴，看看魏宗寿，又扭过头看看汪雨量。

汪雨量还是笑嘻嘻的，“老肖，你也不要急嘛！我兄弟他比你灵性。”

魏宗寿呆愣了足有一袋烟的工夫，才打个哈哈，一副豁出去的样子，“是是是，就是呢，我都到今天这个份儿上了，抵和卖不都是一个球屌样，都给你了。反正我们爷们儿都卖给你当驴吧！”他又对肖先生道：“哥，你去找纸笔来吧！”魏宗寿说这话时，有一种壮士断臂的悲壮。

肖先生去拿了纸笔来，写好契约，做了中人。

轮到魏宗寿签字时，他突然鼻子发酸，他觉得，这是在签他和儿子的卖身契。

汪雨量看看契约，很仔细地折好装进衣兜，又笑嘻嘻地对肖先生说：“还得麻烦你，再写一个租赁的契约，我想把这粉坊再租给宗寿，一年五块大洋。房子院子你们先住着，以后再说！”

魏宗寿和肖先生都愣了一下，随即明白了汪雨量的用意，想想也都说不出有什么不对，哈哈一笑，谁也没有再说什么。

三天后，由汪雨量出面作保，魏宗寿被释放回家。

魏啸才娶亲的前一天，他的二弟，在天兴行奇台分号做学徒的魏啸铭回来了。

天兴行是老毛子开的，总店设在迪化[①]南关的俄国贸易圈，在省里好多地方都有分号，且做生意不用缴税。奇台分号除了经营日杂百货、烟酒茶糖外，主要是收购畜产品，两季的羊毛驼毛、羊肠马鬃兽皮之类。二掌柜张占元是奇台本地人，对魏啸铭颇多照顾。魏啸铭也在这一年里脱去了读书时的稚气，出落得英俊又沉稳了。

① 迪化：今乌鲁木齐。

那天晚上，魏宗寿在桌子上摆好祭品，燃好香，领着一家人跪在祖宗的牌位前磕头，请先人。

魏宗寿对着祖宗的牌位，慢慢地跪拜下去。“大，妈，儿——不孝子宗寿给二老报喜来了。”魏宗寿话刚出口，不禁悲从中来。他本该怀着一种喜悦的、庄重肃穆的心情禀告先人。可此时，他的心里像堵着什么东西，吐不出来又咽不下去。从他被放回家，他还没有一次真正面对过魏啸才。每当看到阴沉着脸的魏啸才，脚步很重地走来走去，咬着牙，对着弟妹们大声吼叫的时候，那份根植在他心里的自信和威严就会动摇。他可以感到魏啸才眼神的变化，那种隐含着无奈和委屈、困兽般的眼神流露出的不再是以往的畏惧和服从，他能感受到儿子眼里一闪而过的轻视。这种感觉像针一样刺着他，让他无法安然。有几次，他都到了汪家门口，他想进去告诉汪雨量，他要悔婚，哪怕因此再次把他投进班房，他也不愿忍受这种对他的自信和威严有丝毫亵渎的眼神，但最终他还是没能迈进汪家。“娃，这是大亏欠了你的。”魏宗寿伸手抹一把溢出眼角的泪水，先前准备好要说的话却一句也想不起来。儿子魏啸才就跪在他的身后，他可以感到魏啸才的目光正像锥子一样刺着他的后背，这更让他如芒在背。魏宗寿强忍住背脊上一阵阵强烈难耐的刺痒，快快地拜了几拜，爬起身，伸手在背上发狠地抓挠起来。等他长舒一口气，转过身的时候，魏啸才已坐在桌子旁，端着一杯酒往嘴里倒。魏宗寿愠恚又无可奈何地瞪了魏啸才一眼，摇着头，看一眼依然立在他身旁的魏啸铭。魏啸铭咧咧嘴，拘谨地笑了一下，伸手抚一下魏宗寿的胳膊，朝饭桌扬了扬手，“大，吃饭吧！”

冬梅正咬着筷头，眼睛眨巴眨巴地等着她大坐下来。仪娃快快地夹了一块肉放在嘴里，紧抿着嘴，一脸谄笑地扫一眼众人。看看众人没有反应，一边快快地嚼着嘴里的肉，一边又伸出筷子。冬梅用筷子敲了一下仪娃的手，狠狠地剜了他一眼。仪娃望望他大，龇牙伸舌地冲冬梅做个鬼脸。魏宗寿拿起筷子扬了一下，“行了行了！都吃吧！”仪娃又冲冬梅抽一下鼻子，一伸舌头，拉过饭碗，快快地吃起来。

汪秀英身穿大红的绸袄绸裤，头顶绣着“囍”字的大红盖头，被她哥汪子恒抱进花轿的一瞬间，禁不住轻轻战栗起来，有一股寒气自心底升起，心像是被人揪着，让她喘不过气。恐惧越来越深，越来越浓。花轿外，人声喧哗，鞭炮声已经响起，喜相人高声喊着：“吉时已到，起——轿！”汪秀英终于没能忍住要看一看外面的欲望。她抖着手，轻轻地掀起轿帘，窥探着骑在马上高高大大的男人。这个她又一次要嫁的男人，正被人拥着骑上马向门外走去。阵阵袭来的恐惧揪着她的心，让她忍不住想撒尿，想大声地喊。两只满是汗渍的手紧紧地绞在一起。

魏啸才骑上马在唢呐声里走出汪家大门的瞬间，心情突然变得轻松起来，让他喘不过气的感觉正在慢慢淡去。那种窝囊的、压抑的感觉正化为一股浊气，随着他的呼吸排出体外，消散在清晨清新的空气里。轻松过后，涌上心头的是无尽的落寞和哀伤。

在此之前，他一直希望能有奇迹出现。好多次，他看到他大坐在自家大门口的石头上，眼望着不远处的汪家一动不动。他能从他大突然佝偻起来的背影里，感到他大在想什么。每到这时候，他就会觉得他们父子就像被拴到磨道里的驴，只能被命运役使，任你怎么挣扎都无法挣脱命运的羁绊。他突然可怜他大，在他可怜他大的同时，心里会涌起一股气，这股气在他的胸间冲撞着，让他有种困兽般的感觉。这时候，他就希望来一场变故，搅了这场婚礼，他甚至希望在他和汪家丫头之间，有一个能突然死去。他咬牙跺脚又发狠地坚持骑马娶亲，就隐含了这种希望。现在，娶亲的队伍在喜庆的唢呐声中，在腾起的一片尘土中，慢慢地走出木垒河的东门，向南门顺利行进。他所希望的结果没有出现，他知道从这一刻起，他将永远失去那个叫湘绣的女人。那个女人将化为一个梦，沉淀在他以后的生命里。他扭过头，看一眼跟在身后的花轿，又望望缓缓升起的太阳。

魏啸才咬着牙，挤出几个字："狗日的命！"

魏啸才骑马在前引路，送亲的队伍出东门，一路吹吹打打、热热闹闹地从南门进来。鼓手可着劲敲打，唢呐声嘹亮又高亢。《百鸟朝凤》《喜鹊登枝》，喜庆欢乐的乐曲撩拨着每个人的情绪，使人们暂时忘却了对这场婚礼的担忧。一切都在按部就班地顺利进行，没有出现人们所担心的场面，看来魏啸才这小子还真是个命硬的犟种。

轿子到魏家门口，轿夫原地迈着步子，就是不落轿。肖先生笑呵呵地上前，给轿夫赏钱，轿夫才落下轿子。一时间，鼓乐鞭炮齐鸣。肖先生大声喊着："落——轿啦！亲戚乡党赶快让客！亲戚们、乡党们里面请啦！"肖先生边喊着，边指挥几个小伙子把红毡铺在地上。"亲戚们、众乡党，有属鸡属兔的回避啦！亲戚们、乡党们担待些，属鸡属兔的回——避。"人群里一片嬉笑声，有几个摇头撇嘴地走开。负责娶亲的女人上前掀开轿帘，扶出新娘。肖先生的婆姨，大襟里兜着麦子、豆子、红枣、花生之类的东西，拐着一双小脚吆喝着，笑呵呵地走近新娘。"让开些，让开些！呵呵呵！哎哟哟——好喜庆的新娘子哟，来——来来！”边说边抓起大襟里兜着的东西，向新娘的头上身上撒去，边撒边絮絮叨叨，“大鬼小鬼都走开，富贵子孙带进来！大鬼小鬼都走开，富贵子孙带进来！……”她把手里的最后一把东西撒出去后，拍打拍打衣服，又把衣服抻了抻，走上去，就手和喜娘一边一个搀着新娘。

两个负责铺毡倒毡的小伙子却又抱着双臂像没事人一般，扭着头东张西望。

肖先生的婆姨一撇嘴，从送亲姨娘手里抓过两个红包，往两个小伙子手里一塞，抬起小脚踢了小伙子一脚，“你个屄娃娃，别忘了，你也有这一天！呵呵呵！”

旁边一群娃娃看到新媳妇走过来，跟在后面拍着手喊：

新媳妇，坐牛车，朝尻子剜了一牛角……

肖先生的婆姨故作冷脸地扭过头，吓唬跟在后面吼喊的娃娃，“去去去去，乱吼喊个啥呢？你妈的尻子才让剜了一牛角呢！”说完，自己先忍不住哈哈大笑起来。几个娃娃嬉笑着一哄而散，站在人群外面又拍着手唱起来：

蚂蚁雀儿，尾巴长，娶了媳妇忘了娘。
风来了，雨来了，黄鸹背个鼓来了。
吃青枣儿，放老盐，抽个疙瘩儿我喜欢。
筛一筛，扬面面，大舅来了吃啥饭？
打鸡蛋，烙油旋，不吃不吃两大碗。
……

院门口的桌子早已摆好，几个壮实的小伙子拦在门口，“来来来，西客家，先喝三杯，你们送亲辛苦啦！”

汪秀英到这时候才有一点点安心，就像在大海里航行的船终于靠了岸。她也终于有了脚踏上土地的那种踏实的感觉。她两手交握，不自主地摸了摸戴在手上的玉镯。轻舒口气，被两个人搀着，在红毡上迈着小步，迈过大门内的火盆，又迈过马鞍，终于走进了魏家。她忍不住想要看看外面的场景，她想知道她现在究竟是迈入了怎样的一个人家。大红盖头将她眼前遮得严严实实，她只能看到脚下的一小块铺着红毡的地方。她使劲地闭一下眼睛，轻轻地咬一下舌尖，很痛，她在心里轻舒口气。

肖先生高声喊道：“亲戚们、乡党们、七姑八姨的都过来，典礼啦！小伙子们给大人安个座！”魏啸才和汪秀英也被众人簇拥着在当院的红毡上站定。

两杆唢呐在人群外骤然响起，乐师们鼓起腮帮子，前仰后合地吹奏着《喜鹊登枝》，欢乐的曲调渲染着喜庆。各种响器也在瞬间被鼓手们舞弄得更加欢实。肖先生的额头上浸着汗高声喊道：“吉时已到，新人就位。一拜天地，跪——”汪秀英由娶亲的喜娘搀扶着盈盈地跪下。魏啸才看到汪秀英跪下了，才重重地跪下去。“叩首！起——”早有人给魏宗寿夫妇安了椅子。肖先生看魏宗寿还在旁边站着就笑了。“还扭捏个啥呢？快来坐好。”上前拽了魏宗寿一把。“二拜高堂，跪——，叩首——，起——”魏陆氏站起来，走到汪秀英跟前，扶起汪秀英。“行了行了，乖娃，快起来吧。”她塞给汪秀英一个小布包。众人起哄道：“婆婆给的啥好东西，拿出来也让我们看看嘎。”

“没啥没啥！”魏陆氏快快走开去。

“夫妻对拜，礼——成！新郎抱斗！”

魏啸才抱起摆在门口的木斗。木斗裹着红布，里面是些核桃、沙枣、花生之类。

肖先生手里不知什么时候多出一根秤杆，东西指画着。“一打天煞，二打地煞，三打杨任（传说中专事挑拨家庭是非的神）腾空起。”肖先生的声调骤然变得急促又尖锐。“一打东方甲乙木，二打南方丙丁火，三打西方庚辛金，四打北方壬癸水，五打中央戊己土。新人捏锁子，开花结果子。新人跨驼鞍，四季保平安。礼成——，新人——入——洞房啦！”汪秀英被人簇拥着送入洞房。肖先生也手持秤杆跟进洞房，接着唱道：“一杆秤，黑油油，新人头上挑盖头，挑掉盖头有看头！”

挑掉盖头，汪秀英满面羞红地低垂着头。门口挤满了伸着脖子的头。汪秀英端坐在炕上，穿着大红绸缎薄袄，衬托了洞房里的喜庆，这喜庆的气氛既冲淡了存在于人们心里对这份婚姻的忐忑，又夹杂着一层淡淡的神秘，使人们小心翼翼地既想探究她的本末，又回避着不去触摸。

魏陆氏上前，突然不知怎么称呼汪秀英，哼哼着：“嗯……哎……你……这……这……这是你舅！”

众人起哄道：“哟哟哟，这婆婆咋比新媳妇还忸怩呢？”

汪秀英略抬一下头，看一眼肖先生，蚊吟一声：“舅！”

肖先生哈哈一笑，顺手塞给汪秀英一个小布包，“丫头，好日子开始啦！慢慢往前奔吧！”

院子里到处粘贴着“囍”字。魏宗寿请肖先生张罗着，早在院子的菜地里安好了十几张桌子，备下了八碗八碟一锅子的丰盛的流水席面。现在院子东边草房前的空地中间，支起的大锅里正煮着羊肉，肉锅里涌起的蒸汽翻腾着，弥散在喧闹中。在另一个呼呼冒火的灶台上，从东兴阁请来的师傅施展着自己的手艺，师傅泛着油腻的汗水，在皮肤的皱纹里迂回。顽皮的孩娃们丝毫不顾女人们的呵斥，在人群里钻来钻去。举着托盘送菜的年轻人长长的吆喝声，夹杂在这喧闹的气氛里，荡漾在小镇的上空。

肖先生引着身穿马褂、斜佩红花的魏啸才，穿梭于各张饭桌之间，殷殷地让着人们。"亲戚们、乡党们吃好喝好啊！主人家这里谢忱各位了。来来来，才娃给鞠个躬，鞠个躬。"肖先生高声喊着。魏啸才表情木然，不露一丝悲喜。

堂屋门口突然爆起一片喧闹声。魏宗寿的脸被锅黑抹得黑不溜秋，颌下吊着一串用羊毛做成的胡须，翻戴着皮帽子，拄着葵花秆做成的拐棍，叼着胡萝卜做成的式样夸张的烟斗，被人们簇拥着走过来。

旁边有人在起哄，"老公公干啥去呢？"

魏宗寿闷着头一副任人摆布的样子。

旁边的人喊着："是不是帮儿媳妇扒炕灰去呢？"

仪娃不知道啥时候窜过来，拉着他大的手问道："大——大大，啥叫扒炕灰嗄？"说着，眼睛滴溜溜地在众人脸上巡睃。

人群里爆起一片哄笑，"就是就是，说一下嗄，啥叫扒炕灰嗄？"

魏宗寿甩甩手，"去去去，一边玩去！"

仪娃眨巴着眼睛傻笑着。

魏啸铭跑过来抱起仪娃，在他的鼻子上轻轻地拧了一下，"勺[1]娃，你跟上搅和啥呢？"

魏陆氏脸上涂着厚厚的胭脂，新娘子的红花被拿来戴在她的头上，身穿大红棉袄，手里拿着一把扫炕的笤帚，在人们的簇拥下摇摇摆摆地走过来。

肖先生的婆姨抱着月月在旁边撺掇，"说——快说啥，要说呢么，说了喜庆。你就说'摇婆子摇，拔蒿蒿，蒿蒿拔上蒸包包。媳妇吃了有喜呢，婆婆吃了扭嘴呢'。"众人又是一片哄笑。

冬梅放下手里正在洗的碗碟跑过来，看到她妈被打扮成这副模样，抿着嘴笑着跑开了。

流水席一直开到弦月当空，还有两三张桌子边散坐着几个人在缠酒。

几个小伙子嚷着要去闹新房。其中一个小伙子喝多了，推开新房门，嘴里嚷

① 勺：方言，意为傻。

嚷着："我……我来看看，来看看，都说新娘子是个扫帚星克夫星，我看看是咋克的呢？"其他几个拉着他不放。

魏啸才望他一眼，扭过头去。

小伙子还在挣扎，"我就要看看，看她咋克夫的呢！"

魏啸才再也忍不住了，"日你妈！你说啥呢？"揪住小伙子的衣领，就是一拳。另有几个魏啸才的死党也过来帮忙。

正在和魏宗寿说话的肖先生过来，才把打架的人拉开。新房没闹成，众人都讪讪散去。

魏啸才望着讪讪离去的人们，咬着牙嘟哝了一句："日他妈，亏了先人了！"

魏陆氏走进新房。她很麻利地扫完炕，铺好被窝。"才娃！对你媳妇疼爱些！"她轻声道，末了望望黑着脸的魏啸才，张张嘴，想说啥又没有说，一时不知所措地干站着。

汪秀英心里暖暖地，感激地看一眼婆婆，又瞟一眼魏啸才，抿着嘴低下头。

"你们早些个睡吧！"魏陆氏觉得也不好再说啥了，转身走出去。走到窗下，站住听了一会儿，没有听到啥动静，摇摇头，把一把扫帚立在窗下，回自己屋里去了。

魏啸才坐了一会儿，听院子里没了动静就走出去，再回来的时候手里拿着一壶酒。他看看还坐在炕上没动的汪秀英，端起酒壶喝了一口，闷头蹴在炕角上。不久前的那个夜里，湘绣袒露给他的娇柔如玉的身体，本该脱去他作为一个男人的懵懂与惶惑，使他变成一个真正的男人去超度眼前的女人，可是不行。他满脑子都是已不知身在何处的湘绣，女人的一颦一笑，勾引出他生命中全部的温情与孤独。这温情与孤独又像枷锁一样禁锢着他，让他无法面对眼前的女人。他一口接一口地喝酒。长明灯将他昏惑的身影印在墙上，身影不时地随着长明灯的摇曳晃动一下。

汪秀英动了动已经坐得僵硬的身体，怯怯地看一眼在昏黄的烛光下喝酒的男人。她觉得心底里本该充满的新婚女人的幸福感，正随着时间的流逝而悄悄溜走，以至荡然无存，正被另一种彻骨的寒意代替。眼前男人阴郁的面孔，正在一点点地销蚀着她作为一个新婚女人的羞涩和幸福。她大汪雨量在她出嫁前，丝毫没有提及她将要嫁的是怎样的一个男人，虽然她也曾零星听到一些关于这个男人的话题，但她始终无法知晓事情的全貌。她在感叹自己命运乖戾的同时，诅咒着命运对她的不公和捉弄。一种由衷的伤感和委屈冲击着她，让她无法克制。汪秀英不禁轻轻啜泣，将满腔的伤感和委屈化为泪水，挥洒在自己的面颊和衣襟上。

魏啸才默默注视着啜泣的女人，半晌才狠着声憋出一句：“号啥呢？”猛灌一口酒，“日你妈！我就是卖给你们家的驴吗！”

汪秀英听到男人这样说，哭得更凶。

魏啸才看女人哭得更厉害，一时也没了主意。他郁愤地在地上转了两圈，一跺脚，发狠似的踢了鞋，一步登上炕，几下抹去身上的衣服，赤条条地矮下身，动手解汪秀英的衣裳。

汪秀英透过泪眼，看到赤裸的男人蹲在自己的面前，裆里一团黑乎乎的东西高高翘着。她惊愕地停下哭泣，本能地向后退缩了一下，抬手护在自己的胸前。男人愣了一下，重又伸过手，更有力又忙乱地撕解着她的衣扣。她又挣扎一下，就放弃了。闭上眼睛，她感到男人粗重的带着浓浓酒味的气息，喷在自己脸上。她的心怦怦地跳着，似乎随时都会从口中蹦出来。搅一下干涩的舌，嗓子也干涩涩的。男人很粗鲁地扑翻她，随即伏在她的身上。她感到一个硬硬的物件挤进她的身体，随后，一阵撕裂的疼痛袭遍她的全身。她紧紧咬着嘴唇，不让自己喊出声，她的嘴里充满了咸腥的气味。男人的身体压着她，喘息着，发狠似的一下下冲撞着她。她长长地呻吟似的舒出口气。这呻吟说不清是痛苦的抑或是快慰的，一种朦胧的奇妙的感觉在她的腹部潮起。她抬起手臂，试探着摸一下男人粗硬的肌肉，不禁轻轻扭动一下身体。她感到男人的喘息粗重起来，粗硬的身体一阵痉挛，有一股暖暖的东西喷射进自己的体内。

男人在她的身上静静地趴了片刻才翻起身，跪坐在她的两腿间。她听到男人悻悻地咕哝了一句：“日你妈！你舒服了吧！”随后，男人懒懒地侧身睡到一边去了。

屋子里一时静下来，昏黄的灯光使得屋子显得更加空且大。

半晌，汪秀英起身拉过一件衣裳捂在自己的胸前。她挪动了一下屁股，下身在隐隐作痛。她看到白净的褥子上一朵像梅花一样绽放的血迹。她扭头看一眼躺在身边的这个陌生的男人，这个在以后的岁月里，将和她的生命休戚相关的男人，涌在心间的种种滋味让她难以言表。在摇曳的灯光下，男人古铜色的后背上雄健的肌肉，让她感到踏实，但这踏实的背后又有许多说不清的让她心虚的感觉。汪秀英的眼睛犹疑地眨着，渐渐地，有一股温情在她的眼里涌动。她慢慢地靠着男人坚实的后背躺下来，她把自己的身体紧紧地贴在男人的背上。

魏啸才感到女人紧紧地贴着自己的后背躺下，伸手搂着自己的胳膊。一股温润的感觉迅即涌遍全身，这感觉突然让他感到心痛。他没有动，只是轻轻地叹息似的呼出口气。

已经躺在炕上的魏宗寿看魏陆氏进屋，抬起头问道："咋样了？"

魏陆氏笑笑，"还能咋样？还坐着呢，都没动呢。"魏陆氏拢了拢有点散乱的头发，脱鞋上炕。

魏宗寿嗤了一声，一笑，"看狗日的能坐到啥时候！"

魏陆氏斜睨了丈夫一眼，就要吹灯。魏宗寿突然起身拦住，扳过女人的肩膀，笑嘻嘻地望着这个相伴自己走过半辈子的女人，心里突然涌起一种雨季般潮湿黏腻的感觉。"今儿个我们也欢实一次吧。"魏宗寿声音软软地道。

魏陆氏轻笑一声，轻轻推丈夫一把，"你个老没出息的。"端起灯，挨个儿看看熟睡的娃娃们，然后上炕，脱了衣裳，躺在男人怀里，"你轻些个，吵醒了娃娃就臊死个人了。"

魏宗寿在婆姨身上吭哧了半晌，才一身大汗地歪在一边，舒畅地舒口气，目光越过婆姨，盯着白蒙蒙的窗纸。不知咋的，他突然想起了牢房的小窗口。

魏陆氏捅了男人一下，轻嘻一声："他大，你乏啦？"

魏宗寿慵懒地哼了一声，"没！"

"咋一身汗呢？"魏陆氏怜惜地抹一把男人身上的汗，爬起身，"我去拿个手巾给你擦擦，擦舒坦了好好睡一觉。这些个日子，事多，你也乏累了，该好好缓一缓了！"

魏陆氏给男人端一碗水。魏宗寿接过一口气喝了，四仰八叉地躺在炕上，让女人通身擦了一遍，才拍拍女人的手，睡了。

第二天早起，汪秀英轻身下炕，在屋门口侧耳静听了会儿，又反身站在炕前，盯着依然酣睡的魏啸才看了很久，才犹豫着伸手捅了他一下。魏啸才抬眼看她一眼，又闷头睡去。汪秀英又捅了魏啸才一下，看他依然没动静，一扭身，紧抿着嘴，独自走出屋子。

魏宗寿正在清理杂乱的院子，看到汪秀英走出屋子，别转身去，继续忙自己的活。

汪秀英呆站在院子里不知道要做啥。她感到很委屈。委屈像幽灵一般，瞬间浸满她心里的每一个空间，眼泪禁不住地溢出来。她抽了抽鼻子，抹把脸，嘴角上漾起一丝坚忍。她转着身看了看整个院子，辨清厨房，走过去。

厨房里弥漫着蒸汽，魏陆氏正在做饭。汪秀英怯怯地、涩涩地、犹疑地叫了魏陆氏一声："婶……嗯，妈——"

魏陆氏抬头看到汪秀英两手绞着站在门口，愣了一下，欣喜地哎一声，“咋这么早就起来了？”魏陆氏一脸的关切，有点不知所措地搓搓手，看汪秀英还站在那里，“去吧，去缓着吧！饭好了喊你，才娃呢？”

“嗯，嗯……他……他还在……还在炕上睡着呢。”汪秀英心里一热，鼻子酸酸的，眼泪在眼眶中打着旋，走近魏陆氏，“妈，我还没有给你和大端茶呢！”

魏陆氏眨着眼，疑惑地看着汪秀英，没明白汪秀英在说什么，“端茶？端啥茶？”

汪秀英红着脸不知道该怎么解释，“就是……就……就是……”

“噢——噢哟哟，你看我这脑子！”魏陆氏笑起来。她快快地拿了只茶碗，冲好茶递给汪秀英，朝外扬了扬头，“乖娃，我就算了，给你大端去吧！”

汪秀英端起茶碗，走到魏宗寿跟前叫了一声，声音里透着忸怩和羞涩：“大，你喝茶吧！”

魏宗寿转身看汪秀英端着茶碗红着脸站在自己的面前，搓了搓手，眼都没有抬一下，接过茶碗一饮而尽，把茶碗递给汪秀英，又搓搓手，“去忙你的吧！”

汪秀英回到自己屋里，长长地舒了口气。

魏啸才已经起床，看汪秀英进来，撇了撇嘴，出去了。

等汪秀英再从屋子出来的时候，魏啸才已经端着一大碗洋芋拌汤，一手拿着大馒头，蹲在院子中间的矮墙上吃得呼噜呼噜。

汪秀英抬起头，眯着眼，望着瓦蓝瓦蓝的天。深而高远的天，透着清亮，太阳刚刚爬上山顶，远远地飘着几朵云。汪秀英收回目光，扫视着依然弥散着喜庆气息的院子，犹如置身于梦境之中。她轻轻地咬了一下自己的舌头，很疼，又低下头，看了看自己被太阳投射到地上的影子，向前迈了两步，那影子也随她向前移动着，一切都真实得不容置疑。

三　剿匪

办完妹妹汪秀英的婚事没几天，汪子恒随驻军关营长的部队去了大石头。

早在开春的时候，一股变民就活动在木垒河的大石头、镇西及鄯善一带的山里，领头的叫阿地力。听说，有人在这群变民中，还见到过矬刘。他们像一股飘忽不定的旋风，不定什么时候突然出现在什么地方，抢劫牛羊牲畜，裹挟牧民。遇到稍有反抗的一律杀死，带不走的东西通通烧掉。

这些变民原本都是哈密沙亲王领地的属民，因不堪王府徭役的重负，要求改土归流。这对省府来说本是好事，省府可以借此收回王府领地，增加赋税。省府虽然往哈密派了军队，可军队对王府领地内闹得如火如荼的改土归流，是明禁暗纵。眼看着自己的位子越来越不稳当了，沙亲王急了，往返于迪化和哈密之间，希望省府能明令禁止领地内属民的过激行为，也希望省府有个明确的态度。督军杨增新却不着急，虽然他很想收回沙亲王的领地，给入不敷出的省府增加一些收入，可他更想安定，所以也就哼哼哈哈地应付沙亲王。沙亲王看杨督军阴阴阳阳地应付他，一气之下，重金贿赂镇西的驻军营长，镇压闹事的变民。结果，变民在阿地力的率领下，和省军发生激烈冲突，抢夺了部分武器，进山去了。

牧民刚转入夏牧场时，大石头、博斯塘以及白杨河的农官、赞根就来找过蔡县佐，报告流窜的变民抢劫民众，致使地方不靖。蔡县佐不以为意，再说，就是他想管，他也无权调动军队，便请几个农官、赞根喝了顿酒，让他们回去弄几个人，加强防范。

麦收的时候，阿地力率众围住了白杨河刘秉坤的庄子。

刘秉坤的爷爷当年随左宗棠大帅进疆，被派在木垒河做把总，年过四十，娶了一碗泉崔三爷的二丫头，在木垒河落地生根。刘秉坤的庄子是个独庄子，把总爷在世时修的，坐落在一个僻静的梁湾里，离最近的人家也有十多里地。庄子很大，大大小小百十间房子，围墙是坚固厚实的干打垒土墙，四角修有角楼。据说，当年庄子刚竣工不久，恰巧左大帅路过，看庄子背靠山梁，依地势而建，三面开阔，左面一条清粼粼的小河，还真有点虎踞龙盘的意味。左大帅一时兴起，提笔挥毫，书一庄名："独一庄"，并有对联：

世外神仙居
塞上独一庄

左大帅手下一师爷在庄前庄后转了一圈，觉得庄子里隐隐有阴戾之气，很是奇怪，遂登高远望。河东五里，有一怪石林立的山峰，状如恶虎，庄左小河便是自那里起源。师爷再回望庄子，暗道："半瓶醋，误人！真是可恶，可恶，可恶！"若无河东的那处山峰，这里的确是一处绝佳的好地界，庄子的布局也算得上是上佳。可有了这山峰就不同了，如若风水先生是个高手，重新谋局，变更方位，避险趋安，也还算不错。可现在格局已定，再改也非易事，师爷暗暗摇头叹息。看大帅兴致很高，不愿坏了大帅雅兴，便没道破。直到离开时，才私下拽住把总爷，似不经意地说道："后辈中如有属龙之人，务必避居庄外，可保你万世安福！"

把总爷蒙大帅起了庄名，又得了大帅的字，欣喜异常。请了工匠，再造一庄门，将大帅的字做成石刻，嵌在大门楼子上，引以为豪，早将师爷的嘱咐忘在脑后。直到有一年，一场雷击，引燃了庄子里的草房，烧死了把总爷一匹上好的走马和正在后面如厕的奶干丫头，把总爷才猛然想起师爷的嘱咐。最后，辞退了一名很受把总爷赏识的属龙长工，又提心吊胆了很长时间，才安下心来。

刘秉坤属龙，是刘家的独苗。他妈一连生了六个丫头，快五十了，总算生出个儿子。可这好不容易盼来的儿子，偏偏属龙，真是愁坏了刘秉坤的爹。思前想后，在庄子西边修了两间房给刘秉坤母子居住，以为权宜之计。刘秉坤三岁时，一个道士路过庄子，碰巧刘秉坤他妈正拽着刘秉坤，站在屋子门口的斜坡上闲望。道士上前端详了刘秉坤半晌，然后，向刘秉坤他妈要求借住一宿。那天，道士为答谢刘家的热情款待，问明情由后，替刘秉坤掐算了半晌，取名"刘秉坤"，又让人把庄子东边的围墙去除了两尺，才让刘秉坤母子搬回庄子里居住。

道士临走时，还嘱咐了诸多禁忌，尤其是每逢丙午日，刘秉坤须离庄避居。刘家更是谨遵道士的嘱咐，不敢有丝毫懈怠。

独一庄庄破之日正是庚申月丙午日。

那日，刘秉坤正准备离家外出，阿地力带人围住了独一庄。他原本前一日就要离开庄子的，因事耽搁了一天。

这是刘家的劫数。

刘秉坤只好带人上墙，抵御阿地力的进攻。这一仗，直打得天昏地暗。第三日，独一庄被攻破。阿地力挨个儿拷问刘家老小，掘出刘家全部窖藏金银，然后，放火烧庄。可怜留在独一庄的刘家老小包括长工杂役六十多口无一幸免，全部死于非命。

独一庄被屠三日后，蔡县佐才听到讯息，匆忙带人叫上汪雨量一起前去察看。只见偌大的庄子，只剩残垣断壁。未燃尽的房梁还在冒着淡淡青烟，不时爆出一声轻响。

汪雨量望着惨烈的场面，一屁股跌坐在地，禁不住老泪纵横，“老蔡呵——这么大一个家口就这样灭了呵，哦——呵呵——呵——”

汪子恒随驻军去大石头的主要任务是为关营长筹措粮饷，以及和当地的哈萨克部落首领协调关系。还有一个原因，就是他舅舅刘秉坤的独一庄被变民屠灭，这让他对这股变民痛恨不已，咬牙切齿。他说，你抢走了东西也就算了，不要杀人；就算不得已杀人了，也不该一个不留，至少女人娃娃不能杀。

筹措粮饷、协调关系的任务对他来说太轻便了，几乎没费多大周折，就为关营长筹措到足够用半年的军粮和马草，还有一大笔钱。这些钱都是当地哈萨克部落首领自愿捐助的。其实，这些有钱又有势的大巴依老爷也不愿局势动荡。局势动荡对他们没有啥好处。牧民都去闹事了，谁来放牧？总不能让老爷我自己站在草原上去放羊吧。这成啥体统？再说这些闹事的穷鬼成群结伙了，动不动就来抢牲口，也是个大损失，对安逸的生活也是个搅扰。巴依老爷们几乎没有让汪子恒费多少口舌，就自动地捐了钱粮马草。

关营长很满意，搂着汪子恒的脖子，“兄弟，你可帮了我的大忙喽，有你这么能干的人，几个毛毛贼就是小菜。走，走走走，喝酒去！”

汪子恒夸张地耸肩缩脖，一副很别扭的样子。

关营长怪异地盯着汪子恒看一会儿，猛一拍汪子恒的肩膀，“做啥子？哥老子喊你喝酒，你还做出这种怪势子做啥？”

汪子恒只好笑笑，“关营长，你说话声音太大，震得我耳朵痒痒。”

关营长愣了一下，随即哈哈大笑着放开汪子恒，“我说嘛，我一搂别人脖子，个个都是你这个怪势子。”

“那是你的兵不敢说你！”

关营长是云南人，和杨督军同乡，也是当年督军手下唯一的汉族营长。当年督军手下的营长不是回族就是维吾尔族，就关营长是个例外。关营长先前给在河州任职的杨督军扛大旗，后来杨督军执政新疆，关营长又跋山涉水历尽周折地去云南，为杨督军接来了家人，过后，就被督军大人倚为心腹。关营长当营长不久，又派人去叫了把兄弟赵四成来，让他做了自己的军需官。他说：“哥老子现在当官喽，有权喽，风光喽，不能忘了兄弟噻。”

就在关营长踌躇满志的时候，机会也来了。阿地力派了一股变民，三天两头地去大石头东面的色皮口，抢劫转场路过的牧民。关营长叫上汪子恒带了一个排的士兵去色皮口。他们在色皮口转悠了几天，连个鸟毛都没有碰到。变民就像土遁了一般，一点讯息都没有。不过，他们还是有收获的，在巡查途中，猎到了两只岩羊和一只马鹿，这同样让关营长感到兴奋。

部队的驻地背靠大山，前面是一片开阔地。

汪子恒站在西面的山梁上。梁坡下的营地里，几个士兵在收拾猎来的岩羊。不远处，哨兵肃立在瑟瑟秋风中。极目远眺，一望无际的荒草地，波浪似的翻滚着，一直蔓延到天的尽头。一团颤悠悠的熔岩似的火球，向远方大地里慢慢地沉落下去，炽红的烈焰把大地和天空融为一体。汪子恒的心底间涌动着一股豪壮之气。

那天晚上，一股变民悄悄地摸进营地。哨兵被套绳套住脖子，悄无声息地拖走，荒草地里柔软的草皮掩盖了夜晚所有的响声。四周一片寂静，偶尔有军马吃草时喷出的一两声响鼻，才在这寂静的夜晚让人感到一丝生气。直到打盹的暗哨猛然惊醒，看到晃动的模糊人影，才匆忙扣动了扳机。惊乍乍的枪声撕裂了夜空，也在骤然间激起一片枪声和喊杀声。

关营长和汪子恒在蒙眬中惊醒，几乎是同时一跃而起，摸出枕头下的手枪，向外冲去。外面人喊马嘶，人影攒动，马刀刺入肉体时，软绵绵的令人心悸的刺啦声和惨叫声交织在一起。关营长还想组织士兵抵抗，他边挥枪射击边大声喊着：“二排长！二排长！”没有人答应他。大部分士兵还没完全清醒，就已经命丧黄泉，匆忙中逃出来的几个衣衫不整的士兵，也很快被人撵上砍倒。逃散的军马在乱冲乱撞。汪子恒见大势已去，护着关营长向西边的山梁冲去。汪子恒边打边退，猛然听到关营长大声地吼骂了一声。汪子恒回头看到关营长摇晃着，一头栽倒在地。他冲到关营长跟前，伸手去拉瘫软在地的关营长，身后一股凉风袭来，转身已然不及，只好向前一扑，就地翻转身，抬手一枪，将挥刀砍他的土匪打下马，又一跃而起紧跑几步拽住奔窜的马，把关营长撂上马背，自己也翻身上马，落荒而逃。

秋天冰冷的夜晚，到处弥漫着血腥气。弦月刚一露头，又惊慌地躲进云层。

关营长和汪子恒逃回大石头的营地时，天已大亮。汪子恒回头看看几个逃出来的士兵，一个个衣衫不整，满身血迹，狼狈不堪。他恶狠狠地咬了咬牙，重重地哼了一声。

关营长是被猎枪打中的，背部血肉模糊，还好没有伤到筋骨。医官满头大汗，仔细地为关营长清理着伤口里的铁砂。关营长又疼又气又恨，破口大骂。每骂一声就咧一下嘴，狠着声吩咐一连长带着部队重返色皮口。

汪子恒看看关营长已经没有什么大碍，也跟着部队走了。

色皮口营地里一片狼藉，似有一股阴风罡气从地狱深处扑面而来，瘴气一般将人猝然击中。二十多个士兵的尸体横七竖八地倒卧在地，赤脚的、只穿着一只鞋的、脖子被砍断头颅偏在一边的、肢体残缺的……拴马桩上吊着一个士兵，两只眼睛已被挖去，成了两个可怖的黑洞。肚腹洞开，肠子挂在外面，生殖器被割下来塞在嘴里。拴马桩前还有一具尸体好像是被拽着双腿，硬生生地从两边撕裂开的，一条腿也不知扔哪儿了，肚子上的皮肉被撕去一大块，肚肠散露在外面，招引来大群的绿头苍蝇。地上一摊摊的血迹也叮着无数的蚊蝇，人过之处惊飞起一大片，嗡嗡之声不绝，在死尸间血迹间盘旋飞舞。一声狼一样的干号骤然在旷野里荡开，随后是一片哀号和干呕声。

汪子恒紧咬着牙，脸上绷出一条条的肌肉，心里像堵着一团棉絮，呼不出一丝气息。只觉得有千丝万缕的寒气，从脊骨向外穿透、扩散，连同灵魂也一并逸出体外。恍惚间，他感到自己的双脚已迈进了地狱的大门。

两天后，汪子恒和一个哈萨克向导装扮成猎人进山去了。又十多天后，汪子恒和向导一身疲惫地回来了。

关营长见到汪子恒，高兴地大叫着要起身相迎，汪子恒紧走几步，伸手摁住他。关营长龇着牙大笑道：“兄弟！你是我的救命恩人嘞，磕个头都是该的。”

“都是兄弟，你这就客气了。伤咋样了？”说着就要查看。

关营长拦住了，“没的事了没的事了，你就放心吧！”

随后，汪子恒向关营长汇报了这些天的收获。

关营长背部的伤口大部分已经结痂，只是还有一些比较深的伤口没有愈合，尤其是屁股上的伤口，又深又大。他只能趴在行军床上，听汪子恒的汇报，时不时地拍着床头叫一声好，背部的伤痛又使他龇牙咧嘴、吸溜溜地吸一口凉气。半晌，他才突然想起似的大叫一声勤务兵，又对汪子恒道："兄弟，还没有吃饭吧？嘿嘿，你看，我一高兴就忘了你吃饭没的。"

没过多大一会儿，勤务兵端进来一大盘手抓肉，放在桌子上，转而毕恭毕敬地对关营长道："报告营长，肉是凉的。伙房说，你们先吃着，垫补一下肚子，他们赶快炒菜，再喝酒。"关营长嘴还没有张开，汪子恒就接过话头，"你给伙房说，不用炒菜了。我和营长不喝酒了，我乏了，想睡觉。"说着冲关营长摆摆手，"关营长，我们来日方长，以后有的是时间喝酒。"

三天后的下午，关营长趴在担架上，被士兵抬着，整个部队也拔营向木垒河方向开去。临近黄昏的时候，部队突然转而向南，向山里行进。行进的速度明显加快。

那天晚上的后半夜，部队包围了阿地力的营地。

部队快速又悄无声息地抢占了阿地力驻地周围的几个制高点。山沟里，阿地力的营地里点着一堆堆篝火，人都歪倒在将要熄灭的篝火旁沉沉睡去，几乎没有什么警戒。关营长的部队迅速接近，很快把土匪分割成几块，团团围住。山顶上，侧身卧在担架上观望的关营长朝天放了一枪，几乎就在关营长枪响的同时，手榴弹、步枪、机枪响成了一片。一时间，爆炸声、枪声、惨叫声、喊杀声交织在一起，撕破了原本寂静的夜空。整个战斗几乎没有抵抗，就是一场力量悬殊的屠杀。只是临近结束的时候，在东南角的山坡上骤然响起一阵激烈的枪声，然后，一切又归于平静。阿地力带着十几骑人马突围，向奇台方向的深山奔逃而去。

当太阳跃上山顶的时候，战斗结束了。山沟里到处是躺着、卧着、趴着、扭曲着的尸体，其中夹杂着妇孺和老人。

山沟里弥漫着硝烟和血腥的气息。

汪子恒的脸沐在清晨的阳光里，一种无法遏制的兴奋溢于言表。当他看到横七竖八倒卧在山沟里的死尸时，心里只是瞬间掠过一丝说不上是不忍或是愧疚，但这种感觉马上就被涌入鼻腔的硝烟味和血腥味冲淡了。他像一个将军，站在山坡上，沉浸在一场大战胜利后的喜悦中。他觉得自己应该是一个将军，一个挥戈沙场、建功立业的将军。汪子恒望着远处山沟里打扫战场的士兵，一手叉在腰间，一手朝前猛地一挥。他似乎不满意刚才的动作，摇摇头，自嘲地笑笑，又转着身左右扫了一眼，清清嗓子，做出一副威武的表情，重复了一遍刚才的动作。

他的胸间涌动着一股不可遏制的激情和冲动，张开双臂，朝向太阳，禁不住哈哈大笑。笑声在山谷间回荡着，久久不散。

部队打扫战场之后，当天就返回了木垒河。

数天后，关营长找来汪子恒，拍着他的肩膀说："兄弟！你够男人，对哥老子的脾气，留下给我当个参谋吧！大哥我亏不了你，有我一嘴，就有你兄弟的一嘴。"

不久，汪子恒到关营长的手下当了一名中尉参谋。穿上军装的汪子恒，比穿黑狗子似的警察制服英武帅气多了。

四　我就是头驴么

汪秀英过门后的第三天下厨做了一顿浆水面。面条做得细而匀称，韧而不僵。魏家老小就着当年的新蒜，一个个吃得油光满面。

吃过浆水面，汪秀英要去娘家回门。魏啸才站在院子里望着远处的双疙瘩山发呆，半晌，扭头看到汪秀英胳膊上挎着个包袱站在屋门口等他，咬咬牙，“日他妈，我就是头驴么。”一甩手，头也不回地走出院子。汪秀英抿一下嘴，低头小跑着撵上去。

汪雨量看魏啸才昂着头跨进院子，丫头在后面亦步亦趋地跟着，抽着嘴角笑了一下，靠在太师椅上没动。

魏啸才走到汪雨量面前，回头看一眼汪秀英，盯着汪雨量直挺挺地跪下去，磕了个头。汪雨量只当没看见魏啸才的表情，呵呵一笑，伸手拉起跪在脚下的魏啸才，“行啦行啦，女婿娃，你有这份心就行啦！”魏啸才一甩手，闷着头走过一边，心里恶狠狠地咒了一句，“有球个心呢！老㞞！”

魏啸才从汪家回来就走进粉坊，顶替刘师傅的位置使粉坊重新运转起来。一家人都指着粉坊吃饭呢，不管咋样，他都得揣起所有的委屈，面对现在的生活。

魏啸才是带着一股狠劲走进粉坊的。这和以往走进粉坊的心境不同。先前他是主人，可现在，虽然三鑫和粉坊招牌依旧，却已不再姓魏。这让魏啸才心气难平。这和“人穷志短，马瘦毛长”完全是两回事。这是命！要怪只能怪自己穷。魏啸才唏嘘哀叹，咬牙跺脚，发誓有朝一日，自己发迹了，有钱了，一定要给汪雨量个老㞞好看。

冬梅和仪娃整日围着汪秀英，嫂子长嫂子短地叫着，还有月月，咿咿呀呀地一会儿姨、一会儿妈、一会儿嫂子，更是叫出了一院的欢声笑语。魏家院里虽然少了湘绣泼辣的风一样刮来刮去的身影，多了魏啸才的黑脸，但另有一种生活的气息在院里慢慢地滋生，弥散。

魏啸铭回奇台继续他的学徒生涯，再有两年多，他就该满师了。回到奇台的半个月后，魏啸铭托人带话来，要他大魏宗寿去趟奇台。带话的人没说有啥事，只说有要紧事。魏宗寿想不出是啥要紧事，但儿子这么紧地带话要他去，也就匆忙收拾收拾，第二天骑着他们家的老叫驴，去了奇台。

魏宗寿到奇台已是掌灯时分，因为魏啸铭的店里有店规，不得留宿外人，魏啸铭带着他大去一家回族人开的杂碎店里，吃了一碗杂碎，然后去天兴行斜对过儿的车马店里住下。

魏啸铭告诉他大，这两年天兴行的生意越做越大，要在下面各个牧区里找人代购畜产品。魏啸铭话虽说得绵软，但语气里明显透着十足的信心。“反正现在家里也没啥事做，倒不如试试看，兴许就能行呢。”他看他大没接他的话茬儿，就继续道：“我思谋了，也不要我们家再出多少钱就能做。你再思谋思谋，明儿个到店里和二掌柜再说说，我看能行。”

魏宗寿还是没有搭腔，低着头。半晌才道：“铭娃，你这一年，生意学得咋样？”

魏啸铭看看他大，不明白他大究竟在想啥，犹犹豫豫地答道：“还……行呢吧。”

“那这事你看行就行吧，我明儿个和你去店里见见你们二掌柜的。”魏宗寿盯着儿子的脸，“你也快回去睡去吧！我明儿个早起就到你店里。”

第二天，魏啸铭带他大魏宗寿去见了天兴行奇台分号的二掌柜张占元。

天兴行坐落在奇台西街上，一色青砖到顶，两进的大院子。院门口雄踞一对大石狮子，一边是一溜儿的商铺，一边是房门开在院内的伙计住房。院内南北两排青砖瓦房，靠西边一个小门，走进小门就到后院。后院是库房，场院里堆着小山一般的货物。

张占元的办公室在坐北向南一排靠里的一间。进门左手一张大榆木桌子顶头放在大花格窗下，桌子斜对面是一张大香案，供奉着关二爷的神像。屋子里明亮光洁，一尘不染，足见主人习性。

张占元三十八九岁，浓眉大眼，络腮胡子，粗犷彪悍又透着生意人的精明干练。看魏啸铭带着魏宗寿进来，赶紧放下手里的活计，站起来紧走几步，拉着魏宗寿的手。“老哥，你好的呢嘎？”边说边拉着魏宗寿到旁边的茶儿边坐下。

“好的呢好的呢。你好的呢嘎？”

“好好，好的呢。老哥，可养了个好儿子。”张占元说着看一下魏啸铭。

魏啸铭先给张占元的茶杯里添了水，才给他大沏了杯茶放在茶儿上。末了，垂手站在一边。

魏宗寿望望儿子，“好啥呢，给你添麻烦了。娃回去给我说了，你给他的照顾不少。我还要好好谢劳谢劳你哩。”

“是要谢谢掌柜的呢，掌柜的对我好得很呢。”魏啸铭赶紧插了一句，“啥时候，你得请掌柜的到家里好好谢劳一下。”

“谢劳啥呢，乡里乡党的，就不要说谢了。”

“娃说得对的呢！是要好好谢劳一下掌柜的！”

“心我就领下了。”张占元先结束了客套，转了话题，“事情铭娃给我说了，我看老哥也是个实诚人，我也就不绕弯子了。店里要增加畜产品的收购，这事说来也简单，我们给你些茶叶、糖和布，你收上畜产品再交给我们。东西用完了你就来，一次一次清账也行，年底清账也行，看你的。你看能成不能成？能成，我们就立个字据。”说完望着魏宗寿，嘴张了一下，稍一犹豫还是续说道：“这事本来是要找保人的，铭娃在这达呢，保人就算了。老哥可不能弄让我作难的事呵！”

“看掌柜的说的，我咋就能弄那号子丢人事，你把心宽宽地放在肚子里，我不是赖赖子，也不会干对不住朋友的事！”

“呵呵呵，那就好那就好！”张占元哈哈大笑着说，笑声在屋子里回旋着，留下一片嗡嗡声。

魏宗寿没想到事情会这么简单，脑子里稍稍盘算了一下，觉得这是件好事，就和张占元写了字据，摁了手印。张占元又陪魏宗寿去后面领了东西，魏啸铭去车马店里雇了两峰骆驼。事情都弄妥当，已经是下午，魏宗寿硬拽着张占元去回味阁喝酒。张占元推托不过就去了，席间少不了说些家长里短的闲事。

木垒河镇又进入了一年一度最繁华热闹的季节。转场的牧民拥进木垒河镇狭窄的街道，他们要在这里售出皮毛及一些杂七杂八的山货特产，换回足够一个冬季使用的砖茶、食盐等生活用品，要给自己买一双皮靴，要给女人和娃娃换一身新衣裳。

魏宗寿很快在转场的牧民手里收到了马牛羊皮马鬃之类的畜产品和一些狼皮狐皮，还意外地收到一张虎皮和一些虎骨。魏宗寿没有完全遵照天兴行的约定，他在收购皮毛畜产品的同时，还收了一些贝母、雪莲、秦艽、柴胡之类的药材。这不是协约规定的收购品种，但这没有影响到协约的履行。不到一个月，魏宗寿上交了第一批畜产品。这不仅让天兴行的掌柜对他另眼相看，也为他自己赢得了不错的收益。

这对魏家来说是柳暗花明。

魏宗寿鼓足了新的希望，带领一家老小重新鼓起生活的风帆。魏家先前遭遇的那些麻缠事，不过是这艘航船暂时行进了漩涡。现在，一切都有惊无险地过去了，而且还有了汪秀英这么一个如花似玉、贤惠又能干的儿媳妇。所有这些，都让魏宗寿不再在意儿子魏啸才看他时，眼里掠过的不易察觉的阴沉倔强的眼神。

五　捡回个二傻子

入冬后的第一场雪下了一天一夜，直到第二天的下午才停。大雪覆盖了山野，大树小树的枝枝丫丫上都挂满了积雪，四处白茫茫的一片。雪后初晴的天空深而高远，没有一丝云彩。阳光暖暖地撒下来，映在雪地上折射出清幽刺目的光。镇子里家家都在忙着清雪。屋顶上、院门口都是清雪的人。魏宗寿穿着棉袍，搓着手走出自家院子，站在街上四处张望一番，抻了抻身上的棉袍，蹚着厚厚的积雪走了。

早在两天前，魏宗寿就约好了，要在今儿个下午请蔡县佐、肖先生和汪雨量到东兴阁吃饭，说是感谢他们早前给他帮的忙。

东兴阁在镇子的东头，离县佐衙门不远，是一家山西人开的，主要经营清真炒菜及家常便饭。门前沙石土路，路两旁一溜儿白杨树。跨过路旁的小排水渠，一条片石铺就的丈多宽的小径，直通到东兴阁的门口。现在，这些都被厚厚的积雪覆盖了，只露出刚刚清扫出的一条小路。路旁的白杨树只剩下光秃秃的树干，瘦伶伶地立在寒风里。东兴阁门脸面南，两层砖木小楼。门楼上"东兴阁"三个金色大字嵌在黑底的匾牌上，大门两旁的门柱上挂着木刻对联，同样是黑底金字：

东不管西不管酒馆
兴也罢衰也罢喝吧

字体古拙遒劲，颇有太古遗风。

魏宗寿到的时候，其他几个人还都没到。他在大堂靠窗的一张桌子旁坐下等。一个小堂倌过来给他倒茶。因为天气或是还没到上客人的时间，店堂里显得冷冷清清。几个堂倌蹴在火炉前烤火打盹。店门口的角落里还蹴着一个人，很不起眼地静静地圪蹴在那里。两手拢着放在膝上，头抵在拢着的手上，让人看不到他的面目，似乎是刻意地不让人注意到他的存在。魏宗寿的目光在那人的身上仅停留了一瞬，就转到别处去了。过了一会儿，刚才给他倒水的小堂倌又过来，伸手摸了摸魏宗寿面前的茶碗，觉得茶有点凉了，倒了又重新添上，弓弓腰，后退几步，走开去。魏宗寿的目光在店堂里巡视一圈后，又落到蹴在门口的那个人身上。

看不清蹴着的人的面目，只看到一头乱发，正在向下滴水，一身已经看不清颜色的棉袄棉裤，有好几处绽出黑乎乎的棉花，两个袖口黑明黑明的。魏宗寿似乎听到了刺啦刺啦的摩擦音。还有脚上穿的两个毡筒，也像被狗咬过似的，边缘参差。魏宗寿心里怪怪的，有一种异样的感觉，这感觉促使他的目光不由自主地要落到蹴在门口的人身上，让他心神不定。

在以后的岁月里，每次魏宗寿想起这天的感觉就会禁不住地摇头感叹道：“命！命啊！”

刚才给他倒水的小堂倌又过来给他添水，他终于没有忍住想要探究的欲望，冲着圪蹴在门口的人扬了扬下巴，“那个——？”

小堂倌顺着魏宗寿的目光，看了一眼圪蹴在门口的人。“他——噢，你说二傻子啊。”小堂倌看魏宗寿没明白，“他就是大难不死的谭二傻子啊！”看魏宗寿还眨着眼疑惑地瞪着自己，又补充道：“那个在城门洞里没压死的谭二傻子！”

魏宗寿心里一动，若有所思地“哦”了一声。他端起茶碗喝了口茶，望着谭二傻子。半晌，起身走到谭二傻子跟前。

谭二傻子听到有人走过来，慢慢地抬起头，惶恐地眨着眼睛。看魏宗寿站在面前盯着自己，又匆忙站起来，忐忑地看着魏宗寿。

“饿不饿？”魏宗寿温言问道。

谭二傻子摇摇头又点点头。

“来来来，你坐下！”魏宗寿指指桌边的凳子。

谭二傻子忐忑地走了两步，停下，扭过头怯怯地看着伙计，看伙计没反对，慢慢地移过去，半个屁股蹭在板凳上。

“堂倌，给他弄碗拉条子！过油肉的，多弄些！”魏宗寿指着谭二傻子对堂倌说。

“给谁弄碗拉条子？”肖先生进门，边跺着脚上的雪边问道。

魏宗寿抬头望望肖先生，对着谭二傻子扬了扬下巴。

肖先生搓着手脸走过来，“哦，是他呀。”

“他们呢？”魏宗寿问道。

“后面呢，立马就到。”肖先生指着谭二傻子，“这就是城门洞里，那个——那个——啊，大难不死必有后福啊！呵——呵呵——呵！”

魏宗寿斜了一下嘴角，“就这样子——福啥呢，你认得他？”

“呵呵，说不上呢。”肖先生望望魏宗寿重重地点一下头，又看看二傻子。“你甭看他现在这样，还真说不上呢，这娃有福呢。你看，你看，这娃天庭饱满，灵性着呢，他可是这次唯一没让你赔钱的主。”肖先生半真半假地说着。

那天，他们喝酒喝到很晚才散。不知怎么，魏宗寿心里不时就想起二傻子。当他们跌跌撞撞走出东兴阁的时候，二傻子早已不知去向。魏宗寿问堂倌，堂倌也不知道。魏宗寿心里就有了种失落的感觉，好像丢了一样什么东西。肖先生说的“他可是这次唯一没让你赔钱的主”的话始终梗在他的心里。“兴许这就是缘分呢！”魏宗寿嘟哝了一句，闷闷地跟在肖先生的身后回家去了。

那天，魏宗寿告诉肖先生，他想把谭二傻子带回家。肖先生看了魏宗寿半晌，突然笑了，“你看，我说嘛，这娃有福呢！你看这不就来了吗？”停了停，肖先生又认真地看了看魏宗寿，“哎，你真这么想？”

魏宗寿点点头。“不知道咋的？我就觉得我和这娃有缘！”

“也好呢，这娃也大了，可以当个人使唤呢。”

“使唤不使唤的我倒是没想。”

“不管咋着，养着没错！”

过后一连好几日，魏宗寿都没有再见到谭二傻子。他告诉家里人，谁在街上看到谭二傻子了就领回来。魏啸才听他大这样说，撇撇嘴，没言语，走开了。

魏宗寿嘴张了张，想喊魏啸才回来，商量商量刚才的事，却终于没有喊出口。他低下头长长地叹出口气。其实魏宗寿早就想和儿子好好说说，他知道魏啸才心里憋着一口气。有几次，魏宗寿都张嘴喊住儿子了，可当他看到儿子虎着的脸，又把话咽了回去。他觉得对魏啸才是软不得，他放不下他作为父亲的架子；又硬不起来，魏啸才毕竟为他这个做父亲的尽了做儿子的本分。“狗日的！”他在心里恶狠狠地骂道，说不清是在骂自己还是在骂儿子，话却终究没有说出来。

魏宗寿再见到谭二傻子是在又一场大雪之后。那天晚饭前，冬梅气喘吁吁地跑进来，拉着他的手就往外拖。“大——大——你走，你走嗄！”冬梅拖着他走了两步，放开他独自跑出去，一会儿，拽着二傻子走进院子。“大——大——我把他领上来了。”

魏宗寿站在屋门口，看到冬梅拽着一个八九岁的小子走过来。那小子屁股向后撅着，半推半就地被冬梅拽到魏宗寿面前。魏宗寿看清是谭二傻子，弯下腰，一手抚着谭二傻子的肩膀，“这两天到哪里去了？咋看不见你了？”

谭二傻子袖着手，不知道是因为冷还是因为怕，身子轻轻地抖着，怯怯地看了魏宗寿一眼，使劲地摇摇头。

“我大问你话呢，你说话嗄！”冬梅忍不住催道。

“你慌失个啥呢？一个丫头家家的！”魏宗寿瞪了冬梅一眼。“去给你妈说，让她弄些个热水，让这娃好好洗个澡。再给你嫂子说，让她把你哥的衣裳找两件。”

“噢！”冬梅答应着嗵嗵地跑开。“妈——妈——我大让你弄些个热水呢！”

魏陆氏从伙房里探出头望了望，也颠着小脚走过来，看看谭二傻子，又躬下腰，“娃，你叫啥？”

二傻子声音嗫嚅地说：“二……二傻子……噢，不是！叫……叫谭……二柱子。”

一家人又忙活了半天，等到魏陆氏把二柱子领到饭桌前时，二柱子已经是一个清清爽爽、眉清目秀的男娃子了。

二柱子忐忑地、怯怯地吃了饭，站起来，退了两步，又上来把自己的饭碗收了，退到屋门口，慢慢地圪蹴在门边。

那天晚上，魏啸才回来，在被窝里，汪秀英说了他大收留二柱子的事。魏啸才哼了一声，转过身径自睡去。

二柱子在魏家安顿下来了。

到魏家后，二柱子包揽了放羊喂马饮驴等原本由魏啸才承担的一应杂活。从他到魏家的第二天开始就是这样。每天天刚蒙蒙亮的时候，他就从炕上爬起来，揉揉眼睛，麻利地穿上衣裤蹬上鞋子，去给牲口添头遍草。然后到井台边扳着辘轳绞水，倒在井台边的木水槽里。木水槽是一个完整的大木头墩子凿成的，足有丈把长。二柱子绞动辘轳的动作和他的年龄有点不相称。瘦小单薄的身子，倒像是被辘轳拽着摇晃着。他抿着嘴，腮边的肌肉微微鼓起，黑亮的眼里隐现出一丝坚忍。绞几下停下来歇息一下，喘口气。等他往木水槽里注满了水，站在水槽边稍事歇息后，弯下腰，掬一捧清凉冷冽的井水撩在脸上，手随着撩起的井水在脸上快速地搓抹几下，又掬起一捧水。如是几下，脸上就泛起一层潮红。直起腰，长长地舒一口气，甩甩手上的水渍，走进牲口棚圈，放出牲口饮水。等他拿起扫把清扫院子的时候，魏陆氏和汪秀英才走出房门。这婆媳俩总像是约好了一般，几乎是同时从两个房门里迈出来，在院子里掸掸衣服，抬手抿一抿头发，然后相跟着走进厨房。过不多久，随着厨房里“呱嗒呱嗒”的风箱声，屋顶的烟囱里便会有一股股浓淡相间的炊烟冉冉升起。二柱子清扫完院子，干完了一应杂活，就两手搂着膝盖，倚坐在院子中间的矮墙下，眯起眼，望着远处的双疙瘩山。双疙瘩山秀美挺括覆着厚厚的积雪，更远处是墨绿的森林。清幽的天空散着几朵白云，天地间一片静逸，没有一丝喧嚣。这时候，坐在太阳下的二柱子是快乐的。他沐浴在暖暖的阳光下，脸上洋溢着淡淡的笑意，间或，他会把手往衣袖里捅一捅，使劲吸一下快要流到嘴边的鼻涕，涌现出一种满足和惬意。

二柱子脸上表现得更多的是一种沉静，一种与他的年龄不相符的波澜不惊，看不出一丝一毫的悲喜。他对外界的响动也表现出一种异常的冷漠，只有从他的眼睛里才可以察觉到，他对于这些响动的反应。他的眼球会有一刹那的颤动，会有一瞬而过的疑惧。然后，他才会缓缓地扭过头，去搜寻发出响动的地方，探寻发出响动的原因。他很少说话，只有当魏家的人问到他时，他才简单地回答几句。话语简单到只有是与不是、有与没有。每到吃饭的时候，二柱子也是惴惴地半边屁股蹭在板凳上，脸埋在碗里，吃得又快又悄无声息，生怕弄出一丝声响。每次伸出筷子夹菜的时候，都要从碗边上挤出目光偷窥一眼所有的人，然后伸出筷子，怯怯地用筷子尖夹一点菜，快快地放进嘴里。

二柱子第一次起来喂牲口，鸡才叫二遍。他这么早起来，原本没有什么明确的目的。他住在以前刘师傅住过的小屋子里。小土炕用羊板粪牛粪烧煨得暖烘烘的。突然睡在绵软舒适暖烘烘的棉被里，让他觉得浑身刺痒，在炕上辗转反侧，一晚上都没安睡。后来，他迷迷糊糊地做了个五彩斑斓的美梦。他闻到一股淡淡的烤羊肉的味道，四周还有鸟叫鸡啼。他一边抹去挂在嘴角的涎水，一边抽着鼻子使劲地嗅。这样嗅着他就醒了。他揉着惺忪的眼睛，坐起来茫然四顾。屋子里一片漆黑，有一股淡淡的烧煨牛粪羊板粪的气味。这时候，他听到了鸡叫。他呆愣了片刻，穿好衣服，摸索着走出屋子。深冬寒冷的空气让他禁不住地一激灵。他使劲裹了一下身上的衣服，循着牲口棚圈散发的腥臊味，慢慢地走过去，冲着牲口棚圈门口的雪堆撒了一泡尿。棚圈里的牲口听到动静，都焦躁地动起来。二柱子趴在棚圈门口看了一会儿，走进草房，抱出饲草添在草料槽里。等到魏啸才揉着眼睛迈出房门的时候，二柱子已经快把井台边的木水槽注满水了。

魏啸才到牲口棚圈里转了一圈，又望了一会儿二柱子绞水的样子，嬉笑一声，反身回屋。

魏宗寿倒是一直担心二柱子绞水时能不能吃得住劲。他抚着二柱子的头，拍拍二柱子的肩膀，“娃，干活时小心着些！”二柱子抬头望望魏宗寿，脚尖蹭着地，使劲点一下头。后来，魏宗寿看二柱子活干得熟练了，也就不在意了。

二柱子七岁那年夏天，家里遭了土匪。

那是草沟里的一个独庄子。整个草沟也就四五户人家，散散地撒在草沟的几个沟洼里。草沟不大，夹在两山之间，每到夏天，整个草沟都湮没在蒿草之中。没膝深的蒿草，不知名的野花，还有大丛大丛的马莲花，草沟也就因此得名了。

那天，他大刚从地里回来吃过晚饭，蹲在屋门口抽烟，烟还没有点着，院子里闯进一伙土匪。所谓的土匪也不过是十来个没有根基的凑在一起的贼。官兵来了，他们没影了，官兵走了他们又出来祸害百姓。其实，那天他们并没有想要杀人，只是当他们赶着圈里的羊，牵着那头草驴走出来的时候，一个高个子、拿着叉子枪的土匪，突然进到屋子里想要找几件衣服，碰到了二柱子他妈。二柱子他妈说不上漂亮，许是这伙土匪在山里待得久了，所以，看到女人就忍不住想逗弄一番。结果，祸事就来了。

二柱子他大本不想拦挡土匪们抢东西，他也拦挡不住。只是当那个高个子土匪进屋去，他听到屋里的女人一声惊叫的同时，听到儿子闷闷地哼了一声，他才站起来冲进屋去。二柱子瘫软地躺在地上。二柱子他妈被高个子压在身下，边叫边无力地挣扎着。他大冲上炕去，一把掀开高个子，把女人挡在身后。

高个子恼了，站在炕沿边闷声道：“过去！”

“老哥，老哥！”二柱子他大一边拦挡着高个子，一边哀求道，“你把啥都拿上去，饶了我们吧。”

高个子一把抓起炕边上的叉子枪，上到炕上想用叉子枪拨开二柱子他大。二柱子他大就势抓住叉子枪，和高个子土匪在土炕上来来回回地撕扯。高个子更恼了，伸手揪住了二柱子他大的脖领子。二柱子他大挣扎着想要摆脱高个子，情急之中一抬腿，膝盖撞到高个子裆里。高个子闷哼一声，蹲下身去。二柱子他大一手拉起婆姨，跳下炕，一手去拉躺在地上的儿子。身子还没直起来，叉子枪已经捅入他的后背。高个子佝偻着腰，一把揪住二柱子他妈的头发，拽到院子里。“兄弟们，都来！日死这个婆姨！”十几个土匪号叫着一拥而上。初始，还能听到女人的干号，到十几个土匪都心满意足地从她身上爬起来的时候，二柱子他妈只剩下捯气儿的份儿了。随后土匪一把大火烧了整个庄子。大火直烧到第二天午后才熄。

二柱子是被浓烟呛醒的，他爬出屋子的时候，庄子已经是一片火海。

又是一个晴空万里的午后，二柱子忙完了家里的活计，站在院子门口四处张望。少顷，他像突然想起了什么，匆匆返回院子，找了一根木棍又走出院子，向东梁走去。

“柱子哥——柱子哥，你干啥去呢？等一下我嘛！”仪娃在后面气喘吁吁地撵上来。

“去！回去！”

“你干啥去呢？我也跟你去呢！”

二柱子冷着脸，挥了挥手里的棍子。

仪娃站住了，两只手绞在一起，在面前举起又放下，一只脚尖在地上蹭着。

二柱子转身就走，走两步回头看看，见仪娃还站在原地，放心地放开脚步，小跑着走了。快到东梁的时候，无意间回头，看到仪娃正远远地跟着自己。他又停下来，回身站在那里。仪娃看二柱子站住了，也停下来，远远地望着二柱子。二柱子一屁股坐在雪地里，抿着嘴，低头想了一会儿，才站起身，向仪娃招招手。仪娃欢叫一声，一路撒着欢地奔过来。

“柱……柱子哥！”

二柱子嘴角向上翘了翘，伸手拉着仪娃，向雪地走去。

东梁顶上空旷幽静，白雪皑皑，雪面上泛着耀眼刺目的白光，像一片幽静的湖面，微风掠过，扬起一层轻纱，回旋曼舞着渐行渐远。梁坡下的木垒河镇沐浴在冬日午后的暖阳里，显得古拙又凝重。北边是一望无际的平川，空廓悠远，直到和蓝天融为一体，虚幻出一片亘古缥缈的寥廓，更呈现出一种美轮美奂的飘逸。

梁坡下不知经过多少次洪水冲击而成的深而宽的浪沟中，孤岛似的耸立着千姿百态、奇形怪状的土丘。土丘上丛生着荆棘杂草，在厚厚积雪的覆盖下，土丘被裹弄成一个个线条粗犷的雕塑。有的像翩翩起舞的玉女，长袖曼舒；有的像修禅打坐的老僧，端庄凝重；有的像夕归的牧童，斜跨牛背；有的像弓背锄禾的农夫，禾锄高举……它们被午后的暖阳赋予了生命的活力，一个个栩栩如生，欲静欲动。浪沟东面是一片向阳的缓坡，散散地有几棵榆树和野杏树。缓坡上的积雪被风扫得稀薄，一些枯蒿草的枝茎瘦伶伶地支棱在雪面上，在微风中瑟瑟地抖动着。一群呱呱鸡在枯蒿草的枝茎间嬉戏，悠闲地上下扑腾着。有几只在雪面上绅士般地踱来踱去，间或伸出血红的喙，在枯蒿草枝上快速地啄一下，又悠闲地绅士般地踱开去。

二柱子把仪娃安顿在浪沟边，独自找了一个坡度稍缓一点的地方，爬过浪沟。他站在那里静静地观察了一会儿，慢慢地向呱呱鸡靠近。猫着腰走了一段，又趴在地上慢慢地爬行，猛地甩出手里的木棍，木棍贴着雪面向呱呱鸡扫过去。一只刚刚钻出雪面的呱呱鸡被木棍击中，随着木棍飞出好远。受到惊吓的呱呱鸡在雪面上扑飞着逃开，掠起一股雪尘。二柱子一下蹿跳起来，扑到被击中的呱呱鸡前，一把抓住受伤后还在挣扎的呱呱鸡。他举起呱呱鸡，向浪沟那边站着的仪娃挥了挥，他看到仪娃拍着手欢叫了一声，就又挥了一下，才低下头扭断扑棱着翅膀的呱呱鸡脖子，向后掖在裤腰上，捡起雪地里的木棍，又举目四顾，搜寻着下一个目标。他猫着腰轻步向呱呱鸡群靠近着，又一次匍匐在雪面上。这时候，他听到身后一声尖叫，他扭头看看后面，仪娃不见了，他站起来踮着脚仍然没有看到仪娃，丢掉手里的木棍，大声喊叫着扑向浪沟。

浪沟边上，刚才仪娃站过的地方，雪已经塌下一大片。二柱子惊得半张着嘴，四处张望着，到处都空荡荡的不见一个人影，双手在身上摸索着，在原地转着身像是在寻找什么。他又拖着哭腔喊了一声仪娃，还是没有动静，向前跑了两步，又停住，四下望望又跑，在靠近仪娃站过的地方的对岸，他停住了。他只是稍一犹豫，向后退了两步，猛地向前一冲，跳进浪沟的深雪里，向对岸爬去。

雪坑里，仪娃只露出半个头，侧卧在深雪里。二柱子疯了似的爬过去，连刨带拽，把仪娃挖出来。仪娃闭着眼，一只胳膊软塌塌地甩在一边。二柱子抱着仪娃，用力地摇了一下，大声喊道："仪娃——仪娃！"半晌，仪娃才呻吟一声。二柱子望望四面的深雪，脱下棉袄，把仪娃包裹住背在背上，奋力向外爬去。

最先发现二柱子和仪娃不见了的，是冬梅。她在房前屋后找了一圈，没找到。扯着嗓子，大声嗑气地喊着，也不见人答应，这才慌失地跑进厨房，"妈，妈，二柱子和仪娃丢掉了，找不见了。"话还没说完，人又跑出屋子，扯着嗓子大喊。

正在做饭的魏陆氏斜乜一眼已经在门外的冬梅，"一个丫头家的，咋就是个慌失鬼？"说着，看一眼和面的汪秀英。

汪秀英举着两只沾满面的手，怔怔一时，犹疑道："就是一下午没看见他们了，还是找找吧，别有啥事。"

魏陆氏又看一眼汪秀英，往灶膛里塞进两根柴火，边在围裙上蹭着手，边走出门去。

天已擦黑，一片朦胧。远处，冬梅的呼喊声夹着寒气，更显得惶急。魏陆氏走到院门口，又折回身，进屋喊魏宗寿去找。魏宗寿慢腾腾地蹬上鞋，斜披着棉袄，嘟哝着“怪球了”，走出院门。

正在魏宗寿、冬梅四处吼喊着找二柱子和仪娃的时候，二柱子背着仪娃，撞开院门，跌跌撞撞地冲进来。

那天晚上，魏家老小都围着仪娃。仪娃左边的胳膊脱臼了，肖先生忙了好一会儿才给接好。人们这才想起二柱子。二柱子正裹着棉袄圪蹴在炕角下，瑟瑟发抖。他的褂子前面已经被剐得破烂不堪，肚腹上血肉模糊，凝着一个个血痂。看到人们都瞪大着眼睛在看他，惊恐地站起来，嗫嚅道：“我……我不……让他跟……他……”

魏宗寿刚伸手想摸一下二柱子的头，安抚他一下，看二柱子惊惧地向后退缩着，两只眼睛扑闪扑闪地瞪着自己，就微微抿一下嘴，缩回手，冲肖先生摇摇头。

魏陆氏向前走了一步，把二柱子揽在怀里，“乖娃！没人怪你。”

肖先生抬起的手，在半途中愣了一下，笑着挠挠自己的后脑勺，“好娃！仁义！”

六　流产

杏花刚谢不久，枝枝丫丫上就挂满了拇指大的青杏。

汪秀英望着树上的青杏禁不住咽了口口水，嘴里和心里泛起的酸水，使她对树上一粒粒拇指大的果实馋涎欲滴。她站在午后的烈阳里，手搭在眼前，望着远远的双疙瘩山。覆满绿色的双疙瘩山像少女的两个乳房，挺拔又秀美，使人生出无限遐想。汪秀英收回目光，四下里看看。冬梅正带着仪娃和月月在院子的大门口玩，不知是啥高兴事引逗得月月咯咯咯地笑着。仪娃手里拿着根木棍，像枪一样端着走来走去。汪秀英低下头呆愣了一会儿，手轻轻抚着肚子，抬头看看树上密密匝匝的青杏，强忍住想摘一颗放进嘴里的冲动，依依不舍地慢慢转身回屋。刚抬腿，嘴里又涌出一股酸水，随后的一阵干呕使她好一阵喘息。她的目光不由得又落在树上，想象着青杏直透牙髓的酸味。汪秀英终于没能抵住青杏的诱惑，捯着一双小脚，走进园子。站在杏树下，四下里张望一番。冬梅她们还在专心地玩，她确信没人注意才伸手去摘杏子。她站在田埂上，伸手拽住一根树枝，摘下两颗，在衣襟上擦了擦，迫不及待地塞进嘴里。才一咬，一股直透心脾的酸让她不由得皱起眉头。她咂着嘴，吸溜溜地吸着气，堵在心口的躁闷一下消散得无影无踪。她舒畅地透了口气，又伸手拽住一根树枝，才摘了几颗，树枝断了，脚下一个趔趄，重重地跌坐在田埂上，心也跟着一沉，肚子猛地一抽，瞬时有种不祥在她的肚腹间弥漫，这种感觉让她半晌才缓过劲来。她摊开手掌，看看已经捏得湿漉漉的杏子，爬起来，掸掸身上的土，匆忙回到屋里，躺在炕上。

院子里，魏啸才高声地喊着仪娃，给了仪娃一个什么惊奇的玩意儿，就听到仪娃惊乍乍地叫起来。那又惊又喜的叫声，让人觉得他得了一样稀罕的宝贝。

汪秀英轻轻抚了抚肚子，一股倦意袭来，迷迷糊糊地睡着了。

半夜，汪秀英在睡梦中疼醒。初始还能忍耐，渐渐地肚子就像刀绞一般地疼。汪秀英终于忍不住了，呻吟着，推了推熟睡的魏啸才。

魏啸才迷迷糊糊地“哼哼”了一声，听到汪秀英压抑的呻吟，才翻起身，摸索着点亮灯。看汪秀英一脸的汗水，脸色煞白，“你咋了？”魏啸才睡眼惺忪地看着汪秀英。

“肚子疼！”

“拉稀了？”

汪秀英摇摇头。

“那你咋了吗？”语气里多了些不耐。

“你给我倒些水喝喝就好了，就是肚子疼得不行，刀戳一样。”

魏啸才起身出去给汪秀英倒了碗开水。

汪秀英喝了两口，望望魏啸才，“你还是去叫妈来吧！”

魏啸才在炕上挪了挪屁股，才慢慢腾腾地下炕，趿拉着鞋出去，走到他妈屋子的窗下，“妈——妈你起来！”

屋子里魏宗寿问道：“咋了？”

“让我妈起来！她说她肚子疼得不行！”

一阵窸窸窣窣的响声过后，魏陆氏披着衣服匆忙走出来关切地问道：“咋着了？”

魏啸才万分不耐地挥挥手。

魏陆氏走进魏啸才的屋子，看见汪秀英正跪趴在炕上，头脸像是在水里浸过，水淋淋的，跨前一步，惊问道：“白日里还好好的，现在咋就这样了？”

汪秀英掩着哭腔道：“妈！见……”侧过脸看看魏啸才，又嗫嚅道：“妈，见……见红了！”

“咋就这样了？”

汪秀英嗫嚅了半天，终于没有说出白天为吃杏子跌了一跤的话。

魏陆氏上前，要扶汪秀英躺下，“你躺下，躺平了！”

“不行！疼得不行！”汪秀英大汗淋漓，眼神哀哀地望着魏陆氏。

“这可咋弄呢？”魏陆氏手在胸前的衣襟上来回地擦着。

魏啸才听着她们说话，也明白了，骂道：“日你妈！亏了你先人了！”

魏陆氏瞪了儿子一眼，“你少说两句！”拽着魏啸才走出去，让他去喊肖先生。

肖先生听魏啸才说了媳妇的症候，心里有了数，拿了几味药跟着魏啸才出来。进到魏家替汪秀英诊了脉，也没有开方子，自药箱里拿了带来的药，让魏陆氏去煎。乘着魏陆氏去煎药的当口，又给汪秀英扎了几针。

汪秀英喝了药，肖先生又交代一番就要走。魏陆氏送肖先生走后，自己站在院子里踟蹰了一会儿，匆忙走进厨房，不一会儿端着一碗荷包蛋走进屋子，催促汪秀英吃下去。

汪秀英吃了婆婆煮的荷包蛋，觉得疼痛减轻了些，一脸感激地让婆婆也去睡。魏陆氏又坚持了一会儿，看看也没啥了，叮嘱儿子注意些，也走了。

第二天下午，汪秀英流产了。她看着自己流出的一团模糊的血肉，大哭了一场。

随后的一段日子，汪秀英都躲着魏啸才的眼睛，像做错了什么事。每到无意间遇到魏啸才的目光时，都目光怯怯地躲闪着。她的心里就像堵着什么东西，让她不能安然。每晚眼睛一闭就是妖邪鬼怪，不是被逼到悬崖边上，就是跌入深涧，要不就是被小鬼左右挟持着狂奔而去，或是被恶狗撵得无处可逃……每次她都是又踢又叫大汗淋漓地从噩梦中惊醒。每次魏啸才都会哑着嗓子嘟哝着骂她一句，“日你妈！亏了你先人了！”汪秀英就大睁着双眼不敢入睡，听着身边的男人沉沉睡去的鼾声，直到天明。

汪秀英日渐憔悴，原本红润姣好如凝脂的面颊也渐失光华。

魏陆氏看儿媳妇老是怀着重重心事，整日里苦着脸的样子，私下里问过儿子几次。每次魏啸才都虎着脸，瓮声瓮气地让魏陆氏去问汪秀英。魏陆氏就只能摇头叹息着，嘱咐儿子，对媳妇疼爱些。在和儿媳妇坐在一起做针线时，就说些安慰体贴的话，探问儿媳妇哪里不舒服，才娃对她咋样啦，等。汪秀英都很感激地说没有啥，问得紧了，汪秀英就哭。魏陆氏就捉着儿媳的手，轻轻地拍着，凑近汪秀英，“我娃乖，不哭了，你咋啦？有啥事就说吧，妈给你做主呢。”

汪秀英感激得越发哭得凶了，“娃娃小产了，心里老是堵得慌。妈，我……我黑夜里老是做噩梦。”

魏陆氏往儿媳跟前凑凑，担心地问：“啥梦？”

“乱七八糟的，啥都有。我也说不上来，眼睛一闭，梦就来了。”

魏陆氏“哦”了一声，抚着儿媳的头安慰一番。

夜里，魏陆氏对男人说了儿媳的事。魏宗寿想想也不知道该咋办。最后还是魏陆氏说请肖先生来给儿媳瞧瞧。魏宗寿嗐了一声，“你们婆姨家的事，你就看着弄去吧！”末了转身睡去，给婆姨个脊背。魏陆氏看丈夫这么说，吧嗒吧嗒嘴，不再言语。

第二天，冬梅去请了肖先生来。肖先生给汪秀英诊了脉，开了三剂中药，嘱咐汪秀英先吃了药再说。临走又悄声对魏陆氏说，让魏陆氏请人来给汪秀英拾掇一下。魏陆氏眨着眼，疑惑地盯着肖先生，“咋？”肖先生笑笑，“没啥没啥！”沉吟了一下又道：“就叫龙王庙的陆道士来吧！”说完背起药箱，要冬梅跟他去拿药。魏陆氏把肖先生送到院门口，望着走远的肖先生，叹口气，手在围裙上掸了掸，黯然回身进屋。

隔了一天，请了陆道士来。陆道士对魏家已经很熟悉，不需要再四处踏勘。他站在院子中央四处张望一番，走进魏啸才的屋子。陆道士在迈进魏啸才屋门的时候，眉头微微地皱了一下，他回过头瞄一眼远远站着的魏家老小，才把抬起的一只脚落进屋里。屋子里陈设简单，一面土炕几乎占去了半间屋子。土炕前是一个榆木大红柜，黄铜的虎头钉扣，没有上锁。柜面上摆着煤油灯盏和女人梳妆盒之类的生活品。土炕上的被褥叠得整整齐齐，码放在炕角里，用一方白布单盖着。白布单上绣着鸳鸯戏水的图案。图案配色精美，做工考究。

汪秀英微蹙着眉，神情忧郁，忐忑地立在炕角。

陆道士盯着汪秀英看了几眼。但见女人鹅蛋脸，一个小巧的鼻子端正纯和，山根丰隆有势。陆道士站在屋子当间，微闭着眼睛掐算了半天才轻舒口气，走出魏啸才的屋子，对迎上来的魏家老小呵呵一笑，“没啥没啥，小事情小事情。”他让魏家准备一只白公鸡、一块红布、一刀烧纸。魏家的鸡倒是不少，但没有一只是纯白的，魏宗寿让儿子去找。魏啸才满镇子挨家去问，找了一只大白公鸡来，又去自家铺子里扯了块红布，拿了一刀烧纸。陆道士吩咐将魏啸才的屋子门窗都蒙上毡子，整个屋子遮得严严实实，不透一丝光亮。

红木柜上一字排列着三个麦草扎的小人，每个小人身上贴着一张小字条，上面一行小字，写着汪秀英先前三个短命男人的姓名和生辰八字。小草人的旁边是绑着爪子静卧着的白公鸡。汪秀英盘腿坐在炕上，陆道士点燃烧纸，一手挥着桃木剑，一手握着鞭子，嘴里念念有词地在地上走来走去。陆道士的脸映在烧纸忽明忽暗的光亮里，显得有些狰狞诡异。火光里白公鸡犹疑地喔喔叫着，警惕地昂起头。陆道士越走越快，嘴里的念词也越来越急，喘息声渐渐急促。

汪秀英端坐着，一动不动，她极力地睁大眼睛，想看清屋子里的情形。烧纸熄灭后，整个屋子漆黑一片，只能听到陆道士在地上疾走的喘息声。猛地，她听到陆道士大喊了一声：“呔！”随后是鞭子抽打到地上的声音。白公鸡喔喔喔地惊叫几声，翅膀扑棱着挣扎一番又安静下来。一阵激烈地抽打之后，陆道士喘息着停下，嘴里嘟哝着："怪球事了，还厉害得不行！"陆道士重新点燃烧纸，这次他没有马上在地上疾走，而是盘腿在地上静坐了一会儿才又站起来，用桃木剑在一张烧纸上比画着画了一道符，又把符挑在桃木剑上点燃，才又念念有词地在地上疾走。"呔！"随后又是鞭子抽打到地上的声音。半晌，陆道士才长舒一口气，揭开门上的毡子，走出屋子。

院子里，汪雨量不知什么时候来了，一脸焦虑地站在那里。

陆道士从魏啸才的屋子出来，手搭凉棚，眯眼望着远处的双疙瘩山，神情暧昧地咧嘴一笑。魏宗寿赶忙迎上去，递上茶水，被陆道士伸手阻止，才又退过一边站下。

陆道士面对魏啸才屋子的门口站定，挥舞小桃木剑，又念叨了半晌，双手握住桃木剑抵在自己的脑门上拜了几拜，才吩咐魏啸才搬来梯子，把小桃木剑用红绳系好，悬吊在屋门正中的屋檐下。他让扯去门窗上的毡子，屋子骤然光亮了。汪秀英眯着眼，茫然地端坐在炕上。地上到处是散落的麦草和碎裂的纸片。陆道士一边吩咐魏啸才捡起地上的麦草和纸片，一边走进去抱了白公鸡出来，用毛笔在烧纸上画了两张符，用一张把魏啸才捡来的麦草和纸片裹好点燃，在白公鸡的头上左右倒腾着绕了三圈，嘴里咕咕叨叨念些谁也听不清明的说辞，然后让拿了碗来。陆道士杀了白公鸡，鸡血淋在碗里，把鸡扔过一边，赶忙点燃了另一张符，在鸡血碗上又绕三圈，纸灰落在碗里。陆道士晃了晃手里的碗，鸡血和纸灰溶进黄酒里。他一脸肃穆庄重地把盛着鸡血的碗端进屋子，递给汪秀英，让她喝下去。

汪秀英犹疑着伸手接过碗，看了看，皱着眉头。碗端到嘴边，一股血腥气冲得她又把碗拿开，一脸苦相，可怜巴巴地望着陆道士。看陆道士一动不动地盯着自己，又一脸无奈地端到嘴边，憋着气，一口气喝光了碗里的鸡血，然后端坐着不敢动弹，生怕一动就恶心得吐出来。

那天，陆道士在魏家吃了魏陆氏做的爆炒白公鸡之后，对送他出来的汪雨量和魏宗寿说："我观你儿媳有旺夫之相，也只有和你家才娃的八字相配才行！"陆道士拍拍魏宗寿的手臂，"她命中有一劫，熬过这一劫，就是大福之人！不过……"

魏宗寿等了半晌也没有等到陆道士再说，忍不住问了一声，"不过啥？"

陆道士夜鹰一般嘎嘎地干笑了一声，冲魏宗寿摆摆手，喷着满嘴酒气摇摇晃晃地回去了。魏宗寿一脸疑惑地望着陆道士消失在夜色里，转身看看身边的汪雨量。两人相视无言，挥挥手，各自回家。

多年以后，也是在这样一个夜晚，魏宗寿望着夜空里的点点繁星，猛然想起陆道士的这半句话，心中肃然，长长地叹口气，颓然惊叹道：“命——啊！”

夜里，汪秀英还是不敢入睡，她大睁着眼睛望着漆黑一片的屋顶，身边的魏啸才早已沉沉睡去，响亮的鼾声充溢在屋子的每一个空间。汪秀英轻轻地捅一下魏啸才。魏啸才吧嗒吧嗒嘴，翻个身又沉沉睡去。不知什么时候，汪秀英才迷迷糊糊地睡着，等她再醒来的时候，已经是鸡叫三遍。这一夜，汪秀英睡得香且踏实。

天蒙蒙亮时，汪秀英醒了。身边的魏啸才睡得正香。侧耳静听了一会儿，魏啸才的鼾声像风一样，从她的心间掠过。她轻轻地推了一把身边的男人。魏啸才懵懵懂懂地嘟哝了一句，吧嗒吧嗒嘴，鼾声又随即响起。窗纸已经发白，屋子里模模糊糊的一片。汪秀英咬着嘴唇，静静地躺着。顶棚上的老鼠窸窸窣窣地跑来跑去，像是在她的心里窜来窜去，她禁不住往男人身边凑了凑，紧贴着男人宽厚的脊背躺下，伸出手臂，在空中停了片刻，才犹疑着轻轻地搭在男人身上。脊背上温热绵软的感觉，让魏啸才不由自主地扭动了一下身体，拨开汪秀英的手臂，翻转身，骂人的话还没出口，就被一股温腻的鼻息噎了回去。他愣怔了片刻，嘴里咕噜一句，张臂把女人裹进怀里。

早上起来，汪秀英麻利地把家里屋外拾掇停当后，告诉魏陆氏想回娘家看看她大。魏陆氏爽快地应了一声，让二柱子逮住一只大花公鸡，绑扎好了，塞在汪秀英手里。“把这个给你大带上，给你妈说，闲了过来转转。”汪秀英一脸感激地答应一声。魏陆氏伸手在汪秀英肩膀上掸掸，又替她抻了抻皱起的衣角，挥挥手，“快去吧！”

临近中午的时候，汪雨量打发伙计来喊魏啸才去他家吃饭，说是把汪秀英带回去的公鸡杀了，想和女婿娃喝两盅。魏啸才正在出粉，瞭一眼站在门口的伙计和伙计身后的魏陆氏，“我忙的呢，不去！”说完，又自顾忙自己的活计。

魏陆氏上前，拽魏啸才一把，“你个尿娃，你姨夫[①]喊你的呢，你就去，手里的活，回来再干也不迟。”说着，看一眼站在门口的伙计，“你等着，让才娃换了衣裳，和你一达走。”看魏啸才手还没停，又拽了魏啸才一把，“乖娃，你姨夫喊你呢，你就去，噢，我娃乖呢。”

魏啸才看站在门口的伙计在偷笑，气哼哼地扔了手里的家什，转身走出粉坊。

魏陆氏在后面喊道：“才娃，你换身衣裳再走。”

“换球呢，又不是到谁家吃席去。”魏啸才咕哝了一句，连头都没回，扯下

---

① 姨夫：当地称呼，指岳父。

腰间的围裙，顺手往门口的木桩上一搭，跟着伙计走了。

汪雨量正坐在炕桌旁，就着小菜独酌，见魏啸才走进来，筷头往身旁的位子上点一下，拿起酒壶给自己斟满一杯，酒壶往魏啸才面前一放，“自己倒！”

魏啸才也不客气，踢脱了鞋，骗腿儿上炕，倒一杯酒，一仰脖子灌进嘴里，拿起筷子，夹起一大筷子羊肚丝，塞进嘴里大嚼。

汪雨量看看被魏啸才一筷子夹去一大半的羊肚丝，哎了一声，“你个尿娃，这是菜，哪有你这么吃菜的？”魏啸才偏脸瞭汪雨量一眼，嘴里倒腾着，“是你让人喊我来吃饭的。”看汪雨量愣怔地瞪着自己，伸手端起剩下的羊肚丝，几下扒拉进嘴里，鼓着嘴，一边大嚼，一边挑衅地瞪着汪雨量。

汪雨量不气反笑，“好——好好好，你——你厉害！”

汪秀英和她妈端了炒好的鸡和面食进来，放在炕桌上摆好。汪秀英把一根大葱放在魏啸才面前，扫一眼喝酒的翁婿二人。汪雨量看看魏啸才面前的大葱，看看汪秀英，撇撇嘴，“你就多切些个葱段端进来又咋了？”又故作伤感地叹道：“唉，都说嫁出去的丫头，泼出去的水噢，有了男……”

汪秀英他妈嗤了一声，截住汪雨量的话头，“没个正行，哪有跟自己丫头开这玩笑的？”

汪雨量想想跟自己的丫头开这样的玩笑的确不雅，瞭一眼汪秀英，尴尬地笑笑，“今儿个，也没外人，坐下一达吃吧！”

汪秀英斜嗔了她大一眼，斜跨着炕沿坐下来。

汪雨量又喝了一口酒，看一眼闷头大吃的魏啸才，说：“前些个日子，王哈萨来找我，说，他有个做肠衣生意的门路，想和我搭伙。我没弄过这号事情，再说也得有人跑前跑后，我就想和……”

王哈萨是木垒河有名的行商，婆姨是个哈萨克女人。有个儿子叫王巴扎。巴扎是哈萨克语，集市的意思。王哈萨给儿子起这么个不伦不类的名字，连他的哈萨克老婆都笑话他，说他掉到生意坑里了，连给儿子起名都忘不了集市。王哈萨说一口流利的哈语，常年出没牧区，再加他长相彪悍，不知底细的人都以为他就是哈萨克人。王哈萨的生意就是倒买倒卖：农区的粮食、洋芋、饲料及一些杂七杂八的农产品，倒进牧区，牧区的皮毛、羊肠马鬃以及山里的雪莲、贝母等药材，倒出来。总之，只要有利可图，他什么都做。

魏啸才知道王哈萨，他没等汪雨量说完，接口道：“我们家没钱！”

“我没说让你们家出钱。”

“不出钱，叫啥搭伙？”魏啸才吐出一块鸡骨头，又夹起一块塞进嘴里。

“我出钱，你跑腿呀！”

魏啸才停下筷子，偏过脸，瞪着汪雨量，片刻才道：“我就是你们家的驴吗，你想咋用就咋用，说啥搭伙呢。”

汪雨量噎得梗了一下脖子，脸一冷，“你个屄娃，你咋不识……”转眼看汪秀英紧张地盯着自己，轻嘘口气，用筷子点着魏啸才，“你——你真真就是个犟驴！”

饭桌上，一时没人再说话。魏啸才狼吞虎咽地塞饱了肚子，下炕蹬上鞋，拉开门一脚迈出门外，愣怔一下，又转回身，“姨娘，我回了！”说完，也不等答话，抽腿出门，嗵嗵有声地走了。

汪雨量看一眼汪秀英母女，忽然嘿嘿嘿地笑起来，“这贼屄娃，你看他，看都不看我一眼。”放下筷子，就势往炕上一躺，“哎呀，也好的呢，不认我了就算了，能认了你这姨娘也一样，看他个贼屄娃还能逃出我的手心。”

那天晚上，吃晚饭的时候，魏啸才告诉魏宗寿，汪雨量想和他家搭伙做肠衣的事。魏宗寿思谋了半晌，摇摇头，“算了，我们还是少跟他往一达撕扯。”稍停又道：“我把粉坊抵给他了，家当也抵给他了，总不能把人也抵给他吧。”

魏啸才撩起眼皮，瞥了他大一眼，闷声道：“我不就是抵给他们家的吗？”

魏宗寿愣怔了一下，狠狠地往嘴里扒了几口饭。

入冬以后，魏家粉坊的生意出奇地好起来，魏啸才没日没夜地赶着，做出的粉和粉条仍然供不应求，魏家大小也都跟着忙起来。

这年冬天，雪格外得大，地上积了厚厚的一层。麻雀栖在园子里的果树枝丫上，瑟瑟地叽叽喳喳。

二柱子喂了牲口，帮着忙完了粉坊的活计，带着冬梅仪娃在园子的空地上，清扫出一块干净地，在上面撒上些鸡食，用木棍支起大木筛子，再在木棍上拴好绳子，远远地躲着，等着麻雀进到筛子下啄食。这也是仪娃最佩服二柱子的地方。在他眼里，二柱子哥该是最能想出好玩办法的人，也是最仗义的人了。这时候，他蹲在二柱子的身边，不时伏在二柱子的耳边叨咕一句什么，二柱子回头瞪他一眼，他吐吐舌头，马上闭嘴。

麻雀在树上叽叽喳喳地叫着，就是不下来。有几只站在筛子顶上，跳来跳去，东张西望，小心翼翼地落下来，试探着走进筛子底下啄食，再抬起小脑袋，警惕地张望一下，才又跃上筛子顶，扑扇着一对翅膀，兴奋地招呼同伙。随后，一大片麻雀呼啦啦全都落下来，扑到筛子底下。

二柱子不失时机地拉动绳子，啄食的麻雀被扣在筛子底下。这时候，就听仪娃欢呼一声，一下冲出去，奔到筛子边。二柱子也随后赶到，吩咐仪娃去拿个筐子来。二柱子趴在雪地里，小心翼翼地一只只地把麻雀从筛底掏出来。掏出一只，随手扭断麻雀的脖子，往身边的筐子里一扔。

每次二柱子逮到麻雀，魏陆氏都会挑出几只个儿大又肥的留下，用瓦罐给汪秀英煨汤。魏陆氏煨的汤，汤汁清亮，隔着老远就有一股香气扑鼻而来。魏陆氏煨好了汤，盛一大碗给汪秀英，剩下的留给自己的男人。

汪秀英感激婆婆，虽然男人对自己依然是狠声狠气的，但有婆婆如此，也足以让她感激命运对她的关顾了。

但汪秀英的心里是委屈的。她怨怪魏啸才对她的冷漠，但这怨怪又让她心虚。她时常坐在炕头上，环顾着这间屋子发呆。这面炕、这个屋子、这个家以至这个家的男人的心，原本都不是属于她的，这是男人为另一个女人准备的，这是属于另一个女人的，只是由于她的出现挤走了那个女人，强占了原本属于那个女人的东西。她时常哀叹命运对她的捉弄，同时，她也叹息着被她挤走的那个女人的命运。

七　黑风

农历二月十六是汪雨量五十九岁寿辰，乡间的习俗是过九不过十。新年过后不久，汪子恒和他大商量，准备多请些个亲戚乡党，再请个戏班子，在家里好好做个六十大寿。看儿子如此孝顺，汪雨量心里像吃了蜜，说：“戏班子就不要了。到时候，多喊几个乡党，在家里热闹一下，就行了。”

“六十大寿，不是小事，怎么也得红火一下。”汪子恒说。

“娃，你有这心，我就知足了。这年头，不太平，不去出那个风头。”

“那……那就听你的，只要你觉得好就行！”

汪雨量寿诞的前一天，汪秀英从早起一直忙到掌灯时分，才惶急地从汪家赶回来，一进院子就直奔厨房。

魏陆氏已经做好了晚饭，看汪秀英进门，问了一句：“咋回来了，那边忙完啦？”

“那边人多，都准备好了，也没啥活，我就回来了。”汪秀英边答话，手也不闲着。掀开锅盖，往锅里倒了一瓢水，拿起锅刷子，快快地刷几下，又添上水，往灶膛里塞进几块羊板粪，拉动风箱，把火催起来，起身扒在厨房门口，见魏啸才正从粉坊出来，往这边走，轻轻舒口气。转回身，帮着魏陆氏盛饭端菜。

魏啸才进门，端起菜盘子往碗里扒拉些菜，拿起个馒头，筷子上又戳了一个，端起碗，走出厨房，蹲在院子里的矮墙上，狼吞虎咽地吃起来。

吃了饭，汪秀英给魏啸才倒好洗澡水，把换洗的衣裳摆放在旁边。等她帮魏陆氏洗完碗筷回到屋里，魏啸才已经洗完澡，躺在被子里抽烟了。

魏啸才抽完一支烟，看汪秀英还坐在炕沿上发呆，嘟哝了一句："你不吹灯睡觉，还坐在那达等魂呢吗？"

汪秀英神情忐忑地看了魏啸才一眼，欲说还休，憋了半晌，轻声慢气地嗫嚅道："今儿个……今儿个我在我妈家帮忙，他们都问你的呢，我说你忙得很。"说着，觑男人一眼，"你……你明天就跟我过去吧，你就过去装个样子也行呢。"汪秀英一脸央求的神色。看男人没言传，咬着嘴唇，"你就去吧，你让我也在别人面前能抬起个头。"

魏啸才的手不经意地抖了一下，一丝愠色在眼里一瞬而过。他抬起头，扫了女人一眼，咬咬牙，半晌，重重地吐出口气，"日你妈，我就是卖给你们家的驴吗！"

汪秀英愣怔一下，轻舒口气，脱了衣裳，贴着男人的后背，躺下来。

第二天早饭后，二人一前一后走出屋子。汪秀英看魏啸才的衣裳后襟有些翘，紧走几步赶上，帮男人抻了抻。魏啸才拨开女人的手，斜乜女人一眼，"骚情啥呢？"女人抿抿嘴，抬手理理自己的头发，掸掸自己的衣裳，左右看一番，跟在男人身后，走出院子。

汪家院子已来了好多人，里里外外一片喜气。魏啸才汪秀英相跟着走进来，众人纷纷打招呼。肖先生一路吆喝着从后院走出来，一见魏啸才，举起手里的大烟袋，敲了魏啸才一下，"你个屃娃，咋才来？"

魏啸才嘻嘻一笑，"忙得很！"

"啥事忙得很？还能有你姨夫的六十大寿重要？我看你个贼屃娃就是皮痒的呢！"说着，举起烟袋作势要打。

汪秀英在旁边抿着嘴，一脸笑意，"舅，他就是忙得很！"说着，脸一红。

肖先生耶了一声，"你看你媳妇，多知道心疼人，就你个屃娃不知道个好歹！去，到后头把羊给我看着拾掇干净了，这达一样没你躲清闲的地方。"说着，转身离开，喝三吆四地指挥别人去了。

蔡县佐、齐掌柜、老秀才、魏宗寿及一应乡党都陆续来了。众人寒暄，刚在堂屋坐定，肖先生就一步跨了进来，"好啊，老汉我都忙得脚朝天了，也不见你们哪个狗屃来给我搭把手。"说着走到桌子前，端起一碗茶水往嘴里灌。茶水从嘴角两边溢出来，洒在衣襟上。他一边用手掸着衣襟上的茶水，一边又端起一碗。

蔡县佐用手指点着肖先生，笑谑道："你看你这驴屃，好歹也是个穿长衫的先生。"转过头，对着老秀才程士荻，"秀才爸，你说，这长衫穿在他身上，是不是可惜了、糟蹋了？"

老秀才捻着山羊胡，“自古才士多癫狂，呵呵，不失本真，好的呢，好的呢！”

“耶耶耶，就他还才士呢，秀才爸，莫让人笑掉了牙。”蔡县佐故意撇着嘴说。

肖先生呵呵道：“好好好，你是才士，等一阵子，酒桌子上，我灌你才士个狗舔头。这阵子，忙的呢，还顾不上和你斗嘴。”转身冲屋子外边挥挥手，“喊那些个娃进来，时候不早了，给寿星老儿磕几个头，开席！”

不多会儿，汪雨量的子侄及侄孙辈十几个，挨个儿给寿星老儿磕头祝福。轮到魏啸才、汪秀英时，魏啸才愣怔了一下，才勉强和汪秀英上前，跪下，不声不响地磕了头，起身退过一边。

等小一辈都退过一边，老秀才率先站起来，冲汪雨量一拱手，说：“汪掌柜，老朽也祝你松鹤之寿，富贵余生。”

汪雨量匆忙站起来还礼，“秀才爸，不敢当，不敢当啊！”

肖先生一挥手，“闲话少说！开席，开席！我还等着和老蔡个狗尿斗几杯呢。”

蔡县佐说：“走走走，桌子上说话。我还能怕你？”

酒过三巡，菜过五味，众人开始捉对厮杀。

魏宗寿和蔡县佐碰了杯酒，说：“前天看你带着个人，骑马出了城。”

“奇台去了，省里又派捐下来了。”蔡县佐嗞的一声，喝干了杯中酒，“老毛子的国家在闹革命党，巴克图卡、霍尔果斯天天都有败兵拥进来，进来的还有好些红胡子。老督军强令边卡加强戒备，可哪里能挡得住。”

“啥红胡子？”肖先生问了一句。

“胡子就是土匪，就是早些年过去的中国人，后来加入了老毛子的军队，入了人家国籍。为啥叫红胡子，我就不知道了。”

“呵呵呵，我还以为他们的胡子是红的呢！”肖先生摸着下巴说道。

“我听说，前些日子，北塔山过来些老毛子，见啥抢啥。”齐掌柜说。

“就为这事，老督军才派的捐。老督军给他们划定了几个地方，听说还派了部队把他们围起来了，围起来就得拿钱养这些贼尿。我们和老毛子的贸易断了，税收减了，省府没钱，只好派捐。”蔡县佐抬手指着一圈人，“你们几个到时候，可给我多捐些！”

汪雨量嗤了一声，“老蔡，你是三句话离不了捐钱，啥时候你不再刮我的钱了，我天天捐你些酒喝。”

众人哄笑附和。

“就督军那些个尿球兵，能看得住如狼似虎的老毛子？不要反倒让人家给看住了。”

“听说人家老毛子要过来追缴这些败兵，可不知道为啥，老督军死活不让。”齐掌柜插了一句。

“还能为啥，要是你们家的院子，别人想进就进，你愿意？”

“球，他们家的院子不是臭皮子，就是烂羊毛，熏死个人，请我进都不进。”

“来来来，少闲话，喝酒喝酒！”肖先生举起一杯酒，“我还要灌老蔡个狗舔头呢。”

时令进入五月，魏家仓房里堆积的从奇台拿回来的货物，却没有多大动静。往常到这时候，木垒河镇不长的街道上都会出现很短几天的繁华与热闹。牧民们拿着羊绒、羊毛、马鬃、兽皮等畜产品及一些贝母、雪莲之类的草药出售，以换回生活的必需品。可今年格外冷清，街道上人迹寥寥。漫长的冬天过去了，春天也过去了，田野间一派欣欣向荣的景象，魏家翘首以待的惊喜却没有出现，这让魏宗寿有点失望，且在一日日的等待中变得焦躁起来。

魏家粉坊许是因了这份冷清，也变得格外萧条。开春以来，魏啸才磨出的粉没有售出多少，都积压了下来。现在他每天只是象征性地磨一点，然后，早早收工。

魏啸才对粉坊的活计已经很熟络。豌豆从淘洗、上磨、去渣、沉淀、脱水到出粉，魏啸才把每个细节都安排得井然有序。原本有一个伙计帮忙的，自从魏家出事以后，魏宗寿就把伙计辞了。每天早起，从魏啸才走进粉坊，脱去衣服露出一身古铜色的肌肉开始，到他甩着两个浸透汗水的膀子，从氤氲着豌豆腥香的粉坊走出来，都只有他和一头老叫驴完成粉坊里所有的活计。每到他从粉坊出来的时候，汪秀英都会准时为他备好一大木盆温水，然后静静地站在一边看着他洗完，再递上手巾，或是拿着一把葫芦瓢为他淋水。魏啸才搓洗完，抓过汪秀英递上的手巾，胡乱地抹擦几下，然后把手巾往汪秀英的怀里一扔，套上衣服甩着膀子，晃出院子的大门，去西街回族人开的杂碎馆里要一个羊头、二两高粱烧。这既满足了魏啸才的口腹之欲，也消解了一天的乏累。

魏啸才对食物总显出一种急切，饿狼似的眼里透着贪婪。从坐到杂碎馆的桌子前，到羊头端上桌子，他都会目不转睛地盯着跑堂的伙计。及至羊头放到他面前，他就撸撸袖子，搓搓手，眼盯着热气腾腾的羊头，一边嘴里嘘嘘地吹着，一边拿起刀子，先割下一只羊耳朵塞进嘴里，再咬一大口葱，快快地嚼两下，不及嚼烂就咕噜一声咽下去，然后喝一口酒。在他大口进食的时候，目光贪婪地紧盯着将要放入口中的每一块食物，脸上始终洋溢着快乐、满足和迫不及待。

天茂每次看到魏啸才吃东西，都要笑话他是饿死鬼转世。

这时候，魏啸才会嘻嘻一笑，随口吟道：

吃了羊蹄啃羊头，连毛入口。
奶茶敬一瓯，山珍海味一笔勾。
酥油一指头。

这是他跟镇上的老秀才程士荻学的。他觉得这话说起来顺口，听起来畅快，就时常挂在嘴上，不时地拿出来显摆一下。魏啸才念完这些，总会甩甩头，很豪气地大灌一口酒，“嘿嘿！这才是神仙，你娃知道个球啊！”

天茂是德盛皮毛行的跑街伙计。德盛皮毛行是齐掌柜开的，除了收购畜产品外，最大的生意就要数擀毡了。德盛皮毛行擀出的毡平整光滑，结实耐用，行销到不少地方，很受青睐。

天茂站在杂碎馆的门口，把整个屋子扫视一遍，看到魏啸才一个人坐在靠里的一张桌子上，走过去坐在魏啸才对面，“饿死鬼，今儿个咋来这么早？”

魏啸才抬起头，看是天茂，快快地把塞满一嘴的肉嚼几下，伸着脖子咽下去，说：“一点点活，还没干呢就完球了。”

天茂招招手叫伙计过来，“一个羊头、四个蹄子。”然后又回过头对魏啸才道：“你们家的羊毛羊绒收得咋样了？”

“收球呢，我大也急得不行了。给他说了几次了，让我进山去收着看看，他都不言传。我也不球知道，我大是咋想的。”

“我听掌柜的说，外面进来不少老毛子，东流西窜弄得人心惶惶，今年的羊贩子都聚到青鞠梠[①]山去了。掌柜的还说要找人搭伙去青鞠梠山呢，我们两个搭伙去吧！”

魏啸才斜乜着天茂，坏坏一笑，“和你们家掌柜的搭伙，怯火[②]。”

天茂撇着嘴嗤一声，“你又不去给他当女婿，你怯火个球。”说完，两人相

---

① 鞠梠：方言，指山羊。

② 怯火：方言，意为害怕。

视大笑。

齐掌柜的德盛皮毛行也是近几年才开起来的，之前他们家在旧户，有十来亩旱地、几十只羊，靠着一家人的勤勉，日子倒也过得有滋有味。可齐掌柜只有四个丫头，没儿子。没儿子家里干活就缺人手，齐掌柜正发愁呢，矬刘找上门了。矬刘是个孤儿，初到木垒河时也就十四五岁。齐掌柜觉得十四五岁的矬刘吃不了两年闲饭，就留下矬刘。说好了，一年二斗麦子工钱，先干些杂活。矬刘干活不惜力气，东家看着也高兴。年底算账，齐掌柜说，矬刘你拿了工钱也还是不离开，就先存着吧！矬刘想都没想就同意了。隔年，齐掌柜让矬刘进山放羊，这一放就是好多年。进山放羊，工钱就得另说了。齐掌柜一指大丫头对矬刘说："娃娃，你就好好干吧，啥工钱不工钱的，过两年我招你做我的女婿！"矬刘不言传了，再不提工钱的事，喜滋滋地进了山。不两年，齐掌柜的大丫头嫁给了半截沟的冯家。齐掌柜指着二丫头，"娃，你还尕的呢，过两年我把二丫头给你当媳妇！"等到二丫头出嫁，女婿还是别人，不是矬刘。齐掌柜又指着三丫头，"你这娃，着啥急嘛，这不是还有三丫头呢吗！"矬刘心里虽不高兴，脸上还是弄出些笑来，忸怩了两天，又进山接着放牲口去了。等到齐掌柜的三丫头出嫁，矬刘知道，他在齐家是没戏了。矬刘还在暗自盘算，齐掌柜却不想再日哄矬刘了。这年冬天，齐掌柜噼里啪啦拨了一阵算盘，给了矬刘十只淘汰羊，算是给了矬刘工钱。齐掌柜说得很清楚，说好的，一年二斗麦子的工钱，这十只羊还是看在矬刘干活不惜力气的情面上多算的。矬刘傻眼了，哑巴吃黄连，有苦也说不出，一气之下，跑到冬窝子，找到齐掌柜新雇来放羊的羊倌，骗了二十几只大羯羊，赶到鄯善卖了。但窝在心里的这口恶气，时刻搅和得矬刘睡不安稳。

这件事木垒河的老人都知道，虽说现在都在一个镇子上住，抬头不见低头见的，但也尽量不和齐掌柜攘缠。

那天吃晚饭的时候，魏啸才对他大说了天茂想和他搭伙去青鞠梠山收羊毛羊绒的事。

魏宗寿听说是和齐掌柜搭伙去青鞠梠山，心里觉得不踏实，眼瞅着魏啸才，犹犹疑疑地说："和他搭伙，让人不踏实。"

魏啸才撇撇嘴，"和他搭伙呢，又不是和他过日子，有啥踏不踏实的。"

魏宗寿斜乜儿子一眼，沉吟半晌，没好气地道："那你就和他去吧！"

第二天，魏宗寿去找齐掌柜，回来后，搭帮着儿子备好了要带的货物，租了崔六家的两峰骆驼。魏陆氏和汪秀英熬了一夜，烙了几个大锅盔[1]。一切就绪，第三天天刚蒙蒙亮，魏啸才和天茂带着一个伙计出门上路了。

汪秀英看着魏啸才向他大挥了挥手，转身离去，向前走了两步，张嘴喊了魏啸才一声。她觉得声音很大了，可话出口却像蚊子似的。在朦胧的天光下，她看到魏啸才望了她一眼，她又张了张嘴，话还没有出口就被魏啸才的一挥手挡了回去。她呆愣着站在大门口，望着消失在夜色里的驼队，心里像突然被抽走了什么，一下子变得空落落的。自从她走进这个家门，还没有一次真正地离开过这个男人。虽然这个男人从来对她都是恨声恨气的，从没有对她露过一次笑脸，但她还是希望自己能时刻看见他，这样她才会有一种踏实安全的感觉。她又向前走了几步，踮起脚张望。前面迷迷蒙蒙的一片，什么也看不到，只听得叮咚叮咚的驼铃声远远地传过来。汪秀英幽幽地叹了口气，掸掸衣服，慢慢地回屋去了。

青鞠梢山是阿尔泰山的余脉，山前是连绵的丘陵，向西是古尔班通古特沙漠，东南就是一望无际的大戈壁滩了。和青鞠梢山相邻相连的还有白鞠梢山和黑鞠梢山。

这里水草丰美，山清水秀。相传很久以前，山里住着一户四口之家的哈萨克牧民，一对老夫妇和他们的女儿女婿。老牧民和女婿每天外出牧羊，老女人和女儿在家挤奶、刺绣、织毛毡、操持家务，一家人安宁祥和地生活着。一日，巴依老爷路过时看到了美貌的女儿，走进了他们的毡包。老女人和她的女儿热情谦恭地迎接巴依老爷。她们拿出最好的酥油、乳饼子、奶豆腐、风干肉和马奶酒，招待巴依老爷和他的随从。巴依老爷一边吃，一边盯着老牧民美貌的女儿。临走的时候留下话，三个主麻日后来娶他们的女儿。虽然老女人百般解释，说他们的女儿已经嫁人了，已经做了别人的妻子，恳求巴依老爷饶了他们的女儿。可巴依老爷还是留下了不可更改的比石头还要坚硬的话。伤心无助的母女站在毡包前的山包上，眺望着远方，盼望着外出牧羊的男人们早些归来。她们伤心的眼泪像山里的泉水一样流淌着。天上乌云翻滚，暴风雪来了，她们还站在山包上等着她们的男人归来。她们的男人这时候正在和暴风雪搏斗。突然来临的暴风雪冲散了羊群，冻死了刚出生的羊羔。老牧民和他的女婿赶着三只头羊，顶着暴风雪回家。翻过第一座山时，黑鞠梢冻死了；翻过第二座山时，白鞠梢冻死了；等他们赶到家的时候，青鞠梢也冻死了。他们的女人也被冰雪包裹，变成了石头人。后来人

① 锅盔：西北地区常见的烘烤制成的又大又厚的圆形面饼，能久放，便于携带。

们就把冻死黑鞠梠、白鞠梠和青鞠梠的地方分别称作黑鞠梠山、白鞠梠山和青鞠梠山，把冻死女人的地方称作石人子沟。现在，石人子沟里的一座山坡上，还矗立着两块大石头，像两个相依相偎极目眺望的女人。据说，这就是冻死的那对母女变成的石头人。

天茂和魏啸才到第五天的中午才走进青鞠梠山，他们在石人子沟里找到天茂的朋友吐尔逊的毡包时，已经是黄昏。

吐尔逊的毡包扎在一片向阳的缓坡上。无数的草，莽莽苍苍、郁郁葱葱地覆盖着山坡地。风刮得不软不硬，在夕阳的映照下，绿色的草在起伏的山坡上，梦幻般一波波地荡漾开去。老旧的毡房也被四面八方漫漶而来的草包围了，像一个破土而出的蘑菇或是一只搁浅在绿色水面的船。听到叮咚叮咚的驼铃，正在挤奶的女人直起腰张望着。卧在毡包旁的黑狗摇着尾巴，警觉地站起身，两个本来伏在脑后的耳朵也一下子竖了起来。

隔着老远，天茂就冲挤奶的女人喊起来：“古丽亚！古丽亚！把狗挡住，把狗挡住！老朋友来了也不快些过来招呼，吐尔逊呢？”

古丽亚是吐尔逊的婆姨，是个维哈混血儿。凸起的眉骨上，两条浓眉既妩媚又透着英气。听到天茂可着嗓子在喊，笑嘻嘻地走过去，站在黑狗的旁边，伸手撩起散落在额前的头发，“哦——哟！是你呀，我当你死掉了。”

天茂跳下骆驼，往古丽亚跟前走。黑狗在古丽亚的身后低沉地“汪——”了一声，吓得天茂马上停住脚。

古丽亚转身摸了摸狗头，又笑呵呵地对天茂道：“过来，过来！害怕啥呢，你，狗都害怕呢吗？你比狗都不行的呢。”

趁着天茂和古丽亚说话的空，魏啸才也跳下骆驼，把缰绳递给天茂带来的伙计，试着往黑狗跟前走了两步，看黑狗在冲他龇牙，又站在原地，端详起黑狗来。

黑狗是纯种的蒙古猎狗，双目炯炯，凶光毕现。两眼上方长着两道黄色的圆形眉毛，像生有四只眼睛，故而狗名就叫托提古斯。托提古斯是哈语，就是四眼的意思。这是后来吐尔逊告诉魏啸才的。托提古斯头方口阔，胸宽体长个头大，吼声如虎，凶猛异常，能掐会咬。一见猎物就兴奋得像发情，是个捕猎的高手。

天茂给古丽亚介绍了魏啸才。古丽亚冲魏啸才笑着点点头，“房子坐吧！房子坐吧！”

魏啸才从骆驼上取下褡裢，跟着天茂走进毡包。他取出带来的礼物——两块茶砖和一块布递给古丽亚。古丽亚两手在衣服上擦了擦，才伸手接过，“热合买提（谢谢）！热合买提！”

西边的山头收走最后一抹阳光的时候，天色慢慢地暗淡下来。

那天晚上，吐尔逊回来，杀羊款待了天茂和魏啸才。

吐尔逊四十岁左右，中等身材，许是常年骑马的缘故，大罗圈腿，走路左右摇晃着，手也甩得毫无节奏，毫无章法，像两只随风飘摆的衣袖。一张布满血丝的大红脸，直鼻，具有明显的突厥血统的大眼睛，淡棕黄色的眼珠闪着琥珀般沉着的光泽。穿着又黑又脏的干板羊皮袄。干板羊皮袄脏得发亮，旧得发黑，上面还补着几块新羊皮补丁，更显出老羊皮袄的老旧。

吃饭的时候，天茂告诉吐尔逊他和魏啸才的来意。吐尔逊一个劲地说好，并说第二天他就去喊周围的牧民来和他们交易。

三个人边闲谝边喝酒。酒到酣处，吐尔逊取下冬不拉，弹拨两下，调试一下琴弦。“我今天嘛给你们一个着实老到地歌唱一下。这个嘛是我们哈萨克的英雄，《英雄塔尔根》！”吐尔逊笑了一下，“不过嘛——嘿嘿，你们的话我不会唱。”

“唱！大声地唱，高兴就行！”魏啸才舌头在嘴里搅着，半躺在地毡上，挥舞着手臂。

吐尔逊喝了口奶茶，清了清嗓子，抱着冬不拉叮叮咚咚地弹了过门，声音洪亮地唱起来。吐尔逊唱腔嘹亮、激越悠扬、铿锵有力。琴声时急时缓，急时如金戈铁马，铮铮有杀伐之气；缓时如山泉淙淙，溪流潺潺，山风呢喃。

吐尔逊唱得如痴如醉。

魏啸才听得如痴如醉。他虽听不懂吐尔逊的唱词，但他知道吐尔逊唱的是个哈萨克英雄。他能感到吐尔逊的歌声里有一种什么东西在撩拨着他的情绪，使他的心里涌动着一股豪壮之气，让他兴奋，让他禁不住地想大声呼喊，想做点什么。

魏啸才和天茂在离吐尔逊的大毡包不远的地方，搭了个牧民称为“一撮毛”的小毡包，算是临时解决了他们的吃住。次日下午，牧民陆续带着羊毛、羊绒、马鬃、马尾、药材、兽皮，来和他们交易。天茂和魏啸才带来的钱和东西很快就变成了羊毛羊绒等畜产品，比他们想象得还要顺利。魏啸才把带来的两驼东西的价格稍稍地往上提了一点，就这样，他仍然要比天茂用钱收购更受欢迎，而且魏啸才也不像天茂只要羊毛羊绒。他是啥都要，皮张、鬃毛、兽皮、药材，只要他认为可以赚钱的他都要。

一连忙了几天，大家都有点累了，天茂提出出去轻松一下，他想让吐尔逊带他和魏啸才去北沙窝猎黄羊。

魏啸才呵呵笑着连声说好，在天茂肩膀上重重地拍了一下，“好主意！”搓着手在地上走了两个来回，又弯下腰凑到天茂面前，“啥时候去？”

“呵，看你急得！这还要看吐尔逊有没有时间呢！”

魏啸才直起腰，走两步，一拍手，“让你的小伙计去给吐尔逊放一天羊不就行了嘛，我去给吐尔逊说去。”

三人一拍即合。

吐尔逊准备好东西，第二天半夜，三人三骑带着托提古斯直奔北沙窝。在第一抹晨曦漫过山顶的时候，到了目的地。他们在丘陵边选了一块稍平坦点的斜坡，打开带来的熟羊肉和馕，准备先吃早饭。三人围坐成一圈，吐尔逊拿起一块肉，大大地咬了一口，冲前面不远处的一大片草地扬了扬手。“那——个地方嘛——就是黄羊经常出——来的地方。”吐尔逊拖着西北方言惯有的长音，说着带有浓厚哈语味道的汉话。“我——们嘛——就在这个地方等吧。”说着拍了拍横担在腿上的猎枪，咧开厚厚的嘴唇笑笑。“今天，我嘛——让你们好好的瘾过一下！那个黄羊的肉嘛——哎哟——你们不知道，太——好吃啦！”说完，吐尔逊作了一个夸张的陶醉表情，然后盯着天茂和魏啸才哈哈大笑。

稍远处是一汪泉水，泉水周边是一块不大的湿地。这是附近几十公里范围内不多的几个有水的地方。每年这个季节，黄羊、野驴、野骆驼等野生动物来此觅食饮水。

托提古斯独自小跑着爬上一个小高坡，四下张望着，像个机警的斗士。

天色慢慢地清亮起来，几朵蓬松的白云，拂净了湛蓝的天空。远处，胡杨树三三两两地散落在沙化的土地上。树干古拙沧桑，繁茂的枝叶中，几根遒劲的枯枝瘦凛凛地刺向天空，透着顽强和坚忍。穿过胡杨林，就是浩瀚的荒漠，风雨雕琢出的形态各异的沙土梁，昭示着亘古和悠远。

三个人吃完带来的东西，就地躺在草地上等着黄羊出现。魏啸才焦躁地坐卧不宁，不时地站起来张望。吐尔逊嘴里叼着一根草茎，眯着眼，“哎——你看啥的呢你？黄羊来了你都吓跑掉了。狗看的呢，你看啥呢？”吐尔逊抬起头望了望坡顶上的黑狗，打了个响哨。“托提古斯，托提古斯。”黑狗扭头看看主人，声音低沉地汪一声，又专心地盯着远方的地平线。

天茂拽拽魏啸才的裤脚，“坐下吧你，急个球啊！”

魏啸才踢了天茂一脚，甩甩头无声地坐下，不多时，又忍不住坐起身伸长脖子观望。

远处的沙土梁后扬起一片尘土，尘土夹杂着一股淡淡的腥臊味，随清晨的微风飘过来。黑狗兴奋地跑过来用嘴咬着主人的衣袖，使劲地拽了一下，又敏捷地窜回到坡顶。吐尔逊慢慢地坐起来，吐掉嘴里叼着的草茎，抬头望了望天，抓起猎枪，弓着身子，向坡顶一路小跑。

好大的一群黄羊，慢慢地向对面的草地移过来。魏啸才趴在吐尔逊的旁边，兴奋地咽了口唾沫。“等一下让我打一枪吧。”他有点巴结地冲吐尔逊笑笑。

吐尔逊看看他，抿一下嘴，透着不屑，“你打嘛，都——跑掉了！”

站在坡顶上瞭望的托提古斯不见了。

黄羊群越来越近，大部分黄羊都挤在湿地上饮水，几只雄健的大黄羊站在远处警觉地四下张望，不时地来回走动一下。

“快打！快打嘎！你看那只大个儿的……”魏啸才急不可耐地催促道，他紧张得手心冒汗，双目紧盯着黄羊群，生怕黄羊溜走似的。

吐尔逊扭头瞪了他一眼，又继续用枪瞄着前面。

突然，土坎下草丛里窜出一道黑色闪电，一下就扑倒一只近在咫尺的黄羊，就在这同时，吐尔逊手里的猎枪也响了，一只黄羊应声倒地。在草地上吃草饮水的黄羊，瞬间惊悸得像炸了营，四下飞奔。吐尔逊的枪又响了一声，又一只黄羊一头栽倒。之后，他把枪向魏啸才怀里一扔，带着天茂向草地奔去，边跑边对魏啸才笑道：“你，现在打枪吧！哈——哈哈——哈哈！”

刚才还在吃草饮水的一大群黄羊，转瞬间跑得无踪无影。

魏啸才也赶紧跑过去，帮忙把猎到的黄羊拖到刚才他们休息的地方。趁着吐尔逊剥黄羊皮的间隙，天茂和魏啸才去捡柴火，魏啸才还带回来一些沙葱野蒜。

“今天嘛我给你们一个肚包肉好好弄一下，让你们吃完忘不掉。”吐尔逊边拾掇猎来的黄羊，边指挥魏啸才架火烧黄沙。魏啸才拿着根梭梭柴，直愣愣地看着吐尔逊，“这——这沙子咋烧呢吗？”吐尔逊撇一下嘴，放下手里的活，走过来，“咦，你勺的呢，沙子也不会烧。”用脚拨着沙子，攒起个小沙堆，手一指，“这个上头架火就行了。”

吐尔逊把黄羊肚子倒了肚粪，也不冲洗，直接翻过来，把用沙葱野蒜腌好的黄羊肉一块块塞进羊肚子，用一根树条很仔细地封了口，过来看看魏啸才烧的沙子，挥挥手，让魏啸才撤了火，把塞满肉的羊肚子埋进烧好的沙子里。

不到一个时辰，吐尔逊刨开沙堆，羊肚子已经烤得焦黄，还没有切开，已经香气四溢，让人忍不住地馋涎欲滴。

吐尔逊拿出带来的酒，三个人边吃边喝，畅快淋漓。

魏啸才拿着一块羊腿肉，一手抓起一把沙葱，双目闪动着，审视了一下滴着油脂的羊腿肉，张口咬住一块，头猛地一甩，从羊腿上撕下一大块，往嘴里塞进一把沙葱，鼓着腮，咀嚼几下，伸着脖子，喉结在脖子上快速地滑动一下，“咕噜”一声响，拿起酒，灌进一口，很惬意地吧嗒一下嘴，抬起手背抹一下嘴角渗出的油渍，又张嘴撕下一块肉，大嚼。

吐尔逊看着魏啸才的吃相，嘿嘿笑着拍拍他的肩膀。“哎，你嘛——吃肉狼一样的，黑天的时候也狼一样的吧？”说完哈哈大笑。

魏啸才抽一下鼻子，“嘿嘿——嘿嘿嘿，晚上行不行，啥时候试一下你就知道了！”说完又冲着吐尔逊扬一下下颌，一副自信自得的样子。

吐尔逊撇撇嘴，“你嘛——我不知道行不行，你们汉人嘛都不行！你们汉人嘛吃草，羊一样的。”他伸出小手指晃了一下，“我们哈萨克嘛吃肉，狼一样的。哈萨克女人嘛天黑的时候就着实着实地狼一样的了！”吐尔逊一副自得又自豪的样子。

“球！你晚上找一个来让才娃试一下，不就知道了。”天茂闷闷地冒出一句。

魏啸才吃完肉，又灌进一大口酒，抹一把嘴，站起来，撇腿矬腰，夸张地挺着肚子往前走着，边走边说：“就是，就是！你找一个女人让我试一下不就知道了嘛！”说完，扯开喉咙，大吼着迈开大步，跑上坡顶，又“哦——哦哦——哦”地跑回来。

天茂笑呵呵地对吐尔逊道：“你看你看，他黄羊肉吃多了，现在就忍不住了，跑骚的呢！”

酒足饭饱之后，三人仰躺在草坡上，享受着暖暖的阳光。魏啸才的心里却痒痒的。刚才的玩笑让他不再安静。他忽然想起湘绣，想象着被湘绣抚摸的感觉，他的肚腹间就有一股暖流在慢慢地涌动。他极力地想回忆起湘绣的面容，湘绣的影子却模糊得让他难以捕捉。使劲地晃一下头，脑海里却清晰地映现出汪秀英的身影。魏啸才翻转身体，趴在茸茸的草地上，闭起眼睛，脸颊在泛着青草腥香的茸茸的草尖上轻轻滑过，一股酥软的感觉在他的体内弥漫开来，湘绣姣好的面容一下划过魏啸才的脑际，他不由得轻轻地舒口气，却又感到是汪秀英眨着眼睛看他。魏啸才颓丧地瘫软在草地里，懊恼地把脸深深地埋在青草丛中。半晌，又翻转身体，仰躺着，舒展开四肢，眼望着湛蓝的天空。一只鹰，在空中悠闲地盘旋着，又像定在空中一般。魏啸才放开喉咙，一声长长的吼声冲喉而出，“啊————”惊得空中的鹰抖动着翅膀，向山里冲去。吼声停歇，魏啸才觉得心里空荡荡的，一种没着没落的感觉让他身心疲惫。

那天，三个人直到日头偏西才打马而归。

那天，托提古斯也饱餐了野味，三只黄羊的内脏都归了它。开始时也不管好赖，一个劲地猛吞，到后来就开始挑挑拣拣，什么肠肠肚肚的连闻都不闻了，只拣肝肺。现在，它的肚皮已经填得滚瓜溜圆，这使它显得兴奋异常，在马前马后窜来跳去地撒着欢。走到离家还有一半路程的时候，托提古斯突然变得安静下来。在三人前面很远的地方轻快地小跑着，东闻闻西嗅嗅，走到一处陡峭的山崖下时突然停住。歪着头盯着半山腰审视了半晌，低沉地叫两声，又竖起耳朵静静地听了一会儿。忽然，它猛地一下跳起来，向山坡上冲去，像一只黑色的精灵在怪石林立的山坡上跳跃着闪动着。托提古斯冲到半山腰处停了下来，仰起头向上望着，低吟着在原地转了个圈，又箭一般冲下来，随着吐尔逊的马边跑边叫。看吐尔逊仍然没有停下来的意思，猛跑几步冲到吐尔逊的马前，猛地蹿跳起来，惊得吐尔逊的马咴咴叫着，一下竖起前蹄。托提古斯望了主人一眼，一转身又向山腰冲去。吐尔逊愣了一下，打马跟上托提古斯。他扭过头冲后面的两个人喊道："山上东西有呢，托提古斯喊我们的呢，我们看一下去。"

三个人的马都跟着托提古斯向山上冲去，可马向山上跑了一段就没法再往上走了。山坡太陡，人几乎是贴在马背上，到处都是苍黑的岩石。马每走一步都要滑一下，三人只好下马，用缰绳绊着马的前腿，徒步跟着托提古斯向山腰爬去。

黄昏，冰凉的空气，在山谷间弥漫。一轮巨大血红的太阳正慢慢地从对面的山头上沉下去，像陷入了一潭深不见底的黑水，收走了山峦间的最后一片金红。天地陡然变得暗淡下来，就像拉上了幕布，一下将天光遮蔽住。

吐尔逊猫着腰在乱石间轻捷地跳跃着。魏啸才紧随其后，奋力地向上攀爬，将天茂落下好大一截。再往上就到松树林了，坡势也越发陡峭起来。

松树林里陡然传出托提古斯一声狂怒的号叫，随后是激烈的厮咬声。吐尔逊紧跑几步，松树林里光线更暗，已经无法分辨出厮咬得难分难解的狼和狗。吐尔逊怕托提古斯吃亏，凌空放了一枪，子弹划破空气时，尖锐的哨音稍纵即逝。狼听到枪声，虚晃一下，撇开托提古斯窜入松林，逃走了。

托提古斯的右眼眶边被狼撕咬掉一大块皮肉，鲜血淋漓，眼球裸露着，在昏暗的天光下，显得更加狰狞。吐尔逊心疼地抱着托提古斯的头，为它清理伤口。突然，它挣脱吐尔逊的怀抱，向前跑了两步，低下头嗅嗅，回头望一眼吐尔逊，又小跑着边嗅边走，在一块巨石后的洞前停住了，冲着洞里叫了两声，看看没有动静，伏下身，向洞里爬去。不一会儿，托提古斯叼着一只小狼崽出来，放下狼崽，它又钻入狼洞。

吐尔逊用脚尖拨弄了一下狼崽。小狼崽吱吱咛咛地叫着，小身子瑟瑟发抖。吐尔逊怪笑了一声，拿出刀子，很快地处死狼崽并剥下小狼皮。“这个皮子好，今年冬天，我们一个好好的帽子有了，天再冷，我们也不害怕了！”

看着吐尔逊麻利地剥着小狼皮，魏啸才也跃跃欲试。那股血腥气激得他心里痒痒的。他往吐尔逊跟前凑了凑，“下一个让我剥，咋样？”

“你？”吐尔逊笑笑。

天茂伸手拽住魏啸才，“怪可怜的，也是一条命呢。”天茂低声嘟哝着。

魏啸才只好干看着作罢。

那天他们总共剥下四张小狼皮，等三个人回到家的时候，已经是半夜了。

第二天，魏啸才和天茂一直睡到太阳老高才起来，毡包外，天茂带来的伙计已经在交易。魏啸才在外面转了一圈，又回到毡包，坐在天茂旁边。看天茂仍然睡得很沉，伸手捅了他一下，“哎，哎哎，醒醒！”

天茂抬头看了魏啸才一眼，伸个懒腰，“咋啦？”

“明天我们回去一趟。把收的东西送回去，再拿些东西来。我看这里的人要的东西多的呢。你说咋着？”

天茂沉吟了一会儿，“嗯，那就明天吧！让伙计留在这里，我们回去。”

两人忙活了一天，直到傍晚才收拾好第二天要带的东西，草草地吃了点前一天剩下的凉肉，早早睡了。

半夜，魏啸才被托提古斯的咆哮声惊醒。他猛地坐起来，静静地听了一会儿外面的动静。远远地，有狼嗥声传来，凄厉哀婉又悠长的狼嗥声穿透一切阻隔它的物体，让人禁不住地起了一身鸡皮疙瘩，脊背上也透出森森凉气。他推了一把睡在旁边的天茂。

天茂把被子往上拉了拉，头蒙在被子里，“快睡吧！怪瘆人的！”

魏啸才撇了撇嘴，麻利地套上衣服，走到门边。

毡包外，吐尔逊的婆姨古丽亚大声地喊叫着什么，隐隐地有厮咬声和羊垂死的叫声传过来，一声枪响之后，吐尔逊也在大声地吼喊着。

魏啸才反身从枕头下抽出当年赵军需赵四成送给他的军用刺刀，又随手抄起毡包门口的木棒，掀起门帘一步跨出去，冲到吐尔逊的身边。吐尔逊看是魏啸才，就朝羊群挥挥手。“你帮忙让羊不要跑掉了。”魏啸才嗯了一声，和吐尔逊一左一右地朝厮咬声最激烈的地方冲去。

星光下，托提古斯正被几只狼包围着。它几次想冲出包围圈，都被狼死死地纠缠着，左冲右突，拼命地厮咬，仍然无法摆脱，只能眼睁睁地看着冲进羊群中的狼，肆虐地、疯狂地厮咬着羊。羊都低着头挤在一起，既不挣扎也不逃跑，只有被狼咬住的时候才发出垂死的哀嚎。

吐尔逊在那边又放了一枪，一只狼哀嚎着逃开了。魏啸才也挥着木棒向一个黑影砸下去。黑影感到了木棒荡开空气的呼啸，一下闪身跃开，在魏啸才的正面停住。它矮下身子，蓄势以待，绿荧荧的眼睛凶光毕现。魏啸才也跨个马步，一手刀一手棒，等着狼的进攻。忽然，他感到背后掠起一股凉风，还没有等他反应，正面的狼已一跃而起。魏啸才大吼一声，向前跨出一步，右手刺刀猛地向前一送，正面跃起的狼刚好迎上刺刀。刺刀稍一受阻，就刺入了狼的身体。魏啸才左手的木棒也随后到了，狠狠地击在狼身上。狼哀嚎一声，重重地摔倒在地。身后的狼一下把魏啸才扑到地上。刀在狼体内不及拔出，木棒也无法挥起，魏啸才就着摔倒的惯性，猛地向前一冲，喊了吐尔逊一声。狼扑在魏啸才身上，张口咬住魏啸才的后背，同时猛地一甩头。魏啸才穿的干板羊皮袄被撕去一大块，尖利的狼牙划过他的脊背，带出一道深深的血槽。

吐尔逊听到魏啸才的喊声，窜跳过来，不及瞄准，就朝着狼开了一枪，狼号叫一声，撇下魏啸才窜跳开去。

那边，托提古斯狂怒地号叫着，等到吐尔逊赶过去，托提古斯已喘息着倒在草地上。它受伤一边的眼球悬吊在外面，脖子上又被咬开一个大口子，正在汩汩地流血，透出嘶嘶的喘息声。它撑着两只前爪挣扎着想站起来，试了几次都没能够，睁着那只独眼，哀哀地盯着主人，独眼里有泪溢出来。

吐尔逊蹲下身，轻轻地捋着托提古斯的毛。托提古斯艰难地抬起头，舔了舔主人的手，又无力地垂下去。吐尔逊嘴里默念着，神情哀痛地叹息着，拔出皮靴里的匕首，一下捅入托提古斯的心脏。托提古斯低吟一声，长长地哀叹似的吐出口气。

那天晚上，吐尔逊的羊被狼咬死了十几只，咬伤了几十只。由于突然出了这样的变故，再说魏啸才也被狼牙划伤了脊背，虽不是很厉害，但也是一动就疼。魏啸才和天茂原定在天亮就回去的计划只好又拖了一天。

这应该是狼精心组织的一次报复行动。第二天吐尔逊对魏啸才说，我们掏了狼窝，杀了狼崽，母狼是不会轻易放过我们的。说这话时，吐尔逊和魏啸才正站在毡包门口，向外看着挂在拴马桩上随山风轻轻飘荡的狼皮筒子。这是今天一早吐尔逊完整地剥下狼皮后塞上杂草做成的。吐尔逊指了指飘荡的狼皮筒子，“这个嘛就是你捅死的。别的狼嘛，皮子都烂掉了。”

魏啸才望着随山风飘荡的狼皮筒子，眼前幻化出狼在风中奔跑的景象。四肢灵动，急速向前的飘逸身影，扑到猎物后凶狠残暴地厮咬。魏啸才心里怪怪的，有一种说不清的心绪。有种钦佩狼、为狼骄傲的感觉，为那些战死的狼或者还有那些无辜被杀的狼崽的惋惜，还有为那天他们毫无顾忌地杀了狼崽的行为感到唐突。魏啸才突然有了一种冲动，这冲动没有目的。他说不清自己想干啥，只觉得有一股气在胸间涌动，让他焦躁不宁。他来来回回地踱了两圈，目光怪怪地盯着吐尔逊。半晌，停在吐尔逊的面前，看看眨着眼半张着嘴盯着他的吐尔逊，张了张嘴。可嘴张了半天也不知道想说啥，挥挥手，撇下吐尔逊走开去。吐尔逊的马拴在毡包前，精神抖擞，不时地晃动一下长尾，驱赶叮咬它的蚊蝇。看到有人向他走过来，耳朵一下竖起来，打出一串响鼻，前蹄一下下地刨着地。魏啸才回头冲一直怪异地盯着他的吐尔逊笑笑，解开马缰绳，跃上马背，打马扬鞭，疾驰而去，把一串急骤的马蹄声抛在身后。

蓝的天，绿的草，远远的是雪山和松林。风从他的耳边掠过，呼呼之声让他不由得张嘴大喊，“哦——哦嗬，哦——嗬嗬——哦——”魏啸才足蹬马镫，弓腰抬臀，一手举着马鞭微微前指，犹如挥舞马刀冲向敌阵的勇士。嗒嗒的马蹄声像鼓点一样，奏响起一种旋律，在他的胸间涌动，鼓舞起一股豪壮之气。

疾驰一圈回来的魏啸才冲到吐尔逊的面前，才勒住马。“痛快！太痛快了！”他微微喘息着说，“啥时候我也要好好买一匹马。”

吐尔逊笑笑，“嗯，这个马你看上了嘛，你拿上！”

魏啸才愣了一下，但马上明白了吐尔逊的意思，他摇摇头，“那我就不仗义啦！”

“我们朋友，马嘛啥都不是。”吐尔逊拍了拍魏啸才的胳膊，“你——我看上了，一个这个样的朋友！”吐尔逊竖了竖大拇指，“你嘛——也我看上了嘛，这个马拿上。”

魏啸才哈哈一笑，学着吐尔逊的腔调道：“我嘛——你的马拿上了嘛，你再看不上我了。”

吐尔逊眨一下眼睛，哈哈大笑起来，“你嘛——兄弟一样的人。”

魏啸才走的那天早上，吐尔逊把狼咬伤的羊杀了两只让魏啸才带上，吐尔逊的婆姨古丽亚又塞给魏啸才好多酥油和奶疙瘩。吐尔逊重重地拍拍魏啸才的肩，“好兄弟，你嘛——这个！”说着竖一下大拇指，又摇着头望望天茂。这让魏啸才不好意思起来，也拍了拍吐尔逊的肩，转身牵起骆驼，走了。

一路上，天茂一个劲地埋怨那天晚上魏啸才是多事，是成心显摆自己，让他天茂难堪。初始魏啸才还嘿嘿笑着说杀狼有多痛快，后来，魏啸才被嚷嚷急了，就损了天茂几句。天茂就蔫了，不再言语。两个人在骆驼上一直晃到下午，才走出青鞠梠山。

出了青鞠梠山前的丘陵地带，就是一望无际的戈壁滩。太阳隐在西边厚厚的云层里，只从云层的边缘漏出些昏黄的光。叮咚叮咚的驼铃声在空旷的荒野上，显得单调又沉闷。驼队慢悠悠地行进着，魏啸才和天茂在驼背上也被摇晃得昏昏欲睡。

不知什么时候，西边的天际间拉起一道黑幕，天地陡然一片昏暗。风吹过来，带起一片沙尘。天茂最先警觉，他抬头望了望四周，惊呼道："黑风！才娃——才娃！黑风——黑风来了！"他看魏啸才还没反应，又气急败坏地大声喊道："才娃！快停下来，黑风来——"黑风瞬间铺天盖地，席卷而来，天茂的话没喊完，就被沙尘噎着了。

头驼惊慌地叫了一声，慌乱地狂奔起来。魏啸才迷迷糊糊地睁开眼，张开嘴还没有喊出声，就被沙尘迷了眼睛，灌了一嘴的沙子。他立刻明白发生了什么，他使劲地拽着骆驼的缰绳，想让骆驼停下来，可骆驼嘶叫着依然狂奔不停。黑暗中他听到天茂惨叫了一声，随后就再没声息。魏啸才两手拢成喇叭罩在嘴边朝后大喊天茂，没有听到回应。他被狂奔的骆驼颠得东倒西歪，只好牢牢地抓住骆驼的鞍子，身子也尽力地低伏在驼背上以减少颠簸的危险。黑风呼啸着，飞沙走石，天地间混沌一片。驼队在混沌中顺着风向，一路狂奔。不知道过了多久，骆驼跃下一个深沟，前蹄一失，魏啸才被重重地摔下驼背。他朝后仰跌下去，临着地时左腿被狠狠地别了一下，觉得一股钻心的疼痛，头重重地撞在一个土坎上。他闷哼一声，眼前一黑，昏死过去。

天茂是在七天后被哈萨克牧民送回木垒河的。

那天，天茂从狂奔的骆驼上摔下来，右胳膊断了，还断了三根肋骨。黑风过后的第三天，才被路过的哈萨克牧民碰到。送回家时，天茂已经奄奄一息。

魏宗寿听到天茂被哈萨克牧民送回来的消息，赶忙去探问魏啸才的下落。费了九牛二虎之力也没有问出个究竟，只知道他们一起在路上遇了黑风。魏宗寿咬牙跺脚，悔不该让魏啸才去青鞠梠山。

走出天茂家，魏宗寿直接去了汪家。当天下午，魏汪两家就请了镇上的十几个青壮年出发去找魏啸才。

魏宗寿回到家，汪秀英婆媳正站在院子门口张望着等待消息，他故作轻松地告诉她们，已经请人去找了。

汪秀英听说天茂被人送了回来，魏啸才却不见踪迹，早就涌动在心里的不祥，让她当时就惊呼了一声。她睁大着眼睛盯着魏宗寿，似乎想哭，可嘴张了几张也只有一个痛苦的表情。只觉得心像是被人揪住狠狠地扯了一把，她惊悸得呼吸急促，身体也轻轻地战栗起来，耳朵嗡嗡地响着，什么也听不到，只看到公公的嘴唇在上下翻飞不停地嚅动着。她两手紧紧地绞在一起，使劲地眨着眼睛。半晌，默默转身走开，嘴里嘟哝着："这咋办呢？这可咋办呢？"汪秀英走了两步，回过身看看站在那里的公婆，又走回来，及至差点撞在公公身上才猛然惊醒。

魏陆氏握住儿媳的手，轻轻地抚摸着，"我娃不急！不急，噢——不急！"魏陆氏底气不足地安慰着儿媳，自己却禁不住轻泣起来。

汪秀英一下扑在婆婆的身上，"妈——咋办呀？我这是咋了？"

魏宗寿望着哭作一团的婆媳，一时也手足无措，"行了行了！哭啥嘛！人不是已经去找了嘛！"说完，懊恼地一甩手，撇下两个女人，径自回屋。

魏陆氏挽着汪秀英慢慢地走进魏啸才的屋子，婆媳相对坐在炕沿上，一时无言。许久，魏陆氏轻叹一声。"娃，你先坐着，不要着急！噢——才娃没事，才娃壮实着呢。我去弄饭去！我娃没事，我娃命硬着呢！"魏陆氏絮叨着，抹一把眼泪，起身颠着一双小脚走出屋子。

汪秀英泥塑似的坐着没动。自从听到魏啸才失踪的消息到现在，始终萦绕在她心里的就是一个疑问。我是扫帚星克夫星丧门星吗？我真的是扫帚星克夫星丧门星吗？她在心里一次次地盘问自己，又一次次地否定。不会的不会的，天爷爷不会如此不公。汪秀英对自己说，但始终无法让自己走出这个疑问。

汪秀英真的是欲哭无泪了。

几天后，外出寻找魏啸才的人陆续归来。他们找遍了方圆百里的每一个角落，没有一个人为魏家尤其是汪秀英带来关于魏啸才的一点点消息。汪秀英满怀恐惧和希冀，紧张地盯着每一个寻找魏啸才归来的人，目光忧悒又满含急切，在他们的脸上寻找着希望，直到眼睁睁地看着来人口角流油满面油光地离开，再将希望寄托在下一个归来的人身上。她每次都经历着同一种煎熬，且一次比一次更失望。

魏啸才是这个嫁了一次又一次的女人所拥有的第一个男人。不管魏啸才以往待她怎样，但作为丈夫的魏啸才使她真正地拥有了一份实实在在的生活。虽然，她感受到了这份生活潜伏的危机。她就像走钢丝一样，整日提心吊胆，担心魏啸才有一天会弃她而去，但这生活对她而言是真实的。丈夫就是她生命的全部，可现在，丈夫突然在她的眼前消失了。她觉得头顶的天，因为没有了丈夫的支撑而轰然崩塌了。她时刻都恍惚在梦魇之中，那些在她生命轨迹中出现过的男人，一个个跑出来，在她的眼前晃动。病恹恹的高英杰，健壮魁梧的张茂才，满脸血污半拉脑袋的崔吉娃。这些没有一个能够善终的男人的亡魂，一个个面容清晰又面容模糊，时刻刺激着汪秀英的每一根神经，使她摆脱不了这梦魇般的幻觉。汪秀英哀叹诅咒自己多戾的命运，心一日日地沉入冰窖，一种无边的疼痛正在慢慢地将她撕裂。她眼巴巴地等待着，却没有丝毫办法和主意。她丢了魂似的日渐恍惚且一日日地憔悴，仅仅十多天的时间，原本油黑发亮瀑布似的头发，已经日渐焦黄，且开始大把大把地脱落。

当最后一个寻找魏啸才的人归来，终于带来了一个消息，说在戈壁滩上看到了一具尸体，那人好像是自牲口上摔下来不及躲开，被踩死的。看到尸体的时候，尸体的眼睛已经被鹰啄成两个空洞，脸也被啄得面目全非，无法辨认。汪秀英听得浑身冰凉，两手交互地握在胸前，极力地克制着不让自己哭出来。她浑身抖动着，嘴里喃喃道："不会的！不会的！不是他！不会是他的！"她眼巴巴地盯着来人的嘴，希望他能说出那不是魏啸才，可来人丝毫没有理会她，带着遗憾和惋惜转身离开了。

汪秀英睁大充满惊惧又绝望的眼睛，惊叹一声："天——哪！"身体软软地向后倒去。

魏啸才是在黑风过后的第二天清晨醒来的。当阳光直射在他脸上的时候，他搅动着干涩的嘴，艰难地睁开眼睛，又马上被直射的阳光刺得扭过头去。他艰难地举起手遮住阳光，再次慢慢地睁开眼睛。湖蓝的天空被黑风荡涤得没有一丝云彩，空荡荡的，寂静又悠远。远远的，有几只鹰在高空中盘旋着，间或发出一两声怪叫。他慢慢地转动着眼睛。满眼看不到一丝绿色，到处都是令人心悸的荒芜。

他的意识慢慢地苏醒了。

他又懒懒地躺了一会儿，才试着挣扎着起身。浑身就像散架似的，没有一点力气。深吸一口气，猛地挣起身。一阵眩晕，有一股疼痛自下而上袭来。魏啸才轻轻呻吟了一声，又颓然倒下。他大口喘息着，嗓子像是在冒火，嘴里满是沙尘，干涩涩的。他慢慢地活动着身体。手臂灵活起来，右腿也能动了。左腿一动就钻心地疼。那疼痛让他出了一身的冷汗，脸上也渗出一层细密的汗珠。他艰难地翻了个身，又趴在地上喘息了半晌，才双手撑着地面，可左腿还是一点不吃劲。他只好放弃了爬起来的打算，又休息了一会儿，才侧着身慢慢地坐起来，四处张望。

四周空旷无垠，一片死寂。

他正处在一条干涸的水渠边。这是一条季节性的水渠，是春天雪水冲刷出来的。现在雪水没了，水渠边上的草已经枯死。他想起了被骆驼摔下来的那一瞬，想起了黑风。他慢慢地抬手在脸上抹了一把，满是沙尘的手在衣服上蹭了蹭。慢慢地圈起右腿，想使自己坐正。左腿的膝盖青肿得像个发面馒头，还不怎么疼。他轻轻地试探着，试图收回左腿，腿胯钻心的疼痛使他倒抽一口冷气。他轻轻地揉捏了一会儿，感觉骨头没有断，可能就是错骨了。他又四下里察看了自己一番，除了一些皮肤擦伤，也再没啥大伤，这让他稍稍感到心安。他慢慢地站起身来。"我他妈的可不能死在这里。"他对自己说。可当他迈步要走的时候，傻眼了。四周没有任何可供他辨别方向的东西，连东南西北都无法辨清，他不知道他该向哪里走。"妈的！"魏啸才悻悻地恶狠狠地骂了一句，又慢慢地颓丧地跌坐在地上。

肚子咕噜噜地叫着。太阳在头顶上烈烈地炙烤，旷野里慢慢蒸腾起一股燥热。魏啸才努力地让自己镇静下来。他想象着昨晚黑风的风向，可怎么也理不出个头绪。他又慢慢地站起来，旷野的尽头蒸腾起一片水雾似的幻境，魏啸才搅了一下干涩的舌，喉结在脖子上疾速地滑动了一下。他的左腿一动就使他出一身冷汗，他俯下身，又揉搓了一番，才艰难地连蹦带跳地向前挪去。不知走了多久，魏啸才终于看到一棵树，那树孤零零地立在旷野上。这让魏啸才感到兴奋。"走到树下，就缓一缓。"他对自己说。太阳在一点点地沉下去，当遥远的地平线收走最后一抹光亮的时候，魏啸才终于连蹦带跳手足并用地挪到那棵树下。

这是一棵小榆树，树干有碗口粗细。魏啸才站在树下，望着干涩涩的树叶，吧嗒吧嗒嘴。他捋了一把树叶，在手里搓了搓放在嘴里大嚼，一股又腥又涩的汁液渗进他的嗓子，他微微皱了皱眉，伸着脖子，把一大嘴树叶咽进肚里。咂了咂嘴，有种意犹未尽的感觉。后来他捋下树叶，没有再用手搓就直接放进嘴里。吃了树叶，虽然嘴里又苦又涩，但身上觉得舒服多了，靠着树干，慢慢地坐下，长长地叹出口气，迷迷糊糊地睡着了。

半夜里，魏啸才被冻醒了，他裹了裹身上的单衣，左腿胯在一下下地刺疼。他伸手摸了摸腿胯和屁股，那里肌肉紧绷着，肿胀的皮肤似要裂开。他咧着嘴，嘴里吸溜着，头慢慢地靠在树上。可他马上又像想起什么，重新坐起来，望着树出神。半晌，解下自己的布裤带，在手里抻了抻，慢慢翻转身，把左腿结结实实地绑在树干上。试着拽了一下左腿，疼痛使他浑身战栗起来。他擦了擦额头上的汗，咬着牙，脸上绷出一条条的肌肉，身体向前蹭了蹭，微微地圈起左腿，右腿蹬着树干，深深地吸一口气，大喊一声，身子猛地向后一矬。咯噔一下，彻骨的疼痛使他一下瘫软在地，浑身大汗淋漓，虚脱了一般，眩晕使他一下下地干呕着。他张开双臂，仰躺着昏睡过去。

魏啸才再次醒来的时候，东边已经泛白。他试着动一下身体，左腿胯虽然一动仍然痛彻心肺，但总算能动了。他站起身，又吃了些榆树叶。还捋了好多树叶装满衣服的各个口袋，费了九牛二虎之力折下一根粗树枝，扳去枝枝丫丫，在手上掂了掂，又靠着树干坐下来，眼盯着愈来愈亮的地方。一团颤悠悠的熔岩似的火球，从远方大地里浮冒出来，炽红的烈焰把大地和天空融为一体。当太阳完全挣出地平线的时候，他拄着粗树枝慢慢地向南走去。

当又一天过去的时候，魏啸才依然一无所获地孤独地走在荒原上。饥饿、疼痛使他每走一步都要使出全身的力气，而他的体力也在一点点地消逝，且得不到补充。手掌上因为每走一步都要用力撑住木棍，也被粗糙的木棍磨出两个大血泡。当他把最后一把榆树叶塞进嘴里的时候，突然有一丝无助又绝望的心绪，自心底涌起。

大而又圆的夕阳在一点点地向地下沉去，最后一抹余晖在地平线消逝，蔚蓝的天空洁静幽远又空渺，一种亘古的寂静压抑着魏啸才。他大声呼喊着："哦——嗬——嗬嗬——"远远的有余音传回来，过后又是一片死寂。

魏啸才颓然跌坐在地上，腿胯部的剧痛让他发狂地挥舞着手里的木棍，一下下地击打着荒芜的土地。地上腾起的尘埃随着晚风，慢慢地飘散开去。饥饿、疼痛、疲惫、孤寂、无助齐集，全都在攻击着他，销蚀着他的意志。魏啸才茫然四顾。夜色如水般漫溢过来，天地慢慢模糊起来，最后全部消融在夜色里。渐渐涌起的绝望在慢慢地咬噬着魏啸才的心，他似乎感到整个身体就像消融的雪山一样，在慢慢地垮塌下来。他似乎听到了干涩的气管咔嚓咔嚓碎裂的声音。

魏啸才做了个梦。他看到湘绣端着一大盘手抓肉，放在小炕桌上，然后坐在炕桌边，笑眯眯地看着他。魏啸才伸手去拿，可怎么也够不着。他急了，可怎么急，也还是够不着。那肉就放在离他不远的地方，他的手也总是差那么一点就够着了，却怎么也拿不到手里。他就喊，湘绣不见了，是汪秀英坐在桌子边，眨着眼睛盯着他，眼睛水汪汪的。半晌，汪秀英端起炕桌上的肉悄无声息地走了。魏啸才急得大叫："放下！狗日的你把肉放下。"可汪秀英就像没有听见一样，径自走开。

魏啸才喊着汪秀英的名字，惊醒了。他知道是自己在做梦，苦笑一下。"日你妈！”他悻悻地骂道。爬起身，四下望望，又慢慢地摇摇晃晃地向前走去。天快亮的时候，他走到一个小土坡前就再也走不动了。他躺在小土坡上，眼望着慢慢发白的天空，昏睡过去。

魏啸才再一次醒来，日已当空。他舔一下干裂的嘴唇，干咳一声，嗓子就像被撕裂一般，发出嘶嘶的声音。魏啸才眯起眼望着澄明的天空。太阳高悬着，被一圈圈的光晕罩着，刺目又耀眼。他浑身聚不起一丝力气，几次试图坐起身来，都没能成功。他重重地喘息着，可越是喘息，嗓子越干。慢慢地翻转身体，趴在地上。“我爬也得爬回去。”他对自己说。他艰难地向土坡顶上爬去，爬几下，停下喘息一阵。魏啸才觉得自己就要死了。

他终于爬到坡顶了。

小土坡下，有两峰驮着东西的骆驼。一峰站着四处张望着，一峰卧在地上。听到动静，骆驼的耳朵竖起来，昂起长颈张望着，在原地焦躁不安地转动、挣扎着，试图挣脱缰绳的羁绊。骆驼挣不脱羁绊，无奈地昂首嘶鸣。卧着的骆驼也站了起来。

听到骆驼叫声，魏啸才以为是自己听差了。他屏息静听，什么也没有。不甘心地站了起来，他几乎不敢相信自己的眼睛。他咬一下自己的舌头，很疼。这不是在做梦。揉了揉眼睛，两峰骆驼真真切切地站在那里。魏啸才喜极而泣，慢慢地转着身子，四下里张望着，又嘶哑着嗓子喊了几声。没有人答应他，他抹一把眼泪，几乎是连滚带爬地冲到骆驼跟前。

骆驼的缰绳缠绕在一簇沙柳上，两峰骆驼是连在一起的。

魏啸才在其中一峰骆驼上找到了水、馕和一些肉干。吃饱喝足之后，又躺在地上歇息了半晌，才想起察看两峰骆驼究竟驮着什么东西。他不敢贸然地解开绳索，只能小心地翻动。一峰骆驼上驮着水、馕、肉干和一应生活杂物，还有一包盐。他抓了些盐喂两峰骆驼吃了。另一峰骆驼驮着两个大麻袋，结结实实地绑着，里面支棱着，疙疙瘩瘩的像是药材。魏啸才显得很兴奋，简直有点手舞足蹈了。他颠着腿，一瘸一拐地围着骆驼转了两圈，又慢慢地爬上小土坡，当他确信这两峰骆驼没有主人后，才放心地爬上驼背。

三天后，魏啸才走到了一户人家，他这才知道，自己走得偏离了方向。他离家越来越远了，走到镇西去了。又几天后的一个傍晚，魏啸才回到了自己的家。

最先看到魏啸才到家的是二柱子。

二柱子看到魏啸才牵着骆驼一瘸一拐地走进院子，先是呆愣了片刻，随即大喊起来，颤抖的声音满含喜悦：“婶……婶子……婶子！快出来，你们快出来呀！大哥回来了，大哥回来了。”

汪秀英听到二柱子的喊声，疑是听差了，及至二柱子又喊了一声，她才一步跨出屋子。她站在屋子门口，愣愣怔怔地，伸手理了一下掉在眼前的头发，嘴撇了一下，不知是想哭还是想笑。她一下子冲过来，扑在魏啸才的怀里，不管不顾地大哭起来，“我……我还以为再……也见不到你了！”

魏啸才看到汪秀英扑过来，也松开手里的骆驼缰绳，向前冲了两步，又猛地停下来，及至汪秀英扑入他怀里的时候，竟一时手足无措，手向上抬了抬，僵在那里。半晌，才受到汪秀英情绪的感染似的搂着女人，唏嘘起来。

二柱子走到魏啸才身边，望望两个搂在一起的人，咧着嘴，吸一下鼻子，捡起扔在地上的骆驼缰绳，牵到一边，和随后出来的魏宗寿一起卸了骆驼上的货物，把骆驼牵到后面喂草去了。

那天晚上，魏家的院子里就像过年一样热闹。

汪秀英为魏啸才热了一大木桶水，魏啸才脱光了衣服，在水里足足泡了一个多时辰，才意犹未尽地出来。

汪秀英趁魏啸才洗澡的空隙，在屋里，对着镜子梳理了半天。她一扫十数日来的颓丧，眉宇间洋溢着难以言说的喜悦。丈夫回来了，她的生活也回来了。她端详着镜子里的自己，满意地抿一下嘴，起身去看魏啸才。

那天晚上，在一片温柔暗黄的煤油灯光下，魏啸才第一次认真地端详了一番自己的女人。女人的肌肤里，少了点血色，难掩憔悴，眉宇间洋溢着喜悦和羞涩。女人的眼里有一层薄雾，静静地游弋着，两腮泛起淡淡的红晕，犹如春季里盛开的沾着露珠的梨花，在微风里颤巍巍地抖。一种主宰的感觉在魏啸才的胸中腾腾上升，他一把搂过女人，紧紧地抱在怀里。

汪秀英娇媚地凝视着自己的男人。当男人进入她体内的时候，她一下搂住男人的腰。渐渐地，在她的肚腹间潮起一股快慰。一股暖流在她体内肆意地冲撞着，撩拨着她肌体的每一个细胞……作为女人的汪秀英第一次体会到了一个女人的美妙和幸福，像飘忽在云端一般，神情迷狂，一片混沌。汪秀英咬着嘴唇，终于抑制不住，叹息似的呻吟了一声：“才娃！才娃！我的天哪！”

汪秀英枕着男人雄健的胳膊，手指在男人的胸口轻轻地画着，心沉浸在安逸之中。她向男人身上靠了靠，整个头都埋在男人怀里。

魏啸才躺着没有动。他看看偎在自己怀里的女人，脑子不知怎么突然又想起湘绣。他似乎看到湘绣正歪着头，调皮地盯着他笑。

魏啸才翻身仰躺在炕上，轻轻地叹息了一声。

八　都是一条命

魏宗寿翻看着魏啸才带回来的两个麻袋。袋口缝隙里露出的药材，好像是柴胡，麻袋底上的豁口里是甘草。魏宗寿就想把东西都倒出来整理一下。麻袋里的药材才抖出一半，有几个油纸包掉出来。

魏宗寿疑惑地拿起油纸包在手里掂量着，沉甸甸的，解开绑扎的细麻绳，才打开一半，他的心就狂跳起来。油纸包里黑乎乎的一团，他抠起一些，在手指间捻了捻，放在鼻子下闻闻。“烟土！”他轻呼一声，愣怔地站在当地，手禁不住轻轻地抖起来。半晌，才醒悟似的，转身四下里察看了一番，又匆匆忙忙地打开另一个麻袋。在这里面他找到一个小布包，里面是大洋，有百十多块。他把油纸包都归拢到一起，数了数。“六个，一个该有五十两，那六个就是三百两。”他嘴里喃喃地念叨着，慢慢地坐在麻袋上。他的脸上是又惊又喜又紧张的神色，心在胸腔里一下下地撞击着，像是要跳出来。魏宗寿舔了舔因紧张而发干的嘴唇，咽口唾沫，嘴里也是干涩涩的，什么也没有咽下去。

魏啸才一直睡到日上三竿才懒洋洋地爬起身。其实他早就醒了，只是赖在被窝里不想动弹。闭着眼睛躺在被窝里想着这些天的经历。这些经历就像做梦一般，在他的脑海里一幕幕地闪过。还有湘绣，一个精灵似的附着在他生命里的女人，不时地从他的灵魂深处挣脱出来，拨动一下他将要宁静的心弦，让他无法正视时时晃动在他眼前的女人。他明白他对于汪秀英的重要，他昨天回来第一眼看到汪秀英的时候，他就明白了他在这个女人心中的位置。汪秀英憔悴的脸上洋溢着的惊喜以及纷乱的头发，无不让他感到心悸。魏啸才最初见到汪秀英畏惧的、怯懦的、小心翼翼的样子时，那种莫名的兴奋和主宰的感觉已经渐渐远去，随之而来的是深深的茫然、落寞和哀叹。在这茫然、落寞和哀叹里，又时常钻出湘绣调皮地歪着头笑他的影子。

魏啸才伸了个懒腰，四肢舒展着躺在炕上。经历了这次生死之后，他突然对生活或者是生命有了一种新的感受，但这新的感受究竟是什么，他说不清楚。似乎是对未来生活的向往，又不尽然。总觉得心里涌动着一股冲动，当他要探究这冲动究竟是什么的时候，又觉得茫然而了无头绪。

汪秀英进屋看了丈夫两次。她悄悄地凑近魏啸才，见丈夫睡得很安静，忍不住地想伸手去抚摸一下丈夫黑瘦的脸，手伸到半途中，又停下，使劲地抿一下嘴，缩回手来，蹑手蹑脚地退出去，轻轻地带上门。从昨天见到魏啸才的那一刻起，这个女人就沉浸在难以抑制的兴奋中。多少年来，从她第一次许配人家，到真真切切地嫁给魏啸才，她都没有现在的这种既踏实又幸福的感觉，一种真正的可以依靠的感觉。好多次，她梦到魏啸才弃她而去，去找那个她不曾见过面的女人；或者是自己一脚踩空，掉入万丈深渊；或者是被前面几个短命男人追得无处可逃。每次她都大汗淋漓地从梦中惊醒，然后听着丈夫的鼾声，望着黑漆漆的屋顶，直到天明。现在，丢了的丈夫又回来了，之间虽然只有短短的十几天，可对汪秀英来说，这是在经历了一次生死之后的又一次生命。一次新的生命！她的心终于有了一种归属、踏实、依靠的感觉。

汪秀英透着两团红晕的白净的脸，沐在初夏的阳光里，脚步轻快地来回奔忙着。

魏啸才从炕上爬起来，匆匆地往肚子里塞了些东西，就走出院子去看天茂。

天茂依然躺在炕上，胳膊上缠着夹板，脸颊上有一块很大的擦伤，已经结了厚厚的痂。见魏啸才进来，皱着眉，咧了一下嘴，算是招呼了魏啸才。

魏啸才把带来的两包点心甩在天茂的手边，斜着屁股坐在炕沿上，“你狗日的虽说断了胳膊，可比我好多了，我差点死在外边。”

“那你现在还不是回来了！”

“老子命硬，阎王不敢要！哈哈哈！”

魏啸才坐了一会儿，看天茂妈进来给天茂喂饭就告辞出来。站在街上望了望，甩甩头，去了西街回族人的杂碎馆，还是一个羊头、一盘肚丝、二两高粱烧。

那天晚上，魏宗寿父子坐在油灯下，面对堆放在桌子上的烟土，一筹莫展。

他们都明白这些东西的价值，也明白这些东西一旦变成黄金白银大洋的时候，对于他们这个家庭的意义。可问题是怎么才能让它变成实实在在的黄金白银大洋！对此，他们谁都没有经验，没有主意。杨督军是禁烟的，私贩烟土，抓住是要坐牢、要杀头的。虽然暗地里还是有很多人在偷吸大烟，冒险私贩烟土，可他们又到哪里去找这些偷吸大烟和私贩烟土的人？

“去找你舅商量一下吧？”闷了半晌，魏宗寿想起肖先生，试探地问魏啸才。

“他有啥办法？”魏啸才不屑地嗤了一声。

“那你说咋办？”魏宗寿有些不悦。

魏啸才望一眼他大，一甩手，径自走出屋子。

魏宗寿张着嘴，望着走出屋子的儿子“咣当”一声甩上门，才嘟哝了一句，“犟驴！”他又闷闷地坐了半晌，叹息着爬上炕，闷头睡下。

因为魏啸才的失踪，走失了两骆驼的绒毛，算是损失了带去青鞠梠山的一驼货。走失了两峰骆驼，又捡回了两峰，除了烟土还有百十块大洋，也算是赚大了。前面因为寻找失踪的魏啸才，耽搁了这些时日，现在，魏啸才回来了，魏宗寿决定和儿子再去一趟青鞠梠山，拿回撂在那里的畜产品，清理一下剩余的货，如果方便的话再用大洋收一些，也好给奇台的天兴行交差。

父子俩准备了一番，几天后，起程去了青鞠梠山。

吐尔逊见到魏啸才，扑上前一把抱住他，使劲地摇晃着，“你丢掉了，我们着实害怕了，再看不见你了还想呢。”

魏啸才哈哈笑着，学着吐尔逊的腔调：“我们嘛厉害得很，胡大嘛不要。”

吐尔逊哈哈笑着捣了魏啸才一拳。第二天他找了人代他放牧，自己帮了魏家父子两天。他出去把远近的牧民都招呼来了。魏家父子剩余在这里的货和带来的银元，很快变成了绒毛兽皮。吐尔逊又帮着租了几峰骆驼，把货物都打包好，送魏家父子离开。

魏啸才走的时候，把剩下的几瓶酒留给吐尔逊，吐尔逊笑笑，收下了。他把魏啸才拉到自己的马跟前，指了指马，“这个嘛你拿上。”魏啸才推辞了半天，吐尔逊有点恼了，“我们嘛兄弟一样，你这个样子嘛，我们跟前你看不起了，兄弟也不是了！”

魏啸才很为难的样子，想了想冲他大道：“大，你把那些茶叶拿来。”

魏宗寿倒腾了半天，从袋子里抽出一块茶叶放在脚下，就准备扎起袋口。魏啸才奔过去，从他大手里一把夺过整个袋子，瞪了他大一眼，提着袋子走到吐尔逊跟前，“你——”魏啸才用食指戳了一下吐尔逊的胸口，“我的哥哥，这个嘛你拿上，马我拿上。”

两个人对视着，半晌，拍着对方的胳膊哈哈大笑。

魏宗寿父子从青鞠梠山回来，接着就去了奇台。交了货，清了账，又拿了两驮货。一切完事后，父子三人聚到一家小酒馆里，商量怎么弄那些烟土，三人都愣怔着，想不出办法。

魏啸才发急道：“算了！我看你们也想不出办法，我去弄吧，我还就不信了。”说着，看一眼魏宗寿和魏啸铭，“大，你和铭娃把这生意做好就行了，这事就交给我吧。你们就别操心了。”

魏宗寿看魏啸才说得这么有把握，感到儿子说话的样子有点张扬了，斜睨了魏啸才一眼，又扫了一眼魏啸铭，闷头吃了一口菜，才抬起头，“娃娃！做人做事都一样，留三分余地，不要太张扬。”说完，微微撇着嘴冲魏啸才扬了扬下巴，“我啊，活到现在这个份儿上，才闻到点做人处世的道理噢！”这是自魏啸才结婚后，魏宗寿第一次给儿子说这么多的话。他不想让魏啸铭看到他在魏啸才面前没有一点父亲的威严。

魏啸才愣了一下，要说啥，张张嘴，又把话咽回去了，撇着嘴甩一下头，大大地吃一口菜，又不甘心似的撩起眼皮，瞥了他大一眼。

魏宗寿看儿子对他的话表示不屑，脸沉了一下，眼角瞟到魏啸铭正紧张地看着自己，冲魏啸铭咧了咧嘴，“快吃吧！”他把筷子朝桌子上的菜点了一下。“快吃吧！”但魏啸才的眼神还是让魏宗寿的心里动了一下。他觉得魏啸才经历了这次生死之后，确实变了，虽然做事说话，依然张扬，但少了些稚气，多了些霸气。

魏啸才回到木垒河的当天下午就去找赵四成。

赵四成见到魏啸才，一脚踢过来，“你狗日的回来也不给我说一声，害得我跑你们家几趟。”

魏啸才往旁边一闪，躲开赵四成，“嘿嘿，哥，我不是才回来嘛，才从奇台交货回来。”

赵四成还是抓住魏啸才的胳膊，抬腿一脚踢在魏啸才的屁股上，“妈妈的，我不踢你一下心里难受，你娃娃还成了人了。”

魏啸才抓住赵四成的双手，笑嘻嘻地说：“哥，哥，我哪敢在你跟前逞日能呢？”

“说吧！咋想起我的？”

“我们出去找个地方喝酒吧！我请你，咋样？”

赵四成沉吟了一下，“还是我请你吧！”

“我请！”

“跟我还犟？捡着元宝啦？能逞的你！”

魏啸才紧抿着嘴，使劲地点着头，左右望望，又神秘地一笑，“走吧，哥！”

两人在西街的南来顺饭庄找了个临窗的桌子坐下，点了两荤两素，要了一斤高粱烧。伙计点了菜、倒了茶就走开了。赵四成盯着魏啸才的嘴，等着他开口。

魏啸才却瞪着窗外拉起了闲话，“哥，我们有日子没见了吧？”窗外是棵老榆树，夕阳透过树荫射进来，一股清爽的暖意撒在桌面上。

赵四成在桌子下踢了魏啸才一脚，“狗日的，卖啥关子，快说！”

魏啸才沉吟了一下，往赵四成跟前凑了凑，压低嗓子，“哥，我捡了些——”魏啸才正要说，看伙计端了酒菜过来，又打住。

“捡了些啥？元宝？”赵四成抬头看伙计来了，瞪了魏啸才一眼，吧嗒吧嗒嘴。

伙计摆好酒菜，说了声“慢用”，走开，魏啸才才接着说道：“我捡了些烟土！”

“啥？”赵四成惊乍乍地叫了一声。“烟——”看魏啸才瞪他，看看四周，把下半截话咽了回去。

“我想请你帮忙！”

“……”

“卖了它！”

赵四成端起酒冲魏啸才扬了扬，抿了一口，身子向后靠在椅子上，“咋卖？兄弟，这可是犯法的事呢，你不怕？”

魏啸才一下坐起来，瞪大眼睛，“你——”他忽然觉得声音大了，四下望望，又压声道：“你不帮我？”说完紧张地盯着赵四成。

赵四成忍住笑，慢条斯理地道：“咋帮？这可是轻了坐牢、重了掉脑袋的事，咋帮？”

魏啸才撇撇嘴，把一只脚抬起来放在椅子上，端起酒喝了一口，又大大地吃口菜，梗着脖子，“就当我没说。”

赵四成看魏啸才真急了，忍不住扑哧笑了，“你看你，你看你，我能不帮你？”端起酒杯冲魏啸才一举，“来来来，干了这杯！”一仰脖子，把酒倒进嘴里，“不过，兄弟，这事还真不好帮，弄不好要出事的，还是大事。”

“小事我还找你？”魏啸才嘟哝了一句。

赵四成笑笑，“这事我也弄球不清门道，稍停几天，我先打听打听，咋样？”

“这还差不多，不过，哥，亏不了你！”

“兄弟这话就说差了，我不冲你这，帮就是帮！”

十数天后，赵四成来找魏啸才。他让魏啸才跟他去孚远，他告诉魏啸才，在孚远已经找好了要烟土的人。

魏啸才一蹦老高，扳住赵四成的肩膀狠劲地摇晃着，“哥，你……”

赵四成推了他一把，“行了行了！等事情弄好了再说吧！”

“你说，他们能一下拿出那么多钱吗？”

赵四成拍拍魏啸才的肩膀，“兄弟，谋事在人，成事在天。我们听天由命吧！”

“球个命！他们要是敢谋我的命，我就要他们的命！”魏啸才恶狠狠地说，眼里掠过一丝狼一样的凶光。

“行了行了！你就是属犟驴的。到孚远你要听我的，把你犟板筋的脾气收起来。我让你咋弄你就咋弄！”赵四成有点不放心地说。

“行！我听你的！”

三天后，魏啸才和赵四成到了孚远。他们进城之前，先找了个地方，把烟土藏起来，只弄出一小包作为样品带在身上。

当天晚上，魏赵二人被人蒙上眼睛，被两个年轻人搀着，深一脚浅一脚、七绕八拐了半天，才走进一个大院子。带路的年轻人安顿他们在一间堂屋里坐下，端上茶水就退出去。

屋子很阔，空荡荡的，一盏煤油灯，只有灯下一小片地方泛着昏暗的光。四下里黑乎乎的，什么也看不清，透着一股阴森之气。魏啸才略略有些紧张，忐忑地望赵四成一眼。赵四成撇撇嘴角，下巴冲茶水一扬，自己先端起茶碗喝了一口。魏啸才伸手挠挠头皮，端起茶碗，刚凑近嘴边就听到暗影里有人说道：“东西带来了吗？”魏啸才一惊，手一抖，茶水泼洒在衣襟上。他一边寻着声音找说话的人，一边忙乱地掸着胸前的茶水。

“是许爷吧？我们带了样品，先看看吧！”赵四成不急不慌地缓缓说道。

暗影里传来一声咳嗽，外面进来一个人，走到魏啸才跟前，伸手接了魏啸才递上的油纸包着的样品，转身就朝暗影里走去。魏啸才担心地“哎”了一声，扭头望望赵四成，就要跟过去。赵四成伸手拦住他，轻轻地摇摇头，示意他坐下别动。

半晌，暗影里被称为许爷的人说道：“嗯！不错！好东西！有多少？”

赵四成伸出三个指头，冲暗影里一晃，“三百两。”

“哦——那就说说价吧！”

赵四成走过去和许爷手拢在衣袖里捏码。半晌只听两人哈哈一笑，许爷轻声道：“明儿个还这时辰，还这地方。”

“许爷，有句话我要先说在头里。我们要先看到钱！而且要硬货！”

许爷沉吟了一下，“好！就这么说定了！明儿见！”

第二天早起，刚走出客栈不远，赵四成就发现有人跟着。他扬起左臂，右手在左腋下的扣襻上摸索着，低头从腋下偷窥身后，看到一个身影在墙角一闪就不见了。赵四成拽了魏啸才一下，朝身后努一下嘴，悄声告诉魏啸才后面有人跟着，嘱咐魏啸才不要回头。“兄弟，事情麻缠的呢！”赵四成忧虑地说，“我们可得小心，别让人给黑了。”

魏啸才哼了一声，“妈妈的，谁黑我，我就要他的命！都是一条命，谁怕谁！”

“还是小心些！”

“枪呢？”

赵四成斜了下嘴角，“兄弟，枪，不到万不得已还是不用的好。”

从客栈向前不远，转过一条巷子就是孚远城最繁华的地段。一条二里多长的街道上，塞满了小吃店、大饭庄、杂货铺、商贸行、车马店以及会馆戏楼，等等。沿街路边还有卖凉皮凉粉的、烤肉打馕的、算卦看相的、一块方巾二斤干果的小摊等各色小商小贩，荟萃云集，热闹异常。

魏赵二人有意要弄跟踪他们的人，专拣人多的去处，这里停停那里转转，不时和过路的人搭讪，还故作神秘指指戳戳。两个人在街上一直转悠到午饭后，才走进一家饭庄。吃饭的时间已过，饭庄里显得冷清，一个堂倌坐在桌子前打盹，看到有人进来，匆忙起身，边揉眼睛边把二人让到一个临街靠窗的位置。赵四成四处打量一番，才慢悠悠地坐下。“兄弟，有啥好吃的？”边问边朝窗外观察，看到跟踪他们的年轻人正猫在一个墙角后，朝这边窥探。赵四成撇了下嘴角，露出一脸讥笑。

堂倌是个饶舌的年轻人，麻利地抹着桌子，“老哥想吃啥呢？我们这达啥都有！”

"有没有龙肉？"魏啸才眨着眼笑嘻嘻地插了一句。

堂倌给二人沏好茶伺立在旁边，听魏啸才这么说，赶忙一弓腰，嘻嘻一笑，"哎，老哥你要我呢，天底下哪有龙肉呢嘎？"

魏啸才一本正经地道："咋没有？天上龙肉，地上驴肉。你不知道？"

堂倌搓搓手，"老哥要笑的呢！我们这可是清真馆子！"说着往赵四成跟前凑了凑，躬下腰。"不过我们这达有羊肉焖饼子，好吃得很。给老哥来一份尝尝，咋样？"堂倌眼睛在二人的身上滴溜溜地转着。

赵四成收回目光，冲着魏啸才扬了扬下巴，看魏啸才没吱声就点点头，又点了几样小菜。堂倌一边高声报着菜名，一边和二人闲谝，"老哥是远路上来的吧？我们这羊肉焖饼子可是有说道的呢！"

"唔，这吃食还有啥说道？"赵四成好奇地问道。

堂倌卖个关子，冲二人呵呵一笑，"老哥先坐着，我给后堂说一声，让他们先给您做，我给二位老哥好好泡壶茶，再给二位老哥说道说道羊肉焖饼子。"说完转身，一溜小跑地吆喝着离开。不多一会儿，堂倌端着一壶茶过来，替二人重新沏了茶，又麻利地抹一遍桌子，迅速扫视一眼魏赵二人，看二人正眼巴巴地盯着自己，咧嘴一笑，"这羊肉焖饼子可是我们这达独有的一道吃食呢。独家的买卖！"说着眼睛迅即瞭二人一眼，一脸的炫耀。"早前我们这达叫别失八里，为啥叫别失八里我就不知道了。那时候这达住着蒙古鞑子，将军夫人是个蒙古公主。公主每天肉啊肉地吃，日子久了就吃泼烦了，可也没有其他啥好吃的啊。将军就让厨子给变着法地做。厨子变来变去就那几种做法，无非是红烧啊清炖啊蒸了煮的，厨子愁得不行。一天厨子还就真思谋出新做法了，就是这羊肉焖饼子。公主一吃，立马眉开眼笑地大呼好吃，赏了厨子不老少的银钱。"堂倌说到这打住了，望望魏赵二人都在等他说下文，哈哈一笑，"都是听老辈子人闲谝的！你们先坐着，我去催催！"说完，就要走。

魏啸才眨着眼不甘心地问道："没啦？"

"没了！嘿嘿！老哥还想听啥呢？"

"这厨子究竟是咋琢磨出来的？"

"嘿嘿——嘿！这——你老哥吃了不就知道了吗！"说完一弓腰，"我给你端去，你一吃就知道。"

魏啸才还要问，看赵四成笑嘻嘻地看着自己，就把要问的话咽了回去。

羊肉焖饼子端上来，满满当当的一大盘。红白相间，色泽诱人。红的是羊肉，油红鲜亮，香气四溢。白的是面饼，薄如宣纸，清清爽爽。还有四小碟翠绿的新鲜时蔬，一小盘嫩白的大葱。魏啸才眼睛都直了，咽了口唾沫，夹起一块羊肉，放在嘴里大嚼，一边不住地点头，“唔——唔唔！好——吃！好吃！”

堂倌看着魏啸才的吃相，忍不住问道：“好吃吧！”

赵四成笑笑，用筷子指一下魏啸才，“他，只要是吃的，都这德行！”又对着魏啸才说道：“再拿壶酒？”

魏啸才嘴里塞满了肉，听赵四成说拿酒，冲着赵四成一个劲地点头。赵四成笑道：“你慢些吃，又没人跟你抢。”

堂倌也呵呵地笑道：“老哥好吃手哦！”堂倌拿了酒来，替二人倒上，招呼一声就要走。赵四成一把拽住他，“坐下来，一起喝一杯！”堂倌回头扫了一眼大厅，“不了不了！”

“来来来，客气啥？不就一杯酒吗？老板来了，我替你说。”

“那就谢了，老哥，以后常来关照一下我们的生意。”堂倌手在衣襟上蹭了蹭，端起一杯酒，脖子一仰倒进嘴里。赵四成又倒一杯递给伙计，“再来一杯。你坐下，我还有话问你。”

“啥话？你说。”堂倌喝了酒，手在嘴上来回一抹，哈着腰搓搓手。

赵四成冲堂倌招招手，附在伙计的耳朵上，“你们这达有没有——”赵四成做了个抽烟的姿势。

“啥？”堂倌一脸惊疑。

赵四成拍拍伙计的胳膊，“不是我们要抽，是找人。”

“谁？”

“我大老子的儿子，老油子了。前日里，卖了家里的几头大牲口，跑了。大老子气得躺倒了，打发我们来找。”

“我们这达有倒是有，可生脸子不让进呀！”

赵四成掏出一块银元，在手里掂了掂，“咋样？兄弟，帮个忙咋样？”说着把银元拍在堂倌的手里。堂倌手里攥着银元，咽口唾沫，咬咬牙。“嗯，老哥你等一下。”说完转身进到后堂，不大一会儿走出来，冲魏赵二人点点头。

赵四成探身到窗口观察了一会儿，没有看到跟踪他们的年轻人，正欲起身出去，又看到墙角探出个脑袋，才舒口气，扭头冲着堂倌，“你这饭庄有后门吗？”

堂倌疑惑地眨着眼，也探头望望窗外，又盯着魏赵二人看看，点点头。

赵四成一拍桌子，“走，不吃了！”起身跟着堂倌就走。

魏啸才匆忙起身，筷子在盘子里扒拉着，又夹起一块肉放在嘴里，慌慌失失离开桌子。走到堂倌身边，伸手拽下堂倌肩上搭着的抹布，擦擦手，又抹了一下嘴角边溢出的油，把抹布扔回堂倌的肩上。

二人跟着堂倌，穿过饭庄的后堂，进到一条小巷子，又七绕八拐地走了半天，到一个杂货铺前。堂倌进去和一个满脸络腮胡子的壮汉嘀咕了一会儿。壮汉斜睨着眼，上下打量了二人一番，才点点头。堂倌反身对魏赵二人道："你们去吧。我给他说你们是我远路来的亲戚，瘾犯了，想抽一口。我先回去了，有啥事，回头再说。"说完，看赵四成点点头，匆忙走了。

赵四成拽了魏啸才一把，抬腿进了杂货铺。赵四成扭着头四处张望一番，眼睛落在壮汉身上，摆摆头，示意壮汉带路。壮汉一咧厚嘴唇，露一口黄板牙，蒲扇般的大手伸到赵四成面前。赵四成眨着眼睛，上下打量了一下壮汉，才醒悟似的，伸手在衣兜里拿出一块银元放在壮汉手里。壮汉张着的大手没有动，依然摆在赵四成的面前。赵四成回头看了魏啸才一眼，又拿出一块放在壮汉手里。壮汉才收回手，拿起一块银元对着另一块一敲，凑在嘴边"噗"地一吹，放在耳朵边静静地听了一下，脸上立时堆起笑，把眼睛挤成了一条缝，"来！"壮汉冲里面吼了一嗓子，然后朝魏赵二人挥挥手。

魏赵二人刚穿过杂货铺，一个小伙计小跑着迎上来，带着二人穿过后院角落一个不起眼的小门，进到另一个大院子。赵四成边走边四下观望。院子不大，东西两面都是青砖高墙。小伙计带二人走进屋子，给二人安顿好铺位，出去了。

屋子开间很阔，一溜儿大炕。早有几个人侧躺在炕上喷云吐雾，如醉如仙。魏啸才在屋子里踱了两步，看看赵四成已经卧在炕上的小桌边，凑近赵四成，笑着探问道："哥，真抽？"

赵四成一咧嘴，"你说呢？"

"你看他们的舒坦样。"

"那你就试试！"

"嘿嘿——嘿——"魏啸才使劲搓搓手，爬上炕，躺在赵四成的对面，"哥，你咋突然想起到这种地方了嗄？"

"回去说！"说完朝后一仰，不再搭理魏啸才。

小伙计端进来两套烟具，往二人中间的小桌上一放，一哈腰就要走。赵四成招招手，叫住小伙子，然后，慢悠悠地挑起一点烟膏，放在鼻子前使劲闻了两下，又用手捏着来回捻着。半晌，抬起头盯着小伙子，一脸的不屑，"就这？"

小伙计眨着眼，用力点下头，"咋？"

赵四成撇着嘴摇摇头，"还有好的吗？"他看小伙计摇着头，又道："叫掌柜的来。"

小伙计直起腰，“叫掌柜的来也是这。”

“你就对掌柜的说有买卖！”

小伙计看赵四成仰躺在炕上不再搭理他，甩着手出去了。

“谁要找我做买卖？”壮汉人还在屋外，声音已经先到。

赵四成躺着没动，魏啸才先坐起来了。小伙计对壮汉一指赵四成，“就他！”赵四成懒懒地坐起来，把腿往跟前收了收，两手抱着腿，“掌柜的这东西是二茬货吧？”

壮汉抬起一只脚踩在炕沿上，身子向前倾着，一脸横肉透着不耐烦，“咋啦？”

赵四成撩一下眼皮，“这货嘛——只能拿来蒙那些二杆子哦！”说着冲魏啸才摆摆头，“兄弟，把我们的东西拿一些给掌柜的尝尝。”

壮汉一边眨着眼瞪着赵四成，一边伸手接了魏啸才递过的烟土，捏下一点在手指上捻着，示意小伙计点上烟灯，拿小铁钎子挑了一点，在烟灯上烧一下，放在鼻子下猛地一吸，憋着。半晌才徐徐舒出口气，捏着鼻子使劲揉一下，打一个很响的喷嚏。“嗯，好东西！好东西！”说着放下腿，歪着屁股坐在炕沿上。脸上的凶相缓和了很多，“说吧，啥价？有多少？”

赵四成伸出三根手指，在壮汉面前一晃。“三百两！”赵四成抬头向那边几个抽烟的人望了一眼，“价嘛，明儿个再说吧！只要你有钱，好说。”

“在这达能出得起价的，你打听打听就知道了。”

“打听嘛——我就不打听了，我没那工夫。价，你也知道个大概，你备了钱，明儿个这阵子再见。”说着，溜下炕，回头冲小炕桌上的东西一点头，“这东西我们也没用，还给你了。”

魏啸才看赵四成要走，也麻溜地跟着一起往外走去。

“兄弟这就走了？不是探子吧？”

“你看我像吗？”

“明儿个我等你。”

走出杂货铺，魏啸才紧走几步，赶上赵四成，“哥，你究竟啥意思？两块大洋就这么糟蹋了？”

赵四成回头看了魏啸才一眼，又蒙头往前走，“我老觉得今晚的事有点悬，想留一手。我们现在去把东西拿回来。”

“哦——哦哦！”

太阳落山，夜色漫溢过来，孚远城慢慢融化在夜色里。天黑定后，魏赵二人又被蒙上眼睛，随前晚的年轻人走进前晚的那个堂屋，才坐下，暗影里的人就开了口，“东西都带来了吗？”

赵四成呵呵一笑，“许爷，说定的事不变，钱备好了吗？”边说边指指魏啸才身边的褡裢。

一个年轻人走到魏啸才身边，伸手就要提走褡裢。魏啸才一把拽住，年轻人挣了一下，没有挣脱，伸过另一只手抓住褡裢。魏啸才也一下站起来，伸手揪住年轻人的衣袖，“钱呢？”

“许爷这是咋说的，不会要欺生吧？”赵四成坐着没动，望一眼僵持中的魏啸才和年轻人，不急不慢地说道。

许爷没说话，只是重重地“嗯”了一声，和魏啸才僵持的年轻人松开了手。又一个人走过来，把一个鼓鼓囊囊的褡裢重重地放在赵四成面前的茶几上，同时又有两人走到魏啸才身边围住他。一个矮胖子把魏啸才面前的年轻人往旁边扒拉一下，瞪了一眼，鼻子里不屑地嗤了一声，手往魏啸才面前一伸，沙哑着嗓子道：“拿来吧！”

魏啸才望一眼赵四成，看赵四成正在低头验看褡裢里的钱，犹疑着慢慢放开褡裢，矮胖子转身就走，听到身后大喝一声：“慢着！有假！”就猛地往前一蹿。魏啸才听到赵四成的喊声也跟着矮胖子往前一蹿，伸手拽住矮胖子的后脖领子往怀里一拉，矮胖子挣了一下，被魏啸才拉得一个趔趄，向后撞过来。魏啸才的脖子同时也被身后的人抱着，他甩了一下，没有挣脱，情急下，右手自身下拽出匕首，顺手往后一送，就听到一声杀猪般的号叫，回手又把刀尖对着矮胖子的脖子，“日你妈，再动我戳死你！”矮胖子不动了，双手抱住褡裢，任由魏啸才拽住他的脖子慢慢地退回来。

情势的转换不过是转瞬间的事情，赵四成没来得及站起来，就被冲过来的人按住了肩膀。他看魏啸才已经把预想的事都做了，就坐着没动，手依然插在怀里握着手枪。

歪躺在地上的人被魏啸才一刀扎在大腿上，正一手撑住地，吭哧吭哧地往一边挪。

“窝囊废！”许爷丧气地骂一句，重重地咳一声。他的咳嗽声还没有停，矮胖子就把手里的褡裢猛地朝前一扔，“大，接住！”同时头朝后一撞，向下一缩，从魏啸才的怀里挣脱出来。

赵四成看矮胖子从魏啸才手里挣脱出来，一下站起来，左肘向后猛击，从怀里抽出右手，抬手就是一枪，矮胖子应声倒地，转回身，枪已指在另一个人的头上。

魏啸才还没反应过来，就听到枪响。矮胖子“啊”了一声，身子向前一扑，倒在地上。魏啸才也刚好赶到，举起刀就要刺下去。

“不要杀他！”赵四成看魏啸才举刀要刺矮胖子，赶忙出声制止。

魏啸才听到赵四成的喊声，刀停在半途，就势把矮胖子摁在地上。

赵四成一指一直待在暗影里的许爷，“看来今儿个许爷是不想善罢了。”

许爷没有马上接赵四成的话茬儿，沉吟了半晌，才叹口气，“都停手吧！”从暗影里走出来，站在屋子当中，“兄弟，你们厉害！我们也没想把你们咋样，那些钱也不全是假的。既然事情已经弄成这样，你看咋办吧？”

赵四成道：“你是主，你说！”

“东西我都想要，钱不凑手！”

“呵呵，那好办！没钱，东西我们拿走。想吃黑食，许爷的牙口可不够好。”赵四成冲魏啸才招招手，“才娃，你手里的人可稀罕呢，你可不能伤了他，慢慢扶起来，让他送我们出去。”

许爷一摆手，“等一下！”又扭头冲身边的一个人一挥手，有点气急败坏地道：“去把胖三娃子喊上来！让他把手里的钱都拿来。”又对魏啸才说道：“兄弟，你把他放开，我给他包一下伤。”

魏啸才望望赵四成。赵四成走过来，蹲下察看了一下矮胖子的伤情。还好，子弹穿过肌肉，没有伤到骨头，就让魏啸才把他拖到旁边，让人拿了条手巾，垫在伤口上，用布条绑紧。这里才处理好，胖三娃子也来了。

进来的胖三娃子让魏赵二人吃了一惊，正是他们下午在烟馆里见过的壮汉。胖三娃子见到魏赵二人也是一惊。双方匆匆对视一眼就闪开了，谁也没有点破。胖三娃子把手里提的褡裢在许爷面前一晃，“就这么多了！”

许爷一挥手，“给他！”

赵四成接了胖三娃子递过的褡裢，掂了掂，“许爷，这回不是假的吧？”

“我有一条命捏在你手里呢！验看验看吧！”

赵四成没再多说，在地上打开褡裢查验且大约地过了数，朝魏啸才点一下头。

魏啸才拽住矮胖子的肩膀把他提起来，“哥，得让他送我们。”

“当然！”赵四成又冲许爷一抱拳，“这钱不够，可也差不多，我们伤了许爷的人，就算两顶了。”说着，又从褡裢里抓出几根金条，往茶几上一放，“麻烦许爷备两匹马，剩下的就给两位兄弟养伤用！对不住了，许爷，得罪的地方多担待！”

那天晚上，魏赵二人连夜出了孚远城。他们怕许爷的人跟踪，先向迪化奔了一阵，又转向南，绕了个大圈，直到第二天晌午，在古城子附近的一个山洼里，停下来。

跳下马，魏啸才抱住赵四成，笑得眼泪都出来，“哥，我们有钱了！”

赵四成也抱住魏啸才，使劲地拍拍他的背，“兄弟，有钱了！”

二人就势往地上一躺，望着湛蓝的天，都没有再说话。

躺在草地上，茸茸的青草刺着魏啸才的脖颈，痒痒的，还有淡淡的泥土气息钻进他的鼻腔，使他忍不住想打喷嚏。他使劲地揉揉鼻子，舒展开四肢，闭上眼睛，任思绪驰骋。他突然想起了湘绣，想起了湘绣就想起汪秀英。这让他刚刚涌起的兴奋和对未来生活的憧憬，又潮水般地退去。半晌，魏啸才长长地叹口气，语气幽幽地道：“哥，要是早有这么多钱，你说多好！”魏啸才说这话时一脸的茫然，有一股说不出的怅然和落寞。

赵四成怔怔地望了魏啸才一会儿，郑重地说道：“才娃，啥也不想，拿这些钱，把抵给汪家的粉坊和家业赎回来，好好过日子吧！”

魏啸才愣怔了一下，语气幽幽地叹道：“哥，你觉得我们家真正抵出去的是粉坊和那些个破房子烂院子吗？”

赵四成一愣，别过头去，望着远山，没搭腔。

那天魏啸才把钱一分为二，赵四成死活不要。最后，魏啸才跪下了，变色道：“哥，我们两个跟亲兄弟没啥两样，你要是不拿，就不把我当兄弟了。我知道你是大丈夫，游四方吃四方，不贪这几个球钱。再说了，就算我有再多的钱，也把我赎不回来了！”

赵四成幽幽叹口气，拿了两根金条放在衣兜里。魏啸才还要说，赵四成一摆手，转身上马，疾驰而去。

回到家，魏啸才把装钱的褡裢往他大的面前一蹾，“钱！”转身坐在炕沿上。

魏宗寿伸手摸摸褡裢，一下站起来，惊喜道：“都出手啦？”说着自顾打开褡裢，一堆银元和金条显露在他面前。他抓一把银元，抬起头要对儿子说什么，看魏啸才阴郁着脸，愣了一下，探问道：“咋了？不顺当？”

魏啸才看他大盯着自己，忍不住嘟哝了一句：“现在有钱了，可最难心的事情也已经过去了。”

魏宗寿眨着眼睛，一时没听明白儿子的意思。

魏啸才看他大没听明白自己的意思，又恶狠狠地大声道：“要早有这么多钱也……”

魏宗寿手里的银元滑落回褡裢里，缓缓地坐回去，闷下头，深深地吸口烟，淡蓝的烟雾从他嘴里鼻孔丝丝缕缕地溢出来，一股浓烈的莫合烟味也随之弥散。魏宗寿终于明白此时儿子心里在想什么了。他几次抬头想给儿子说说，可临到张嘴时又不知道怎么说。半晌，魏宗寿大声地咳了一声，清了清嗓子里的痰，抬头四处张望了一下，似乎要找个吐痰的地方，动了一下身子又坐下，低头吐在地上，伸脚踩住吐在地上的痰，来回蹭几下。“才娃，和奇台的生意还得做，这钱一时还动不得。”说着，魏宗寿撩起眼皮，扫了魏啸才一眼。

“钱在你手里，你想咋着就咋着吧！”他说完起身出去。

站在门口，魏啸才长长地出了口气。

九　丫头大了

日子过得像刮风一样，转瞬就过去了。魏啸铭在天兴行奇台分号的学徒生涯已经结束，因其能干，再加上二掌柜张占元的极力推荐和挽留，魏啸铭就留在天兴行做了跑街伙计。

外面的局势一日三变，让人摸不着头脑，各种消息和谣言更是传得人心惶惶。

入冬后，张占元去了一趟迪化，回来说，老毛子的国家在闹反，成立了新政府。新疆各地拥入了沙俄的不少败兵，到处都乱糟糟的，可能要打仗了。

刚交腊月，奇台城外开来一队老毛子的人马，他们是徒手来的，住在城外的老营房里。领头的白俄军官听说叫阿连阔夫，虽然看不出他们有什么异样，可城里的气氛骤然紧张起来。街上的省军明显多了，一个个瞪着狐疑的眼睛，看人都要多瞪两眼。县里张贴了宵禁的布告，夜里很早就看不到行人。家里的婆姨们吓唬娃娃张嘴就是“老毛子来了”，吓得那些号哭的娃娃立马闭上嘴。

二掌柜张占元想把婆姨、娃娃都送到七户的老丈人家去，怕这里开战了会殃及家人。本不是很远的路程，怕路上不太平，就喊了魏啸铭来帮忙。

那天，天蒙蒙亮的时候，魏啸铭依约到了张占元家。张占元正在套车，看到魏啸铭进来，招呼一声：“铭娃来了，就好了，你先进屋吧！”

“不了，不了，叔，我帮你吧！”魏啸铭把手放在嘴边哈了哈，又使劲地搓了两下。

“你先进屋！你婶在屋里收拾东西呢，好了我们就走！”张占元朝魏啸铭挥了挥手，又低头忙自己的。

“噢。”魏啸铭又站了一会儿，看看自己也帮不上手，就进屋去了。魏啸铭刚迈进屋门，张占元也跟了进来，指着魏啸铭对婆姨说：“这是魏啸铭，店里的伙计，你就叫他铭娃吧！”

“婶子。”魏啸铭朝张占元的婆姨弓了弓腰，点一下头，很腼腆地笑一下。

张占元的婆姨也笑笑：“看把你麻烦的！”停一下，又冲着里屋喊道：“麦秀，好了没有？这丫头，磨死了！”

“就好了！”里屋一个脆生生的声音答道，“六十子他不起来！”

张占元的婆姨嗐一声，嘴里嘟哝着：“这些个害货！”一转身进了里屋。

那天，一直到天大亮的时候，六十子才醒来。他一直睡在他妈怀里，一睁眼，就从他妈怀里挣起来，边揉眼睛边大声嚷嚷着：“爹，我要尿尿！”张占元停下车，抱六十子在路边尿尿。六十子四五岁的样子，长得虎头虎脑，一双大眼睛，骨碌碌地转来转去，透着机灵和顽皮。六十子撒完尿，坐到马车上就再也没有闲过一刻，张占元喝骂了几次，也没用，很无奈地摇摇头冲婆姨道：“都是让你惯坏了！”语气虽在怨怪婆姨，却含着许多疼爱和满足。

深冬的荒野上几乎没有人踪，到处都是白茫茫的。没有云彩的天，显得高而深远，蓝得让人忍不住地想大喊。阳光照在雪地里，折射出蓝幽幽的光。马车行进在刚刚被蹚开的山道上，马喷出的粗粗的气雾在马嘴边结了一溜水珠。

麦秀裹着厚厚的棉被一直坐在她妈背后，不时悄悄地附在她妈耳朵上说几句。有时被六十子惹得急了，就拍六十子一下，或者就喊她妈。麦秀姐弟俩打闹着，不时地爆发出一串银铃般的笑声。笑声在寂静的雪原上滚动着，回旋着，犹如雪地里微风扬起的一股雪尘随风慢慢地窜出去，直到很远很远才有余音返回来。

魏啸铭一手抓着马笼头，走在窄窄的车辙里，脚下的雪发出咯吱咯吱的声音。麦秀的笑声和她喊妈的声音总是让魏啸铭莫名地振奋。那银铃般的笑声和尾音很长的带着娇嗔的喊妈的声音一下下地撞击着魏啸铭的耳鼓，撩拨着他的心，使他心里痒痒的，嗓子也是，让他想唱想吼。他觉得声音随时都会冲喉而出。他努力克制着，终于忍不住张开嘴，声音突然像卡在喉咙里，只剩下一声粗粗的叹息似的气流声。他咳嗽了一声，深吸一口气：

一把抓住妹妹的手，有两句话儿难开口。

抓起胳膊来拿起那个手，扳转肩肩——亲了个……

歌声突然爆起，又戛然而止，似乎被人突然捏住了喉咙。魏啸铭的脸突然涨红起来。

“铭娃，咋不唱了？”张占元笑问道。魏啸铭回头望一下，看到车上的几个人都半张着嘴，静静地望着他，尴尬地咧了咧嘴，扭过头去。

旷野里又恢复了寂静，只有铁箍木轮马车行进时发出的咣当咣当的声音和车轮碾压过积雪时咯吱咯吱的声音。

麦秀十七八岁，皮肤微黑，一张瓜子脸，浓黑细长的眉下一双大眼睛，很黑，像一汪清水。长长的睫毛一眨一眨的，像是在说话。

那天，魏啸铭老是忍不住地要回头去看。有时候，他会迎上麦秀的眼神，两道目光一触又迅即闪开。他的心也会骤然狂跳起来，脸一下就红了，火辣辣的，像偷了东西被人捉住一样。

他们到七户张占元的老丈人家的时候，已是日头偏西。

饭桌上，张占元的老丈人看一眼麦秀，看一眼魏啸铭。看得魏啸铭莫名其妙，面红心跳。老人家冲张占元扬扬下巴。张占元咧咧嘴，嘿嘿两声。老人家捋着颌下的白胡子，一声朗笑。

麦秀看看外爷，看看父亲，觉出外爷的笑声里含着暧昧，眨眨眼，飞红了脸，嘟着嘴，娇哼一声，一扭腰，跑了出去。

魏啸铭更低了头，大口吃饭。

阳历新年刚过，驻扎在城外的老毛子袭击了奇台城。爆竹似的枪声响了一夜，到第二天的后半晌才停。战事报到杨督军那里，杨督军命令在奇台公干的军务厅长张鸣远为守城司令，加之奇台守军对城外的老毛子早有防备，老毛子也没得到什么好。这仗断断续续一直打到二月下旬，蒋旅长带着省军赶到才缴了阿连阔夫的械。随后蒋旅长用马车押着阿连阔夫，回迪化去向杨督军复命。

新疆地面本就不太平，现在更是被老毛子闹得乱成一锅粥。杨督军很无奈，终于在几经磋商之后，答应了苏俄革命党越境追剿帝俄败兵的请求。五月间，苏俄红军一个团的骑兵经由巴克图卡入境，一战击溃了串扰在北疆的白匪主力，俘获了两千多名白匪。匪首看大势已去，率残部窜逃外蒙。余部四散溃逃，好多溃散的兵勇就地藏匿。后来这些就地藏匿的老毛子大部分入了中国籍，政府称这些入籍的老毛子为归化族。

散落新疆各地的老毛子再也没有翻起什么大浪，市面也渐渐地太平了。

这年春节，魏啸铭没有回家。奇台城被老毛子围着，魏啸铭出不了城。再说，外面的战乱让人觉得到处都充满了危机。商行已经放假，张占元叫魏啸铭到他家里。大年三十，张占元宰了一只羊，煮了一锅肉，和魏啸铭在断断续续的枪声里过了除夕。

除夕夜，魏啸铭和张占元坐在小炕桌前喝了很多酒。两个人都喝得有点癫狂了。张占元站在炕上，端着小半碗酒，一手做出捋长髯的姿势，一脚虚迈，做个骑马的姿势，扯着嗓子吼起来："眉坞县在马上心神不定……"

"等一下！"魏啸铭站起来，走到墙边，取下挂在墙上的板胡。"叔，你唱，我给你拉板胡，敲梆子。"

"好——呀！"张占元拖腔拿调地向前迈了一步，"你拉我唱，就唱一出《赵廉悔路》吧！"

魏啸铭先用筷子在炕桌沿上敲了开场，板胡吱吱呀呀地拉了过门。张占元一仰脖子把小半碗酒灌进嘴里，随手把小碗放在炕桌上，手背在嘴上抹一把，摆个势子在炕上疾步走了一圈，清清嗓子，就吼起来：

眉坞县在马上心神不定，
这几日为人犯死里逃生……

清冷的夜空下，四处一片寂静。没有往年除夕夜的热闹，没有烟花爆竹，没有人喊狗吠……间或有一两声枪响划破夜空，还有偶尔随风飘来一声小儿啼哭也很快被奶头噎住，过后又是一片死寂。

那天晚上，尖细而清脆的板胡声、粗犷又豪放的秦腔挤出屋子，融进弥漫着硝烟的除夕夜，算是给这年的除夕夜增添了一丝节日的气息。

张占元和魏啸铭一直折腾到鸡叫头遍才睡。

蔡县佐把镇子上的商家召集起来，说："眼下里局势动荡，世道也不宁。年前，老毛子围了奇台城，要不是奇台城四城周正，城墙修得结实，哪能挡得住老毛子，早就城破人亡，生灵涂炭了。"蔡县佐说着话，目光从微闭的眼皮缝里挤出来，在众人脸上扫来扫去。末了，蔡县佐慢腾腾地提出了重修西城门的事。

众商家一听是要他们出钱掏腰包，都装迷糊，默不作声。

蔡县佐端起小紫砂壶，吸溜一口茶，清清嗓子，"这四城周正，方能挡得兵匪。修城门也是为了城里的百姓能过个安生日子。"转对老秀才道："秀才爸，你说，这城门该不该修？”

老秀才沉吟道：“要放在太平年间，这城门修不修的，也没啥。可时下，我看这城门还是该修！”

蔡县佐一下来了精神，“你看，你看，还是秀才爸有见地。”

汪雨量咕噜噜抽了口烟，扫了一眼坐在斜对面的魏宗寿，慢悠悠地道：“我也觉得这西城门该修。可又觉得——嗯，觉得——”众人都眼巴巴地等着他说下文，他却举起水烟袋，咕噜噜地抽起烟来。

蔡县佐催促道：“你个老㞞，想说啥，你就快当些！”

汪雨量又抽了几口烟，才道：“早前的西城门断断续续修了也有个十来年，好不容易修好了，嘿嘿——嘿，我想这次得修结实些，不要劳民伤财地弄球半天，又塌球了。”

众人一愣，旋即哄堂大笑。

蔡县佐指头点着汪雨量，“我就知道你狗㞞嘴里吐不出象牙来！”

汪雨量忍住没笑，“我说得是真的！亲家，你说呢？”

魏宗寿手往袖筒里捅了捅，闷头道：“修球呢！这号球世道，你就是把城围成个铁桶，也还就是屌样子！”眼角瞭了众人一眼，又对着汪雨量，说：“你姨夫，嗯——老把总爷的独一庄修得还不结实吗？又是角楼又是枪的，还不是让阿地力个贼㞞攻破了，弄得个庄破人亡！”

汪雨量被噎了一下，梗着脖子道：“这哪能一样呢？独一庄是庄子，现下里修的是城门，这咋能相提并论呢？”

魏宗寿撇了撇嘴，“以小见大，都一个球式相！”

屋子一时嘈杂，人言纷纷。

蔡县佐一脸泼烦地挥挥手，“行了行了，吵死了！你们就说这城门该不该修，这钱咋出吧？”

众人复又沉默。

蔡县佐有些急了，一指齐掌柜，“哎，齐掌柜，你说！该咋弄？”

齐掌柜左右望望，“我？你让我说？这城门修……不修，嗯，我……我看众人的。”

蔡县佐哼了一声，“你——我看你就是个滑头！”转而又问了众人几遍，看还是没人搭腔，气哼哼地站起来，手指头点着众人，“你们这些个贼㞞，一听说出钱，就剜你们肉的呢！啥时候，兵匪祸乱来了，我看你们一个个把钱带到棺材里去。”

三月初，张占元接回了家人。

战事结束了，人们的生活重新回到了原有的轨道。

天气在一天天地变暖，冰雪开始融化，天地间氤氲着让人躁动的气息。清新潮湿的气息让人躁闷，有一种令人窒息的不安和期盼。地里的麦苗已从冬眠中醒来，渐渐变成醉人的翠绿。整个冬天坠满天空的厚云越来越清淡高远。一直空旷的田野热闹起来，环绕在原野上的羊肠小道也慢慢地被野草覆盖。遥远的梁坡上，羊群像一片浓厚的云在缓慢地移动。牧羊人可着粗糙喉咙吼出的小调隐隐地随风飘来：

上山的牛哥儿下山着来，下山了咂一口水来。
出门的大身材回家着来，回家了看一趟我来。
……

魏啸铭的心里常有一种虫子爬过的感觉，这感觉撩拨着他，让他老有一种莫名的激动。那天，魏啸铭正忙着，听到有人说话，一抬头，看到麦秀带着六十子进来，心便无端地狂跳起来。麦秀看到他也愣了一下，站住，眨着眼看他，抿着嘴冲他笑了一下。六十子仰起头指着他道：“姐，姐，他就是那天到我们家吃饭的哥嗄！”麦秀拽了六十子一把，瞪一眼，快快地走了。看着姐弟俩的背影，魏啸铭才长长地舒了口气。之后，魏啸铭眼前就老是出现麦秀抿着嘴微笑的样子，这样子撩拨着他，使他常常在半夜醒来，呆呆地盯着黑咕隆咚的屋梁，陷入美妙的遐想之中。

魏啸铭模模糊糊地觉得，自己陷在这丫头的微笑里了。

日子在不安和期待的长河中慢慢流过。

店里一天天地忙碌起来。迪化总店又分发下来好多货物，从总店带来的也总是好消息。中俄边境已趋于安定，中俄贸易重开，今年应该是一个大好的年头了。

麦秀不时带弟弟六十子来店里找她大张占元。来找她大的理由五花八门，每次她都颠着一双缠了一半的脚，声音很响地走过魏啸铭的房门。

麦秀五六岁的时候裹过脚，每次裹脚都要大呼小叫到天明，好多次她自己悄悄地拆了裹脚布，再把脚盖在被子里，很乖巧地笑对母亲的检查。就这样裹裹停停，到后来，她妈也灰心了，叹口气，点着她的鼻子道：“一双大脚，丑死了！看你将来咋嫁出去！”麦秀笑嘻嘻地搂着她妈的脖子，“嫁不出去就嫁给妈吧！”她妈嗔怪地皱一下鼻子，由着她的性子。麦秀快十岁时才去上学。这是民国后第一位上任的开明的县知事提倡女学的结果。好在张占元夫妇也不在意她的学业，只是不想她做个睁眼瞎。再者，把她放在学堂里，也好磨磨她的野性子。可她上学的经历也和她裹脚的经历一样，上上停停，到最后同样不了了之。

麦秀每次低头走过魏啸铭房间的时候，都支棱着耳朵，眼睛快速地通过房门向里瞟一眼。偶尔迎上魏啸铭的目光时，就脸红心跳地搂着六十子，快快地逃到他大的办公室里。遇到六十子作怪要赖，她就拽着六十子的胳膊，边走边低头说句什么，六十子就欢呼一声，连蹦带跳地跟着走了。

三月份，张占元接回家人不久，曾经叫魏啸铭去家里吃过一次饭。麦秀斟好茶，递给魏啸铭的时候，两人有过一瞬间的对视。结果，那杯茶就掉到了地上。麦秀看着魏啸铭，一脸尴尬，紧张局促，脸上沁出一层细密汗珠，扑哧一下笑出声来，再使劲地抿一下嘴，腮上立时显出两个小酒窝，用手背掩着嘴，一脸妩媚地转身跑开去，留下魏啸铭半张着嘴愣怔地站在那里。

事后，麦秀时常想起魏啸铭的眼睛。每次想起那双深井似的眼睛，都让她面红心跳，还有魏啸铭眼睛里满溢的那种让人既踏实又热烈的灼人之光。麦秀便被这眼中夺目的光，烧灼得坐卧不宁了。她时常一个人坐在那里发呆，想象着魏啸铭在自己面前尴尬紧张局促的样子。她想，原本乖巧机敏的魏啸铭怎么一见到她，就变得木讷起来。想到这些，她会不由自主地扑哧笑出声来。有时被她妈看到了，就嗔怪地骂她一句："死丫头！神经啦！"麦秀笑笑也不反驳，或是扑在她妈身上，"妈——我笑你也管呀？"她妈一指她的鼻子，"死丫头，我还不知道个你？！"麦秀就笑着跑开去。

麦秀往天兴行跑的次数越勤了。

麦秀妈私下里对男人说："丫头这些个日子不对劲呢。"

张占元眨巴眨巴眼睛，"有啥不对劲的？"

"这些个日子，丫头的性子好像变得绵软了，说话也变得慢声细气的。眼睛老是盯住一个地方，忽闪忽闪的，盯得人发毛。她老往你那达跑，该不是真的看上那个铭娃了吧？"

张占元犹疑地道："不会吧！"

麦秀妈感叹道："丫头大了，心就野啦。"

"要说铭娃这娃也不错，看他大也是个实诚人。就是前两年家里出了事，弄得家境不咋样了。"

"那我们可不能把丫头给到他们家去受罪。"

“这两年好像又缓过来了，是个勤快人家。”

“那也不行！”麦秀妈发狠地道，“我们家虽说不上是大户人家，可我们家的丫头怎么也要嫁个殷实人家。”

张占元呵呵一笑，“这才哪到哪，就把你急得！看看再说吧！啊——看看再说！”

麦秀再要出去，她妈就拦住她，眼睛也不时地盯在她身上，任她噘嘴使气撒娇，也不答应。麦秀没办法，只好窝在自己屋里，慵懒地做些针线。

魏啸铭有几天没见到麦秀来，心里就觉得空落落的，又没办法问张占元，没事时就在张占元面前晃悠。一会儿端杯茶给张占元，一会儿问个不疼不痒的事，希望能找个啥由头探问探问麦秀，可每次张占元都哼哼哈哈地连头都不抬。张占元看到魏啸铭老是有事没事地在他面前晃悠，就知道魏啸铭在想啥。他在心里暗笑着，就是不开口。他很喜欢这娃，觉得这娃机敏、乖巧又心思缜密，心里能盛事，只是话少，还少了些男人应该有的霸气。不过说到要魏啸铭做女婿，他还是要再相端、再思量的。他觉得婆姨的话也不是没道理，把丫头给到一个家道不济的人家，的确不如他的意。

天气一天天地闷热起来，畜产品收购渐渐进入淡季。魏啸铭忙完上午的活计，百无聊赖地躺在小土炕上辗转反侧。麦秀的影子像刻在他脑子里一般，挥之不去，这使他愈发有种燥热的感觉。房门吱呀响了一声，一个小脑袋探进门来，眼睛滴溜溜地转着。魏啸铭心里一动，翻身坐起来，冲小脑袋招招手。

六十子龇牙一笑，露出两颗大虎牙。推开房门，小家伙窜跳进来，趴在炕沿上，眨巴着眼睛，“我姐说，我找你玩，你就给我买好吃的呢，是不是真的？”

魏啸铭愣了一下，随即就明白这是麦秀教给六十子说的。他嘿嘿一笑，“你说呢？”

小脑袋使劲地摇一下。

魏啸铭讨好地凑近六十子，“你姐呢？”

六十子龇一下小虎牙，“她不让说！”

魏啸铭假装生气地虎了下脸，跳下炕，蹬上鞋，一步跨到门边，看六十子还靠着炕沿发愣，招招手，“走！”

六十子窜过来，拽住魏啸铭的手，“干啥去呢？”

“想吃啥？你说！”

六十子欢呼一声，“马家芝麻糖！”

魏啸铭带着六十子转了一圈回来，走进商行大门的时候，张占元正在院子里等着他们。张占元看六十子抱着一堆七零八碎的吃头，面无表情地瞥了魏啸铭一眼，“铭娃，你这哪是给六十子买吃头哦！”说完，再不看魏啸铭一眼，牵着六十子径自走开。六十子回头冲魏啸铭伸一下舌头，扮个鬼脸，跟着他大一蹦一跳地走了。

魏啸铭呆愣地盯着离开的张占元父子，心突突乱跳，血涌上来涨红了面颊，犹如偷东西被人当场捉住了手。自以为盘算好的、完美的、无人知晓的阴谋，竟在一瞬间被张占元的一句话击得粉碎，更让他感到尴尬和不知所措。

魏啸铭心怀忐忑地熬过一个下午，几次都想走进张占元的屋子去探看一下，可临到门口又退回来。直到日头偏西，要回家的张占元在院子里碰到他，和往常一样，不失亲切地拍拍他的肩膀，口气轻松地问道：“咋不进屋，在院子里转悠啥呢？”魏啸铭才松一口气，感激地连声道：“没事，没事！瞎转呢！”

清明刚过不久，连着下了几天大雨。雨还没停利落，后山消融的雪水连同暴雨形成的山洪就下来了。山洪夹着大山石汹涌而下，隔着老远就能听到轰隆隆的咆哮声。山洪是鸡叫头遍下来的，离龙王庙不远的马家一家人还在睡梦中，被山洪连同他们家的水磨一起卷走，连根屌毛都没有剩下。山洪一路奔腾咆哮而下，冲毁了旧户沈家的百十亩麦地，还把下游河滩上不及躲闪的羊冲走了几十只。但人们对这些损失的记忆很快就淡忘了，真正影响到木垒河人生活的是马家的水磨没了，家家的粮食没地方磨了，吃饭成了问题。魏家粉坊的旱磨一时稀罕起来，镇子上好多人家都上门求告，排队在他们家磨面。魏宗寿没向一家提起收钱的话头，就是有人硬要放下些钱，他也态度坚决地退回去。

这终究不是长久之计。

魏宗寿经过几天的盘算掂量，叫上肖先生一起去了汪家。三人免不了又是一顿酒肉闲话。魏宗寿对汪雨量提起要把粉坊赎回来。汪雨量低头思谋了半晌，笑呵呵地道：“亲家，啥赎不赎的，你就当我把它做了丫头的嫁妆，给了你们家了。”说完端起酒盅，“来来来，不说这个，喝酒喝酒！”

魏宗寿看看肖先生，端起一杯酒凑近嘴边，滋的一声喝干，放下酒杯，伸手抹一下嘴边的酒渍，咳一声，清清嗓子，“也不能这么说，欠你的就是欠你的，嗯，那个——既然亲家不急着用钱，那我想用这些个钱修个水磨坊。”

汪雨量夹着菜正要往嘴里放，听魏宗寿这么说，愣怔地看看魏宗寿，又看看肖先生。半晌，才醒悟似的把菜放进嘴里，发狠一般，声音很响地吧嗒起来。

魏家的房屋产业，都在他汪雨量的名下。现在，魏家要修水磨坊，自然要来讨他一句话。汪雨量突然觉得他让魏宗寿给要了，魏宗寿今天根本不是来赎什么粉坊的。

肖先生看气氛有点不对，端起酒杯，“哎呀，咋停住了？来来来，喝一个！”

魏宗寿端起酒杯和汪雨量、肖先生碰了一下，喝了，“咋了？亲家，我修水磨坊你不高兴？”

“噢——噢噢，哪能呢？没有没有！”汪雨量的嘴咧了一下，想笑，可笑僵在脸上，“亲家修磨坊我高兴，高兴，哪能不高兴呢嘎！”

大家又喝了一阵子闷酒，魏宗寿看看也没有啥话要说了，起身告辞。汪雨量要起身相送，被肖先生拦住。他就势坐在炕沿上，眯起眼，盯着魏宗寿和肖先生走出房门，拐过墙角，消失了。半晌，他抬起手，在自己的嘴上狠狠地拍了一下，吐口唾沫，向后一仰，懒懒地躺在炕上。

出了汪家大门，肖先生紧走几步，赶上魏宗寿，“你今儿个可把你亲家给狠狠地窝憋了一顿。”

魏宗寿似笑非笑地看着肖先生，半晌，忽然“嘿嘿嘿”地笑起来，笑得上气不接下气，“哥，我知道，他这样子，我来的时候就想到了，我就是想好好恶心他一顿，气死他个贼㞞。”

“你们两个贼㞞，就是拴不到一个槽头上的叫驴。”

“哥，我的这个亲家吧，我知道呢。其实，他也不是真的想拦挡我修水磨，他就是想，时时处处高我一头，想让我一见他的面，就腰弓下，仰起头，接他的口水。我偏不，我偏不让他心里舒坦。这次修水磨，我要是不给他说一声，他后头的话就多了。你还欠我的钱呢，你们家的粉坊家当都是我的，你有钱修水磨，不给我还钱，乱七八糟的一堆话，嗐，那话就多得没办法了。我就是要堵住他的那张臭嘴，我窝憋死他。”

肖先生扭头看魏宗寿一眼，闷头走了几步，又拽住魏宗寿，说：“我咋觉得他还有别的一层意思呢？”

“啥意思？”魏宗寿不解地问。

“他怕你的日子过得兴旺了，休了他们家的丫头，给才娃另娶一房媳妇呀。”

魏宗寿愣怔了一下，犹疑地道：“不……不会吧？”稍停，又气哼哼地说：“哥，你看我像那样的人吗？”

“可人家要这么想呢？”

“哼，我往宽处行，他往窄处想，那我就没办法了。”

半个月后，魏宗寿在木垒河边选址修建水磨坊。他请了陆道士沿木垒河岸踏勘，最后定在离河岸不远的一个斜坡下。陆道士站在斜坡上，遥遥地指着被冲毁的马家水磨说：“我早就看马家水磨处在凶险之地。看似聚财，实是聚险。河湾里虽避风雪，可你自己的浊气也不泄呀。浊气不泄，聚集久了必有凶险，现在不就应验了吗？”他用脚点点站立的地方，又接着道：“这里虽要引水过来，要耗些工夫，可脉气通畅。凡事通则顺。”陆道士云里雾里地说了一番，大家似懂非懂，只是跟着一个劲地点头。

魏啸才领着十多个人，在工地上加紧施工，一切都进展顺利。

水磨坊即将封顶，正准备安装水轮石磨的时候，齐掌柜和旧户的沈家老大带了一帮子人来，不由分说地把魏家开挖的引水渠给填了。他们七嘴八舌说了一堆理由，阻止魏家水磨继续修下去。双方你推我搡争执不下，在魏家工地上动起手来。结果，魏家这边伤了一个工人，工人的腿上被铁锨铲开一个大口子。沈家老大的一个侄子被魏啸才一铁锨拍断了三根肋骨。这场打斗直到警察到了方才止住。双方都被带到县佐衙门。

蔡县佐一见魏啸才就黑着脸，指着他的鼻子骂道：“又是你个狗日的惹事！”

魏啸才一脸委屈，气急道：“他们填了水渠不说，还打人！”抬手一指沈家老大，“你——你让他们说！”

齐掌柜的理由很简单。他说自魏家水磨开始修建到现在，他们家的事就没断过。先是家里的大黑走马不明不白地死了，没几天草房又稀里糊涂地着了火，还没有收拾停当呢，婆姨又得个怪病，整日个神神道道一惊一乍地不消停。请肖先生去给婆姨看了几次，吃了几剂药也不见好。肖先生说找个道士来给拾掇一下吧。道士一进门还没坐稳当，就说他们家的脉气断了，有人挖断了他们家的脉气。魏家修水磨的这道土梁，从河边起蜿蜒向东，就像一条长龙，龙头正对着德胜皮毛行。这不就是说，魏家修水磨挖断了他们家的脉气吗？

旧户沈家的理由更简单且有点离奇。他说这水经过水磨后，就变轻了，浇地就没力气了。他们沈家老几辈子就在这里开荒种地。种庄稼不能没水，可这水变轻了，浇在地里跟没浇一样，这他们家不能答应。本来，马家水磨就已经让他们家一连好多年减产歉收，他们正要拾掇马家呢，还没来得及，马家就让大水冲走了，这是报应。他还说魏家一开始修水磨的时候，他就给魏家打过招呼，可魏家光打哈哈，不把他沈家老大的话当回事，他只好出此下策。

蔡县佐坐在阔大的榆木桌子后面，耐心地听完他们的理由，真有点哭笑不得。他站起来，背着手，踱到沈家老大的面前，看看沈家老大脸上的一块青紫，食指在沈家老大的面前点了点，摇着头拍拍沈家老大的肩膀，转身又踱到齐掌柜的身边。

齐掌柜看蔡县佐踱到他跟前，摆着手，扭过头去，“老蔡，丢人，丢人得提不成！”

蔡县佐呵呵一笑，“丢人？能知道丢人，这事就好说了。”他回过头扫了大家一眼，“你说，你们这把年纪了，有啥事情不好说，非要弄这打架伤人的丢人事？！”蔡县佐说着踱回到榆木桌子后面坐下，朝大家一挥手，“你们说，这事咋弄？”

沈家老大甩甩头，大声地道：“你得公道！魏家水磨不能修！”

魏啸才一听，霍地立起身，话还没出口，就被蔡县佐的一声断喝给挡了回去。

蔡县佐黑着脸，瞪了魏啸才一眼，又对着齐掌柜，“你说呢？”

“到这达了，你说了算！公道就行！”齐掌柜闷着头道。

“那好，你们都要公道就好。沈老大，你说这水经过水磨，就变轻了，你说了不算。”

沈家老大霍然起身，急赤白脸地道：“那你说了算？”

“我说了也不算！”

“那谁说了算？”沈家老大一指魏啸才，“他？”

蔡县佐笑嘻嘻地得意道：“挑两个你们两家都信得过的人，找一家水磨，称一称水磨前后的水，不就知道啦？！”蔡县佐说着，挠挠头，“倒是齐掌柜说的这事难弄！”

沈家老大急道：“就是，那齐掌柜这事咋弄？”

“咋弄？总会有办法弄。”他沉吟一下，“你们先称了水再说。”

两天后，魏沈两家跟出去称水的人回来了。他们在七八十里外的水磨沟找了家水磨，称水的结果和蔡县佐的预料一样，水磨前和水磨后的水没见有啥改变，水还是水，喝在嘴里也还是甜丝丝的。沈家跟去的人不相信坚持了多少年的理由，竟然是这么个结果，又反复称量了几回，但结果无二，也就无可奈何地认了。水磨坊的人招待一伙人吃了顿饭。听说他们跑这么远就为了称量一下水磨前后的水，笑得不行。说蔡县佐做事没个正形，也是个糊涂官。“这水磨前后的水有啥称的，不就是水从高处冲下来，带动水磨转了嘛，就和驴套车干活一样，卸了车，驴就不是驴了？”

沈家的人不服气地嘟哝道：“可驴乏了。”

水磨坊的人望望他，笑着摇摇头，走开了。

趁着称水的人还没回来，蔡县佐提上一包杂碎、一个羊头、一壶酒来找齐掌柜。齐掌柜正围着个大围裙，站在木桶前洗羊毛。看到蔡县佐提着东西进来，匆忙放下手里的活，用围裙擦着手，慢慢地走过来，“哟哟哟，老蔡，你咋有空过来？”

蔡县佐望望一院子的羊毛。一股浓烈的腥膻臊臭味和着硝味直冲鼻子，刺得他泪水直流。蔡县佐用手在鼻子前扇了扇，擦擦流到嘴边的眼泪，呵呵笑道：“齐掌柜，你这味道快熏死个人了。”

“有啥办法，吃这碗饭，就得干这活。”

“咋？就站在这达说话？”蔡县佐扬了扬手里提着的东西。

齐掌柜犹豫了一下，勉强地扬一下手。

蔡县佐呵呵一笑，带头跨过旁边的侧门，进到前面的院子，径直走进堂屋。

堂屋是个两进的屋子，里间的套屋是齐掌柜的卧房。齐掌柜的婆姨正在堂屋里坐着发呆，看到有人进门，撩起眼皮漠然地望一眼，又低头摆弄手里的一块抹布。片刻，又蓦然起身，奔过来，上下打量着蔡县佐，“你是谁？你咋进来的？我咋没听到动静嘎？啊——咋没听到动静嘎？”

齐掌柜跨前一步，拽着婆姨的胳膊，“没事没事，你过一边坐下去吧！”

蔡县佐盯着齐掌柜婆姨的眼睛，眼睛大而无神，一脸的茫然，“弟媳家，我是老蔡啊！”

“老蔡……老蔡……老蔡是谁？啊——老蔡是谁？”齐掌柜的婆姨若有所思喃喃地重复着，慢慢转身离开。

齐掌柜一脸苦相，无奈地摇摇头。

那天，蔡县佐在齐掌柜家喝了一阵子闷酒，就离开了。原本准备好的一肚子要说的话，一句都没说出来。出了齐掌柜家，不禁抬头望望不远处的那道土梁。土梁由西向东，蜿蜒延伸。东头在齐掌柜家的斜对面戛然而止。梁头陡直，上面生着几棵老榆树，确乎像一条欲腾空而起的龙。蔡县佐往旁边走了两步，又仔细观察一番，回身拍拍跟在身后的齐掌柜，走了。

半道上，蔡县佐的脚步渐渐地慢下来。他有点茫然地四下张望一番。日头晒得镇街上暖洋洋的，几个老汉老婆子坐在自家门口晒日头。不时有人给他打招呼，他匆匆抬头应付一下，依然低头踟蹰而行。蔡县佐走路很特别，背着手，步子迈得很大，身子稍稍前倾，每走一步，身子都向前冲一下。后来，蔡县佐改变了方向。走到和合生门口，正仰着头看和合生的招牌，肖先生一步跨出门来，

“哎呀呀——蔡县佐蔡大人你怎么来了？快快快，屋里坐屋里坐！”

蔡县佐笑着摇摇头，“哎，你看看你，都快当爷的人了，咋还是这么个咋咋呼呼的德行！”

“哈哈哈，没办法了，这辈子就这半吊子样了！进屋进屋。”

蔡县佐再从和合生出来的时候，已经是星月满天。他朝送他出来的肖先生挥挥手，“回去回去！这点酒咋就能让我干那狗舔头的事，回去回去。”背起手，一冲一冲地朝前走。

“行不行？别嘴犟，让娃送你！”肖先生不放心地道。

“回去回去！”蔡县佐又挥挥手，走了。

镇街很静，一切都悄然入梦，偶尔有几声狗叫，过后又是一片沉静。

蔡县佐打一酒嗝，一股浓浓的酒气涌上来，手在面前扇了扇。“狗舔头，哼哼，狗舔头，咋会——咋会呢？”他嘿嘿笑一声，望望天，又一冲一冲地朝前走，不禁得意地哼唱起来：

似这等巧机关世间少有，顷刻间到曹营去把箭收。

……

第二天一早，蔡县佐打发人把齐掌柜叫来。齐掌柜刚进屋子，还没坐定，蔡县佐就问道：“你真的相信水从水磨里一过，就变轻了？”

齐掌柜一时没反应过来，有点茫然地摇摇头，又赶紧补充道：“不知道，我说不上。”

蔡县佐嗤了一声，“啥不知道？你相不相信你不知道？”

齐掌柜摆摆手，“行行行，老蔡……蔡县佐，你有啥话你就直说，我不知道就是不知道。去称水的人不是还没回来吗？那就回来了再说。”

蔡县佐翻了个白眼，“要是水一样重，你咋说？”

“我……那就听……你想咋说？”

“我给你想了个办法，你听不听？”

“你……你说。”

“让魏家出钱，给你弄场法事，拾掇一下。”

齐掌柜一时没明白蔡县佐的意思，眨着眼，瞪着蔡县佐，“老蔡，你偏心呢吧？”半晌，齐掌柜犹疑道，“魏家给我弄场法事，灵光不灵光的先不说，沈家咋办呢？”

蔡县佐一脸不屑，“你真信那水会不一样？”

“不行！等人回来再说。”

蔡县佐有点气急地点着指头，“你——你让我说你啥好呢？人回来，不管结果咋样，和你有啥关系？”

齐掌柜一下站起来，“咋没关系？”

“那山是你们家的，还是那水是你们家的？”

“可也不是他魏家的。”

“人家那是交了钱，办了证的，你凭啥不让人家修？人家魏家不让你赔就够仁义了，你还五啊六的啥呢。我还给你说，你不让人家修水磨，那就让你修，咋样？要不这千把口子人面咋磨？饭咋吃？”

齐掌柜嘴张了半天，只出了口大气，甩甩头，坐下。

蔡县佐看唬住了齐掌柜，语气缓和一些，“行了行了，你也别弄出一副丧气相，我还能叫你吃亏？魏家出钱，你做了法事，借驴拉磨——白使唤，你还有啥不高兴的。”

去称水的人回来几天后，由魏家出钱替德盛行办的法事开场了。

在此之前，蔡县佐先安顿了沈家老大。他打发个才从上面下来的学生娃去给沈家老大传话，叫他备好酒肉，在家等着，他要去沈家吃饭。沈家老大一听蔡县佐要来吃饭，当时就蔫了。他冲传话人一挥手，恶狠狠地骂了一句：“老蔡你个驴日的，就不是个……”

传话的学生娃愣怔地望着他，“蔡——蔡县佐到你们家吃饭，你咋还不高兴呢？咋还骂人呢？”

沈老大愣了一下，朝前跨一步，瞪大眼睛，“你——你以为那㞞人来我们家吃饭是好事？我们家的事完了！那个狗㞞办事从来就不和人一样，到谁家吃饭，谁家的官司就输了，你不知道？”就地转了个磨转，手在学生娃面前一挥，“你——你给老蔡回个话，就说，我给他备个球吃呢！”

蔡县佐听了回话，嘿嘿嘿地笑了半晌，“狗㞞，看把你日能的，你还能把天给日了！给啥都吃，我还能饶了你！”当天夜里，他就骑上他的黑走马去了沈家。

蔡县佐从沈家回来，就穿梭于魏齐两家。魏宗寿觉得很委屈，这本是他们两家在找事，现在反倒要自己出钱。蔡县佐脸一黑，“我还能叫你吃亏？人家还不同意呢，我好不容易说通了齐家。再闹腾下去，水磨咋修？和气生财你不知道？”魏宗寿想想，也没有更好的办法，只好很无奈地点头答应。

齐掌柜家的法事是在太阳刚冒头的时候开始的。法师是从古城子牛王宫请来的。老法师远近闻名，三请才应。魏家又备了马车专门去拉，老法师才带着法器及一应器物和三个徒弟上车。

仪式先在冲着齐掌柜家的龙头举行。龙头下摆着香案。紫铜香炉里，指头粗的檀香和手臂粗的蜡烛已经点燃。檀香青烟袅袅，蜡烛焰火腾腾。香案上三牲祭品，瓜果点心齐备。香案前一方台，大红绸子覆盖，两根木杠横穿。场内一派庄重肃穆，一派虔诚。老法师装扮停当，双目微闭立于方台之前，在太阳刚刚冒头的时候，腾身而起，跃上方台，盘膝而坐。霎时，鞭炮炸响，法器震天，表纸燃起。老法师头戴法冠，身披黄绸，一张大红脸沐在刚刚腾上山顶的霞光里，愈发显得庄重祥瑞。老法师诵经三遍、念咒五匝，众人伏地叩拜。老法师声若铜钟："山神土地，四方神仙在上，敬受一拜。为求生计，破土修磨，冲撞了各路仙人。今日敬备祭祀，恳请收了祭品，保佑一方平安！"一壮汉头扎红巾，肩挎红绸，牵一只毛色纯白的大羯羊至香案前。老法师威严发令："淋——生！"一位神慈德威白发老者端着瓦盆上前，撩起瓦盆里的白酒淋在羯羊身上。羯羊惊恐四顾，身子却纹丝不动。老者一愣，又撩起盆内白酒淋羯羊。羯羊依然不动。老者回身，冲方台上端坐的老法师默默摇一下头，"不收！"老法师略一沉吟，手向近旁的弟子一伸。弟子双手奉上黄纸朱笔，老法师龙飞凤舞书符一道，掷于面前地上，"烧了，再求！"老者上前拾起地上的符咒，双手捧着，跪在羯羊旁边点燃，叩首。起身端起瓦盆，又将白酒淋在羯羊身上，羯羊依然不动。再淋！如是三番，羯羊仍纹丝不动。老者略一愣怔，又复撩起酒水淋羊。这次老者不但将白酒淋在羯羊身上，且淋在羯羊耳朵里。羯羊猛一甩头，浑身一抖，酒水四溅。老者一脸惊喜，"收了！收了！"牵羊的壮汉，将羯羊摁倒在地，屠杀剥皮，顷刻间，羯羊被供上香案。老法师又复诵经念咒，大呼："山神土地，四方神仙，恩德恩德！"礼毕。魏啸才及另外三个壮汉抓住方台边的木杠，齐吼一声："起！"将木杠放在肩上，抬着老法师向齐掌柜家如飞奔去。

齐掌柜家大门口，香案早就摆好，老法师一到，又是鞭炮法器齐响，燃纸焚表。齐掌柜全家跪在香案前。老法师诵经念咒闭，迈下方台，拿起香案上红绸包着的一面铜镜，点燃符咒，在齐掌柜头上左绕三匝右绕三匝。齐掌柜双手举过头顶，接过老法师递上的铜镜，三拜九叩方才起身。早有人搬过木梯摆在大门正中。齐掌柜爬上木梯，将铜镜镶嵌在早就挖凿好的坑槽里。撤去木梯，齐掌柜一家再复三拜九叩，老法师也最后一遍诵经念咒，这场法事才告结束。

一个月后，魏家水磨在一片鞭炮声中开闸放水。水磨坊迎接的第一个主顾是魏宗寿的亲家汪雨量。可这第一个主顾，竟然是一个让他收钱不是、不收钱也不是的主顾。收钱没几个钱，况且又是亲家。不收钱，这又是水磨坊的第一宗生意，很不吉利。这让魏宗寿很不舒服。魏宗寿本想把汪雨量的粮食稍往后排一下，可汪雨量派来送粮食的人就在近前，又觉得这么做会伤了两家人的脸面。他隐隐觉得这是汪雨量故意的，故意这么恶心他一下。无奈之下，魏宗寿只好忍住心里的闷堵，看着新来的小伙计替汪家磨了粮食。磨好的面是汪雨量亲自来拉的，直到装好了车，汪雨量才慢悠悠地从口袋里摸出一块银元，拍在魏宗寿手里，“亲家，拿住。不用找零头了，讨个好彩头吧。”魏宗寿还在愣怔，就听到汪雨量似乎喃喃道：“这生意啊，还是要先在亲友头上开始噢！”

魏宗寿就像吞进一只苍蝇。他拽住汪雨量，把银元塞进汪雨量的口袋里。两人在水磨坊前争执了半天，最后，汪雨量收了银元，抱下车上的一麻袋麸皮，算是工钱，两人这才作罢。

麦秀妈告诉张占元，她托邻家的婶子给麦秀说了一门亲，男家是小堡子闵家闵世泰的长孙闵敦林。“人家现在要来人问名要八字合婚呢，咋弄？”麦秀妈盯着张占元的脸，探询道。

闵家四世同堂，一个本分的庄户人家。兄弟四人，闵世泰居二，上有老父兄长。兄长在喀什一家俄国人的商行里做通事，挣了钱就在小堡子置地。闵世泰在家里打理祖上留下的产业以及兄长新置买的百十多亩土地和一圈牛羊。闵家原本也住奇台城内，就在现在的魁星桥旁。据说，闵家本姓门。乾隆朝，门家出了个举人，是奇台城出的第一个举人。乾隆爷龙颜大悦，说，门中能出举人，就赐姓闵吧。闵家附近的一座小木桥也因此得名魁星桥。同治年间，白彦虎入侵奇台引起回乱，汉回互相仇杀，民房尽毁。闵家为避祸乱，举家迁往小堡子。

张占元听说婆姨找的人家是闵家，想了想，点了头。

伏天里，一场连日大雨后的第二天，闵家备了四色礼品上门了。因为事先没有通告，闵家也是突然上门，碰巧张占元一大早就出门办事去了，麦秀妈只好一边打发人去找张占元，一边招呼客人。来人由邻家婶子陪着，只说是闵敦林的叔辈，受闵老太爷嘱托，过来看看。来人态度谦和恭敬地递上闵敦林的庚帖，同时试探着说能否见见丫头。麦秀妈也觉得应该，就叫缠在身边的六十子去喊麦秀。可等了半天也不见麦秀进来。麦秀妈一脸歉意，一边拍着六十子的头，让他再去喊他姐，“快去让你姐端壶茶来！”六十子一蹦一跳地又去喊。又等半晌，麦秀才两脚泥泞地跨进屋门，举着沾满黄泥的双手站在屋当间，“干啥？”看众人都愣怔地盯着自己，不言传，“没事？没事喊我干啥？”说着抬起手背擦一下沾在脸上的泥，身子一扭，头也不回地走了。

闵家来的人眉头不经意地皱了一下，望一眼陪他来的邻家婶子，站起身，言语婉转地说张掌柜不在家，他就不打搅了。

麦秀妈一脸尴尬，不知所措地站起身，不知是该挽留客人还是马上送客，眼神无助地在邻家婶子和闵家人的脸上来回地巡视。倒是来人爽快，呵呵一笑，“没事没事！娃娃家嘛，不计较不计较！”

客人走后，麦秀妈还在堂屋里发愣，麦秀已经收拾利落，奔过来搂着她妈的肩膀，“人走了？”麦秀妈才醒过神来，“死丫头！你故意——你想干啥？”麦秀妈抖一下肩膀，声色俱厉，“你正经些，你说！”麦秀伸一下舌头，继续搂着她妈的肩膀，娇声道：“妈——你怕我嫁不出去啊？”麦秀妈抬手拨开麦秀的手臂，一指麦秀的脑门，“谁敢娶你？”转身走出屋子。

过了几日，还不见闵家有啥动静，麦秀妈就去问邻家婶子。邻家婶子笑着摇摇头，“你们家的丫头，厉害！”

张占元对闵家的这门亲事没成，倒不怎么在意。听婆姨说了麦秀的举动，心里突然明白了丫头的心思，嘿嘿嘿地干笑几声。

婆姨看男人不急不恼的样子，气得一甩手，咬牙跺脚地说：“你就惯吧！将来有她哭的时候呢！”

魏啸才收到吐尔逊带的口信，说吐尔逊的丫头要出嫁，请他去。魏啸才问了带话人办事的具体时间，心里算算，再有几天就到了。他准备了糖果茶叶，给吐尔逊的家人一人扯了一套衣料，还特意到沙的克的铺子里订了一套马鞍子及一应行头，第三天天不亮就动身去了青鞠梠山。

魏啸才赶到青鞠梠山已经是婚礼的第二天。吐尔逊的毡包附近又扎起几顶毡包。人们三五成群地围坐在草地上，几个大锅蒸腾起一片水汽，一群小孩在人群中穿梭嬉闹，四处人欢马叫洋溢着喜庆。

听到马蹄声，吐尔逊隔着老远就甩着两手摇晃着迎上来，“兄弟，你不来了我还想的！”他抱着魏啸才，使劲拍着魏啸才的后背。

魏啸才拴好马，拿下带来的东西往吐尔逊的手里一塞，“你的！”

“啥东西？你来了我高兴得很，拿东西干啥呢！”吐尔逊边说边打开麻袋。他扯出麻袋里的布料糖果之类，里面的马鞍子露出来。他一脸惊喜地看一眼笑眯眯盯着自己的魏啸才，搓搓手，提起麻袋把马鞍子抖出来，铺好麻袋，把马鞍子摆在麻袋上。嵌着银饰的马鞍子、前胸后盘、銮铃、辔头、马鞭子，精美华贵气派，在阳光下银光闪闪。“兄弟，太漂亮了！”吐尔逊拍了一把魏啸才。“真的，太漂亮了！”他搂着魏啸才的肩膀，兴奋又有点炫耀地给聚拢在身边的众人介绍道：“他，我的兄弟。”众人只抬头看了魏啸才一眼，又把目光落在马鞍子上，发出一片啧啧声，眼里流露出艳羡的光。

那天晚上，吐尔逊特意为魏啸才杀了一只羯羊。大家伙围坐在毛毡上，边吃边喝酒。不远处一堆篝火旁，青年男女围着篝火载歌载舞，不时发出阵阵欢叫。魏啸才一如既往，吃得狼吞虎咽，旁若无人。

一个汉子端着酒碗摇晃着来到魏啸才的身边，踢了他一脚。魏啸才含着一嘴肉，仰头望一眼大汉。汉子半蹲下，一只油腻腻的手搭在魏啸才的肩上。“望啥呢你？我和你喝一个酒！”魏啸才微微皱一下眉，耸耸肩膀，躲开汉子搭在肩上的手。汉子又把手搭在魏啸才的肩上，“你——我们跟前看不上吗？”他扳着魏啸才的肩摇晃着，“啊——你我们跟前看不上吗？卡普尔（异教徒），贼，心狼一样的你！”

吐尔逊站起来，拉过汉子，叽里咕噜说了一会儿。汉子好像不服，推了吐尔逊一把。两个人在草地上推推搡搡地大声说着什么。魏啸才过去想把二人拉开，汉子猛踹了魏啸才一脚。一股恶气陡然冒出来，魏啸才咬着牙骂了一句：“日你妈，你才是贼呢！”一拳挥到汉子的脸上。汉子闷哼了一声，捂着鼻子，趔趄着向后倒下，血从汉子的手指缝里渗出来。汉子一边手忙脚乱地擦着鼻子上的血，一边大喊大叫。另有几个人围过来，扭住魏啸才，把他摁在地上。有人大喊了一声，于是，一顿拳脚落在魏啸才的身上。吐尔逊撕扯了半天，也没能扯开撕搅在一起的人，情急中，抄起一根木棍向人群挥去。人群惊呼着散开。

吐尔逊拉起魏啸才，挥着手冲众人吼道：“他，我的兄弟，你们他跟前打，打我一样！”众人互相观望着不说话。吐尔逊拉着魏啸才坐在毛毡上，“你们也我的兄弟嘛，过来坐下。”众人悻悻，慢慢围坐过来。汉子站着没动。魏啸才笑笑，起身把汉子拉过来坐下，端起一壶酒，“来！我们喝酒！”他斟满两碗酒，递给汉子一碗。汉子瞪了魏啸才一会儿，猛抬手打掉魏啸才手里的酒碗，呼地站起来，冲到吐尔逊面前，挥着手，大声地吼了句什么，又指着魏啸才，恶狠狠地道：“卡普尔（异教徒），贼，心狼一样的！”转身摇晃着走到自己的马前，跨上马，疾驰而去。

魏啸才干笑两声，拖着哈萨克人说话的腔调说道：“今天嘛，麻达①都是我惹下的，我喝一个酒，你们肚子都不要胀了。”说完，倒满一碗酒，一饮而尽，抹抹嘴，把酒壶酒碗递给旁边的人。“我们的大大早就新疆这个地方来了，几十年了，

---

① 麻达：方言，指麻烦事。

我们和你们一样了，你们还把我卡普尔，贼，叫呢嘛，我们的肚子也胀呢！”

那人犹豫一下，接过酒壶酒碗，倒了一碗喝下，把酒壶酒碗传下去。

吐尔逊哈哈一笑，拍着手唱起来：

雄鹰不能没有天空，骏马不能没有草原。
勇敢的哈萨克，不能没有朋友！
没有天空，雄鹰在哪里翱翔？
没有草原，骏马在哪里奔驰？
没有你，我的朋友，我的生活怎么能快乐？
……

众人也拍手应和，气氛又热烈起来。

翌日天一亮，吐尔逊家就热闹起来。不远处的沟坡下，几峰骆驼驮着毡包彩礼整装待发。新娘的毡包里传出新嫁娘的辞别歌：

我在父母的疼爱中长大，
就要离开父母，禁不住的热泪滚下。
女儿为啥要出嫁？
到一个新的地方，心里总有些害怕。
……

众人围在新娘的毡包前，一个小伙子上前揭开新娘毡包的一角，俊朗的伴郎唱起劝嫁歌：

啊——，我唱一支加尔歌，加尔，加尔。
妹妹你要仔细听，加尔，加尔。
女大当嫁大喜事，祝你幸福又快乐，加尔，加尔。
……

人们簇拥着，场面渐渐热烈起来。新娘的毡包里也传出伴娘应对的歌声：

你是一个有教养的姑娘，

到那里要孝敬公婆，一家人互助互让。
过日子要勤俭，不要丢掉传统的好风尚。
神人玉素甫和孜丽哈的爱情，
就是你们的榜样。
……

歌声还没停歇，几个小伙子忽然冲进新娘的毡包。毡包里传出打闹的欢笑声，不多时，几个小伙子落荒奔逃。有一个小伙子被几个伴娘扭住双臂，小伙子拼命挣扎，终究没有逃脱，只好认输，拿出早已备好的扎着一簇猫头鹰羽毛的礼物，送给伴娘。

魏啸才站在一个高坡上，看着山坡下面欢乐的场面，不时扭头看看身后的另一处高坡。那里坐着一个哈萨克小伙子，小伙子身后立着一匹黑马。黑马在阳光下，呈现出黑锦缎一般的色泽。魏啸才注意这个小伙子很久了，一大早他就看到这个小伙子坐在那里，弹着冬不拉。冬不拉琴声舒缓、清凉，让人不由得想起碧绿的草原上随风摇曳的苦艾草，散发出的淡淡、涩涩的清香。

忽然，小伙子翻身，跳上大石头，正了正抱着的冬不拉，一段舒缓的过门音乐后，有歌声随风飘过来。小伙子唱得很忘情，唱完歌，跳下石头，跨上黑马，纵马疾驰而去。

魏啸才听不懂小伙子唱的歌，但小伙子沙哑的嗓音，让魏啸才感到小伙子的吟唱，充满了忧伤。他突然想起数年前，自己去迎娶汪秀英的那一刻，心里渐渐蔓起一种难以言表的心绪。

毡包里传出新娘幽婉的歌声：

远方的草原哟，像不像我的家乡？
我的新房子哟，又安置在什么地方？
未来的父母是不是慈祥？
未来的丈夫是不是热心肠？
……

喜庆的气氛里涌上一股离愁，古丽亚站在人群外，抹一把眼角的泪，既喜又悲。

我要留下最好的祝愿，祝福亲人万事吉祥。

亲爱的阿达阿妈，女儿何时才能给你绕膝烧茶敬汤？

……

新娘唱得如泣如诉，在送别的歌声里，新娘被搀扶上马，缓缓向自己的新家走去。亲友的送亲马队浩浩荡荡，热烈又壮观。

新娘的坐骑上用的就是魏啸才带来的银饰骑具，更增添了新娘的华贵和妩媚，这让吐尔逊的家人和他自己都感到光彩。魏啸才本打算送走新娘后就赶回去，再加昨晚的不愉快，魏啸才就更不想去了。他告诉吐尔逊和古丽亚："我不去了，我去了麻达多得很。"古丽亚抓住魏啸才的手道："我们麻达不害怕，你麻达害怕呢吗？"吐尔逊更是态度坚决地道："你，我的兄弟，啥话不说，丫头送掉了再说。"魏啸才盛情难却，只好跟着送亲的队伍去送亲。一路上，魏啸才几次想跟吐尔逊提起早上在山坡上碰到的那个唱歌的小伙子，连他自己也说不清，最后为什么没有问出口。

新郎的阿达哈山是当地的赞根，在当地也算是一个权势人家。新郎是老哈山赞根长子的第一个娃儿，是送还到大房子的。[①]这是哈萨克人的习俗，他们都要把自己的第一个孩子，无论男女送还给自己的父辈，而父辈也把这个送还的孩子，当作自己的亲生子女抚养。

迎亲的场面更是壮观宏大，久候多时的人们在送亲的队伍刚刚露出山顶时就吹起鹰笛，弹起冬不拉，跳起欢快的"哈拉卓尔嘎"。早就迎候在门口的老婆婆在新娘刚被扶下马的时候，就笑吟吟地端着一大盘"卡疏"（混合在一起的多样糖果）迎上来，一把把地撒向新娘和来客的头上。小孩在人群中穿来穿去，欢笑着抢拾散落的糖果。

新娘被伴娘搀扶进红帐帏，盖上面纱。随后两个伴娘簇拥着新娘走进阔大的毡房。新郎的父母坐在毡房的上首，前面点一堆火。新娘到火堆前，一个女宾把酥油倒进火里，一股烈焰腾起，女宾的手在焰火上烤一下，在新娘脸上虚擦几下。一个小伙子手持系有红白布的鞭子，对着新娘逗趣，唱起歌：

都来看，都来瞧，新娘模样俏。

---

① 哈萨克人称父母亲的家为大房子。长子的第一个孩子出生后要送还父母抚养，孩子到祖父母家后，习惯上称抚养他的祖父为"阿达"。阿达意为"父亲"。

心眼好，外秀内慧，金子一样闪光，会尊敬长辈，孝顺公婆……
新郎新娘真像一对彩马，
咱们又多了一只白天鹅翱翔，
咱们又增添了一户幸福美满的家庭。
……

歌声一停，小伙子用鞭杆轻轻挑开新娘面纱。一瞬间，众人一拥而上。有人在争看艳丽的新娘，有人在抢夺马鞭杆上缠着的布。这布会给得到的人带来吉祥。人们你争我夺，气氛热烈。

古丽亚特意向老赞根介绍了魏啸才。老赞根把魏啸才拉到身边坐下，拍着他的肩膀道："你，我一起坐下，谁找你麻达了，我收拾。"

叼羊比赛是在午后进行的。这是哈萨克婚礼中最热闹、最隆重的仪式。

叼羊比赛选在山间一片开阔的草地上进行。老赞根拉着魏啸才一起坐在凉棚下。一个骑花斑马的汉子跃马到老赞根面前，施礼后请求开始。老赞根步出凉棚，将一把刀子交在汉子手里。汉子起身上马离去，不多时，汉子跃马到草地中央，抛下一只宰杀的山羊。老赞根高呼一声，一挥手，顿时，百骑竞驰，蹄声隆隆。一匹白马渐渐突出，马上大汉探身拾起草地上的山羊，一路奔去。身后众骑急追。突然，一匹枣骝马从斜刺里窜出，很快贴上白马，马上汉子探身抢夺山羊。两匹马纠缠在一起，你来我往。两人在马上左摇右摆，前后跌宕，惊险百出。马上的汉子就像与马融为一体，有惊无险。众马随后赶上，几十匹马围在一起。

据说，起初哈萨克的叼羊比赛，抢夺的不是山羊，是狼。因为狼对畜群的侵害，使哈萨克人对狼深恶痛绝，所以，每次猎到狼的时候，他们就骑着马，相互抛掷死狼以示庆贺。久而久之，这种活动就演变为叼羊比赛了。

山羊几经易手，最终还是落在了白马和枣骝马骑手的手上。二人撕扯着突出围堵的马群，向山谷深处疾驰而去。这时，一匹黑马像一个黑色的精灵，从梁坡下忽然窜出，赶上前面的白马和枣骝马。它从白马和枣骝马之间插入。黑马上的汉子顺势搂抱住山羊，策马越过白马和枣骝马。白马和枣骝马不甘心失败，从黑马的两侧黏上去。黑马却一个直立骤然停住，反身回奔。

众人一片欢呼，掌声雷动。

众马围追堵截，黑马精灵般左冲右突，或停或跑，始终不让别人黏上。黑马冲出重围，奔到老赞根面前，一声嘶鸣，骤然挺立。马上的年轻骑手把山羊掷于老赞根面前。老赞根哈哈大笑，拿出一朵红绸子扎成的红花，戴在黑马头上。马上骑手向老赞根施礼，打马向草原深处驰去。

魏啸才望着疾驰而去的黑马，心里一动，半晌，幽幽地舒出口气。

那天晚上，十数堆篝火在山谷间燃起。老赞根的亲朋好友尽数围在篝火旁，喝酒吃肉，载歌载舞，通宵达旦。

麦子结穗扬花的时候，魏宗寿去了趟奇台。他给魏啸铭带了魏陆氏做的两双鞋，还有一件长衫。魏陆氏说娃儿大了，到了要脸面的时候了。魏啸铭把长衫在身上比画了半天，心里想象着麦秀要是看到他穿长衫该是个啥样子，脸上不由得漾起笑来。魏宗寿看儿子出神的样子，笑道："铭娃，笑啥呢？"魏啸铭看着他大，愣怔了一下才回过神，"噢——噢！没——没啥！"

那天，魏啸铭安顿他大住下，父子俩又喧了好一阵子，能想到的都说了一遍，魏啸铭还是没有想睡觉的样子。魏宗寿盯着儿子看了一会儿，又往跟前凑了凑，"铭娃，你有啥事要说吧？"

魏啸铭的脸腾地一下烧起来，"也没——啥事！"魏啸铭犹犹疑疑地道。

"不是吧？"魏宗寿拍了拍儿子的肩膀，"儿子娃娃[①]的，有啥就说嘛！"

"没啥！真的没啥！"魏啸铭极力否认。

可他越是这样，他大魏宗寿就越感到他有事。对这个儿子，魏宗寿是太熟悉了。虽然有两年没在一起好好说过话，可他觉得他对于这个儿子的脾性还是知道的。儿子涨红的脸就说明了一切。他又朝儿子跟前凑了凑，探询地扬了扬下巴。

"二掌柜家——"魏啸铭抬头望了他大一眼。油灯下，魏宗寿一脸慈爱地看着他。

"二掌柜家咋了？你说嘛！"魏宗寿催道。

"嗐——不说了！睡觉！"魏啸铭咬咬牙，发狠地道。

魏宗寿疑惑地眨着眼，半晌还是忍不住地试探道："二掌柜家咋了？你这㞞娃——二掌柜家咋了吗？你给我说一下嘛。"

魏啸铭吭哧了半天，还是没说出来。

第二天，魏宗寿依着往年的约定和二掌柜续了约。这次他要了五驼货。手续办好后，魏宗寿本要出去和铭娃一起装货的，刚迈出张占元办公室的屋门，又被张占元叫了回来。"你跟上忙啥呢？让铭娃看着装去，你坐下缓缓吧。"魏宗寿笑笑，朝魏啸铭挥挥手，自己又退了回来。张占元给魏宗寿端了杯茶水，放在魏

① 儿子娃娃：方言，意为大男人。

宗寿手边，“老哥近些日子忙啥呢？老不见你过来。”

魏宗寿沉吟了一会儿，“我弄了个水磨坊，人手搅不开，就把你这达的事先撂下了。”魏宗寿端起茶杯喝了一口，“这不刚弄完就赶到你这达来了吗？这还要谢忱谢忱你呢，要不是你，我一下两下还翻不了身。”

张占元也是想和魏宗寿闲谝谝，但究竟要谝些啥，他也没有一个确切的话题。听魏宗寿说到翻身了，就猛然想起了丫头麦秀。麦秀的心思他是明白的。他就这一个丫头，他不想太委屈了丫头。他在心里盘算着，愣了一阵才哈哈一笑，“老哥你说得客气啦！”

两人扯说了半天，扯到家里的婆姨娃娃们。“二掌柜家几个娃？都大了吧？”魏宗寿看张占元说话有些犹豫，就没话找话地问道。

“一个丫头，和铭娃差不多大，一个娃子还小的呢。铭娃没给你说起过我们家吗？”但话出口他就后悔了。他猛然觉得，这是在给魏宗寿递话。

魏宗寿脑子里电光石火般一闪，他恍然醒悟了儿子魏啸铭昨晚的举动，突然不知该咋说这个话题了，有点应付似的匆忙回了张占元一句：“闲谝呢闲谝呢。”院子里伙计和客商往来穿梭，行色匆匆。魏宗寿没看到儿子，他收回目光，脑子急速地运转着。很快，魏宗寿就泰然自若了，“铭娃在你这达，可给你添了不少麻烦呢！”

张占元立马察觉了魏宗寿一瞬间的愣怔，他拿不定该不该接魏宗寿的话茬儿，“呵呵！老哥太客气啦！”他瞭了魏宗寿一眼，转换了话题，“水磨坊的生意咋么样？”

“凑合吧！”魏宗寿沉吟了一下，犹疑道：“张掌柜的丫头还没许人家呢吧？”说完，半张着嘴盯着张占元。

张占元沉吟了一会儿，“老哥是想和我对亲家呢吗？”

魏宗寿呵呵一笑，“嗯！”停了一下又续道：“我们家是个小门小户的人家，二掌柜要是觉得不对意，就当我没说。”他本来还想说说昨儿个夜里魏啸铭的举动，可话到嘴边又咽了回去。

“老哥你说得客气了，不过——这事我得和婆姨商量商量。”

“应该的，应该的！”魏宗寿忙不迭地道，“铭娃的脾性绵得很，有啥事你就多担待些。”

“娃好的呢！不知道八字能不能合上？”

魏宗寿给了张占元魏啸铭的八字。

铭娃在院子里喊他大，说货装好了。魏宗寿站起来，冲张占元抱抱拳，“张掌柜，我就走了。我等你的回话。”

张占元也抱抱拳，“老哥走好！”

铭娃把魏宗寿送到门口就停住了。魏宗寿暧昧地笑笑，走了两步又停下，朝魏啸铭招招手，“铭娃，你得给我说清白，你昨儿个夜里说二掌柜咋啦？”

魏啸铭吭哧了一会儿，“哎呀，大——你就不要问了，快走吧！”

魏宗寿盯着儿子，“你不说，我就真不管啦！”说完，作势要走，看儿子欲言又止的样子，又凑过来，“二掌柜家里有个和你一般大的丫头，你是不是看上人家了？”

魏啸铭睁大了眼睛，“你咋知道？你和二掌柜说了？二掌柜咋说？”

魏宗寿重重点一下头，“看把你急得！好了，回去吧。大给你提说这事，你就放心吧！”

魏啸铭看着魏宗寿牵着骆驼慢慢走远，一下跳起来，一脚踹在墙上，两手一击，一脸喜色地走进院子。

十　太岁头上动土

三伏天，田野间一片金黄，家家都在作着开镰前的准备。

汪秀英在经历一番分娩的痛楚之后，为魏家带来了一个新的生命。婴儿响亮的啼哭，为这个宅院带来新的欢乐，一家人都沉浸在这古老悠远而又新鲜活泼的乐曲里。魏宗寿没有因为汪秀英生出的是孙女而不是满心希望的孙子，显出一丝一毫的不快。他托着孙女，噘着一脸胡楂儿的阔嘴，凑近粉嘟嘟的小脸。小丫头被他的胡子扎得惊乍乍地哭叫起来。

“你的胡子硬得扎死个人，看看，看看，我娃儿的嫩脸脸都扎红了。你快给我吧。”魏陆氏从男人手里接过娃儿，搂在怀里左右端详，“你给娃儿起个名吧。”

“嗯，起个名，要给我娃儿起个好名字。”魏宗寿仰着头，微眯着眼，在屋子里踱着。“呃——”魏宗寿打了个很响的嗝。

“娥？叫娥娥？嗯嗯嗯，好，好听，就叫娥娥。”魏陆氏头都没抬，自顾逗着怀里的娃儿，“娥娥，娥娥，哟哟哟，你看，你看，小嘴嘴撇得，稀罕死个人了。”

魏宗寿翻着白眼，瞪一眼一脸喜气的婆姨，摇摇头，咧嘴笑着走出屋子。

魏啸才一反常态地沉静，双手捧着自己的娃儿，眼里游弋着淡淡的雾翳，一动不动地盯着娃儿不停嚅动的小嘴，涌上心头的是一种无以言表的心绪。

最初涌动在汪秀英心里的淡淡的失落，被一家人欢乐的情绪淹没了。她满怀着生儿子的愿望却生了个丫头，而魏家上下并没有因为生出的是丫头，削弱了欢乐的气氛，汪秀英心里的忐忑渐渐消退，心安理得地躺在炕上，接受着婆婆魏陆氏无微不至的服侍。坐满了月子，更是出落成一个娇美端庄的少妇。不见臃肿，更见端庄，眼里更多了一份持重、温柔、安逸和柔韧。

娥娥满月，魏宗寿为自己的头生孙女办了丰盛的满月酒。汪雨量觉得自己的丫头能有如此归宿，兴奋不已，在酒席上喝得酩酊大醉。

麦收之后，魏家的水磨坊昼夜不停地运转起来。远远近近的庄户人家都把当年的新麦拿来磨面，回家做一顿油泼扯面，以犒劳自己一年的辛苦。孩娃们手捧着雪白的馍馍，结伙攒堆，蹦蹦跳跳地吼喊着跑来跑去：

天爷天爷大大地下，
蒸下的馍馍车轱辘大，
撂到房上房压塌。
……

午睡的仪娃是被一阵香气刺醒的。一股淡淡的酒香直钻进他的鼻孔，他打了个很响的喷嚏，醒了，揉揉惺忪睡眼，一手撑着炕面斜坐起来，看到冬梅、月月和二柱子跟在魏陆氏身后。魏陆氏端着一只蓝花小瓷碗，一手拿着小木勺，揭开炕角瓦盆上的草锅盖。瞬时，甜醅的酒香就溢满了屋子。甜醅是刚收的莜麦酵的，不吃，光闻着就能醉人。

冬梅手捧着一摞小碗，眼盯着甜醅，不住地咽口水。月月眯起眼睛，使劲地吸着甜醅的香气，一副陶醉的样子。二柱子静静地站在魏陆氏的身后。

仪娃惊喜地喊道："甜醅！"就向魏陆氏扑过来。

魏陆氏挖起一小碗甜醅，塞在仪娃手里，拍拍仪娃的小脑袋，"你就是个馋死鬼！"

三鑫和粉坊新雇了两个伙计，卖粉的门店也重新开张，并有了扩大。魏宗寿从奇台拿回来的货也摆上了货架。魏啸才不再进入粉坊磨粉，只是在粉坊和水磨坊之间欢实地来回奔忙。魏家日常的生活也发生了微妙的变化。不知从什么时候开始，饭桌上，魏宗寿的面前多了几个小碟，花生米、酱牛肉、羊蹄杂碎等小菜和一壶温烫好的酒。在家里其他人坐上饭桌之前，魏宗寿独自坐在桌旁，嗞的一声咂干一杯酒后，惬意地咂摸一下嘴，夹一粒花生米放进嘴里慢慢咀嚼。身子微微后仰，靠在椅背上，眯起眼，将思绪沉入如何使家业更加光大的筹划中。

魏宗寿去古城子结了一次账。他是去古城子的茂源醋坊讨要麦麸款的，回来就不言不语地闷了两天。凡是到魏家水磨坊磨面，加工费结算灵活，有钱给钱，没钱给面粉、麦麸都行。面粉好办，谁也离不开，谁都得吃，可这麦麸就麻烦了，只能卖给人家做饲料或是给醋坊做原料。今年雨水充裕，牧草丰足，农牧民都不再为牲畜冬季饲草犯愁。魏家的麦麸不但不如魏宗寿所想，可额外再挣一笔，大多数时候，连加工费都卖不出来。当初，魏啸才不同意主顾用麦麸顶账，可魏宗寿坚持，魏啸才只好甩甩头，赌气地不再言语。

婆姨魏陆氏看男人从古城子回来闷闷不乐，就小心翼翼地问他咋了，他只是抬头看一眼婆姨，继续闷下头想自己的事。第三天，魏宗寿把魏啸才叫过来，盯着儿子看了很久，才慢腾腾地探询道："我想开个酿醋坊，你看咋样？"

魏啸才一时没反应过来，眨着眼愣怔地盯着他大。魏宗寿看儿子没反应过来，又重复了一遍。这次，魏啸才明白了，冷冷地撂出一句："你是大嘛，你说干啥就干啥吧！"说完起身就要离开，走到门口又回过头来，"到古城子要钱没要上吧？觉得窝憋了？"

魏宗寿梗了半晌脖子，一下跳起来，冲着走出屋门的魏啸才，"我把你个驴操……"

魏啸才听到他大骂他，慢腾腾地转过身，笑嘻嘻地瞪着他大，看他大把半截话咽回去了，才又转身离开。

秋季牧民转场，木垒河迎来了一年中最热闹的日子，也是木垒河各商家生意最红火的日子，远远近近的商家都来赶场。他们在街道上搭起棚架，摆上货物，可着嗓子吆喝。还有沿街卖凉皮凉粉、油糕麻花、粉汤包子、羊头羊蹄羊杂碎等小吃的，洋芋、萝卜自产农作物的，马掌、马鞍、马镫以及水桶、木盆等手工品的，叫卖声此起彼伏。奇台的常家班也在城东的梁坡下圈起一个场子，搭起戏台。锣鼓敲得震天响，秦腔吼得高亢嘹亮。儿娃们比过年还要兴奋，在人群里撒欢，不时招惹出一声暴喝和咒骂。一时，原本人迹稀少的街市热闹非常。

魏家老小齐上阵，货摆在门口、路边，吆喝的吆喝，动手的动手。冬梅欢实地跑前跑后，一张胖嘟嘟的脸渗着细密的汗珠，不时用手背擦一下，弄出一道道渍痕。二柱子也在门店里帮忙，和冬梅形成鲜明对照。他既不吆喝，也不忙乱，把主顾所要的货物放在柜台上，一边轻轻地抚摸着货物，一边伸出手指给主顾比画一下价码，并且比画出的价码决不更改。他总是很坚决地把手指竖在主顾的面前，对主顾的砍价一概坚定地摇头拒绝。黑而明亮的眼睛眨动着，沉静地盯着主顾。

十多天后，木垒河的街道又恢复了往日的萧条和沉静。在这当口，魏宗寿又去了一趟奇台，他还带了一驮自家产的粉，想在奇台找一家店帮他销售。魏宗寿和二掌柜张占元交割了皮张鬃毛一应畜产品，清算了一年的往来账目。事情都办妥了，魏宗寿又跟张占元提起了魏啸铭的事。

张占元呵呵一笑，“老哥！看把你急的！”他坐在桌子后面，把桌子上杂乱的东西归置好，端起茶碗喝了一口，才慢悠悠地道：“我和婆姨商量了，你看方便就找人来提说吧！”

魏宗寿露一脸欣喜，“嗯！我回去准备准备就来。”

从奇台回来的当天晚上，魏宗寿告诉魏啸才，明年开春，他准备盖一处新宅子。他要魏啸才抽时间进山一趟，筹备些木料。

这次，魏啸才静静地听他说完，嗯了一声才离开。魏啸才的态度使魏宗寿大感意外，原本准备好的话语一句也没用上。这让他有种心气受挫和落空的感觉，就像憋足了劲一脚踹出去，却踹在了棉花垛上。他有点不甘心地哎了一声。

魏啸才转过身，疑惑地看他一眼，“咋了？”

魏宗寿眨了几下眼睛，也不知道自己还要说啥，干张了张嘴，朝魏啸才挥挥手，愣怔地盯着魏啸才离开。

腊月里，魏宗寿和肖先生为魏啸铭的事专门去了趟奇台。

张占元杀了只羊招待魏宗寿和肖先生。酒喝到一半，魏宗寿和张占元就亲家长亲家短地叫开了。

春节前，魏啸铭从天兴行奇台分号辞号回家了。魏啸铭临走的前一天，去了张占元家。他告诉麦秀，他要回家了，麦秀依然是眨着眼睛盯着他，“你啥时候再来？”

“过年的时候我来送节礼，就来了。”

“谁稀罕你的节礼？”麦秀的眼睛有点发飘，眼神在长睫毛下迷离闪动。魏啸铭在这眼神里看到了平时看不到的晶莹和迷离。深潭似的眼睛使他明显感到自己的胸腔有些怦然，他晓得，这是自己的心在跳。他涨红着脸，一时不知道说什么。

麦秀往他跟前走了一步，“那你就多拿些礼来。”

“……”一股女人的馨香钻进魏啸铭的鼻腔里，使他的心跳得更加猛烈，不禁想抬手摸摸麦秀的脸。

“我大还说你机灵，平时话多得很呢！我看……”麦秀斜睨着眼看到了魏啸铭欲动又止的手，皱一下鼻子，扮个鬼脸，“贼！”说完，捂着嘴，笑弯了腰。

魏啸铭缩回手，盯着麦秀，一脸憨笑。

魏啸铭紧赶慢赶，回到木垒河的时候已近黄昏。镇子里到处弥漫着年节前的欢乐气氛。一些儿娃早就按捺不住激奋的情绪，在自家门口偷放起烟花爆竹。花炮在地上旋转着，绽放出一溜儿烟花，引出儿娃们一片欢笑。偶尔，也有几只冲天雷尖啸着冲上天空，发出一两声炸响。商店和铺子里不时有人进出，行色匆匆，喜气洋洋地准备年货。魏啸铭走进家门，院子里仪娃正带着月月玩。

娃娃娃娃你别馋，过了腊八就是年；
腊月二十三，灶王老爷要上天；
腊月二十五，家家户户扫尘土；
三十晚上过大年，口袋装满了压岁钱。
……

月月看魏啸铭走进院子，一下跑过来，拉住魏啸铭的手，“哥——哥你怎么回来了？”又放开魏啸铭边跑边喊：“妈，妈，大——二哥回来了！你们快来呀！”

魏陆氏用围裙擦着手，一步跨出厨房的门槛，颠着一双小脚奔到魏啸铭跟前，上下打量儿子一番，伸手要接过魏啸铭手里的东西。

魏啸铭向后闪了一下，“我个人提吧，妈，你好的呢吧！”

“好的呢好的呢！乏了吧？快进屋缓缓！”魏陆氏掸了掸儿子的衣服，朝屋门挥一下手。

那天晚上，一家人在欢乐热烈的气氛里吃过晚饭。魏啸铭给家人分发了带回来的礼物。他拿出一块衣料，递给魏啸才，“哥，这是给嫂子的。”

魏啸才没接，冲弟弟一笑，“你个人给她去吧！”

魏啸铭抿一下嘴，嗯了一声，走出屋子。他在魏啸才的屋门口喊了一声“嫂子”，听到汪秀英在屋里应了一声，就推门进去。

汪秀英正斜坐在炕沿上，替炕上的娃儿掖被子。看到魏啸铭进来，匆忙站起来，理了理皱起的单子，“铭娃来了，快坐吧！”

魏啸铭把手里的布料递给汪秀英，“嫂子，这是块衣料，也不知道合不合你的心意。”

“我有呢，给妈给冬梅吧。”

魏啸铭又把手往前送了送，“心意嘛，你就拿上吧！我看看娃儿，叫啥名？”

“娥娥，叫娥娥。”

魏啸铭趴在炕沿上看看小侄女。小侄女睡得正香。他伸手逗弄了一下，娥娥张开嘴，头扭动着、寻找着，像一个嗷嗷待哺的小雏鸟。魏啸铭轻嬉一声，起身给汪秀英打声招呼，走出屋子。

魏啸才靠在院子中间的矮墙上，看魏啸铭出来，招招手。等魏啸铭走到近前，起身和魏啸铭比比个头，抬手在弟弟的脖子上拍了一下，“嗯——到娶媳妇的时候了！”

魏啸铭嘿嘿笑了两声，“娥娥好玩得很呢！”

“哎——你媳妇咋样？说说！”魏啸才捅了一下弟弟。

魏啸铭往旁边躲了一下，吭哧吭哧，“就……就是个人样子嘛！”

“嗤——还差得不行！”

“哥，家里能有今天，都得谢你！”

魏啸才扭头看了弟弟一眼。他看不清弟弟的表情，隐隐约约地只看到弟弟轮廓不清的脸。半晌，轻叹一声，“说这些个闲话干啥呢？”说着拍拍弟弟的肩膀，“睡觉吧！”也不等弟弟答话，就径自走了。

一开春，魏家的新宅子破土动工了，房基就选在魏家老宅子的南面。新宅子依着汪家宅子的格局，稍稍改动了一下，也是四檩四噙口，青砖门楼，红漆大门。大门面南，堂屋之外还有东西两个跨院，有一个后门通向老宅子。东边紧挨着路边是一溜儿门面房，是魏家的门店。

新宅子动工之前，魏宗寿请了陆道士来踏勘了房基方位。踏勘房基的整个过程繁复庞杂。魏宗寿宰杀了一只大羯羊，放了鞭炮，拜了土地及四方神仙。陆道士根据魏家老小的生辰八字、四方地形地貌，定了房基的方位开间。

可是，新宅子开工的第二天就挖出了太岁。黄昏的时候，似被血浸染一般的太阳缓慢地向西天滑去。开挖北边地基坑槽的一个汉子，挖出了一个拳头大小的东西。初时疑是块石头，汉子用脚拨了一下，软绵绵地好像还在蠕动。汉子盯住地上看了看，又拨弄了一下，惊呼一声：“太……太岁！”惊乍乍地跳出坑槽，跪趴在坑槽边沿上磕头作揖。其他人都惊慌地聚拢来，工地上立时弥漫起一股不祥的气息。有人飞奔去叫来了魏宗寿。魏宗寿一听挖出了太岁，脸色煞白，额头上霎时渗出一层细密的汗珠，惊慌失措地跟着人跑到工地，不及细看，就吩咐人赶快备香案。

夜色渐浓的工地上，众人在一片香烛表纸燃烧的火光中齐齐跪倒，叩拜作揖，祈求太岁饶恕他们的叨扰之罪。他们历数了自己无意叨扰的种种理由，又拿来一块红布铺在坑槽中，将太岁放置在红布上，才郁郁散去。

魏家一家在惊恐不安中度过一夜。天刚蒙蒙亮的时候，魏宗寿起身去请陆道士。魏啸才也早早爬起身，来到工地上，面对着坑槽中皱巴巴的太岁发愣。不知啥时候，魏啸铭也悄悄地立在魏啸才的身后。“哥，我咋看它都是一块肉疙瘩嘛！”魏啸才惊回首，看了弟弟一眼。半晌，拿起铁锨轻轻地拨弄一下太岁，又拨弄一下。脚下一滑，铁锨铲在太岁身上，太岁半边身子被铲出一道深深的血槽。

“哥——”魏啸铭惊惧地喊了一声。

魏啸才也一下惊愣住了。他跳到坑槽里，蹲在太岁旁边，用铁锨拨弄着。他看到溢着血污的伤口边露出的是雪白油腻的肉。魏啸才感到一阵恶心，一股恼恨涌上来。他猛地站起来，挥起铁锨，将太岁铲为两段，还觉得不解气，又连续铲了几下。弯下腰，提起红布的四角，撇下呆愣的魏啸铭，向水渠边走去，把包着太岁的红布包扔进水渠，看着水渠里滚动的红布包，一股嫣红随水流散。魏啸才心里一动，跳进水渠，捞起红布包。他要看看太岁究竟是咋样的一疙瘩肉，让人如此敬畏又恐惧。他在水渠边仔细地淘洗了太岁的碎块，看着这些碎块，心里涌起一阵冲动。“你不就是一疙瘩肉吗！日你妈，我把你吃到肚子里，看你还能成啥精怪。”他直起身，冲着还呆愣在地基坑槽边的魏啸铭喊道：“铭娃，去拿个锅来！”他看魏啸铭没听懂，又说了一遍：“锅！煮饭的锅！”

当魏啸才用树枝挑起一块太岁肉送到嘴边的时候，犹豫了，扭头看一眼身边正紧张地瞪着他的魏啸铭。把太岁肉放在眼前看了又看，嘴张了几张也没把太岁肉放进嘴里。

魏啸铭蹲下身，嘴角禁不住地抽搐几下，“哥，倒掉算了，怪砢碜人的。”

魏啸才咬咬牙，“该死的娃娃球朝天！”张嘴吃下太岁肉。

魏啸铭转身折了一根树枝，在手里捋了两下，“哥，我陪你。”

魏啸才拨开弟弟伸过来的树枝，“说啥呢？倒霉我一个就够了！”

等到魏宗寿带着陆道士慌慌失失赶到工地的时候，魏啸才已经把小半锅太岁连肉带汤喝干吃尽，坐在坑槽边的石头上，眯着眼，沉静地抽着莫合烟。淡蓝色的莫合烟雾，在魏啸才的头顶上萦绕着，随晨风慢慢飘散。

陆道士围着魏啸才转了两圈，仰头望着天，半抬着手臂，拇指在其余的四个指头上，点着，掐算着。半晌，很突兀地问道："才娃属狗吧？"紧张惶恐的魏宗寿赶忙应道："是是是，是属狗！"陆道士又掐算了半晌，哄然大笑，"好好，好好好！魏掌柜，放心盖你的房子吧！"

魏宗寿以为自己听差了，又追问了陆道士一句："咋？这就……就好了？"

"我说了，放心盖你的房子吧！"

魏宗寿还是不相信，"这就好了？"

陆道士慨然长叹一声，"魏掌柜，自古就是软的怕硬的，硬的怕不要命的啊！"

魏家的新宅子历时两月，到豌豆开花结荚的时候完工了。新宅子青砖包皮，青砖院墙，屋子里大块青砖铺地。整个宅院气势奢华富丽。新宅子竣工那天，魏宗寿设了香案，拜祭了四方神仙、土地山神和列祖列宗。宅子奢华富丽的气势和拜祭场面的肃穆庄重，消解了一家人对在太岁头上动土所带来的阴影和惶恐。

搬进新宅子那天，魏宗寿请了几桌客人，放了鞭炮。噼里啪啦的鞭炮足足响了半个时辰。放完鞭炮，魏宗寿把早就请人做好的三鑫和新招牌挂了起来。新招牌黑底金字，庄重气派。客人在赞叹制作师傅手艺的同时，感叹主人的运势和精明。也有人在私下里窃窃议论魏家的中兴，人们依稀记起那年的黑风。魏啸才在那次黑风里走失又复现，这件曾惊动了整个镇子的事件，重新被人们从记忆深处挖出来，可咋也看不出有啥怪异之处。不过这些都不重要，在人们眼里，这家人又发达了，重新走上了顺风顺水的坦途。以往那些小灾小难的麻缠事，不过是这家人生活中的小插曲，都已成为茶余饭后感叹的话题。人们再次想起魏家的大儿媳汪秀英。这个先前让人望而却步的女人，在走进魏家后真的给魏家带来了运势。这只能再次说明，先前的几个男人命薄福浅，无力承载起这个貌美而又有旺夫运势的女人。

魏宗寿搬进新宅子不久，又开了个酿醋坊。酿醋坊就开在魏家老宅子里。魏宗寿用水磨坊里收的麸皮做原料，请了头畦村的酿醋师傅曹茂城当把式。

在这之前，魏宗寿还去找过几次汪雨量。每次都是那些话，想赎回他抵押给汪家的房子。初始，汪雨量还眨着眼睛瞪他一阵子，后来，只要一看见魏宗寿走进屋门，就哈哈笑道："亲家，你就不了[1]说啥了，你想干啥就干啥吧！"

魏宗寿也报以舒畅的大笑，"亲家，欠你的就是欠你的嘛！"然后，背起

① 不了：方言，意为不要。

手，踱着方步，四处瞅瞅。“亲家，走啦！”在汪雨量锥子一样的目光里，优哉游哉地哼着眉户腔离开汪家。

民国十三年夏天，一个两家人几经盘算的黄道吉日，魏啸铭结婚了。

因为两家离得远，婚礼少了很多过场，但不失热烈。魏宗寿遍请了小镇的男女老幼，在自家新宅子阔大的庭院里摆下了十几桌丰盛的流水席面，还请了奇台常家班来唱了两天大戏，招待道贺的客人。

常家班头天就进了魏家。在魏家院子南面空地上搭起戏台。戏子轮番登台，不间歇地连唱了两天。常家班的老班主常须生亲自登台献艺。常老班主已经很少登台，这次是魏宗寿和张占元几次三番才请出来的。老班主擅长饰演靠把须生，唱腔慷慨激昂、苍劲朴实，工架稳健大方、干净利落。人还没有亮相，一声高亢的尖板唱腔已经让台下老幼伸长了脖子。“四哥失落番邦外——”唱腔还没落尽，人已从“出将门”里迈着夸张的戏步奔出来。“步行来到帐门外——”台下老幼早就按捺不住，齐声叫好。

那天，木垒河镇的人们可着性子听戏，饿了走进院子坐下再吃。魏家的流水席面一直开到月朗星稀的时候才歇。

晚上，客人们一个个打着酒嗝、摇摇晃晃地渐渐散去，连一帮闹房的小伙子也打着哈欠走了之后。魏陆氏走进新房，替新人扫炕。魏陆氏替儿子儿媳铺好被子，微喘着站在炕边，看看一脸喜气的魏啸铭，忍不住地走上前，伸手掸掸魏啸铭的肩头，上下打量了一番，又一脸慈爱地对坐在炕上的麦秀道：“早点睡吧！”然后转身走出屋子，轻轻地带上屋门。走到窗下，她还是忍不住地停下，耳朵凑近窗户听了听。片刻，微笑着摇摇头，把一把笤帚放在窗下，心满意足地回屋去了。

魏宗寿看女人走到近前，嬉笑着凑近女人的脸，“咋样？”

魏陆氏斜睨了男人一眼，心里一漾，“啥？”

魏宗寿朝外扬了扬下巴。

“你自个儿看去嘛！”魏陆氏瞋目瞭了丈夫一眼。

魏宗寿暧昧地笑笑。

魏陆氏嗤了一声，“还笑，一个老公公家的……”

魏宗寿躺下身，伸个懒腰，长舒口气。听着女人窸窸窣窣脱了衣裳，躺在自己身边，魏宗寿闻到一股女人的气息漫过来。他吧嗒吧嗒嘴，嘿嘿地干笑两声。女人听到丈夫的笑声，往跟前凑了凑，“笑啥呢？”声音带着绵软。这绵软撩拨着魏宗寿，一伸手把女人揽进怀里。可这天晚上，魏宗寿怎么都没能再抖擞起以往的神勇，鼓弄了半天，那东西依然像个蔫茄子，到后来，魏宗寿终于不耐烦，粗粗地叹口气，悻悻地、沮丧地歪过一边，“算球了！睡吧！”

自这以后，魏宗寿突然像变了个人似的。只要一有机会，他就会把女人裹在身下。每次都把自己折腾得一身大汗，气喘吁吁。魏宗寿突然觉得自己老了。想到自己老了，心里就涌起了无以言表的落寞。这落寞也让他更加变着法地折腾起自己的婆姨。

在魏陆氏的眼里，自己的男人变了，变得暴躁了。她不明白男人这是咋了，所以每到男人把她裹入身下的时候，她也是变着法地抚弄男人，希望男人在自己的身上能得到满足，希望自己能消解了男人身上的燥气。可男人真的是不可抗拒地变老了，再也抖不起当年的神勇和激情。

魏啸铭望着母亲走出屋子，突然心跳面红起来。他怔怔地望着麦秀。橘黄色的灯光下，麦秀容颜姣好妩媚。魏啸铭走上前拉过麦秀的手，麦秀嘟着嘴娇嗔地想把手抽回去，魏啸铭没有放，就势一拉，把麦秀揽在怀里。

麦秀一改往日大大咧咧的脾性，像只乖巧的兔子，静静伏在男人怀里，听着男人剧烈的心跳。她感到男人在轻轻地颤抖着，呼吸渐渐地急促起来。

屋子忽然一暗，二人一惊。一只飞蛾扑落在一支长明烛上。飞蛾扑棱着翅膀，长明烛上的火苗闪烁几下，灭了。二人愣怔地对视良久，麦秀推了铭娃一把，娇嗔地扭过身去。魏啸铭默然起身，重新点燃长明烛，掂起扫炕笤帚，巡视屋子半晌，才重新坐在麦秀身旁。

第二天早晨，麦秀早早起来，坐在炕上，静静地看着酣睡中的魏啸铭。魏啸铭不时地拌一下嘴，嘴角挂着的口水，已经把枕头洇湿了一大片。麦秀忍不住地想用指头逗弄一下酣睡的男人。手伸出去了，又停在中途，她咬着嘴唇，眼神游弋。直到冬梅进来给她送洗脸水时，她才叫醒魏啸铭，“起来吧！还要给大和妈端茶去呢！”

冬梅放下洗脸水，笑嘻嘻地看着麦秀，“二嫂，洗脸吧！二嫂你真漂亮！”

麦秀笑笑，拿出一块布给冬梅。

冬梅伸手接过布，在身上比画了一下，“嘻嘻，好看！真的好看呢！”走到门口又回过头，“二嫂，你真的好看呢！”然后掉头跑了，连门也没关。

魏啸铭望着跑开的冬梅，摇摇头笑道：“疯丫头！”

麦秀梳洗完，在镜子前照照，伸手扶正脑后挽起的鬏，转个身，又照了一下，才跟在魏啸铭身后走出屋子。

魏宗寿正坐在桌子边喝茶，看到他们进来，满脸笑意地嗯了一声。

麦秀从一迈进屋子就两手绞着，一脸好奇地四处张望。

汪秀英也跟在他们身后进来，看到站在屋里的魏啸铭和麦秀，文静地一笑，“起来啦！”

“大嫂！”麦秀甜甜地叫了一声。

汪秀英笑笑，“是给大端早茶的吧！”说着，走到桌子边，拿起两只新茶碗，沏了两碗新茶，又突然想起什么，跑出去。一会儿拽了婆婆进来，把魏陆氏安坐在桌子边，才冲麦秀笑笑，“来吧！”

麦秀欢快地应一声，接过汪秀英递过的茶碗，“大，你喝茶！”

魏宗寿接了茶碗，喝一口，“嗯！”

麦秀又端了茶碗给魏陆氏。魏陆氏喝了茶笑呵呵地道：“乖娃，行了，吃饭去吧！”

从公公的屋子出来，汪秀英看着麦秀和魏啸铭嬉笑着钻进自己的屋子。她站在院子里，眯起眼望着远处的双疙瘩山，想起数年前的这样一个早晨，一个新婚的小媳妇迷茫又无助的样子。汪秀英轻轻地叹口气，抿一下嘴，回屋去了。

清凉的朝阳下，双疙瘩山绿意盎然，清新秀丽，更加激起人们的无限遐想。

十一　跑马

正午时分，四周一片寂静，一切都酣然入梦。镇子泡在初夏醇酒一般的光线中，连远远传来的驴叫声都透着蔫蔫的慵懒。

二柱子睡眼惺忪地提着裤子，从茅厕出来，走过魏啸铭屋子的窗下时，停住了。屋子里急促黏腻的喘息声使他不由得放慢脚步，心里猛然涌过一种从未体验过的痒痒的感觉，神经也在一瞬间凝聚在耳朵上。屋子里的喘息声时大时小，夹杂着女人娇喘的呢喃。“铭娃……铭……娃我要死了！”二柱子凝神静听了一会儿，禁不住将眼睛凑到窗纸的一条裂缝上。映入眼里的是一个晃动着的白花花的尻子和纠缠在一起同样白花花的腿。二柱子一下转过头，心里掠过一个模糊的念头，血液在瞬间都涌上头顶，脸颊顿时火臊臊热辣辣的，眼睛看东西也模糊不清了。他眯着眼睛迎着耀眼的太阳，白花花的一片，低下头使劲揉一下，眼前依然是白花花的一片，啥也看不清楚。心像小兽，一下下地冲击着他的胸壁，似乎马上就要闯出来一般。他艰难地咽了口唾沫。模糊的念头在他的脑子里横冲直撞，他似乎看到春天野地里、街巷里相互追逐的狗，看到叫驴吼叫着趴上草驴的后背。他感到裆里硬撅撅地支棱起来。二柱子使劲地甩一下头，似乎对刚才看到的事情不敢相信。扭头四下看看，又慢慢地向前凑，将近那条缝隙时又缩回来，快快地走开，走了两步，又退回来，再一次将眼睛凑近那条窗纸上的缝隙。

不知过了多久，二柱子听到了一声咳嗽。他吃惊地扭过头，看见冬梅正冷脸看着他。他神情忙乱地摇着手，张嘴想说什么，看看近前的窗子，转身快步溜走。

一连几天，二柱子都不敢正视冬梅的眼睛，看到冬梅过来就远远地躲开。即使无意间迎面撞上了，也慌张忙乱地低头躲开去。终于有一天，二柱子躲不开了，他被冬梅堵住了。

一大早，二柱子就牵马出门，他想放放马，再顺便割些青草回来。

春种之后到夏收之间，田间地头少了人喊马嘶牛叫驴吼，少了人们亢奋焦虑的表情，少了人来人往的繁忙景象，间或有人提着镰刀，到梁坡下、田间地头割草。

二柱子到双疙瘩山下的一片缓坡前，用马缰绳绊住马腿，任由它在梁坡沟洼间啃食青草。今年雨水充裕，地头田埂青草茂密。二柱子挥舞镰刀，不一会儿就割好了一堆青草，拿绳子捆好，就势靠在草捆子上歇息。

梁坡上东一坨西一块散布着小片的豌豆地。倾斜的豌豆地泛着一片白花，透着淡淡的飘逸，空气中能嗅到花粉的清香。几只不知名的鸟雀在豆田上空低低地飞翔，发出一阵婉转动听的鸟鸣。沟洼里荆棘丛生，长满了灯笼草、马莲花、蒲公英、狗尾巴之类的野草野花。一群蜜蜂在姹紫嫣红的野花丛中寻寻觅觅，飞来飞去。温润的气象使二柱子有一种酥软的感觉。他惬意地靠在草捆子上，嘴里叼着一根草茎，咂摸着草茎里散出的甜丝丝的味道，眯起眼，望着沟洼里一蹦一蹦啃草的马，渐渐地，心里就涌起一股冲动。他慢慢地爬起来，四下里张望一番，张着双臂，在梁坡上撒着欢地奔了几个来回，一连翻了几个跟头，又站在一块大石头上，望着梁坡下的镇子。突然觉得嗓子痒痒地想大喊，“哦——”可喊了一半又猛地停住，抬头望望刺目的太阳，褪下裤子，冲着梁坡下的镇子，狠狠地撒了一泡尿水。

快吃午饭的时候，二柱子才回来。把马拴在棚圈里，给马饮了水，添了草料，一转身，看到冬梅在棚圈门口笑嘻嘻地盯着他。二柱子脸上闪过一丝尴尬，又马上装作若无其事地冲冬梅嘿嘿一笑。回过身，摸东摸西地磨叽起来，竖起耳朵听着身后的动静，间或偷瞟一眼门口的冬梅。

冬梅斜靠在棚圈门口，一只脚抬起朝后蹬在门框上，一条油黑发亮的大辫子搭在胸前，辫梢在手指间缠来绕去。胸部的薄衫下顶起两个蘑菇似的小包，随着呼吸一起一伏，若隐若现。红润的脸沐在夏日的阳光里，映出一层美奂的光晕。嘴角微微翘起，透着调皮和任性。眼睛不时地瞟一眼二柱子，一副耗下去的表情。

二柱子觉得实在是搪不过去了，只好硬着头皮，装着若无其事地蹭过来。

冬梅看他过来，慢悠悠地站直了身体，挡在门口。二柱子向左她向左，二柱子向右她向右，如此几次，二柱子就嬉皮笑脸地向外闯。冬梅猛推一把，二柱子一个趔趄，脚下一绊，一屁股跌坐在地上。冬梅望着跌坐在地的二柱子，忍不住扑哧一声笑起来。她捂着肚子，笑得花枝乱颤。笑声银铃般地回旋着，惊得在棚圈门口刨食的鸡们警惕地抬起头，叽叽咕咕地东张西望。冬梅笑够了，才嗔着眼，狠巴巴地道："为啥躲我？"

二柱子脸红了一下，扭过头去，"我没躲！"

"那你看见我跑啥呢吗？"

"……"

"那天你趴在二哥的窗户上看啥呢？慌失啥呢？"

二柱子吭哧了半天也没有说出啥来，看冬梅正眨着眼，在等他说，心里一动，一脸神秘地招招手，"你过来，我给你悄悄说。"等冬梅走到跟前，又招手要冬梅蹲下。冬梅听话地蹲在二柱子跟前，把头凑近二柱子，半张着嘴，眼巴巴地盯着二柱子。二柱子猛一把推开冬梅，爬起身，跑开了，边跑边嬉笑道："我看的是西洋景！"

冬梅站起身，一边拍打着身上的尘土草屑，一边狠巴巴地瞪着眼："你等着！"

二柱子站着，又引逗冬梅，"那你来呀！你来了我就给你说。"

冬梅作势要追，在原地跺着脚，看二柱子慌失地跑了，又捂着肚子，笑得弯下腰去。

又一个阴雨绵绵的夏日午夜，二柱子从梦中惊醒了，从一阵无以言表的惊悸中惊醒了。他睁大眼睛，四处一片寂静。他似乎觉得什么地方不对劲，伸手摸摸自己，下体黏黏糊糊的东西沾了他一手。他有点茫然地把手举到自己的眼前。什么也看不到，有一种令他舒畅的腥臊味钻入他的鼻腔。他不知道自己这是怎么了，突然有一种惶恐而又茫然无措的感觉。他坐起身，在空寂的小土炕上来来回回地扭动着身体。没有什么不舒服的地方。他不甘心，又站起来，在小土炕上迈着大步，走了两个来回，又试着跳了一下，才疑疑惑惑地重新躺下，瞪大眼睛，望着漆黑一片的屋顶。屋外的雨下得很紧凑，沙沙地响成一片。二柱子脑子里电光石火般闪过一个场景。这场景模糊又清晰，在他的脑海里晃来晃去，似乎是急剧扭动的两个白花花的肉体，还有急促黏腻的喘息。二柱子舔了舔干涩的嘴唇，轻轻舒口气，不大一会儿，通体舒泰地沉入另一个梦境中去了。

终于有一天，二柱子知道自己这是"跑马"了。以前他也听到过这个词，可那时他把这个词，意会成另外一种与此毫不相干的意思了。他想起那些半大小子说这事时的神秘与自豪。现在，自己也终于可以自豪地面对他们了。想到这些，二柱子挺了挺胸脯，晃着肩膀走了两步，上下打量自己一番，转着身子扫视一眼四周的动静，很得意地咧开嘴笑了。

十二　唱戏的苗子

蔡县佐又一次把镇子里各商铺的大小掌柜们召集起来。蔡县佐首先说了自己准备告老引退的消息。说自己管理地方这些年，承蒙大家鼎力相助，才得地方百姓安宁，他很是感激。说着抱拳向众人行了个罗圈揖，随后，话锋一转，说他也感到很惭愧。蔡县佐环视众人一眼，续道："惭愧是因为这些年没能给地方留下啥念想。"

汪雨量从板凳上抬起屁股，伸长脖子四下张望，看见魏宗寿正低头坐在角落里，又慢慢落座，嘴角微微翘起，一副似笑非笑的样子。他清清嗓子，"老蔡也不能这么说嘛，你一上来不就修了西城门吗？这就是个念想嗄。虽说这城门塌了，可不能怪你。"他看一眼众人，"你们说是不是嗄？"

众人先是一愣，随即一片哄笑，有人在找魏宗寿。看魏宗寿低头坐在角落里，就大声道："就是就是！这不能怪你蔡县佐嘛。"

魏宗寿感到了这笑声中的调侃，连眉头都没有皱一下，慢悠悠地从一片嘈杂声中站起来，朗声道："蔡县佐，你就瞅直了说，你想干啥吧？"

蔡县佐哈哈一笑，"看看，看看，还是人家魏掌柜明事理，你们就知道个咋呼。"蔡县佐挥挥手，要大家静下来，"我想修个学校，办个劝学所。"说完，眨着眼等着众人反应。

"老蔡你个屃人就不能消停些。前些个时候你要重修西城门，现在又要修个啥鸡巴劝学所。你不就想从我们口袋里搜刮些钱吗？"

魏宗寿轻咳一声，大声响应："话不能这么说！蔡县佐的这个主意好！真好！这是个功在千秋的好事！这学校该修，该修！”

众人都默不作声，互相观望着，有些人干脆低下头，装瞌睡。

汪雨量把水烟壶放在旁边的桌子上，抬手抹了一把脸，缓缓地扫了众人一眼，“以我看哪，这学校修不修的不打紧，还是修个——”他故意顿了一下，看众人都在望他，等他说下去，重重地咳了一声，才慢悠悠地续道，“还是修个会馆，修个戏楼吧！”

众人先是互相看着，不知道该反对谁该赞成谁，一时面面相觑。有人小声地嘀咕着，嘀咕声渐渐变大，变得嘈杂起来。

“这学校还是该修，要不娃娃们想上个学识个字奔个前程啥的都难心！”

“镇子上不是有几家私塾呢吗？满共就那几个尿娃，还修个球学校！修上学校看呢吗？”

“球，修啥还都不是想让我们出钱。老蔡，你能不能消停些？”

“私塾是私学，现在都兴洋学了，修个学校兴许能给娃们修出个前程呢。还是修个学校的好！会馆那是闲来无事耍着玩的地方，晚些日子修也没啥。”

……

汪雨量撩起眼皮，环视一眼。重新拿起桌子上的水烟壶，从烟荷包里捏出一撮烟丝，用拇指和食指捻搓成一个小团，塞进烟嘴里。鼓起嘴对着纸媒噗地一吹，点燃水烟，咕噜噜地吸进一口，少顷，烟雾才从鼻孔徐徐喷出。

蔡县佐嘴角挂着一丝笑意，看看汪雨量，看看魏宗寿。“你们两亲家，一个想修学校，一个想修会馆，我啥都想修，这钱从哪达来？”他朝众人一挥手，“你们说，这钱从哪达来？”

众人一时又没了声音。魏宗寿四下望望，“我亲家说得对的呢，这会馆戏楼也该修！我们这些撇下祖宗到这毛荒地的人，死了也是孤魂野鬼。修个会馆，也好拜拜祖宗、叙叙乡情啥的。再说，这尿地方，冬天没事，闲得人都数屌毛玩呢！修个会馆戏楼，闲时吼个乱弹、耍个社火啥的也好。钱嘛，大家伙一起想办法，就先摊后捐吧！”

“咋个先摊后捐？”有人问道。

“就是先摊派，看一家出多少。不够了再捐。”魏宗寿解释了一句。

“捐？”蔡县佐问了一声，随后呵呵一笑，“魏掌柜，你捐多少？”

魏宗寿愣怔了一下，“我——不管摊派多少，捐省票一百两。”他扬起手掌，伸出一根手指晃了一下。

“好！我也一百两！”汪雨量不假思索地紧跟着道。

……

那天，蔡县佐是哼着小曲子回家的。整个事情的过程和结果都在他的预料之中。魏汪两个瞎尿都是死要面子活受罪的货。虽然魏宗寿坚决拒绝了领工做把头的差事，可有了钱，我还怕找不到人干活吗？狗日的，两个瞎尿还能逃出老爷我的手掌心。蔡县佐不禁得意地咧嘴笑出声来。

孙柏灵摆下了一字长蛇、二龙出水、三教斗法、四门围困、五虎群羊、横扫六合、七星北斗、八卦阵！

庞涓贼阵阵认不全。

……

蔡县佐背着手，一路哼哼叽叽，鸭子似的一冲一冲地回到家。一进门就嚷嚷着婆姨温酒弄两个菜，他得好好喝两盅。

接下来的事情虽不是顺风顺水，却也没有多大波澜。钱虽紧了些，但蔡县佐安排全县家家户户都出义工，弥补了不少。到次年农历五月，学校和会馆相继竣工。

同乡会馆坐落在城南，离县佐衙门不远的前清时一个废弃兵营里。会馆富丽堂皇，坐北面南，四周围墙青砖砌边，白灰勾缝。双扇桦木黑漆大门，庄重肃穆。大门两旁的青砖门柱上，嵌一副对联：

迈出阳关　便是千古流放地

踏进此门　即有同根同源情

行草字体，雄健遒劲。是蔡县佐的手笔。

走进大门，两套四合院。前院略浅，后院深阔。前院北边四间砖木平房，中间开门。穿过此门就是后院。后院大青方砖铺地，天棚盖顶，雨雪无欺。过天棚进正殿，东边戏楼，西边五间厢房，为议事歇息之用。正殿迎面是关帝坐像，左周仓，手持青龙偃月刀；右关平，捧将印。关帝着绿巾绿袍，红脸黑须，一手托长髯，一手持《春秋》。正殿两侧壁绘有桃园三结义、三英战吕布、过五关斩六将壁画。

会馆落成，公推汪雨量为会馆主持。

汪雨量望着自己力主修建的会馆，现在，自己又来主持会馆，一时间千种万种感慨齐集心头。

庆典定在农历的五月十三。据说五月十三日是关公出征日，这天都要下磨刀雨。但今年没下雨，反而骄阳似火。祭祀仪式由汪雨量主持，简单中不失庄重肃穆。仪式过后吃手抓肉。蔡县佐、汪雨量、魏宗寿及镇子里一些绅士遗老围坐在八仙桌前，一大盆手抓肉摆上桌子，盆中一个大羊头。

蔡县佐抓起刀子，朝汪雨量扬了扬，“汪掌柜，你来！”

汪雨量抱抱拳，“你就不要客气了，你是我们的父母官嘛，你就来吧！”

蔡县佐呵呵一笑，抓过羊头，削下一块羊脸，左右望望，“这块肉，我得先敬秀才爸，以后小学校建成了还要仰仗秀才爸呢！”

“哪里，哪里，折杀老朽了！”老秀才慌忙摆手，“蔡县佐先请！”

蔡县佐哈哈笑道：“秀才爸的私塾解决了镇子里娃娃们识字的大事情！”蔡县佐望了在座各位一眼，“再说，这羊脸上的第一块肉敬给老人也是哈萨克人的礼仪，我们这也算入乡随俗吧，您老就不要客气了！”

老秀才诚恐诚惶地接了肉，朝在座的各位虚让一让，“那老朽就却之不恭了。”

蔡县佐削一块自己吃了，又一刀削下羊耳朵，左右望望，“这次修会馆，汪掌柜、魏掌柜，你们两亲家出了大力，我也得谢……”

汪雨量呵呵几声，“老蔡，你个屃人该不是想让我们两亲家吃这羊耳朵吧？”

“这达就数你们两个岁数小，你们不吃，谁吃？快吃，吃了就是乖娃！”

“你个狗屃，真让我吃，我可不上你的当，打住，这块肉我不吃！”汪雨量嘴角抽了抽，别过头去。

众人嬉笑着起哄。

魏宗寿左右看看，哈哈一笑，“嗯——嗯，呵呵，要说岁数，这达我最小，我来当这个听话的娃儿，这个羊耳朵我吃。”伸手接过蔡县佐手里的羊耳朵，放进嘴里大嚼，“你们让我亲家吃羊耳朵，是恶心他呢，他的脸比我们的大！”

蔡县佐一手点着汪雨量，“看看，人家老魏多明事理，不像你个倔死鬼。”他又为每人削了一块肉后，众人纷纷各自动手。

这天，凡是到会馆的人，每人都分到一块手抓肉。这种活动有点不伦不类，既不像祭祀关帝爷的庙会，也不算纯粹的会馆聚会。

为庆贺会馆落成，还自孚远请来王大净的自乐班，连唱了三天大戏。

戏班子到镇子里，最兴奋的还是魏啸铭。他几次找到自乐班主王大净，希望能登台扮个角色，过一把戏瘾。王班主上下打量他一番，婉言拒绝。魏啸铭也不强求，依然为自乐班跑前忙后地奔了两天，终于在第三天，自乐班要走时得了个登台的机会。这之前，王班主让魏啸铭先唱一段试试。魏啸铭喜不自胜，在后台清唱了一段《斩单童》。王班主听后，一拍魏啸铭的肩膀，“是个唱戏的苗子！今儿个就给你个机会，过一把戏瘾。你就演吕布吧！”

魏啸铭一听要他扮演吕布，心里又犯怵了，“我就想演个小角色，跑个龙套啥的，这吕布，我演行吗？”

“没问题，我说你行你就行。”王班主一挥手，吩咐手下帮魏啸铭装扮停当。

轮到魏啸铭上场了，王班主亲自为他撩开出将门帘，拍拍魏啸铭的肩膀，“不要怯！”

魏啸铭迈出出将门，眼前一片黑压压的人群，耳朵里一下涌进一片嘈杂的声响。急促的锣鼓点把心都快敲出来了。顿时，魏啸铭的汗涌了出来。不知是谁在后面推了他一把，他步履踉跄地奔到台上，稀里糊涂地走了一圈，在台上一亮相，嘴却怎么也张不开。台下一个尖亮的女声喊道：“铭娃，唱啊，唱，你唱！”魏啸铭知道这是麦秀，牙一咬，心一横，一句唱词冲喉而出：

某家今日设琼浆，只为和解免争强。

这一句吼出来，心里倒一下坦然了。

随后竣工的学校瘦嶙嶙地支棱在离会馆不远的一个斜坡上，一连六间单开间。房子三面是干打垒的土墙，看起来古拙厚重。正面墙土坯垒就，木质门窗。远看，简陋得像是牲口棚圈或是谁家的伙房杂役房，唯有窗户上白扎扎的窗纸和挂在西头屋檐下的一个破犁铧才让人泛起一丝丝联想。

学校总共三十几个学生娃，开了哈语、汉语两个班。这还是蔡县佐请了镇子上几位有德望的老人家出面，挨门串户，答应来上学的娃娃不收任何费用，才勉强动员来的。就这还有好几家死活不答应，他们都愿意送娃娃去上私塾，就是不相信学校里能学到比私塾里更有用的学问。蔡县佐亲自上门都不行。他们振振有词地对蔡县佐说，学校里教的是西学，咱是中国人，老祖宗留下的东西还学不过来呢，就更不用去学那些个花里胡哨的洋玩意儿了。乡下的更困难，蔡县佐给那些个乡约、渠长发了狠话，下面才稀稀拉拉地送来十多个娃儿。当然，也有自愿的，却不多。这让蔡县佐很发了些感慨，也是他始料不及的。这些动员来的学生娃大小不一，有些十几岁了，连私塾门朝哪儿开都不知道；有些也就七八岁，在私塾已经三四年了；学校只好混合编班，分别授课。再说，就这几个学生娃也没法分级编班。

蔡县佐亲自出面请原本在家开私塾的老秀才教国语、修身，到迪化请来一位二十来岁的青年曹志仁教算术、体育、百科等。曹志仁学生装束，穿制服，戴学生帽，被镇上的人私下里戏称假老毛子。哈语班就请了城西寺里的沙合巴毛拉授课。

学校一开学，月月闷头不语好几天后，终于涨红着脸，拽着魏宗寿的衣角，蚊子似的哼唧了半晌，魏宗寿才听明白这奶干丫头也想去念书。月月看他大沉吟着不说话，大眼睛忽闪忽闪着，长睫毛上就忽闪出眼泪来。魏宗寿呵呵一笑，抱起小丫头，在她鼻子上点一下，“大也没说不让你去呀，咋就号上了？”月月又搂着他大的脖子，破涕为笑。

仪娃本在老秀才的私塾里受教，现在也转到了学校。这是个让老秀才头痛又无可奈何的娃娃子。

学校开学不久，仪娃就惹了祸。

起因是西街王家炉院的二娃子欺负了月月。

那日放学，月月边走边摆弄前两天冬梅给她做的毽子。二娃子蹑手蹑脚地上来，一把夺了月月手里的毽子，抛向空中，和几个娃娃嬉闹成一团。月月不惊不叫，阴着脸，看着二娃子一伙。仪娃看月月阴着脸瞪着二娃子一伙，又望望不断被抛上空中的毽子，就明白了。他追过去，一脚踢翻了一个正在奔跑的娃娃，骂道：“欺负女娃子，有啥本事？”二娃子过来挡在仪娃的面前，满不在乎地道：“我就欺负她了，你能干啥？”仪娃看看比自己高出半个头的二娃子，笑嘻嘻的，冷不防抢过二娃子手里的毽子，转身就跑。可没跑几步就被二娃子一伙撵上，一场混战就此开始。很快仪娃被摁倒在地，一顿拳脚相加。

月月奔过来拉架，被两个娃娃嬉笑着拦住，不得近身。她一语不发，抿着嘴，微蹙双眉，盯着近身的一个娃儿，猛地探出右手向那娃儿脸上挠去。这动作有点像毒蛇突袭。被挠着的娃儿一声惊叫，捂着脸，愣怔地看着一脸韧劲的月月。月月也趁着拦挡她的娃娃发愣的当口，跑过去，挥拳猛打二娃子的后背。二娃子被打急了，挥手一把扫开月月。

闻声出来的曹志仁大喊着奔过来，二娃子才意犹未尽地放开仪娃，走了两步，看看曹志仁还离得远，又反身回来，狠狠地踢了蜷缩在地的仪娃两脚，这才转身离去。

仪娃翻起身，一声不吭，伸手抹了一把脸上的血渍，望着英雄一般被几个娃娃拥簇着扬长而去的二娃子。咬咬牙，拾起路边一块拳头大的石头，悄无声息地追上二娃子，挥手一石头，砸在二娃子头上。二娃子一声惨叫，抱着头倒在地上。几个娃娃惊呆了，惊慌无措地站在那里。仪娃捡起石头还要再打，被撵上来的曹志仁一把拉住，才不甘心地撇着嘴，仰起一张稚气未脱、血呼啦啦的脸，“狗日的眼睛长到裤裆里了，我们家的人也敢欺负！”

二娃子头上被石头砸开一条寸把长的血口子，血沿着发迹流下来，惊慌地哭喊着，完全没有了刚才的凶霸之气。

曹志仁撇开仪娃，拉起地上的二娃子，往就近的药铺跑，跑了两步回头冲依然满不在乎的仪娃吼道：“到门口站着去，我回来再收拾你！”

那天下午，魏王两家的大人都来了，在小学校门口，吵吵嚷嚷了很久。王掌柜倒没有说啥，他觉得两个碎娃打个架，没啥大不了的。倒是王掌柜的婆姨不依不饶，撒泼耍赖。王掌柜面子上下不去，恼怒地喝住婆姨，不好意思地对魏宗寿道：“你别往心里去，婆姨家没个见识。碎屄娃娃打捶，常有的事。再说也就擦破些皮，娃皮实的呢，过个一半天就长好了。”

二娃子家老几辈子就到了木垒河，在镇子上也算是根深蒂固，况且远远近近的人家，拉拉扯扯地都和他们家沾亲带故。魏宗寿觉得为个娃娃打捶的事，闹得两家不愉快，不值当。打发家里人给王家送去二十个鸡蛋，又在东兴阁摆了一桌酒，请了几个乡党作陪，当着众乡党的面，给二娃子他大赔了礼，道了歉。

这顿酒，二娃子他大原本是不去的，他觉得为这么些鸡毛蒜皮的事情，让魏家破费，让人知道了笑话，会说他讹人。最后，还是蔡县佐让人硬喊了去。

那天，老秀才望着散去的人群，望着被魏宗寿牵着离去的仪娃，对曹志仁摇着头感叹道：“这屄娃儿身上有匪气！”

曹志仁呵呵一笑，“老爷子话里的意思，这娃是爱不得恨不得了！”

“这不是个能饶了爷爷的孙子！”老秀才摇摇头，说起仪娃干的一件让他哭笑不得的事情。

仪娃六岁时，魏宗寿就送他到老秀才的私塾。用老先生的话说，这娃儿既顽劣不堪又聪明伶俐。“这娃尻子上装轱辘的呢，扭过来转过去，这达捣一下，那达戳一下，你看他没有一阵子是消停的！”老秀才说。有一次，仪娃逮了个小爬虫塞在一女娃脖子里，惹得一片吱哇乱叫，老秀才罚他站在门外思过。等老秀才授完了课手持戒尺到门口一看，早不见了仪娃的踪影。正当老秀才心气难平，气得胡子一撅一撅的时候，这小兔崽子提着裤子慌慌失失跑过来，眼睛滴溜溜地盯着老先生。“你不站在这达思过，你跑哪达去了？”老秀才喝问道。

“我拉屎去了。”仪娃两手捂着屁股不放。

“你——你想的咋样了？是要打手板呢还是要背书？”

仪娃很痛快地撅过屁股，“打尻子吧！”

老秀才看着撅着屁股的仪娃，竟一时没了主意。手持戒尺在仪娃的屁股上试了两下，才狠狠地打下去，戒尺还没挨到屁股上，小东西就喊出杀猪般惊乍乍的叫声，贼兮兮的眼神偷偷瞟着老秀才。打了几下，老秀才就觉出异样了。这小兔崽子喊声大，小屁股却不躲不闪。老秀才疑惑地举起戒尺看了一会儿，也看不出啥异样，又趴在小东西的屁股上看。大布裤子上，戒尺打过的地方泛出一层淡淡的泥渍。老秀才拉过仪娃，一把拽下他的裤子，小东西的光屁股上掉下两块厚厚的泥饼子。老秀才气急而笑，就势把仪娃摁在自己的腿上，戒尺重重地落在仪娃的屁股上。才打两下，小东西就哭喊着要背书。老秀才不解气，又打了两下，才放开他，让他背书。

“唉，这屄娃还真能把书背得一字不差。真真让人笑不得恼不得！”老秀才一声感叹。

曹志仁听完，哈哈大笑，眼泪都笑出来了。

十三　看你的鸡巴有多硬

魏宗寿在那个夏日黄昏里，眼望着西天燃烧着的殷红火球，作出一个重大决定。这个决定是他在了解了原有的北山煤窑远不能供应人们对燃煤的需求之后作出的。他要在将军庙开一个煤窑。

远处散落的几个庄子已升起炊烟。梁坡下木垒河城里简陋的街道上不时有人匆匆走过，整个小镇都沐在落日的余晖里。古拙的干打垒城墙就像这座小镇一样呈现出古朴厚重，隐隐传来的狗吠鸡鸣羊叫驴吼，更使人感到一种祥和的宁静。西边的木垒河由南向北逶迤而下，在落日的余晖里波光粼粼。河水分出一个支岔，自西南流入小镇，斜向东北，穿城而过，将小城一分为二。东面是高低起伏波浪一般蔓延东去的峁墚。梁根下，不知历经了多少次多少年洪水冲刷而成的深而宽的浪沟里，顽强不屈地耸立着一个个孤岛似的土丘。土丘线条粗犷，雕塑一般，显出一种精妙的神气和大自然的伟力。还有那些土丘顶上、沟壑里、崖壁上一株株一丛丛不成气候的灌木，点缀出的泛着金光的绿色，更渲染出一缕珍贵的生机。北面一望无际的平川，空阔浩渺，散落的庄子，田畴相间。

相传木垒河原本叫芦花河。至于为什么叫芦花河就不知道了，反正现在看不到一丝可以称之为芦花河的迹象。老人们说，那时候的木垒河才叫河，河宽水急。河岸边，一丛丛、一簇簇灌木，郁郁葱葱。河边的梁坡上，沿山梁走势散布着成片的胡杨林。胡杨繁茂的枝叶中突兀地支棱着枯死的枝干，粗大的树干被雷电击出的树洞，显示着它的古老沧桑。传说，当年唐朝女将樊梨花西征路过这里时，被河水挡住去路，一时找不到过河的船只。樊梨花很着急，接二连三地派人出去打探，希望能找到可以渡河的地方和办法。打探的人顺河上下寻找许久，仍然没有办法。樊梨花更着急了，又派先锋官薛丁山出去寻找。薛丁山顺河而上，走了几十里，来到分水岭，只见河水在这里一分为二，向南北两个方向流去，向南的水流小，向北的芦花河水急浪大。薛丁山回报樊元帅，樊元帅立马带人亲往勘查。她看到分水岭像个鱼脊，这里虽然水位较浅，但流速急，人马仍然无法过河，大家一时都没了主意，决定先到旁边的树林里歇息，埋锅造饭。到了树林，樊梨花一看到处都是被洪水冲倒的大树，双眉微微一皱，随即一拍大腿，兴奋得大喊一声："有办法渡河了！"随行将士好奇地问："元帅想出了什么渡河的妙计，如此兴奋？"女元帅得意地道："古人说，逢山开道，遇水搭桥，我们只顾着急，怎么就没有想到搭桥的事呢？这里到处是树木，不正是搭桥的好材料吗？"众将听后，恍然大悟，齐声赞赏元帅睿智。可是用木头搭桥，水流太急，推到河里的木头很快被大水冲走。这时，一个老兵献计道："元帅何不用一层石头一层木头铺设前行。"樊梨花采用了老兵的计谋，很快一条大坝垒成了。此后，人们就将芦花河叫成了木垒河。

没有人说得清楚，梁坡下的木垒河镇是什么时候建的，它的居民来自哪里？是朝廷流放的钦犯、关内的流民、当地的土著，抑或是他们相互融合的后裔？在这片土地上，世代繁衍生息着的弹冬不拉、敲手鼓、唱京戏、吼秦腔的人们，都是炎黄子孙。

多少年里，每当有什么重要事情难以决断，魏宗寿都要站在东梁的坡顶上，看一看西天的落日。他说，站在这里的时候，心底清亮，有一股气在他心里冲撞，让他想喊。他的好多决定都是这时候在这个梁坡上作出的，可今天的决定让他至死懊悔。

大蛋黄似的太阳缓缓地坠落到西边的梁坡下，挣扎一下，收走了最后一抹霞光，旷野里呈现出一种不见阳光的清亮，暮霭悄然漫溢过来。

魏宗寿背着手缓缓地步下梁坡，打算在晚饭的时候向儿子们说出这个决定。他低着头，慢慢地走着，在心里盘算着、完善着这个让他振奋的决定。他似乎看到了挖出的黑黝黝的煤块，正变成一块块银圆、一条条赤金流进他的钱袋，使他本就丰足的家境更加殷实。

魏宗寿咧嘴笑了，不由得轻轻哼唱起来：

自幼儿，咱生在，陕西地面。
哪料想，天荒旱，整整三年。

为只为，在家中，难以立站。

一心儿，走口外，要去赴边。

……

走进大门，魏宗寿看到魏啸才正和魏啸铭下棋。二柱子迎过来，给老爷子递过一个小马扎。

爷仨的头凑在一起，魏宗寿不时地给两个儿子支着儿。

“大！你就是个两面光，你还是帮一家吧！”魏啸才道。

魏宗寿刚才的大好心情突然像一口气被噎在嗓子里，心里泛起一股毛毛躁躁的感觉。他站起来，愠怒地瞪了魏啸才一眼，一甩手回屋去了。

那天晚饭的时候，魏宗寿对两个儿子说出了自己的决定。

“铭娃，你觉得入冬时来不来得及出煤？”魏宗寿沉吟道。

魏啸铭没有马上回答，他挑了一块苞米散饭放在嘴里，慢慢地吃着。“悬！”半晌，魏啸铭慢吞吞地撂出一句。

魏啸才把碗里最后一点饭扒拉进嘴里，放下碗筷，手背在嘴上来回蹭了两下，“有啥来不及的？找人去挖不就行了？”

魏啸铭看他哥一眼，又闷下头，“你说得轻巧。得先找个把式去看看，要不挖半天，啥也挖不出来，咋办？还有，挖了煤咋运回来，这都得想好再开始。”

魏啸才撇撇嘴，起身，一拍魏啸铭的肩头，“哟哟哟，才娶了媳妇，就活成人啦！那就你们说得不轻巧的人慢慢说吧，我睡觉去了。”

晚饭后，魏啸铭回到自己屋子里，麦秀正在灯下做鞋，看他进来就下炕去为他打洗脚水。魏啸铭告诉麦秀，他大想在将军庙开煤窑的计划。麦秀噘嘴道：“是不是又让你去？”

魏啸铭搂过麦秀，倒在炕上，“你看你，不是还没定下来呢吗？到时再说吧！”

一个月后，张占元在迪化替魏家找了一位开煤窑的把式，同时托人向政府申请窑证。

窑把式姓张，五十来岁，说话做事都显干练。到木垒河的第二天，就催促魏啸铭尽快收拾收拾起程去了将军庙。

将军庙地处将军戈壁。夏季，这里温高暑酷。烈日下，岚气萦绕，远远近近的梭梭、红柳及一些不知名的荆棘幻化出一株株大树和森林；还有热浪蒸腾出的河湖水汽，呈现出一派海市蜃楼的胜境。相传唐朝一位将军西征，途经这片戈壁滩时，缺水断粮，士兵焦渴难忍。将军被这热浪蒸腾的河湖水汽蒙蔽，结果陷入了更加艰难的境地，最后全军覆没。将军庙就是为了纪念唐朝这位战功卓著的将军而修建的，这片戈壁滩也因此被称为将军戈壁。其实将军庙早已不存在，早已被风沙和盐碱销蚀，空留下一个地名。

魏啸铭和窑把式花了十多天时间，探勘选点，没费多大周折就选定了一个开挖点。

然而，窑证迟迟办不下来。原本，政府为了增加税收，是鼓励开矿的，办证的手续也不麻烦，只要你申请，就能办。可这事落在奇台县政府管开矿的焦叔平焦科长手里，就成了难事。这正应了那句老话：阎王好见，小鬼难求。

张占元、魏宗寿轮番出击，请客送礼，焦叔平滴水不沾、油盐不进。焦科长很客气，每次都热情接待他们，绝没有一丝官僚习气，说到正事也是满口答应，可魏家的窑证始终拿不到手。眼看着日子流水般过去，魏家望眼欲穿的窑证却是遥遥无期。无奈，张占元左右托人，终于探得一点口风，说焦科长想入股煤窑。

其实，焦叔平所谓的入股不是要出钱。他说，窑证由他来办，魏家出钱，煤窑他占二成股份，并且说了很多之所以占二成股份的理由。魏宗寿左右思量，只得点头答应。不答应也没办法，拿不到窑证，再有啥想法也是白搭。

窑证直到秋末才下来。魏啸铭一拿到窑证，就带着窑把式和二三十个庄户人家的汉子去将军庙开挖煤窑。

在决定谁带人去开挖煤窑时，魏宗寿和魏啸才有过一次争执。魏宗寿认为，铭娃心细，处事周到，再说，让魏啸铭出去历练一下是好事。在这一点上，魏宗寿和张占元的想法是一致的。魏啸才觉得魏啸铭性子太软，服不住人，又刚结婚不久，还是让他去比较合适。最后，窑把式开了口，他说他也觉得魏啸铭去合适。

这是命运给魏啸铭开了一次残酷的玩笑。

焦叔平委派他的姐夫衡隶范做账房先生，另有一个本家兄弟焦二虎做领工的工头。

开挖煤窑的过程并不顺利。他们先前探好的点，本想揭开上面的土层就可以见到煤层了，结果挖了很久，挖出的煤块跟石头似的。点燃后，半天都烧不开一锅水。魏啸铭和窑把式商量半天，只好放弃，在离此大约一公里的地方重新开挖。

临近年关的时候，魏家的煤窑终于开始出煤。黑金一般的煤块，透着黑黝黝的光泽，膨胀了人们对于金钱的欲望和对美好生活的向往。至于运输，魏汪两家及开车马店的崔家，几经磋商后联合组成了一支不小的驼队，另外还购置了几辆马车，将开挖出的大煤运到木垒河和临近的县里出售。还有不少赶着毛驴车、牛车、马车以及牵着骆驼自己到煤窑上运煤的散户。魏家煤窑呈现出一片热火朝天的繁荣景象。

年节过后的一场大雪，洋洋洒洒地下了两天一夜。雪刚停，魏啸才就和一个伙计带着钱回家。他是头两天魏啸铭带话喊来拿钱的。煤窑生意一直火爆，每日都要进不少银钱，放在窑上不安全。结果，魏啸才一来就被大雪阻了归程。

魏啸铭送他哥到路边，目送魏啸才和伙计打马绝尘而去，长长地舒了口气。

雪后初晴的天空，一扫阴霾。金灿灿的太阳映照着茫茫雪地，折射出刺目的光。工地上人喊马嘶一派繁忙。天际边扬起一股雪尘，隐隐传来急促奔腾的马蹄声。众人都驻足观望。雪尘渐进，马蹄声渐渐清晰。急促奔腾的马蹄敲击着大地，就像敲击在人心上一般，使人心里涌起一股不祥。魏啸铭也钻出小土屋，站在门口观望。二三十骑人马霎时奔进煤场，几声尖啸的枪声划破空气，带出一串哨音。人马散开将小土屋团团围住。一个戴狐狸皮帽子的人骑着黑马，在魏啸铭面前勒住缰绳，上下打量了魏啸铭一番。转过身，一挥手里的马鞭，“你们都乖乖地蹲下不要动，我只找你们掌柜的商量些事！”

黑马四蹄不安地在地上踩动着，低头挣缰，前蹄不停地刨着地面，粗大的鼻孔喷出气雾。人们惊恐地望着戴狐狸皮帽的人，一声不吭地就地蹲下。有两个人跳下马，奔到魏啸铭身边，回头望一眼骑在马上的人。看到马上人一点头，立时一左一右夹住魏啸铭。

魏啸铭挣扎了一下。旁边一个满脸横肉的人举起匕首一晃，嘿嘿笑道：“掌柜的，不要动，撞到刀上可就不好玩了！”魏啸铭心刷地凉了下来，牙齿咯咯地抖个不停。他觉得自己的头发齐刷刷地竖起来，心里像缺血般立即一片慌乱惊悸。震惊之余，一种说不出来的情绪让他不知怎么控制脸上的表情。

那个骑在马上的人跳下马，走过来，朝魏啸铭一挥手，“掌柜的，屋里说，咋样？”说完，径自走进小土屋坐下。两个人架着魏啸铭跟进屋子，在那人面前站定。戴狐狸皮帽的人扬起马鞭，抽了一下自己的马靴。他看魏啸铭惊惧地向后退了一下，笑嘻嘻地道：“掌柜的，我们也不缠三磨四了！我的这些个兄弟要吃饭，家里的婆姨娃娃要养活，想跟你借些个钱花！”

“钱……钱都带回去了，今儿早上才走！你……你要是不信你问问别人。”

戴狐狸皮帽的人阴阴地笑了一声，一挥手，两个架着魏啸铭的人三下两下把他的衣服剥了，往屋子中间的柱子前一推，几下把他绑在柱子上。魏啸铭哆嗦着拖着哭腔，“哥……老哥，老哥……钱真的带走了。我不骗你，真的！你问问别人，你问问……”

戴狐狸皮帽的人笑笑，“我只要钱，你现在喊爷也没用。”

“说吧！不要受罪了！钱放到哪达了？”那个满脸横肉的人摆弄着手里明晃晃的匕首，一副猫戏老鼠的样子，“你不会要钱不要命吧？”

“钱真的是今儿上午让伙计带走了！”魏啸铭惊恐地嗫嚅道。

“他妈的，这么巧。”

“我没哄你们，真的。”魏啸铭左右看看，似乎是想找一个人来证明他的话。

“看来不打你，你是不说了！”

于是，土匪的马鞭在魏啸铭身前胸后游动，留下一道道往外渗血的渍痕。最初，魏啸铭痛得刺骨，伴着一声声的惨叫，感到身上的皮肉在一寸寸地裂开。渐渐地，疼痛消失了，后来竟生出些快意。他似乎感到麦秀的手在轻轻地抚他，似乎又看到了麦秀充满激情、黑而明亮的眼睛，还有麦秀浮满红晕美如桃花的脸。于是，当皮鞭如蛇般缠绕着魏啸铭时，他便感到是麦秀的身体在他的怀里扭动，两臂柔若无骨地缠绕着他。魏啸铭感到裤裆里热热地，一股温湿的液体顺腿流下。他轻轻地充满快意地呻吟了一声，头沉沉地垂下去。

“嘿嘿，这家伙尿了。”

“他妈的，还不说，我来看看这家伙的鸡巴有多硬！”

魏啸铭的裤子被剥了下来。那东西蔫蔫地缩在两腿间，正在一滴滴地往外滴着尿水。

“这么个蔫鸡巴留着干啥，割了算了！”

土匪举着刀在魏啸铭的眼前晃了晃，“说吧！要不鸡巴就没了！”

魏啸铭有气无力喃喃地重复着：“别杀我！我真的没哄你们！”他极力想睁开眼睛，血和汗水从额头流下来渗进嘴里，又从嘴里流出来一滴滴流落到地上。耳朵里充满嘈杂的声响，他什么都听不清楚，只迷迷糊糊地看到一个人在眼前舞弄着匕首，嘴一张一合地嚅动着。好像过了很久，一道寒光在眼前闪过，他只觉得胯下一麻，随后是令人惊悸的绝望，伴随着撕扯般的疼痛掠过肚腹，瞬时涌遍全身。一声声嘶力竭的号叫，犹如濒死的野兽，透着令人毛骨悚然的凄楚和绝望。

魏啸铭像被抽去了筋骨一般，委顿下去。

魏啸铭被人送回家，已经是第二天下午。随后赶到的肖先生看着脸色蜡黄的魏啸铭，不及把脉，先翻看了一番魏啸铭裆里的半截残根，深深地吸一口气，抬头看看紧盯着自己的众人，正准备离开，又不甘心似的再一次看看肿胀的血呼啦啦的半截残根。肖先生紧抿着嘴离开魏啸铭的屋子，走进魏宗寿的堂屋，重重地坐在八仙桌旁，一脸凝重，对人们的询问一概冷眼以对。这不像肖先生往常的性子，更让人们对魏啸铭的安危，捏一把汗。半晌，肖先生站起身，对站在身边的魏宗寿道："等着，我回去拿些个东西。"说完也不等答话，背着手，匆匆离开魏家。不大一会儿，拿着一包黑乎乎的药膏和几包草药回来。把草药递给魏宗寿，"去熬吧！"自己走到魏啸铭的屋子，很仔细地替魏啸铭清洗过，涂上药膏。

魏啸铭昏昏沉沉地睡到六天后才苏醒。又经过个把月的休养，魏啸铭勉强下地。

麦秀对魏啸铭的服侍不敢有丝毫懈怠，等魏啸铭可以下地的时候，麦秀瘦了一圈，眼窝陷下去，显现出更加浓密柔绒的睫毛。

十四　惩贪

魏啸铭真正意识到自己人生角色的转变，是在他裆里的半截残根上的结痂终于脱落之后。

那天晚饭后，魏啸铭和往常一样，斜靠在被子上，望着油灯下只穿着一件粗格布大裤衩的女人撅着肥硕的尻子，跪爬着扫炕铺被子。他微微闭上眼睛，深深地吸一口令人迷醉的土炕气味。心里渐渐泛起一种潮腻。他拍了一下女人肥硕的尻子，趁着女人扭头看他的当口，捉住麦秀的手，握着，轻轻地摩挲着。在一片柔和的煤油灯光下，麦秀两眼迷醉，声音里透着黏腻，“咋啦？”魏啸铭微笑着眨动双眼，嘴角上漾起浓浓的笑意。麦秀在男人的脑门上一指，一脸娇嗔，“等不及了？”魏啸铭拽过麦秀，在她的脑门上亲了一下，重重点一下头。看着麦秀也是一脸急切，几下把自己的衣裳剥脱了，钻进被子。麦秀也扯脱了衣裳，贴着魏啸铭光溜溜的身子躺下来。魏啸铭浑身立即被一团棉花般柔软又温热的东西紧紧裹住，一种熟悉的久违的感觉迅即涌遍全身。麦秀潮润的呼吸扑向他的面颊，绵软肉感的手，小心地犹犹豫豫地探入他的神秘禁区。一刹那，魏啸铭的血液像惊马般奔腾嘶鸣。他的下体在膨胀，在一下下地冲击着，犹如一只将要破壳而出的雏鸟。每一下冲击，都有一种轻微撕扯的疼痛，随着疼痛加剧，他正像潮水般涌动的激情也一点点地慢慢退去。魏啸铭扭动了一下身体，伸手拨开麦秀轻轻逗弄他的手。他弓着身子，试探着轻轻触碰一下裆里的半截残根。疼痛越来越明显地冲击着他，他不禁出了一身冷汗。感到异样的麦秀轻推了男人一把，黏腻地哼唧一声，半晌没等到魏啸铭的回应，惊慌地一下翻身坐起。她看着一手捂着自己的下体，一身汗水弓身侧卧在炕上的魏啸铭，怜惜地惊问道：“铭娃，铭娃你咋了？啊，你咋了？”她拨开魏啸铭捂着下体的手，身体前倾，又马上回身端起煤油灯。麦秀惊愕地半张着嘴，瞪着魏啸铭胯下鲜嫩粉红的皮肉上鼓起的一截比拇指还短的小肉橛，正像一只被剥了皮的老鼠，匍匐在他的裆里，一下下地蠕动着。魏啸铭只扫了一眼就惊恐地夹紧双腿。他的心渐渐从模糊中清醒，一股巨大的沮丧和绝望潮水般汹涌而至，淹没了自己。他望着自己汗水淋淋的裸身、丑陋的比拇指还短的小肉橛、麦秀潮红的脸颊和色欲荡漾的双眼，感到自己像被人当众扒光了衣裤一样难堪尴尬。

麦秀依然端着灯，呆愣地望着赤裸的魏啸铭，她不知道自己该怎么面对眼前的一切。

魏啸铭看麦秀依然愣怔地望着自己，看着麦秀逐渐冰冷的激情和迷茫的眼神，心里忽然涌上一股羞愧、卑怯和无法遏制的恼怒。他一脚踹在麦秀的腿上，“日你妈你还望啥呢吗？”话刚出口，自己先惊住了。

麦秀的眼里涌起一股无辜的惊慌。她放下油灯，扑在魏啸铭身上，放声号啕，“铭娃——铭娃呀——，我们可咋办呢呀？”魏啸铭也反手抱住麦秀，扯出驴一样的吼声。

随后，魏啸铭的求医经历，遍及方圆几百里的地方以及迪化城里的大小医家，连老毛子开的几家医院也留下了他的足迹。伴随他的除了他哥魏啸才，就是逐渐膨胀的失望，最后，魏啸铭满怀绝望而归。

从迪化归来，魏啸铭平和安详的眼睛渐渐涌上一股暴烈逼人的凶狠，原本柔和充满幸福的脸越来越瘦，越来越生出一种令人望而生畏的威严和暴戾，越来越像一座山压在麦秀心里。

一连几天连绵不断的阴雨，让魏啸铭更加烦躁，犹如困兽一般，在屋子里焦躁不安地踱来踱去，不时扒在门口张望。远处的双疙瘩山像蒙了一层轻纱，若隐若现。院子里，被雨淋得湿漉漉的鸡们缩着脖子，昏昏沉沉地独立在墙角下。魏啸铭退回炕边，踢脱了鞋，翻身上炕，拉过被子蒙在头上。屋子里的空气和外面的天气一样，抑郁沉闷，像是要爆炸。

麦秀忧虑地望着男人，挪动了一下坐得僵硬的屁子，轻叹一声。她心里同样憋着一股火气，同样郁愤。在她忧虑的眼神里，流露得更多的，是怜悯、爱惜、心痛、无奈无助和一种说不清道不明的愤怒。她从男人躲闪的目光里，看到了愈来愈浓的卑怯和凶狠。她不知道该怎么抚慰自己的男人，怎么安抚男人日渐暴戾的情绪。

静卧在炕上的魏啸铭受到惊吓一般，猛然掀掉蒙在头上的被子，翻身坐起，茫然地望一眼坐在窗下纳鞋底的麦秀，侧耳听听外面的雨声，下炕蹬上鞋子走到门口。两手撑住门框，探头望望外面，返回身在屋子里转了几圈，发狠似的冲出屋子。

麦秀冲着走出屋子的魏啸铭喊了一声，没有听到回应，又赤脚冲到门口。“你多穿件衣裳！”眼睁睁看着魏啸铭头也不回地走出院门，麦秀气急败坏地反身一脚，踢翻了旁边的一个小矮凳，爬上炕，扯过被子盖在腿上。拿过纳了一半的鞋底，才缝几针就扎着手指。手指放在嘴里吸吮，嘴里漫过一股血腥气，眼里禁不住流出泪来。一股恶气涌上来，挥手将针线箩甩出去，针头线脑撒了一炕。反身扑在炕上，扯着嗓子，吼出母狼般的号哭。哭够了，又懒懒地爬起身，把撒在炕上的针头线脑捡回来，斜靠在炕头上，继续纳鞋底。麻绳扯过鞋底时，刺啦刺啦的声音合着窗外淅淅沥沥的雨声，更透出令人心虚的憋闷。

田野里雨声一片。风雨中饱含着成熟的麦子散发出来的母乳一样令人贪婪的气息。庄稼和人都在这烦闷的季节里，等待着成熟和收获的时刻。魏啸铭漫无目的地在野地里游荡。间或抬手抹一把脸上的雨水，机械地深一脚浅一脚地迈动双腿。他颓然嘘叹着，脚下一滑一下子跪倒在稀软的泥浆中。冰凉的泥水立即渗透衣裤传到皮肤，像一下陷入沼泽且慢慢下沉的那种令人心悸的绝望从心里渗出。大地神秘地蠕动着，雨天里那种让人迷醉的泥土气味浓烈地灌进他的胸腔，让他像梦魇般发出呜呜的低鸣。他感到脑子里一片嘈杂，四周巨大的沉郁正从这嘈杂中，缓慢又执着地升起，像洪水一样淹没了他。“天道不公！天道不公啊！狗日的天爷！你不公啊！”

魏啸铭一身泥浆，浑身透湿，孤独地立在土坡上。镇子已渐渐看不清轮廓。雨依然下得不紧不慢。远处，麦秀和他大魏宗寿焦急忧虑的呼唤以及魏啸才驴一样的吼叫，从不同的两个方向传来。他神色恍惚地迈下土坡，越过在路边等候他的麦秀和父亲。他甩脱上来惶恐地拽着他衣袖的女人，在泥泞湿滑的土路上摇摇晃晃地一路走去。周围的一切都如影子一般悄然掠过，轻飘飘地向他的身后滑去。他就像在梦中一样。他不知道以后的日子会怎么样，他也无法想象以后的日子。他的心像被捅了个洞，一阵冷风从深不见底的空洞中吹进去，让他感觉到一种不由自主的筋疲力尽。

那天，魏啸铭回到家就躺在炕上迷迷糊糊地睡去了。他觉得身体在渐渐变轻，变得透明，轻飘飘地飘忽在云端里，下面是烈焰在烤炙；转瞬间，一阵劲风又将他吹入万丈深渊，冰冷彻骨。他似乎听到有人在叫他，似乎是麦秀，好像有很多面孔在他的眼前晃动。过去的、现在的、还有不知道什么时候的事情，像走马灯一样在他的脑子里更替。终于听到一声高亢的驴吼。魏啸铭搅拌了一下干涩的口舌，艰难地扭动一下脖子。阳光洒在白净的窗纸上，映出一片暖洋洋的金色。麦秀一脸惊喜，忙乱地扑过来，“你醒啦？你饿不饿，啊？我给你端吃的去。你可醒了，吓死人了！”

魏啸铭又慢慢闭上眼睛。他恍惚觉得自己是大病了一场。这场大病让他身心俱疲，就像死过一次。死去活来之后，有些东西突然就变了。是自己变了，还是世界变了，他也搞不清楚。

十数天后，魏啸铭收拾东西上了将军庙煤窑。临出门时，他出人意料地冷静地对麦秀说：“你回去吧，回你妈家去吧！再找个好人家，嫁了吧！”

麦秀疑是听差了，愣怔地盯着魏啸铭。半晌，扑在魏啸铭身上，“铭娃，铭娃，我不走，我守着你！”

魏啸铭嘴角抽搐了一下，伸手摸摸麦秀的脸，转身走了。

魏啸铭走的那个晚上，麦秀在焦虑和不安中迷迷糊糊地睡去。她做了个梦，梦到了她和魏啸铭的缠绵。她隐约觉得魏啸铭在轻轻地抚弄她，亲她。她不由得轻哼了一声，隐隐有一种快慰涌遍全身。她扭动着，呻吟着，一惊，醒了。被子早已蹬踢到了一边。手放在两腿间，被紧紧地夹着，被体液和汗水浸染得湿漉漉的。猛烈跳动的心在一下下地撞击着她。像小鹿一样撞着的感觉，像魏啸铭在轻轻地拱她的胸。麦秀呆愣片刻，伸手抚弄了一下鼓胀的奶子，想找回刚才的感觉。冰冷的夜透过白蒙蒙的窗纸流溢在清冷的土炕上。她不禁打了个冷战。奔突的激情渐渐冷却，随之而来的是无法抵挡的委屈和悲凉。

魏啸铭常驻窑上，即便回来，也是背对着她。在这样的夜里，她可以听到魏啸铭辗转反侧、焦躁不安的声响；她可以听到魏啸铭压抑的叹息。她曾试图靠近魏啸铭，可当她的手刚一碰触到魏啸铭紧绷的肌肉时，就会被魏啸铭粗暴地甩开。她终于忍耐不住了，当魏啸铭再一次甩开她的手的时候，她扑在魏啸铭的身上，又撕又咬，撒泼耍疯。这一次，魏啸铭却异常地冷静，他等麦秀撕咬吼骂累了，才擦擦脸上的抓痕，下炕穿鞋，走出门去，将麦秀的哀求和号啕抛在身后。

在以后那些漫无边际、死一般寂静的长夜里，麦秀一个人躺在炕上，望着白蒙蒙的窗纸发呆。在日复一日的煎熬中，强忍着丰腴的身体里漫溢着的焦渴和欲望。她时刻处在恍惚之中，过去那些幸福快乐的时光恍如隔日，在脑海里闪现，使她愈来愈感到凄惶和不满，哀叹命运对她的不公和捉弄。

麦收过后，麦秀回了一次娘家。走进家门，不及放下手里的东西，便抱着她妈放声大哭。她妈从哭声里洞悉了她的一切，无言慰藉，唯有轻轻拍着她的背，陪着一起流泪。

魏啸铭回到窑上遇到的第一件事就是账房先生衡隶范贪污。他发现衡隶范贪污很偶然。

那天，魏啸铭一直斜躺在炕上，到半晌午才慵懒地翻起身，揉揉眼睛，默坐很久，蹭下炕，走出屋子。自从回到窑上，就一直这么散漫地过着，对什么都提不起心气，看着窑工们一趟趟从窑里背煤出来，犹如看着蚂蚁在洞穴里进进出出，透着漠然。站在阳光下，魏啸铭眯起眼，望望湛蓝的天空和阳光下忙忙碌碌的人们，长长地伸个懒腰，然后，背起手，漫无目的地迈动着脚步。

煤场上，窑工挖出的煤堆得像小山，因为还没到大煤销售旺季，拉煤驮煤的人不多，寥寥的几个人等着过秤交钱。一个老主顾牵着驮煤的骆驼，边走边晃动着手里出门的煤票，给魏啸铭打招呼："掌柜的，吃过啦？"魏啸铭应付地点点头，正要转身离开，忽然心里一动。他想看看老主顾手里的煤票，这个想法说不出一个具体的理由，他就是想看看。他撵上老主顾，"老哥，把你的煤票给我看看？"

"咋？有啥不对？"

"没啥没啥！我就看看。"魏啸铭接过老主顾递上的煤票，翻看一下，还给老主顾。看老主顾还在疑惑地盯着他，又笑笑，"没啥，就是看看。老哥你走好！"

这张煤票除了没有他的签章之外，看不出有什么不妥。魏啸铭盯着老主顾交了煤票出了煤场，在叮咚叮咚的驼铃声中，渐行渐远。他望一眼守在煤场门口的赵干头。赵干头一条腿跷起踩着板凳，下巴抵着膝盖，懒洋洋地坐在暖阳下的长条凳上。

这天晚饭，魏啸铭迈进衡隶范的账房，随手翻了翻堆在衡隶范桌上的煤票，没有见到上午老主顾拿的那张煤票。他斜着眼睛看了一眼闷头算账的衡隶范，思谋着这事是一次意外还是由来已久的贪污，思谋着这事应该谁是主谋，这事和衡隶范有没有关联。

魏啸铭之所以想到衡隶范，是因为早在煤窑开始生产不久，他就察觉了衡隶范不规矩。那时，衡隶范只是偶尔贪没些小钱，魏啸铭不想一开始合作就闹出不愉快，借着一次察看账目的机会，敲打了衡隶范一次。那次，魏啸铭话说得轻描淡写，但话里透着洞察一切的机锋。从那以后，魏啸铭没再发现衡隶范有什么不轨，也就没再想这件事。

魏啸铭回到自己的屋子，闷头想了一会儿。缺失的煤票犹如在他的神经里注入了一剂兴奋剂，使他慵懒的神经骤然兴奋起来。他咬咬牙，心里暗恨道："狗日的，日哄到老子的头上了。"他叫来赵干头，告诉他明天不用上工了，跟他去北沙窝打牲。赵干头一听有的玩，高兴得尖着嗓子吼叫了一声，转身去准备。魏啸铭也跟在赵干头身后，走出屋子，找到张黑子，嘱咐他，明天带上铁锨，跟他去趟北沙窝。张黑子疑惑不解，"打牲去呢，带上铁锨弄啥呢？"魏啸铭盯他一眼，"让你带你就带！"

翌日早饭后，魏啸铭带着赵干头、张黑子，三人三骑直奔北沙窝。一个多时辰后，三人在北沙窝的一处洼地里停住。魏啸铭四处张望一番，吩咐赵干头道："就这达吧，挖个坑！"

赵干头、张黑子疑惑地互相看了一眼，先后道："挖……挖坑？干啥？"

魏啸铭望着远处，咬着牙冷冷道："埋人！"

"埋……埋人，埋……谁呢？"

魏啸铭打量二人一眼，抽一下嘴角，"到时候就知道了。你们一个挖坑，一个去拾些柴火，我去转转看能打个啥来吃。"说完，也不等二人答话，径自打马离去。

等魏啸铭提着几只野兔、沙鸡回到洼地的时候，坑已经挖了一大半。魏啸铭也不和赵张二人搭话，默不作声地架了火，支起架子，烤野兔、烤沙鸡。烤好了，起身走到坑边，绕着坑沿转一圈，看看还在挖土的赵干头，"差不多了，行了！"赵干头长舒口气，正要爬出坑，魏啸铭摆摆手，止住赵干头，"不要急嗄，干头，这坑就是给你准备的。我指给你两条路，你个人选。"

初始，赵干头以为魏啸铭在开玩笑，盯着魏啸铭冰冷的脸，只一瞬，脸就白了，"掌掌……掌柜的，你说笑的呢，啥两条路嗄？"

魏啸铭蹲下身，盯着仰头望着自己的赵干头。半晌，慢悠悠地道："要么我埋了你，要么你告诉我，你做没做啥对不起我的亏心事！说了我们还是弟兄，一达喝酒吃肉。"

"没没……没有，掌柜的，我啥也没干，真的，我啥……啥也没干！我咋能……咋能……"赵干头急道。

魏啸铭没接赵干头的话茬儿，扭头对张黑子道："这达的事弄完了，我们住一黑夜，明儿个早上你先回去，让窑上的人都停工，到戈壁滩上找赵干头！就说赵干头昨个黑夜跑丢了。"

赵干头的声音变了，拖着哭腔：“掌……掌柜的，爷，爷，我没做亏心事，要不你说嗄，我做啥了？”

“那些个假煤票——”

赵干头一下跌坐在坑里，闷头坐了一瞬，就明白魏啸铭要问啥了，“这是衡隶范个狗日的，让我干的！”

魏啸铭扭头让张黑子在褡裢里掏出纸笔，吩咐张黑子：“你看着烤东西！”又用笔点着坑里的赵干头，“儿子娃娃，做人担当些，不要啥都推给别人！”

开始，赵干头说得还有些躲躲闪闪，到后来，就啥都说了，杂七杂八、鸡零狗碎的事，都一股脑儿地倒了出来。魏啸铭拣主要的记下来，让赵干头按了手印，才拉他出来。

魏啸铭招呼二人又吃又喝，像啥事也没发生，对刚才的事再也没提一句。等他们回到窑上的时候，已是后半夜。

魏啸铭和衡隶范的交锋是在第二天晚饭后。他看衡隶范做完了当天的账目，推开账本，准备起身时，伸手把衡隶范又拉回到凳子上。然后，拿起账本，很仔细地翻看了一番。“衡先生的账目真是越做越好了，这账是做给我一个人看的吧？哎呀，也真难为你了，为我一个人，还让你这么劳心伤神，我真是过意不去，得好好谢你！”

衡隶范有些犯愣，他不明白魏啸铭为什么要对他说这番话，但他可以感到这话里暗藏机锋，“掌柜的有啥话就直说吧！”

“那我就说啦？”

衡隶范咬着牙，点点头。

“我想让你下窑背煤！”

“掌……掌柜的开玩笑呢吧？”

魏啸铭嘴角挂着一丝讥讽，冷冷地把赵干头的口供摊开放在衡隶范的面前，还用手把纸捋了捋，铺得平平整整。

衡隶范只看了一眼，就跳了起来：“他害我的呢！他这是嘴里喷……”

魏啸铭摆手止住衡隶范的话头，“衡先生，两条路。一是下窑背煤，我还给你那么多工钱；二是叫上你妻弟焦科长，一达上县府。”

“他害……”衡隶范还想挣扎，看魏啸铭一脸笑意地盯着自己，就蔫了。

“这还差不多，你不是常说自己是儿子娃娃吗？那就下窑去，做些儿子娃娃做的事！”

衡隶范下窑背煤，焦二虎看在亲戚的分儿上，对他倒是照顾不少。魏啸铭也知道焦二虎对衡隶范的格外关照，但他没有点破，睁一只眼闭一只眼由着他们。一个多月后，衡隶范被抬回家。他是在一次下窑背煤时跌倒，被煤块砸断了腿。至于衡隶范怎么砸断腿的，有人说是魏啸铭使了阴招，有人说是衡隶范自己不小心，但魏啸铭都一笑了之，从不争辩。那就只有衡隶范和魏啸铭自己知道了，反正两人谁都没有再提起此事。

十五　我是你弟媳妇

那天晚上，当魏啸铭从奇台回来的路上遭遇土匪的时候，他哥魏啸才正坐在他的炕头上，吃着弟媳妇麦秀做的手抓肉。一大盘肥腻腻的羊肉和面片被他几下就吞没了，然后他开始慢慢地嘬指头，全然没有了刚才吃肉时狼吞虎咽的样子，嘬得精细又专注。

“哥，我的眼睛咋老是跳得不行？”麦秀边铺被子边不安地说。

“心病！”

“就是！右眼死命地跳呢！左眼跳财，右眼跳灾呢！不会有啥事吧？”

“屁！啥事没有，把心宽宽地放着。”

麦秀便不再说。

魏啸才嘬完了指头，把啃过的骨头拾起来放进盘子，下炕去洗手。再进来时看麦秀跪着爬在炕上，头蒙在被子里，尻子撅在外面。魏啸才伸手拍了拍麦秀的尻子，笑嘻嘻地说：“快起来吧！啥事没有，操球啥心呢？”看麦秀没动，拉开被子，把脸凑过去。

“胡子这么长，都快把人扎死了。”麦秀娇嗔道，伸手推开魏啸才。

魏啸才顺势拉住麦秀的手，把她搂在怀里。麦秀就泪眼婆娑地笑了。

炕桌上的煤油灯结了个灯花，跳了一下，轻爆一声。墙上的影子也随着灯光摇晃起来。

“哥，我的眼睛就是老跳。心里也惶惶的。”

“不要神神道道的了，有我呢，你还怕啥？”魏啸才的手伸进麦秀怀里，用力握住麦秀的奶子。他的胸间就潮起一阵强大的热流。这个女人身上那种奇异的气味，总是浓郁得令他血脉贲张，温热的奶子使他粗硬的手指融化了，他被强烈的欲望煽动着、鼓励着。

这是一块荒芜的、久旱的土地，渴望被耕作播种、渴望雨露。在麦秀惊喜的、快乐的呻吟和呢喃声中，魏啸才轻轻地俯下身去，尖锐的犁尖深深地插进土地。犁铧插进地里翻起的层层土浪，使麦秀叫得更加欢畅也更加急促。积聚已久的一种情绪忽然找到了释放的机会，急剧地在胸中膨胀为一种如痴如醉的快慰。迷狂的魏啸才渐渐急促的气息掠过麦秀的耳际，痒痒地刺着麦秀的脖颈。麦秀扭动了一下脖子，娇如凝脂的面颊蹭着魏啸才坚硬的胡楂儿。魏啸才闭着眼睛，嘴唇滑过麦秀的脸，有一种湿漉漉的感觉。他知道这是麦秀的眼泪，他咬了一下牙，心里掠过一丝不快。

魏啸才第一次发现麦秀流泪的时候就问过她，可麦秀神情黯淡地咬着嘴唇，眨动着长长的睫毛盯住他，最后叹息着别过头去。他以为这是女人快乐欣喜时惯有的表现。正在他准备抚慰一下女人时，麦秀却一把推开他，要他快走。态度坚决地让他怀疑刚才发生过的事情是否真实。他犹疑着刚刚跨出屋子，关上屋门，身后就响起了麦秀野狼一样的号哭。

魏啸才上到弟媳妇麦秀炕上的机缘，很偶然。

那天他和赵四成喝完酒摇摇晃晃地回来，二柱子给他开了院门后，本要搀他回屋去的。他推开二柱子，笑嘻嘻地道："你娃就不骚情了吧，睡去吧！这些个酒能把我撂翻嘛！"他催逼着二柱子回屋后，自己站在院子中间却不知道该往哪里走了。

他听到一声响动，可当他去寻找这个响动的时候，四周又是一片寂静。魏啸才不甘心地向前探了两步，隐隐约约地看到暗影里有一个身影，他以为是汪秀英，嘟哝着骂了一句："日你妈，装神弄鬼地你吓唬我呢！"

暗影里的人看到魏啸才走过来，匆忙背转身向屋门走去。魏啸才喊了一声，暗影里的人没有搭腔。他紧走几步，撵上，伸手抓住前面人影的肩膀，猛一拽，那人一个趔趄倒在他怀里。魏啸才又嘟哝着骂了一句，欲推开倒在他怀里的人。一股异香蹿入他的鼻腔，还有头发撩着他，他打了一个很响的喷嚏。

麦秀倒在魏啸才怀里的瞬间，一股浓烈的男人气息和烧酒气味让她一阵心悸、酥软、血冲脑门。这种感觉使她感到迷乱和惶恐，她的恼怒完全是出于本能，她一把推开魏啸才，"你……你干啥呢？"

魏啸才向后趔趄着带着麦秀一同倒在地上。他看着倒伏在他身上的麦秀，只呆愣了片刻，就一把搂过麦秀，一张大嘴叠印在麦秀的嘴上。麦秀“呜呜”了两声，挣扎一下，不再动了。

半晌，麦秀挣起身，看着依然躺在地上的魏啸才，猛抬手，掴了魏啸才一耳光，“我……我是你兄弟媳妇！”语调里透着幽怨，透着恼怒。

魏啸才愣怔一下，爬起身，抱起麦秀，一脚踹开屋门，把麦秀放在炕上。

魏啸才的眼睛直勾勾地盯着煤油灯下的女人。女人因紧张和激动轻轻地颤抖着，闪动着的眸子里，奔涌着如岩浆般炙热的渴望。涌动在魏啸才心里的欲望，突然变成一种类似复仇的感觉，这种感觉让他生出一种莫名的兴奋，也让他在以后的时日里，在和麦秀的一次次疯狂中，领略到一种酣畅淋漓的快慰和激情。而麦秀则总是在最欢快的时候突然流出眼泪。她总是泪流满面地紧紧搂着魏啸才，狠狠地咬他的肩膀。

麦秀的眼泪虽然让魏啸才膨胀的快慰有一点受挫，但麦秀疯狂的扭动和欢叫很快重新鼓舞起魏啸才的激情和斗志。在昏黄的煤油灯下，两个肉体扭动得愈加激烈、愈加疯狂，直到二人精疲力竭。

这时候，魏啸铭正蹴在三个庄子附近的一个土沟里。

魏啸铭急着赶回家的理由再简单不过。在奇台天兴行办完事的转瞬间，他想起了麦秀。想起麦秀，他的脸不由得抽搐了一下。于是，他不顾老丈人张占元和一帮朋友同人的盛情挽留，骑上他的大黑骡子，在人们担忧的眼神里走出奇台东关，绝尘而去。午后的太阳像定在空中一般，铆足了劲，烤着大地。树叶恹恹地垂着，纹丝不动，使人嗅不到一丝风的气息。轮廓看不分明的太阳，像撒面粉一样在细尘扑飞的空间投下一片匀白，看得久了，这绝静的空间就如同处在午夜时分，而那个燥热的太阳也如同圆月一样，让魏啸铭感到不祥。

大黑骡子跑动时，晃动的鞍鞯不时碰击着魏啸铭的阴部，每一次碰击留在那里的残根，都会使魏啸铭的心里感到一阵痉挛般的抽搐。他似乎看到了在昏黄的油灯下、在那个土炕上，两具急剧扭动着、扑飞着的肉体。他似乎听到了麦秀欢畅的呻吟。魏啸铭紧咬着牙，痉挛的咬肌使他的面目扭曲了，终于压抑地哼了一声。他无法遏制自己的想象。虽然，魏啸铭在理智上默认了麦秀和他哥魏啸才的这种行为，但这是一个男人的耻辱，没有哪个男人可以面对这个耻辱。他无法忍受一个自己深爱的女人躺在别的男人的怀里，哪怕这个男人是自己的亲哥哥。

魏啸铭到三个庄子时已是傍晚。大黑骡子时紧时慢地跑着，魏啸铭便在颠簸的骡背上陷入沉闷抑郁的烦躁中，有一种被追杀的惊恐感觉。

这时候，他遭遇了土匪。

夕阳在落下去的最后一刻突然燃烧起来，整个天地都被浸泡在如血的夕晖中。

说是土匪，其实就是十几二十个纠合在一起的彪悍游民以及一些杂七杂八的泼皮无赖。他们没有固定驻地，四处游荡，时散时聚。碰到能抢的，一哄而上，抢了就走。官军来了，又逃得不见踪迹。这时候，他们正赶着一群羊迎着太阳走来。初始，魏啸铭以为是暮归的羊群，及至看到羊群里还有几个被绳子连成一串的人，就明白这是遇到土匪了。魏啸铭本想拐下路基避开，可大黑骡子越过路旁的水渠时，猛地一颠，鞍鞒又一次撞到了他裆里的半截残根，他猛吸一口凉气，一股邪火蹿出来。他咬咬牙，自怀里掏出匣枪，抬手就是几枪。他看到一个土匪一头从马上栽下来，在地上惨叫着翻滚挣扎。枪声里，羊群四散溃逃，那几个连成一串的人却就地伏下身子，一动不动。魏啸铭气得吼骂一声，又胡乱地放了几枪，在羊群溃散奔逃时腾起的尘雾里，在大黑骡子的尻子上猛抽一鞭，狂奔而去。土匪在一阵惊慌之后，狂吼着追过来。魏啸铭拐过一道山梁，在一条土沟里潜藏下来。土匪们一路吼叫着疾驰而去。

魏啸铭松了口气，松开紧握着枪的手，手心里汗渍渍的。他撩起衣襟擦了擦枪柄，手在腿上来回蹭了两下，把枪揣入怀中，懒懒地仰靠在土坡上。

魏啸铭第一次发现麦秀和他哥在一起，是在晚春的一个月夜。那次他也是因为心里突然生出一种异样的感觉，所以突然放弃住在奇台的决定，态度坚决地从奇台赶回家。

半夜，魏啸铭走到屋门口，正要喊麦秀开门，却清晰地听到屋里传出男人粗重的鼾声。他几乎不敢相信自己的耳朵。轻步走到窗下，凝神静听。一瞬间，他的耳朵像滚过雷声一般一片轰响，他使劲地抠一下耳朵，紧紧地咬着牙，腮边鼓起一棱棱的肌肉。他奔到屋门边，抬脚就要踹门，却又赫然停住。屋里传出麦秀朦胧中潮湿黏腻的声音：“哥，我咋听院子里有响动呢？”随后是一个粗重的男人的声音咕哝了一句：“魔怔了，睡球吧！”这声音让魏啸铭感到一股彻骨的凉气从脚心涌起，心像是被猛地撕扯了一下，有种令人绝望的惊悸。他喘息着慢慢放下脚，盯着花格门上映着月色的白纸。一种钝痛在体内漫溢开来，令他四肢麻木，头晕目眩。半晌，魏啸铭从肩上的褡裢里掏出一包东西，放在窗台上。这是他从奇台专门为麦秀买的，是麦秀最爱吃的马家芝麻糖。

魏啸铭神情茫然地走出院子，走在一片寂静的街巷里，有一种痛入肺腑的恍然若失。月色如水般泻下来，四周朦胧一片，间或有几声狗叫和小娃儿的啼声传来。魏啸铭回望一眼自家的院子，那里曾经有一个充满温馨的家，是他日夜思归的港湾。现在，月色下清幽幽的屋脊参差错落，像一只狰狞的怪兽，张着吞噬一切的大嘴；像怪石林立的山下一个深不见底的潭，他就置身于深潭的漩涡之中，沉浸在令人心悸的悲凉中。他承受的是一个男人对另一个男人最致命的打击和羞辱。而实施这个打击的男人不是别人，是他的亲哥哥。一种猝然而至无法抵挡的委屈和沉重的屈辱，犹如挥之不去的幽灵，在他的心头飞来飞去，像两只利爪撕扯着他的心。

魏啸铭机械地挪动着脚步，终于心神俱疲地倒在东梁下的一条土沟里，在慌乱、颓丧和绝望中度过了一夜。

黎明，月朗星稀，镇子西边清真寺的阿訇在唤礼。清朗悠远的唤礼声穿透清幽冷寂的空气，透着神秘的感召力，在镇子的上空盘旋回荡，久久不散。唤礼声停歇不久，镇子渐渐热闹起来。男人吭吭喀喀的咳嗽吐痰声、吆喝婆姨娃娃的呼喝声、马嘶驴吼的牲口叫声、木轮车碾过沙石土路的咯咯噔噔声以及杂七杂八说不出名堂的响声，此起彼伏。

魏啸铭离开土沟回到家里。魏啸才正站在院子里声音很响地咳嗽。看到魏啸铭走进院子，神色尴尬地呆愣在当地。他知道，弟弟已经窥破了他和麦秀之间的秘密。一大早，麦秀看到了摆在窗台上的马家芝麻糖就洞明了一切。其实，他和麦秀之间的事早已不是秘密。早在他第一次从魏啸铭的屋子里走出来，回到自己屋里时，汪秀英就感觉到了他的异样。那天夜里，他撇下麦秀狼一般的号哭回到自己屋子，汪秀英正神色茫然地坐在灯下发呆。看他走到炕边才神情无措地跳下炕，要去给他端水洗脚。魏啸才伸手拽住她，示意她上炕睡觉，自己却闷声不响地坐在炕沿上发呆。汪秀英神色幽幽地站着没动，半晌，忐忑地道："他大，乏了吧？乏了就睡吧！"魏啸才愣怔地眨着眼看着汪秀英。片刻，恼怒地踢脱了鞋，惊得汪秀英向后退了一步。他伸手一把拽过汪秀英，把她掀翻在炕上，扯开汪秀英的布条裤带。汪秀英微蹙着眉，一动不动地任由魏啸才摆布，微微翘起的嘴角下隐现着痛苦和无奈。看到魏啸才挥手举起巴掌，本能地缩了一下脖子，护着自己的面颊，闭上眼睛。等了半晌，依然不见动静，慢慢睁开眼，看魏啸才的巴掌就那么举着，没有落下来。她一手撑着炕面斜着坐起来，伸手拉住魏啸才举起的手掌，"他大，乏了就不弄了吧，睡吧！"一股怒气卡在魏啸才的喉咙里，上不来又下不去，嘴张了几张，终于颓然地躺倒在炕上。现在，他看到弟弟魏啸铭失魂落魄地走进院子，不知道自己该怎么办，是该装作没事一般上前打个招呼，还是马上避开，一时拿不定主意，就这么愣怔地站着，看着魏啸铭一步步向他走来。

魏啸铭看到他哥站在院子里愣怔地望着自己，一股气血冲上头顶。他抄起斜立在墙边的一根木棍，向魏啸才挥过去。

魏啸才没有躲避，一动不动地任由木棍砸在头上。立时，一股殷红的血，蚯蚓般顺着面颊流下来。

魏啸铭圆睁双眼，扭曲着脸，嘴唇哆嗦着，指着魏啸才，“你——你——狗日的牲口！牲口！”

闻声出来的魏宗寿看到院子里的情形，看看呆立的魏啸才，看看暴怒的魏啸铭，豁然明白了事情的缘由。魏宗寿往前冲了两步又退回屋门口的台阶，指着魏啸才兄弟俩，“畜生啊——咳——咳咳——”魏宗寿猛地抬手掴了自己一个耳光，一跺脚，转身回屋去了。

之后，魏啸铭再也没有对魏啸才表示过一丝一毫的恼恨，远远地逃离这个让他感到屈辱而又无可奈何的院子，常驻窑上。偶尔回来，也像蜻蜓点水一般，来去匆匆。即使迎面碰上魏啸才，他也目不斜视，恍若无物地擦身而过，深潭似的双目静如止水，似乎再也没有什么事情能惊起波澜，呈现出一种与年龄不相称的沉重和阴郁。沉重阴郁背后潜涌激荡的暗流，激射出阴寒之气，逼仄得让人心悸憋闷。他总是在不经意间出现在魏啸才或是麦秀的面前，如惊鸿一现，随即又消失得无影无踪。

魏啸才知道，弟弟无言地顺从是一种不言而喻的无奈和悲哀。这更加让他的心里充满了对以往日子的怀念和对自己的责备。他曾咬牙跺脚赌咒发誓，决不再踏进麦秀的屋子一步。可他经不住麦秀那双迷离眼神的盯视，经不住和麦秀在一起时那种酣畅淋漓的诱惑，那种让他浑身的毛孔都漫溢出旺盛的难以遏制的亢奋和近乎报复的快感。魏啸才哀叹着，咒骂着自己牲口的同时，一次次践踏着自己的诺言。

汪秀英从知道这件事之后，没有表现出作为一个妻子所应有的委屈和愤怒。其实，在魏啸才第一次走进麦秀的屋子时，她就以一个女人的敏锐，感知了丈夫和麦秀之间的秘密。

那天早上，麦秀端着铜盆去打水，迎面碰到她，像往常一样，喊她嫂子跟她打招呼的时候，她盯着麦秀看了半晌，说：“你再喊我嫂子就有些别扭了，往后还是喊我姐吧！”她的话明显带刺，语气却是轻描淡写。说完这话，她又静静地看了一会儿神色愕然的麦秀，转身离去。

麦秀愣怔地看着离开的汪秀英，猛地举起手里的铜盆摔在地上，紧走几步，撵上汪秀英，“你站下！嫂……哎，你站下！”她伸手拽住汪秀英，“你刚才说的话，啥意思？”

汪秀英侧身站着，听麦秀这么问，扭头瞥了麦秀一眼，“你咋会不知道是啥意思呢？”说着，咬了下嘴唇，撇下麦秀径自走了。

麦秀张着嘴，呆愣在当地。半晌，转身奔回自己的屋子，扑在炕上，拍打着炕面，痛声号哭。

魏陆氏听到院子里的响声，在厨房门口探头张望，望望离去的汪秀英，望望麦秀消失在屋角的背影，黯然地转过身，叹息着撩起围裙，茫然无措地在手上擦来擦去。不多时，厨房里又传出拉动风箱时“呱嗒呱嗒”的声音，屋顶的烟囱也随之冒出一股股浓烟。浓烟萦绕在屋顶，鬼一般舞动着，在晨风中慢慢消散。

魏宗寿在静思了两天之后，作出了分家的决定。其实，所谓分家，只不过是分开来吃饭。大家还住在同一个院子里，还住在各自的屋里，依然是低头不见抬头见。

十六　讲武堂

民国十七年，统治新疆十多年的督军杨增新被人刺杀了，代之而起的是金树仁金督办。

金督办执政的第二年，魏啸仪在奇台读完高小，考进了迪化讲武堂骑兵科。这对魏家是喜事，也是大事。魏宗寿在会馆里置办了两桌酒席，宴请蔡县佐、肖先生、汪雨量及一应乡党。

魏啸才、魏啸铭哥俩儿都借故没去。

魏啸仪已经长成一个健壮清朗的汉子，嘴唇四周生出一层细密柔软的绒毛，双目清明，深潭似的，有一股英悍之气。他很想借这个机会能把两个哥哥叫在一起，就此缓和一下两人之间的关系。他去喊魏啸才时，魏啸才犹疑地问：“你二哥去不去？”看看仪娃作难的样子，马上改口道：“算了，我不去了，我还有事呢！以后日子长着呢，吃饭的时候多！”仪娃去喊魏啸铭时，魏啸铭没有多问，只是拍拍仪娃的肩膀，“哥有事呢，你高高兴兴招呼你的那些个朋友去吧！”仪娃只好作罢。

蔡县佐已显出明显的老态，走起路来更像一只老鸭，向前冲得更厉害。他一到，看众人早坐在桌前等他，呵呵一笑，“都来啦，等啥呢？上菜上菜！早就等着这顿饭了，都等泼烦掉了。”

酒菜都是乡间常见的，没什么特别。主食是东兴阁新来的厨师做的羊肉焖饼。这种吃法乡间虽常有人做，那不过是顾名思义的瞎倒腾，比起人家真正厨师的手艺，只能算是大锅烩的糨糊。羊肉焖饼一端上桌，清亮的色泽、漫溢的浓香，使人不由得馋涎欲滴，啧啧称奇。

“啧啧啧，哎呀，还是人家正经师傅做得好呵！”

“你说的不是废话吗？人家这叫手艺！要不咋叫师傅呢？”

“来来来，就不要瞎抬杠了。”蔡县佐首先举杯。“老魏的三娃子进了迪化讲武堂，这以后就是大好的前程，喜事！干一杯！”蔡县佐一仰脖子，把一杯烧酒倒进嘴里，抬手在嘴上抹了一把，“哎呀，这金督办和老督军不一样呵。老督军可是在新疆唱了十几年的空城计呵！”

“金督办倒是兵强马壮了，也不见这市面比老督军太平，我看哪，还更乱！”肖先生接口道。

“我看也是，钱也毛荒了，一抬手，几两几十两的银票出去了，可买不了啥东西。”

“哼哼，金督办的税多，捐也多。一年到头，这税那捐的，刮我们骨头的呢，我们的日子过得恓惶了，百姓的日子更难！”

汪雨量左右看看，端起酒杯，“哎呀，你们这是瞎操心的呢，这是官家的事情，我们管不上，还是我们亲家精明。人都说：盛世的秀才，乱世的兵。这仪娃进了讲武堂，指不定也是个督军的前程呢！”

“督军他就不指望了，有个饭碗子就算是祖上有德。”魏宗寿嘴上客气着，难掩眉宇间的欣喜之气。

席间，魏啸仪端了酒杯来给各位叔伯长辈敬酒。蔡县佐也不客气，接过酒杯，仰头喝了，拍拍魏啸仪的肩膀，“你个碎娃，眨眼的工夫，就长成五尺高的汉子了。”扭头看看在座的各位，“你说，我们还能不老吗？”蔡县佐自衣兜里掏出一个红纸包，塞在魏啸仪手里，“拿上，这是蔡家爸的心意！”

魏啸仪伸手接过，“蔡家爸，你不给，我还跟你要呢。今儿个以前，我在您老眼里是个碎娃，今儿个一过，我就是个汉子了，再伸手拿钱，您还不一口唾沫啐死我！”

“嗯，你娃儿还真的活成人了，你在我眼里，啥时候都是个碎娃！”蔡县佐抬手作势要打。

魏啸仪嬉笑着低头避过。

走进讲武堂不久，魏啸仪就意识到，自己天生就是当兵的料。马术课上，教官示范的马术动作，只一遍，魏啸仪就可以牢记在心，并能很快悟到其中的要领所在。他第一次握住马刀，纵马砍向那些麦草人的时候，心里就涌起一种奇异的激情，这份激情令他浑身血脉贲张，热血沸腾。他想象着挥刀砍向那些鲜活的人体时，又会是一种什么样的感觉。对于各种枪械，他更是有种与生俱来的感悟。那些枪械到他手里，比他的手指头还要听他使唤。

魏啸仪因此很得教官白受之赏识。

白受之是个严谨又冷酷的教官。在一次野外训练的讲评后，他把魏啸仪带到禁闭室门口，对魏啸仪说："你是一只神俊的狼！我喜欢狼！而真正厉害的是群狼。你想想，一群狼，像狂风一般，刮过草原，所向披靡，那是怎样的一种情形。独狼再厉害，也成不了大事！"他递给魏啸仪一本《韩非子》，"我不是要关你禁闭，是要你在这里好好看看这本书！"

那次训练的科目是骑兵进攻时的协同作战。训练简单得近乎一场游戏。三人一组，两个小组同时出击，目标是山梁上的军旗，先抢到军旗者胜。小组内，魏啸仪的分工是和另一个士兵缠住对方，组长进击，抢夺军旗。分工时，魏啸仪即提出异议，组长没有理会他。结果，魏啸仪的小组一上场，一场协同作战的训练，变成了一场赛马。魏啸仪没有按照事先的分工缠住对方，而是和对方稍一接触，即纵马进击，凭借骑术，摆脱对方纠缠，冲上山梁，夺得军旗。

一周后，魏啸仪从禁闭室出来，眼里少了些芒刺，多了些锐利。他去给白受之还书。白受之盯着魏啸仪日久不见阳光、阴得白皙的皮肤，咧嘴"嘎嘎"干笑几声，"你现在像个兵了！"

省府财政厅的鲁科长带着两个随从到木垒河检查畜牧岁赋的征收情况。县佐衙里人少事多，忙不过来，蔡县佐只好委派王哈萨陪同鲁科长去马圈湾、洞洞沟、大郎沙一带巡查。

这本是一次很寻常的巡查，可鲁科长一行在马圈湾的哈山赞根家里，见到老赞根的雪蹄走马，这次巡查就变得不寻常了。

在马圈湾的一个阳坡下，有一条若隐若现的小径。小径的一头连着阳坡下的小溪，一头连着一排用原木和石头垒就的屋子，这里住着老赞根一家。

鲁科长在老赞根家的木围栏边见到那匹走马的时候，精神为之一振。走马通体乌黑，只有四个蹄子是雪白的，更奇之处在于连蹄甲都是白的。身体各部，比例匀称，隐隐有神骏飘逸之气。见到生人过来，双耳直立，双目盯着来人，连连打着响鼻，蹄子轻叩地面。这是老赞根的心爱之物。老赞根没有把它当作一匹马来养，而是家里的一口人。

老赞根听到外面有动静，走出屋外，看到王哈萨带着几个人围在雪蹄周围，对着雪蹄走马指指点点。老赞根轻轻地皱皱眉头，他很忌讳别人站在他的雪蹄身边，对雪蹄评头论足。“王哈萨，你怎么来了，你一来，我们的啥东西又倒霉了！”

王哈萨用哈语骂了一句，抬手一指鲁科长，半开玩笑地道：“这个嘛，省里来的大官，他来看你税缴了没有。”

老赞根右手在胸前一抚，躬身行了礼，“哎呀，省里来的大人嘛，山里少得很。”双手伸出去了又缩回来，在衣襟上蹭了蹭，才又伸向鲁科长，“走走走，走房子坐吧，房子坐吧！”

鲁科长从老赞根出来到现在，一直站在雪蹄旁边没动，直到老赞根把手伸到跟前，才转过身，上下打量一下老赞根，一手背在身后，伸出右手，象征性地握握老赞根的手，“好马，好马好马！你是这里的赞根？我们来就是看看缴税的事情。”鲁科长又背着手踱了几步，抬手一指雪蹄，“这真是一匹好马呵！”

“税嘛，上头算的呢，他们多少算，我们多少缴！”老赞根因为鲁科长的态度，说话时多了些不恭。他瞥了鲁科长一眼，也把手向后一背，“还啥事情有呢嘛，我们不知道！”

鲁科长的脸一阴，转瞬又舒展开来。他朝王哈萨招招手，在王哈萨的耳边嘀咕了几句。王哈萨一脸难色地看了老赞根一眼。鲁科长拍拍王哈萨的手臂，又说了几句，王哈萨就一脸犹疑地向老赞根走过来。

王哈萨告诉老赞根，只要他把雪蹄送给鲁科长，今年的税就不用缴了。

老赞根一指雪蹄：“它，我的儿子一样！”说完，不再理会鲁科长一行，头也不回地回屋去了。

那天后半夜，老赞根被雪蹄的嘶鸣惊醒，愣怔一下，翻身抄起猎枪冲出屋子。天光下，一个黑影翻身跃上马背，挥鞭狠击胯下的马。马嘶鸣着在原地转圈，就是不走。老赞根凌空放了一枪。枪声里，雪蹄猛地直立，骑在它背上的人猝不及防，跌落在地。院外的同伙喊一声：“快跑！”跌在地上的人顾不上疼痛，连滚带爬逃出院子，爬上同伙的马背，落荒而去。

来偷马的是王哈萨和鲁科长的两个随从。因为夜黑，再加慌不择路，一个姓徐的随从连人带马滚落山洼身亡。

两天后，老赞根被抓进县衙大牢。罪名是暴力抗税，致死人命。

蔡县佐听到老赞根被抓的原因，第一反应是不信。老赞根的为人他是清楚的，他不相信老赞根会做出这样的事情。蔡县佐找来王哈萨，从王哈萨支支吾吾的话里，明白了事情的缘由。“要坏事！”蔡县佐嘟哝着，撇下王哈萨径自去找鲁科长。他想和鲁科长商量，先把老赞根放了，其他事情，以后再说。可鲁科长没理他，气得他日妈妈操先人地摔门而去，“狗日的，有你娃后悔的时候呢！”

蔡县佐窝了一肚子火，气狠狠地走出鲁科长住的驿馆。回到家，吩咐婆姨煮了一锅羊肉，到街上买了几个馕，去牢里看望老赞根。

老赞根被抓的第四天，木垒河城拥进了五六十骑哈族牧民。他们分别从东门和小东门拥进，纵马一路狂奔，旋风一般，刮过小城街道，在县佐衙门前聚集。嗒嗒的马蹄声犹如沉闷急促的鼓点，击碎了小城的平静。这些牧民大部分是老赞根的亲家吐尔逊鼓动来的，还有听说老赞根的事情后，自发来的。

魏啸才也在其中。那天，他一听说老赞根被抓，扔下手里的活计，走出家门，去找人探听消息，回来后，连夜去青鞫梠山找吐尔逊。结果，在半路上遇到吐尔逊带的这些牧民。

鲁科长听说来了很多牧民聚集在县佐府，要求放了老赞根，很不以为意地撇了撇嘴：“还反了他们了。”他让人去告诉关营长，让关营长派兵跟他去抓人。他想，把几个领头的先抓起来，其他的人自会散去。他带着兵赶到县佐府的时候，蔡县佐正站在县佐府门前的土台子上讲话。台下人声鼎沸，只见蔡县佐在土台子上双手舞动，却没有一丝声音传过来。

鲁科长抓过身边一个士兵的枪，“咔嗒”一声，推上子弹，朝天放了一枪。尖锐的枪声使嘈杂的喧闹立时静下来。站在土台子上的蔡县佐和台下的牧民，目光都盯在举着枪的鲁科长身上。鲁科长神情威严地挥手道：“你们要造反吗？”

刚刚平静下来的场面又混乱起来。牧民呼啦一下拥过来围住鲁科长。

“我们反不造，你放了哈山！”吐尔逊喊道。

“哈山抗税不缴，还——”鲁科长话还没说完，就被吐尔逊打断了。

吐尔逊刚往鲁科长跟前跨了一步就被士兵拦住，急得他双手乱舞，“你胡说的呢！胡说的呢！”因为发急，紫红色的面孔在阳光下显得更加浓重，“你王哈萨喊上来，他说，你们半夜到哈山家收税呢吗？你们偷马去了！你们贼！”

鲁科长的脸变了，他不知道吐尔逊还会说出什么话来，气急道：“你是谁？啊？你是谁？敢在这里谰言造次！”他左右看看，一挥手，“把他给我抓起来！”

魏啸才往前靠了靠，“官爷，你咋谁都抓？你凭啥抓他呢？人家不过是实话实说了！没偷，你着急啥呢？”

鲁科长真有点气急败坏了，“把他们都给我抓起来，快！都抓！”

士兵虽不和魏啸才相熟，但都知道他是军需官赵四成的铁哥们儿，是连长汪子恒的妹夫，听到鲁科长要他们抓魏啸才，都有些不愿意得罪他，动作自然慢了很多。

魏啸才看士兵们慢慢围过来，一边拉着吐尔逊往后退，嘴也不闲着，指着鲁科长嘲弄道："官家里有你，天爷真是瞎了眼了！"

蔡县佐好不容易挤过来，在魏啸才后脖颈上狠拍一巴掌，"你狗日的碎尿，你说啥呢？还不快给我滚！"说着，拉魏啸才一把，自己挡在魏啸才前面，"鲁科长，何必和他们一般见识呢，都是些碎尿娃娃，信口胡说的呢！"回头看看魏啸才、吐尔逊还站在身后，抬手扇了魏啸才一巴掌，"还不快滚，你等死呢吗？"

魏啸才恶狠狠地骂了一句："狗日的鸡巴官家、鸡巴世道，人不反才怪球了！"拉着吐尔逊冲出人群，跨马疾驰而去。身后，鲁科长还在气急败坏地大声叫喊："快抓住他们！蔡县佐，你这是故意放走他们！"

魏啸才和吐尔逊冲出东门，又从南门折回魏家，躲起来。

吐尔逊一走，外面的牧民乱了。他们先是在大大小小饭馆里吃过饭抹嘴走人，没有吃上饭的牧民开始抢劫商行店铺。东门、小东门、南门都关了，只剩下残垣断壁的西门也派出士兵把守。警察们都上了街，可混乱的局面依然无法控制，反而更加混乱。

鲁科长这才慌了神，去找蔡县佐。

蔡县佐早在办公室等着鲁科长，他算准了鲁科长会来找他。他一看鲁科长慌慌失失地走进来，就说了一句话："放了老赞根，啥事都有商量！"说这话时，他连头都没有抬一下。听到鲁科长垂头丧气地说："听你的！"蔡县佐从太师椅上蹿起来，奔到办公室门口，吼了一嗓子："把老赞根给我请上来！"

老赞根回家没几天，就带着他们部落的牧民，悄悄地迁到阿勒泰去了，他怕遭到报复。老赞根一走，参加这次闹事的牧民，也都要迁走或作着迁走的准备。省府为这事处罚了鲁科长，派出了好几路宣抚工作队，但收效不大。宣抚队在时，答应得很好，宣抚队前脚一走，他们随后就走。省府只好恩威并重，一面派兵设卡阻拦，一面拿出一批茶叶面粉，安抚牧民。

汪子恒是被传令兵从家里传到营部的，这是秋天牧民转场季节的一个黄昏。汪子恒看到慌失的传令兵闯进家门，以为发生了什么大事，及至他也同样慌失地奔进营部时，关营长正和两个军官围着地图指指点点地讨论着什么。汪子恒一看有外人，正准备退出去，关营长回头叫住他。"算喽算喽！"边说边朝汪子恒招手。“这两位是上面派来的。这位是黄副官。”关营长指指其中一位带着中校肩章的军官。“这位——”黄副官身边的中尉一点头，“鄙人姓方，旅部参谋。”关营长又对两位军官道：“这是汪连长。他进我的房子，从来没喊过报告。他娘的，比进他们家还方便。”

中校军官冲汪子恒笑笑，“汪连长是本地人？”

汪子恒点点头。

关营长左右看看，武断地一挥手，“行了行了！黄副官，就是他了。你有啥子命令就对他说吧！”关营长又转身对着汪子恒，“汪连长，从现在起，你就听他指挥！”

汪子恒脚跟一碰，行一军礼，“是！”然后转身盯着被称为黄副官的军人。

黄副官背着手，绕着站得笔直的汪子恒转了一圈后，在汪子恒的面前站定。“汪连长很有军人操守嘛！”他又上下打量汪子恒一番，才命令道：“集合部队，准备出发吧！”

汪子恒又是脚跟一碰，行一军礼，转身走出门去。关营长随后追出来，叫住汪子恒嘱咐道：“这是调你们去东城口设卡，不让那些哈萨克牧民迁走。我看这差事不球好弄，你当心些！”

汪子恒撇撇嘴，“设卡能有个球用呢，都是鲁科长个狗日的惹的祸，就该让狗日的去给老赞根磕头赔罪，事情自然就平息了。”

关营长盯着走远的汪子恒，撇着嘴摇着头。

两年前，汪子恒随关营长去省城迪化见过一次杨督军，回来后，就由中尉参谋变成了上尉连长。正当汪子恒踌躇满志准备一展雄才时，杨督军却被樊耀南刺杀了。

部队很快集合起来，向东城口进发。

关卡在第二天上午迎来了一批迁徙的牧民，有百十顶毡房之多。他们被阻挡在山谷间的一片开阔地上，人群畜群腾起的尘雾遮天蔽日，马嘶声、羊叫声、狗吠声、驴吼牛哞以及杂七杂八的声响，充溢整个山谷。因为被阻住了去路，几个壮实的汉子骑在马上，在畜群间焦躁地奔来奔去，大声吼骂。关口前，士兵全副武装，荷枪实弹，沿关口排开。关口路障后面不远处，麻袋垒就的工事里，几挺机枪已子弹上膛，士兵虎视眈眈地匍匐在机枪后面。

几个头人去向黄副官请求过卡，但被明确告知，他们只能原路返回，绝不可能活着过卡。黄副官态度决绝强硬，没有一丝缓和的余地。几个头人目光凶狠地瞪一眼黄副官，骂骂咧咧地离开。汪子恒隐隐感到一丝不安。“狗日的！”他咬着牙骂了一句，不知自己在骂谁。

临近黄昏，又有几拨迁徙的牧民进入山谷，山谷间一时挤满了人群畜群，有近千人和数千头大小牲畜。几拨头人轮番往返于山谷和关卡之间，请求过卡，都被黄副官拒绝。几个年轻的牧民几次赶着畜群试图冲卡，但都被士兵鸣枪挡了回去。

山谷间成了随时都会爆炸的火药桶。

汪子恒越来越感到不安，越来越紧张。他一次次建议派人去县里，让县里派人来安抚疏导。黄副官却无动于衷。这就更让他心里没底。

太阳像一个燃烧的巨大火球，一头栽到山梁后面，溅起水墨一般的夜色。沟谷间燃起几堆篝火，有肉香味随风飘散。站岗的士兵抽抽鼻子，踮起脚张望一番，咽一口唾沫，又端着枪游荡起来。夜色渐浓，一股凉意涌上来。喧嚣退去，山谷间渐渐静下来。牛羊反刍泛起的腥臊气息在山风里时隐时现，偶尔响起一两声狗吠和小娃儿的啼哭，也很快消隐。

汪子恒在三星偏西时，起来查了一次哨。他站在梁坡上望望静悄悄的山谷，梁顶上、关卡前哨兵无精打采地晃荡着。一切都已酣然入梦。潜隐于汪子恒心底的不安如水般蔓延开来。

汪子恒是被骤然响起的枪声惊醒的。几乎是一种本能，他伸手从枕边拽出手枪窜出帐篷。帐篷外掩体里的机枪喷着火舌。对面也零零星星地响起了枪声，子弹带着一股灼热在汪子恒的耳边呼啸而过。汪子恒一矮身，就势奔到掩体后面。黑暗中，只听千万只蹄子敲击着大地，山谷间响起一片隆隆声，犹如战鼓一般急促沉闷。牧民催赶畜群尖厉的呼哨声以及粗嘎的呼喝声、小娃儿尖乍乍的号哭声、猎狗疯狂的叫声、被枪弹击中的牲畜濒死的哀号声，奏出一曲雄浑悲壮的交响乐。黄副官和方参谋奔到汪子恒的身边，大声地询问情况。黑暗中已辨不清任何目标，士兵的枪弹盲目地循声泼向畜群。对面又响起枪声，子弹"噗噗"地落在帐篷周围，让人立刻意识到对方射击的目的性。无数牛羊骆驼潮水般涌过来，在机枪的火舌里，一拨拨地拥向关口。掩体后的士兵和汪子恒、黄副官、方参谋慌忙后撤。就在机枪稍一停顿的空隙，又有一排子弹射向这边。汪子恒听到身后有人闷哼一声，重重倒地。在他前面奔跑的一个人影也随着一声枪响摔倒。随后拥到的又一拨畜群使他不及多想，俯身抓住倒地的人影，连拖带拽慌忙逃开。刚刚奔上梁坡，身后骤然响起的一声惨号还没来得及完全呼出，就被呼啸而过的畜群淹没。

奔到梁坡上，惊魂未定的汪子恒，喘息着扶起被他拖拽着的人，这才看清是黄副官。黄副官被子弹射穿了左肩胛，气急败坏的样子已看不到先前的威武。汪子恒惶急地扯下一条衣袖，给黄副官包扎。黄副官一把推开汪子恒，“包球呢，都给我打，往死里打！”暴雨一般的枪声，在山谷响起。

犹如决堤的洪水般狂泻而去的人群畜群中，不时爆起一声声的惨叫哀号。奔逃的隆隆声渐行渐远，枪声也随即稀疏停止，山谷间渐渐平静下来，似乎一切生命都在骤然间消失。山谷里升腾起浓烈的血腥气味，让人恍惚意识到刚才发生的一切。

东面的山顶泛起一片蒙蒙的亮光。山谷间的一切随着天光渐渐显露，渐渐清晰。到处都是血迹和濒死挣扎惨叫的牲畜，以及被畜群践踏得面目全非的人的尸体。

汪子恒呆呆地瞪大眼睛，似有一股阴风自四面袭来，将他包裹。他觉得血脉正在一点点地冻结，一种令人惊悸的冰冷自心底弥漫开来，禁不住浑身颤抖。他慢慢圪蹴下来，两手交握，极力地想控制住自己。可是，不能够。

一声悠长的唤礼声在对面的谷底悠然升起。唤礼声苍劲、悲凉、古朴，有种神秘的穿透力，随山风荡漾。

黄副官和汪子恒都慢慢站起来，向对面的谷底张望。

谷底一片洼地上，密密麻麻地挤满了人。他们都面向西匍匐在地，隐隐传出一片诵经声。洼地旁边的一块大山石上立着一个清瘦的身影，正在面向西边做着唤礼。唤礼声不紧不慢，庄重、肃穆又神秘，在这个充满血腥的黎明升腾，弥散。

黄副官脸色煞白，紧抿着嘴，两眼木呆呆地盯着沟底，半晌，颓然跌坐在地上。

“狗日的！”汪子恒咬着牙骂了一句，两手揪着头发，圪蹴在地上，“天爷呀————”

半年后，汪子恒奉命调到旅部任少校参谋。这是黄副官为感谢救命之恩，向杜旅长推荐了他。汪子恒到旅部不久，一次，杜旅长问他：“汪参谋，旅部警卫营缺一位副营长，你去不去？”

汪子恒沉默了一会儿，态度坚决地道：“不去！”

杜旅长不解地问：“为啥？这位子别人想去都去不了，你还不去。”

汪子恒微微一笑，“要是去当营长，我就去！”

杜旅长上下打量一番汪子恒，嘿嘿怪笑几声，“噢哟，还真看不出来，你真老实不客气。有啥真本事，先说说看。”

汪子恒也嘿嘿一笑，“您让我干了，不就知道了嘛！副的有啥干头，说啥还得看别人的眼色！他说行还好说，他说不行你还不就是个干瞪眼。”

过了不久，汪子恒接到了去警卫营当营长的命令。

十七　就想给你生个娃

从麦秀意识到自己怀孕的那天起，魏啸才再也没能踏进麦秀的屋子一步。

那天晚上，夜深人静之后，魏啸才又来到麦秀的屋门口，正准备推门而入，忽然发现屋门从里面扣上了。以往，这扇门随时都是开着的，他进这个门、上这屋里的炕，就像进自家门、上自家炕一样方便自如。今天，这扇屋门意外地从里面扣上了。他疑惑地推了一下紧闭的屋门，屋里传出麦秀的声音："我乏了，睡了！"这声音没有丝毫悲喜色彩，让人无从判断说话人的情绪，拿不准说话人的态度。魏啸才在屋门外转了两圈，悻悻而去。一连数日都是如此。魏啸才几次堵住麦秀想问个究竟，麦秀却不给他丝毫的机会。只要魏啸才站在她面前，不等他开口，麦秀就扭头离去，或是冷冷地要魏啸才让开。这更让魏啸才不明所以，摸不着头脑，就像猝然间被人当胸猛击了一拳，一股气闷堵在心里，上不来又下不去，感叹世间女人的心思就像变幻莫测的天气，让人捉摸不透。

这种日子一直持续十数二十天，魏啸才模模糊糊地感觉到麦秀确实是变了，但究竟是哪里变了，他又说不出所以然。麦秀不只是不让他近身，连话都不和他说了。

麦秀在确认自己怀孕的那天下午，一脸沉静地迈进了汪秀英的屋子。在此之前，她已经在屋子里窝了好几天了。怀孕本在她意料之中，也是她梦寐以求的，可真的怀上了，又让她惊恐无措。和魏啸才好，已经弄得这个家别别扭扭，让魏家两兄弟势如仇人，她不敢想，她怀孕的事又将在这个家里引起什么样的轩然大波。她抚着平坦滑润的肚皮，想象着肚子里的娃儿，以往那些尴尬、羞愧、忧虑和惊恐渐渐退去，代之而起的是一种未曾体验过的踏实。她觉得她的天正在云开雾散，她深深地呼出口气，郁结于心的闷堵也随之散去，一种坚定和安然充溢心头。

麦秀理了理头发，抻抻衣裳，推开屋门，走出屋子。

对于麦秀的到来，汪秀英显得很意外。她正坐在炕上做针线活，正把一块缝补的布料凑在嘴边咬上面的线头。听到屋门响，看到麦秀走进来，一脸愕然地盯住麦秀，但只一瞬，她就往旁边挪了挪屁股，给麦秀让出一块坐的地方。

麦秀没坐，依然站在炕沿边，看着汪秀英。半晌，咬着牙道："嫂子，我有了！"

汪秀英一头雾水，茫然问道："有——了，有啥了？"

麦秀脸一红，有了一丝忸怩，"我怀上娃了！"她稍停一下，又语气坚定地续道，"是大哥的！"

汪秀英咬住嘴唇，眼里闪过一丝愠怒，多了一丝警惕。她不知道麦秀告诉她这话的目的，愣怔地看着麦秀，不知道说什么好。

"嫂子，过去是我不对，搅了你和大哥的安生日子，以后不会了！我就是想要个娃，现在我有了，不会再搅扰你和大哥的日子了。"麦秀一气说完，如释重负地轻轻舒了口气。

汪秀英愣怔地盯着麦秀。这事来得太突然，让她一时不知如何应对。对于麦秀和自己男人的事情，她是知道的，对这个家庭的每个人来说都是一个心照不宣的秘密。在她看来，就是魏啸才再娶一房，也没啥。男人嘛，三妻四妾也正常，可他跟自己的弟媳妇，弄出这样的苟且之事，就让她觉得有点那个了。她审视着面前的这个女人。女人一脸诚挚，两腮隐隐透着红晕。她忽然觉得麦秀的眼里多了些东西，多了些初为人母的喜悦和羞怯，以往毅然决然不顾一切的神态已经退隐，隐现出一种如水般的柔情。汪秀英似乎感受到了麦秀此时的心境。她舔了一下被自己咬得发白的嘴唇，突然对眼前的女人生出一股莫名的怜悯。这怜悯不是可怜！"她……她婶子，也不能这么说。"

麦秀的脸上涌上一股顽皮，"嫂子的意思是，我就这么一直搅扰下去啦？"

汪秀英尴尬地笑笑，正要再说，麦秀摆摆手，"嫂子，过去的事都是我不对，你别往心里去。你不记恨我，我感激你。下辈子，我变牛做马报还你。"说完，沉静地冲汪秀英微微一笑，张张嘴，似乎还想说些啥，沉吟片刻，"那……那……嫂子，我就走了。"也不等汪秀英答话，转身走出屋子。

麦秀从汪秀英的屋子出来，奔回自己的屋子，关上屋门，背靠在屋门上长长地舒了口气，抬手抚抚自己的胸口，摸摸发烧的脸。“不要脸！”说了这句，自己先一愣，抬手捂住自己的嘴，慢慢踱到炕沿边上，坐下来。半晌，扭身扑在炕上，使劲地拍打着炕面，号哭起来。压抑的哭声，挤出屋门，惊走了停住在屋檐下的麻雀。

数日后，魏啸铭回来了。

吃过晚饭，魏啸铭坐在炕沿上，麦秀端来洗脚水放在他的脚下，替他脱了鞋，蹲下身，替他洗脚。这是唯一能体现这对夫妻之间温馨的方式了。麦秀一边轻轻地撩起水，替魏啸铭搓脚，一边小心翼翼地道：“你……不要再去窑上了吧？”

魏啸铭没吱声，疑惑地瞪着麦秀。

麦秀扫了魏啸铭一眼，“你不要再去窑上了，就住在家里；要不你就带我一起走，我们好好过日子。”

魏啸铭阴笑了一声，“你今儿个咋了？有话你就直说吧！”

麦秀犹豫了一下，仰起头，直视着魏啸铭，语气坚定地道：“我怀上娃了！”

魏啸铭的脸抽搐了一下，咯咯地咬着牙，猛地踹开麦秀，一脚踢翻了洗脚盆。

麦秀跌坐在地上，洗脚水喷溅了一头一脸。她慢慢爬起身，抹一把脸上的水，把踢翻的洗脚盆拾起来放到一边。她的脸上没有一丝一毫的羞愧和不安，平静地看着魏啸铭，“不是我不要脸，我就想有个娃，就想和你好好地过日子！”

魏啸铭很快恢复了以往的冷漠和镇静，穿上鞋，看都不看一眼站在当地的麦秀，径直向屋门口走去。

“铭娃！”麦秀喊了一声，扑通跪在地上，“是我对不住你，你就是休了我，我也不怪你。我就是想要个娃，我就是想和你好好过日子。”

魏啸铭回头看看跪在地上的麦秀，怪笑了一声，推门而去。

魏啸铭返回煤窑不久，麦秀回了趟娘家。她是跟着汪家商行去奇台进货的车回去的。那天夜里，麦秀和她妈躺在炕上说着体己话，麦秀告诉她妈自己怀上娃了，是和魏啸才的。她妈一下惊坐起身，愣怔地盯着麦秀，嘴唇哆嗦着，“你……你咋……你……”一把搂住麦秀，“我的娃呀——”母女相拥大哭。张占元正睡得懵懵懂懂，听见婆姨和丫头大声噎气地哭，隔着门喊了两声，听到婆姨回了一声，娘儿俩渐渐止了哭泣，才又疑疑惑惑地倒头睡下。第二天早起，婆姨悄悄告诉张占元麦秀怀孕的事。张占元闷头吃了饭，一声不吭地出了门，直到天擦黑时，才铁青着脸回来。他把婆姨拽到一边，嘀嘀咕咕地说了好一阵子，才把麦秀喊到跟前。张占元闷着头，坐在炕沿上。婆姨张张嘴又忍住，觑一眼男人，往麦秀跟前凑一下，“丫头，嗯，你……嗯……哎呀，你让我咋说呢吗？”说着，抹一把脸，抽抽搭搭地哭起来。张占元猛抽几口烟，甩了手里的半截烟头，咬着牙恨声道：“你肚子里的娃，不能要！”麦秀惊讶地看看她大，又看看她妈，“这娃，就是我死，我也要养下来！”之后，任由她大她妈咋说，麦秀死活都没再吭声。张占元气得在屋子里转了两个磨转，摔门而去。两天后，他让六十子把麦秀送回木垒河。

麦秀走的那天早上，她妈把她送到院门口。麦秀走出很远，回头看见她大不知啥时候也出来了，袖着手，遥遥地望着她。她抽一下鼻子，一行泪倏地顺颊而下。

麦秀怀孕三个月后，魏陆氏感到了麦秀的异样。麦秀干呕，原本光洁的面颊变得锈渍斑斑，种种迹象都让魏陆氏感到麦秀身体的变化。“这娃怀上了！”魏陆氏暗自念叨着。她说不清自己该不该高兴，怀着忐忑，暗暗祈祷不要再有什么灾灾难难的麻缠事，降临到这个家和这个娃的头上。在憋闷了几日后，魏陆氏终于忍耐不住，把麦秀可能怀孕的消息告诉了自己的男人。

魏宗寿黑着脸，斜卧在炕头上一声不吭。这个结果早在他的预料之中，可这个结果真的来了，他却又茫然不知所措。这可真是一件让他恼不得、骂不得的窝囊事。魏宗寿沉闷了半晌，重重地咳了一声，转身面向炕里，留给女人一个脊背。

魏陆氏半边屁股跨在炕沿上，忐忑地看一眼男人，“他大，这也不见得就是啥丢人事，我看也好呢，反正都是魏家的种。”魏陆氏嘟哝道。

魏宗寿猛转身坐起来，意外地眨着眼看了女人一会儿，气急而笑：“你——你——好好好，兄弟共妻，我看往后这脸都往哪搁吧！”

“这脸也当不了饭吃！”魏陆氏第一次说出了与男人相左的意见。

“妇人之见！”魏宗寿没好气地说完，转身睡下，不再理会自己的女人。

魏啸铭又一次从窑上回来的这日午饭时，魏宗寿吃过饭，抹抹嘴，放下碗筷，嘱咐魏啸铭吃过了到堂屋，有事要说。

魏啸铭没抬头，闷声问了一句：“啥事不能在这达说？”

魏宗寿不耐烦地道：“要你来你就来！”说完，背起手，踱出门去。

吃过饭，魏啸铭一脸阴郁地迈进堂屋。魏宗寿正坐在中堂下的桌子旁抽烟，看他进来，指了指桌旁的椅子，示意他坐下。

魏啸铭没坐，“有啥事就说吧！”

魏宗寿又猛抽了几口烟，才缓缓地斟字酌句道："铭娃，你屋里的……嗯，你屋里的怀上娃了，你知不知道，啊？"

魏啸铭没想到他大要和他说的是这件事，脸上的肌肉不自主地抽搐了一下，目光阴阴地瞪着他大，"咋了？"

"铭娃，这娃……这娃不能要！"魏宗寿咬着牙道。

"为啥？难道……难道这不是魏家的种？"魏啸铭语气阴森又恶毒地道。

"你——你——"魏宗寿没想到铭娃会这么说，早先准备好的话竟一时说不出来，也突然觉得无从说起。

魏啸铭看看一时语塞的魏宗寿，转身准备离开，走到门口又回头冷冷地道："这事我都不嫌丢人，你就不要再操心了吧！"

魏宗寿望着离去的魏啸铭，一股恶气堵在胸口。他猛地站起身，伸手把桌上的东西扫到地上，"亏了先人了，丢人败兴的东西！"

麦秀静静地出现在堂屋门口，一手抚着肚子，一脸沉静地说："大，你让铭娃给我一纸休书，这人就让我一人丢吧！"

魏陆氏匆忙走过来，神情忐忑地要拉麦秀走开，"娃，这……这不是冲你的。"

麦秀拨开婆婆的手，"妈，就是冲我也没啥！我说的也是真的！"

魏宗寿站在那里梗了半晌脖子，脸涨得像猪肝一样，也没能说出一句话来。

魏啸才是这个家里最后一个知道麦秀怀孕的人，是冬梅告诉他的。那天下午，他从磨坊回来，刚进院子，冬梅迎上来，神神秘秘地把他拽到一边，"哥，二嫂怀上娃娃了，你知不知道？"

魏啸才脸上露出一丝尴尬，愣怔地看着冬梅。他突然明白了麦秀这些日子怪异的行为，明白了麦秀不让他近身的原因，却还是不能明白麦秀为什么不告诉他怀孕的消息。有一种怪异的念头在他的心里涌动，犹如一块骨头卡在他的喉咙。但这念头究竟是什么，他一时又说不清楚。"你——你咋知道的？"魏啸才有点气急败坏地问道。

"妈给大说的时候，我偷听见的。"

魏啸才欲言又止，伸手拨开挡在面前的冬梅，发狠似的走开。冬梅在后面哎了一声。魏啸才回头看冬梅一眼，嘟哝一句："你骚情个啥呢！"

冬梅嘟起嘴，骂了一句："死样子！"一甩手回屋去了。

那日下午，魏啸才在草房门口堵住了麦秀。他的目光在麦秀身上巡睃了一番之后，停在麦秀的肚子上。麦秀的肚子微微有些隆起，不注意还真看不出什么特别。

麦秀看魏啸才盯着自己的肚子，不由自主地抬手抚了一下。

魏啸才跨前一步，双手抓住麦秀的肩，“你怀上娃了？”

麦秀后退一步，甩开魏啸才的手，“不关你的事！”说着欲从魏啸才的旁边绕过去。

魏啸才挡住麦秀，“咋不关我的事？这咋能不关我的事呢？”

麦秀双目圆睁，瞪着魏啸才看了半晌，猛抬手，一把推开魏啸才，“起开！”头也不回地小跑着离开。

魏啸才瞪着麦秀的背影吼了一句：“那也是我的娃！”看麦秀没有理他，又气狠狠地骂道：“日他妈！我成了配种的叫驴了。”

魏啸铭继续着他散漫的生活。在窑上，似乎没什么事再要他操心，窑把头已经把一切都安排得井然有序。他每日里要做的就是在窑场上巡视一周，然后，背上枪，跨上他的大黑骡子去戈壁沙漠游荡。春天采阿魏菇、薅沙葱野蒜；夏秋两季打野兔沙鸡、猎沙狐黄羊野驴；冬天下扣子套野鸽子呱呱鸡之类。魏啸铭打猎是很讲究季节的，什么季节猎什么东西。春天，万物复苏，地气上升，大戈壁滩里特有的阿魏突兀地散立在茫茫戈壁滩上，盛开的小黄花，在微风里轻轻摇曳。一场春雨过后，阿魏的根部生出一个个小蘑菇。小蘑菇吸足了大地的精灵之气，洁白如玉，小巧玲珑。阿魏菇入口柔韧爽滑，沙葱野蒜独特浓郁的干旱沙生植物的气味，萦绕舌间久久不散，令人回味。夏秋两季，一簇簇一丛丛苦蒿沙柳，野兔沙鸡出没其间，黄羊野驴成群结队，个个膘肥体壮；冬天，一眼望不到边的白雪，浩瀚苍茫，成群的鸽子旋风一般忽起忽落，还有体态肥胖笨拙的呱呱鸡，这些都是难得一尝的天下美味。

酒足饭饱之后，魏啸铭会携一把板胡，坐在沙丘上，迎着落日，扯着嗓子吼乱弹。板胡声尖细苍凉，魏啸铭嗓音沙哑，在寥廓的大漠里萦绕回荡，透着无限阴郁和不甘，透着无限落寞和怆然：

> 俺单童从不道人短，这也是出在无其奈间。
> 徐三哥不得时在江湖游转，在大街摆八卦卜算流年。
> 俺单童带小子大街游玩，把俺的生死八掐算一番。
> ……

立在魏啸铭身后的大黑骡子不时地倒换一下站乏累的腿，喷一个响鼻，晃动着尾巴抽打蚊蝇，偶尔因尖细的板胡声懒散地睁一下眼，竖起耳朵静听一会儿，又缓缓闭上眼睛。

魏啸铭的脸沐在落日的余晖里，棱角分明，愈显冷峻。双目漆黑，落日映在其中，犹如一团闪动的火苗。

今日兵败威何在，临阵投降该不该。

今生不能把仇解，二十年间某再来。

刀斧手押爷在法场外，等一等小唐儿祭奠某来！

……

魏啸铭边拉板胡边吼乱弹。板胡声时急时缓，魏啸铭的手指在琴弦上灵动，头也随着琴声上下俯仰，于俯仰间吼出一句句乱弹。

平静的日子像一把细沙，在手指缝间一天天地溜走，一场灾难也正悄然降临到魏家煤窑。

夏收之后，窑工陆续归来。一个个又黑又瘦，显得比在窑上还要乏累。脸上的皱纹愈深，刀刻似的，浸着油腻腻的污垢，愈发地让人感到他们在这些日子里的艰辛。

这年的秋分，和往常没有什么两样。四道沟的陆五子已经趴在炕上不吃不喝两天了。这本没什么奇怪，在窑上是常有的事。窑工病了，轻的扛两天就扛过去了，重的请个郎中，抓几服中药，也没什么大不了的。可陆五子没这么好的运气，在炕上趴了两天，人不但没见好，且愈发没了精气神。浑身发黄，连眼睛都黄了，整个人就像被涂过一般，透着瘆人的金黄。工头焦二虎关照婆姨焦程氏着意为陆五子做了些汤水。结果，这些汤水也只是在陆五子的肚子里打了个过站。又挨过两日，眼见着陆五子挨不过去了，魏啸铭才放下板胡，匆忙打发人把陆五子送回家。半路上，陆五子就两腿一伸，死了。

送陆五子的人刚走，又有两人相继趴下，症候和陆五子一样，而且，陆陆续续地还有人轻重不一地出现了相似的症候。人们这才警觉到，死神已经悄然把一双看不见的利爪伸到了他们身边。恐怖的气氛在窑上孳生蔓延且与日俱增。每个人都知道这是瘟病来了，每个人的心里又都存着一份侥幸，不愿点破，生怕点破了，灾祸马上就会降临到自己的头上。

魏啸铭一面吩咐灶头把伙食分开，吩咐窑把式把已经出现症候的人集中在煤场东头的大屋子里和其他人分开来住，一面打发人去请肖先生。

去请肖先生的人还没出发，又有两个等不及的窑工抢先过了奈何桥。他们一个鼻孔流血不止，一个肚腹胀得溜圆。两人死时都受尽了苦痛，手指在身边的炕席上抓出一道道血痕。两人的十指没有一根是完好的，变了腔调的惨叫令人毛骨悚然。

有人在谋划着离开。他们来找魏啸铭，要求结了工钱，让他们离开。魏啸铭看着一只只充满惊惧的眼睛，沉默半晌，还是摇摇头，“等肖先生来了再说吧！”

肖先生是在第四日的下午赶到窑上的，这期间，又死了两个人。肖先生一听来请他的人说的症候，就知道坏了，这是黄病，黄病就是瘟疫。他匆忙收拾一下，就跟来人走了。一到窑上，立马吩咐人在煤场上支起两口大锅，把带来的草药放在锅里，架起大火，熬出两锅黑褐色的汤汁。不管有没有症候，每人都分了一碗。然后派人去野地里大量采挖艾草。采挖来的艾草，放在煤场上、住人的屋子里、房屋四周点燃，烧出一股股刺鼻的烟雾。人们的恐惧在一片苦涩的草药味里，在一片若隐若现艾草的烟雾中淡了不少。眼巴巴地看着肖先生一刻不停地忙里忙外，希望肖先生能就此遏住死神的利爪。然而，每天还是有人被送进煤场东头的大屋子里，也还是每天都有人从那个门里抬出来。抬出来的人都放在煤场西边不远的一片洼地里，点起煤火，烧掉。死尸是肖先生来了以后才开始烧的，先前都是找地挖个坑埋掉。肖先生说，埋掉不行，得烧，这是黄病，是瘟病，要传染的，不烧不行。

焦二虎的婆姨被抬进大屋子的那天下午，焦二虎来找魏啸铭。

魏啸铭正在洼地里烧死尸。死的是赵干头。呼呼的煤火烧出一股股刺鼻的燎毛味。魏啸铭两眼通红地盯着煤火上燃烧的赵干头。突然，赵干头慢慢地坐起来，并发出一声喊叫，双臂前伸，似要抓住什么东西。喊声令人汗毛直立，才喊了一半，噗的一声爆裂的声响，喊声戛然而止，赵干头侧身倒在煤火里，再无声息。

“他……他还没死？”焦二虎的声音有点发抖。

魏啸铭回头看了焦二虎一眼，又盯着燃烧的死尸，“你来干啥？”

“我……我……来看看！”焦二虎一时忘了他来找魏啸铭的目的，结结巴巴地随口答道。半晌，焦二虎才从刚才的惊悸中回过神来，“掌柜的，我要领我婆姨回去呢！”

魏啸铭没回头，片刻，叹息道：“你把你婆姨领回去，你家里的人也活不下了。”

“那我们也不能就在这达等死吧？”焦二虎气急败坏地说道。

“我说了，谁也不能走！谁走，我对谁不客气！”魏啸铭语气阴沉地道。

“你……你还能把我的球咬掉呢！”焦二虎嘟哝着，转身走了。

那天傍晚，焦二虎带着还没有出现症候的人来找魏啸铭。两下里吵吵嚷嚷，闹得不可开交，肖先生出面都没有劝住。乱哄哄的人群里，不知谁扔出一块石头，砸在魏啸铭身上。焦二虎借势向魏啸铭扑过来，其他人也都向前拥。魏啸铭抬脚踹在焦二虎的腿上，顺势掏出手枪，朝天放了一枪，“日你妈！你找死呢！”向前拥动的人群被枪声镇住，慢慢地向后退。

肖先生挡在魏啸铭的身前，“铭娃，你这是干啥呢？有啥事，好好说，咋就动起枪来了。”转过身又对大家道：“你们这样，不是办法，啥事商量着说。铭娃也是为你们想的呢，你们回去了，祸害了别人，也祸害了家里人。”

人群一时无言，呆愣片刻，慢慢散了。

第二天早起，人们发现焦二虎不见了。他是那天夜里，撇下婆姨，一个人偷着跑了。说也奇怪，这一天，没有死人，并且一连几天都没有死人。张黑子是这次发瘟病死的最后一个人，焦二虎的婆姨焦程氏竟奇迹般地活了下来。

一个多月后，焦二虎和衡隶范带着几个警察一起回到窑上。这时候的衡隶范已经是北塔山驻在所的巡官了。他的腿被砸断后，家人把他从煤窑抬回去，送去迪化老毛子开的一家医院里治伤。好在老毛子的医术高超，没有让他受伤的腿留下什么后遗症。衡隶范因祸得福，他在这家医院里认识了迪化警宪学校的一个教授俄文的老毛子。养好伤后，这位老毛子帮他介绍，进了警宪培训班。一年后，他被派在北塔山驻在所做巡官。这是衡隶范自己要求的。魏家煤窑就在北塔山驻在所的管辖范围内。

焦二虎和衡隶范到魏家煤窑的时候，窑上的瘟病已经过去，得了黄病的人正在慢慢地恢复。

衡隶范在窑场四周转了转就进了魏啸铭的屋子，过了很久，他在屋门口朝几个警察招招手。衡隶范和几个警察再从魏啸铭屋子出来的时候，魏啸铭已经被戴上手铐，夹在几个警察中间。没有人知道，衡隶范在屋子里和魏啸铭说了什么。这时候，他和魏啸铭的脸上都挂着笑，看不出二人之间有什么冲突。

肖先生手足无措地拦着衡隶范，“衡先生，衡巡官，这是咋说的？铭娃他咋了，你们要抓他？”

衡隶范背起手，望着很远的地方，“魏掌柜他个人知道呢，不信你问他！”

肖先生转向魏啸铭。

魏啸铭撇撇嘴，“舅，你啥也不要说，说也是白说的呢！柜上的事，你叫我大下来看着弄吧！”

“哎——还是掌柜的聪明！那我们就上路吧！”衡隶范朝几个警察一挥手。

肖先生只好眼睁睁地看着几个人，跨上马，绝尘而去。

这年冬天，麦秀为魏家添了一口人。胖嘟嘟的小子足足有八斤重。一出娘胎，魏陆氏刚抠出他嘴里的污秽杂物，就惊乍乍地叫起来。随着一声洪亮的啼哭，太阳也在瞬间跃上山顶，金灿灿的光泼洒下来，在雪面上映出一片金红。

麦秀艰难地仰起头，看一眼胖嘟嘟、皱巴巴的儿子，望一眼泛起金光的窗纸，声音暗弱地说：“妈，你给……给他起个名字吧！”

魏陆氏一边忙着收拾，一边答道：“我哪会起啥名字嗄，让铭娃要么你大给好好起个名字！”

麦秀慢慢仰躺在炕上，喘息半晌，发狠似的道：“算了，就叫……就叫争子吧！”

汪秀英一脸疑惑地问了一句：“争子？哪个争？”

“争来争去的争！”

“怎么……怎么叫这名字呢嗄？”汪秀英明白麦秀的意思。她微抿着嘴，手里拿着刚淘洗好的手巾，看看喜滋滋的魏陆氏，又看看躺在炕上的麦秀。汪秀英想上前看看魏陆氏托在手里的争子，向前走了两步，又迟疑着停下来，心里就像打翻了五味瓶。

魏陆氏在两个媳妇脸上看来看去，似乎有点明白麦秀的意思了，语气犹疑地试探道：“争子，争子！还……还是……还是重起个名字吧，这名字听起来怪势势的。”

麦秀咬咬牙，“就叫争子！”

魏陆氏瞅了汪秀英一眼，“那……那就叫争子吧！你觉得好就行！”拿出早备好的布块，把争子包好，放在麦秀的身边，嘱咐在一边忙活的汪秀英收拾一下杂乱的屋子，颠着一双小脚，给麦秀端早就煮好的小米粥。对于魏陆氏来说，这个孙子不管是魏啸才的还是魏啸铭的，都是魏家的种，都是魏家的孙子。再说，男人有个三妻四妾算啥呢，只是……只是这兄占弟媳有些……有些那个了，可就算不占又能咋着？唉，苦了娃了，苦了我的铭娃了。

麦秀一脸慈爱地歪头看着争子，心里充满了初为人母的惊喜与困惑，丝毫没有察觉到汪秀英的难心表情。

接下来的整个月子里，争子昼夜啼哭不止。魏陆氏喊肖先生来看过几次，依然没有丝毫效果。无奈，魏陆氏只好抱着争子去钻桥洞。这是个古老的辟邪方法。桥洞又矮又窄，魏陆氏猫着腰抱着争子，叫着争子的名字在桥洞下钻了三个来回。然后，把一块红布绑在桥下，摆上带来的祭品，跪下祷告。烟尘扑飞，呛得小东西连打三个喷嚏。

那天，魏陆氏抱着争子回来，把他放在麦秀手里。麦秀充满疑惑地打开包裹争子的被单，小东西正津津有味地嘬着自己的大拇指头。看到麦秀，小嘴一撇一撇，一副要哭的样子，随即又瞪着黑明的眼睛，眨巴眨巴地漾起一脸笑意。

吃过早饭，汪秀英拾掇停当，看看再没啥事，牵着娥娥走出院子，回娘家去看爹妈。整个冬天，没下几场雪，天天小北风，刀子似的刮得脸上干乍乍地疼。汪雨量和婆姨围坐在炕上。婆姨边做针线边和汪雨量闲谝。炕前的小火炉上放着大铁壶，一片吱吱啦啦的烧水声，壶嘴上氤氲着丝丝缕缕的热气。汪秀英一边哈着手，一边跺着脚，推门进来，带进一股寒气。娥娥跑进屋子，惶急地踢脱了鞋，爬上炕扑进汪雨量怀里。汪雨量搂着娥娥，亲一下，“想外爷了没？”娥娥嘻嘻笑着，“痒得很，外爷，你的胡子太扎了。”伸手捋着汪雨量的白胡子，“外爷，我二婶家的争子，长得胖嘟嘟的，可稀罕了。”

“生啦？”汪雨量和婆姨愣怔一下，眼睛齐齐看向汪秀英。

汪秀英瞪一眼娥娥，“就你嘴长。”闷头坐在她妈身边，“生了十几天了。”

汪雨量瞭一眼汪秀英憋屈的样子，气哼哼地骂了一句：“孽子！”早在麦收的时候，汪雨量知道麦秀怀孕的消息，就跳着要去找魏宗寿，被丫头和婆姨拦挡住，没去成，事情却一直梗在他心里，让他不舒坦，让他憋屈。这些年，虽说魏宗寿和他斗来斗去的，对汪秀英倒是视如己出，可狗日的才娃做出这种有辱门风的苟且之事，真是让他咽不下这口气。他觑一眼闷头坐着的汪秀英，咬着牙发狠道：“要是我的娃子，看我不剥了他的皮！”

婆姨阴了老汉一眼，“那他是你的女婿娃，你去把他的皮剥了。”

汪雨量被婆姨噎了一下，梗着脖子，“我……我现在就去，剥不下狗日的皮，我臊他大的皮，我看他狗日的老㞞，脸往哪达搁？！”说着，把娥娥搁过一边，就要下炕。

娥娥扒着汪雨量的脸，“外爷，你臊谁的皮去呢？”

“过来娥娥！”汪秀英冲娥娥招招手，“大人说话呢，小娃娃不要胡插嘴。”看她大还要往炕下蹭，站起身，轻声道：“大，你就消停些吧！”

“就是，你就消停些吧！你去一闹腾，你让丫头以后咋过日子呢？”婆姨也随声附和道。

汪雨量觑一眼丫头难心的样子，憋闷了半晌，长出口气，咬着牙，“我就是咽不下这口气！”

魏啸才想看看自己的儿子，这个念头搅得他寝食难安。争子出生前的那天半夜，汪秀英被魏陆氏叫去帮忙，魏啸才就开始炕上地下、屋里屋外，焦躁不安地窜腾。他支棱起双耳，屏息静听着西跨院儿里的动静。远处的双疙瘩山渐渐清晰，山背后慢慢升腾一片红光，在太阳跃上山顶的时候，他听到了一声洪亮的啼哭。尖乍乍的哭声犹如在他心里注入了兴奋剂，他忍不住想大喊一声。他双手猛地相互一击，紧紧交握在一起，半晌，长长地吐出口气，一脸整肃地冲着慢慢升起的太阳，深深一揖。

兴奋过后，涌上心头的是一种难以言表的心绪。身为男人，他本可以堂堂正正，顶天立地，可命运偏偏和他开个玩笑，将他推到这样一个尴尬的境地。弟弟魏啸铭常驻窑上，虽不是他所逼，但不能说和他没有关系；婆姨汪秀英柔韧如水，对他和弟媳麦秀之间的关系始终不置一词，没有流露出丝毫哀怨，但他却像活在婆姨的阴影里。魏啸才就这么站在晨光里，时喜时忧时愤，直到院门外传来汪秀英的脚步声，他才匆忙窜进屋里，躺在炕上假寐。

汪秀英进门，看魏啸才和衣侧卧在炕上，愣怔了一下，缓步走到炕边，俯身看看娥娥。娥娥紧抿着嘴，眼皮颤动着。片刻，终于忍不住，龇牙一笑，伸手搂住汪秀英的脖子。汪秀英手伸进被子里，抚着娥娥的背，佯怒道：“醒了还不起来，哪有丫头家睡到太阳照尻子的时候？”

魏啸才强忍住脊背上一阵阵的刺痒，一动不动地躺着。他希望汪秀英能提起那个刚刚出世的小东西，又怕汪秀英提起。他知道，汪秀英的眼神正不时地瞭着他，这更让他觉得如芒在背。他扭头看了一眼身后，刚好迎上汪秀英的目光。他不安地扭动了一下，伸手发狠地抓挠了几下刺痒的后背，翻身下炕，几步迈到门口，回头看汪秀英一眼，重重地呼出口气，摔门而去。

在随后的日子里，魏啸才的心一刻也没离开过他的儿子。每次经过西跨院儿的门口，他都会轻手轻脚地慢慢走过，侧耳静听屋子里传出的争子的哭声。天籁般美妙的哭声，犹如微风拂过他的心底，犹如千百只小手抓挠着他的心。每到这时候，他就想跨过这个门，去看一看那个精灵般的小生命，哪怕就看一眼。终于有一天，他看到冬梅从麦秀的屋子里出来。他迎上去，低声下气地央求冬梅，把争子抱出来让他看看。

冬梅撇撇嘴反身，走出两步，又回头逗他，“小娃儿可心疼了，胖嘟嘟的。”

魏啸才火急火燎地挥挥手，催促冬梅快去。不知等了多久，时间像停住了一般。他不时地探头张望，终于听到一声门响，冬梅噘着嘴，怏怏地走过来。“娃呢？咋没抱出来，啊，咋没抱出来？”魏啸才情急地问，气急败坏地一指冬梅。“你——你就是个吃货！”一咬牙，冲进院子，几步跨到屋子门口，推门而入。

麦秀背门而坐，听到门响，头也没回。“我说了不行，你咋又来了？”没听到回应，惊回首，愕然地瞪着站在屋门口喘粗气的魏啸才。“你——你你出去！”麦秀的声音不大，但不容置疑。

魏啸才转身关上屋门，向前跨了两步，说：“让我看看娃娃，我看一眼就走。”

麦秀微抿着嘴，半晌，轻叹一声，“等长大了，你就看见了，这辈子，你都是他的大老子！这阵子，你出去，再都不要进这个门！”

魏啸才愣怔一下，正要往前走。

麦秀伸手抓住身边的争子，双目圆睁，喊一声：“你要过来，今天我们娘母子就死给你看！”

魏啸才一愣，双手急摆，“我走，我走！”惶急地退出屋子，奔出西跨院儿。身后，争子的哭声惊乍乍地传过来。

魏宗寿见到争子是在他出生十几天以后。从争子出生的那天起，他就天天听婆姨在他耳边念叨，胖嘟嘟的小娃儿，如何如何招人心疼。说得他心痒难耐，可他拉不下自己的老脸。直到十几天后，婆姨魏陆氏把争子抱到他的面前，他犹豫片刻，才惶急地抱过争子。忍不住把自己满是胡楂儿的嘴凑上去，扎得小东西又蹬又踢，吱哇乱叫。他双手托着争子，看了又看，禁不住嘿嘿嘿地笑起来。

争子满月的这那天早上，魏啸才在屋子里踟蹰了很久，一咬牙，出门冲进羊圈，把一只预备过年的冬羔子羯羊宰了。他把羊宰剥干净，收拾利落，放在案板上，目光阴郁地呆站在厨房门口，不知接下来该干什么。

汪秀英一手牵着娥娥，静静地站在不远处，目光幽幽地盯着呆站在厨房门口的男人。她在这里已经站了很久，男人宰羊时，她就站在这里，静静地看着。她原本是要带娥娥回娘家去的，可走到院门口，又犹豫着慢慢地退了回来。

魏宗寿听婆姨说，才娃把羊宰了，一声不吭地到后院里转了一圈，看魏啸才站在厨房门口发呆，心里明白儿子在想什么。昨儿个夜里，婆姨就在他耳边嘟哝过了。今天争子满月，怎么着也得一家人坐在一达吃顿饭。他也想给孙子好好过个满月。不管咋说，这是他魏宗寿的第一个孙子，是他魏家的种，可他怎么想，这家人都没法坐在一起。婆姨嘟哝的时候，他一口气窝在心里，一声没吭。现在，看儿子宰了羊，呆站在厨房门口，这口气就更不顺了。这是天爷给他魏宗寿脸上抹的屎，是天爷降给他魏家的难堪。

他这么想着，经过魏啸才身边的时候，忍不住低声骂了一句："还嫌不够丢人吗？还宰羊呢，宰羊你喂狗呢吗？"说着，扫了一眼不远处的汪秀英。

魏啸才愣怔了一下，才跳起来，吼道："我——我丢啥人了，男人有个三妻四妾的，都不过分，我这就丢人啦？"

"可——可——可那是你弟媳妇！"

魏啸才一时词穷，梗了半晌脖子，才憋出一句，"你——我——你——要——要是早前，没你弄出的那些个尿球事情，能有今天？"

魏宗寿犹如被儿子狠狠地掴了一耳光，气急败坏地转着身子，奔到墙边，抄起铲雪的木锨，向魏啸才挥过去。

魏啸才左右闪躲着，魏宗寿举着木锨在后面追，二人在厨房门口来来回回地转着圈。

汪秀英犹豫一下，牵着娥娥，冲到魏宗寿面前，跪下，"大，你就饶过他吧！"

娥娥抱着魏宗寿的腿，"爷，爷，你不要打我大！"

听到动静，魏陆氏捯着一双小脚，惶急地奔过来，一看眼前的阵势，茫然无措地抚着胸口，"咋就这样了，咋就弄成这样了嘎？"上来要夺过男人手里的木锨。

魏宗寿还要挣扎。汪秀英抹一把眼泪，看一眼魏啸才，"大，这事，你要怪就怪我吧，这都是……都是我大造的孽！"

随后跟进来的是麦秀、冬梅和月月。

麦秀一看眼前的景象，就明白了。她抿了抿嘴，走近汪秀英，跪下，"嫂子，我对不起你，这辈子欠你的，下辈子我做牛做马还给你！"别转身，对着魏宗寿，磕下头去，"大，人是我丢的，娃是我养的，你要是实在容不下我们母子，你让铭娃把我休了吧！"

魏宗寿梗着脖子，半晌，颓然松手，一跺脚，转身走了。

魏啸才也蔫蔫地走出院子，神情茫然地站在院子门口，许久，踽踽而去。那天，直到很晚，魏啸才才满身酒气地回来。

十八　赛马会

魏啸铭被家人从奇台大牢里拉回家时已经奄奄一息，瘦成了一把骨头。这时候，距他被衡隶范抓进奇台大牢已经一年又两个多月。

那天，衡隶范背着手迈进魏啸铭的屋子，斜乜一眼侧卧在炕上一动不动的魏啸铭，又在屋子里踱了好一阵子，才背对着魏啸铭，慢条斯理地开腔："有人告你谋财害命呢！"等了一刻，他没听到动静，转过身。魏啸铭正一动不动地盯着他看。他以为魏啸铭没有听清他刚才说的话，就重复了一遍。魏啸铭嘴角抽了抽，露出一丝冷笑，没有出现他想象中的惊诧和举止无措的争辩，这让衡隶范有点失望。他舔了舔嘴唇，沉吟道："掌柜的，我也给你两条路。一是你现在卷铺盖回家，这煤窑彻底姓焦。二是你现在跟我走，我们到县大牢里说话。"

魏啸铭这才爬起身，一手撑着炕面，斜坐着。"这大天白日的，衡先生咋说梦话的呢！"魏啸铭心里清楚，衡隶范所说的谋财害命，应该是指焚烧赵干头死尸这件事了，而告他的就是焦二虎。这还真不是一件容易说得清楚的事。

衡隶范盯着魏啸铭看了一会儿，转身走到屋门口，推开屋门，又回头看看魏啸铭，朝站在屋门外的警察招招手。

随后的事情不言而喻。魏宗寿、张占元上下打点，但始终不得要领。他们知道魏啸铭和衡隶范、焦二虎之间的过节儿，以及衡隶范和焦二虎之间的关系。只要焦二虎一口咬定，死不改口，这事就不好办。眼看着魏啸铭一日日地憔悴，一日日地脱了人形，魏宗寿、张占元只好再回头求衡隶范、焦二虎。这时候，距魏啸铭被抓已经快一年了。

最初，魏啸铭怀着一种近乎游戏的心态来面对衡隶范抓他这件事。他甚至有些庆幸。狗日的衡隶范夺了他赖以藏身的清净之地，又给了他另一个更加清净的地方。他不想回家，不想走进那个令他难堪又尴尬的院子；他想象不出，他将怎样去面对麦秀和即将出生的小东西。再者，衡隶范一个小小的巡官，抓了他又能把他怎么样？他觉得这很刺激，他想看看，衡隶范会用些什么样的手段来对付他。这种想法在他死水一般的心里，激起一丝涟漪。随着事态不断恶化，各种刑具加身，这种涟漪也逐渐汹涌，让他激愤，让他冲动。虽然，他的身体在一日日地衰弱，刑具加身时的惨叫也渐渐地微弱，不再洪亮，但他的脸上不时闪现出一丝快慰，他的意志也一天天地坚忍起来。在昏暗的牢房中，一双闪着荧荧绿光的眼睛，让人想到困兽。其实，魏啸铭强硬的意志，没有什么实在的、高尚的意义。他不是个爱财如命的人，他只是不想如此轻易地让衡隶范个狗日的得了便宜，他咽不下这口气。同时，他也想看看，这些刑具之后，衡隶范还能在他身上玩出什么新花样。所以，他大魏宗寿来看过他好多次，他都不曾透露他和衡隶范在那间屋子里的谈话。

魏宗寿、张占元找了焦科长、衡隶范几次后，焦科长终于答应帮忙。焦科长送魏张二人出来时，似不经意地问道："我们家的煤窑现在咋样了？"

魏张二人对望一眼，恍然明白了魏啸铭被抓这件事的症结所在。张占元略一思索，匆忙接口道："就是就是，焦科长你要是早说，这事早都办妥了。小事情，小事情！"

魏宗寿咬了咬牙，心里恶狠狠地骂了一句："狗日的！"脸上却漾起献媚的笑，"小事情，小事情！"

魏啸铭回家这天，刚好下雪。早上还好好的天气，走到半路，天气突变，不多时，洋洋洒洒地下起雪来。漫天飞舞的雪花，很快把裸露的黄土地遮盖得严严实实。大雪下下停停，哩哩啦啦地下了三天。

这是今年的头一场雪。

魏啸铭在炕上躺了一个冬天，到开春的时候，才能下地。

他静静地躺在炕上，接受着麦秀细致周到的服侍。和麦秀还是相对无言。他也时常一言不发，眼望着白纸糊就的顶棚。顶棚上有夏天时苍蝇留下的斑斑点点的蝇屎，和一些说不出原因的污渍。在他的脸上，看不出任何悲喜的表情。只有当麦秀闲暇时，坐在窗下纳鞋底，麻绳抽过鞋底时刺啦刺啦的声音，才在他眼里看到一丝祥和和温馨。但这祥和而温馨的眼神很快会被争子咿咿呀呀的声音惊扰，被一种阴冷代替。

其实，自从魏啸铭躺在这面炕上，这种阴冷就时常游弋在他的眼里。这阴冷不是仇恨，可魏啸铭说不清是什么。

争子出生的时候，他正在奇台大牢里。

麦秀去看过他一次。那时候，争子才两个来月大。麦秀把争子抱到牢门口，又改变了主意，转身把争子递给陪她一起来的张占元，让她大把争子抱出去，在大牢门口等她。其实，她知道，就是不抱争子进去，魏啸铭也一样能想得到。何况，她现在的样子，魏啸铭一眼就能看出来。但她还是不想这么直接地让魏啸铭看到争子，那是拿刀子戳自己男人的心。

魏啸铭看到麦秀，只说了一句话："放下你拿来的东西，就走吧！这里阴得很。"然后，背转身子，再不看麦秀一眼。

魏啸才也去看过弟弟一次，他是瞒着家里所有人去的。他知道，只要他说是去看魏啸铭，没有人会同意。平常在家时，二人都是刻意回避着不要碰头，可现在不同，魏啸铭身陷囹圄，怎么着，他都该去看看自己的胞弟，毕竟，他们都是在一个娘的奶头下吊大的。他专门在奇台的六保馆子定了几样菜，特意让厨子凉拌了一份羊肚丝。这是魏啸铭平常最爱吃的。

魏啸铭看着尴尬局促地立在自己面前的兄长，起身凑近摆在自己面前的菜，用筷子拨了拨，又看看魏啸才，张嘴往菜上啐了口唾沫，扔下筷子，挑衅地看着魏啸才。

魏啸才涨红着脸，半晌，一跺脚，转身要走。魏啸铭在他身后阴沉沉地说道："你要姓魏，就把你拿来的东西提上走！"

现在，争子已经可以满炕爬着，咿咿呀呀地自己玩耍了。他时常会趴在魏啸铭的身边，一动不动地看着这张没有一丝表情的面孔，半晌，又兴奋地快速爬走。

终于有一天，半躺在炕上的魏啸铭抱起了爬到他身边的争子。他一手托着争子的后脖颈，一手托着争子的屁股，在手上一下下地颠着争子。争子被引逗得咯咯咯笑声不断。童稚的笑声，让魏啸铭的嘴角微微翘起，露出一丝笑意。争子双手舞动，嘴角挂着涎水。挺直的鼻子，微微挑起的眼角，这该是魏家人的遗传特征。争子的笑声在魏啸铭的耳朵里，渐渐转变为一片轰鸣。他使劲摇摇头，笑意凝结在脸上，眼里复又涌起那种阴冷，不自觉地，托着争子后脖颈的手渐渐地加力。争子骤然发出一声惊乍乍的哭声。哭声让魏啸铭醒悟，他愕然抬起头，麦秀正静静地站在屋门口，不动声色地盯着他。魏啸铭颓然向后倒在被子上，争子从他手里滑落到炕上。

午饭后，魏啸铭漫步走出院子。经过一个冬天的调养，他的身体已基本恢复，只是长时间不见阳光，显得羸弱又白皙。他眯起眼，仰起头，望着湛蓝的天空，长舒一口气，背着手，信步走去。

双疙瘩山上已显出淡淡绿意，树的枝条上也绽露出嫩芽；小路旁、溪水边，小草从腐叶枯草间探出头。沉闷了一个冬季的生命都铆足了劲，迫不及待地宣示着盎然生机。旷野空阔幽静，散布在梁坡上的田地里，隐隐传来庄户人犁地播种“哦——哦——”的喝牛声；远处的山道上，牛车咯咯噔噔慢悠悠地晃着，赶车人的乱弹吼得粗洪雄壮。

魏啸铭仰躺在一片平整的小土坡上，四肢舒展，眼望着蓝莹莹的天空。几朵白云，懒洋洋地挂在山顶的树梢上。一股清幽幽的空气温润地掠过他的心头，一缕思绪从他的心底悠悠地荡漾开去。很多年前牵着马车行进在雪原上唱歌的少年，第一次从麦秀手中接过茶碗时的窘迫，虎头虎脑扒在门口探望的六十子……许多古旧的陈年往事涌上心头。魏啸铭的嘴角微微漾起一丝笑意，但这笑意转瞬间又被争子明净清澈的眼睛荡涤得踪迹全无。

已蹒跚学步、整日里叽叽嘎嘎在他眼前晃动的争子，是卡在他喉咙里的骨头，他既无法正视也无法漠视小东西的存在。这是天爷插在他眼里的木橛。早在麦秀怀孕之初，他就预见了今天的情景。他不想整日里窝在这个令他难堪又尴尬的地方。原本，他可以去煤窑上躲个清净，可仅剩的这块清净之地又让狗日的衡隶范夺走了。

一串銮铃由远及近。梁湾里转出一匹黑走马，顺着山梁边的黄土路疾驰而来，扬起一片黄尘，随山风飘散。魏啸铭不用抬头就知道，这是蔡县佐来了。听得铃声渐近，他侧起身来看着走近的蔡县佐。

蔡县佐端坐马上。黑走马肥臀轻摆，如微风拂柳，走得又快又稳。

魏啸铭不由得扬声赞道：“蔡家爸，你的走马真是越来越神骏啦！”

蔡县佐勒住马，“哎，不行了，老了，牙口不青了。”

魏啸铭咧了咧嘴，露出一丝坏笑，“蔡家爸说的是自己，还是马？”

“嘿嘿，你个屄娃，敢拐着弯骂你蔡家爸了。”翻身下马，走到魏啸铭身边坐下。“当年，为了驯它，草料不算，光驯它的工钱，就让沈老大的姨夫诈了我三石麦子。刚驯好的时候，才叫好呢！后半夜起身去奇台，能赶上犁铧尖的早堂包子。现在不行了，比起老赞根的雪蹄走马，差得远了。”老县佐的脸上漾着一丝得意。

魏啸铭心中一动，扭头看着蔡县佐，“蔡家爸，那就啥时候办个赛马会，把那些个好马都拉出来比比，看谁家的马最好。”

“赛马会，啥赛马会？”蔡县佐眨着眼睛，稍一愣神，说，“人都快忙球死了，哪儿还有时间弄这号闲球事情？”撇着嘴，一指远处播种的人，“今年墒情好，不抓紧种，贼风刮上两天，墒情没了，秋上喝风呢吗？”

魏啸铭一愣，瞪着蔡县佐，一时也想不出啥理由反驳。

蔡县佐咧嘴一笑，拍拍魏啸铭的肩膀，“行了，你缓着吧！我还忙的呢！”起身跨马，疾驰而去。

魏啸铭望着走远的蔡县佐，猛抬手，拍一下自己的嘴，嘟哝道：“贼球风没把墒情刮掉，倒把嘴刮闲淡了。”

魏啸铭直到日头偏西，才悻悻回家。他大魏宗寿抱着争子，和汪雨量在门口闲谝。小东西咿咿呀呀地叫着，不时伸手在魏宗寿的脸上抓一把。麦秀端着鸡食，一群鸡跟在她的身后，咕咕咯咯地争相奔忙。

阴暗的屋子里一片空寂，一丝阴阴的凉气迎面袭来。魏啸铭拧着眉，靠在屋门上。怦怦怦的心跳，似空谷间震动的回响，死一般的寂静从屋子的各个角落汹涌而至，将他淹没，使他又一次感到自己的苍白和没有根基。窗纸透着晃眼的白，间或有老鼠在顶棚上窸窸窣窣地跑过。惶惶然，他感到屋子的四面墙正向他慢慢地挤压过来，连空气也凝固了。他似乎听到全身的骨头在嘎巴嘎巴地响，他的灵魂正随着他的呼吸一点点地溢出体外，他觉得自己马上就要被挤压成齑粉。他张开喉咙大喊，喊声却似被胸腔里伸出的手生生地拽了回去，变成一声喑哑的嘶鸣。魏啸铭挣扎了一下，猛然转身拉开屋门，冲到门外。猝然而至的阳光，刺得他不由得趔趄了一下。麦秀在不远处，一声惊呼：“铭娃，你咋啦？”惶急地奔过来。魏啸铭轻嘘一口气，倚着墙边，慢慢地圪蹴在墙脚。

晚饭桌上，魏宗寿端起酒杯抿了一口，咂咂嘴，说：“后晌，汪家老尕来闲谝，说镇子上生意淡得不行了，山里的牧民都让官家折腾得跑到阿勒泰去了，街上连一个生脸子都看不见，生意没法做了。”看魏啸铭没搭腔，斜乜他一眼，自顾说下去，“还说齐掌柜擀的毡子摞成了山，卖不出去，急得快疯掉了。”

魏啸铭的手不经意地停了一下，抬起头，愣怔地看了他大一眼，才接着吃饭。

魏宗寿看儿子只顾吃饭，没搭理他，自觉没趣，端起酒杯抿了一口，闷头吃饭，不再言传。

夜里躺在炕上，魏啸铭迷迷糊糊地想起他大在饭桌上说的话，一下翻身坐起来，望着黑乎乎的窗纸，怔怔地发了半晌呆，嘟哝一句：“人都活到这份儿上了，还怕个球！”

第二天早起，魏啸铭匆匆扒拉几口饭，出门去找蔡县佐。

春播之后，人和阳光一下变得懒洋洋的，赛马会开得正当其时，给慵懒的生活激起了波澜。

相邻几县甚至更远的青河、鄯善、哈密都派了人来，同时得到邀请的还有各县的大小商家。木垒河狭窄的街道上，一时人头攒动，热闹非凡。

赛马会以县佐衙门的名义，由魏啸铭具体操办。不过，所需资金得由魏啸铭想办法先行垫付，过后，再从赛马会期间所收的捐税中偿还。魏啸铭不想独自出资，觉得这样太招摇。他闷在屋子里想了两天，去东兴阁订了一桌饭，把汪雨量、齐掌柜等镇子上喊得出名堂的几个商家请来商议。魏啸铭说了自己的想法。初始，大家面面相觑，没一个人搭腔。魏啸铭也不多说，尽管倒酒让菜。等到酒席将散时，不知是众人觉得吃了人的嘴软，还是觉得魏啸铭的想法不错，好歹答应，各家量力而行地出一部分。

赛马会在东梁上一块开阔的空地上举行，历时五天。分奔马、走马两组，分别决出了一、二、三名。与此同时，各商家的交易也成果喜人。最高兴的要数齐掌柜，他的毡子被一位常年往来于恰克图和哈密之间的客商全部买走。客商姓刘，是王哈萨带来的。他们和齐掌柜谈好交易的那天下午，魏啸铭请王哈萨和刘客商在东兴阁喝了一顿酒，席间少不了要谈论些生意经。魏啸铭很少插言，只管倒酒让菜，耳朵却不曾有一刻消停。那天，齐掌柜和刘客商都喝得酩酊大醉而归。

奇台县知事将此次赛马会的成果上报省府，蔡县佐因此受到省府的通令嘉奖，同时，奖励蔡县佐两个月俸禄。蔡县佐从奇台受奖回来，不及回家，就在东兴阁订了一桌饭，把汪雨量、齐掌柜、老秀才、魏啸铭全都喊来喝酒，以示庆贺。

酒桌上，魏啸铭提出了成立商会的事。

蔡县佐端着酒杯，看了魏啸铭半晌，道：“嗯，嗯，你娃的鬼点子多，我知道。不过这事，我得好好思谋思谋再说。”

魏啸铭笑笑，端起酒和蔡县佐一碰，“蔡家爸，我敬你！”

赛马会的事都了了之后，魏啸铭找来王哈萨，两个人在东兴阁的一个雅间里嘀咕了一后晌。之后，二人在镇西和木垒河之间来来回回几趟，收购加工了一批肠衣。一切准备停当，二人搭伴租了崔六的几峰骆驼，去了恰克图。

两个月后，魏啸铭和王哈萨从恰克图带回来一批洋货。这些洋货很让木垒河人开了一回眼，转眼就被抢购一空。

魏啸铭和王哈萨从恰克图回来的第二天晚上，约了齐掌柜和镇子上另外两个专做畜产品的商家，在东兴阁吃饭。

魏啸铭端起酒杯，冲着齐掌柜及另两个商家，“齐家爸、两位老哥，我们喝了这一杯。”

齐掌柜看看在座众人，张张嘴，舔舔嘴唇，咽口唾沫。“这……这个……铭娃，这酒总要喝个名堂。”说着瞪着身边的两个商家。

魏啸铭笑笑，“来来来，齐家爸，先喝了再说。两位老哥也把酒端起来。”

齐掌柜犹疑着端起酒杯，和魏啸铭碰杯，酒杯贴着嘴唇，又瞭一眼众人，才一仰脖子，把酒喝了，拿着空酒杯，盯着魏啸铭。

“来来来，杯子放下，我给你满上。”王哈萨替他满上酒，就势端起自己的酒杯，“齐掌柜，你个老㞞就是贼得很，你怕我们把你卖了咋的。来，先喝了酒，听我给你说。”

齐掌柜哼哼两声，一撇嘴，“你王哈萨谁不知道，山里山外，白道黑道，就是个贼精。和你喝酒，我就得防着些。”说完，自嘲似的一笑。

“我再贼还能贼得过你个老㞞？算了吧，喝酒！喝了酒，我给你指个挣钱的路子。”王哈萨端起酒杯说。

齐掌柜端着酒杯，又看一眼魏啸铭。

魏啸铭也端起一杯酒，“来，我也陪一杯，喝了听我说个正经事。”说完，率先喝了酒，看着众人也把酒喝了，才道：“前些个日子，我和哈萨去了趟恰克图，贩了些肠衣，挣了钱。今儿个吃饭，就一件事，我想和你们合伙，把生意再做大些，做得红火些。”扫一眼众人，拿起筷子，“都不要发愣，吃着喝着，慢慢说。”夹起一块肉，放进嘴里，慢慢嚼着，端起酒杯，轻抿一口，随后，慢悠悠地说了自己的想法。

齐掌柜和另两个人都瞪着眼睛，相互观望着不搭话，王哈萨啧了一声，“老齐，你个贼㞞就是属驴……”

魏啸铭摆摆手，截住王哈萨的话头，“这事不急。齐家爸，你们回去好好想想再说，今儿个先喝酒。”说着，率先端起酒杯，“来，齐家爸，我们喝一个。”

随后几天，魏啸铭往来于齐掌柜及另两个商家之间，几经周折，终于促成这桩合伙生意。合伙收购肠子，由齐掌柜负责加工成肠衣，王哈萨负责销售，所得利润四六分成。齐掌柜对此分配颇多微词，但也只是背后嘟哝，没有当面提出，魏啸铭也就没理会他。

一个月后，第一批肠衣出货。临上路时，齐掌柜死活要让天茂和王哈萨同去，说是怕路上不安宁，二人同去，也好相互有个照应。魏啸铭抿着嘴，微微一笑，拍拍王哈萨的肩膀，“齐掌柜不放心，你就把天茂带上吧！”

十九　天机

伏天里，一连月余不见一滴雨星落下来，四处弥漫着燥烈的气息。

二柱子在草房里铡草。他一手往铡口里喂草，一手握住铡刀把儿猛地向下一摁，随着铡刀切过青草的轻响，寸把长的草屑散落在铡刀旁。二柱子黑黝黝、汗津津的臂膀鼓起一棱一棱的肌肉，随着铡刀的一起一落蹿跳不已。单调的“嚓嚓”声令人烦闷，一种不安和期盼更是搅得二柱子心烦意乱。他不知道自己想要啥、想干啥，心里总是涌动着一种令他想喊想叫的冲动，一种想要癫狂的冲动。二柱子挥着铡刀，又发狠似的铡了两下，把铡刀往旁边一推，四仰八叉地躺在青草堆上，立时，一股和着青草气味的凉爽的清香，涌上来将他包裹住。二柱子伸手扯过一根青草，抽出嫩茎，放在嘴里一咬，嘴里漫过一股淡淡的青草的腥香和干涩。他狠狠地啐了两口，抬起头向后狠蹭两下，在青草堆上蹭出个深深的窝，长长地舒口气，晃动一下身子，让自己躺得更舒坦些。

二柱子到魏家后，就在魏家做些喂牲口、扫院子、提水喂鸡一类的琐事，后来长大了些，在粉坊、磨坊和醋坊间往来帮忙。魏家倒没有把他看作外人，吃吃喝喝、穿穿戴戴，以及其他杂七杂八鸡零狗碎，魏家兄妹有的，他也不少。每年，冬天棉的、夏天单的、春秋的夹袄夹裤，魏陆氏早早就替他预备好了。日子很滋润，恍恍然，不知不觉地就过去了。如今，二柱子已经长成一个精壮的大小伙子，古铜色的肌肤隆起一块块肌肉疙瘩，让人感觉随时会有一股力量迸发出来。他终日沉默少言，只知埋头干活。在外人眼里，来回奔忙于魏家醋坊、磨坊、粉坊、煤窑之间的二柱子，就是魏家一个不出钱的长工。人们对于魏宗寿收养二柱子也是众说纷纭。有人说魏宗寿有眼光，看得远，白捡了一个壮劳力，还落个好名声。有人反驳这种说法，你说人家白捡了一个壮劳力，当年你咋不捡？这只能说人家是好心有好报。

似乎没有人注意到二柱子眼神的变化，但二柱子的确是变了。棱角分明的脸上，浓浓的剑眉下一双漆黑的瞳仁，隐隐地似有一团火苗在闪烁、跳跃。冬梅曾对二柱子说："你的眼睛像锥子，像要扎人！"这时候，二柱子心里就像有条毛毛虫爬过。他会眨着眼看着冬梅，眼里的火苗也会摇曳出一片温情，"嘿嘿嘿"笑出一种别样的意味。二柱子长大了，不知从什么时候开始，看冬梅的眼神变了。春天里，对于狗连蛋[①]、猫叫春也有了种别样的感觉。而冬梅对此似乎毫无察觉，整日里，依然没心没肺地在二柱子眼前晃来晃去。

草房外掠过一阵轻轻的脚步声，不大一会儿，冬梅蹑手蹑脚地走过来，轻轻地抓起一把草，扬在二柱子的脸上。二柱子故意忍住没动。冬梅嘻嘻笑着踢了二柱子一下，"你就装吧！不好好铡草，偷懒睡觉。"蹲下身，搓搓手就要挠二柱子痒痒。二柱子猛地坐起来，伸手去推冬梅，手无意间触到冬梅绵软的胸。冬梅惊叫一声跌坐在地，"你个坏屄！"抬手护在胸前。二柱子缩回手，睁大眼睛盯住自己的手。一瞬间，那种绵软的感觉就像触电一般，使他的心怦怦地狂跳不已，一股血直冲头顶。他不由自主地咽口唾沫，把目光慢慢转向冬梅。冬梅也涨红着脸，愣然地瞪着二柱子。"我……我……"二柱子嗫嚅着，不知要说什么。冬梅撇一下嘴，斜睨二柱子一眼，"算了算了，我帮你铡草吧！"说着，爬起来，跪坐在铡刀旁。二柱子也讪笑着爬起来，捉住铡刀把儿。

不经意间冬梅长大了。丰腴的肩膀，隆起的胸部像塞进了两团发面似的骤然间鼓胀起来。还有浑圆的微微翘起的臀部，随着迈动的双腿颤巍巍的，似乎随时要从紧绷的裤子里崩裂出来，犹如熟透的桃子，诱人的浓汁随时会破皮而出。

冬梅总觉得二柱子今天的目光十分邪乎，像是带着许多毛刺的刷子，在她的皮肉上刺啦啦地扫过时，立时会有种火烧火燎的感觉。这种感觉令冬梅周身不安，禁不住地扭动一下腰身。她快快地捋好一把青草喂在铡口，看二柱子还盯着自己不动，声音绵软地道："你可当心铡了我的手！"二柱子深吸一口气，抿一下嘴，发狠地摁下铡刀。二人一时无言，只有铡刀切过青草"嚓嚓嚓"的声音。冬梅穿着薄薄的花布衫子，红润的汗津津的脖颈上粘着一缕头发，薄衫下，两个鼓胀的肉球若隐若现地颤动着。

---

① 狗连蛋：俗语，指狗交配。

二柱子的心还沉浸在刚才触电般的感觉中，他每次摁下铡刀靠近冬梅的时候，都有一股淡淡的让他神迷的气息钻进鼻孔，更撩拨得他心猿意马，不能自已。二柱子终于忍耐不住，在又一次摁下铡刀靠近冬梅的时候，俯身在冬梅的脸上亲了一口。冬梅一下僵住了，半晌才慢慢抬起头，愕然地瞪着二柱子。她的眼里隐现着一丝惊恐、迷乱和不知所措，心怦怦怦跳得似乎要从嘴里蹦出来。二柱子矮下身，两眼通红地盯着冬梅，粗重浓烈的鼻息喷在冬梅的脸上。冬梅不安地向后挪动了一下，“你……你要干啥呢？”剧烈的心跳使得她说话的语调微微发颤，耸起的胸脯随着她的呼吸急促起伏。一张红扑扑的脸，散布在鼻翼两侧及面颊上星星点点的雀斑，愈发涨红得发紫。二柱子向前凑了凑，伸手扳住冬梅的肩膀。他看着冬梅惊恐慌乱的样子，身子一扑，压在冬梅身上，张嘴咬住冬梅的嘴唇。冬梅嘴里“呜呜”叫着，挣扎着，双手在二柱子身上又拍又打。她感到二柱子的手伸进了她的衣衫，顺着她的肚腹蹿上来，摸索着哆嗦着握住了她的奶子，一股温热的触电般的感觉霎时传遍全身。冬梅觉得这感觉让她通身舒泰，心里湿漉漉的，一种陌生的欲望像风一样灌进她的身体，让她喘不过气来。她的嘴唇无力地启开，嚅动着，下意识地迎合着。二柱子只觉得浑身燥热难耐，心里惊慌憋闷。他愣怔地咬住冬梅的嘴唇，握住冬梅绵软的奶子，犹如握住一个暄腾的馒头。这让他一时茫然无措，不知道接下来该做什么。恍惚间，脑子里电光石火般显出一幕：燥热的天光下，土炕上晃动着的白花花的屁股和纠缠在一起同样白花花的腿。二柱子扯开了冬梅的布裤带，松开咬住冬梅的嘴，想探头过来看看，又不舍得似的，复又咬住冬梅的唇，用力地吮吸起来。他的下体游龙一般探索着、冲撞着，恍然间，闯进了一片福地。他听到冬梅惊叫了一声，随后紧紧地搂住他的腰身……

那天完事后，二柱子对背对着他的冬梅说：“我那年在窗户上偷看，看到二哥和二嫂就在弄这事。”

冬梅愣了一下，也想起了当年追问二柱子的情形。她轻轻揉搓着被二柱子咬得生疼的嘴唇，一改往日大大咧咧的声气，拖着哭腔道：“你个害货，要是叫大知道了，非打死我不行。”她看二柱子一动不动直愣愣地盯着自己，举起拳头打了他两下。“呜——呜呜——我咋办呢？这阵子你尿了，你叫我咋办呢吗？呜呜——你个害货！”她一把推开二柱子，站起来，左右开弓，抹去眼泪，快快地整理好衣衫，盯着二柱子看了一刻，一跺脚，转身走到草房门口，又反身回来狠狠踢了二柱子一脚，才逃也似的捂着嘴跑出草房。

冬梅从草房出来，惊慌忙乱地跑回自己的屋子，扑身趴在炕上。嘴唇、面颊、脖颈、胸脯，还有最隐秘的私处，都似被撒了辣面子，又被狠狠揉搓过一般，有种火烧火燎的隐痛。她的心里也是一片火烧火燎的感觉，一片混沌，说不上是悲是喜是忧是恨。

坐在炕角看书的月月满脸疑惑地看着冬梅。“姐，你咋啦？”放下书，凑近冬梅，抚着冬梅的肩，“姐，你咋了吗？”

冬梅拨开月月的手，翻起身，直愣愣地盯着月月。月月伸手摘下冬梅头上的一片草屑，看见冬梅脖颈上一块青紫，惊乍乍地道：“姐，你这是咋了，这都青了。”眨着眼，探询地看着冬梅，“是……是柱子哥欺负你了？我告妈去。”说着就要下炕，被冬梅一把抓住。

“你就消停些吧！”

“那你咋了吗？”

“问，问，你问个啥嘛，你看你的书去，骚情啥呢！”

月月一甩手，坐到炕角，拿起书，斜眼看着冬梅。

冬梅乱了，炕上地下不停地窜腾，一会儿咬牙，一会儿跺脚。她真不知道该怎么办了。

二柱子走出草房，才真正感到害怕。他在后院踟蹰了很久，支棱着耳朵，静听着前院的动静。前院很安静，没有发生他担心的暴怒呼喝以及惊慌忙乱天塌地陷的哭喊。他发狠似的走出后院，猛然看到魏宗寿正站在堂屋门口的台阶上，向这边张望。二柱子又一时无措，心慌气急地站在后院门口，愣怔地望着魏宗寿。他似乎听到魏宗寿喊了他一声，但脑子一片空白。魏宗寿又喊了他两声，疑惑地骂道：“你魔怔啦？望啥呢？”二柱子的脑子才艰涩地转过弯，惊慌失措地跑过去，不安地盯着站在台阶上的魏宗寿。

魏宗寿并没有在意二柱子的表情，随意问了他几句闲话，告诉他明天开始去醋坊帮忙，然后挥挥手，“去吧！”

二柱子以为自己听错了，又愣怔地盯着魏宗寿看了一刻，才如遇大赦一般，跑开去。

魏宗寿望着跑开的二柱子，嘟哝道：“怪球了！”

又熬过几日，二柱子悬着的心才渐渐放下。

魏啸铭在街上碰到刘客商，相互打个招呼，回到家吃过午饭，躺在炕上准备睡个午觉。刚躺下，忽然又想起刘客商，一骨碌爬起身，径直去了齐掌柜家。他早就听说刘客商和齐掌柜近来打得火热，只是一直忙，没顾上。再说，就算真如听说的那样，齐掌柜把肠衣偷卖给了刘客商，他也没想好对付的办法。可这事，梗在他心里，让他窝憋，让他不舒坦。

魏啸铭在齐掌柜家没见到刘客商，后院里堆满了擀好的毡。齐掌柜在一堆毡子中忙活着，看魏啸铭进来，稍一愣怔，赶忙迎上去，“铭娃咋来了，有些日子没见你了。”

魏啸铭笑笑，“嗯，忙得很。过几天，王哈萨就要回来了，来看看你下一批肠衣准备得咋样了。”

“早着呢，早着呢。肠子现在不好收，收不上。”齐掌柜一迭声地说。

“前些个日子，你不是收了一批肠子吗？”

“唉，提不得，提不得。”齐掌柜摆着手，一脸无奈的样子。

“咋了？”

“提不得，没弄成，不说了，不说了！”

魏啸铭便不再问，背抄着手，在盛放肠衣的大陶瓷缸前，探身看看肠衣，又扭头四处瞅瞅，忽而转向身后的齐掌柜，似不经意地问了一句：“咋没见着刘客商？”

“他出去弄……”齐掌柜忽然停住，半截话憋在嘴里，脸霎时一热，眨着眼，半张着嘴，瞪着魏啸铭。

魏啸铭咧咧嘴，脸上的笑还没完全展露，便倏地消隐，转身，扬扬手，“走了，你忙吧。”背抄起手，嘴里哼哼着：“庞涓贼不尊师父言，投机取巧弄机关……”

齐掌柜看着消失在门口的魏啸铭，才醒悟似的，抬手一拍自己的嘴，骂一句：“阴屄，蔫儿坏的阴屄。”

两天后，魏啸铭看到刘客商牵着两峰驮着满满两驮货的骆驼，从齐掌柜家院子里出来，朝鄯善方向去了。刘客商和天茂各骑着马，跟在骆驼后面。魏啸铭抽了抽嘴角，脸上涌起一层阴阴的笑。

民国二十年初，木垒河县升格为三等县。

蔡县佐回家养老去了，新县长上任。

新县长姓马，是从省里下来的。同时上任的还有两位副县长。一位是本县艾山巴依的儿子尼亚孜，迪化蒙哈学校毕业后在省府教育厅做翻译。还有一位是魏汪两家没有想到的，奇台县管矿业的焦科长焦叔平。焦叔平当了木垒河县的副县长，别人咋样就不说了，魏啸铭真比吃了苍蝇还要难受。

新县长上任，首先成立了木垒河县商会，选了汪雨量和魏啸铭做正副会长。商会没有现成的办公地点，只好先放在同乡会馆里议事办公。二人上任的第一天，汪雨量对魏啸铭说："铭娃，我老了，想在家里多缓缓。有要紧事了，你就给我言传一声，差不多的你就自己做主弄了算了。"说完，看都没看魏啸铭一眼，背着手迈着方步迈出屋门，"我站在城楼观山景，耳听得城外乱纷纷……"哼哼着回家去了。

魏啸铭眯着眼望着消失在门口的汪雨量，咽了口唾沫，恶狠狠地骂了一句："老屄，我给你言传个球呢！"他斜坐在椅子上，脸色阴郁地谋划着，怎么烧这新官上任的三把火。

一个月后，魏啸铭向马县长提出复修西城门的建议。复修西城门的理由很简单，他说："现在兵乱四起，盗匪猖獗，而木垒河城池残破，难保一方平安。"

马县长很热情，招呼魏啸铭坐下，然后眯起眼，不知是在审视魏啸铭还是在思考。半晌，才慢悠悠地道："县府没钱啊！"

魏啸铭并没有马上接县长的话，也是沉吟了一会儿才微笑着道："只要县长点了头，我找各商家捐钱。"

"本县刚刚上任，怎好就增加百姓负担呢？再说，现在纸币毛荒，商家的日子也不好过啊！"马县长沉吟道。

魏啸铭嘴张了张，把要说的话又咽了回去。县长的话让他摸不准县长的意图。这城门修还是不修；是县长倾向于修，又怕增加了百姓负担招致百姓怨气；还是县长压根儿就不想修，只是不好回绝他。魏啸铭挪了挪屁股，端起茶喝了一口，一脸笑意地看着县长。

马县长哈哈一笑，"看来魏会长是成竹在胸啦！"

"不敢不敢，还要县长鼎力支持才行！"

那天，马县长和魏啸铭说了很久，魏啸铭才扯着嘴角似笑非笑地走出县长的办公室。

那天，魏啸铭向马县长提出，烟民缴纳城门捐。他说："眼下正是烟民收割大烟的季节，烟民缴纳城门捐正是时候。让他们缴纳城门捐也是为他们积些阴德。"

马县长沉吟了一会儿，才笑道："这你可得感谢杨督军啊！"

魏啸铭不解地瞪着马县长，"这话咋说？"

马县长端起小紫砂壶，呷了一口茶，"我听百姓私下说：杨督军禁烟十七年，临死开个大恩典。要是杨督军不开这个恩典，你让谁缴这城门捐？"

魏啸铭笑笑："杨督军不开，金督办也会开。金督办花钱的地方比老督军的多，他不开也得开！"

那天，魏啸铭还试探地问马县长，是不是可以用商会的名义，做些羔羊皮的生意。马县长沉吟半晌，摇头拒绝了，"这可是有违省府规定的事呵，还是不做的好。羔羊皮是出口俄国的紧俏品，省府为此专门成立的羔皮公司在管理。弄不好，折财不说，恐有牢狱之灾。"

有钱出钱，没钱出力。秋天，庄稼收完，修建西城门的摊子铺开了。四乡的农民都来出义工，可修建西城门的款项筹备得不顺利，还差着好大一截。魏啸铭动员全县各商家、农牧区的财东巴依，费了九牛二虎之力，还没有筹到整个费用的一半。加上临时征收的城门捐，这费用依然缺着不小的一块。眼看着钱一天天地少下去，西城门还只是个大框架。领工的工头着急得不行，来找魏啸铭要钱。魏啸铭一副不急不慢的样子，"你急个球啊，到时候少不了你的钱。"听魏啸铭这么说，工头干瞪眼，急不得恼不得，不知道魏啸铭的葫芦里还能冒出什么妙计。

快入冬的时候，魏啸铭来找汪子恒。他向汪子恒借兵来了。汪子恒要他说个理由，魏啸铭笑笑："天机！"

汪子恒说："你没理由，我咋给你派兵？"

无奈，魏啸铭只好告诉汪子恒借兵的用途，末了又续道："地方军警有协助商会稽查不法商贩之责，你这也是师出有名。"

汪子恒指着魏啸铭笑谑道："你这人，就是阴得很！你不怕他报复你？"

"哥，我人都活成这样了，你说，我害怕谁？"

汪子恒摇摇头，没再说话。

十多天后的一天傍晚，魏啸铭带着借来的兵，堵住了正在焦叔平焦副县长家交易羔羊皮的商贩。焦叔平看魏啸铭忽然出现在他家，惊愕的表情只在脸上停留了片刻，就一扫而过。他放下正拿在手上察看的羔羊皮，把魏啸铭请进堂屋。不知道他们在屋子里谈了些什么，总之，魏啸铭是满脸堆笑地被焦叔平送出门外。第二天，魏啸铭在他的办公室里，接受了焦叔平派人送来的一笔数目不小的捐款。魏啸铭也忙里忙外地跑了半天，派人一路敲锣打鼓，吹吹打打地给焦副县长送去一面上书"爱民如子"的锦旗。

焦叔平怎么也不会想到，出卖自己的是他的小儿子。

这件事早在数月前，魏啸铭就开始谋划了。说起来机缘很偶然。他想修西城门，苦于没钱。一次很偶然的闲聊，听说焦叔平委派人在牧区大量收购羔羊皮，他侧着头想了一会儿，一丝不易察觉的笑意浮上他的面颊，“我得让你言出必行呵！”

县佐府旁边的一个院子，住着新来的焦副县长焦叔平一家。焦副县长上任的第一天，就对木垒河人说，他要和木垒河人民共同奋斗，建设美好家园。所以，来上任不久，就把家人接了过来。

那天下午，魏啸铭路过焦叔平的院子时，看到焦叔平的小儿子正在院门口玩。他在路边蹲下身，朝正玩得有滋有味的娃娃招招手，“来，来来，过来！”

娃娃站起来，审视了一下喊他的人，慢慢地移过来，“你是谁？”

“我是你大的朋友。”

“我大是谁？”

“焦副县长不是你大吗？”

“那是我爹！”

“噢——噢噢，我是你爹的朋友！”魏啸铭摸了一下走到身边的娃娃的头，“你叫啥？”

“你问的是大名还是小名？”娃娃嘻嘻一笑，“我经常看见你从这里过。”

魏啸铭沉吟了一下，“小名吧！”

“我叫小龙子！你叫啥？”

“你就叫我叔叔吧！”魏啸铭一手抚在小龙子的肩上，一手从兜里掏出两个铜板，“给你，买糖吃吧！”想了想又嘱咐道：“可不能让你爹知道了，他知道了就不让你要我的钱了。以后，你在这达玩，我过来就给你钱买糖吃，好不好？”

“嗯，我听你话！不给我爹说！”

“那就好，你玩吧，我走了！”

随后不久，魏啸铭就对进出焦叔平家的人了如指掌了。他怕小娃娃说话不牢靠，还在一天午后，趁焦叔平不在家的时候，让小龙子带他到焦叔平的后院去看过一次。只是那间陈放羔羊皮的屋子，房门紧闭，他无法知道里面究竟有多少。他只能听小龙子告诉他，屋子里有不少像他比画的那种小皮子，啥颜色的都有。这让他心中暗喜。魏啸铭知道，做这种生意的人大都背景很深。他虽不知道，焦叔平这棵树的根究竟有多深，但有一点，他想得很清楚：我只是要你出些钱，至于其他，那就不是我魏啸铭管得了的事。

魏啸铭仰靠在太师椅上，双目微闭，不时端起桌上的小紫砂壶呷一口茶。他现在除了每天回家吃饭，就住在商会的办公室里。走出令他憋闷的家，看不见麦秀，看不见争子，心里少了揪心事，心思也就都用在商会的事上。

这次让焦叔平吃了哑巴亏，既解决了修建西城门的费用，又出了一口恶气。魏啸铭一想起那天焦叔平憋得猪肝似的脸，就想笑，就感到惬意。这份惬意的心境有一种无以言说的美妙，是一种如愿以偿的报复的快感。他又端起小紫砂壶呷了口茶，放下茶壶，手指在桌面上轻轻地敲着鼓点："孙柏灵摆下了一字长蛇、二龙出水、三教斗法、四门围困、五虎群羊、横扫六合、七星北斗、八卦阵！……"

"铭娃，铭娃！"王哈萨一步跨进来，一屁股坐在魏啸铭旁边的椅子上，来不及喘口气，说："快气死我了，你还有心思在这达唱。"

魏啸铭抬了抬眼皮，端起茶壶呷一口，才坐直了身子，"啥事？能把你王哈萨气成这样。"

"你——你是真不知道，还是装糊涂呢？"王哈萨翻着白眼，睃了魏啸铭一眼，"齐掌柜是越来越不像话了，你得想个办法！他收的肠子都给了刘客商，这次给我们的肠子挣的钱，怕是连路上的搅费都不够。"

魏啸铭低着头，嘴角不经意地抽一下，半晌，抬起头，盯着王哈萨。眼里有什么东西，一跳一跳，似根针，一下下刺着王哈萨。

王哈萨左右打量一下自己，疑是脸上有什么东西。抬手抹一把脸，看魏啸铭一眼，又使劲搓一下自己的脸。

魏啸铭嘿嘿干笑两声，笑容在脸上一闪即逝，"王哈萨，你也自诩黑白两道横着走的人，这些个事情，咋就来问我呢？"看王哈萨眨着眼愣怔地瞪着自己，续道，"我盘算着，就这几天，那刘客商也该来了。"

"你——你早就知道齐掌柜的事，你咋不说，我还以为你不知道呢。那——那你想好办法了吧？"

魏啸铭撇撇嘴，"你王哈萨都没办法，我有啥办法？"

"我——我——你——我有办法，我有啥办法？我再怎么黑白两道的，你总不能叫我抢——"王哈萨半截话噎在嗓子里。

魏啸铭的嘴角微微上扬，一副似笑非笑的样子，看着王哈萨心中暗笑。好多年后，魏啸铭面对焦叔平得意的眼神，想起今天王哈萨愣怔的样子，不禁喟叹道："人这一辈子都是有劫数的。"

王哈萨看魏啸铭仰靠在椅子上，似笑非笑盯着自己，咬咬牙，咽口唾沫，"狗日的！"

十数天后，刘客商运货的驮子在大浪沙被劫。跟随刘客商一起运货的天茂逃了回来。天茂似被吓傻了，结结巴巴的，始终说不清事情的原委。人们只知道，刘客商死活难测，货物被劫一空。

齐掌柜第一眼看到逃回来的天茂，就觉得这事一定和魏啸铭有关。他说不清这感觉从何而来，可这感觉让他窝火。他蹲在盛放肠衣的大陶瓷缸前，深吸一口腌制的肠衣散发的腥臊气息。熟悉的气息，熨帖地掠过他的心底。可魏啸铭的影子，在他的脑子里怎么也抹不去。

随后两天，齐掌柜反复追问天茂被劫时的情景。天茂惊魂未定，双目游离。齐掌柜一口气窝在心里，一甩手，撇下天茂，走出院子。路上行人匆匆，不时有熟人跟他打招呼。齐掌柜心里窝憋，懒懒地敷衍着。刘客商不知生死，眼睁睁看着一条财路断了，一股邪火蹿上来，犹如点着的芨芨草墩，呼呼地越燃越旺。“狗日的！”齐掌柜咬着牙，骂了一句，强压下一肚子火气，漫无目的地踽踽而行。猛抬头，竟是魏家大门口。娥娥在踢毽子，看齐掌柜闷头过来，说：“齐家爷，你找我爷呢吧，我爷在屋里喝酒呢，你快进去吧！”

“你爷一个人喝酒呢？还有谁？”

“没别人，就他和我外爷。”

“你二爸呢？”

“他不在。”

齐掌柜呆愣片刻，叹一声，转身，顺来路匆匆而去。娥娥在后面喊了他两声，他也没理。

天气越来越热，正是麦子灌浆时。齐掌柜家院子更是臭气熏天，隔着老远，腥臊臭味能熏人一跟头。两个伙计在加工今天刚送来的肠子。齐掌柜蹲在院门口，闷头抽烟。一个多月了，不见魏啸铭上门，也没听到王哈萨的消息。齐掌柜心里直打鼓，隐隐觉得不对劲，可又说不出哪里不对劲。他去魏家找过魏啸铭两次，都没见着。到会馆去找，碰到过一次。魏啸铭一见他，就说有事，话没说完，就急匆匆走了，撇下他一个人站在会馆的院子里发呆。

齐掌柜真是憋闷死了，又去找了魏啸铭几次，好容易把魏啸铭堵在会馆。这次，魏啸铭倒是没急着走，不慌不忙地给他让座沏茶，“咋了，齐家爸这么急着找我，啥事？”

魏啸铭一问，倒把齐掌柜问住了。他眨巴着眼，嘴张了几张，像是什么东西卡住了嗓子，“你——你——我那达的肠子都放不下了，你咋还问我呢？”

一说到肠子，魏啸铭立时涌起一脸愁苦，万般无奈地两手一摊，“王哈萨不回来，你就说啥也没用呵。”

“那——那王哈萨啥时候能回来？他不回来，这肠子咋办？”齐掌柜几次想张口说，王哈萨不会也遭了土匪吧？话在嘴里打着旋儿，终是没吐出口。

“唉，齐家爸，你知道，我和你一样急得不行，这么热的天，我知道肠子放不住。”魏啸铭扬扬手，“你喝水，你喝水。王哈萨走了有些日子了，也该回来了。他是个知轻重的人，你就放心地再等两天，啊，再等两天吧。”

“那上次王哈萨拿走的肠子钱先给我吧，手头紧，转不开了。”

“王哈萨不回来，哪儿有钱呢？”魏啸铭睃了齐掌柜一眼，拿起桌上摊开的书，随手翻起来。

齐掌柜还想说，看看魏啸铭的样子，到嘴边的话又咽了回去。

二人一时无话，默坐半晌，齐掌柜觉得再坐下去，也没啥意思，只好悻悻离开。

齐掌柜眼看着肠衣一天天多起来，满满两大缸。天气又像专门和他作对，又闷又热，不见一丝丝风。送肠子的人还在天天上门。送上门的肠子不收不行，那都是早把定钱交在人家手上的。眼看着又一大缸将满，齐掌柜终于悟出味来。念头刚刚浮进脑子，他就禁不住冒出冷汗。上次王哈萨拿走的肠子说是暂时没钱，转不开，要等他从恰克图回来才能给。就是说，魏啸铭和王哈萨已经把合伙的钱抽得差不多了。要是这次他们捣鬼使坏，赔掉的钱可都是他的。齐掌柜不敢想下去了。好不容易又熬过十数日，终于捺不住了，又去找魏啸铭。

魏啸铭在会馆的办公室里，像是早就知道他要来，一见他进门，笑盈盈地朝旁边的椅子挥挥手，“齐家爸，你坐，你坐。”不等他开口就说，“昨儿个，王哈萨回来了。”稍停，舔着嘴唇，像是在斟酌咋说。“嗯，嗯——不过，齐家爸，恰克图那头，人家断了和我们的生意。”

齐掌柜一下站起来，惊慌得差点绊倒，“那——那——那现在收下的这些个肠子咋办？”

“没办法了。人家不和我们做这生意，是因为又找了别人。王哈萨听人家的小伙计说，好像另找的人是买你毡子的刘客商。”

齐掌柜一口气噎在嗓子里，半晌没缓过气，脸都紫了，“他——他——王哈萨他胡说的呢。”气急败坏地拍一把桌子，“他胡说的呢！”

“胡说不胡说，我不知道，要不你等王哈萨来了，你问他。”

齐掌柜眨着眼，直愣愣地瞪着魏啸铭，嘴唇哆嗦着，“这是你们两个人合伙日弄我呢！”

“齐家爸，你这么说就伤人了。”

“铭娃，我们有契约挡着呢，不能一句话，你说不做就不做了，现在收下的这些个肠子咋办？要赔也是一起赔。”

魏啸铭笑嘻嘻地看着齐掌柜，半晌，慢悠悠地道：“齐家爸，要说这契约嘛，那也要看是谁先坏了契约，你说是不是？”

“你——你——”齐掌柜僵住了，手颤抖着，指着魏啸铭，终是一句话也没说出来，拂袖而去。

魏啸铭坐着没动，“齐家爸，你慢些个走，不送了。”看着齐掌柜从门里消失，他脸上的笑倏忽不见了踪迹。

齐掌柜走出会馆大门，茫然地望望四周。日头正当头，明晃晃的天破了，阳光毫无遮拦地漏下来，芒刺一般，刺着他。他能听见阳光刺在皮肉上，刺啦刺啦的声响。脸似淋了水，汗顺着脖颈淌下来。抬手抹一把，甩甩手，又在衣襟上来回蹭蹭。茫然回头，会馆院子里浓荫密布，阳光透过树枝，滑落在地上，溅了一地的光斑。魏啸铭的话说得再明白不过了，肯定是知道了他和刘客商之间的交易。这狗日的阴屃，看他笑的样子就知道早就谋算好了。齐掌柜咬咬牙，几步跨下台阶，走了。他要去找焦叔平。至于为什么找焦叔平，是因为魏家和焦叔平是对头？他说不清白，只是觉得，该去。其实，他对魏焦两家的恩怨也只是耳闻，究竟是啥恩怨，他同样说不清白。走到焦叔平家门口，齐掌柜又犹豫了。进去了说啥，咋说？踟蹰半晌，依然理不出个头绪。他真是让铭娃个阴屃气昏了头。“驴日的。”齐掌柜咬着牙，骂了一句，转身回家。进到屋子，甩脱鞋，跌躺在炕上。浑身的筋骨像断了、散架似的，脑子乱成了糨糊，透心的疲惫挤压着他，使他喘不上气来。

齐掌柜在心里，千遍万遍地咒着魏啸铭。这个丢了鸡巴的阴屃，真是把他害苦了。咒归咒，事总得想办法解决。齐掌柜在炕上辗转反侧，中午家人来喊他吃饭，也被他几句话气走了。直到日头偏西，齐掌柜才爬起身，喊了天茂来商量。

天茂一进门，齐掌柜溜下炕，上前一把挽住天茂的胳膊，把他拉到桌子前坐下，沏了茶，递给天茂。

天茂欠起屁股，双手接了齐掌柜递上的茶，不安地说：“掌柜的，有啥事，您就说。”

“天茂，我想跟你去趟恰克图。”齐掌柜尽量把话说得轻描淡写，“我想和你去恰克图，把院子里这些个肠衣出了。”

天茂呆愣一下，才反应过来，猛地站起身，端在手里的茶泼洒一身，放下茶碗，惊慌地拍着身上的水，头摇得比拨浪鼓还欢，“不行不行不行，掌柜的，去不成。”看一眼齐掌柜，“真的去不成！”

“咋就去不成，你又不是不知道路。再说，这次我们找几个帮手，一起走，我不相信，倒霉事还都让我们碰上了。”

天茂急道：“不光是认不认路的事，就是去了，人家也不认我！”天茂斜乜一眼齐掌柜，“每次出货的时候，刘客商就把我支走了。我也不知道货咋出。”

齐掌柜站起来，一步跨到天茂跟前，手指着天茂，“那——那我让你跟上刘客商干啥去了？啊——我让你跟上要去了，是不是？你咋早不说？刘客商是不是给你啥好处了？”看着天茂一脸虚怯的样子，愈发认定了自己的想法，抬手一巴掌扇在天茂头上，“我把你个驴日的，吃里爬外的东西，我还能不知道你个驴㞞！”

天茂缩着脖子，躲开，几步窜到门外，哈着腰，看着齐掌柜。

齐掌柜气极，转着身，要找东西打天茂。

天茂一看架势不对，转身就跑，“掌柜的，我先干活去了。”话没说完，人已出了院门。

十数天后的一个下午，齐掌柜杀了只羊，请汪雨量、老秀才、蔡县佐、肖先生和魏啸铭到家里吃饭。

魏啸铭是齐掌柜亲自上门去请的。他怕魏啸铭不来，准备了好些话，没承想一句没用上。刚一开口，好像魏啸铭早就知道齐掌柜要干啥，没一点犹豫就应了。这倒让齐掌柜担心魏啸铭是不是又在日弄他，又央求汪雨量来时，顺路喊了魏啸铭一起来。

汪雨量和魏啸铭一进屋，先到的蔡县佐、老秀才和肖先生起身相迎。魏啸铭冲老秀才拱拱手，“秀才爷，你好嗄！”又转向蔡县佐、肖先生，“蔡家爸，舅，你们也好吧。”

众人寒暄毕，一一坐定。齐掌柜说：“你们先喧着，我去看看肉好了没有。”一拱手，走出屋子。

大家都知道齐掌柜请客的目的。蔡县佐端起茶碗呷口茶，轻咳一声，“铭娃，齐掌柜给我说了些你们的事，究竟里头还有些啥曲曲道道，我不清白。不过，都是乡里乡亲的，啥事情都好商量，得饶人处且饶人，你说是不是？”

魏啸铭笑笑，“蔡家爸，你说得对。谁也不想把事情弄成这样。现在，我也没办法，人家那头不跟我们做这个生意，你叫我咋办？”

老秀才说：“你们听我说两句。铭娃，要说这事呢，齐掌柜是不该，可事情已经弄成这样了，都是乡亲，你能帮，就帮一把！你们说，是不是，人在难处，帮一把，啊，帮一把！”

肖先生取下叼在嘴上的烟袋，“嗯，秀才爸说得对。铭娃，冤家宜解不宜结，能帮就帮一把，凡事看远些。啊，看远些。”

汪雨量冷冷地冒出一句：“球，都是贼尿自找的。我看他是精过了头，活该！”端起茶碗，吸溜吸溜喝着茶。

蔡县佐嗤一声，“老汪，你就是个贼锤子，喝着人家茶，还不说人家一句好。”

汪雨量重重放下茶碗，“球，我还不喝了，这号球饭吃不吃，都窝憋。”

“那你干啥来了？”

“你不看贼尿可怜样，我来，也是实在抹不开情面。”

“我看你就是个贼尿！”蔡县佐撇着嘴说。

魏啸铭呵呵一笑，“行了行了，蔡家爸，你们这是逼我呢。”略一沉吟，说，“你们也不要再说了，这样，我和王哈萨商量一下，看看他有没有办法再说，行不行？能帮，我一定帮。”

蔡县佐嘿嘿笑着点点头，“嗯，嗯嗯，你个尿娃，我还不知道个你？你既然这么说了，你就有办法，行，蔡家爸信你。”扭头看看众人，“看看齐掌柜的肉好了没有，吃饭吃饭。”

第三天，齐掌柜在魏家见到了魏啸铭和王哈萨。魏啸铭一见齐掌柜，就说：“齐家爸，我们就不绕弯子了，我和王哈萨商量了，把你的货拿到恰克图，看看能不能出掉。你说个价吧！”

齐掌柜一愣，眨着眼，“还出啥价呢？不就早前那个价吗？”

王哈萨看一眼魏啸铭，说：“啥？早前的价，齐掌柜，你该不是做梦呢吧？现在就是半价，拿到恰克图，还不知道人家要不要呢。”

齐掌柜一下惊跳起来，“半价？”看看魏王二人的脸，“那——那你们说啥价？”

王哈萨一把拉过齐掌柜，捏着他的手指，出个价。齐掌柜半张着嘴，半晌，呼出一句：“你们这是抢呢！这我收都收不来。”求救似的看着魏啸铭。

魏啸铭别过头去，望着南面的双疙瘩山。

王哈萨抽回手，“那你自己看着弄去吧！”

齐掌柜嗐一声，两手抱着头，矮下身去。

那天，魏啸铭只出了刚过一半的价，收了齐掌柜的货。齐掌柜回到家就躺倒了，躺了一天，还是不行，人烫得跟炭火似的。请肖先生开了几服汤药，吃了才见好。

齐掌柜病一见好，就请了焦叔平到家里吃饭。二人边吃边说，直到很晚，焦叔平才回去。第二天，焦叔平派人喊来白杨河驻在所所长努尔兰，在他的办公室里和努尔兰嘀咕了半天。又两天后，努尔兰独自进山去了。

二柱子的心又不安分起来。自从和冬梅在草房发生那件事后，二柱子一直处在忐忑之中。每次听到魏家人喊他，都会不由自主地抖一下，及至明白别人喊他的用意，蹿到嗓子眼的心才会慢慢落回原位。在二柱子眼中，冬梅也在不经意间变了。那天，冬梅从草房里跑出来，两天没露面。二柱子再见到她的时候，就觉得她变了。首先是冬梅看他的眼神变了，多了些似怨非怨、似怒非怒的内容。说话的声音变得绵软起来，不再像以前，扯着嗓子放肆地大笑，让人隔着老远就能听到她的笑声。有两次，二柱子故意迎面和她撞上。冬梅仰着头瞪着他，猛地踢他一脚；还有一次是狠狠地踩踏了他的脚背，然后转身离去。二柱子在心里偷笑，也似乎明白了女人的心思。

终于，二柱子又有了一次机会。这天，二柱子早早干完了醋坊里翻料的活。回到家，在井台上绞水冲洗，看冬梅到后院去了，胡乱地搓洗两下，扔下水桶，跟进后院。他躲在草房门口，等冬梅走过来，拽住冬梅拉进草房。冬梅冷不丁被人拽住，惊叫一声，看清是二柱子，狠狠地踢了二柱子一脚。正要转身离开，被二柱子一把抱住。二柱子几乎没有犹豫，就把嘴印在冬梅的脸上。这次冬梅只是愣怔了一下，就搂住二柱子的脖子，双双倒在草堆上。但这次不顺当，两人还在手忙脚乱，就被进到后院的人惊开了。

从这以后，二人表面一如既往，暗地里却不放过任何亲热的机会。可这好日子没有持续多久就结束了。

冬梅怀孕了。

正在冬梅和二柱子两人感到一筹莫展的时候，汪秀英发现了冬梅的异样。她踟蹰了好几天，才下决心把冬梅喊到自己屋里探问究竟，才开口问，冬梅就抱着汪秀英哭开了，“嫂子，我可咋办呢？”

汪秀英扳起冬梅的肩膀，“你先不要号！”把冬梅推到炕沿上坐下，看她还在抽抽搭搭地抹泪，又低下头凑近冬梅问道："是不是二柱子？"

冬梅抬起揉得发红的眼睛，重重点一下头。

结果在汪秀英的预料中。她本想把冬梅叫来问问，再想办法帮她，可真的事到临头，突然不知道怎么办了。汪秀英叹息一声，同样举止无措地坐在炕沿上发呆。

冬梅看汪秀英默不作声，摇着汪秀英的胳膊道："嫂子，你得帮我！"

"咋帮呢？啊——咋帮呢？你个贼胆子，看大不打死你！"说完，又觉得不忍心，捉起冬梅的手，轻轻拍着，"要不叫你二嫂来吧。她的主意多，问问她看咋办好。"

"嫂子，我也不知道该咋办了，你就相看着办吧！要不大真的要打死我呢！"冬梅抹一把眼泪，无奈地点着头。

两人相跟着到麦秀的屋子。

麦秀正坐在炕头上做针线活。争子拴在一根一头钉在墙角的长绳子上，自得其乐地在炕上爬来爬去。看到有人进来，眼睛忽闪忽闪地观望一会儿，咧嘴笑出一脸灿烂，嘴角流出一条长长的口涎，愈发兴奋地想要挣脱羁绊。

汪秀英的到来让麦秀有点意外。她收起伸展在炕上的腿，伸手在炕面上掸了掸，"哟，大嫂来了，快过来坐。"

汪秀英站在屋门口，先扫视了屋子一眼，才慢慢走近炕沿。争子看汪秀英走近，咿咿呀呀叫着，挣得更加欢实。汪秀英笑着拍拍手，引逗争子，心里忽然被什么东西拨了一下，眼睛一阴，笑容僵在脸上。汪秀英有点讪讪地扫了麦秀一眼，斜着屁股跨在炕沿上。

麦秀只当没看见，举起针在头发上划一下，继续做自己的针线活，"大嫂今儿个咋来了？"

汪秀英醒悟似的一咧嘴，"哎呀，你看我。冬梅，冬梅快进来呀！"

"哎哟，还有一个呀，弄啥呢？进我屋还要请呀！"麦秀看冬梅两眼通红，迟疑地迈进屋门，疑惑地看了汪秀英一眼。

冬梅两手绞着一步步挪到炕沿边。看看麦秀，看看汪秀英，嘴张了几张，还没开口，眼泪先下来了。

"咋了？这么难心！"麦秀着急道。

汪秀英也不知道怎么开口，朝冬梅的肚子指了一下。

麦秀不明白，盯着冬梅的肚子看了一会儿，抬起头打量着眼前的两个女人，"好的呢呀！哎呀，你们打啥哑谜呢，说呀！"

汪秀英颠三倒四地终于说明白来意，显得比说自己还难以启齿。

麦秀沉默了一会儿，“干啥找我呢？”

冬梅往麦秀跟前凑了凑，拖着哭腔道：“二嫂，求你快想个办法吧！”

“看你一天没心没肺天地不怕的样子，原来你也有怕的时候。现在㞞了吧！”麦秀放下手里的针线活，顺手在冬梅额头上戳了一指头，半真半假地说道。

“二嫂，我都愁死了，你还笑话我。”

“愁啥呢？有啥好愁的，就嫁给二柱子！”麦秀看汪秀英微微皱了一下眉头，尴尬地一笑，“大嫂在笑话我呢！”

汪秀英不自然地咧一下嘴，“没有，你多心了！”

“笑就笑吧，我也该笑呢！”扬一下头，敛起笑容，“冬梅，你不一样！一个要嫁，一个要娶！两厢情愿。我给大说去！”稍一愣，马上又转口道：“我也不行，大不待见我，还是大嫂去说的好。”说完，直盯着汪秀英。

“那大还不打死我。”冬梅嗫嚅道。

麦秀看汪秀英眼望着别处不言传，一挥手恨声道：“早晚你都逃不掉，早了早轻松！”

还没等麦秀去找魏宗寿，冬梅的事就闹开了。

这些日子，冬梅老是神神道道，一惊一乍，要不就坐着发呆。好几次，魏陆氏喊她几声，她都愣怔着没反应。魏陆氏说：“这丫头迷瞪了。”

那天午饭后，魏陆氏听到冬梅屋子里传出一阵阵的干呕和呛咳声，疑惑地推门进去。不久，就传出魏陆氏的一声惊呼：“你个死丫头呀，你咋就能干出这号丢人败兴的事啊！”

当天下午，魏宗寿就知道了冬梅的事。他铁青着脸，让伙计去醋坊喊来二柱子。二柱子气喘吁吁地奔到早站在院子里等他的魏宗寿面前，还没站稳，就被魏宗寿一巴掌掴在脸上。二柱子惊惧地望着魏宗寿因愤怒而扭曲的脸，立马明白了事情的因由。他一下跪倒在地上，嘭嘭有声地磕着头，“姨姨、姨父……我不是人！”

“谁是你姨父，啊？谁是你姨父？你个白眼狼！”魏宗寿一脚踹翻跪在地上的二柱子，抄起立在墙边的棍子，挥手劈向二柱子。

听到前院的动静，汪秀英和麦秀双双奔出来，互望一眼，齐齐跪在魏宗寿跟前。“大，你就饶了他吧！你现在就是打死他也没用。”麦秀求情道。魏陆氏也扑过来，抱住魏宗寿，“他大，你先不要急，气坏了身子！”

魏宗寿呼哧呼哧喘着粗气，看一眼跪在地上的麦秀，又看看汪秀英，一跺脚，吼道："魏家咋——咋就净出这号丢人东西！滚！都给我滚！"他甩开抱住自己的魏陆氏，一挥手，"把那个不要脸的货也给我喊出来，一起滚。"

麦秀的脸一下涨得通红，她猛地站起来，正要转身离去，冬梅从屋子里冲出来，向大门跑去。麦秀上前拉住冬梅，斜了魏宗寿一眼，冷冷地道："跑啥呢？跟我这个丢人东西走！"拽着冬梅就走。

魏宗寿气得面色青紫，嘴唇抖动着，"你——你——"

麦秀站住，看着魏宗寿，"咋了？"

魏陆氏过来推着麦秀和冬梅，央求道："你们就快走吧！"

魏宗寿挥手将手中的棍子甩过来。棍子擦过魏陆氏的头顶，砸在对面墙上又弹落到地上。他一转身看到汪秀英起身去拉二柱子，吼道："别管他，让他滚！"

汪秀英愣了一下，放开手，退过一边。

二柱子爬起来，望一眼众人，复又跪下，对着魏宗寿重重磕了三个头。魏宗寿转过身去，怒道："快滚！我受不起你的头。你个畜生！蔫驴子，踢死人！老话说得一点都不错！"二柱子磕完头，起身向外走。

魏宗寿不禁悲从心起，抬手扇了自己一耳光，双手抱头，圪蹴在地上。一直以来最要脸面的魏宗寿，真是感到悲哀莫名了。他视为生命的脸面，被他的子女们从脸上一次次地撕扯下来，像一块破抹布一般甩在地上，任意随心地踩来踏去。

魏啸铭不知什么时候，站在院门口，冷眼看着院子里闹腾的众人。二柱子猛然看到魏啸铭冷脸站在大门口，回头望一眼院子里的众人，又一脸惊恐地盯着魏啸铭。

魏啸铭慢慢走到二柱子跟前，抬手掴了二柱子一个耳光，"驴日的下作东西！"又转向站在院子里的众人，"还嫌丢的人不够吗？！"阴阴地瞪众人一眼，转身向外走去。走了两步，回头看二柱子还惊恐地站在当地，低喝一声："还不跟我走！"

当天夜里，魏啸才从水磨坊回来，从汪秀英嘴里知道了下午发生在家里的事情。他闷头坐了很久，"这狗日的倒是个儿子娃娃！"嘿嘿笑着，起身从炕柜里摸出一些银元给汪秀英，让她第二天给冬梅。

五天后，由肖先生出面主持，冬梅出嫁了。

魏啸铭在西街替二柱子租了一个小院子。二柱子没有亲人，魏家也只请了几个至亲好友。办了几桌酒席，一顶花轿就把冬梅抬出了家门。

新婚夜里，二柱子搂着冬梅一脸歉意地道："我疼你一辈子！"

冬梅头靠在二柱子胸前，"那年，大雪天，还是我把你领回来的。"说着，抬头看一眼二柱子，嘻嘻一笑，转瞬又叹口气，"这也是我的命，就该嫁给你！就是把大气坏了！"

冬梅出嫁这天，没有看到魏宗寿。

木垒河西城门历时一年多，终于修建完毕。竣工那天，附近几县都派人道贺。酒席上，人们一面称赞西城门修得华丽壮观，一面夸赞魏啸铭老成持重，办事稳妥，不负众望。同时被夸赞的还有焦叔平焦副县长，说他心想地方，关爱民众。只有马县长热情地为大家让酒让菜，对这些夸赞始终不置一词。

酒席间，孚远的一位客人转向身边的蔡县佐，"我观贵县城四维方正，就是有一点不明。这城咋没北门呢？"

蔡县佐一捋颌下山羊须，略一沉吟，"木垒河城没北门，这是有说道的。听说，当年筑城时，有位风水先生，查勘了城周的山水风貌、地脉走向、阴阳之气后，说，城南的双疙瘩山豁口是个大龙口。大龙吸取天地之灵气，幻化为水，从大龙口中不停歇地流出，滋润着下游的良田沃土，使木垒河地脉灵盛，山川明秀，物产丰盈。若修北门，必关不住地气，使灵秀旺盛之象漏失流散，成为不祥之兆。"

汪雨量一拍手，"嘿，我在这里住了几十年了，最初也奇怪这城咋没北门，后来习惯了，也就忘了这茬儿。原来，没有北门还有这说道。"

蔡县佐端起酒杯喝一口，才又续道："这没有北门，百姓出行不方便，才在东北角上开一城门，曰恺安门，取和乐安居之意，现在，镇上人都叫它小东门。"

席间众人均露恍然之色。

酒至酣处，魏啸铭提出为远道来的客人吼一段乱弹，以助酒兴。众人皆附和。魏啸铭取出早已备好的板胡，看看焦叔平，"听说焦副县长板胡拉得不错，就麻烦大人你给我拉一段吧！"说完，也不等焦叔平答应，就把板胡塞在焦叔平手中。

焦叔平也不推让，笑笑，吱吱咕咕地调调琴弦，"拉哪段？"

"就来个《诸葛亮吊孝》吧！"魏啸铭拉个架子，等焦叔平拉了过门，深吸一口气，猛开声，吼起来：

虎视眈眈曹瞒寇，焉能不思报赤壁仇。
若还你我互争斗，渔人得利咱两家休。
……

二十　尕司令来了

民国二十一年，尕司令来了。

尕司令叫马仲英，原是青海马步芳的堂弟，后来兄弟不和，拉队伍自己干起来。他率部驰骋在河西走廊一带，攻城略地。结果，西北王冯玉祥不干了，出兵剿他，把他一直撵到酒泉。尕司令在酒泉休整了一段时间，又率残部出关，到新疆开创自己的天地。他一来，就把新疆搅了个天翻地覆。

各种谣言传说汇集，说什么的都有，而且，越传越邪乎。

木垒河人渐渐恐慌起来。

镇子里已经有人把家人送往乡下，城外无处可去的人都拥向城里。原本人迹稀少的镇街反而因此热闹起来。每天天没黑定，城门就关了。城里城外增加了不少岗哨。人们行色匆匆，看人的眼神也多了一份警惕。不少商铺开始抛售商品。他们怕尕司令真来了，城破之日，遭兵匪抢劫，不如现在就卖了变成现钱捏在手里踏实。最先压价抛售的是吉升昌。汪雨量特意嘱咐伙计不要声张，要做得不动声色。没几天，镇子里其他几家杂货铺、小商店也跟风而动，且渐渐疯狂。来抢购的多是乡间农牧民。通常他们对这些昂贵的物品只能望洋兴叹，如今不同了，几个铜元、几两省票可以买一堆东西，和捡的差不多。这让他们兴奋得像过年一样，跟赶集似的，纷纷拥进镇子，把各家商铺的物品大包小包地扛回家去。魏宗寿原本也打算压价抛售，可跟奇台天兴行定的契约价格又让他不能不慎重。魏宗寿犯愁了。又忍了两天，看镇上的人跟疯了似的，魏宗寿再也忍不住，隔天早上，他吩咐伙计把所有商品都摆上柜台，低价出售。怪事又来了。抢购的人像和魏宗寿开玩笑一般，等到魏家的货上柜，却是看的人不多、买的人更少。打发伙计去镇上的各家商铺转了一圈，都是如此。魏宗寿懊悔不已，恼恨自己察事不明，错过良机。

午后的太阳，透着暖意。冰雪已经消融，远远近近的山梁上，有淡淡的绿从地底渗出来。魏宗寿站在店铺门口，手搭凉棚，望着空落落的街上几个行色匆匆的人，扭回头，看看柜台上堆着的无人问津的货物，丧气地一甩手，漫无目的地踽踽而行。

沙的克的马鞍铺子在靠近南城墙的土坡上，向阳，是个晒日头的好地方。门口，聚着几个老汉在扯方。扯方本是放羊娃玩的游戏。拾几个石子、土坷垃，就地画几道纵横交错的线，就能你来我往，杀他个天昏地暗。

二娃子他爷扯了一方，揪掉对方的两个子，嘴也不闲着，“狗日的老厌，叫你嘴犟，我把你扯成个精尻子，看你娃还拿啥填坑呢。”

对方嘴也不闲，“你个老厌，嘴就是损得很，尕司令来了，先把你个老厌填了坑。”

沙的克凑过来，“唉，我看一下，你们两个老厌争啥的呢？嘴赢的呢吗，手赢的呢？”

一个被称为老张爸的老汉嗤了一声，“他们两个就是个属叫驴的，拴不到一个槽口。”

沙的克嘻嘻笑着，“嗯嗯，老张爸说得对呢，我看他们就是叫驴。”蹲下身，“你们都说尕司令厉害得不行，你们谁见过了？”

“谁见过？你见过还能让你坐在这达晒日头？日能的你。听说，尕司令的那些个贼厌兵，都是些杆子悍匪，破了城，男人杀掉，女人不管是大丫头小媳妇通通抢走，供那些个贼厌日弄，日弄够了、腻了，漂亮的卖给窑子，难看的、龇牙咧嘴塌鼻子的、腰粗尻子小的剖腹剜心，撂到荒地里喂狗。”

“耶耶——耶，狗日的，说得跟真的一样，我看尕司令来了，先把你喂了狗再说。”

“吆，魏掌柜，今儿个怎么有闲工夫出来溜达了？”

魏宗寿抬手揉了揉鼻子，“一些碎事情，娃子们弄去，我转转。”说着，蹲下身，看老汉们扯方。

“听说，尕司令骑一白马，冲锋陷阵所向无敌。白马是天爷赐给的神驹，跑开了，枪子都撵不上，这回金督办的日子难过了。”

“球，到啥时候，日子难过的还不都是我们这些百姓！”

“尕司令一来就围了哈密城，还灭了镇西府，听说还要攻迪化。这一路打过来，百姓就遭了殃了。你说说，啥时候才能让人过上个太平日子？”

“好些个人家已经把婆姨娃娃送出去了，你个老㞞也不出去躲一躲？”说话人扫了一眼众人，“昨儿个，我看见齐掌柜也带着婆姨走了，说是去他二丫头家，鼓鼓囊囊地拉了一驴车。”

“躲，往球上躲呢，该死的娃娃球朝天！”

老张爸清清嗓子，吼了句乱弹：

> 自幼儿学艺在云蒙山，我师父名讳叫王禅。
> 有一个魏国人姓庞名涓，悔不该与短贼同把香拈。
> ……

沙的克站起身，搓搓手，“老张爸嘴里轱辘装的呢，舌头滚得快得很，我一句也听不下。”

“那是你的轱辘装到尻子上了。”二娃子他爷笑道。

魏宗寿扭头看看，“老张爸的乱弹，就是吼得越来越有味道了。”

“呵呵呵，不行啦，气接不上了。”老张爸摆手客气道。

远远地，汪雨量背着手，不时举起小紫砂壶，呷一口茶，优哉游哉地晃过来。走到近前，见魏宗寿仍然低头看扯方没理他，抬脚在魏宗寿的尻子上踢了一下，“亲家，今儿个咋有时间溜达了，你的货卖得咋样了？”

魏宗寿一股气涌上来，心里恶狠狠地骂了一句：“贼㞞，这阵子卖球啥乖呢！”他在怨怪汪雨量低价抛售货物，没给他通个气。要是老㞞早早说一声，也不至于到现在他们家的货还压在手里，卖不出去。“我们家的货不卖，我还想的把镇子上各家的货都收上来呢！”他故意把话说得平心静气，说话时，连头都没抬一下。

汪雨量抽一下嘴角。他知道魏宗寿说的是气话，但他还是想气气魏宗寿个贼㞞。“哎哟哟，你咋不早说，早说，我们家的货就不卖了，都留给你。你没钱了，就先赊给你！”汪雨量故作懊悔地咋呼道，看魏宗寿没反应，又追了一句：“哎——你个贼㞞说话嗄，是不是真的，我们家还有货没卖完呢，我给你留着，咋样？”说着，又抬脚踢了魏宗寿一下。

魏宗寿气得向后一挥手，挡开汪雨量的脚，“行呢！亲家，你回去把货都拾掇好了，等着！”

汪雨量嘻了一声，“嘻嘻，跟真的一样，你来，我等着呢！”转身走到老张爸身边，“老张爸，再吼上两嗓子，我就爱听你吼的乱弹。”

老张爸捋一把白胡子，也不客气，深吸一口气：

庞涓贼不尊师父言，投机取巧弄机关。

榆木柴挑在了柏木担，把柏担榆柴献师前。

我师父见贼心不善，未曾把兵卷密书与贼传。

……

晚上，魏宗寿把两个儿子叫到近前商量这些货该咋办。沉闷半晌，看两个儿子都不言传，气哼哼地道：“汪家那老㞞，今儿个还阴阳怪气地问我，货卖得咋样了？我故意气他说，我们家的货不卖，我还想把镇子上各家的货都收上来呢！气死他个老㞞！”说着，抬起眼皮，扫了魏啸才一眼。

魏啸才咬咬牙，发狠道：“我和伙计套上车，到乡里去卖！”

魏宗寿正要搭腔赞成，听魏啸铭嗤了一声，又把话头咽了回去，等着魏啸铭开口。等了半天却不见魏啸铭有下文，忍不住问了一声：“铭娃，你觉得这事该咋弄好？”

魏啸铭又闷头想了一会儿，才慢腾腾地说：“你给你亲家说的办法就不错呀！”

魏宗寿一时没反应过来，“我说的啥——啥办法？”

“你不是说你的货不卖，还要把镇子上的货都收回来呢吗？那就去收回来呀！”魏啸铭想想，又续道：“你最好是把各商家的货都赊回来。”

魏宗寿和魏啸才对视一眼，面面相觑，不明白魏啸铭这话是气话还是真的。魏啸才看弟弟又不说了，撇着嘴，欲言又止。

“那——那——买回来又咋办呢？”魏宗寿疑惑地探问。

“你把货送到奇台退了，拿钱回来，再把各家铺子的钱还掉不就行了。”

魏啸才愣了一下，兴奋地一拍手，“好！好办法！张家姨夫是掌柜的，退货还不是他一句话！”

魏啸铭扭头阴阴地斜乜了魏啸才一眼。

魏啸才尴尬地撇撇嘴。

第二天，魏宗寿带着伙计，亲自去吉升昌。他一见到汪雨量，很夸张地笑了一声，“亲家，你的货给我拾掇好了没有，我来拿了！”

汪雨量眨着眼，愣怔地问道："啥货拾掇好没有？"

"你个老㞞，该不是想要赖吧？你昨儿个说的，你还有货没卖完呢，让我来拿。"

"你真拿？"

"我都来了，谁和你开玩笑！只是这价格，你要给我便宜些。"

汪雨量瞪着魏宗寿，看看不像是说笑，"人家往外卖都卖不掉，你还往里收，该不是脑子进水了吧？"眼睛一转，又觉得不对，忙往魏宗寿面前凑凑，"你是不是找到啥发财的门道了？"

魏宗寿抬手拨开汪雨量凑过来的头，"我能有啥门道，我就想赌一把。兴许尕司令不来呢，就是来了，我又躲过一劫了呢？"

汪雨量撇了撇嘴，手一挥，指着柜里柜外的货，大方地说："就这些货了，你看上哪个拿哪个，价嘛——你说了算。"想想又补充道，"别说我没给你说清楚噢，倒了霉可不能怪我。"

魏宗寿看都没看，冲伙计一招手，就往外搬货。等货搬上外面的驴车，汪雨量噼里啪啦拨了一阵算盘，朝魏宗寿一伸手，"拿来！"

魏宗寿故作糊涂地眨着眼，"啥？"

"钱，还有啥？"

魏宗寿拨开汪雨量伸到面前的手，"咦——你说的，没钱就先赊给我的。"

汪雨量梗了梗脖子，一口气卡在喉咙里。一甩手，算盘扔在柜台上，转身就走，走了两步又不甘心，指着魏宗寿，"你——你——你就是个贼㞞！"

魏宗寿不急不躁，慢腾腾地说："亲家，不着急，噢，货卖了，我就把钱给你了。"说完，挥挥手，"亲家，你忙你的，就不送了吧。"背起手，跟在驴车后面，哼哼唧唧地走了。

> 我两家互让兵符在银安殿，定输赢摆阵显手段。
> 庞涓贼摆下九曲八绕长蛇阵，孙柏灵阵阵认得全。
> ……

汪雨量气得一跺脚，"贼㞞，你就不是个好东西！"

几天后，魏宗寿和魏啸才去奇台送货。

尕司令的部队终于来了，在开春不久的一天早晨，突然出现在木垒河城外。

指挥攻打木垒河的是尕司令手下绰号叫鸭子的团长。鸭子团长有一双鹰隼一般的眼睛，透着阴鸷之气，头小颈长，体态臃肿笨拙，形似鸭子，但彪悍勇猛，骁勇善战。他在魏宗寿父子离开木垒河的第三天黎明，指挥部队毫不费力地解决了驻守在木垒河城外围的省军，然后，马不停蹄地包围了木垒河城。当时，关营长的一个连驻守在县城东边的独山上，扼守着通向县城东门的沙石土路。鸭子团长指挥部队悄悄摸上独山，把搂着双枪躺在战壕里呼呼大睡的省军全部俘虏，只有几个聚赌的士兵听到外面的动静，端着枪跑出来，稍稍抵抗了一下，就放弃了。

鸭子团长攻城之前，先派人送来一封劝降信。他想，一封劝降信足矣。就这么个弹丸小城，百十个老弱残兵，凭着他鸭子团长的威名，吓都吓死他们了，哪儿还用得着打。

送信人昂首迈进关营长的营部，把劝降信递给关营长，一屁股坐在桌子边，自顾倒茶喝起来，“我们的人已经把这达围起来了，你们还是降了吧！不然，城破了，我们就不这么客气了。”

赵四成看送信人趾高气扬傲慢无礼的样子，一股恶气涌上来。他慢慢走到送信人身边，扯出手枪敲着送信人的脑袋，慢条斯理地道：“狗日的，我先把你给降了吧！”

送信人被枪敲了脑袋，吓得一下从椅子上跳起来，“老哥……哎……哎哎……长官你说的耍的呢。”

赵四成嘴角挂着一丝冷笑，慢慢拉动枪栓顶上子弹，指着送信人的头道：“你看我像是说的耍的人吗？”又扭头向关营长问道：“大哥，信上咋说的？”

关营长把信揉成一团，随手一扔，“我也看球不懂写些啥子。”说着挥挥手。

送信人一看二人脸色，立时软下来，“长官长官，我就是来送个信，都说两军交战不斩信使呢，对不对？”

赵四成冷笑着，向外一挥手，“那你还不快滚！”

送信人疑惑地看看二人，犹豫着抬腿向门外挪去。刚迈出门口，赵四成的枪就响了。“狗日的，你要一直横下去，今天我还可能放了你，可像你这种欺软怕硬的东西，留下你也是祸害。”赵四成把枪凑近嘴边吹了吹，然后，吩咐手下把送信人的尸体从城墙上扔下去。

由于城东独山失守，木垒河城成了孤城。暴怒的鸭子团长指挥部众占据城外的几个制高点，以火力压制城头守军，一拨一拨的士兵狂吼着冲锋，架起云梯攻城。有几次，士兵已经爬上城墙，但由于火力支援不济，又被打了下去。战斗一直从上午打到下午，从下午打到晚上，双方均死伤惨重。

夜里，鸭子团长调整了攻城部署，组织了突击队。又从城外居民家中搜集了几辆木轮车，装上羊毛浇上煤油，准备用它焚烧城门。第二天，天刚放亮，鸭子团长指挥部队从四个城门同时发起进攻。城外制高点以及城外居民区里高耸的白杨树上，鸭子团长集中起来的所有机枪步枪，全部射向城头。突击队推着木轮车，狂吼着冲向城门。城上守军密集的枪弹也在瞬间泼向攻城的突击队。突击队死伤不少，剩下的躲在装满羊毛的木轮车后，又向前攻进了几步。无奈城上的火力太强，只得又一次退下来。

鸭子团长望着溃退下来的突击队，瞪着血红的眼睛，气哼哼地叫来炮手，“你还有几发炮弹？”

“三发！”炮手气喘吁吁地道。

鸭子团长阴着脸坐在弹药箱上，沉吟了一会儿，挥手道：“你给我把它都打到城里去！朝房子稠些的地方打。”

炮弹曳着哨音，掠过城墙，落在张黑娃家的牲口棚圈里，炸死了张家的一匹马和一头叫驴，引燃了张家的草房。火势很快蔓延，附近几家住户的房子也跟着烧起来。大火在清晨的山风里舞动着，腾起一股股浓烟。城里骤然骚动起来，婆姨娃娃的惊叫声、哭喊声响成一片。男人们忙乱地吆喝着救火，有人在镇街上毫无目的地惊慌奔窜。又有一发炮弹落在镇街上奔跑的人群里，炸起的残肢断腿和一片血雨，更惊起一派恐慌骚乱。

最先找到马县长要求他献城投降的是魏啸铭。马县长几乎没有犹豫，就答应魏啸铭和他一起去找关营长。为了保险，县长建议多叫几个人一起去。

马县长带着魏啸铭、汪雨量、马阿訇以及镇上的老秀才一起找到关营长的时候，关营长和赵四成正站在城墙后的矮墙上，向城里张望。关营长望着燃起的一片火光骂道：“啥子鸡巴炮手，不往老子头上打，打到城里有个球用。”赵四成没有接关营长的话，忧心忡忡地望着翻腾的烟雾，听着城中嘈杂混乱的哭喊声。这时候，马县长带着魏啸铭他们来了。赵四成望着惊慌忙乱走过来的一群人，恶狠狠地骂了一句：“狗日的，贼娃子！”

关营长听说要献城投降，立时跳起来，指着马县长道：“老子在前头拼命，你龟儿子在后头捣鬼。”

魏啸铭斜了关营长一眼，不屑地道：“跳个球啊！看看你还有几个兵！”

“你——老子的兵，个个都是儿子娃娃，不像你们，都是些屃包软蛋！去去去去！子弹不长眼睛，莫要打到你们。”关营长不耐烦地挥着手。

魏啸铭嗤了一声，“嘴上的劲！”

这时，又一发炮弹落在城墙上，一个士兵被炸得飞起来，城墙上也炸出一个大大的豁口。

同来的几个说降的人面面相觑，不知所措。

随后两天，鸭子团长一面组织更疯狂的进攻，一面安排狙击手爬上高高的白杨树，向城墙上的守军打冷枪。城墙上的守军不敢露头，稍一露头，就不知被啥地方飞来的一颗子弹撂翻在地。

又坚持打了两天，鸭子团长的队伍从城墙上炸开的豁口突进城中，并逐步向纵深推进。关营长虽组织部队拼死抵抗，但颓势已显，眼看是守不住了。

马县长、魏啸铭再次向关营长提出与鸭子团长和谈。

关营长正满腹窝囊气，看他们又来提和谈，暴怒地喝令卫兵把他们赶出去。

赵四成起来拦住关营长，“大哥，他们想得不无道理。再没援兵来，我们就死定了。再说，我们守城，也是为了保护一方百姓，与其城破被屠城，不如让他们去说说看，也不失为良策。”

关营长翻着眼皮，沉思良久，最后，很无奈地点点头。

那天，马县长和魏啸铭等几个人，城里城外往返几次，终于在临近黄昏的时候议定了罢战言和的条件。鸭子团长的队伍进城不得骚扰百姓，关营长的省军缴械后去留自由，不得节外生枝。鸭子团长在进城前，怕关营长使诈，先派了二十多人进城，等关营长把士兵都集中起来，鸭子团长才带着部队入城。

鸭子团长进城就缴了关营长的械。

关营长在此之前，也怕鸭子团长有变，事先藏起两挺机枪和几支短枪，这是赵四成的主意。赵四成自己也换了士兵服装混在士兵中间。

果如赵四成所料。鸭子团长指挥队伍把关营长的省军围在营地的操场上，刚收缴了关营长的枪，就翻了脸。鸭子团长阴沉着脸，不紧不慢地说道：“我就一件事，心里过不去，谁杀了我派来送信的人，儿子娃娃就站出来，我不为难别人。”鸭子团长说完，背起手，在操场上不急不躁地踱来踱去，一会儿望望天，一会儿抠抠鼻子，一副悠然自得的样子。半晌，他挥手让把关营长的兵带过来一个。“我就问你一句，是谁杀了来送信的人？”其实，让鸭子团长心气难平的是，这么个弹丸小城差点折了他的威名，让他死伤了那么多士兵。

士兵求救似的望着关营长，忐忑地一摇头。没看到鸭子团长掏枪，就听得一声枪响，士兵一头栽倒在地。鸭子团长吹吹枪口的轻烟，慢慢把枪插进腰间，就像什么事也没发生过，又若无其事地踱起步来。当鸭子团长第二次挥手的时候，关营长站了出来，“算球喽！是老子杀的，你要咋办就咋办吧！没得信义，还说啥子儿子娃娃！”

鸭子团长没理关营长的话茬儿，粗鲁地喝道：“绑了，明天给我兄弟披麻戴孝，祭奠我兄弟的在天之灵！”

当天夜里，赵四成和两个士兵在其他人的掩护下，溜出操场，取出先前藏起的枪，去救关营长。他们干掉哨兵，拉着关营长没跑多远，就被发现了。四人边打边退，不多时，一个士兵中枪倒下，关营长也腿部中弹，三个人被挤压到围墙边不能动弹。关营长一把夺过赵四成手里的机枪，“兄弟，你走吧！”他拍拍自己的肩膀，示意赵四成。

“大哥，你走！我掩护你！”赵四成把关营长拉到墙边。

“现在还争个啥子，我的腿断球喽，走不脱。你快走！”关营长气急败坏地道，说着，又打出一梭子子弹。赵四成一咬牙，踩着关营长的肩膀爬上墙头，又反身伸手准备拉那个士兵。刚抓住士兵的手，就听到士兵哼了一声，随即，软软地倒下去。赵四成的肩头也中了一枪，又喊了关营长一声，看关营长抱着机枪，迎着围上来的士兵疯狂地扫射，一拍墙头，跳下去，消失在夜色中。

关营长打出枪里的最后一颗子弹，扔掉枪，靠着围墙坐下来。昏暗的马灯光下，鸭子团长望着斜靠在墙下喘息的关营长，铁青着脸，一声不吭地冲身边的士兵一挥手。一片枪弹声后，关营长满身血污地歪倒在围墙下。那天夜里，鸭子团长下令枪杀了操场上的几十个士兵。第二天，他把马县长、魏啸铭等前一天说降的几个人集中在县府大院里，告诉他们昨天黑夜跑脱了一个士兵，要他们配合，把跑脱的士兵捉回来。

随后的全城搜捕弄得家家鸡飞狗跳。

鸭子团长的两个士兵闯进魏家，是在搜捕赵四成的当天下午。

魏陆氏听到有人拍门，还以为魏啸铭回来了。捯着一双小脚赶去开门，刚拉开门闩，一高一矮两个士兵就闯了进来。魏陆氏被撞开的大门推得趔趄着倒退了好几步才稳住。两个士兵东张西望地喝问有没有生人来过。魏陆氏一边张开双臂想拦住往里闯的士兵，一边忙不迭地答道：“军爷，军爷，家里没有生人，就我们自家人。”高个子用枪拨开拦在面前的魏陆氏，走过去在堂屋门口张望了一下，冲矮个子一挥手，“你到后头看看！”自己抬腿迈进堂屋。魏陆氏还没来得及跟进堂屋，就听后院传来汪秀英惊乍乍的喊叫声。

汪秀英正要走出茅厕，看到一个士兵端着枪走进后院，又匆忙退了回去，可还是被那个士兵看见了。听到矮个子在外面呼喝着再不出来就要开枪的话，只好涨红着脸，又从茅厕里出来。

矮个子淫亵地看着汪秀英，端着枪捅了一下汪秀英的肚子，“你是谁？”

汪秀英低头答道：“就是这家人。”她往一边避了一下，想绕过去。

矮个子用枪挡住她的去路，“急啥呢？陪哥说阵子话再走嗄！”说着，把枪靠在一边，动手拉汪秀英。

汪秀英挣了几下没有挣脱，只好扯开嗓门喊了一声：“妈——”喊声因为紧张气急，显得怪声怪气。

“喊啥呢？有哥在就行了嘛。”矮个子一把抱起汪秀英，环顾一周，向草房走去。

魏陆氏看士兵抱着拼命挣扎的汪秀英往草房走，赶上前拽着士兵的衣服后襟，“军爷军爷，你就放了她吧。我二娃子也是县里的人，你就放了她吧！”

矮个子腾出一只手，往后一拨，想甩开魏陆氏。汪秀英乘势伸手在矮个子的脸上狠抓了一把，又顺手揪住矮个子的耳朵使劲撕扯。情急中，矮个子往前一挣，只听刺啦一声，衣服后襟被魏陆氏扯去一大片。气急败坏的矮个子反身一脚踹在魏陆氏的胸口，“去你妈的，死老婆子。”魏陆氏倒退着仰跌下去，一声惨叫，倒在地上挣扎了几下，不动了。

矮个子望一眼倒在地上的魏陆氏，走进草房，把挣扎着的汪秀英摔在草堆上，扑上去几下扯脱了汪秀英的衣裳。汪秀英又踢又抓，不让矮个子近身。矮个子急了，挥拳狠狠打了汪秀英几下。

躲在菜窖里的赵四成听到外面的动静，慢慢爬到菜窖口听了一会儿。他听到了魏陆氏的一声惨叫和汪秀英的哭喊声，犹豫着刚刚爬出菜窖，就听到高个子骂骂咧咧地走过来，匆忙侧身躲在草房前的矮墙下。

高个子走到草房门口张望一下，骂了一句：“狗日的，就爱弄这号球事情。老大管不住老二的东西。”说着，退到矮墙边，靠着墙，掏出烟点着悠闲地抽起来。

赵四成慢慢探头看高个子就在离自己几步远的地方，抽下皮带，轻步向前挪动。高个子听到动静，刚要转身探看究竟，被赵四成用皮带套住了脖子。赵四成反转身，扯着皮带把高个子背在背上，直到高个子不再挣扎才放开手。

麦秀在自己屋里听到前院有人喊叫了一声，随后就没了动静，不在意地继续做针线活。没做几下，又不放心，安顿好争子，走出屋门。院子的大门敞开着。麦秀试探地喊了一声：“妈——”看没动静，站着静听了一会儿，听到后院草房隐约有哭叫声，就警惕地向后院走。这时候，她听到汪秀英的一声惨叫。

被打蒙的汪秀英迷迷糊糊感到有人趴在自己身上，渐渐清醒的意识告诉她发生了什么。矮个子哼哼叽叽地喘息着，喷着腥气的嘴在她的脸上蹭来蹭去。她咬着嘴唇，摸索着拔下头上的簪子，扬手戳进矮个子的后背。

戳进矮个子后背的簪子是用狼后腿骨磨成的，差不多有一拃长，白玉似的，又有着白玉所没有的柔韧。这是魏啸才送给汪秀英的，也是结婚后，她唯一收到的男人送给她的礼物，魏啸才同时送给她的还有一串狼比什[①]做成的项链。这里的人们都用狼比什辟邪。现在，这串项链就挂在汪秀英的脖子上，而狼骨簪子戳进了侵犯她的士兵的脊背。

矮个子一下惊跳起来，暴怒地吼骂了一声，一拳砸在汪秀英的脸上。他伸手在背上摸索着，想拔下戳在背后的簪子，可一动就钻心地疼。暴怒的矮个子扭曲着脸，侧身从皮带上扯下刺刀，一挥手，豁开了汪秀英的肚子，反手又将刺刀戳进汪秀英的胸口。

麦秀看到婆婆魏陆氏一动不动地斜靠在草房门口矮墙下的一个枯树根上，身底的一摊血正像蚯蚓般缓慢游动。枯树根上的枝枝丫丫像匕首一样插进了魏陆氏的后背，其中一根洞穿了她的胸部。麦秀惊慌地喊了几声“妈”，看没动静，抬手一探魏陆氏的鼻息，魏陆氏早已气绝。麦秀脸上掠过一丝惊恐的、痛苦的表情，张嘴想哭，却没有声音出来，只是从嘴里挤出一丝呻吟似的尖音。高个子躺在离魏陆氏不远的地方，草房里传出厮打声。麦秀转身奔到草房门口，血腥的场面令她惊愕得半张着嘴，一股腥臭和着蒿草味呛得她一阵干呕。汪秀英赤身躺在地上，满身血污，肚肠溢露。赵四成正和矮个子纠缠在一起，打得难分难解。赵四成渐渐占到上风。他骑在矮个子身上，拳头雨点般落下。矮个子的号叫已经变了调。麦秀手足无措地扯过衣裳盖在汪秀英身上，轻轻地抱起汪秀英的头，拖着哭腔喊道：“嫂——嫂子，嫂子！”

汪秀英大睁双眼，一手抖颤着，把当年魏陆氏送给她的玉镯递在麦秀手上。玉镯沾满鲜血，愈发嫣红。汪秀英的嘴唇嚅动、咕哝着：“她……二……婶，镯……镯子给……给……”

麦秀伏身侧耳，还是听不清汪秀英说什么，“嫂子你说啥，啊？你说啥？”

汪秀英拼尽力气喊道：“娥……娥娥！”随后长舒一口气，瘫软在麦秀怀里。

魏啸铭是被肖先生喊回家的。他和马县长一帮人被鸭子团长圈在县府，不准

① 狼比什：指狼后腿关节中的一块小骨头。

回家，说是要他们协助部队筹集粮草，清剿反抗者。

肖先生找到鸭子团长，没有贸然说明魏啸铭家里究竟出了什么事。他怕扯出死了两个士兵的事，更麻缠。鸭子团长表情漠然，一双鹰眼直盯着肖先生，似乎要看到肖先生的心里去。肖先生被盯得心里一阵阵发毛。他知道，今天不说出个理由是喊不走魏啸铭了，“他妈不行了！他嫂子也病了！”他看鸭子团长一脸疑问，又续道，“病了有一阵子了。”

“啥病？”鸭子团长似不经意地问道。

“痨疫！”看鸭子团长没明白，又补充道，“遭瘟了！”

“这病可传染！”

“所以才不敢声张。”肖先生应和道，眼睛巴巴地盯着鸭子团长的嘴。

鸭子团长又沉吟了半晌，才答应魏啸铭回家，但第二天早上必须回来。

路上，魏啸铭看肖先生一脸凝重，问了肖先生一句：“咋了，出啥事了？”

肖先生怕魏啸铭在路上嚷嚷起来，头也没回地说：“回家再说！”进到魏家院子，才告诉魏啸铭，“你妈和你嫂子死了！”

魏啸铭似没听清楚一般，惊问道：“你说啥？谁死了？”

“你妈和你嫂子，你妈和你嫂子死了！”肖先生一手扳住魏啸铭的胳膊，重复了一遍。

魏啸铭脸上的肌肉急剧地抽搐了一下，紧紧地咬住牙，半晌，深深地呼出口气，语气低沉地缓声道：“咋出事的？”

“嗐——进屋说吧！”

屋子里，地上铺着麦草，并排放着魏陆氏和汪秀英的尸体。魏陆氏脸色惨白如纸。魏啸铭走过去，跪在魏陆氏的身旁，慢慢地俯身将头抵在魏陆氏的身上。“妈！咋……咋就成了这个样呢嗄？”声音压抑，低哑颤抖，他的肩膀也禁不住地抖动着。

趁着肖先生去叫魏啸铭的当口，赵四成清理了草房门口的血迹，把两个当兵的尸体搬到菜窖。他自己也回到菜窖，一直等到天黑才出来。他是昨夜逃出来后，从围墙跳进魏家的。当时，魏啸铭看到他狼狈的样子，身上还带着伤，犹豫了一下，把他藏在了菜窖里。

当天傍晚时分，肖先生做主，把冬梅和二柱子喊了回来。

煤油灯下，几个人面对死人却没了主意，思谋了半天也没有对怎么发丧、怎么安排葬礼想出个妥善的办法。家里一下死了两口人，咋死的，总要给别人一个说法。最难的还是死了两个当兵的。虽说这俩当兵的是咎由自取，可鸭子团长能善罢甘休吗？更要命的是天气热，尸体停放在家，三五天还行，时间久了肯定不行。

“要不先在院子里挖个坑，把人埋了，等消停了再办丧事。”肖先生踟蹰地道。末了，探询地巡视着各人的脸色。看众人都默不作声，扯下烟袋，抽起烟来，抽了两口，又不舒心。“要不把你大喊回来，看他咋弄？”看魏啸铭依然低着头，重重地嗐一声，发急道：“你倒是说话，到底咋弄？”

赵四成迟疑地说：“肖先生的办法好像不妥当。家里突然少了两口人，弄差了麻缠就大了！”

“还是发丧吧！不要张扬，咋简单咋弄！舅，家里就你是长辈，你就相看着弄吧！就是我嫂子咋办呢？一晚上死两个，咋都不好说。”魏啸铭低着头，语音平静，“嗐——只要那些个鸡巴当兵的不来就好办，走一步看一步吧！”

第二天一早，魏啸铭带着二柱子到县府，安顿二柱子在外面等候，自己进去见鸭子团长。“家母昨儿个黑夜过世了！”魏啸铭神情悲戚地道。

鸭子团长稍一愣，叫来副官，“马副官，魏会长的妈过世了，你拿十块大洋，去他家替我拜祭拜祭。”

魏啸铭马上推让道：“不用不用，队伍里事忙，就不麻烦了。”

鸭子团长阴阴咧了一下嘴，脸上浮起一层干笑，“魏会长客气了，我还等着你快点回来帮我筹集粮草呢！”

“一定一定，家里事弄完了，我立马就来！”魏啸铭弓了弓腰，从鸭子团长屋里退出来。他匆忙吩咐二柱子，“快回去，把汪秀英藏起来。”

二柱子正要转身离去，马副官从屋子里出来，看到二柱子要走，就问魏啸铭：“这是谁？”

“我妹夫，我怕来了团长不准我回去，就带了他来！”魏啸铭边说，边示意二柱子快走。

二柱子才走两步，马副官喊住他，“不忙走不忙走，我们一达走！”魏啸铭只好对二柱子道：“那就一达走吧！”又对马副官说：“你先等一下，我去给我汪家姨父说一声。”看马副官不明白，就又补充道：“汪家姨父是我嫂子他大。”

路上，三个人都闷着头走路。魏啸铭一脸平静，心里却七上八下。马副官似不经意地问道：“魏会长，你妈得的啥病？”

魏啸铭一时没反应过来，眨巴着眼睛瞪着马副官，“我妈……我妈……噢，痨疫！我舅说的。”

马副官哦了一声，“这病可传染！”

“是！”

在魏家门楼上绑扎招魂幡的人，远远看到魏啸铭陪着一个当兵的走来，冲院子里忙活的肖先生吼了一句：“铭娃回来了！还来了个当兵的。”

肖先生不经意地嗯了一声，走出两步，猛一转身，“你说谁来了？”

“铭娃和一个当兵的！”

肖先生犹豫了一下，奔进灵堂，抱起地上的汪秀英。对几个守灵的人道：“快把这达收拾收拾！”转身跑进后院草房，“对不住了，大侄女。”放下汪秀英，划拉些草，把汪秀英的尸体盖严实，拍拍手迈着方步走出后院。

众人都疑惑地瞪着肖先生。

肖先生一挥手，“都愣望个啥？该干啥干啥！你们都给我把嘴管住，少呱嗒呱嗒的！”扒在灵堂门口探看，见里面已经归置得差不多了，满意地点点头。“铭娃和一个当兵的来了，到时候，给我放开了嗓子吼，弄些动静出来。”

魏啸铭和马副官刚走进院子，肖先生就迎上来，一边向里让客，一边探询地问魏啸铭：“这位——？”魏啸铭马上接口道：“马副官！”肖先生扯着嗓子吼道：“马副官一位，来拜祭老太太啦！”肖先生一弓腰，“马副官请！”

魏啸铭张着嘴，几次想张口阻拦，肖先生只当没看见。马副官往里走了几步停下来，从兜里掏出光洋，在手里掂一下，拉过魏啸铭的手，“我就不过去了，这是团长的一点心意，你收下！”

“马副官客气了。这些钱就留着喝个茶、抽个烟吧！”魏啸铭把马副官的手推了回去。

马副官又虚让让，哈哈一笑，收起银元，两手一抱拳，“那我就告辞了！”

魏啸铭望着匆匆离去的马副官，长长呼出口气，怨怪地瞪一眼肖先生。

肖先生一笑，“你和那鸡巴在路上走呢，我就知道了。”

肖先生见汪雨量走进院子，赶忙放下手里的活迎过来，拽住汪雨量走进后面的草房。草房里已经清理出一块地方。汪秀英的尸体上盖着一块布单，头下小方桌上摆着三牲祭品。一个妇女陪着娥娥守在灵旁。

娥娥看到汪雨量走进来，叫一声：“外爷！”就哇哇地哭开了。

汪雨量一把抓住肖先生，“这是咋说的，啊？这是咋说的？”及至听肖先生说完，汪雨量一下跌坐在地上，“丫头啊，你可要了大的老命了呵！”扯着老牛一样的嗓子，毫无顾忌地号哭起来。

“老哥，先不忙号哭，这丫头咋发送，还麻缠的呢！”

汪雨量失了以往的持重，一撩挡在眼前的头发，露出老泪纵横的脸，“麻缠个球啊，人死比天大，就一起发丧，看他还能咬了我的鸡巴！”

魏家的葬礼如期进行，简单又不失体面。天蒙蒙亮，悲怆凄厉的唢呐声刺破凌晨的寂静，两具猩红的棺材抬出魏家大门。和魏家同时出殡的还有两家。一个是王家炉院的大娃子。他是在鸭子团长进城的当天晚上，宵禁后在街上乱晃，被哨兵打死的。还有一家是城北麻五子才娶过门不到一年的媳妇，听说也是被鸭子团长的兵祸害了，一绳子吊死在驴圈里。麻五子跑去告状，连门都没进去。挨了哨兵两枪托，被一脚踹个狗抢屎。麻五子正要大喊，出来一个当官模样的，扔给他一块大洋。

送葬的队伍到东门被拦住，三家出殡的人群都堵在城门口。十多个士兵把枪栓拉得哗啦哗啦响，对着送葬的人群，“团长有令，丢了两个兄弟，所有出城的一律检查。”肖先生匆忙迈步走出人群，掏出几块光洋塞在领头的一个士兵手里，“兄弟，行个方便吧！”当兵的嘿嘿一笑，把光洋揣进口袋，“不行啊！上头的命令。”

原本夹在人群中准备出城的赵四成，只得趁乱趁着夜色在众人的掩护下溜出人群，返回魏家。

魏宗寿父子把货退给天兴行，当然是仰仗了亲家张占元的关系。办清手续，在张占元家住了一宿。第二天正准备赶回木垒河，听到了尕司令的部队围攻木垒河的消息。张占元拦住魏家父子，说现在在打仗，就是回到木垒河也进不了城。魏家父子只好捺着性子，在张占元家又住了几天。

关于木垒河的消息越来越多，说什么的都有，而且越说越邪乎。魏啸才捺不住了，执意要走。张占元看拦不住，就建议魏啸才先回，魏宗寿留下。

魏啸才赶到木垒河的时候，天已黑透。他远远地望到城头上晃动着影影绰绰的哨兵，知道现下是进不了城了，丧气地斜躺在地上，望望黑漆漆的城墙，望望夜空中稀疏的星星，猛然一拍脑袋，跳起来。可他跨上马的一瞬间，又犯愁了。人可以从阴沟里钻进去，马咋办呢？魏啸才踟蹰再三，拨转马头，向城西南的一个独庄子驰去。一个时辰后，魏啸才毫不费力地在南城墙下找到了掩在一片茅草后的洞口，这是一个废弃的阴沟留下的，他自小就带着一帮小子在这条阴沟里钻进钻出，整天糊得跟泥猴一般。

整个城里一片死寂，看不到一丝灯光。空气中弥散着令人心虚恐惧的气息。星光下，四周影影绰绰的暗影，让人怀疑走进了阴森可怖的鬼域。魏啸才机警地走到院门口，刚想拍门，又改变主意。他绕到院墙下，深吸口气，轻捷地翻过院墙，跳进院子。他掸掸身上的土，刚迈步，就听到有人低喝道：“谁？”魏啸才回了一声：“问个球！我！”

一个黑影迎上来，魏啸才咦了一声，“你咋在这达呢？”

赵四成道：“屋里说！”

煤油灯下，魏啸才咬牙瞋目听赵四成说完，沉默良久，仰起脸，双目闪着泪光，“哥，我……婆姨……婆姨是个好女人，我对不住她！”

看来鸭子团长的部队要开拔了。团部的军需官为筹集粮草马料，催逼得马县长要上吊。汪雨量在丫头汪秀英死后，一夜间变得苍老了。原本油光水滑、一丝不乱的头发，成了一团乱麻烂毡摊在头顶，沉静持重、神采奕奕的眼睛失去了光泽，就连一向透着红润福泽的脸，也在转瞬间变得沟壑纵横了。他斜躺在炕上，对县长派来喊他去县府议事的人无力地挥挥手，闭上眼睛，连话都懒得说一句。县长指望不上汪雨量，只得把压力推到魏啸铭头上。魏啸铭虽然心里也窝着一股子邪火，表面却是一脸沉静，不喜不悲。无论在谁的眼里，都是一副踏实卖力的样子。帮助县长召集乡约、总乡约以及牧区的赞根们开会，催缴粮草马料；动员各商户捐钱捐物。直到有天下午，在陪同军需官去旧户的路上，军需官的马放出一串响屁，喷出一溜稀粪，魏啸铭的脸上才显出一丝难得的笑意。陡然间心情舒畅的魏啸铭还扯着嗓子吼了几声乱弹：

> 似这等巧机关世间少有，顷刻间到曹营去把箭收。
> ……

从旧户回来的当天晚上，魏啸铭到和合生中医堂找肖先生。他在肖先生的中药柜前站了半晌，慢悠悠地问肖先生：“舅，有没有一种药，吃了就跑肚拉稀？”

肖先生想都没想顺口答道：“有啊，巴豆就行，有个一粒半粒的，就能让你拉个半死。”

那天晚上，魏啸铭把肖先生药斗子里的巴豆搜刮干净，碾成粉末，揣在怀里，心满意足地离开和合生中医堂。

两天后，一种不明原因的怪病——跑肚拉稀，在鸭子团长的队伍里瘟疫一般地流传开来。士兵们一个个撇着两腿，来回奔忙，有些连裤子都提不起来，刚提起裤子还没走几步，又哎哟呻吟慌乱地奔回茅厕。营地里，四处弥漫着腥臭难闻的气息。鸭子团长急了，医官、马夫、伙夫一个都没有逃脱军棍杖责的厄运。

魏啸铭一如既往地沉着冷静，绷着脸，微抿着嘴，奔前跑后地为鸭子团长排忧解难，请来肖先生和镇上几家中医堂的先生为官兵诊病抓药。

肖先生走进鸭子团长的营地，一看士兵的脸色就明白了，心中暗笑，摇头晃脑、一丝不苟地望闻问切。“痨疫！麻缠了！是痨疫！”肖先生一脸凝重，一惊一乍地说道，说得鸭子团长更加心惊肉跳，叫苦不迭。

仅一夜时间，魏啸才嘴上就爆起了一溜儿大燎泡。他搂着娥娥，斜靠在被子上，不吃不喝，两眼血红地瞪着门缝里漏进的一线天光。他的脑子是混沌的。对于汪秀英的死，他没有太多的悲伤，有的只是歉疚和茫然。说不清从什么时候开始，他对汪秀英的那种既怨恨又无可奈何的感觉渐渐淡去了，是他从黑风中死里逃生回到家里，还是他和赵四成去孚远把烟土换成一堆金条银元之后，他真的说不清楚。在此之前，他咬牙跺脚，发狠赌咒，等有钱的时候，一定要让汪雨量个老屌好看，一定要把抵给汪雨量的房屋家业赎回来。可真到面对一堆真金白银的时候，他不仅无法让汪雨量个老屌好看，也无法从汪家赎回任何东西。他终于明白，真正抵给汪家的不是房屋家业，而是他自己。他拼命地从一个泥潭中爬出来，却掉进了另一个更深的泥潭，这让他很长一段时间都陷在一种茫然无措的境地中。那段时间，他依然会时常想起湘绣，可湘绣的模样越来越模糊，以至到最后仅仅残存一个模糊的影子，让他再也无法追忆起他和湘绣在一起的那些欢愉的时光。

第二天中午时分，赵四成进来看他。他神情呆滞地瞪着赵四成，半晌，舔舔干裂的嘴唇，低头看看偎在身边的娥娥，“肚子饿了吧？”声音似从嗓子里挤出来一般，干涩嘶哑。娥娥眨着眼睛点头。魏啸才伸手在娥娥头上轻轻地抚了抚，翘一下嘴角，“找你二妈去。”望着娥娥跳下炕离开，又似自语般地说道，“你二妈也是个好人！”

赵四成说：“才娃，你坐在这达不是个办法。我得走！你得想办法让我走！”

魏啸才收回目光，盯着赵四成看了一会儿，“哥，你说我这是咋了？咋就有钱没钱都不让我好过呢？”

“才娃，这不是钱的事！”赵四成沉吟半晌，犹疑道。

“那是啥？”

“我——我也说不清白，反正不是钱的事。就这球世道，有钱没钱都一个球式相。”少顷，又道，“这大一个国家，都四分五裂不成个样子了，何况你个小家！”

魏啸才半张着嘴，瞪着赵四成。

“行了行了，才娃，你就不要再想这些个想不清白的事了。你得想个办法，让我离开这达！”赵四成焦急道。

半晌，魏啸才有些恶狠狠地说：“走！今黑夜就走！”

“咋走？你也走？你——你走了家里咋办？”

“我有办法！”魏啸才咬牙切齿地说，“要走也得把狗日的祸害一下再走！”

赵四成拍拍魏啸才的肩膀，“你——你想好就行！”

接下来，魏啸才做了两件事情。他没带任何祭品，只提上把铁锨出城去了汪秀英的坟上。他在坟前默默地站了一阵子，挥起铁锨，挖了排水渠，攒高了坟堆，清理了坟周的杂草。然后，坐在坟前，望着山下的镇子，直到太阳落山的时候才起身。回来后，没进家门，直接去了汪家。他径直走进汪雨量的屋子，看了一眼斜歪在炕头上的汪雨量，叫一声“姨父”，扑通跪在地上，磕了三个响头。汪雨量愣怔了片刻，忙不迭地蹦下炕，赤脚站在地上，拉起魏啸才，“女婿娃呵——我的娃呀——”

那天夜里，魏啸才站在魏啸铭的窗下，良久才说道：“铭娃，我走了！看在兄弟的分儿上，娥娥就交给你了，将来给找个好人家！”他在窗下等了半晌，也没听到一丝一毫的回应，一咬牙，离开了。

魏啸才和赵四成在菜窖里剥下两个当兵的衣裳换上，拿上枪和手榴弹，趁着夜色溜到鸭子团长的营地，干掉哨兵，把十多枚手榴弹全部扔进了营地，又趁乱从城南的阴沟里爬出城外。

魏啸才和赵四成站在城南的双疙瘩山上，望着火光冲天乱成一锅粥的镇子，一言不发。良久，互望一眼，转身奔下山坡，消失在夜色里。

魏宗寿在鸭子团长撤走部队的第三天，带着月月回到木垒河。那天晚上，魏宗寿悲凉落寞地站在忽然变得冷冷清清的院子里，仰头望着夜空中的点点繁星，猛然想起好多年前，陆道士吃完为汪秀英驱邪的大白公鸡后，打着酒嗝说的“熬过这一劫，就是大福之人！不过……”的半截话，心里涌上一股说不出的惊恐和感叹。半晌，长长地叹出口气，“命啊！注定逃不过这一劫！”

魏陆氏、汪秀英的死，让魏宗寿感到另一种潜在的危机。

月月初小毕业后，在魏宗寿跟前哼唧了几次，想去奇台读初中。这件事情上，魏宗寿倒是毫不含糊，任月月噘嘴赌气都没松口。没过多久，曹志仁向马县长提议，让月月去小学校教书。这时候，曹志仁已经是小学校的校长了。初始，魏宗寿不同意，觉得这么大个丫头，抛头露面地去当娃娃头，成啥体统。后来，看月月整日里窝在自己的屋子里郁郁寡欢的样子，心里不忍丫头憋屈，很不情愿地松了口。

时光荏苒，恍然间，月月出落成一个清纯的小女人，胸似被两朵亭亭的小蘑菇撑着，若隐若现。白中透粉、娇如凝脂的脸上，一对酒窝一现一现的，不显一丝妖冶。一双沉静如水的眼睛，清澈妩媚而又透着淡淡的羞怯。声音里更有一种特别的味道，甜而不腻、轻而不薄、柔而不飘、润而不浮。

现在，魏陆氏、汪秀英都死了，到处都是兵荒马乱，没个太平地方，把这么大个丫头搁在家里，不是个省心的事。魏宗寿思前想后了好些日子，又去和肖先生商量了几次，于是，放出话去，要给月月寻个婆家。

上门提亲的人倒是不少，可没有一个是让人遂心的。不是月月看不上，就是魏宗寿不遂心。这件事，一直到来年春天，才有了眉目，男方是王家炉院的二娃子。

迪化四周，时有尕司令的部队出没。迪化城里的局势也渐趋紧张。二娃子在迪化一家商行里做事。王掌柜不放心，带话让他辞工回木垒河。二娃子一到家，听说魏家正张罗着为月月寻婆家，就让他爹托西街的马婆子到魏家做媒。头两次，魏宗寿哼哼哈哈、含含糊糊地打发了马婆子，第三次，王掌柜随马婆子亲自上门为儿子提亲，魏宗寿就答应了，把月月的生辰八字给了王掌柜，说先掐算一下，合合婚，看有没有啥冲克的地方。

打发走王掌柜，魏宗寿心里还是不踏实，去找肖先生商量。二人圪蹴在和合生中医铺的门口，有一搭没一搭地说着。

二娃子是魏宗寿和肖先生看着长大的。这次从迪化回来，魏肖二人在街头巷尾碰见过几次。高个头，穿一件花格子洋装，下穿一条咖啡色的裤子，小分头，足蹬皮鞋。皮鞋是那种时兴的，两头棕红色，鞋面上一块耀眼的白，擦得油光锃亮。

“娃是好娃，就是他那妈，不是个省油的灯。”肖先生猛吸了几口烟，瞭一眼魏宗寿，说话时，一股烟丝丝缕缕地从口中溢出来。

“嗯！”魏宗寿眯缝着眼，望着远处的双疙瘩山。“这女子的脾性，和她妈一个相况，绵软得很，碰上这么个婆婆，有她受的！”

“我看那二娃子也不是安生的主，这木垒河留不住他。月月嫁过去，要不了多久，家往迪化一搬，离那贼㞞婆姨远些，我看也没啥。”

魏宗寿叹息道：“那就看娃的命了！”

王掌柜拿了月月的生辰八字，找人掐算了一番，虽有些小冲克，但也没啥大碍。王掌柜心里有些疙里疙瘩地不舒坦，又拗不过儿子，只好带着儿子上魏家下聘。

魏宗寿叫月月给未来的公公女婿端茶。月月含羞露怯地给王掌柜端上茶，又给二娃子端上一碗。二娃子直勾着眼，盯着月月，乘着伸手接茶杯的当口，摸了一把月月的手。月月一惊，手猛地往回一缩，茶碗掉在地上摔个粉碎。二娃子还没回过神来，月月已经一甩手，转身跑出了屋子。魏宗寿看着王掌柜和二娃子一脸窘态，心里虽有些不快，也还是站起来打圆场，"这女子怕羞，让你见笑了。"

魏宗寿收下了王家的聘礼。马婆子又在两家来来回回奔了几趟，商量好了婚期定在秋天。结果，还没等到秋天，这场婚事就让尕司令给搅了。

世道真是乱了，到处都在打仗。金督办的捐税更是多得令人咂舌。木垒河镇的好多铺面相继关门歇业。有几家山西人的铺子干脆折价出售，主人携金回了老家。更糟糕的是物价一日三涨，三两五两甚至更大面值的省票流行市面。一大把钞票买不回来一升面粉，十两省票买不来一盒洋火。能逃的、能走的，都逃了、走了，木垒河空寂的街道显得愈加空旷，愈加冷清。

魏陆氏婆媳死后，魏家院子里一下显得空空荡荡。魏宗寿每天夜里躺在炕上，望着白蒙蒙的窗纸，更有一种空寂冷清的感觉。

婆姨走了，骤然间，魏宗寿老了，身板不再直挺，且日渐一日地佝偻了。

三鑫和的生意都已交给魏啸铭打理。其实，自尕司令的部队撤走后，三鑫和的生意也撤了大半。粉坊是魏家起家的生意，早已名存实亡。水磨在转，醋坊的醋还在流，可规模已大不如前。尤其是商行，更是难心得说不成。早前是怕主顾不上门，现在是主顾来了，不敢把东西卖给他。钱毛荒了，啥东西，今天卖出去，明天用同样的钱就别想再买回来。魏啸铭干脆辞了伙计，关了买卖。

魏宗寿是真的没事了，有时间晒日头了，有时间扯方了。

扯方老汉们的嬉笑怒骂，也算给这空寂冷清的街道增添了几分生气。扯烦了，几脚踢飞石子、土坷垃，拍拍屁股，搓搓手，吼几嗓子乱弹：

"天下鼎足立三分，远谋雄略是忠臣……锵锵锵——呔——呔——哎——哎，沙的克，你个狗屄，天天做马鞍子呢，你个人一个好好的马鞍子有没有嘎？"

沙的克抬起头，扯扯嘴角，"你勺的吗？你们经常说，那个——那个木匠的房子塌的呢……"

"哈哈哈，勺屄。你听我说：木匠住的塌塌房，郎中守的病婆娘……"

"种粮的没饭吃，织布的没衣穿……狗日的，都是㞞球官家不敌当！"

"你就是个吃球的命，怪人家官家干啥呢！"

"咦，你才勺的呢！明知道是个吃球的命，你还活啥呢？"

"哎呀————"一声花音慢板悠然叫起：

他凭的肖天佐佑、韩原、广寿四员将，
我凭的郎千、郎万、陈林、柴干、黑师焦赞、孙儿宗保、孟伯仓。
兵对兵来将对将，何愁胡儿不纳降。
……

沙的克停下手里叮叮当当的小铁锤，抹一把汗津津的脸，张开缺了一颗大门牙的嘴，呵呵笑道："你驴一样地吼啥呢？"

"你个驴㞞啥听出来呢？我还唱一个，你听。"老汉捋一把颌下的花白胡子，张开跑气漏风的嘴吼起来：

六镇变生天下乱，关西烽火羽书传。
思想起祖宗创业，伐北平城历尽诸艰险，
才有这洛阳宫殿，巍巍帝阙镇中原。
……

老汉摆个架势，脖子上鼓起一条条青筋，嘴里似安了弹簧，一句句唱词蹦出来，句句如簧，清晰可辨。

沙的克头摇得拨浪鼓似的，嬉笑道："咦，驴吼的呢驴吼的呢，我一个唱，比你的好听！"推开做了一半的马鞍子，站起来，掸掸围裙上的灰尘，在旁边的水缸里舀了一海碗水，仰起脖子咕噜咕噜一口气喝完，舒畅地抹一把嘴，拿起挂在墙上的手鼓，咚咚咚敲几下，神态悠然地唱起来：

神奇峻峭的天山啊，你的威仪是如此显赫，
清晨，苍穹都向你投来金币闪闪发光。
浩瀚苍茫的沙海啊，你的身体是如此坚忍，
容纳了无尽风刀霜剑的侵蚀。

肥美的草原啊，你像母亲一样慷慨，
养育着天山的儿女。
……

歌声悠扬、嘹亮、奔放，透着大戈壁的苍莽浩瀚之气，让人不由得想起大漠孤烟、长河落日的壮丽景象。

二十一　我欠你的，拿命还你

汪子恒被任命为一个加强营的营长，随盛世才盛督办前往滋泥泉抵御尕司令。这个营是以前迪化守备团一部和杜旅长在了墩战败的残部整合后改编的。魏啸仪也被编在这个营里。汪子恒看在同乡的分儿上，从讲武堂毕业不久的魏啸仪被直接任命为二连副连长。在不久后的滋泥泉战斗中，因连长战死，魏啸仪又成了连长。

部队开拔去滋泥泉前，魏啸仪拿了两瓶奇台吉祥涌的陈年烧酒去看汪子恒，笑嘻嘻地对汪子恒说："哥，跟了你是我的造化。"汪子恒听了这话，心里虽然很受用，还是故意冷脸道："你娃娃子少癫狂，出了麻达我一样收拾你！"停了一刻，又续道："有人的时候，还是喊我营长，少喊哥！"

魏啸仪嬉皮笑脸地打个立正，"是！哥——营长！"

汪子恒拍拍魏啸仪的肩，叹道："尕司令把哈密、镇西、七角井、吐鲁番都占了，看来迪化危险了，要打大仗了，到时候，你娃娃可得给我机灵些。"

"听说国民政府给盛督办的正式任命还没下来，哥，你说这国民政府究竟咋想的？"

"信不过督办吧？我也说球不清。"

"督办的日子不好过！尕司令把北疆的大部分都占了。"

汪子恒斜乜一眼魏啸仪，"你娃娃把嘴管住，少胡说！"

汪子恒的部队在离开迪化时，参加了盛督办举行的誓师大会。讲武堂的大操场上一片枪的森林，泛着青蓝的钢铁光泽，气势威武。盛督办的讲话慷慨激昂，鼓舞士气。魏啸仪胯下的马似乎也嗅到了亢奋的气息，低头挣缰，抬蹄刨地，浑身紧绷出一棱棱肌肉，后腿也蓄势待发，只要主人松开缰绳，它就会像离弦之箭，弹射出去。

决定盛督办命运的滋泥泉战斗，有惊无险。直到很久以后，汪子恒回忆起滋泥泉战斗的险恶程度，仍然感叹不已。他说："这是天佑盛督办呢！"那时候，盛督办的部队已经被尕司令冲得七零八落，乱成了一锅粥，四面都是尕司令的人。六月天，天突然就变了，扬风搅雪呀，跟寒冬腊月一样，你说怪不怪？这不是天佑盛督办吗？尕司令的那些个贼㞞兵都穿的短衣短裤，冻得枪都端不住了，好多贼㞞冻死了，尕司令只好撤了。

魏啸才又回到了木垒河。他和赵四成带着二十多个持各种武器的兄弟，骑马驰近木垒河城。群马奔驰，扬起一溜儿雪尘和着隆隆的马蹄声，惊动了城墙上站岗的哨兵。哨兵以为来了土匪，抬手就是一枪。枪声引起木垒河城一片惊慌，城门也在瞬间吱吱嘎嘎地关闭。赵四成止住疾驰的马队，用木棍挑着一件白褂子，走到城下，说明身份。哨兵不信，最后请来了汪雨量和魏啸铭作证，新调来驻守木垒河的陈营长才勉强同意魏啸才、赵四成带人马进城。

魏啸才同时带来了尕司令即将再次进攻木垒河的消息。

马县长批准赵魏二人的申请，成立民团，任命赵四成为团长，魏啸才为副团长。

赵魏二人随即忙活起来，招集民壮，请驻军陈营长派员协助训练团丁。民团没有驻地，只好暂时住在会馆里。每日集结在学校门口的空地上操练队列。正步走齐步走向左转向右转，把这些庄户汉子弄得不辨东西南北。原本都是捏铁锨锄柄镢头把儿的手，突然拿枪，总是不那么顺溜，笨手笨脚地连倒顺都弄球不清。在野地里吼惯的嗓子，突然喊起一、二、三、四，总透着一股吆牛喝驴的味道。那些没枪只能手持棍棒的人反倒显得自在得多，练刺杀的时候，挺着棍棒刺出去就像在打麦场上挥起木锨扬场一般，透着庄稼把式的厚道和滑稽。

不久，冰雪融化，万物复苏。田间地头，荒山野地，到处氤氲着上升的地气。大多数团丁都回家准备春种。虽然关于兵匪的讯息到处都传得沸沸扬扬，但毕竟是庄户人家，错过了农时，接下来的一年里，一家人就得喝西北风。只有一部分家里无田可种、无所事事的闲汉，又懒得下苦力，为了能混个肚儿圆，还留在操场上操练。操练时喊出的号子，绵软得不值两个雪白暄腾的大馒头的力气。

魏啸才望着松松垮垮的队列，嘴张了几张，咬着牙别过头去。少顷，终于忍不住，冲过去，对着一个团丁就是一脚，“日你妈，大白馍都吃到狗肚子里了，连个声气都喊不出来。”他又日妈操老子地冲着另外几个站在一旁嬉笑的团丁踢了几脚，看着他们重新列队，操练起来，才嘟哝着离开。到了会馆门口，在台阶上踟蹰良久，一跺脚，发狠似的扭头向街上走去。路过龚老三的糖果铺，买了一包零碎小吃，提溜着回到家里。

娥娥和争子在院子里互相追逐着玩，看到魏啸才提溜着一包东西走进来，娥娥欢呼一声，撇下争子奔过来，拽着他的手。

魏啸才矮下身，拍拍娥娥的头，冲争子招招手。

争子两手绞在胸前，远远地站着，看到魏啸才招手，稍一愣，转身跑开了。

魏啸才的嘴角不由自主地抽了一下。他知道，这是麦秀教给争子的。这个整日晃动在他和魏啸铭眼皮下的小东西，是横亘在他和弟弟之间的鸿沟。这次回来，一走进这个院子，他就感到了这份尴尬。他几乎没有犹豫，就决定不住家里，而去会馆里住。“自作自受！”他嘟哝了一句。近来，这句话老是在不经意间涌上他的心头。

魏啸才把手里的东西塞给娥娥，“去和争子一起吃吧！”说完，拍拍手转身走开，走出几步，又不由得回头看。娥娥手捧着零食，去追争子。两条小辫子在脑后甩来甩去。小辫子是麦秀替她梳的。自上次他炸了鸭子团长的营地逃走后，娥娥就和麦秀住在一起。

魏啸才长叹一声，走出院子大门。

五月初，尕司令的先头部队越过木垒河，直逼奇台。在奇台激战一昼夜，尕司令的弟弟马仲杰战死于奇台城下。尕司令伤心欲绝，愤而命令青马队、枣骝马队、杂马队轮番进攻奇台城。驻守奇台的省军黎海如部不敌，城破，奇台县民团、商团皆被打散。尕司令的部队入城抢劫，奇台城中居民死伤无计。进攻木垒河的是尕司令后续辎重部队的两个连，指挥这两个连的是个姓海的副团长。海副团长路过大石头时，裹挟了哈萨克千户长海依达尔及其手下的四五百名牧民，又不知从哪里弄来一张盖着尕司令大印的委任状，任命精通哈萨克语的矬刘为指挥。其实，尕司令根本没把木垒河这弹丸之地放在眼里，他觉得，这么一个三几百户的小县城，就是头将要瘦死的驴，杀也杀不出多少肉来。可海副团长不这么认为，好歹也是块肉，怎么着也得咬一口啊。再说了，这手下还有几百号人，说不上就是个建功立业的机会呢。可他没想到，他咬的这一口，不但没吃到肉，反而硌了自己的牙，还搭上了矬刘的性命。

做了指挥的矬刘也是这么认为的。机会不常有，错过不再来。当然，矬刘怂恿海副团长进攻木垒河还有更深一层意思。他每想起前半生过的日子，就咬牙切齿不能释怀，这都是齐掌柜个狗日的给日弄下的。他曾咬牙跺脚地发愿，有朝一日得了势，非生吃了齐掌柜。现在，机会来了，矬刘岂能轻易放过？

海副团长进攻木垒河的战斗也有一个很戏剧化的开始。

这天早饭后，魏啸才和往常一样，带着两个团丁在街上巡查，在离东门不远的一个饭馆门口碰到三个面生的人。这没有什么不正常，木垒河街上经常会出现一些面生的人。魏啸才已经和他们擦肩而过了，又突然想起什么似的回头问道："你们是干啥的？"他发现其中一个不由自主地抬手摸向腰间，又很不自然地把伸向腰间的手抬起来，拿下头上的帽子，一弓腰，"我们过路的，过路的！"魏啸才抿嘴笑笑，挥挥手，让他们离开。刚转身，一把拽出插在皮带里的枪，回手对准那三个人，"站住！别把老子当娃娃哄！"三个人中的一个也把枪掏了出来，还没来得及转身，魏啸才的枪先响了。其余两个只好举起手。魏啸才对两个团丁一指刚才弓腰说话的人，"看看他腰里有啥？"

抓这两个人，没费什么劲，审这两人，魏啸才费了九牛二虎之力，也没有问出个所以然。二人一口咬定是过路的，带枪是为了防身。这好像没有什么不对，这年头，带枪防身的人多了。魏啸才怀疑自己是真的抓错了人，却又不甘心，派人去找赵四成回来。

赵四成进来，拿起二人的手看了看，又拿起二人头上的礼帽，看了一眼，嘻嘻笑道："知道现在是啥时候吗？"

二人不解地摇摇头。

"我给你说，尕司令马上就要打过来了，现在是非常时期，屈死一两个人，就像踬死个蚂蚁，算不了个啥！"赵四成背着手在二人身前身后踱着，"你们两个人中间就能活一个，谁先说谁活！你们谁活？"

二人对望一眼，都不说话。

赵四成笑笑，对魏啸才说："他们都不想活，我看我们也不要费这个劲了！来呀！把这两个人都给我拉出去，毙了！"

团丁冲进来，不由分说，拉起二人就往外拖。还没到门口，其中的一个就喊开了："我说，我说！"赵四成招招手，开口的人被放开。另一个人一看再坚持已经没有意义，也赶紧道："我也说！"赵四成一声阴笑，"晚了！你早干啥呢？”看团丁还站着没动，挥手道：“还站着干啥？拉出去！”

抓住的人是海副团长派来的，除了他们三个，还有十五个人在城南废弃的旱磨坊里。海副团长准备明天凌晨进攻木垒河城，派他们来做内应。赵四成随即通知驻军陈营长，派兵带着招供的人，没费一枪一弹，就把另外十五人堵在旱磨坊里了。

陈营长指着已经被缴械的十五人，问赵四成：“这些人咋办？”

赵四成想起上次木垒河城破时，被鸭子团长枪杀在操场的近百名兄弟，还有惨死的关营长，眼里不禁喷出火来。他咬着牙，恶狠狠地道：“留着也是祸害！”

结果，这些人都被活埋在旱磨坊里。

第二天凌晨，海副团长带人逼近西城门。他想，城里有内应，攻城一举可得。结果，被骗至西城门下，挨了一顿泼水般的枪弹、手榴弹，丢下一堆尸体，很狼狈地撤了。海副团长想不明白，十几个经过严格挑选的士兵，悄无声息地混入城中，咋就一点声息都没有了呢？

真正的攻城，直到这天下午才打响。

在经历了整个上午的准备之后，海副团长的攻城战斗一开始就打得十分惨烈。战斗最先在西城门打响，南门、东门、小东门随后也响起激烈的枪声。上百名士兵和裹挟来的牧民不顾生死，一窝蜂地冲上来。

把守西城门的是赵四成的民团和驻军陈营长派来的一个排省军。民团的很多团丁都没经见过这样的场面。多数团丁躲在城墙的女墙下瑟瑟发抖，只有少数几个勉强拿着枪抵抗。魏啸才一看，急了，拿枪抵着身边一个团丁的头，吼道：“日你妈，你再躲在这达，我现在就一枪打死你！”其他团丁一看魏啸才急红了眼，这才端起枪，拼命打起来。

双方的这一仗，一直打到日落西山才告一段落。随后几天的战斗时急时疏，双方僵持着，比拼着耐力。

木垒河城外围的两个阵地很快被海副团长攻破，败退下来的残余守军退进城里。木垒河城被围得水泄不通。城墙上的士兵和团丁越打越少，城内的青壮年以及县政府凡是能拿得动枪的，都被动员起来参加保卫城池的战斗。魏啸铭是在木垒河城被围的十多天后走上城墙的，他和另外的十多个青壮年一起被分到民团把守的西城门。

那天，和魏啸铭一起走上城墙的，还有二柱子和王家炉院的二娃子。

从魏啸铭走上城墙的那一刻起，魏啸才的眼神再也没有离开过魏啸铭。

魏啸铭踏上城墙不久，马军又发动了一次疯狂的进攻。马军跳出掩体，吼叫着冲过来。枪弹如蝗，曳着哨音，在耳边划过。身边有人闷哼着倒下。瞬间，一种濒临死亡的惊悸和恐惧在魏啸铭的心间划过；手榴弹在进攻的人群中爆炸，伴随着一声声惨叫，血肉在腾起的烟雾中飞溅，又让魏啸铭感到亢奋。他忙乱地挥起手枪，扣动扳机。其实，在此之前，他曾无数次地挥起手中的枪，那不过是面对一些飞禽走兽。可这次不同，他还是第一次面对这样血腥的场面。手枪在他手里，像他的心一样，惊悸般地抖动着，很快就没了声响。他左右搜寻着，身边倒下的一个士兵身上挂着几颗手榴弹。他拽下来，顺手扔向城下，没有炸响。魏啸铭有些茫然地看着手中的手榴弹。一个声音传过来："拧掉把上的盖子，拉了弦再扔！"他循声望去，魏啸才正抱着机枪，向城下疯狂扫射。

在经历了马军的这次攻城之后，二柱子被魏啸铭送下城墙。

二柱子说："是冬梅让我来的，她想的……"

魏啸铭紧绷着脸，眼球上几条殷红的血丝蚯蚓般地纠结着，透着阴狠。他挥手打断了二柱子的话，冷眼盯着二柱子看了一会儿，拽着二柱子的胳膊，把他送下了城墙。"去帮那些个婆姨挑挑水，给城墙上的人送送饭，一样的！"看二柱子还想争辩，又续道，"我知道冬梅是咋想的呢！"

二柱子嘴张了几张，半晌才道："嗯，我听你的！"

魏啸铭把二柱子送走不多时，城墙上就有怪话出来。赵四成把几个凑在一起嘀嘀咕咕的人儿脚踹开，骂道："你们这些个驴日的，瞎了良心了！魏家弟兄三个都和尕司令打仗呢！"

城外尕司令的一个兵趴在壕沟里，枪刺上挑着一颗人头，高喊着他们在咬牙沟消灭了来增援县城的省军。喊了半响，看城墙上没动静，又用棍子挑着一顶水瓢似的钢盔，一下下地试探，终于，在举起的钢盔旁慢慢探出一颗油光锃亮的脑壳。一声枪响，脑壳上溅起一股红白相间的脑浆，高举着的钢盔和枪刺上挑着的人头，同时消失在壕沟了。

赵四成嘴角漾起一丝自得的笑，反身坐在女墙后，长舒口气。

马军的进攻变得毫无规律，像抽风，不管白天黑夜，指不定什么时候，就会给你来一下。弄得城墙上的守军不敢有一丝懈怠。整日里人心惶惶，疑神疑鬼。

双方僵持一月有余，城里的粮食渐趋紧张，尤其是军粮供应。以往，木垒河城守军军粮都是由驻守在奇台县的团部供给。每隔十来天，由团部运送一次给养。现在县城被围得铁桶一般，进不来也出不去。马县长召集众人商议，由县里出钱，高价征集城中粮食。同时，由商会出面，动员商户捐粮捐款。魏啸铭首先把家里的存粮和磨粉的豌豆拿出来，另有几家商户也拿出部分余粮，加上高价征集来的粮食一起充作军粮，也只是杯水车薪，很快告罄。

城中的人还不知道，城外正蝗灾横行。战乱还没结束，另一场灾难正在向木垒河城袭来。

蝗灾最先是从西边的孚远、奇台两县开始，越过木垒河县的西吉尔、英格堡、水磨沟、东吉尔，一路肆虐而来。这时候，尕司令正从东边的吐鲁番、镇西一路杀过来，正好在木垒河和蝗灾遭遇。海副团长攻打木垒河城没几天，蝗灾就在木垒河城四周肆虐。百姓都躲兵匪去了，无暇顾及地里的庄稼。时值六月，正是豌豆结荚、麦子灌浆之时，铺天盖地的蝗虫旋风一般卷过田地，绿油油的庄稼霎时变得一片狼藉。即便是地处偏僻的地界，庄稼的主人也只能望天长叹，眼睁睁地看着狂舞在田间地头的蝗虫，把一片片长势喜人的庄稼啃噬殆尽。

一场饥荒已不可避免，这里的攻守双方却还打得如火如荼，不可开交。

城中的局势渐渐恶化，因为粮食紧张，更加人心惶惶。人们原以为省府派出的援军一到，城围自解，眼看一月有余，援军却连影子都没有。县长答应，征集走的粮食战后双倍奉还，可眼下，肚子问题就已没法解决。城西的二尕子原就存粮不多，本想拿出粮食，战后得个双份的回报，结果，现在家里就断了粮。无奈，跑去县府想要回粮食，不得，又四处乱说，被赵四成以惑乱军心为名，拉到阵前打了一顿军棍。

惩戒二尕子的施刑场面，冷冷清清，寥寥几个围观的人，表情漠然地看着二尕子被两个壮汉摁在板凳上，军棍还没有挨到他的皮肉，惊乍乍的吼声已经喊得人头皮发麻。施刑的过程简单又潦草，施刑的目的也明确到不再需要言说。

看着被人连搀带拽弄走的二尕子以及慢慢散去的围观诸人，魏啸铭对身边的赵四成说："这不是办法，这样下去，早晚出事！"

赵四成偏过头，探询地看着魏啸铭。

魏啸铭望着远处的双疙瘩山，"今天是二尕子，明天就会是一群人，你还拿军棍打他们吗？"

"那你觉得该咋办？"赵四成沉默许久，疑虑道。

"我也说不上！"魏啸铭背对着赵四成，一脸凝重地望着远处。双疙瘩山一片墨绿，更远处是皑皑白雪。很久，轻叹道："你得让人有盼头，你得让人知道，这城要是破了，就不光是饿肚子、挨军棍的事了。"

半晌，赵四成说："你说得对。"跨前一步，和魏啸铭并排，侧过头看着魏啸铭，"嗯，铭娃，那你觉得这事该咋弄好？"

“一时也没想好，只是觉得这样下去不是办法。”少顷，似猛然想起般，转身对着赵四成说：“派人出去求援，嗯，对！派人出去求援。让人知道，我们不是坐着等死，让人有了盼头。”

“城四周围得跟铁桶似的，咋出得去？”

“重赏之下，必有勇夫！”魏啸铭转身正对着赵四成，“哥，你要是觉得这办法行，我去！”

“你？”赵四成轻轻摇着头，“你去，不行。这事你办不了！让才娃去还差不多。”

半晌，魏啸铭长叹口气，黯然道：“哥，谁去，也不能让他去！”咬咬牙，转身，望着城墙上的士兵，“老三现在也不知咋样了，那是个野的，靠不住。魏家总得留下一个撑得住门面的男人！”

赵四成蓦然看到魏啸铭转身时，眼里掠过的一丝光亮。虽然，这光亮一瞬即逝，但赵四成还是捕捉到了。他默然望着眼前的这个男人。他能感到这个男人心里正潜流暗涌。似有什么东西在一下下撞击着赵四成的心，眼不禁湿了。良久，拍拍魏啸铭的肩膀，“这事，让我想想再说！”

“这事不能再说，我去，就这么定了吧！”魏啸铭的语气毋庸置疑。

“那还不如我去呢。”

“你也不行，你走了，这里咋办？再说，你去了，城里人会怀疑你会不会就此逃走，那人心也就垮了。”魏啸铭瞟一眼赵四成，瞥见魏啸才正从城墙上下来，朝这边走，便不再说。

魏啸才看赵四成正和铭娃说话，站在远处犹疑片刻，还是慢腾腾地蹭过来。

赵四成瞥一眼魏啸铭，沉吟片刻，还是对魏啸才说了魏啸铭的想法。魏啸才还没等赵四成说完，便跳了起来，“这不行，胡说的呢！”挥手一指城外，“外头围得跟铁桶一样，他去就是个死。”

赵四成看看眼前的兄弟二人，“铭娃的主意不错，是个好办法！”

“那就我去！”魏啸才急吼吼地道。

魏啸铭盯着魏啸才看了半晌，阴沉沉地，说：“难道，死，你也跟我争吗？”

魏啸才一下僵住了，嘴张了几张，也没说出半句话来，求救似的看着赵四成，神情哀伤，说：“哥，你——那——你说咋办吧。”

魏啸铭截了话头：“算了，抓阄吧。看命，让天定！”说着，也不等二人答话，转身就走，“我去写阄！”

赵魏二人面面相觑，不再说话。

魏啸铭写了阄来，随手扔在地上，眼盯着魏啸才，“谁先？”

魏啸才看看赵四成，看看魏啸铭，“你——你先吧。”

魏啸铭二话没说，俯身就去捡地上的纸团。魏啸才稍一犹疑，伸手一把拦住魏啸铭，“我先。”就势俯身捡起纸团，瞟一眼魏啸铭，一张嘴，把纸团扔进嘴里，眼里掠过一丝得色，慢慢嚼着嘴里的纸团。魏啸铭嘴角不经意地抽了一下，捡起纸团，慢慢展开，一个“去”字赫然亮在眼前。

魏啸才噎住一般，吐出嘴里的东西，摊开手掌，纸团早已成了纸浆。

魏啸铭咧咧嘴，一丝浅笑，凝在嘴角，“命！”转身走了。

“你娃还嫩的呢！你以为这是戏台上，唱戏的呢。”赵四成嘟哝一句，也跟在魏啸铭身后走了。走了几步，又停住，“挑几个人，今夜就走，嗯，天快亮的时候，城外的防备松些，再走！”

魏啸才傻眼了，呆愣着站在当地，移不动脚。

日落时分，魏啸才和驻军排长商量，挑了三个老兵，又从民团选了一个。把选好的人交给魏啸铭，本想和魏啸铭说几句的，可嘴张着，吭哧了许久，也没说出一句话来。

夜里，魏啸才去找赵四成，“哥，你想个办法，铭娃去就是死，他不能去。”

赵四成沉吟良久，拍拍魏啸才的胳膊，“你不想让他去，你就有办法。”

天快亮时，魏啸铭刚走出屋子，就挨了一记闷棍。魏啸才带着人钻出南城墙下的阴沟洞，静悄悄地向马军阵地靠近。可没走多远，就被马军发现了。伴随着一阵杂乱的吼叫，弹雨如水般泼过来，一个老兵闷哼一声，扑倒在地。魏啸才的胳膊上也被一颗子弹击中。无奈，只好沿原路退回城中。

寺里的马阿訇提出去见海副团长交涉停战言和。马县长对罢战言和心有余悸，又架不住马阿訇的再三请求，只好把驻军陈营长、赵四成、魏啸才及各乡绅请来商议。魏啸才本以为是来商议如何守城的，一听是商议停战言和，第一个跳起来反对。“你们都忘了上次的教训吗？”说完，拂袖而去。剩下的人几经商议，还是达成了一个停战的条件：尕司令的部队不得入城，所需要的粮草，县里想办法尽量供给。

没人愿意陪同马阿訇前往，马阿訇只好只身带着商议好的条件去见海副团长。海副团长还在沉吟，矬刘就嚷了一句：“这哪儿是讲和的条件，城都不让进，这是打发要饭的呢！”

海副团长斜乜了矬刘一眼，似笑非笑地盯着马阿訇，脸色慢慢变冷。其实，对这次攻打木垒河，海副团长真是悔死了。这是块烫手的山芋，扔不得又吃不到嘴里。眼下他是太想讲和了，可就这么讲和又让他不甘心。他的沉吟是一种姿态，他要从马阿訇这里得到实惠，找回面子。海副团长重重地咳了一声，扫了一眼忐忑的马阿訇，“马阿訇，这是他们的意思，还是你的主意。”

“我——这停战言和是两下里的事情，这不是在商量呢吗？再说，你就是进了城，这军需粮草也还是要到乡里去征。”

“你咋给这些汉人说话呢，我看你就是个贼㞞叛逆！”海副团长的马鞭子在桌子上猛地抽了一下，“商量啥？就你城里那几个㞞人，还想跟我商量？！”

马阿訇正要开口，矬刘看看海副团长的黑脸，突然变得激动起来。或许他只是想吓唬马阿訇一下。他猛地站起来，拿枪抵在马阿訇的头上。他的脚下绊了一下，“你个老东——”半截话还在嘴里，结果，枪响了。

突起的变故，猝不及防。真心想讲和罢战的海副团长一口气噎在喉咙间，愣怔地看了一眼脑浆迸裂的马阿訇，一马鞭子抽在矬刘的脸上，“我把你个驴日的！”顺手掏出枪顶着矬刘。看着矬刘一脸无辜的样子，牙咬了又咬，终于收回枪，长出一口气，“算了，打死就打死了吧！”现在正是用人之际，他不能毙了矬刘！

至于矬刘是不是有意打死了马阿訇，只有矬刘自己知道。有一点应该是明确的，矬刘不想以不进城这个条件达成停战。那样，他就再也没有这样好的机会进到木垒河城，去找齐掌柜了。

随后，海副团长发动了一次猛烈的进攻。他让矬刘亲自带队冲锋。矬刘自然也是拼命表现。这一仗，真是打得天昏地暗。魏啸才就是在这一仗之后，被抬回家的。

被抬回家的还有王家炉院的二娃子。二娃子被一颗手榴弹炸了。一条腿没了，还有一条腿剩下半截；一只手没了，还有一只手剩下三根手指。二娃子当时只剩半条命，一直养到来年春天才渐渐缓过来，却也是吃喝拉撒都在炕上了。

交战双方都在咬牙坚持。日落黄昏的时候，矬刘发起了最后一次冲锋。所有的人马倾巢出动，蜂拥而上，杀声震天。

他们重新架起云梯，在机枪的掩护下，疯狂爬城。城墙上，手榴弹爆炸掀起的热浪中，夹杂着被炸弹撕裂的碎肉和瘆人的惨叫哀号。

魏啸才抱着机枪，发疯地扫射着爬城的兵卒。

西边山梁上，夕阳像一只血红的眼睛，悲情地看着眼前血肉横飞的场面，终于不忍再睹，慢慢地隐入山后。天光也变得混浊了。

一颗手榴弹，冒着青烟，落在城墙上。魏啸才吼了一声："铭娃！躲开！"撇下机枪飞扑过来，一脚踢开手榴弹，反身扑在魏啸铭身上。但还是晚了半步，手榴弹凌空爆炸，碎裂的弹片撕裂了魏啸才的脊背，同时，炸死了两个团丁。

魏啸铭翻身起来，把血肉模糊的魏啸才抱在怀里，轻轻地抹去魏啸才脸上的血渍，"你这又是何必呢？"

魏啸才咧嘴艰难地一笑，"我欠你的，拿命还你！"

魏啸铭一愣，半晌，幽幽地反问了一句："这是用命能抵偿的事吗？"

魏啸才嘴张了几下，终于没说出话来。刚才涌动在心底的豪气和一丝自得，瞬时消失得无影无踪。他神情哀伤地长叹一声，一阵剧烈的呛咳，一丝血从嘴角慢慢渗出来。

麦秀听到院子里一片嘈杂声，牵着争子从屋里奔出来。看到血肉模糊昏死过去的魏啸才趴在担架上，愣住了。片刻，才拖着哭腔扑过来，"你咋了？啊——咋就成这样了！哥，你——你——咋就成这样了？"她手忙脚乱地拽过争子，"哥，你可不能就这么死了呵——你看看争子，你睁开眼看看。争子快叫大，快，叫大——大——大佬子！你快叫啊，你个屄娃！"

争子扑闪着一双大眼睛，紧抿着嘴，一声不吭。他的目光疑惑地扫过母亲的面庞，讶异于母亲今日的惊慌。

月月惊恐无措地捉住魏啸才的一只手，求救似的看着身边众人。

随后赶到的肖先生替魏啸才清理包扎后，走出屋子，对焦急等待在门口的众人，暗暗摇摇头。

在随后的几天里，海副团长一面组织更加疯狂的进攻，一面组织人力挖掘地道。他希望能用这个办法，解决这次得不偿失的战斗。城中的百姓更是奋力抵抗，他们怕城破之时，也是屠城之日。然而，上天没有给海副团长这个机会，也没有给矬刘机会，也使城内百姓的心徒然空悬。

在滋泥泉和盛督办大战的尕司令，原本可以大胜，结果因为一场突如其来的大风雪而功败垂成。时值六月，这场暴风雪是尕司令做梦也没有想到的。战败的尕司令只好先退往奇台，随后退往吐鲁番。

尕司令退往吐鲁番，木垒河的围解了。围攻木垒河的部队在一夜间退得干干净净。海副团长在退走前，终于挖通了攻城的地道。他们发狠似的，把所有炸药都堆放在里面，点燃了引信。已经千疮百孔的西城门在一声闷响中，连同守卫城门楼的十数个人一同飞上了天。就在西城门被炸飞的这天黎明，魏啸才咽下了最后一口游丝般的气。

七天后，木垒河人为魏啸才举行了隆重的葬礼。

这期间，木垒河出殡的人家不少。他们大多停尸三天或是五天，但魏啸铭坚持要给他哥停尸七天。这是乡间百姓给予死者的最高礼遇。

魏啸铭为他哥请来了木垒河最好的响器班子，请已经老态毕现的陆道士为魏啸才做法事超度亡魂。出高价在乡间买来粮食，招待前来祭奠亡灵的人们。那些面露饥色的人争相前往，送的挽幛挽联挂满了半条街。

前来祭奠的人中有不少是冲着饭食来的。人们不是不敬重魏啸才的死，而是饥饿淡化了包括死人这样的大事。饥荒已初现端倪，送几条挽幛就能混个肚儿圆，这是个划算的买卖。

魏啸才出殡的前一天晚上，下了一场透雨。大雨时急时缓，一直下到后半夜。出殡的这天早上，万事齐备。争子摔了瓦盆，纤绳也已经绑在他细小的腰上，却怎么也找不见魏啸铭。看看时辰已到，不能再等，肖先生只好吩咐起灵。

原本说好的，汪雨量、魏宗寿都不去送葬，起灵了，二人却一口坚持。肖先生只好派出两个小伙子，搀扶着二人。

魏宗寿望着被八个壮汉抬起的猩红棺木，眼前浮现的是魏啸才倔强地昂着的头颅，还有儿子眼中强忍的憋屈和不甘。魏啸才是头还没来得及撒欢就被强拉进磨道里的驴。现在，这头驴被狗日的命湮没了。想到命，魏宗寿不禁悲从中来，被一股裂心的疼痛猝然击中。他摇晃了一下，恍惚间，感到被人拉了一把。他甩甩头，揉揉眼睛，看到汪雨量正关切地拉着自己。一股黑血涌上头顶，他猛一甩手，“我把你个驴日的，都是你害下的！”抬腿一脚踹过去。汪雨量应声趔趄着后退几步，跌坐在地上，怔怔地望着暴怒的魏宗寿，片刻，一抱头，圪蹴在地，一声“亲家——”还没落音，便扯出驴一般的干号。

肖先生闻声，从送葬的队伍前头奔过来，一看架势，就明白了。“你们这叫弄啥呢？！有啥大不了的事情，非要这阵子说呢？！”一把拉起汪雨量，一手牵着魏宗寿，“走，先把娃安顿好了，你们两个老尿想咋闹腾都行！”

麦秀一手拉着娥娥，一手拉着争子，走在送葬队伍的最前面。白花花的纸钱漫天飘洒，唢呐悲怆的呜咽声，将众人引向墓地。

埋葬的过程简单又隆重。当一座新的坟茔出现之后，人们烧了纸幡花圈，相继离去。

冬梅已经跟着众人离开，回头看看，麦秀还站在坟前。“二嫂，走吧！昨儿个才下过雨，早上湿气大，别伤了身子！”推一把身边的月月，“去喊二嫂一起走吧。”

麦秀没回头，向后挥挥手，“你们先走！”

冬梅还要喊，被二柱子拦住了，只好远远站着等。

月月犹疑片刻，走到娥娥身边，揽着娥娥的肩膀，神情悲戚地看着眼前隆起的新坟。

东边的山顶上渐渐显出一片亮白，瓦蓝的天空被一夜风雨荡涤得一尘不染。雨后的梁湾里，一片清亮，淡淡的水汽蒸腾在梁湾中，翻腾着，喧嚣着，像是大地在喘息。徐徐山风中夹杂着青草野花泥土的馨香，露珠从摇曳的枝茎上随风洒落。梁坡上魏陆氏的坟堆下首，汪秀英的坟堆旁，一座新坟，引魂幡随风飘摇，坟前纸灰翻飞，未燃尽的纸灰堆上氤氲着青烟。

麦秀静静地立在坟堆前，身侧是月月、娥娥和争子。争子紧抿着嘴，一声不响地拽着麦秀的手，不时仰起头，看一眼麦秀，低头看一眼新隆起的坟堆。一双黑白分明的眼睛忽闪着，透着一份来自亲情的悲戚。

一缕头发被山风撩起，随风舞动。麦秀眼望着远处连绵起伏的山峦，表情肃穆。面前的黄土堆里躺着的男人，是曾经给过她很多欢愉时光的男人。在那些冰冷孤寂的夜晚，是躺在这个坟堆里的男人陪她度过的。他们在原本属于她和另一个男人的炕面上制造了无数欢愉的时刻。虽然，在这些欢愉到达巅峰的时候，她都会想起自己的男人，会有无尽的自责和愧疚，可她抵御不了这个男人的诱惑。她谈不上爱他，甚至有些恨，而这恨又显得那么苍白无力。她无法面对两个男人锥子般的目光，不管她表现出怎样的坚强，她都做不到无视他们的目光。现在，这个男人死了。麦秀理了理散乱的头发，长长地舒出口气。她蹲下身，抚抚争子的头。“争子，给你大——大佬子磕个头吧！磕完了头，我们就回去吧！”争子望望麦秀发红的眼睛，咧咧嘴，眼里透着迷茫。他趴在坟前，又回头看看立在风中的麦秀，磕了三个头。麦秀扶一把月月的肩，“走，回去！”一手拽着娥娥，一手拽着争子，慢慢地走了，再也没有回头看一眼。

“哥——呀！”一声高音快板在空旷寂静的梁湾里骤然响起，魏啸铭看着走远的人们，从一处僻静的梁湾里转出，来到魏啸才的坟前，双手抱拳，冲着新隆起的坟堆，深深一揖。

兄长上马两泪淋，叫人难舍又难分。

流泪眼观流泪眼，断肠人送断肠人。

……

海副团长退走了，他没有带走矬刘。矬刘只好和被裹挟来的牧民一同退往大浪沙一带的山里。就在海副团长退走的这天，增援的省军也赶到了木垒河。他们只在城内停留了一上午，就继续追击败走的海副团长。

退往大浪沙一带的哈族牧民抓住矬刘说："我们本不想造反作乱，都是你煽惑的。现在，我们要杀了你，向政府投诚，政府才可能放过我们。"

矬刘两眼望天，闭口不言。直到被人摁在树墩上砍下脑袋，矬刘都一直睁着眼，没说一句话。

料理完魏啸才的后事，赵四成离开了木垒河，从此，再也没有赵四成的确切消息。"伊宁事变"后，听说有人在伊宁见过赵四成；有人说在迪化城见过；有人说在阿山的小东沟金场见过；还有人说，赵四成离开木垒河回了老家，后来去了延安。众说纷纭，不一而足，时日久了，赵四成也就被人们淡忘了。

葬完魏啸才的第二天下午，汪雨量来找魏宗寿。

魏宗寿斜靠在被子上，看着觍着脸蹭进屋子的汪雨量，撇撇嘴，扭过身去。汪雨量嘻嘻笑着，凑近魏宗寿，伸手扒拉一下魏宗寿伸在炕沿边上的腿脚，"老㞞，还生气哪？行啦，快起来吧！起来弄两个菜，喝两杯！"

魏宗寿哼了一声，"有股子尿呢，喝不喝？"

汪雨量一屁子跨坐在炕沿上，"球，给啥都喝！"

麦秀端茶进来，汪雨量接了茶，凑近嘴边吸溜一口，"铭娃家的，快去弄几个菜，我和你大喝两杯！"

麦秀转身出去，不大会儿，和月月两人端着几个碗碟进来。摆好小炕桌，摆上一碟花生米、一碟羊肚丝、一只翻龇着森白牙齿的羊头、一壶酒。魏宗寿忸怩着坐起来，瞪一眼汪雨量，自斟一杯酒，端起来一仰脖子，灌进嘴里。汪雨量咧嘴笑笑，伸手撕下一块羊头肉塞进嘴里，慢慢嚼着。二人相对而坐，不时端起酒杯，抿一口，看对方一眼，另一个也相跟着端起酒杯，吸溜一声喝干杯中酒。良久，汪雨量长叹一声，刚开口叫了一声"亲家啊——"就哽咽着说不下去了。别过头去，抹着老泪，双肩耸动着，泣不成声。"我这辈子就想求个安生，可到头来，还是个不得安生。就求个儿孙满堂，环绕膝前，安享天伦，可现在……这大的一个院子，就剩下我和他妈两个棺材瓤子！"汪雨量唏嘘良久，终于迟迟疑疑地提出想带娥娥回去。

魏宗寿沉默半晌，斜着眼睛瞟了汪雨量一眼，"你个老东西，装可怜谋算我的孙丫头来了？"

"唉——亲家，你看我那个院子冷清的，连个人气都没有。你这达好歹还有个争子，屋里屋外跑的呢。你就算可怜我，把娥娥给我，你啥时候想了，我让她看你来。”汪雨量可怜巴巴地盯着魏宗寿的脸，一脸乞求。

“行了行了，你就不要再装可怜了。明儿个，我让铭娃家的给拾掇拾掇，把些个穿穿戴戴拾掇好，你饭罢来领。”

“现在就……”汪雨量急不可耐地道，生怕魏宗寿一夜过后反悔。

“你先消停些吧！今儿个这都啥时候了？你还怕我反悔？”

汪雨量撇撇嘴，端起杯酒，一仰脖子，倒进嘴里，“难说！”夹起一口菜，慢慢嚼着，“你可不能说话不算数！”

魏宗寿反讥道：“我就是个你？”停片刻，长叹一声，“算了，看你可怜！”

“我把娃娃领走，还能给你省下一个人的口粮……”

汪雨量的话还没说完，魏宗寿挥手打断了他，“那你还是把娃留下，我养得起！”

汪雨量吧嗒吧嗒嘴，忙又赔起笑脸，“咳咳咳，我就是这么一说，你当啥真呢嗄。”

二十二　饥荒

木垒河城围解了，饥荒来了！

蝗灾只是这次饥荒的诱因，真正导致饥荒的还是兵匪战乱。由于这些年的祸乱，好多庄子空了，大好的土地撂荒了。

蝗灾一直持续到七月底八月初才渐次消退，正是新粮进仓的季节。往年这个时候，街巷里，娃娃们手捧白面馒头或是卷着香豆、胡麻、姜黄做成的蒸饼，相互追逐嬉闹，欢笑之声不绝于耳。粮市上，庄户汉子守在自己的粮担旁，黑黝黝的脸上，每道皱纹里不仅溢满了辛劳，还有喜悦和满足。可今年，冷清的粮市，不再有涌动的人流，不再有嘈杂的吆喝声。几个满脸愁苦的庄户人，守在自己的粮担前。麦子不饱满，也不光亮。主人更是和麦子一样的干瘪，神情忐忑地东张西望。逢到有人探问粮价，也是诚惶诚恐，忐忑地伸出手，和对方拢在袖筒里捏价。粮价一日三变，高得令人不安，令人惶恐。往年可以买一斗的，今年只能买到三四升，甚至连三四升也买不到。

所有能吃进嘴里的东西，都珍贵起来。

庄户人家挖了洋芋后，被蝗虫咬噬残剩的秧子不再喂猪喂牲口，而是晾干了上磨，和粮食掺和在一起磨成粉。荒野里，凡是能吃的东西都被拾光抢尽。最先是榆树叶子，后来连榆树皮也被剥光。那些榆树只剩下枯枝光干，像是被人剥光了衣衫的汉子，瘦弱地立在寒风里。

卵子般大小的洋芋，剁成丁，撒上一把和着洋芋秧子的面粉，熬一锅清可鉴人的拌汤，把肚子撑得溜圆。然后，圪蹴在山墙下，照着暖暖的冬阳。几泡尿水之后，肚子又咕噜咕噜山响。这已经是富足人家的日子了。

魏家的粉坊、水磨坊、酿醋坊，相继关门。

粉坊没有原料，原本的十几担豌豆被魏啸铭拿出去充了军粮，现在又收不上来，只好关门。随后关门的是水磨坊，接着就是酿醋坊了。酿醋师傅曹茂城走的时候，要求魏宗寿把结给他的工钱折成实物，他想把酿醋坊剩下的一些麸皮拿走。看魏宗寿有些为难，语气中又多了些恳切："家里人口多，这些麸皮掺点东西，说不上就能救了一家人的命！"魏宗寿苦着脸，迟疑地点点头，让曹茂城拿走了麸皮，临了，还是给了曹茂城两块银元。

这时候，饥荒刚刚露头，在一连落了几场大雪之后，才真正显露出它最严酷的一面。

不少人水肿得变了形，皮下明晃晃的，像注了水，透着瘆人的黄色。饿死人已不再是传闻，身边的人说不定什么时候就会一头栽倒在地，不再起身。到处都弥漫着饥饿之气，连鸦雀的叫声都透着饥寒。

进入腊月，终于传来了省府赈济的消息，但赈济的粮食在青河县，要木垒河县自己组织驼队去青河县驮运。大小牲畜都被杀了充饥，县府费了不少力气才从牧区征集来百十峰骆驼，交给崔六。二柱子和另外的十来个人参加了去青河运粮的驼队。临走时，二柱子留下了驼队分发给他的大部分干粮。等到冬梅发现他留下的干粮时，二柱子和驼队已经走出了木垒河城。

这条路，崔六走过不知有多少趟，但这次，崔六把自己送上了一条不归路。

驼队日夜兼程，不敢停留。身后有几千口人在望眼欲穿地等着他们运回粮食救命。荒野里，到处都是白茫茫的一片，看不到人烟，也看不到驼队以外的其他活物，唯有叮咚叮咚的驼铃声，才给这死寂的荒野带来一丝生气。十多天后，驼队终于看到了人家。还没有等他们走近人家，就被一伙外蒙兵围在一处山洼里。他们这才明白，已经走出了国门，到了另一个国家。

二柱子他们被圈在一个大院子里，一个外蒙军官挨个儿询问他们。外蒙人怀疑他们是间谍。他们虽极力解释是走错了路，误入该地，可人家不相信，就这么关了两个多月。后来，又来了一个老毛子军官，拍着桌子，声色俱厉地审问了他们十多天，自然也没审出个啥结果来。快开春的时候，他们被送往科布多。

饥饿已经使人眼睛发绿，人们已经不关心传闻中为抢夺半碗豌豆死伤的四条人命，而是关心半碗豌豆最终下落如何。在木垒河人望眼欲穿地盼望着崔六、二柱子他们运回粮食救命的时候，饥荒也到了最严酷的时刻。眼看年关将近，去运粮的人却一点音讯也没有。魏啸铭提议再派些人去青河县。他同时提议，众商家集资捐款，去邻近的农牧区买些高价粮和淘汰的牲畜，以解燃眉之急。

集资捐款进行得并不顺利，马县长好不容易才把齐掌柜等商家喊到会馆。汪雨量没去会馆，知道是要众商家出钱，说自己身子不舒坦，打发伙计送去了十块大洋。

魏啸铭跟他大说了自己的提议。魏宗寿眯着眼，仰靠在椅子上，半晌，才慢腾腾地撂出一句："铭娃，出头的椽子先烂！"

魏啸铭抿一下嘴，"总要有先烂的椽子！"

魏宗寿深吸口气，轻呼出一半，手扳着桌角，站起身，爬上炕，从炕角里拽出个小木匣，抓出一把银洋，掂了掂，数数，抹去两块，递给魏啸铭。

魏啸铭没接，紧抿着嘴，瞪着魏宗寿。

魏宗寿乜他一眼，"十块，还不够？"把抹去的两块银洋也一起递给魏啸铭。

魏啸铭还是没接。魏宗寿叹口气，一推小木匣，"要多少，你自己拿吧！"

去青河运粮的驼队出发了。魏啸铭也在同一天，带着天茂出发去镇西购买高价粮和淘汰牲畜。本来，同去的还有县府的账房，这是魏啸铭为避嫌，向马县长提议的。齐掌柜听说后，哼哼了半晌，说让天茂也一起去帮忙。魏啸铭心里清楚齐掌柜的心思，想都没想就答应了。上路那天，账房的婆姨饿得躺倒了，魏啸铭只好和天茂二人出发。不承想，齐掌柜的提议，让天茂踏上了一条不归路。

大雪覆盖了山野和戈壁滩，也覆盖了觅食的希望。冬牧场一望无际的荒原上，零零落落的草茎立在瑟瑟寒风中，随风摇曳。一只瘦得皮包骨头的母羊，蹄甲刨开积雪，使劲拽起一枝草茎，慢慢地咀嚼着，回头看一眼瘫卧在雪地里的羊羔，有气无力地叫一声，声音里充满无奈和绝望。

山道上，两道深深的车辙蜿蜒拐进前面的山脚。马呼出的白气，在马嘴周围凝结成一簇冰凌。随着马头的摆动，发出簌簌的声响。马蹄踏在冰雪上咯吱咯吱的声音，使山野越发显得空静。魏啸铭看一眼跟在身后的天茂。天茂缩着脖子，骑在马上昏昏欲睡。魏啸铭把干板羊皮袄的领子往上拉了拉，缩缩脖子。

拐过一道山梁，一伙骑马的、步行的人，吵吵嚷嚷地走过来。魏啸铭怔怔地望着迎面的人群，心里无端地涌起一丝恐惧，手不由得伸进怀里，握住枪柄，提住大黑骡子的辔头。骡子打了个响鼻，扬头挣了一下，步子缓下来。迎面的人群越走越近，渐渐地能辨清对方的面孔。"铭……铭娃，他们有枪！"天茂哆嗦着说。不用回头，魏啸铭都能想象天茂此时的面目：惊恐地睁得很大的眼睛，微微哆嗦的嘴唇，一股股白气自口鼻喷溢而出。迎面的人群在离着他们四五十步的地方停住，隐隐地有枪栓拉动的声音传过来。“铭娃快跑！”天茂变腔变调的嘶喊还没落尽，人已拨转马头狂奔。魏啸铭不及反应，大黑骡子已掉头紧追天茂而去。几声枪响，子弹曳着哨音，破空划过。魏啸铭伏在骡背上，反手开了两枪。身后马蹄攒动，令人心悸的嗒嗒声，敲击着寂静的山谷，骤风般愈刮愈近。天茂双手倏地向上伸出，舞蹈似的，挥了几下，半声惨叫还噎在嗓子里，人已像灌满粮食的麻袋，坠落在地。魏啸铭止住狂奔的骡子，绕着蜷缩在雪地上的天茂，转了一圈。天茂的头蜷在胸前，一动不动，血已洇红了身下的雪。魏啸铭喊了两声，不见一丝动静。抬头看看狂呼而至的人群，两腿一夹骡子，猛抽一鞭。风在耳边呼呼响，不时有枪弹擦着身边飞过。绑在马鞍子后面装钱的褡裢，一下下拍打着大黑骡子的后胯。忽然，疾奔的骡子跳了一下，向后一矬，骤然倒地。魏啸铭被重重地甩出去，不及他站起身，枪弹已如蝗虫般落在他的身周。魏啸铭就势一滚，顺着路侧陡坡，滚落梁下。

临行前，魏啸铭嘱咐麦秀，去看看冬梅。

冬梅出嫁后不久生了个小子，取名林娃。

麦秀挖了半盆面，把新烙的锅盔切了半块。走出门了，又折回头，把剩下的半块锅盔拿起又放下，最后，还是一咬牙，把两半块锅盔一起包好，夹在腋下，走出院子。

月月在屋子门口探一下头，“嫂子，你干啥去呢？”

“我去看看冬梅，你去不去？”

“等我一下，我也去呢！”

后半晌，街上已冷清得不见一个人影。浮云如絮，日头像蒙着轻纱。路边厚厚的积雪，泛着清幽幽的光。

冬梅和林娃正坐在炕桌旁吃饭。林娃嘴里噙着块黑馍，扑闪着眼睛，盯着一身寒气的麦秀和月月。

月月爬上炕，凑近林娃，“来，亲一下尕姨。”

“哟，吃饭哪，吃啥？”麦秀放下手里的面盆，走近炕边，探头看一眼冬梅的饭碗。

冬梅往后躲了一下，汤水泼洒在炕桌上、身上。冬梅抹着身上的汤渍，挪了下腿，“嫂子你坐。”

麦秀端起林娃的饭碗，看了一眼，“咋吃这？”拿起带来的锅盔，掰下一块递给冬梅，“你就是死性子，就不知道回家去说一声。”

冬梅用手背抹一下鼻子，把锅盔塞给林娃，拿过林娃手里的黑馍，“还有些面呢。整日个窝在家里，又不出力气，少吃一口，扛一下就撑到林娃他大回来了。”

“你二哥临走时让我来看看你。”麦秀抽一下鼻子，“我看你还是回去和我们一起过吧！我去给大说。”

“算了，我不去，我就和林娃在家里等他大回来。家里也不宽裕，大老了，扛不住饿，再说，还有争子呢。”

“你就是犟得很！”

那天，麦秀回家对魏宗寿说，想让冬梅回来。魏宗寿斜歪在被子上，没等麦秀说完，就一口回绝了。

麦秀往炕前跨了一步，说：“你气冬梅，我知道，可咋说林娃也是你外孙子，你就忍心？！”

魏宗寿把褥子往身上拉了拉，气恨恨地道：“自找的！”

麦秀一口气噎在嗓子里，嘴张了几张，也没说出话来，一甩手，走了，临出门嘟哝一句：“倔死鬼！”魏宗寿掀了褥子，猛地坐起身，愠怒地瞪着麦秀的背影消失在门口，骂一句：“狗日的！”又重重仰跌在被子上。麦秀回到自己屋子，争子正在炕上疯玩。叠好的被子，散得满炕都是。麦秀拿起扫炕的笤帚吓唬争子。争子嬉笑着搂着她的脖子，亲她的脸。麦秀点着争子的脑门，“跟你大一样，是个赖皮！”话一出口，心里一沉，自己先愣了，扔了笤帚，坐在炕沿上发呆。天傍黑时，听得院子里有动静，才想起该去弄吃的了。推开门，看见魏宗寿的背影闪过墙角，抬脚迈出屋门，脚下绊了一下，伸手一摸，是半袋子面。愣怔片刻，心里一热，眼睛竟湿了。

两天后的夜半时分，魏啸铭跌跌撞撞地拍响了他家的大门。麦秀隐约听到大门响，趿拉着鞋，裹着大襟棉袄，急急地走过来。在离大门十数步远的地方，停下来，怯怯地问：“谁？”等了片刻，又问了一声，不见回应，疑疑惑惑地嘟哝一句，反身走了两步，不放心，又折回来，拉开门闩，一个人赫然倒在脚下。麦秀一声惊呼，向后一跳，一手抚着胸口，心似乎要蹦出来，及至感到脚冷，才知道自己右脚的鞋掉了。她慢慢凑近倒在地上的人，“铭……铭娃……铭娃，大……大……你快出来！”一声惊乍乍的喊叫撞开了死寂的夜。

魏宗寿听到麦秀惊乍乍的喊叫，趿拉着鞋，提着裤子，惊慌地奔过来。他和麦秀连拖带拽，把魏啸铭弄进屋子，不及细看，便又转身奔出屋子。不多时，和肖先生一起冲进来。

魏啸铭面色青紫地仰躺在炕上，双目紧闭，干板羊皮袄被甩在一边，身上盖着厚厚的棉被，两脚搭在炕沿上。麦秀正对着他脚上的毡靴一筹莫展，硬邦邦的毡靴冻结在魏啸铭的脚上。肖先生拨开麦秀，端详片刻，“去找把锯子来！”顺手把带来的一包草药塞给麦秀，“用大锅熬，多加些水！嗯，架火，快架火，把屋里烘热。”拉过魏啸铭的手，把把脉，看一眼魏宗寿，“哥，咋还站着呢，快去弄些雪来！”

魏啸铭被剥得一丝不挂，仰躺在炕边上，肖先生抓起雪，搓擦他的身子。屋子里，铸铁炉子里煤火呼呼有声。肖先生搓、捏、揉、拍，弄得气喘吁吁，直到把魏啸铭泡在草药熬成的一大浴桶汤水里，才长舒口气，接过魏宗寿递给他的烟袋，装一锅烟，就着煤油灯点燃，深吸一口，摇头喟叹道：“这娃啊——唉，咋就这命呢。”

第二天早饭后，汪雨量来看魏啸铭，坐在炕头上和魏宗寿唏嘘感叹了一会儿，起身走了。汪雨量前脚刚走，马县长带着勤务兵来了。他探头看看昏睡在炕上的魏啸铭。魏啸铭脸色潮红，两颊上几处水疱已经溃烂。马县长轻喊了两声，不见动静，挥挥手，让勤务兵把带来的小半瓷罐酥油放在炕桌上。说了几句“安心休养”的客套话，走了。

这一天，魏家的门槛再没闲过。天茂他大一趟趟地跑，探问天茂的下落。看魏啸铭一直昏睡不醒，圪蹴在炕脚下，闷头抽烟，不时爬起身，看看魏啸铭还在昏睡，终于捺不住，摇头叹息着走出魏家，不多时，又转回来。

魏啸铭一直昏睡到第三天上午，才悠悠转醒，身子像散了架，又痛又痒。口舌又干又涩，他不由得呻吟一声。“你醒了，可吓死人了！”麦秀闻声凑近他，拿毛巾轻拭去他额头上的汗渍，端过碗，给他喂水。魏啸铭喝了几口水，又迷迷糊糊地睡去。

一大早，马县长带着勤务兵刚到县府门口，就被齐掌柜、天茂他大和天茂的儿子围住了。天茂他大一见到马县长，扑通一下跪在地上，“马——马县长呵——听说魏家二娃回来了，我们家天茂咋还没个音信？你可得给我们想个办法，天茂要是有个长短，我们一家老小，咋活呢？”说着，拽一把呆立在身边的孙子，“你个尿娃，快些跪下，求马县长把你大给找回来！”

马县长伸手挽住天茂他大的胳膊，“快起来快起来，这可使不得，县府已经派了好几拨人去找了，你就放心吧！”

天茂他大觑着齐掌柜，跪在地上，不动弹。

马县长看了齐掌柜一眼，扭头对站在身后的勤务兵一招手，“咋还站着，快把老人家拉起来！”

勤务兵抱着天茂他大的胳膊，想把他拉起来。天茂他大却拽着马县长的衣袖，跪在地上，不起来。有人过来围观，渐渐聚起二三十人。马县长看看渐渐聚起来的人群，怕节外生枝，惹出事来，挣脱天茂他大的手，往后退了一步，“我不是说已经派人去找了嘛！你们先回家，等着！”对围观众人挥挥手，“都回去吧，回去吧！”说着，转身就走。勤务兵一看马县长走了，左右看看，松开天茂他大，也跟着走了。

“魏家铭娃回来，冻得半死不活的，钱也丢了，天茂肯定活不下！”一直没说话的齐掌柜，忽然对着马县长喊道。

马县长回头看了他一眼，“你咋知道？”停了片刻，一挥手，“快回去，在家等着！”

围观众人意犹未尽，又围着齐掌柜打听。齐掌柜一脸丧气地看着走进县府的马县长，“魏家铭娃一个人回来了，说是把我们捐的买粮食的钱丢了。”

“钱丢了，咋丢的？”

“谁知道，人到现在也不清醒，话也说得迷迷糊糊，钱丢了也是他说的，谁也没看见。”

“钱丢了，那拿啥买粮食呢？”

“还买个球粮食呢！”齐掌柜拽一把还跪在地上的天茂他大，“你就是个窝囊屄！”咬咬牙，“走，到魏家看看，谁知道他是不是真的把钱弄丢了！”

魏家门口，堆着两大堆雪。齐掌柜抓住大门上的门环使劲拍了两下。魏宗寿刚把大门打开，一群人就闯进院子。

“铭——铭娃呢？”齐掌柜问道。

魏宗寿愣怔地眨着眼，随手一指魏啸铭的屋子，“在……在屋里呢，咋了？”

屋子里，魏啸铭躺在炕上，脸颊像被刚刚剥了皮的羊肉，渗着红殷殷的血。肉上泛着一层白皮，像是风吹破的窗户纸。两只手上裹着布，包得像个粽子。身边的小炕桌上，放着小半块锅盔。麦秀正在给魏啸铭喂饭，屋门哐当一声被撞开，一伙人拥进来。麦秀一惊，手一颤，饭撒在魏啸铭的胸前，抬起头，一脸惊愕地看着拥进屋子的众人。

众人看着魏啸铭的样子，不好意思起来。几个人讪讪地退出屋子。有人看着小炕桌上的小半块锅盔，不停地舔着嘴唇。金黄的锅盔煽惑着站在屋子里的人的情绪。饥饿的肚肠，咕噜咕噜地响，似饥饿的兽，撕扯着人的神经。

齐掌柜眼睛在众人脸上巡睃，像是忽然想起什么，眉角一挑，脸不由自主地抽搐了一下，“日他妈，我们快饿死了，狗日的把钱弄丢了，还有锅盔吃。”

屋子里的人面面相觑，渐渐氤氲起一股戾气。终于，有人忍不住了，跨前一步，一把抓起小炕桌上的那小半块锅盔，迫不及待地塞进嘴里，大嚼。身边的人一看有人先动了手，伸手抢过锅盔，夺门而出。一时间，吼骂声、碗碟摔落在地的破碎声、桌椅板凳翻倒在地的声响交织在一起，人群乱了。院子里，几个人为小半块锅盔争得你死我活。

齐掌柜站在屋门口，看着混乱的人群，片刻，冲上去在一个人的尻子上猛踹一脚，“狗日的，看你这点出息，他们魏家就这点锅盔吗？”

魏宗寿经过最初的惊乱之后，看着院子里渐渐疯狂的人群、齐掌柜阴戾的面孔，终于明白在眼前发生的事情的情由。他左右巡睃一眼，顺手抄起立在墙角铲雪的木锨，朝齐掌柜当头砸下，“你个驴日的还有良心没有，铭娃为你们差点冻死在外头，你狗日的还来这一手！”齐掌柜感到一股风袭来，侧头闪了一下，木锨砸在他的肩头，断为两截，木锨头斜飞出去。齐掌柜一手扶着肩头，“球，谁知道你们家铭娃是咋球弄的，钱丢了，你就得赔！”边说边躲闪着魏宗寿的半截木锨把儿。

被齐掌柜踹了尻子的人愣怔地眨眨眼，看着被魏宗寿撵得满院子乱窜的齐掌柜，猛起身，窜向厨房。案板上的几小块锅盔被他惶急地塞进嘴里，不及细嚼，便伸着脖子咽进肚里。随后几个人进来，把锅里的小半锅拌汤刮光喝净。院子里，有人开始四处搜寻。终于，人们在魏家盛放杂物的仓房里，找到了藏在一堆杂物下的半麻袋粮食。

等到马县长带着警察闻讯赶到魏家时，魏家已是一片狼藉。所有能吃的东西被抢得一干二净。

齐掌柜是最后一个离开魏家的，他是在马县长带着警察到来之前跨出魏家大门的。他躲在魏家西面的山墙角上，看着马县长和警察冲进魏家，才匆匆奔回家去。

魏家断顿了，真正揭不开锅了。

当晚，汪雨量和肖先生给魏家送来一些吃的，也只是杯水车薪，很快告罄。无奈，魏宗寿提着银元去镇子上几家有可能有存粮的人家求购。出价高到令人眼红，转了半天，也只买回小半袋和着洋芋秧子的面粉。

数日后的一天深夜，吐尔逊拍开了魏家大门，给魏家留下半麻袋粮食和两只淘汰羊，就急匆匆地走了。

饥馑一直持续到大年过后，去青河运粮的另一支驼队回来，才得以缓解。

天色暗下来，窗纸灰蒙蒙的。屋里渐渐模糊起来。麦秀趿拉着鞋，鞋底拍着地面，啪啦啪啦地响。她点亮煤油灯，端一碗面条，给魏啸铭喂饭。争子抹着眼泪，偎在麦秀腿上，眼巴巴地盯着她手里的饭碗，不时哼唧着喊一声“妈”。麦秀面色苍白，额上汗津津的，手微微地颤。魏啸铭吃了几口，摇摇头，“给……给娃吃吧！”

麦秀用腿拨开争子，瞪争子一眼，又转向魏啸铭，说：“他才吃了些，你快吃吧！”

魏啸铭鼻子一酸，伸手拨开饭碗，“你和娃都吃几口，看你——”说着，别过头去。

麦秀愣怔一下，叹口气，发狠似的一把拉过争子，饭碗塞在他手里，“你就是饿死鬼！”

争子端着饭碗，撇着嘴，一脸委屈地往麦秀身上蹭，“妈，你也吃。”

麦秀看看争子，吸一下鼻子，转身扑在炕上，号啕大哭。“铭娃，铭娃，我的铭娃呀——”她双肩耸动，边哭边拍打着炕面。一只鞋掉在地上，魏啸铭看到麦秀的脚，肿得像个暄腾的馒头。他慢慢伸出手，箕张的手掌在麦秀头上握住又展开，犹疑着，落不下去，脸在昏黄的煤油灯光里痉挛似的抽搐着，紧抿着嘴，泪在眼里盘旋，终于凝结成串，顺着面颊滚落下来，箕张在麦秀头顶的手掌紧握成拳，猛地砸在自己腿上。麦秀抬起头，怔怔地看着魏啸铭，轻轻握住魏啸铭的手，犹疑着放在自己脸上轻轻摩挲。有火苗在魏啸铭的眼里游弋，令他禁不住轻轻战栗。麦秀仰脸看他一眼，四目相对，一种久违的情绪在二人心间漾起，她往前凑了凑，靠在魏啸铭怀里。魏啸铭不禁伸手，轻轻抚着麦秀的头发。手哆嗦着，慢慢拭去麦秀脸上的泪渍，静静地看着麦秀。一声轻叹，水一般漫过魏啸铭的心底。游弋在眼里的火苗渐渐隐去，阴冷代之而起，他猛地推开麦秀，颓然仰跌在炕上。麦秀被冷不丁地一推，跌躺在炕上。良久，她轻轻爬起身，咬着唇，怜惜地看看仰躺在炕上的魏啸铭，一声不响地走出屋子。

天气渐暖。阳光毫无遮拦地洒下来。果树、杏树、李子树的枝条绽着星星点点的绿，在微风中摇曳，带起一丝躁动之气。一对燕子飞进飞出地在屋檐下筑巢，不时停下来，相互梳理羽毛，叽叽喳喳地絮叨一会儿，又箭一般飞去。魏啸铭微眯着眼，仰靠在木躺椅上。脸似画过一般，黑一块白一块，且黑白分明。冻伤使他丢了三个脚趾，经过这些日子的调养，小腿的冻疮终于有了合口的迹象，算是不负麦秀的精心服侍之功。争子骑着根木棍，嘚驾嘚驾地吆喝着，在院子里奔来奔去，弄得满头满脸都是汗。麦秀在厨房门口探头张望一下，反身端起泡好了茶的小紫砂壶轻快地走过来，盯着来回窜腾的争子，竟忘了把小紫砂壶递给魏啸铭。

魏啸铭仰着没动，只稍稍地抬起眼皮睃女人一眼。女人眯着眼，嘴角微微翘起，盯着撒欢的儿子，流溢在眼里的是微醺的怜爱和安详。良久，似忽然醒悟一般，往前迈了两步，又退回来，把手里端着的小紫砂壶递给魏啸铭，反身奔过去，一把拽住争子，扯起围裙，在争子脸上擦一把，脱了争子身上的夹袄，嗔怪道："你就不能消停些！"话还没落音，争子已挣脱她，骑着木棍跑开了。魏啸铭咧咧嘴，心似被什么刺了一下，一种难以言说的心绪，自心底弥散开来。他虽没有真正体会过为人之父的喜悦，但他能感觉到麦秀看争子的眼神，这种源自亲情的怜爱、幸福、安详和宁和的眼神，是一种血脉相连的涌动。他也该能承接这种涌动的血脉的，可在心底的某个地方，却总是横亘着一道鸿沟，使这种涌动无法通畅。麦秀又冲着窜腾的争子喊了一声，回转身，边走边抖着争子的夹袄，正要进屋时，魏啸铭侧起头，说："把板胡给我拿来！"

魏啸铭坐端了身子，深深地吐出口气，吱吱咕咕拉了两下，调试了琴弦，端起小紫砂壶，抿一口茶，拉个过门，吼起来：

店主东带过了黄骠马，不由得秦叔宝两泪如麻……

俯仰间，一股浊气，自心底抽丝般流泻。

提起了此马来头大，兵部堂黄大人相赠与咱……

他大魏宗寿不知何时背着手立在屋前的台阶上，暖阳将他瘦弱的影子印在墙上。墙皮上沾满斑斑点点的污渍，屋檐下的画栋，漆已斑驳，灰蒙蒙的，难掩灰败之气。魏宗寿老了，鬓已染霜，额上刀刻般的皱纹，漫溢沧桑和颓败。前几日，齐掌柜带着几个商家，去县府讨要魏啸铭被抢的钱款。其实，齐掌柜早在魏啸铭还躺在炕上养伤的时候，就已数次讨要这笔钱款。齐掌柜讨要钱款的理由再简单不过，只要魏啸铭能拿出确实被抢的证据，他就不要了。镇子上其他商家都默不作声，唯有汪雨量气不过，骂了几声“狗日的”，却也于事无补。马县长无奈，来和魏家商量。魏宗寿思谋了几天，一咬牙，卖了水磨坊，算是填平了这个坑。

齐掌柜东挪西借了些银钱，盘下水磨坊，也算是了了多年的夙愿。当年魏家修水磨坊，所占之处压住了他家的脉气。虽然魏家出钱为他请道士弄了场法事，可毕竟结在心里的疙瘩无法消解。这下好了，水磨坊姓了齐，心里舒畅了，再看水磨坊，再也找不出一丝丝碍眼的感觉，唯有满心的受活[①]和对未来生活的憧憬。

遭不幸困住在店堂下，为还你店饭钱，无奈何只得来卖它……

魏啸铭脸上青筋暴起，嗓音沙哑，板胡声尖细苍凉。恍恍然，他看到母亲魏陆氏，捯着一双小脚，从厨房出来，眉目间洋溢着宁和安详；他哥魏啸才，一脸阴戾，脚步嗵嗵有声地穿过院子；还有汪秀英……这人世就是个大戏台，要你演啥角，天爷在你出世前就已派定。有秦香莲，就要有陈世美；有窦娥，必有张驴儿。啥角都要人演，代代相传，绵延不绝。

摆一摆手儿你就牵去了吧，但不知此马落在谁家……

① 受活：方言，意为快活。

二十三　悔婚

清明过后，省府派出的宣讲队到木垒河宣讲盛督办的治新新策，号召流亡百姓返乡。百姓不懂啥鸡巴新策，他们更关心的是省府运来扶持乡里百姓春种的耕畜籽种。在领到农具耕畜籽种不久，木垒河的田间地头出现了久违的繁忙景象。

开犁前，马县长采纳了县里几个乡绅的建议，举行了隆重热闹的打春仪式。其实，过了打春的时节，只剩下一个仪式，一个祈求风调雨顺的愿望。

举行仪式这天，人们抬着纸糊的春牛，出小东门，一路敲敲打打，到三畦一块预先选好的地头前，摆好香案，摆上三牲祭品，三拜九叩完毕，又把春牛抬回县府大院。

打春的队伍浩浩荡荡。前头领路的是锣鼓响器。马县长头顶大草帽，肩扛锄头，裤脚高挽，一身老农装束。紧跟着的是一头纸糊的大春牛。春牛是五色彩纸糊的，挺着一对大弯角。两只眼睛是鸡蛋壳做的，黑漆漆的，使得原本就是一头象征性的纸牛，神韵陡增。春牛后面是扮的四个公子、四个花、青蛇白蛇、大头娃娃，还有要旱船的、猪八戒背媳妇、踩高跷的、跑驴等，不一而足。

领头人迈着秧歌步，边扭边唱："正月十五庙门开，庙门里打出个灯笼来。灯笼上着七个字：风调雨顺太平年。……"

整个仪式由蔡县佐主持。春牛抬回县府大院，马县长正要放下锄头，蔡县佐上前拦住，笑嘻嘻地道："马县长稍停，我这达有个猜话[1]，你得猜猜。"

① 猜话：方言，意为谜语。

马县长也嘻嘻一笑，“都说武官怕上马、文官怕打春。知道你也饶不过我！说吧！”

蔡县佐嘻嘻一笑，“马县长，只有一联！”略一沉吟，道：“饥馑时节正打春，打春又在打春后！”一拱手，“得罪！”

马县长一手握住锄头把儿，一手挠着脑袋。

汪雨量笑骂一句：“行了老蔡，你个坏㞞，快往下行！再磨蹭，肉就烂在锅里了。”

蔡县佐觑一眼一脸窘迫的马县长，笑笑，接过马县长手里的锄头，递上彩鞭，“马县长，得罪了！”

马县长哈哈一笑，接过彩鞭，“老县佐说哪里话！”说着，手持彩鞭走近春牛，边打春牛边咏道：“一打风调雨顺，二打土肥地暄；三打三阳开泰，四打四季平安；五打五谷丰登，六打六合同春；七打七星高照，八打八节康宁；九打九九归一，十打天下太平。”咏毕，鞭炮齐鸣，鼓乐齐奏……百姓蜂拥而上，抢抓“牛”肚子里填满的五谷杂粮。

打春仪式后，照例开宴席。宴席没有十碟子八碗，每桌一盆手抓肉，外带一盘皮芽子[①]。会馆的戏台上，一溜儿摆开四大张桌子。台下还有几桌，满满当当地坐满了人。手抓肉端上桌，马县长立起身，端一杯酒，“诸位乡党，端起酒来！尕司令让盛督办撵到了南疆，饥馑、兵匪祸乱，最难心的日子过去了，好日子开始了。祈愿天爷，今年给个好年景！”举举手里的酒杯，“干了这一杯！”蔡县佐吸溜一声喝干了杯中酒，手在嘴上一抹，拿起削肉的刀子，冲台下一扬，“开吃！”话音未落，便听一片饕餮之声。

魏宗寿端起酒杯一仰脖子，灌进嘴里，叹息道：“难心日子，哪有个头哟——”

肖先生呵呵一笑，“兄弟，不想那些个窝心事，好日子在后头呢！来来来，碰一杯！”

汪雨量乜一眼魏宗寿，撇撇嘴，“你就是个倒灶㞞，放着开心，你不开心！”端起酒杯，倒进嘴里。转身对着老秀才，“秀才爸，听说督办弄个啥反帝联合会，还把边防军改成了反帝军，这反帝军是个啥意思？”

老秀才抿口酒，疑惑地说：“反帝军可能就是反上帝的军队吧。”看众人一脸茫然地盯着他，又续道：“听说，这西人都信上帝，就像我们信菩萨一样。这

① 皮芽子：方言，指洋葱。

反上帝，可能就是反西人。”看众人还是不甚了了，“你们问马县长，马县长该知道这反帝是啥意思。马县长，你说！”

马县长呵呵一笑，“秀才爸说得对！就是这意思。”

齐掌柜咳了一声，说：“嗯，我也觉得秀才爸说得对的呢。反帝就是反西人的上帝，把西人的上帝都反了，这西人也就没啥蹦跶头了，就不来祸害我们了，日子也就安生了！”

汪雨量嗤一声，“你狗日的，不祸害人了，日子就安生了。”齐掌柜一愣，涨红着脸，“你——”“我咋了？看你眼睛瞪得像个驴卵子，能把我咋着？！”

老秀才拍拍汪雨量的手臂，“汪掌柜，喝酒喝酒！齐掌柜，你也坐下，今儿个喝酒吃肉，不言其他，啊，不言其他。”

齐掌柜看马县长自顾端着酒抿着，脸都不抬一下，一口气噎在嗓子里，把酒杯往桌子上一蹾，拂袖而去。

“狗日的，快些个走，走了我还能多吃两口！”汪雨量不屑地撇着嘴，拽起一根羊腿棒子，张口撕下一块肉，在嘴里倒腾半晌，伸着脖子，咽下去。

日子一天天太平了，二娃子和月月的婚事又让魏宗寿窝心得要死。王掌柜的婆姨隔三差五地让马媒婆来魏家，讨问二娃子和月月的婚期。每次，魏宗寿都含含糊糊地搪塞马媒婆。“让娃多养些个日子，再说。啊，再养些个日子。”可搪塞终究不是个事，早晚总有搪塞不过去的时候。他让肖先生去王家探问过一次，只要王家同意退婚，以后，不管二娃子再娶谁家丫头，聘礼都由魏家出，出双份也行。王掌柜斜乜着肖先生，慢腾腾地说：“他舅，你回去给我亲家说，王家的聘礼早就送到他门上了，他要是嫌少，说句话！”魏宗寿听到这话，跺足捶胸，“狗日的炸弹，咋就没把我炸死呢？”捉住肖先生的手，老泪横流。

从第一次马媒婆上门，月月就撂给魏宗寿一句：“大，你要是逼我嫁给二娃子，我就去死！”话是狠话，可月月说得嘤咛柔弱，之后，再不见月月有一丝惆怅。每日里，拿起书本，去小学校教书，回来就窝在自己屋里，再不出门。

马媒婆也是硬着头皮，一趟趟往魏家跑。她不想去，可不去不成。吃了人家王掌柜的，拿了王掌柜的酬谢，没办法，只好一次次觍着脸，往魏家跑。初始，进了魏家门，好歹还有一碗茶喝，几次过后，魏家的门就不咋好进了。

马媒婆一趟趟地往魏家跑，始终不见成效，王掌柜的婆姨忍不住了，拽着王掌柜，亲自去魏家，讨要儿子的婚期。

王掌柜知道，这是魏家在拖延。这怪不得魏家。这种时候，再把丫头嫁过来，不是明摆着把自家娃往火坑里推吗？落在谁家头上都一样。王掌柜只能哀叹自己的福浅，儿子的命薄。大娃子在尕司令头一次攻入木垒河时，夜里闲逛，死于宵禁哨兵的枪下，那是夙娃的命不好。二娃子又成了这样，看来，这尕司令真成了他王家的克星。于是，当婆姨再吵吵嚷嚷地要他去魏家讨问婚期时，王掌柜都叹息着别过头去，不理会婆姨。可他架不住婆姨三番五次地撺掇和吵闹。

魏宗寿正要出门，被王掌柜夫妇堵在屋门口。王掌柜的婆姨直截了当："亲家，我们要日子来了，你给个准话吧！"

魏宗寿讪讪地把王掌柜夫妇让进屋，端过莫合烟笋，往王掌柜面前一放，自己先卷起一支叼在嘴上，点燃了，深吸一口，任由王掌柜的婆姨高一句低一句地絮叨，再不吭声。

王掌柜的婆姨看魏宗寿只是低头抽烟，起身一步跨到魏宗寿面前，"亲家，你该不是真要悔婚吧？"推一把魏宗寿，"你倒是说句话呀！"瞥一眼王掌柜默许的眼神，声音更大地说："你要真想悔婚，门都没有，我们王家可不是别人想咋就咋的人家，扯烂了脸皮，谁也不要想好过！"

魏宗寿抬起头，瞪着王掌柜的婆姨，咬着牙，嘴唇哆嗦着，嘴张了几张，半晌，"咳——"甩了手里的烟蒂。

王掌柜起身拍拍魏宗寿的胳膊，"亲家，婆姨家说话没个轻重，嘴就像个烂裤裆，啥都能说出来，不像我们男人家，说出的话撂到地上就是个坑。你就不要和夙婆姨一般见识了！"

这是王掌柜啐他的脸呢。魏宗寿的脸一下红到了脖子根，涨得像个茄子，眼睛直愣愣地瞪着王掌柜的婆姨，恨不能一头撞死在地上。心里翻腾着，一股东西涌上来，呛咳一下，一张嘴，一口血喷在地上。

二十四　迪化保卫战

魏啸仪回来了。他被公派到苏俄学习军事，临行前，回来给他大辞行。经历了战场上的生死搏斗之后，他的眉宇间多了一份坚毅，有一种威猛之气。

山梁下的木垒河城，鸡犬相闻，炊烟袅袅，一派静谧祥和的景象。身后是漫天的火烧云，将整个天地渲染得金碧辉煌。

胯下的战马打了个响鼻，四蹄不安地踏动着，只要主人放开缰绳，它随时都会像箭一般疾射出去。魏啸仪回头看了一眼勤务兵，率先纵马冲下山梁，向木垒河城驰去。

被炸毁的西城门一片瓦砾，瓦砾间清理出一条小道供人通行。这座城门，前后两次修建，凝结着魏家两代人的心血。他大哥魏啸才的命运也和这座城门纠结在一起，昭示着一种悲剧的结局。魏啸仪停下来，看着凌乱的瓦砾，恍然间，看到城门在一声轰响中轰然坍塌的景象。他似乎嗅到了还未完全消散的硝烟，似乎又回到了杀声震天、血肉横飞的战场。

尕司令在滋泥泉战败后，经数月整训，重新集结部队，与驻守在伊犁的新编第八师师长张培元相约，两路并进，围攻迪化。结果，张培元率主力部队才出伊犁，援助盛督办的苏俄红军就换穿中国军服，自称“塔尔巴哈台军”[①]，攻入了伊犁。张培元的先头部队也在三道河子战败。得知老巢被端、前锋战败的消息，张培元慌了神，再加士兵逃散，军心涣散，无奈，拔枪自戕。在这同时，尕司令

---

① 塔尔巴哈台军：意为新疆政府管辖的塔城的归化军。

亲率主力从吐鲁番出发，突破省军柴窝铺、芨芨槽子防线，攻至省城近郊并很快占领了省城东郊的飞机场和无线电台。

省城危在旦夕，盛督办一日三电，催问塔城方面关于苏俄红军入境的消息。

由于交通不便，苏军二月初才抵达迪化以西头屯河，且先锋一到头屯河，就吃了败仗，死伤了近一个连的兵力，苏军只好退回昌吉城。数日后，苏军身披白色披风，趁着遍地白茫茫的积雪和突起的大雾天气，欲偷渡头屯河。刚走到河中央，被马军做了手脚的冰面突然开裂，苏军偷渡头屯河的人马顿时落入冰冷的河水中。正在苏军兵慌马乱之际，马军趁机出击，苏军再次大败而归。

粮食和煤炭成了最大的问题，守卫郊区几个阵地的官兵拼死抵抗马军进攻的同时，还要忍受饥饿，他们往往一两天都吃不到一顿饭。而马军的进攻一日紧似一日，他们躲在羊毛捆后，推着羊毛捆向省军阵地逼近，有的干脆凭借地形地物疯狂冲锋，将生死全然置诸脑后。

省军的周边阵地被马军一块块地蚕食，盛督办把归化军全部派往前线，才勉强保住几个重要阵地。

苏俄红军过不了头屯河，迪化的局势一天天恶化，盛督办真的焦头烂额了。

二月下旬，盛督办在守城部队中抽调两个连加强给汪子恒营，由汪子恒统一指挥。汪子恒率部出迪化东门，绕道三平，抵达头屯河前沿。

这时候，苏军后续部队已经陆续抵达。在飞机、坦克、装甲车的掩护下，强渡头屯河。同时，汪子恒命令魏啸仪带着一个连穿插突击。

苏军的飞机低飞在马军阵地上空。马军士兵依然毫无惧色地和省军对射。随着轰轰轰几声炸响，马军阵地立刻烟尘腾空，人仰马翻，血肉横飞。马军的嚣张气焰这才有所收敛。

担任穿插任务的魏啸仪和尕司令的单玉和团在头屯河东岸的一处高地，拉锯似的血战了一天一夜，才占领了马军的这一重要阵地，将马军的头屯河防线撕开了一道口子。马军的单玉和团长战死，魏啸仪的连也在这一战中死伤殆尽。

魏啸仪带着他的连队和汪子恒临时加强给他的两个排近两百人，于拂晓时抵近单玉和团的防御阵地。他让士兵反穿棉袄，白色的里面外露，借着拂晓前的雾色，悄然摸上单玉和团的阵地。战斗骤然打响，枪弹像水一样泼向蜷缩在战壕里的士兵，好多士兵还在睡梦或懵懂中，就已成为枪下鬼。马军根本来不及组织抵抗，就被省军撵兔子一般赶下阵地。随后，魏啸仪分出一小部分兵力，在阵地左前方的一个小土包上，另设了一个重机枪阵地，和主阵地互为犄角。

被赶下阵地的单玉和团很快组织了疯狂的反攻。攻击波一波接着一波，双方都是拼命的架势。从早上激战到中午，魏啸仪的重机枪阵地被马军攻破。守卫重机枪阵地的省军士兵，全部被攻上阵地的马军乱刀砍死，无一生还。

丢失的重机枪阵地成了魏啸仪最大的威胁。魏啸仪组织了几次反冲锋，都收效不大。阵地前摆满了战死的士兵，攻占双方都在比拼着最后的耐力。临近黄昏的时候，魏啸仪的阵地被单玉和团突破。最先被突破的是阵地的东北部，守卫在那里的士兵抵挡不了单玉和团的轮番攻击，败退下来。很快，整个阵地就丢了。魏啸仪边打边退，被挤压进头屯河的一个河汊里，凭借地形，才勉强坚持住。马军也很快收缩兵力，退回阵地坚守。

这天夜里，魏啸仪组织了一支敢死队，说："当兵的丢了阵地，就像男人丢了婆姨，是个丢人败祖宗的事，这人我丢不起！你们谁要是也觉得丢不起这人，就和我一达去把阵地夺回来。"魏啸仪说完，片刻躁动后，他的身后呼啦啦站了一片。"好！都是儿子娃娃！明年的今天，活着的，记得给今天躺倒的兄弟烧把纸！"魏啸仪振臂一挥，"走！兄弟们，死了，我们都要朝前扑倒！"

阵地上很快响起密集的枪声。魏啸仪身边的士兵像麦捆子一般，一个个倒下去。没有喊杀声，没有惨叫声，唯有枪弹穿透肉体的声音和枪托砸在肉体上的闷响。

魏啸仪被一颗子弹洞穿了左侧大腿，他的右臂也被刺刀挑开一道一拃多长的口子。

这场血战没有持续多久，单玉和团就退了。团长单玉和与魏啸仪的一个士兵对射时，被另一个士兵抡起的枪托砸中了后脑勺，被砸得脑袋迸裂。其他士兵一看单玉和死了，再也无心恋战，潮水一般地溃退了。

第二天下午，苏俄红军派出一个连接手了魏啸仪的阵地。魏啸仪带着仅剩的十几个士兵撤出阵地，返回驻地休整。

魏啸仪到家的第一件事，是去看冬梅。

林娃斜靠在冬梅身上。小东西扑闪着一双大眼睛，一个劲儿地往冬梅身后躲。冬梅拽过躲在身后的儿子，"躲啥呢？这是你三舅！快叫三舅！"

"我还不知道他叫啥呢！"魏啸仪嘻了一声，伸手摸一下林娃的头。

"林娃，官名叫谭泽林。请老秀才给起的，说是这名字有讲究呢！"冬梅伸手抚了抚儿子的头，脸上的悲戚没有了，一股满足涌上来。

"姐，跟我回去吧！"

冬梅低下头，"大不让我进门。"轻叹一声，"算了，过些个日子再说吧！

是我把大气着了，不怪大，怪我！”

“说啥呢？你总不能一辈子不进家门。”站起身，拉过林娃，“趁我回来了，一家人坐在一起吃顿饭，你给大赔个不是，就过去了。”

冬梅怔怔地看了魏啸仪片刻，“我听你的！”换了衣裳，跟着魏啸仪回到魏家。

回到家，魏啸仪让冬梅站在门外等着，自己先进屋，去给他大说。才张口，魏宗寿就冷了脸。魏啸仪往他大面前凑了凑，伸出手掌，“大，我们兄弟姊妹五个，就像五个手指头，你说，掰了哪个，你不心疼？”矮下身，扶着魏宗寿的膝头，仰头看着魏宗寿，说：“大，我姐夫也是自小就在我们家里，是你眼看着长大的，和你儿子有啥区别？！再说，这些年，我们家磕磕绊绊到现在，还有啥过不去的疙瘩？！”

魏宗寿吸溜一下鼻子，看着儿子。

魏啸仪看他大脸色缓和了些，“大，我也算经过生死的人，在生死面前，还有啥不能舍弃的？”拍拍他大的膝头，“你就让我姐回来吧，啊？”

魏宗寿轻叹一声，别过头去。

魏啸仪嘻嘻一笑，冲门外喊道：“姐，你进来吧！”

冬梅拽着林娃，跨进屋门，扑身跪倒在魏宗寿面前，一声“大——”才喊出口，便已泣不成声。

魏宗寿愣怔一下，俯身拉起林娃。林娃回头看看跪伏在地上的冬梅，“外爷——”撇着嘴，一副欲哭未哭的样子。魏宗寿“哎——”了一声，把林娃一把搂进怀里，禁不住老泪纵横。

第二天早上，娥娥来找魏啸仪。她在魏啸仪的屋门口，探头看了看，“三爸！”

魏啸仪还在炕上没起来，听见有人喊他，翻起身，夸张地笑一声，“哟，大小姐来了。快过来，让三爸看看。”

娥娥一步跨进屋，“三爸，我可想你了。”眨眨眼，“真的，有几回，我都梦到你了。嘻嘻。”

魏啸仪伸手刮了一下鼻子，“真的？”撇撇嘴，“哼，我还不知道个你，找我有啥事吧？”

“嘻嘻，也没有。”

“啥叫也没有？说吧！”

"三爸，我想跟你去迪化！"

魏啸仪愣怔片刻，"你——你到迪化干啥去？我这趟回去就走了，你去了谁管你呢？"

娥娥抿一下嘴，"我找我大舅去！"

"那也不行！"缓了缓语气，"再说，你外爷肯定不让你去！"

"那我问我外爷去，他让去，你就把我领上！"

魏啸仪回来，最兴奋的还要数争子，一点都不认生，不多时就和魏啸仪的勤务兵混熟了。缠着勤务兵，解下武装带，套在自己身上，然后戴上勤务兵的大檐儿帽，做出一副耀武扬威的样子。绑扎在争子身上的武装带，弹夹几乎顶在他的下颌上，手枪的枪套半截拖在地上，滑稽的样子惹得人们大笑不已。

魏啸铭看着争子，脸上绷紧的肌肉不由自主地抽搐一下，眼里涌上一股似喜似悲的神情，在人们的欢笑声中，转身，悄然离去。

魏啸仪回来的第二天晚上，魏宗寿请了蔡县佐、汪雨量及一干乡党到家里喝酒，算是为小儿子接风。这顿饭，起先是魏啸铭提出来的，本打算在东兴阁，是麦秀坚持在家里。她把冬梅喊回来，还有月月，姑嫂三人忙活了一下午，弄了一大桌菜。

席间的话题自然都是迪化保卫战。这一战，是盛督办执政新疆最关键的一战。

汪雨量抬手在嘴上抹了一把，张开有些跑气漏风的嘴，说："你别说，这尕司令还真是儿子娃娃！他一来，就把新疆闹个天翻地覆。"

魏啸仪说："现在好了，尕司令让盛督办撵到南疆去了。迪化城里，百姓的日子都过得安稳了。盛督办还提出要建设新新疆，好日子就要来了！"

蔡县佐端起酒喝了一口，叹道："也不见得就是太平盛世！"

"听说尕司令的队伍里有共产党，这共产党究竟是个啥党啊？"

"还能是啥党？革命党！"

"听说老毛子的苏俄就是共产党坐天下，这盛督办联俄联共了，还能听国民政府的吗？"

"当然要听，他这边防督办的官衔还是国民政府任命的呢，咋能不听国民政府的呢？"

"听就好！新疆自古就是动荡之地。虽说地属毛荒，可也是满地金银的宝地哪！阿古柏、老毛子、英国人，还有啥啥的，哪个不在觊觎这块宝地。盛督办能听国民政府的就好，打这些个龟尿，才能安稳些、太平些！不能让这些贼尿祸乱过来再祸乱过去，不能让这些个贼尿想咋就咋！其实，百姓不图别的，就图个安生日月！”

“都说共产党共产共妻，真的假的？”

“屁！你见着啦？盛督办现在就在联俄联共呢，你听见盛督办倡导共产共妻啦？狗日的，要是真的共产共妻，我先把你婆姨给共了。”

魏啸仪在家待了四天。临走那天早上，他拉着魏宗寿在堂屋的桌子旁坐下，自己反身跪在魏宗寿面前。看着孤零零坐在桌旁老态凸显的魏宗寿，看看旁边空着的位子，想起本该安享晚年的母亲魏陆氏却已命在黄泉，阴阳两隔，俯身一头磕在地上，“大，儿子要远行了，不能在大膝下承欢尽孝，是儿子不孝。儿子给大叩头了。”说着，不禁悲从中来，双肩耸动，哽咽难言。

魏宗寿探身拉起魏啸仪，抹一把脸上的涕泪，“大好的呢，你就放心去吧，学好本事，奔个好前程，也算为魏家长脸了。”

魏啸铭拍拍魏啸仪的肩，“放心走吧，家里有我呢！”递给他一包银元，“穷家富路，这些钱带上，到外头自己多操心！”

魏啸仪推了一下，要说什么，看看魏啸铭的脸，接过银元，“二哥，家里就靠你了！”又转身对站在旁边的麦秀和月月，“嫂子，家里就靠你多操心了。”

“放心吧，放心吧！”麦秀抽一下鼻子，“你在外头，不要忘了给家里捎个信，让大放心！”

一家人把魏啸仪送到大门口，目送魏啸仪和勤务兵跨马离去。

魏啸仪刚过西城门废墟，娥娥从路边窜出来，挡在路上，“三爸，我跟你去迪化。”

魏啸仪勒住马，愣怔地说：“你——你给——你外爷同意啦？”

娥娥跨前一步，拽住魏啸仪的马缰绳，“三爸，你就把我领上吧！我给外爷留了封信，你放心吧！”

魏啸仪一冷脸，“我把你领上走，你外爷还不打断我的腿，快回去！三爸到迪化就又要走，把你领上，谁管你呢？”

“我找我大舅去！”

魏啸仪眼睛一瞪，“那也不行，快回去！”翻身下马，蹲下身，扶住娥娥的肩，“听话，回去吧，等三爸下次回来，一定带你走，行不行？”

“不，你哄我呢！”

魏啸仪站起身，就地转了一圈，“要不你回去，问你外爷，他让你去，我就领上你。”

娥娥一下瞪圆了眼睛，“三爸，你要是不领我，今黑夜我就一个人去迪化！”说着，咬咬牙，“不信，你就看！”

魏啸仪怔怔地瞪着娥娥，半晌，嘿嘿笑一声，“像你大，就是个犟死鬼！”抱起娥娥，放在马上，“我就等着让你外爷来打断我的腿吧。”翻身上马，疾驰而去。

魏啸仪一到迪化，就把娥娥交给汪子恒。汪子恒踢一脚魏啸仪，“你就见不得我过两天安生日子。再说，你把娥娥领过来，一大院房子，就剩我大我妈，冷清得咋过呢？！”

汪子恒和娥娥说了几次，要把她送回木垒河，娥娥死活不肯。无奈，汪子恒只好把她送到迪化女校。

二十五　共产党

对木垒河人来说，日子永远都是不紧不慢地一天天数过去，日出而作，日落而息。

这时候，中国内陆的大片国土正在经受外敌的侵略，战火的蹂躏。日本人占了北京、占了南京、占了太原、占了武汉，还在一步步地向前推进，眼看中国就要亡国灭种。原本打得你死我活的两大政党，重新联手，一致对外。在中国这片土地上，面对外侮，他们毕竟是自家兄弟。

木垒河县成立了抗日募捐委员会、劳军鞋袜委员会。魏啸铭在各个委员会都有任职。这天，他又把木垒河县内各商家召集起来开会。“省府来了公文，要为抗日出把力，有钱出钱，有力出力。”魏啸铭说了开场白。

众人一听又是捐款，七嘴八舌地说起来，会场乱哄哄的一片。

“抗日，啥叫抗日嗄？这婆姨们一个个都要‘抗日’了，那老爷们不疯了才怪球了！”

有人接口骂道：“你驴日的整日里就想着被窝里那些个破事情！”

众人哄堂大笑。

汪雨量忍住笑，站起身，“行了行了，都胡嚷嚷个啥呢，听铭娃说。”

魏啸铭面上看不出任何表情，他咬了咬牙，目光阴阴地扫了众人一眼，“抗——就是日本人打到中国来了，占了大片国土，是中国人就要起来反抗。不积极遵从省府号召的，以通敌卖国的汉奸论处！”

“球！不就是要钱吗？直眉瞪眼地说啥卖国呢？我想卖国呢，可到哪达卖去呢？”

“我看你就是个贼㞞，尕日本打到这达，你就是个汉奸的料！”

“这驴日的尕日本鬼子，骄狂得连祖宗是谁都忘了！”

娥娥跟着回乡抗日宣传队回来了。

带队的是李教官。李教官是从新兵营来的，新兵营是共产党领导的红军西路军左支队，在河西走廊被马家军打散的残余部队收拢后组建的，驻扎在迪化的东门外。新兵营组建不久，延安在迪化南梁设立了办事处，对外称南梁招待所。

李教官三十来岁年纪，戴着酒杯底一样厚的眼镜，使人看不清他的眼睛。但李教官嗓音浑厚纯正，似有一种磁性，吸引着人们。红军长征时，李教官当过营教导员。这是后来月月听娥娥说的。娥娥还说，李教官本来有婆姨。婆姨还很漂亮，是一个啥大学里的洋学生，和李教官同校，可惜在河西走廊被马家军打死了。娥娥说这话时，一直盯着月月，末了，嘻嘻一笑，说：“再漂亮也比不过尕姑你。”月月嗔怪地瞪娥娥一眼，一撇嘴，“就你嘴甜！”

宣传队大大小小、男男女女来了十几个，安顿停当后，在会馆里一连唱了三天文明戏。木垒河人没听过文明戏，看着戏台上，一伙子男女蹦来蹦去，咿咿呀呀地又说又唱，看得明白也听得懂，可就是觉得没有乱弹吼起来过瘾。第三天，演的是《放下你的鞭子》。李教官饰演卖艺老汉，娥娥饰演女儿香姐。娥娥穿得破破烂烂，唱了一曲《松花江上》，端着盘子，绕场转了一圈，却没收到钱。正当李教官举起鞭子，要抽打娥娥时，汪雨量忍不住吼骂了一声：“你个贼㞞，咋打人呢？”汪雨量一吼，下面有几个年轻人冲到台上，抓住鞭子，扭住李教官。台上霎时一片混乱，娥娥和其他演职人员解释半天，众人才又退到台下。这时候，有人在场外高呼：“打倒日本帝国主义！”一时间，剧情和观众的情绪都到了高潮。

齐掌柜站在人堆里，撇撇嘴，说：“埋汰人呢，哪儿有这样的事。”睃众人一眼，“我们连日本鬼子啥样都没见过，说啥抗日呢，还不是日哄我们多掏两个钱。”

老秀才乜他一眼，咳一声：“齐掌柜，你这话可说得不咋地道！”说着，走到戏台边的捐款箱前，从兜里摸出几枚大钱，投进捐款箱。

齐掌柜一脸尴尬，左右看看，讪讪地走进戏台，掏出几张省票，看清票上面额，正要投进去，又缩回手，抽出两张，回头看看身后众人，又把抽出的钱一起投了进去。

月月第一次见到李教官是到县府学唱抗日歌曲。她本不愿去做这些抛头露面的事，可架不住娥娥的再三撺掇。月月跟着娥娥走进县府大院的时候，县府一班人和小学校的老师已经列队在学唱。娥娥拽着她走到队列前。她左右看看，悄悄挪到后面，低头站着。队列前那个穿着灰军装的男人，双手举着，打着节拍，在教唱。“大刀向鬼子们的头上砍去……”月月觉得有一种力量从他阔张的嘴里喷薄而出。教唱的是啥歌，她不知道，她只觉得有一种慷慨激昂的情绪，在感染着她，让她心潮涌动。

唱完歌，月月依然心绪难平。娥娥拽着她走到李教官面前，“尕姑，这就是我给你说的李教官。”娥娥看一眼李教官，“李教官，这是我尕姑。嘻嘻，李教官，我尕姑真的漂亮吧，我没骗你吧？”

月月戳了娥娥一下，嗔道：“胡说啥呢！”觑一眼李教官，两道浓黑的剑眉，一双深潭似的眼；右面颊上，一道暗紫的疤痕，自眼角斜向延伸到鼻翼。芒刺般的眼神，逼射过来。她感到心被灼了一下，紧紧地一缩，双手不由得交握在一起，忙乱地低了头，撇下娥娥，逃也似的走了。

进到屋子，月月依然感到心如鹿撞。一手抚着胸口，走到炕沿边，慢慢坐下，眼盯着一片金辉的窗户，发呆。一双眼睛在她的眼前闪动，深潭似的眼神水一般漫溢过来，将她包裹。她轻轻地长舒一口气。

屋门哐当一声被撞开，娥娥气喘吁吁地奔进来，“尕姑，你咋就……咋就跟鬼撵似的跑，喊都喊不住。”凑近月月，疑惑地审视着，“嘻嘻，我知道了，看你的脸红得，你看你的脸，红得像——像个熟透的大苹果，嘻嘻嘻，该不是跑得快，挣得吧？！”

月月拍娥娥一把，瞪一眼，佯怒道：“死丫头，再胡说，看我不撕你的嘴。”

娥娥贴上去，“尕姑，你才不舍得呢，是不是？嘻嘻，那李教官，真的太了不得了呢，你不知道，听同学们说——”睨一眼月月。看月月两眼一眨不眨地盯着自己，撇一下嘴，“算了，反正你也不想听，我找二妈说去。”

“我才——我才不想听呢。”月月嘟哝一句，闷下头去。

第二天，月月在屋子里踟蹰了一个上午，那双深潭似的眼睛，始终在她眼前晃来晃去，让她心绪不宁。吃过午饭，又在院子里呆站了好一阵子，才一咬牙，走出院门。县府大院里已经吵吵嚷嚷地聚了好多人。月月走到人群后面，低下头，悄悄站着，透过人群间的空隙，窥着站在队列前的男人。男人沐浴在夕阳的斜晖中，双臂挥动，呼呼有声。“大刀向鬼子们的头上砍去……”渐渐地，月月被这场面激动，白皙的面颊因为激动而涨红。起初的惧怯没有了，被一种激奋的情绪所代替。“大刀向鬼子们的头上砍去……”一直卡在喉咙口的歌词冲喉而出，月月自己也吃了一惊。前面的人回头看了她一眼，月月伸了下舌头，半截歌词被噎了回去，但不多时，她的情绪重新被点燃起来。

宣传队要去乡下巡回演出的前两天，娥娥被装道具的大木箱子压断了右小腿骨。肖先生忙了一个多时辰，才给她扶正了骨头，绑上夹板。汪雨量看着躺在炕上疼得龇牙咧嘴的娥娥，气得大骂，要去找李教官说理。娥娥眼里噙着泪，嘴里吸溜着，拖着哭腔，说：“外爷，你就消停些吧！”汪雨量气恼地反身坐在炕沿上轻声嘟哝道：“外爷不是心疼你嘛。”回头看一眼端着水碗站在身边的婆姨，一挥手，“咦，咋还站着呢，快去给娃拿个手巾，擦擦，看看把娃疼得，一脸的汗。”婆姨愣怔一下，才走到屋门口，见李教官提着包点心来看娥娥。李教官把手里提着的点心放在炕沿边上，冲汪雨量一拱手，正要张嘴，汪雨量斜乜一眼李教官，没好气地哼了一声。李教官尴尬地笑笑，“老人家，这都怪我不小心，您老多担待。”汪雨量猛立起身，指着娥娥，气急道：“担待个球——”觑一眼娥娥，声调软下来，“看看把我娃疼得。”

娥娥瞪着汪雨量，嗔怪地叫了一声：“外爷——”

汪雨量摆摆手，“好好好，我不说，不说！”瞪李教官一眼，“我娃的腿要是有个啥——哼！”一甩手，走出屋子。

李教官搓着手，斜坐在炕沿上，指一指娥娥的腿，“疼不疼？”

娥娥抽着嘴角，笑一笑，“还行吧，不太疼了。”略一思忖，“我的腿成了这样，耽误了下乡宣传，咋办呢？”盯着李教官，像忽然想起似的，说：“要不让我尕姑去吧？李教官，你给她教几回，她肯定能行！”

“那你尕姑自己同意不同意？”

“我去给她说，她肯定行！”

月月给魏宗寿说，要去参加宣传队。魏宗寿怔怔地盯着月月看了半晌，才慢悠悠地说：“丫头家家的，在戏台子疯癫癫地窜来窜去，像个啥，也不怕丢人？”边说边拿眼角觑着月月。他知道，这丫头说出口的事，要是不答应，太难缠了。可他咋想，都觉得不能答应这件事。和王掌柜家的亲事还没弄清白，躲都躲不及呢，哪儿能再去招惹人家。

月月微抿着嘴，垂首站在屋门口，两手把着衣角，卷起来，放开，再卷起来，再放开。

魏宗寿蹭下炕，趿拉着鞋，走近月月，推一把，“娃乖，回屋去，就不要让大再难心了！”

月月眼里噙着泪，一言不发。

魏宗寿就地转一圈，“你——你逼死我算了！”愠怒地一甩手，走出屋子。在院子里转了一圈，给牲口饮了水，添了草料，再回到屋子，月月依然垂首立在原地，一动不动。魏宗寿进屋，稍一愣，几步跨到炕前，踢脱了鞋，爬上炕，斜歪在被子上。翻来倒去地折腾了好一阵子，猛然坐直了身子，叹口气，没好气地说：“你就是我先人么，你爱干啥干啥吧！”看月月依然一动不动地立在当地，低头沉吟片刻，下炕走近月月，温言道：“哎呀——大也是为你好嗄，你就不听话么！”拍拍月月的背，“大不是应了你嘛，你想去，就去吧！”说着，推开屋门，“去吧，大乏累了，想躺一阵子。”推着月月走出屋门。月月走了两步，停住，回头看一眼魏宗寿，才慢慢离去。魏宗寿看着走远的月月，关上屋门，退到炕边，颓然跌躺在炕上。

第二天一早，月月就到宣传队找李教官。李教官亲自为她排演娥娥在几个话剧中的角色。李教官还专门为月月排演了两个新的剧目：《一个受伤的游击队员》和《血祭九一八》。数日后，月月随宣传队下乡巡回演出，直到秋收后，才回到木垒河城。这期间，王掌柜的婆姨来过魏家两次。每次都咋咋呼呼半天，搅得魏宗寿死的心都有。

地里的庄稼拾掇完，趁着秋翻前的间隙，县里举办了隆重的捐赠仪式。木垒河县抗日募捐委员会在回乡抗日宣传队的帮助下，为抗日前线募集了一架战斗机和数百匹战马。省府民政厅和抗日募捐委员会都派了人来，接受这笔捐赠。县府为表示郑重，组织了赛马会，请了王家戏班子。

捐赠仪式一结束，王家戏班子的王老班主就上台吼了一段《金沙滩》：

思念起我儿杨五郎，父命儿幽州扮家将。
我出得山门把儿望，望儿不见自思量。
……

随后两天，宣传队和王家戏班子轮番登台。

第三天下午，轮到宣传队演《一个受伤的游击队员》。会馆的戏台下挤满了人。王掌柜的婆姨带着十来个本家子侄，也挤在人群中。月月搀着饰演游击队员的李教官刚上台，王掌柜的婆姨努努嘴，站在她身边的几个本家子侄拨开人群，窜上戏台。

“你们这是干啥？啊——干啥？”李教官挥手指着他们。

“她……她……”小伙甲虚怯道。

李教官截住他的话头：“她什么她？下去！”

“她……她是我们家的媳妇，我们来叫她回家。”小伙乙蛮横道。

李教官没接他的话茬儿：“知道你们在干什么吗？我们在宣传抗日，我们在工作，你们这是在搞破坏！知道吗？搞破坏！”他推了一个小伙子一把，“下去！有啥事，等我们工作完再说！你也可以去找县政府，找县长说。”

“工啥作呢，我们来喊我们家媳妇回家，管你啥事呢。”小伙乙一挥手，扭头对其他几个道：“他吓唬我们呢，打他！”几个小伙子稍一愣神，围住了李教官。有几个宣传队员也上到戏台上，先是推推搡搡，没几下就动起手来。霎时，台上台下乱成了一锅粥。

月月涨红着脸，怒目圆睁，双手紧握着。片刻，猛冲上去，揪着一个小伙子，又踢又抓。小伙子被弄急了，猛挥手，甩脱月月，扬手一巴掌，掴在月月脸上。李教官喊了一声，甩脱纠缠在身周的人，闪身护在月月身前。他先前还有些顾忌身份，缩手缩脚地不愿动手，此时，挥拳踢腿再不顾忌。

台下王掌柜的婆姨一边撺掇身边同来的几个本家上台助拳，一边大呼小叫，“官家的人打人啦，你们看，你们看看哪，官家的人为护着那个小骚货打人啦，这天下还有天理吗？”看看身边的人欲动不动，恶狠狠地骂一句：“都是窝囊屄！”自己向台上扑去。刚一上台，恰好迎上被李教官一脚踹飞的小伙子，两人趔趄着噔噔噔后退好几步，一起跌翻在台上。婆姨急了，拍腿大骂：“你们这些丧良心的啊，我们家二娃子也是为了守县城，才弄成这样的，你们咋就丧了良心呢？丧良心的，遭了雷劈的你们哪——”骂一句，啐一口，手在裤裆里抹一下。据说这样能增加咒人的魔力。

纷乱的场面，直到警察闻讯赶来才得以平息。

不到一天的时间，整个县城就传开了。传言像发酵的面一样膨胀，越传越邪乎，到后来，传言就邪乎得没法再听下去了。事情闹到了这一步，魏家不能再等闲视之，必须想个妥善的解决方法。魏宗寿头都想疼了，也没想出个好办法。王掌柜原本是一个很厚道的人，现在，为了儿子，啥也不顾了，变得油盐不进，不通人情。魏宗寿快愁死了，咬牙切齿地骂王掌柜：“狗屄！”骂完了，还是无奈，只好把魏啸铭叫过来商量。父子俩默坐了半下午，还是没琢磨出个办法。最后，魏啸铭看着一脸愁苦的老子，不温不火地撂下一句：“算了，你愁也没用。我找蔡县佐再去王家看看，回来再说。”说完，转身，头也不回地走了。

魏啸铭和蔡县佐到王家。王掌柜正在二娃子屋里帮婆姨侍弄二娃子拉屎，弄得屋子里臭烘烘的。看到魏啸铭、蔡县佐走进来，愣怔地端着手里的屎盆子，一脸尴尬地瞪着二人。

蔡县佐冲王掌柜摆摆手，示意他先忙，从二娃子的屋子里退了出来，在门口的台阶上圪蹴着，闷头抽烟。

这是个得罪人的难心事。魏啸铭去找他的时候，他起先说不来。可看着魏啸铭的难心样，他又来了。来了他又后悔，他不知道这事该咋说。

王掌柜侍弄完儿子的事，出来把二人引到堂屋里坐下，让婆姨给倒了茶。看婆姨还站在屋子里不动，挥挥手让婆姨离开。王掌柜的婆姨撇撇嘴，掸掸衣襟，扭着肥硕的胖屁子，走出屋子。

三个人一时相对无言。半晌，还是蔡县佐先开了口：“王掌柜，我和铭娃来……”

王掌柜扬了下手，“我知道，你给我亲家……”抬头看看瞪着自己的二人，又把半截话咽了回去。

蔡县佐看一眼魏啸铭，看魏啸铭像个局外人似的闷头坐着，咳了一声，说：“王掌柜，我也不给你来啥弯弯绕了，直来直去。魏家今儿个叫我来，是想和你商量商量两个娃儿的事。你看，这事情已经闹到这一步，再僵也僵不出啥好结果。强扭的瓜不甜，再说也都是乡里乡党的，头上顶的是同一块天，脚下踏的是同一块地，没啥不好商量的。你——你看咋着办吧？”

“你给我亲家……”

蔡县佐摆手打断了王掌柜的话，“哎呀，我说王掌柜，你就不了再亲家亲家的了，有啥事，啥想法，说出来商量！”

一直站在门外的婆姨一步窜进来，“老蔡，你就不了再在这达掺和了。魏家想退婚，门都没有！”说着，两手交错搭在胸前，往王掌柜身边一站。

蔡县佐尴尬地笑笑，强撑起脸面，“王掌柜，你看……”

王掌柜嘴角抽了抽，别过头去。

蔡县佐咳了一声，起身要走。

一直没开口的魏啸铭站了起来，“蔡家爸，你稍等。”又转身对着王掌柜两口子，脸上挂着微微笑意，“王家姨父，既然蔡家爸把该说的不该说的都说了，你还不行，我看这样，你定个日子，让二娃子亲自骑马到我们门上来迎娶。该行的礼数，都走到了，你把我妹子抬走。我妹子要是不答应，我把她给你绑过来！”

王掌柜愣怔了片刻，一下从板凳上弹起来，面色涨红，哆嗦着手，指着魏啸铭：“你——你——”

魏啸铭还是面带微笑，“王家姨父，你慢慢说，不要着急。”停了一下，才又接着道：“我说的是实话，娶媳妇总得自己去吧，总不能让你这个当老子的去替儿子娶媳妇吧！”

王掌柜一口气卡在嗓子里，梗着脖子，说不出话，半晌，一屁股跌坐在板凳上。王掌柜的婆姨一拍大腿，扯出一声长长的号哭：“蔡县——佐——啊，你给——评评理，他们这是在欺负人啊！”

蔡县佐迈步走向屋外，“我不掺和你们这些个屄球事！”

那天，从王掌柜家出来，蔡县佐点着魏啸铭的头说：“你个贼屄娃，就是阴得很！”

第二天，魏啸铭又请蔡县佐到王家。蔡县佐正要推脱，被魏啸铭一把拉起就走，“你今儿个去，啥也不要你说，你当个中间人就成。”

魏啸铭给王掌柜带去了一根金条，算是和王家把事情了结了。

王掌柜家的事了了，算是去了魏宗寿梗在心里的一块心病。魏啸铭从王掌柜家回来的当天下午，魏宗寿请了老秀才、肖先生、蔡县佐和汪雨量来家里喝酒。席间，魏宗寿唏嘘哀叹得老泪纵横，“唉，和王掌柜家的事算是了了，可这以后又咋弄呢？”

汪雨量翻个白眼，嘴一撇，“咋弄，就嫁给那个姓李的教官。我看那姓李的教官也不是个屄人，月月嫁给他，错不了。”

“说起来便当，咳——要是真嫁给那姓李的教官，岂不是弄假成了真？以后还咋见人呢？”

汪雨量嗤了一声，“只要娃能过得好，你那个屄球脸面算个球，大不了抹下来，揣到裤裆里，别人能把你咋着？！”

蔡县佐一指汪雨量的鼻子，“你就是个贼屄，为了娃，我看你啥都能干出来。那年为了秀英，你看——你看——咳，你看我这屄嘴，咋就说起这档子事了。喝酒喝酒！”端起酒杯，和众人一碰，一仰脖子，灌进嘴里，咂摸咂摸嘴，“人这一辈子啊，咋算，也算不过天爷！”

第二天，魏宗寿让麦秀去问月月，看看月月究竟是咋想的。

麦秀咧嘴一笑，“大，你真是糊涂了，还用问？！”

魏宗寿愣怔一下，叹口气，背起手，一蹶一蹶地走了。

数日后，魏宗寿在家里摆了几桌酒席，由肖先生主持，蔡县佐证婚，月月嫁给了李教官。半个月后，迪化来了大嘎斯车，把宣传队接走了。月月随李教官去了迪化。

这年冬天，汪雨量的婆姨遭了煤烟，死了。

那天，魏宗寿还赖在炕上，汪雨量的一个伙计慌慌张张地跑来，告诉魏宗寿，汪掌柜出事了。开始时，魏宗寿以为汪雨量出事了，趿拉着鞋，就跟伙计往汪家跑，路上才弄明白，是汪雨量的婆姨出了事。

连着下了两天大雪，雪深得漫过膝盖。街上冷清得看不见一个人影。魏宗寿磕磕绊绊地跑进汪雨量的卧房。汪雨量正失神地坐在炕沿上。看魏宗寿进来，一把拽住魏宗寿的胳膊，“亲家，我——她——咋——咋就撂下我一个人先走了！”抹一把顺着腮边流下来的眼泪，倚着炕沿圪蹴下去，抱着头，大声号啕起来。

魏宗寿后来才知道。汪雨量头天晚上在偏房里算账，鼓捣得晚了，又懒得动，就在偏房的小炕上睡了，算是躲过了一劫。今儿个早上，天都大亮了，还不见婆姨的动静，起身去看。屋里氤氲着一股浓浓的煤烟味，婆姨趴在地上，一手前伸，像是要抓住什么东西，身子已经僵了。

汪子恒直到停灵的第三天才赶回来。

肖先生替汪家主持张罗的葬礼奢华又隆重，让来参加葬礼的老汉们艳羡不已，唏嘘感叹，将来自己也有这样一个长脸的葬礼，该是天爷眷顾的福气了。

办完丧事，汪子恒提出把商号和老宅子一起卖了，让他大跟他去迪化。汪子恒的话还没说完，差点被汪雨量一口啐在脸上。

汪雨量胡子颤抖着，瘪嘴张了几张，重重吐出口粗气，抬手指着汪子恒，“你——你咋就能想得出来！”故土难离。木垒河不是汪雨量的故土，可咋说也在这里活了大半辈子人，他大、他婆姨还埋在这里，木垒河该算是他的故土。当年，他随他大到木垒河的时候才几岁，一晃几十年过去了，自己已两鬓苍苍。

汪子恒百般劝说，汪雨量是铁了心不走。无奈，汪子恒只好作罢。临走前，请了蔡县佐、肖先生、魏宗寿等来家里喝酒，一是答谢多年来众乡党对汪家的帮衬，二是想他走后，对他大多关顾些。

那天晚上，汪雨量捉住魏宗寿的手，“亲家啊——”一句话没说完，便已老泪纵横，泣不成声，“这多年，我们两亲家，争来斗去，可——可——到头来，偌大一个宅院，只剩下我一个老棺材瓤子。唉——唉唉唉——你说，你说说，到底争个啥呢？”

那天夜里，汪雨量把当初魏家抵押粉坊宅院的契约拍在魏宗寿手上。他握住魏宗寿的手，使劲摇着，“亲家啊，我就想让丫头到你这达能过个安心日子！”

“知道，知道！”魏宗寿拍拍汪雨量的手，“我知道呢！可这哪儿是过安心日子的世道啊。”

“不说了，不说了。”

“嗯！不说了！”

二十六　祈雨

二柱子回来了。

这是初夏一个雨后的黄昏，二柱子带着崔六的骸骨回到了木垒河。他满身风尘地牵着骆驼，走进自家院子的时候，冬梅刚从茅房里出来，一手提着裤子，愣怔地看着满头乱发、一脸胡楂儿的二柱子。站在院子当中，手足无措地就地转了一圈，才惊乍乍地，变声变调地喊了一声："林娃，你大回来了！"一下扑到二柱子身上，拳头砰砰地落下来，"你死到哪达去了，我还以为你不要我们娘儿俩了！"随即扯开嗓子，把源自心底的无以言表的喜悦吼将出来。

二柱子抱起冬梅，几步跨进屋里。林娃已经长高了，高出炕沿足有一头。此时正倚在炕沿边上，扑闪着一双大眼睛，看着跨进屋里的二柱子。冬梅嘻了一声，从二柱子身上挣下来，拽过林娃，"你个勺娃，你大回来了！"指着二柱子，"这是你大呀，快叫大。"林娃依然眨着眼，紧抿着嘴，一声不吭。冬梅拍了林娃一下，看一眼二柱子，嘻道："这娃勺了！"

二柱子矮下身，刮了一下林娃的鼻子，一把搂住儿子，喜极而泣。

雨后的天空，洁净蔚蓝。夕阳下，炊烟袅袅。小院里，呱嗒呱嗒的风箱和着欢声笑语，漾起一片温馨。

二柱子是从蒙古国的科布多逃回来的。

那年，他和崔六一行去青河县运粮，走岔了，误入蒙古国。蒙古国把他们当作间谍审查了两个多月，最终也没有审查出啥结果，只好把他们送到科布多，不久又送到乌里雅苏台。在乌里雅苏台，他们度过了一段魔鬼般的日子。他们每天除了要做沉重的苦力外，还要像处在饥荒中的人们一样忍受饥饿。回家是他们最大的愿望，而且有人为此付出了生命。在最初的几次逃跑失败之后，除崔六和二柱子之外，再也无人提及逃跑，只有崔六和二柱子无时不在想着回到木垒河。崔六咬牙跺脚地说："要回家，怎么着也要回家，就是死，也要死在自家的炕头上。"二柱子也是一刻没有放下回家的念头，他能想象得到冬梅母子翘首以盼的景象。

今年开春，二柱子他们终于等到了又一个逃走的机会。外蒙人要从科布多运送一批物资去乌里雅苏台，让崔六、二柱子和另外两个人跟随驼队。驼队只有四个外蒙兵押送，这对二柱子和崔六来说，是一个绝佳的逃跑机会。再说，经过这几年的时光，外蒙人对他们的防范松懈了很多。驼队走出科布多的第三个晚上，崔六和二柱子就各牵了一峰骆驼，从宿营地逃了出来。可是，他们没有走多远，就被外蒙兵发现了。子弹从后面嗖嗖地撵上来，二柱子他们只能拼命地缩下身子，猛抽骆驼，在夜色里狂奔。

直到第二天清晨，二柱子他们才在一处山洼里停住。这时候，崔六除了剧烈的呛咳，就只剩下一口游丝般的气了。他被外蒙兵的子弹穿透右胸。一路的颠簸和呛咳，崔六的肺可能已经碎了。他面色青紫，嘴角挂着未干的血渍，伸直脖子，想把胸中的气呼出来。二柱子把崔六抱下骆驼，平放在一处坡地上。

"二柱……子……你得把我带……带回去，就……就是我……死……死……死了，你也……也要把我的骨……骨头带回去。"崔六喘息了好一会儿才接着道："我不想在……在这个荒山野地……里……地里做孤魂……魂野鬼。我死了……死了到阴曹地府……也不忘……不忘你的大恩，也……也……也保佑你们全家！"

二柱子给崔六喂了些水，把他抱上驼背，继续他们的行程。崔六没有坚持到看见第二天的太阳，就咽下了最后一口气。二柱子在一处荒地上，烧了崔六，包起崔六的骸骨，重就踏上他的归程。

二柱子回到木垒河不久，举家迁往旧户。他把从蒙古国带回来的两峰骆驼卖了，加上早前攒下的一些钱，在旧户的头畦置了几亩地，买了一户人家一处闲置的院子。

二柱子搬家之前，去问过魏啸铭。魏啸铭闷了半晌才说了一句："你个人的事，想好了，拿定主意了就去干，管别人咋想干啥！"末了，拿出些钱给二柱子。二柱子死活不要。魏啸铭也就不再坚持。隔日，他把这些钱悄悄地给了冬梅。

第二年开春的时候，冬梅生了个丫头，起名叫春儿。麦秀怕她去旧户侍候冬梅坐月子，家里剩下魏宗寿和铭娃、争子没人管，就想把冬梅接回家来侍候，可二柱子、冬梅都没答应，麦秀只好去冬梅家里，侍候了冬梅十多天。

到春儿一岁才过没两个月，冬梅又生了个白胖白胖的儿子，她自己却变得瘦了。眼窝微微下陷，鼻子挺了，一对肥硕的奶子颤巍巍的，倒比做姑娘时，更多了一些女人味。

王哈萨从恰克图带来个客商。客商姓褚，常年往来于沙俄和恰克图之间，专做羔皮生意。一到木垒河，王哈萨就带着他急吼吼地来找魏啸铭。

王哈萨带着褚客商走进魏家时，魏啸铭正坐在屋前的台阶上拉板胡。他双目微闭，嘴里轻哼唱词，在板胡尖厉的琴声中俯仰。初夏午后的暖阳，温润地洒下来。麦秀坐在井台边的小木凳上，面前是一只硕大的木盆，旁边堆着一家老小的衣裳。麦秀两只袖子挽到臂弯，在木盆里又淘又洗。一缕头发贴在汗津津的额前，不时回头，看一眼拉板胡的男人，抿一下嘴，复又专心自己的活计。这时候，王哈萨带着褚客商走进院子。隔着老远，王哈萨就嘻哈道："呵呵呵——"回头看看身后的褚客商，一指魏啸铭，"看看人家魏会长的日子，过得才叫滋润呢。哎哎哎，魏会长，不拉了，不拉了，你看我给你带来个朋友！"

魏啸铭轻抽一下嘴角，算是笑一下，放下板胡，起身把王哈萨和褚客商迎进屋子，又反身站在屋门口冲麦秀喊道："先不洗了，给弄壶茶来！"

王哈萨给魏啸铭介绍褚客商。魏褚二人才抱拳，王哈萨双手急摆，"打住，打住，别弄那些个酸的，直截了当。"看麦秀端茶进来，呵呵一笑，伸手接过茶壶，挥挥手，"弟媳妇，你忙你的，我们自己弄。"倒一杯水，一气喝了，抹抹嘴上的水渍，"铭娃，老褚想弄些个羔羊皮，我觉得这生意能干，你看这事咋弄好？"

魏啸铭闷着头，觑一眼王哈萨，半晌，才慢悠悠地说："羔羊皮可是违禁品，做这生意可是违法，我看还是算了，要弄你们弄，不想掺和！"

王哈萨撇撇嘴，还想说，被魏啸铭摆手挡住。

褚客商的眼睛在二人脸上巡睃了一圈，微微一笑，端起茶，喝一口，沉吟道："既然魏会长不想做，那就不勉强了吧！"

三人一时无语，褚客商先站起来告辞。魏啸铭起身把二人送到院门口。王哈萨讪讪一笑，"还想你会同意呢，唉，算了，不说了！"

魏啸铭咧嘴笑笑，抱抱拳，看着二人上马离去。残阳斜照，余晖泱泱，布满整个天空。魏啸铭抿一下嘴，正要回屋，目光无意间落在"三鑫和"的牌匾上。

牌匾上积满了灰，被金灿灿的光映着，“三鑫和”三个金字早已模糊得看不清楚。牌匾下的门店吊着一把大锁，门上的漆已剥脱得斑斑驳驳。他心里一声轻叹，“魏家落败了——”眯眼怔怔地看着走远的王哈萨，片刻，奔到路边，扯着嗓子把王哈萨喊了回来。

二柱子愁苦地站在水渠边的古榆下，看一眼脚下欢快奔流的渠水，望望不远处的麦子地，长长地叹口气。

水渠是沈家的。在旧户，沈家是大户。很多年前，也是这样一个旱年，曹家曾为水渠和沈家起过纷争，听说还死了人。两家人为此告到奇台县，还去过迪化府。可是，官司打到现在也没个结果，反而让沈家对水渠的占有更加理直气壮。

二柱子俯下身，撩水洗洗手，再掬一捧水，撩在脸上。往年，沈老大会把多余的渠水出让给庄子上缺水的人家，可今年的旱情，十年不遇。给沈老大的水费高出往年几倍，沈老大却丝毫不松口。二柱子抬头望望身边的古榆，看看身后不远处的麦子地。更远处的庄子，不闻一丝生气，灰败得犹如一具被日头烤干的马的尸骨，令人不由得生出莫名的颓败、忧虑和苍凉。

天爷疯了！自豌豆开花，一个多月，再没落过一滴雨。日头明晃晃地悬在天上，阳光锥子一般扎下来。地里裂开一条条指头宽的口子，似一张张焦渴的嘴，空自张着，呼出地底仅剩的一点水汽。到处弥漫着干燥呛鼻的黄尘的气味，让人觉得大地快被烈日炙烤成焦土。

二柱子起身走到地头，慢慢圪蹴下身子。这块不足五亩的土地，是二柱子全部的希望。两年前，他拿出全部积蓄买下它的时候，它还是一块废弃已久的熟荒地。地是一个张姓人家的，主人早在尕司令第一次进攻木垒河的时候，被尕司令的兵当野猪射杀在地头上。二柱子在主人年轻的婆姨手里买下了这块地。年轻婆姨卖了地，就带着不足十岁的儿子离开旧户，回了娘家。

二柱子眯起眼，望着这片土地。豌豆苗早已枯萎，麦苗头梢也已焦枯，犹如秃子头上的毛，仅有的一点绿也被日头烤得凝滞又干涩。在燥烈的天光下，威严又充满神秘的土地，犹如被榨干了血汗的母亲，苍老又干瘪，让他不由得心生敬畏，心生怜悯。他扯下头上的草帽，慢慢匍匐下身子，脸贴着土地，伸展开四肢。他似乎听到了大地吱吱的尖叫。燥热的气息自土地深处缓缓溢出。二柱子深吸一口，一股泥土的腥香瞬时灌满胸腔，眼里渐渐噙满泪水。他张开嘴，像驴一样，舔食一口麦苗，发狠地咀嚼着，一股浓绿的汁液，顺着嘴角慢慢地流溢出来。

渠边的古榆因临着水渠，树冠茂盛，犹如伞盖。只是不知什么原因，向西的一根粗大的横枝，枯了。骨白的枝突兀地支棱着，似在告诉人们它的古老和沧桑。古榆确实很老了，有百多年的样子。树干要两个结实的汉子，伸直了臂才能勉强合围。树旁即水渠，由南向北，依地势而行。傍着水渠，还有不少古榆和杨树，想是先人们当年开挖水渠时栽的。

二柱子若有所思地盯着古榆，半晌，才拾起草帽，在面前来来回回地扇着风。草帽是冬梅编的。每年秋天收了麦，冬梅都会精心挑选一些麦秸秆，用擀面杖在案板上碾压，用水泡后，编成细草辫子，再精心编织成草帽。冬梅编制的草帽轻巧又结实，这让二柱子感到惊讶。这个大大咧咧的婆姨，咋就会有这样一双巧手？这时候，他会捉住冬梅丰腴的手，放在自己的唇上、胡楂儿上轻轻摩挲。冬梅会揽住他的头，让他贴在自己的胸前。女人肥硕绵软的奶子散发的气息，使二柱子心生黏腻，拱得愈发急切，隔着衣衫，张口咬住冬梅。每当此时，冬梅会轻拍一把二柱子的头，娇嗔道："你就是个属叫驴的。"

二柱子抬腿一脚踹在古榆上，长叹一声，戴上草帽，一蹶一蹶地走了。院子里的鸡被日头晒蔫了，萎靡地挤在屋檐下的阴影里，不时咕咕咕地叫两声。厨房的门敞着，日光斜射进屋。林娃蹲在光影里玩羊比什，见二柱子立在门口，抬头看一眼，又闷头玩自己的。冬梅穿一件粗布衣衫，袖子挽到肘上，在案板前和面。肉滚滚的背和胳膊随着揉面一起一伏的动作，像嫩豆腐一样颤悠。二柱子进屋，舀一瓢水，咕噜咕噜灌进嘴里，抹一把嘴上的水渍，怔怔地立在屋中央。

冬梅扭头睃一眼，哂笑道："谁惹着你了，脸咋就皱得像个蔫茄子？"

二柱子没言语，挪一步，站在林娃身后。看林娃玩得专注又有滋有味，忍不住用脚尖挑一下林娃的小屁子。林娃被挑得向前一扑，跪趴在地上。二柱子扑哧一笑，俯身拉起林娃。林娃反身打了二柱子一拳，还要再打，被二柱子捉了双手。林娃紧抿着嘴，一声不吭，挣扎着双脚轮换着又蹬又踢。二柱子把林娃搂进怀里，说："好了好了，乖娃，赶明儿个大给你买好吃的！"林娃这才不动，一手搂了二柱子的脖子。

冬梅看一眼嬉闹的男人和儿子，撩起围裙擦把手，给灶膛里塞进几根葵花秆，火呼呼地冒出来。冬梅用手扇着扑飞的烟尘，眉目间满溢着满足和幸福。

由沈老大牵头的祈雨，经过两天的准备，开始了。其实，祈雨早在十多天前，沈老大就提了出来。只是人们怨恨沈老大独占水渠，不愿应和他。而沈老大之所以提出祈雨，也是为了缓解人们对他的不满和怨恨。曹家本不同意，架不住庄子上其他外姓人家的撺掇，最后，也勉强点了头，可心里憋着一股气，咋想都不顺溜。

祈雨的仪式在庄子西面的老爷庙举行。老爷庙不大，三间阔的正殿，左右两间厢房。虽然两天前就让人拾掇了，却依然难掩其颓败。关老爷身上的绿战袍已灰蒙蒙的，辨不清颜色，左手捧读的《春秋》只剩下下半截，肚子上破了个洞，腹中的麦草隐约可见。身侧周仓手里的青龙偃月刀早已被庄子上的娃娃们耍得不见了踪影。墙壁上描绘的关老爷一生戎马倥偬的几个辉煌篇章，也已剥脱得看不出个眉目。

香案上三牲祭品摆得满满当当，正中供着边口粗糙的陶钵。香炉里，一束束紫香腾起缕缕青烟，似燃着的芨芨草，手臂粗的大红蜡烛，火苗呼呼有声。陆道士手执青锋剑，立于香案一侧。他是今早天蒙蒙亮时，庄子上两个小伙子从龙王庙里背来的。陆道士老了，干瘪的身子，撑着阔大的道袍。稀疏灰白的头发，在脑后挽个道髻。眼窝深陷，二目微闭，凸起的颧骨上，暗褐色的皮肤斑斑点点，透着几条蚯蚓般的血丝。两颊凹陷，连带着嘴也一起凹瘪进去，倒更显得鼻子高而笔挺了。香案前跪伏着沈老大及旧户的几个老乡绅，他们身后跪着旧户的成年男人。赤裸的脊背在暴烈的天光下，泛着油腻腻的汗渍。一杆唢呐骤然吹响，随后便是一片唢呐声，锣鼓由缓渐急，不时有一声尖锐的铜钹，透过密集的鼓点，刺进人们的耳朵。静穆肃立的陆道士骤然抬起眼皮，眼里暴射出两道精光。青锋剑猝然前指，挽个繁复的剑花，一手做剑指，口中念念有词，在香案前踩着八卦步，疾走三圈，猛开声暴喝：“呔——呀呀呀——”喝声震梁，积灰簌簌落下。抓起案上朱笔，笔走龙蛇，在黄表纸上书符一道，掷笔，拿起黄纸符，转身递与沈老大。沈老大跪伏在地，三拜，双手高举过头顶，接了符，霍地起身，走出门外，奔至牛前，点燃黄纸符，在老瘸牛头上左绕三圈、右绕三圈毕，肃立牛侧，扯着嗓子，吼道：“礼成！”早有人点了炮仗，“嘭——哐”一连九响。香案前，二柱子三拜九叩后，起身肃立，躬身接过陆道士放在他手上的陶钵。随后，陆道士飘身殿外，将一匹黄绫挽在牛角上，牛缰绳交到沈老大手里。沈老大牵着老瘸牛，走出老爷庙。二十个精壮汉子扛着铁叉，紧随其后，锣鼓居中，其他老少男人默然相随。蹚起的黄尘遮天蔽日，直奔双疙瘩山下的三眼泉而去。

老瘸牛是庄后曹二寡妇家的。开春时，二寡妇的小儿子牵出去放牧时，掉进烂泥坑，别断了右前腿。老瘸牛真是老了，几个月过去了，依然绑着夹板，不见好转。老瘸牛是老花牛生的。老花牛生了老瘸牛两年后，犁地时累死了。老瘸牛是二寡妇的命根子，犁地拉车全靠它。如今瘸了一条腿，牛废了。祈雨要用一头牛，沈老大和二寡妇商量了好几次，总算用一石粮食换来了老瘸牛。

双疙瘩山上，光秃秃的不见一点点绿，褐色的山石裸露在暴烈的天光下，使人愈发感到一种燥烈的憋闷。山脚下的三眼泉呈品字形排列，两眼已经干涸了，唯剩左下的一眼有一小股水，涓细如月娃子的尿，淋淋漓漓地流出来。三眼泉旁，早有人摆好供桌香案，人们冲着三眼泉择地跪下。一个个黑黝黝的脊背，宛如一块块暗褐色的山石，铺满三眼泉旁的黄土梁。

陆道士在香案前盘膝而坐，二柱子肃立一旁。陆道士单掌立于胸前，默诵咒语，自背上抽出青锋剑，东指西画，右手执笔，书符一道。二柱子躬身上前，将符焚于陶钵，躬身退下。陆道士倏地起身，闪在一旁，喝道："放！"沈老大牵牛过来，解开缰绳，缓步退下。二十个精壮汉子头束红布带，双手紧握铁叉，将老瘸牛围在中间。"嘭——哐"九声炮响，锣鼓渐起，转瞬，密如雨点。老瘸牛惊恐四顾，四蹄不安地来回踩踏捯着步子，在又一声炮仗炸响时，猛发力，冲过来。一个壮汉倏地刺出手中铁叉，正中老瘸牛侧背。老瘸牛一声哀号，转而冲向另一边。又一柄铁叉贯入牛腹。老瘸牛猛退几步，仰头哀号。号声在梁谷间回旋，似一股瘆寒之气，在人们的心头掠过，令人不由得打一寒战。老瘸牛的背脊上、肚腹下，血如泉涌。每次发力，伤口即有一支血箭激射而出。地上血迹斑斑，弥漫起阵阵血腥。老瘸牛喘息着、摇晃着，在人群中左冲右突，迎接它的是一柄柄铁叉。当又几柄铁叉刺入它的身体时，老瘸牛终于不支，轰然倒地。锣鼓骤停，一片静穆，不闻一丝杂响。

一声悲怆的唢呐声起，撕裂寂静。二柱子捧着陶钵，缓步走到老瘸牛身侧。老瘸牛挣扎一下，又无力地委顿在地，眼睛哀伤地瞪着二柱子，有一滴泪自眼眶中慢慢渗出来。二柱子不由得心里一颤，仰头看一眼天上的日头。日头明晃晃的，很扎眼。闭上眼，眼前红蒙蒙的一片，一股说不出的悲凉自心底涌起。他慢慢地跪下去，再不看老瘸牛的眼，伸手蘸些老瘸牛的血抹在脸上，抹在陶钵上，起身肃立一旁。一个汉子持刀切下牛头，敬献在三眼泉前。二柱子跪伏在牛头前，双手高举陶钵，拜了三拜，匍匐至三眼泉，将陶钵放在那一股涓流下。

注满水的陶钵要送回老爷庙，供在关老爷脚下。至于为什么要供在关老爷脚下，没人能说得清。一辈辈传下来的规矩，没人质疑它的目的和出处。

二柱子汗流如注，双手捧着注满水的陶钵，走在前面，身后是静穆疲惫的汉子。跨过前面的水渠，就是老爷庙。二柱子甩一下头上的汗水，看一眼陶钵。清冽的水，在陶钵里轻晃。他舔舔干裂的口唇，喉结在脖子上急速地滑了一下。心里暗暗松口气，抬脚跨上水渠边沿，后脚才离地，前脚骤然一软，渠沿塌了一块。二柱子一个趔趄，向后一闪，陶钵在他手上晃了一下，滑出手去。陶钵掉在地上，咕噜噜滚了个圈，裂为两半，清冽的水泼洒在地，转瞬就消隐得无踪无迹。

骤起的变故，猝不及防。二柱子一脚陷在水渠里，一脚踩在水渠沿上，愕然无措地望着众人。沈老大几步窜到破碎的陶钵前，俯身拾起一块，扭头愣怔地看着二柱子，嘴唇哆嗦着，半晌，甩了手中的半块陶钵，冲到二柱子跟前，“我把你个驴日的贼㞞！”一脚踹在二柱子身上。二柱子本能地向后躲闪了一下，被水渠沿一绊，跌坐在水渠里。他看到烈日下，旧户的男人们目光阴冷地盯着他，向他慢慢聚拢来。一丝恐惧袭上他的心头，他不由得打一哆嗦。他慢慢爬起身，抹一把脸上的水渍。“打死这狗日的！”沈老大一挥手，吼了一声。二柱子目光闪了一下，咬咬牙，“我——你——你放着一渠的水，要去求天爷……”沈老大一时没明白二柱子的话，呆愣地眨着眼，“一……一渠水咋啦？啊，一渠水是沈家先人留下的！你驴日的想说啥呢？”二柱子扭头看看身后旧户的男人们，深吸一口气，一股燥闷的泥土气息涌入胸腔，潜伏在心里的一种莫名的不可抗拒的力量慢慢涌起。他眯起眼，望着氤氲在干裂的土地上的燥烈地气，他知道，涌动在心间的这股力量，就来自土地，来自泥土深处绵延不断的神秘而又令人沉醉的泥土的腥香。他一步跨上渠沿，一指渠边的一溜儿古榆，“这些个树，这些个树，哪个没有百十年，你们沈家到旧户才不过几十年，咋就说水渠是你先人留下的？！”事后很多年，二柱子都没想明白，自己当时咋就会有这股气，说话都比平时顺溜，连个磕巴都不打一下。

愣怔的人群躁动起来，扛着铁叉的几个年轻汉子，眼神怔怔地在沈老大和二柱子脸上巡睃，几乎是在同时，几个汉子猛地挥动手里的铁叉，发狠地挑挖水渠沿。仅片刻工夫，一段水渠已一片狼藉，渠水漫过毁坏的渠沿，四处流溢。

二柱子两手交握，极力忍住不让自己发抖，可手臂还是禁不住地哆嗦。他回头看一眼曹家老二。曹家老二也正拿眼瞟着他。二柱子嘴张了几张，还是没说出一句话。

曹家老二心里清楚，二柱子是为了自保，情急之下才说出这番话的。想起这些年和沈家为水渠争来斗去，被沈家埋汰，曹家老二就觉得窝囊得抬不起个头。现在好了，二柱子点了这把火，既然火烧起来了，就不能再让它灭掉。看看众人的眼神，就知道，这把火点得正是时候。

沈老大眼里在喷火。他心里明白二柱子这番话的分量，为牵头弄这祈雨的事，真是悔得恨不能咬了自己的舌头喂狗。同时，他也清楚，现在不是示弱的时候，他哆嗦着嘴唇，回头看一眼立在身后的沈家人，一挥手，“把二柱子个狗日的往死里打！”沈家的男人拿着铁叉就要冲。

“慢些个，慢些个！沈老大，今儿个这事，不是打捶的事，也不要把我们这些个外姓人不当个事！”曹家老二说得不疾不徐，沈老大自然听得出这话的分量。

“就不把你外姓人当个事，能咋着？你咬我的鸡巴呢。”

“咋着不咋着，你知道呢。沈老大，说狠话不挡事，还是商量看咋着把眼下的旱情度过去。”

“度个球旱情呢！谁敢动一股水，试试！”沈老大强自撑着。

曹家老二嗤一声，一脸不屑，瞪着沈老大，冲四处漫溢的渠水，扬一下下巴。

两伙人拿着铁叉僵持着，谁也不敢先动。

二柱子往前挪了几步，“沈……沈……沈家爸，今儿个事情怪我，度了眼下的灾情，要打要罚，我听你的。”回头看一眼身后众人，“嗯，我说个……说个办法，你看行不行？还是按往年的办法，给钱给粮食都行，水匀着用。”几句话说出来，二柱子觉得心里舒坦了，咽口唾沫，又向前跨了一步，“过了今年，你再领个头，修……修渠。”

又有几个人站出来附和二柱子。

沈老大瞪着二柱子，一脸惊异，看不出这蔫尿还有这一手。他心里盘算着，看看身边的人，知道这事不答应，不会善罢，咬咬牙，“嗯，那就商量个办法！”

这年冬天，沈老大牵头，二柱子领工，开始修渠。二柱子领工是沈老大安排的。他觉得，二柱子人是蔫了些，但办事牢靠。

二十七　洋媳妇

魏啸仪带着个金发碧眼的老毛子女人回到了木垒河，同时带来的还有俄国的奶油和列巴。女人是从俄国带回来的，奶油和列巴不是，是魏啸仪临回木垒河时，从迪化城的洋行街上买的。早在半年前，魏啸仪就给他大去信，告诉他大，要带个洋女人回家。那时候，他还在俄国一所著名的军事院校学习。魏啸仪临回木垒河时，去看了月月。他想带月月一起回家，万一他大和他闹个啥不痛快的事，也好有个人在中间拦挡一下。李教官早在年前被派去南疆的一个县当财税分局局长。月月已有身孕，挺着个肚子，本不想来，想想一个人在家也无事，便随魏啸仪回到木垒河。

魏宗寿无法想象小儿子仪娃将要带回来的洋女人，是个什么样子的女人。他在迪化城里见过老毛子女人，一个个粗腰肥臀、牛高马大、粗皮糙肉，不能和咱这达的女人相比。他和小儿子书信往来说了几次。关于孝道，关于过日子的话题，说了好几次，都没有说出什么切实的道道，没能切实地告诉小儿子自己心里的真实想法。其实，他很想告诉儿子，女人还是要找像魏陆氏那样的，至少也差不多。但他说不出口，每次话到嘴边，又咽了回去。他知道，他左右不了小儿子的婚事。既然说了也是白说，那又何必非要自己撕自己的脸皮。

说到底，五个子女的婚事，没有一个是他做主的。才娃和汪秀英、冬梅和二柱子、月月和李教官，都不是。唯一能沾点边的是魏啸铭和麦秀，这是他五个儿女中，最让他感到兑心兑意的，可那也是人家两人看对眼了，他这个当大的，不过是给儿子充当了一个跑腿传话的角色。现在，该到小儿子仪娃了，可这件婚事，虽说不像大儿子才娃一样，让他感到窝囊，但至少让他感到不舒坦。

洋女人伊娜是军事教官的独女。教官本有一个儿子，和魏啸仪差不多大，活泼可爱，可惜六岁时，一次意外，夭折了。伊娜是教官夫妇的第二个孩子。从伊娜来到这个家，即得到教官夫妇格外的呵护，直到她带着魏啸仪站在他们面前，他们才惊讶地意识到，女儿长大了，将嫁作人妇，远行他乡，这让他们在感到欣喜的同时，也感到失落。在经历了最初的惊讶之后，他们还是接受了这个事实，尊重女儿的选择。

伊娜是魏啸仪在一次舞会上认识的。当时，伊娜和几个女伴在一起，偶尔向他们这些男军校生站的地方偷瞟一眼，然后，挤在一起窃窃私语。魏啸仪注意到这群姑娘是因为一声短促的笑声。那笑声刚刚扬起又戛然而止，虽很短促，却很灿烂。灿烂，是魏啸仪对伊娜笑声的比喻。其实，这个比喻不是魏啸仪的创造，是他在一本俄文杂志上看到的，文章的名字他已记不清，但这个比喻他记得很真切。他第一次和伊娜在一起的时候，谈起她的笑声，就说，你的笑声灿烂得像阳光下的天空。伊娜听到一个男人对自己的笑声如此赞美，笑得更加妩媚，更加灿烂。

那天，魏啸仪循着短促的笑声，看到一个姑娘蹲在地上，两手抱着膝盖，头伏在胳膊上，棕黄色的长发散落下来，浑身颤动着，像一簇秀梅在春风里摇曳。当时，魏啸仪还不知道这个姑娘是谁，他突然萌发出想要请这个姑娘跳一曲的念头，这个念头只在他心里盘旋了一瞬，他就迈步向那个姑娘走去。

姑娘许是得到了同伴的提醒，仰起头，诧异地盯着向她走过来的男人。男人走到她面前，很绅士地伸手，向她发出邀请，她这才匆忙从地上站起来，面色飞红地向面前的男人弓一下腰，接受了男人的邀请。

一曲终了，魏啸仪就打探到了他想要知道的信息。随后的一切，自然又顺利。在很长一段时间里，魏啸仪一直和伊娜保持着一种既亲密又朦胧的关系，直到有一天，一个白俄贵族小伙儿闯进他们的世界，他和伊娜的关系才发生了本质的变化。

说不出一个具体的理由，魏啸仪对伊娜的情感始终处在一种茫然无绪的感觉中。这种感觉一直延续到他带着伊娜站在他大魏宗寿的面前，看着他大以一种怪异的目光盯着伊娜、审视伊娜的时候，才真正消失，他才感觉找回了自己。他从没担心过他大魏宗寿对这桩婚事的反对，这对他不是障碍，也不是他的性格。想到就做，至于结果，那是他奶奶的做了才知道的事，这才是他魏啸仪的性格。他一直以为，自己也算是见过世面的人。可他一到俄国，就被眼前的景象弄得眼花缭乱。高楼大厦、蒸汽锅炉、五光十色的彩灯以及听都没听过的无轨电车，这些都让他有一种恍若隔世的感觉。虽然，魏啸仪很快适应了异国的军校生活，并且如鱼得水，但在情感方面，一直找不到自己。其实，当他第一次和伊娜约会，看着伊娜明亮的像海一样蓝的眼睛时，这种茫然无措的感觉就开始了。

白俄小伙子沃尔根是魏啸仪的同级校友，不过，沃尔根是学炮兵专业的。沃尔根三十来岁，和魏啸仪一样，都经过战场的历练。他原本是有家庭的，妻子在一次车祸中丧生。他和伊娜的认识早在魏啸仪之前。那次舞会，沃尔根也在场。他看到那个英气的中国男人请他的伊娜跳了一曲，他看到他的伊娜面色飞红地和那个男人说得热火朝天，眉飞色舞，之后，他的伊娜就变了。在此之前，他一直认为，伊娜是属于他的。再说，一个有着优良血统的贵族，看上一个教书匠的女儿，伊娜应该感到荣耀。虽然，他和伊娜之间没有过什么承诺和约定，但那不过是时间问题。现在，这一切都因为这个中国男人的出现，变得渺茫了，遥远了。沃尔根做了一个决定，他要用一个男人的方式击败这个中国男人，夺回他的伊娜，他不能输给这个中国男人。

魏啸仪听沃尔根说，要用决斗来决定伊娜的归属，咧着嘴，怪兮兮地上下打量着像牛一样挡在自己面前的沃尔根。他知道这个白俄小子是炮兵专业的，他听伊娜说起过这个小子。他觉得，伊娜对于沃尔根，更多的是一种对英雄的崇拜。现在，沃尔根提出决斗，这不能装㞞，这是关乎一个男人脸面的大事，更是关乎中国人脸面的大事。奶奶的，要决斗，好啊！你爷我就陪你个狗㞞玩一把！

决斗约在郊外的小树林进行。既然是军人，当然用军人的方式。枪是沃尔根找来的，两把左轮手枪。为显示自己的公平公正，沃尔根将两把手枪挑在指尖上，让魏啸仪选。仪娃随手拿起一把，在手上掂了掂，玩了个花样。

决斗的方式简单又冷酷。每人各走二十步，然后，转身开枪。倒下的人，或死或伤都将远离自己心仪的女人。

沃尔根打开自己的手枪，让魏啸仪验看。

枪里只有一发子弹！

魏啸仪咧了咧嘴，仰起头，望望天。天很蓝，蓝得有些刺目。一朵白云，快速地向西飘移。“阳光明媚。”魏啸仪说。他转过身，背对着沃尔根，“你数数吧！”

沃尔根又看看背对着自己的魏啸仪，转过身开始数数。“一！”他向前迈出一步，“二！”

魏啸仪忽然为答应沃尔根来这小树林决斗感到后悔。不是他怕死，天地良心，他不怕死。他只是觉得，这很荒唐！要是倒在敌人的、对手的枪口下，他会感到自豪。可这算啥？他无法判定，自己这样为一个老毛子女人，是否值得。他回头望了一眼沃尔根。

“十一！”沃尔根又向前迈出一步。“十二！”语音平静，透着坚忍。

伊娜很可人，和伊娜在一起，魏啸仪感到很舒心，犹如身处春天和煦的阳光里，对伊娜的一举一动，他同样感到赏心悦目，可他无法想象他和伊娜的未来。每当这时候，他都会感到茫然，无所适从。他的眼前会出现一个景象。在家乡，如蛇般蜿蜒的黄土路上，一个恬静的、长发飘逸的姑娘在回眸望他。他看不清这个姑娘的脸，但这个姑娘的头发是黑的，眼睛也是黑的。一次，他送伊娜回家，到家门口，伊娜在他脸上很快地吻了一下，转身跑上台阶，又回过头对他说：“你娶我吧！”他愣怔地看着眼前的伊娜，棕黄色的头发、深不见底的蓝眼睛以及白中透粉的皮肤，所有这些，都让魏啸仪感到无所适从。伊娜在门口闪了一下，留下一个灿烂的笑脸，消失了。许久，魏啸仪才缓缓地抬起头，望望满天繁星，踟蹰而去。

魏啸仪似乎又听到了伊娜灿烂的笑声，笑声在树梢上掠过，激起一群飞鸟。一股血涌上来，魏啸仪咬咬牙，脸上暴起一棱棱的肌肉。对手，对手！你沃尔根就是对手呵！

“十七！十八！”

魏啸仪向前踏出一步，他的手紧了紧，润滑的枪柄让他感到振奋，似乎又回到了当年的战场。

“你们两个疯子，快停手！”一个气喘吁吁的声音，突然出现。

魏啸仪和沃尔根同时转身，伊娜气急败坏地站在两人之间。她弯着腰，两手撑在膝盖上，大口地喘着气。半晌，直起身，怒视沃尔根一眼，转身奔向魏啸仪。

伊娜出现得太突然，魏啸仪呆愣了片刻，才向伊娜迎上去。他一把抱住扑在他怀里的伊娜，轻轻地拍着伊娜的背。他似乎有很多话要对伊娜说，又觉得无从说起。他紧紧地搂着伊娜，脸埋在伊娜棕黄色的秀发里，一股馨香涌入他的鼻腔。他的鼻子有些发酸，一瞬间，一股温情在胸间涌动。

伊娜搂住魏啸仪的脖子，“我的疯子，我的傻瓜！”她拖着哭腔，情急道，“你是我的英雄！”

半晌，魏啸仪捧起伊娜的脸。他感到，伊娜眼里的碧蓝正像海水一样，向他漫溢过来，他的眼睛湿了，模糊了。

沃尔根看着拥抱在一起的魏啸仪和伊娜，颓丧的神情转瞬即逝。他低下头，左右看了看，捡起一根短木棍，在手上掂了掂，猛地甩向空中，扬手枪响。垂直下落的木棍因为中弹，在空中蹦跳了一下，最后落在不远处的树林里。

枪声将魏啸仪和伊娜惊醒。伊娜一手搭在魏啸仪的脖子上，转过身，愕然地望着远处的沃尔根。

沃尔根咧了咧嘴，似乎想笑一下，那笑却僵在脸上，"你赢了！中国人！"说完，慢慢地走出小树林，走出很远，又停住，喊道："伊娜，我祝福你！"

魏啸仪盯着离开的沃尔根，许久，他拍拍伊娜的背，替她理了理凌乱的头发，朝走出小树林的沃尔根扬了扬头，"你该去给他一些安慰。"他把手里的枪递给伊娜，拍拍伊娜的肩，"去吧！"

伊娜迟疑地点点头，吻吻魏啸仪的脸，"嗯，等着我回来！"

魏啸仪的眼神追随着跑远的伊娜。伊娜的棕黄色长发随风飘扬。他的眼前又出现了黄土路上长发飘逸的姑娘。那个黑眼睛黑头发的姑娘，一直在困扰着他。让他感到奇怪的是，他搜遍自己的全部记忆，也想不出，在哪里见过这个姑娘。最后，他只能告诉自己，这是个不存在的幻象。

魏啸仪揉揉眼睛。远处，是伊娜在跑，树梢后是教堂的红色尖顶。半晌，他叹息似的长长地舒出口气。

魏啸仪带着伊娜回到木垒河，走进家门的那天下午，麦秀正端着小木斗在喂鸡。看到忽然走进院子的魏啸仪，愣怔了一下，才惊喜地叫道："呀！是仪娃回来了！"她有些忙乱地把手里的小木斗放在地上，一群鸡蜂拥而至，争抢着，踩翻了小木斗，豌豆被扑飞的鸡们泼洒了一地。麦秀低头看了一眼，两手在围裙上来回地蹭着，迎过来。

魏啸仪一手拽着伊娜，对迎过来的麦秀道："嫂子，这就是我信上说的伊娜！"又扭头对伊娜嘀咕了几句，"叫二嫂好！"

伊娜很大方，怪声怪调地学着仪娃的腔调叫了一声。

麦秀忙不迭地道："好——好好！好的呢！快进屋吧！"伸手要接魏啸仪手里的东西。

魏啸仪拦住，"不重，不重！"

麦秀安顿好二人，就大呼小叫地让争子去找魏宗寿。

这时候，魏宗寿正蹲在沙的克的马鞍铺子前，和几个老汉围在一起扯方。魏宗寿和对手为一个子的位置争得面红耳赤，争子气喘吁吁地跑过来，推了魏宗寿一把，"爷，爷，快回，三爸回来了！"魏宗寿向前一扑，一手按在石子上，硌疼了手，气急地骂道："狗日的，撞魂呢吗！"

对手老汉把手上的石子一扔，笑骂道："你个老牲口，孙子喊你回去呢，你骂人家是狗日的，那你是个啥？"

众人一片哄笑。

魏宗寿梗了梗脖子，"我是骂你呢，老牲口。"一手抚着争子的头，问道："你刚才说啥？"

争子扬起头，嘻嘻一笑，"三爸回来了，给你带回来个洋婶子。"

众人又是一片哄笑。

"就是，就是，你个老东西，快些回去吧，看看尕娃子给你带回来的洋婶子。"

魏宗寿拍了一下争子的头，"你个尿娃，话都不会说。那是你婶子！"又对争子一指刚才说话的老汉，"把你那个爷爷喊上，让他也去看看洋婶子。"

争子莫名其妙地挠着头，巡睃了几眼一群老汉，一转身，一蹦一跳地跑了，"看洋婶子去喽！爷，你快些个回来！"

魏宗寿看着跑远的争子，喊道："去把你肖家舅爷喊过来，你就说，我请他呢！"

远远地，传来争子答应的声音。

魏啸仪一身戎装，漆黑锃亮的皮靴，腰间没有扎武装带，领口微敞，显得随意又英气。他早早站在院子门口迎候，望见他大背着手，脚步匆匆地走过来，赶忙迎上去叫了一声："大！"

魏宗寿故意冷脸上下打量着儿子，眼里却溢满了喜色。儿子成人了。他在心里对自己、对魏陆氏说。他探头看看儿子的肩章，"两个杠杠一个豆，这是个啥官？"他问儿子。

"少校，儿子现在是迪化机械化旅旅部的副官。"

"副官，副官，芝麻绿豆大的官！啥时候成了正官还差不多。"魏宗寿故意撇了撇嘴，转身走进院子。

月月和伊娜听到院子里有动静，从屋子里出来，站在屋门口的台阶上。

魏宗寿看见月月和一个棕发碧眼的洋女人站在堂屋门口的台阶上，皱了皱眉，回头看看魏啸仪。

魏啸仪赶忙几步跨到伊娜身边，有点殷勤地对他大说："大，这就是我给你说的伊娜。"又过去拽了一把伊娜，叽里咕噜说了几句。

伊娜走近两步，一脸笑意，冲魏宗寿鞠了一躬。看看魏宗寿的脸色，对魏啸仪说："你父亲好像不喜欢我。"

魏啸仪笑嘻嘻地道："不是不是，中国人，看见自己的儿媳妇都这样，不能笑，心里高兴，脸上一定要严肃，这是祝福。"

月月轻轻叫了一声"大"，便再没声息，一脸笑意地站在原地没动，静静看着父亲、三哥和未来的三嫂在台阶下纠缠。

伊娜在二人脸上巡睃了一遍，见魏啸仪一脸认真，立时绽出一脸灿烂，又冲魏宗寿鞠了一躬，转身，挽起魏啸仪的一只胳膊，咯咯地笑起来。

魏宗寿一脸疑问地看着眼前的儿子和未来的儿媳，脸色愈发难看起来。

魏啸仪赶忙拨开伊娜挽着自己的手，觍着脸，对魏宗寿道："大，她夸您呢。说您长得威严，一定很能干，要不咋挣出这么大一份家业。我给她说，就是就是。她就又给您鞠一躬。她还让我给您说，这是表示尊重和敬意。"

魏宗寿哼了一声，转身就要走开。

魏啸仪赶忙一把拽住，"大，你这是——干啥呢？"

月月也赶忙过来，"大——"抿一下嘴，抓住魏宗寿的胳膊晃一下。

魏宗寿扭头看一眼月月，想笑一下，笑却瞬时僵在脸上，甩开魏啸仪的手，"我去洗洗，骚情个啥呢。"

等魏宗寿洗完走进堂屋，麦秀早泡好了茶，摆好了拜垫，站在桌子边等他。

麦秀见魏宗寿冷着脸进来，和月月一起上前，一左一右扶着魏宗寿的胳膊，叫了一声："大。"

魏啸仪也赶忙上前，在魏宗寿面前一弓腰，夸张地说："大，您请上座！"

魏宗寿哼了一声，斜魏啸仪一眼，气哼哼地走到桌子边坐下。

魏啸仪只当没看见他大的表情，拉一把伊娜，跪在拜垫上，深吸一口气，一脸整肃，"大，儿子这两年在异国他乡求学，不在您身边，是儿子的不孝！"说了这一句，看一眼魏宗寿的脸。魏宗寿布满皱纹的脸缓和了许多。大老了，他在心里嘀咕了一句。他又看看身边一脸喜气的伊娜，心像是忽然被什么东西拨弄了一下。他忽然明白，以往面对伊娜的时候，何以会感到茫然，脑子里何以会时常出现那个黑眼睛黑头发的姑娘，心里一股酸酸的东西涌上来。他深深地拜下去，等他再抬起头的时候，已是满眼含泪。

伊娜怪异地看着魏啸仪，她看不明白，中国人，干吗要把一件喜庆的事情弄得如此悲悲切切、别别扭扭。

魏宗寿嘴唇哆嗦着，抬手抹了一把脸，"行啦，不说这些，人，你已经领回来了，领回来了，就是魏家的人，你相看的好就行。大也没啥说的，就望你能过好。等你舅来了，思谋思谋，挑个好日子，给你把事情办了，也算是我给你妈个交代。”

麦秀赶忙上前，给魏啸仪和伊娜一人递上一杯茶。魏啸仪接了，双手捧着，递给父亲，伊娜也学着他的样子。魏宗寿接了儿子和伊娜敬的茶，各喝了一口，伸手扶起二人。

那天晚上，冬梅和二柱子也回来了。魏啸铭宰了一只二齿羯羊，又让东兴阁的厨子送了几个菜，满满当当地弄了一桌子，为小兄弟和洋弟媳接风。

争子和林娃在院子里追逐嬉闹，扬起一片喜气。这是几年来，魏家宅院没有过的最热闹的夜晚。男女分坐两桌。伊娜有些不愿。魏啸仪解释了好一会儿，伊娜才似懂非懂地和麦秀、冬梅、月月坐在一起。看着她们说说笑笑，一脸茫然地在各人脸上巡睃。

魏宗寿和肖先生边喝边聊，长吁短叹。

那天晚上，肖先生和魏宗寿凑在一起，掐算了半天，为魏啸仪选了个吉日。

三天后，就是一个上好的吉日。魏啸仪觉得很好，可伊娜低头想了一会儿，惊乍乍地反对。她说，三日后的上好吉日是星期四，这天是宗教节日，不能举行婚礼。魏啸仪嗤了一声，觉得这是在中国，没有人能懂得洋人的习俗。伊娜眨了眨眼睛，不高兴地说：“那你们还选什么吉日？”魏啸仪就没话说了。

肖先生和魏宗寿不明白星期四是什么日子，为什么不能结婚。魏啸仪给二人解说了半天，但二人还是不明就里。魏啸仪急了，“算算算，啥人都有个忌讳，这就是洋人的忌讳！”

魏宗寿看看魏啸仪泼烦的样子，望望伊娜坚决的态度，苦笑着摇摇头。

肖先生一挥手，笑道：“你个尕娃，好好说嘛，有啥泼烦的。”扭过头对着魏宗寿说：“既是洋人信奉的洋教，咱也就不去细问那些个端详，再找个日子不就行了吗？”又闭目掐算了半晌，才睁开眼，探询道：“上好的吉日，要到两个月以后才有。仪娃，你看——”

魏啸仪摇着头，“那我等不住。”

肖先生又默想一会儿，“五日后，也算个吉日，可比不得前两个，只能说，将就过得去！”

魏啸仪不等他大开口，一挥手，抢先道：“那就是它了！”

伊娜探询地看了魏啸仪一眼，低下头，闷闷地想了一会儿，走到魏啸仪的身后，俯身在魏啸仪耳边，告诉魏啸仪，自己还是想在教堂里举行婚礼。

魏啸仪愣怔了一下，站起身，笑嘻嘻地拍了拍伊娜的背，“好了，这件事就这么定了吧！我不能老是违背父亲的心意，你也不希望我做个不孝之子吧！”

伊娜嘟着嘴，不再说什么。

魏宗寿看着二人亲密的样子，不经意地皱了皱眉，瞭了肖先生一眼，轻轻地摇摇头。

第二天，魏宗寿带着一家人去给魏陆氏上坟。他背着手，佝偻着腰，走在前面。虽然，他极力想挺直腰板，给跟在身后的儿女们走出些精神，却怎么也抖擞不出当年的威风。

魏宗寿的的确确老了。

天是蓝得不能再蓝了。路边的豌豆地，白花正在慢慢谢去，枝蔓上挂着一个个嫩绿的豆荚。魏啸仪走进豌豆地，摘下几个，用手轻轻掰开，手指顺着掰开的豆荚瓣一捋，绿莹莹的豆粒滚落在手掌心。他朝伊娜招招手。伊娜觑一眼走在前面的魏宗寿，轻快地跳近他。他示意伊娜张开嘴。豌豆粒滚落进伊娜嘴里。伊娜两齿轻轻一嗑，一股沁人的清香化开来。她欢叫一声，拉着魏啸仪就要往豌豆地里走。魏宗寿面带愠色，扭头瞪了二人一眼。伊娜一伸舌头，推了魏啸仪一把。

月月挽着冬梅的胳膊，相视一笑。冬梅在月月耳边悄声道：“这洋女人就是和我们不一样，咋就净往男人身上黏呢？”

月月抿嘴一笑，“不往自己男人身上黏，黏你呀？”

冬梅伸手刮一下月月的鼻子，“死丫头，你也变坏了！”

那天给魏陆氏及魏啸才、汪秀英上坟回来，魏啸仪给他大说，他想为母亲魏陆氏及哥嫂重修坟墓。魏宗寿开始说算了，想了一天，又对魏啸仪说，按他的意思办。魏啸仪请肖先生和蔡县佐张罗重修坟墓一事。

那天，魏啸仪还对伊娜说起了魏啸才，说起了汪秀英，说起了麦秀，说起了魏啸铭，说起了魏家的过去。

魏啸仪和伊娜的婚事，按照商定好的程序，伊娜要先到肖先生家住一夜，第二天再用大红花轿把她抬回来。婚礼的前一天，魏啸仪送伊娜去肖先生家，走到院门口，伊娜再次向魏啸仪提出，想在教堂举行婚礼的心愿。暗影里，魏啸仪搂住伊娜，在她耳边说：“中国有句俗语，叫‘嫁鸡随鸡，嫁狗随狗，嫁给扁担，挑着走’。”伊娜不明白扁担是什么意思。仪娃放开伊娜，走进院子，找了根木棍，夸张地做了个挑扁担的姿势，“你嫁给它，你就挑着它走。”

伊娜推了魏啸仪一把，委屈道：“我干吗要嫁给它，我是要嫁给你！”

“对呀，你嫁给我，就要听我的呀！”魏啸仪想想，又道，“我们就算是哄哄我父亲，让他老人家高兴高兴。回到迪化，我们在教堂再举行一次婚礼，不是一样吗？”

伊娜愣怔了一下，惊喜道：“真的？”看魏啸仪正色地点点头，一把搂着魏啸仪的脖子，“我就是要嫁给你！”

月月离开木垒河的前一天晚上，和她二嫂麦秀躺在炕上闲话。麦秀说：“你就不要跟仪娃一起走了，再有两个月就要生了，回去也没个人照看，不如就在家生了，我给你侍候月子。”

月月嘻嘻一笑，“哪儿有丫头在娘家生娃的，出嫁前，就闹出那么大个事，我再在家生了娃，人家真就笑我偷人……”月月的话没说完就突然打住了。她扭头看看身边的麦秀，屋子里黑漆漆的，啥也看不到。二人一时无语，半晌，月月朝麦秀身边靠了靠，“二嫂，我二哥他……”

半晌，麦秀拍拍月月的手，叹息道：“你——二哥是个好人！可惜让那些个贼娃子害了，这是命！”停了一刻，又续道：“我是上辈子欠了你们魏家的，这辈子来还。你说这不是命是啥？”

月月也长叹了一声，“可这辈子，魏家又欠了你的。”说着，伸手搂住麦秀，“二嫂，下辈子让我二哥再娶你，再让他给你还。”

麦秀推月月一把，“死丫头，说啥呢，要是天老爷还让我受罪呢？”二人一时无言。半晌，麦秀才又幽幽叹道：“你二哥真的是个好人！”

月月一时不知咋说，应和似的，又往麦秀身上靠了靠，“我走了，家里家外就靠你了。大也老了，也没个人能帮你，一家人的吃喝穿戴，够你操心的。”

麦秀一笑，岔开话题，“都要当妈了，咋还像个娃呢，动不动就往人身上靠，我看都是让你男人惯的。”

月月打了麦秀一把，“二嫂，这就是你没正行了吧。”

麦秀捉住月月的手，拍了拍，“那李教官也是个知冷知热的男人，女人一辈子，就图有个能疼自己的男人。回去好好过你的日子，家里的事就不要你操心了，有我呢，不是还有你二哥吗？”

第二天，月月和魏啸仪离开木垒河，返回迪化。

二十八　割礼

盛督办破获的又一次阴谋暴动案，不仅牵扯到了自己的弟媳妇和老丈人的小老婆，也牵扯到了机械化旅旅部副官魏啸仪。他被关到一三七号，接受秘密审查。一三七号是电话号码，也是督办秘密监狱的代码。

魏啸仪被抓，伊娜慌了神，托人给魏啸铭带了话。自己又四处找人，绕来绕去，终于找到政府的一位俄国顾问。顾问是伊娜父亲早年的学生，看到伊娜一副六神无主的样子，答应去找找人。可在督办眼里，顾问已没有了当年的分量。

魏啸铭自觉没有办法救出弟弟，只好去找汪子恒。

汪子恒听说魏啸仪被抓，托人四处求情，上下打点，但没有人敢在这件事上徇私。汪子恒无奈，硬着头皮去找盛夫人，这才在一个多月后，把魏啸仪从一三七号保出来。

魏啸仪从一三七号出来，被派往驻守在绥定的一个骑兵团做参谋，好赖算是躲过了一劫。

和魏啸仪同时被抓的还有盛旅长的另一个随从副官，没有魏啸仪的运气好，在一三七号关了半年多后，被秘密处死。听说，是被麻袋套住头，用大头木棍打死的。

魏啸仪去绥定不久，汪子恒也被夺了兵权，派到公安局当了一年多处长，随后被调到省府民政厅。

这年三月，木垒河的马县长被督办抓走了，同时被抓走的还有兼任公安局长的尼亚孜副县长。不久，一个让木垒河人震惊的消息传来，马县长被盛督办毙了。听说，马县长和这次阴谋暴动案有关，这让木垒河人很感意外。人们想象不出，马县长在这个不足两万人的小县，能弄出个啥样的暴动。尼亚孜倒是没被枪毙，一直被督办关着。直到民国三十六年，国民政府派员重新审查监狱在押犯时，他才被放回木垒河。

马县长被抓，木垒河县政府走马灯似的连着换了两任县长，都没能干满一个年头。第二任县长也是被督办抓走的，之后很长一段时间没有县长。这期间，焦叔平去了两趟迪化。他第二次从迪化回来时，顺路带回了省府对他的县长任命。

齐掌柜无意中从一个交售羊毛的小贩子嘴里知道魏啸铭收了一批羔羊皮。小贩子说时，齐掌柜还没在意，直到忙完了，坐下来抽烟时，才又想起这句话。他的脸不由得抽颤了一下，愣怔地盯着手里的烟卷。半晌，甩了烟卷，起身去找焦叔平。才进焦叔平的院门，就惶急地喊道："焦——县长，焦县——长在不在？焦县长，给你说个事情。"

焦叔平正在屋里吃饭，听到齐掌柜惶急的喊声，愣怔一下，把碗里的饭几下扒拉进嘴里，冲婆姨摆一下头，鼓着嘴，倒腾着塞进嘴里的饭食，伸一下脖子，喉结在脖子上急速地滑动一下，端起茶水喝一口，吧嗒吧嗒嘴，一拍膝盖，站起身走到堂屋的桌子旁坐下，拿出一包红锡包烟，抽出一支叼在嘴上，划根火柴点燃，深吸一口，惬意地仰靠在椅背上，丝丝缕缕的烟自口鼻间漫溢出来。

齐掌柜在屋门口探头看了一眼，看焦叔平仰靠在椅背上，犹疑着迈进一只脚，舔下嘴唇，轻唤一声："焦县——长。"焦叔平仰靠着没动，抬手往旁边的椅子上指了指。齐掌柜紧走几步，走到焦叔平身边，躬身凑近焦叔平，嘻嘻一笑，"焦县长听说没有，魏家铭娃收了一批羔羊皮！嗯，听说——"略一顿，觑一眼焦叔平，"听说是和王哈萨合伙收的。"

焦叔平哦了一声，又抽口烟，才醒悟似的，猛一下坐端了身子，"你说啥？"

齐掌柜退了两步，走过去，坐在椅子上，笑嘻嘻地盯着焦叔平，慢悠悠地重复了一遍刚才的话。

焦叔平愣怔一下，猛抽两口烟，把烟蒂在烟灰缸里摁灭，端起茶杯喝一口，斜乜着齐掌柜，"你听谁说的？"

"大石头的一个小羊毛贩子，说是亲眼看到的。"

"我还以为是你亲眼看到的呢！"说着，又慢慢仰靠在椅背上。"齐掌柜给我说这事，是啥意思？"

齐掌柜愣怔一下，说：“嗯，这个——嗯，私贩羔羊皮可犯法！”

焦叔平一时没有说话，片刻才沉吟道：“那你就打听好，他收的羔羊皮放在哪里，啥时候出货，再来给我说。”

齐掌柜愣怔一下，嘻嘻一笑，“这好办，那我先回去了！”走出院子大门，齐掌柜回头看了一眼，咬咬牙，“都是驴日的阴屄！”背起手，一蹶一蹶地走了。

魏啸铭和王哈萨忙了一上午，总算把收来的羔羊皮打包好。这些事他们不敢请别人，收购羔羊皮也是悄悄进行的，所以，好多事只好亲自动手。

魏啸铭刚坐在屋门口的木墩子上喘口气，吐尔逊带着他的孙子来了。小家伙穿着新崭崭绣着花边的衣裳，头上绾着条白布手巾，上面插着几根猫头鹰羽毛，骑在一匹小马驹上。小马驹也被装扮一新，头上、马鬃和马尾巴上都带着羽毛，身上披着一块红绸缎。小家伙叫马力克，是吐尔逊小儿子的头生子，还到大房子的。魏啸铭一看就明白了，这是小家伙要行割礼了，匆忙站起来，拥抱了吐尔逊，“吐尔逊大哥，你们家的又一个小伙子长大了！”

吐尔逊重重地拍拍魏啸铭的背，“嗯，嗯嗯，请你来了，后天，明天宰牲，后天你们到房子来！”又转身对王哈萨说：“王哈萨，你也来，都来！”

王哈萨上前握住吐尔逊的手，使劲摇了摇，“嗯，这是大事情，一定要好好热闹一下。”

隔天，快晌午的时候，魏啸铭和王哈萨才赶到吐尔逊家。吐尔逊正在院子陪着毛拉给山羊做巴塔（一种祈福仪式）。巴塔仪式庄重肃穆，每个人都一脸虔诚。魏啸铭、王哈萨也静静地站在人群外。做完巴塔，吐尔逊匆忙起身过来迎接魏啸铭。魏啸铭把手里牵着的枣红马驹的缰绳递给吐尔逊，“吐尔逊大哥，愿马力克将来成为草原上的英雄。”吐尔逊接过马缰绳，嘴里啧啧有声。枣红马驹二目炯炯，毛色顺滑似锦缎；嵌着银饰的辔头、马鞍、銮铃和前胸后盘更使枣红马驹平添一股神骏之气。吐尔逊搂着马的脖子，脸贴着马的脸轻轻地摩挲，捋捋马鬃，绕着马驹转一圈。旁边的人也围拢来，满脸艳羡。吐尔逊转身紧紧搂着魏啸铭，“兄弟，好兄弟，我高兴得不行了，太高兴了！”转而对着众人，举起马缰绳，“这是我的兄弟送给马力克的礼物。”说着，把马缰绳塞给魏啸铭，转身奔进院子，不多时，牵着马力克的手跑出来，把他抱上马背，让一个小伙子牵着马，去环绕阿吾勒（村子），他自己一手拉着魏啸铭，一手拉着王哈萨走进院子。

院子里搭起的简易木棚下，一个汉子正挥着大铁铲做抓饭，旁边一个大锅里，热气腾腾地煮着肉，几个女人有说有笑地在旁边帮忙。人很多，屋里屋外都是，整个阿吾勒的人都来了。几个孩子在人群中穿来穿去，嬉闹玩耍。四处洋溢着喜庆之气。进到屋子，早有人让出座位，把魏啸铭、王哈萨让到炕上主宾的位置坐下。吐尔逊的婆姨古丽亚和另外几个女人端来馕、糖果、酥油、包尔沙克（油炸食品）和奶酪之类的奶制品，满满当当地摆了一桌子。吐尔逊坐下陪魏啸铭喝了碗奶茶，请两个朋友陪着魏啸铭、王哈萨，他自己起身去忙了，他要陪着毛拉给种公羊、给宰杀的牲畜做巴塔。

正午时分，马力克回来了，被好多人簇拥着走进院子。吐尔逊的婆姨迎上去，抱起马力克，“我的小男子汉，现在，该是你成为一个真正的男子汉的时刻了！”说着，抱着马力克走进一间屋子。

割礼仪式简单又庄重。老毛拉手执小刀和一个木制器具，口中念念有词，很快就完成一个庄重的成就男人的礼仪。马力克躺在古丽亚身边，满头大汗，轻轻抽泣。古丽亚搂着他的头，轻拍着他，“不哭不哭，你现在是真正的男子汉了。”

接下来的欢宴盛大又热烈。油亮而红白相间的抓饭，米粒晶莹剔透，色泽诱人，腾着热气的大盆手抓肉，香味厚而浓郁。人们洗了手，围坐在一起。一位长者手执小刀，拿起羊头，削一块羊脸上的肉，递给身边的吐尔逊，又削下羊耳朵递给一个年轻人，把羊头还给吐尔逊，双手一挥，做个请的手势。于是，人们纷纷伸手，大口吃肉，开怀畅饮。欢宴一直持续到篝火燃起，人们才打着嗝去参加下一个更为欢乐的聚会。

阿肯（歌手）弹唱在院子前面一块阔大的草滩上举行。当太阳收走最后一抹余晖，篝火悄然燃起。草滩上，人们三三两两地围坐在篝火旁，远处的沟谷间，间或有歌声伴着急促的马蹄声渐行渐远：

> 今晚过河请到我家，喂饱你的马儿带上你的冬不拉。
>
> 等那月儿爬上来，你我坐在石头上……

歌声随山风而来，在空旷的草原上萦绕：

> 等到月儿升起来，弹起你的冬不拉。
>
> 哎呀呀，我俩相依歌唱在月光下……

吐尔逊拉着魏啸铭坐在靠近阿肯的地方。原本魏啸铭下午就要离开的，这种欢乐的场面，对他没有任何吸引力，但吐尔逊执意挽留，加之王哈萨也很想留下来热闹一下，盛情难却，魏啸铭只好勉强留下，听任吐尔逊和王哈萨的摆布。

冬不拉骤然响起，清亮醇厚，伴随着琴声的是浑厚悠扬的歌声：

今天我们聚集在这里，只为祝贺一个人的成长……

琴声渐行渐急，如骏马奔驰；歌声苍劲、欢快又奔放：

他会成为骏马，在广袤的草原上驰骋；
他会成为雄鹰，在草原的天空下翱翔……

早有人按捺不住，伴着歌声翩翩起舞。“来吧，跳起来吧！”吐尔逊起身跃入舞蹈的人群。时而身体前倾，双肩耸动如苍鹰翱翔于天空；时而身体后仰，双臂拢于胸前，双脚急速迈动如奔马驰骋于草原。又一个身影加入欢快的舞蹈，是古丽亚。肥胖的身体不见一丝笨拙，舞姿轻灵又奔放。吐尔逊两脚交替跃动，诙谐酣畅，不离古丽亚左右；古丽亚两手叉于腰间，双肩抖动，绽放的肢体，如影随形。这是阳刚与阴柔交融之美，是上苍恩赐给草原的生命之源。他们舞到魏啸铭、王哈萨身边，邀请他们。王哈萨早已跃跃欲试，顺手扯起魏啸铭，古丽亚也嬉笑着拽起魏啸铭的另一只手臂。又有几把冬不拉加入进来，琴声激越雄浑，如万马奔腾；低回婉转，如淙淙泉水。清丽的笛声悠然漾起，似一股和风在林间缠绕：

男人如果不会舞蹈，你将不再风流倜傥；
女人如果不穿漂亮的衣裙，你就不再美丽大方；
托依上没有舞蹈，将没有欢乐的气氛；
哈萨克人没有骏马和歌儿，将不能在草原上驰骋翱翔。
……

一种久违的情绪自魏啸铭的胸间涌起，似有一股气在体内横冲直撞。他双臂舞动，毫无节律，如疯如痴，直到骑马离开，仍沉浸在痴狂之中。他策马扬鞭，纵马疾驰，嗒嗒的马蹄声在幽静的山谷间回荡，清凉的山风从耳边掠过。

锵锵锵锵呔——
呼喊一声绑帐外，不由得豪杰笑开怀。
某单人独马把唐营踹，直杀得儿郎痛悲哀。
……

大石头离木垒河有六七十公里，魏啸铭怎么也想不到，焦叔平会知道他们出货的时间以及途经的路线。

天蒙蒙亮，魏啸铭和王哈萨跟着驼队走出院子。驼队是在当地租的。说好租金的当天下午，他们就把所有货物打包好，把驼队圈在堆放货物的大院子里。可不知怎么，就在魏啸铭跟着驼队走出院子的一瞬间，心似被什么东西刺了一下，让他周身不自在。他停下来，茫然四顾。黛青色的天边有一抹亮，四下里，影影绰绰地什么也辨不清。怔怔半晌，喊过王哈萨，说："驼队分开走，你带一队走大路，我就按商量好的走小路！"

王哈萨眨巴着眼睛，"不会出事吧？我们这事弄得严实呢，不会出事！"

"听我的，走！"魏啸铭咬咬牙，撇下呆愣的王哈萨，带着一分为二的驼队，顺着小路走了。

魏啸铭被一种不祥包裹着，有一种刀悬头顶的感觉。这让他越来越感到不安，不时蹬着马镫欠身四下张望。好几次他想让驼队停下来，原路返回，可嘴张了几次，终于没能说出口。他在心里暗笑自己太胆小，是自己吓唬自己。甩甩头，扬鞭策马，似想把这种感觉抛在身后，不祥却如附骨之疽，如影随形，紧紧缠绕在他心头。山谷狭长，一边是陡峭的石崖，一边是连绵起伏的山峦。远处的山顶愈来愈亮，太阳慢慢从山顶后探出头，一点点爬高，最后，猛地一挣，跃上山顶，金灿灿的光洒过来，清凉的山谷间，瞬时漫起一股暖意。叮咚叮咚的驼铃声单调刺耳，在山谷间撞来荡去。不远处的山谷出口静悄悄的，不闻一丝声响。魏啸铭再一次探身四顾，涌在心里的不祥越来越浓。

走出山谷是一条干涸的古河道，过了河道是色皮口，过了色皮口就是镇西地界了。一切都很正常，没有什么异样。魏啸铭跃马驰过河道，站在对面梁坡上，望着河道里缓慢行进的驼队，暗暗舒口气，嘟哝一句："吓唬自己呢！"可还没等他话音落尽，就被身后骤然响起的隆隆马蹄声震住了。

"魏会长，恭候你多时啦！"焦叔平隔着老远，呵呵笑道。他的身后是一队省军马队。

魏啸铭咬咬牙，骂一句："狗日的！"长舒一口气，早前那种如影随形的不祥感觉竟一下消失得无影无踪。他端坐马上，望着疾驰而至的马队冲进河道，把躁乱的驼队团团围住。

焦叔平看魏啸铭端坐马上，没有一丝惊慌，心里有些失落，甚至有点恨恨不平。他想看到魏啸铭惊慌无措的样子。在他的想象中，魏啸铭至少该表现出一点点惊诧。从听到魏啸铭做羔皮生意起，他就想象着这一时刻。他时常陷入这种遐想之中，想到美妙处，会禁不住爆发出一阵笑声。他无法忘记很多年前，被魏啸铭带兵堵在家里的情景。他不在乎那次被魏啸铭诈走的钱，众目睽睽之下，让他出丑才是他最难以忍受的。多少次，焦叔平一想到那次被魏啸铭挤对的窘迫样子，就恨得咬牙切齿。然而，此刻的魏啸铭不但没有他想象中的惊慌失措，甚至有些嘲弄他的意味。焦叔平不甘心地看着安然坐在马上的魏啸铭，轻哼一声，"魏会长这次又做啥生意啊？这些个货里不会有违禁品吧？"话甫出口，焦叔平就后悔了。这是给魏啸铭递话找噎呢。

魏啸铭呵呵一笑，"焦县长一大早就在此等候魏某，咋会不知道我做啥生意？"

"魏会长没啥要说的吗？"

魏啸铭咧咧嘴，"焦县长想听啥？"望望河道里被团团围住的驼队，"再说，你大老远地跑到这达等我，真是费心思了，你说，我还能说啥？！"

焦叔平听出了魏啸铭的揶揄，一丝愠怒在脸上转瞬即逝，他不想让魏啸铭个阴屄看到自己恼羞成怒的样子，却又想不出其他说辞，竟一时无措。愣怔半晌，一挥手，"都给我带回去，都给我带回去！"

省军排长凑近一步，"那这些个人咋办？"

焦叔平看一眼魏啸铭，呵呵一笑，"就让魏会长自便吧！"说着，率先纵马驰去。

那些雇来的驮户觑着魏啸铭，不知该如何。

魏啸铭嘴角挂着一丝笑，抿一下嘴，"你们先跟上去吧，放心，欠你们的钱，回来给你们。"驮户面面相觑，片刻，屁颠屁颠地追着去了。魏啸铭望着驼队消失在山岭后，才黯然收回目光，深吸口气，加马一鞭，绝尘而去。

当天下午，魏啸铭在小草地撵上了王哈萨。

齐掌柜早就迎候在木垒河东门外，看到焦叔平，远远地迎上去，"呵呵呵，好好好，还是焦县长厉害！”

焦叔平没好气地哼了一声，“齐掌柜，东西我是给你弄来了，接下来就看你的了！”

“焦县长你放心，剩下的事情就交给我了，你就等着拿钱吧！”说着，齐掌柜走近驼队，伸手拍拍驮子，回头看一眼焦叔平，疑问道：“嗯？就这些？”摇摇头，“不对，不对不对！按昨儿个来人说的，这些至多也就一半吧！”

焦叔平眨着眼睛，怔怔地看着齐掌柜，半晌，一拍腿，“王哈萨！没看见王哈萨！”直到此时，焦叔平才猛然醒悟，他还是让魏啸铭阴了。咬着牙，喘口粗气，“狗日的，阴尿！”

在恰克图出完货，结了账的那天下午，魏啸铭正在收拾东西，准备返回木垒河。王哈萨从外面急匆匆地跨进屋子，说：“齐掌柜来了！”

魏啸铭手里拿着件衣服，正准备往褡裢里塞，听王哈萨气喘吁吁地在身后说，停下手，偏过头，愣怔地盯着王哈萨。

王哈萨端起炕桌上的茶壶，对着壶嘴灌了几口水，一抹嘴上的水渍，“齐掌柜来了，我看见了！”一屁股坐在炕沿上，“狗日的，拉的就是我们那几峰骆驼，连驮子都没换！”

魏啸铭咬一下牙，嘴角不由自主地抽了一下，把手里的衣服塞进褡裢，提起褡裢，在手里掂了掂，放过一边，骗腿儿跨坐在炕沿上。“他看见你了？”沏一碗茶，端起茶碗抿一口，眯着眼睛，盯着王哈萨。

“没有！我看见他过来，躲在街角上看着他进了鸿升客栈。就是前面过两个街口那家。”

魏啸铭又抿口茶，放下茶碗，往后仰躺在炕上，两手枕在脑后，呻吟般地叹出口气。

王哈萨一拍大腿，站起来在屋子里转了一圈，“便宜了狗日的！”凑近魏啸铭，“能不能想个啥办法，收拾了狗日的？”

魏啸铭撇一下嘴，“想啥办法？”一扭身，留给王哈萨一个脊背。片刻又回头怔怔地盯着王哈萨，“他真没看见你？”

王哈萨眨巴下眼睛，“没有，我敢肯定他没看见我！”稍一愣，又朝魏啸铭跟前凑了凑，“你有办法了？”

“我有啥办法？”一挥手，“走，去转转，给家里人买些个东西去！”一翻身，溜下炕，拽住王哈萨的胳膊，“走！”

街上人来人往，乱糟糟的。走过两条街，魏啸铭站在街角上，眯眼看着不远处的鸿升客栈。客栈门楼高耸，不时有人进出。门口有两个小地摊。一个卖些杂七杂八的日用零碎，一个修鞋擦鞋。客栈往前不远有家小酒馆，斜对过儿不远的怡春楼门口，不时有女人出来送客。王哈萨看一眼魏啸铭，“听说里面有几个老毛子女人，那个骚劲……”魏啸铭阴了他一眼，扭头就走。王哈萨也自觉失言，咽口唾沫，跟在魏啸铭身后，不再言传。

那天半夜，魏啸铭不知被什么一惊，醒了，愣怔地望着黑漆漆的屋顶，耳边是王哈萨如雷般的鼾声。其实，当他听王哈萨说齐掌柜来了的那一刻起，他的脑子就再没闲下来。这次做羔皮生意，搭上了家里的全部积蓄，原本想借此翻身的，却让焦叔平个狗日的劫走了一多半。他不能就这么算了，魏家也不能就这么败了。他得想个办法，重振家道。他咂摸一下嘴，嘟哝一句，片刻，猛地翻身坐起，一脚踹在王哈萨身上，“起来，起来！”

王哈萨迷迷瞪瞪地哼了一声，说：“咋了？”

魏啸铭又踹了他一脚，“起来，有话说！”往前挪了一下，“你不是在这达熟人多吗？那就去找个牢靠些的。”

“干啥？“

魏啸铭又往王哈萨身边挪了一下，低声嘀咕了许久，然后往后一仰，“我想狗日的，他逃不过这一劫！”

王哈萨愣怔半晌，才嘘叹道：“这办法你也想得出来？”嘿嘿干笑一声，“够阴的！”说了这句，又觉得不妥，想解释一下，可哼唧半晌，也不知该咋说，嘟哝一句：“啥办法都行，就是不能让狗日的白捡个大便宜！”仰跌在炕上，睡了。

齐掌柜进屋把褡裢往床角上一撂，丧气地往床上一仰。木床被他重重一压，咯吱咯吱晃了几下。齐掌柜翻个身，面朝里，一手垫在头下，嘟哝一句：“啥鸡巴床嘎，咯吱咯吱的。”少顷，又翻转身仰面朝天，一声长叹。天气闷热得像蒸笼，躺着不动，也一身一身地出汗。又在床上辗转良久，烦躁地爬起身，在水盆里涮洗一下手巾，胡乱地在脖子、脸上抹了两把，扔下手巾，走出屋子。

站在门口，他被扑面而来的芒刺般的日光，刺得晃了一下。手搭凉棚，眯起眼，左右瞭瞭。正是午后最闷热的时候，院子里静悄悄的。间或有几个人，急匆匆地进出，几个客商坐在屋阴下纳凉闲谝。踟蹰着踱过去，客商们起身弓腰作揖，寒暄两句，又自顾说自己的话。他站了片刻，也插不进话去，觉得没意思，讪讪地踱出客栈大门。街上人迹寥寥，大门口的两个小摊主靠在屋阴下打盹。不远处，怡春楼门口不时有女人送客出来。他撇撇嘴，鼻子里轻哼一声，转身向街角的小酒馆走去。

店小二正在打盹，看有客人进来，匆忙起身端茶倒水。齐掌柜在靠里的桌子上坐下，要了盘酱牛肉、四个羊蹄、一壶酒，自斟自饮，喝闷酒。齐掌柜真是郁闷得够呛。一连跑了几天，事情却远非早前想的那么容易。原本想一到恰克图，出货、拿钱、回家，岂料现在连出货的门都找不着。那些个狗日的像是专门要和他作对，家家都说他的货色好，却没有一家肯出价。想想困在这人生地不熟的鸡巴地方，齐掌柜烦躁地抓起一个羊蹄，狠狠地咬一口，端起酒杯，吸溜一声，抿一口酒，放下酒杯，叹口气，再夹起一块牛肉，塞进嘴里。

店门口一暗，晃进一个壮汉。壮汉左右巡视一下，走到齐掌柜桌前，“齐掌柜？”

齐掌柜正抓着一个羊蹄，在嘴里吮得吱吱有声。听壮汉问他，抬头愣怔地瞪着壮汉，片刻，犹疑道：“咋？”

“我叫纳森。听朋友说的，你有羔羊皮要出手。”腿一跨，骑在板凳上，手一招，“伙计，再上壶酒，来几个拿手菜！”伸手抓起几块酱牛肉塞进嘴里大嚼，“你的羔羊皮，我要了！”

齐掌柜皱皱眉，一时没反应过来，“你——你——咋要？”

“咦，你看你，还能咋要，买呀！”

“那你不看看东西，咋还喝酒？”

“急啥呢？先喝酒！”又抓起几块牛肉，塞进嘴里，“有多少？给个价！”

齐掌柜看看盘子里不多的几块酱牛肉，吧嗒一下嘴，伸手比个数，“这次要是做好了，家里还有。”觑一眼纳森，“就看给啥价了。”

“价格是小事，大家有利就行！”一撸衣袖，露出黑森森的一片体毛，“先喝酒，喝完酒，去看货！”

那天，两人直喝到日暮黄昏。齐掌柜急得不行，纳森直说先喝酒。看看日头将落，纳森才意犹未尽地放下酒杯，摇摇晃晃地跟齐掌柜去看货。

纳森打着酒嗝，醉眼惺忪地翻看着羔羊皮，不住地点头，嘴里哼哈着：“嗯，好，不错，好好好！齐掌柜出个价吧！”

齐掌柜把手往袖筒里捅了捅，靠在驮子上，“该你出价才对！”

纳森抿一下嘴，伸出手，和齐掌柜捅在袖筒里捏价。两人瞪着眼，斗鸡似的相互盯着，手在袖筒里来来回回地倒腾。半晌，纳森拍拍齐掌柜的手臂，“好了，老哥，差不多就行啦！”捅在齐掌柜袖筒里的手又使劲摇摇，“好了，好了，就这价吧！”齐掌柜还想说，纳森一摆手，“再要不行，这买卖怕是就做不成了！”齐掌柜一咬牙，“行，就照你说的价。啥时交货？”

“明——明天！”

齐掌柜吭哧一下，“这货就是你的了，可你也不能就这样红口白牙地一说，甩手走人吧？”

纳森一咧嘴，自兜里掏出一包银元，在手里掂了掂，拍在齐掌柜手里，“行了吧？！不过，我——我有——有个条件！”

齐掌柜眨着眼，“还——还有啥条件？”

“你要把货给我送过去，到时候，验货结账，钱——钱货两清。”

“送到哪里？”

“明——明天上——上——午我让人来找——你。”

齐掌柜看看手里的银元袋子，咬咬牙，“行，听你的！“

纳森拍拍齐掌柜靠的驮子，摇摇晃晃地转身走了两步，又回头笑嘻嘻地盯着齐掌柜，“你——你该——不——不会拿上钱，跑——了吧？”

齐掌柜挥挥手，“弄不下那些个丢人事！”

第二天，直到日上三竿，齐掌柜才等到纳森派来的人。他在屋子里焦躁不安地转来踱去，不时扒在门口张望一下，“狗日的咋还不来！”望望日头，长叹口气，慢慢地退回到床边，拿起烟荷包，装了烟，叼在嘴上。摸出盒洋火，嚓的一声，擦燃，若有所思地望着屋门，却被骤然腾起的火苗灼疼了手指。慌乱地扔了火柴，手指放在嘴里吸吮着，又怔怔地盯着屋门。半晌，把叼在嘴里的烟袋扯下来，往桌子上一扔，发狠地拽拽衣裳，仰跌在床上，“狗日的不来才好呢，反正你交了定钱！”片刻，又忍不住竖起耳朵静听。终于听到院子里的脚步声，齐掌柜腾地从床上跳起来，几步冲到门边，一把拉开屋门。一个年轻人正举着手要敲门，被骤然洞开的屋门晃得趔趄了一下，愣怔地瞪着齐掌柜，“你——你是齐——”话没出口，就让齐掌柜打断了，“咋才来？你看看时间，都晌午了！”看年轻人还在愣怔地盯着自己，“你——你是不是纳森让你来的？”年轻人龇牙笑了一下，森白的牙晃得齐掌柜心里一颤，“狗日的牙白得像要吃人！”齐掌柜嘟哝了一句，转身，径自走到桌边坐下，慢悠悠地倒杯水，端起来吸溜一口，拿起烟袋，噗地吹口气，装了烟叼在嘴上，划根洋火点燃，深吸一口，瞬时，一股股烟雾自他的鼻孔嘴里喷出来，“纳——纳森咋没来？”

年轻人又龇牙笑了一下，“他在家等你呢！”

“在家等，他家在哪里呢？”

“不远，就在城边上呢。出了西门，几步就到了！”

齐掌柜又吸口烟，抬起眼皮，觑一眼年轻人。看年轻人正龇着森白的牙，盯着自己。齐掌柜心里似被针刺了一下，不安地挪动一下屁股，躲开年轻人森白的牙齿，心里泛起一种怪怪的像是毛毛虫爬过的令他周身不适的感觉。他不由得又觑了年轻人一眼，看年轻人正龇着牙，直眉瞪眼地盯着自己，烦恼地一把推开年轻人，“你躲开些个，看见你，我咋就砢碜得慌呢？”眼望着亮晃晃的窗户，深吸口烟，嘟哝一句：“怪球了！”

年轻人皱下眉，“好端端的，我咋就让你砢碜了？”直起腰，退后一步，“快些个走吧，纳森还在家里等你呢！”

齐掌柜坐着没动，片刻，挥挥手，“不去了，你叫纳森来，就在这达交接！”

“你不去，我回去咋给纳森交代呢？你们不是说好的吗？咋就又变卦？”

“你咋那么多屄球话，我说不去就不去了，你叫纳森来！”

年轻人又磨叽了一阵子，看看齐掌柜态度坚决，只好走了。

大概一顿饭的工夫，院子里的马蹄声刚停，齐掌柜的屋门被一脚踹开，一个铁塔似的黑影堵在门口，“齐掌柜是咋的个意思啊？非要让我亲自来请。”

齐掌柜忙不迭地迎过来，一手抚着纳森的手臂，“不是，不是，我是想在这达交接便当些，便当些！”

纳森扒拉开齐掌柜的手，“不是啥？你便当了，我就不便当了！”斜乜一眼齐掌柜，“我们可是说好的，你想反悔？”

“反不反悔，反正你那达我不去！”

“呵呵呵，不去，不去也行，那就拿钱吧！”

齐掌柜怔怔地看着纳森，踟蹰着，从床头的被子下摸出纳森给的那包银元。年轻人龇着森白牙齿的样子，不时在他的眼前晃来晃去，半晌，叹口气，一咬牙，发狠似的伸出手去。

纳森嘿嘿笑了两声，“齐掌柜，我给你的可是定钱！你该知道行里的规矩。”

“那你——那你——想咋着？”

“我，我是想和你做成这笔生意，是你齐掌柜要反悔的！”纳森逼视着齐掌柜，慢声慢气地说。

齐掌柜的手僵住了，伸缩都不是，脑子里乱纷纷的一片。规矩他是清楚的，无非是赔双份的定钱。虽然赔钱和割他的肉一样，但这不是问题的关键。关键是赔钱之后，货依然要出手，这好不容易等来的好端端的机会就这么葬送了，他有点不甘心。可他又觉得自己正在一步步陷入一个阴谋中，究竟是哪里让他感觉不对劲，他说不清白，但令他不安的感觉始终如影随形，如鲠在喉。齐掌柜眨着眼睛，年轻人森白的牙齿在眼前晃。他看到纳森也正龇着两排森白的牙齿盯着自己，“这些个驴日的，咋都一个球样，一个个龇着牙像是吃人的狼！”齐掌柜在心里恶狠狠地骂了一句，“不行，不能让这些个贼㞞算计了。”他把手往前伸了伸，梗着脖子，眼神飘忽地觑着纳森。

纳森探手去拿齐掌柜手里的银元，齐掌柜捏着银元包不松手，他刚一松开手，银元包却又掉在地上。纳森嘿嘿一笑，“齐掌柜，你这是咋的了？”弓腰拾起银元包，在手里掂了掂，“咋看你都像是婊子从良呢，犹犹疑疑的，哪头都不想舍！”往前踱了两步，又退回来，盯着齐掌柜，“哎，齐掌柜，你也是老掌柜了，你就是不做这笔生意了，你也该说个理由不是？找到新卖家了？我给的价不合适？还是有啥别的说道，你倒是说句话嘎！”

一口气憋在齐掌柜嗓子里，嘴张着，却不知道要说什么。说年轻人森白的牙齿让他硌硬[①]，那还不让纳森笑掉大牙。一丝懊悔在心里慢慢膨胀，但懊悔什么却又说不清楚。是不该来恰克图，还是咋儿个不该拿了纳森的定钱？想想自己在焦叔平面前信誓旦旦的样子，忽然就恨起魏啸铭来。想起魏啸铭，齐掌柜不由得咬咬牙，要不是狗日的阴㞞，他哪儿会受这份窝囊气。“驴日的！”他嘟哝着骂了一句，两手抱着头，“嗐——”圪蹴在地上。

纳森斜着嘴，嗤了一声，“这做生意本是你情我愿的事，到齐掌柜这达咋就变得让你这么难心？”弓腰拉起齐掌柜，把银元包拍在他手里，“行啦，定钱你还拿着，拾掇一下，跟我走，我亏不了你！”

齐掌柜没再说什么，忸怩了一下，半推半就地跟纳森走出屋子。

纳森的家的确在西门外不远，看不出有啥异样，却总有一种说不出的别扭让齐掌柜心里不舒坦。院子很大，足有三亩地。迎着大门是一排正房，屋子很古旧，显是有些年头了。右下手紧挨着院墙是一排库房和牲口棚圈。干打垒的院墙历经风雨侵蚀剥脱，在烈日下一片枯白，墙头上几株蒿草，随风摇曳。院子里的场地像是新近才拾掇过的，干干净净，平平整整，却难掩颓败之气。早上去见齐掌柜的那个年轻人正和一个黑壮汉在棚圈前宰羊。刚剥了皮的羊挂在木柱子上，黑壮汉衣袖高挽，刀在羊肚子上轻轻一划，张口噙住刀，腾出手顺着刀口一扒，探手进去鼓捣几下，扯出一把羊油，凑近嘴边，一口吞吃了，咂摸咂摸嘴，很惬意受用的样子，抹

① 硌硬：方言，意为不舒服。

一把嘴，才又接着忙活起来。帮忙的年轻人看纳森和齐掌柜牵着骆驼走进院子，匆忙迎上来，龇着森白的牙冲齐掌柜一笑，伸手要接过齐掌柜手里牵着的骆驼。齐掌柜心里复又涌起那种不祥，皱着眉头，往后闪了一下，觑一眼纳森。

纳森笑笑，“进院子，进院子！”冲年轻人一挥手，“快去准备，麻溜些，验了货，给齐掌柜结了货款，齐掌柜就安心了。”转而面对齐掌柜，扬一下下巴，嘻嘻一笑，“齐掌柜，你说是不是？”

齐掌柜别扭地咧咧嘴，声音像是噎在嗓子里，哼哼一声。

一切都很顺当，一点磕绊都没有。卸了货，齐掌柜打发驮户先回去；验了货，结账也很爽快。纳森拿出早就备好的银票，拍在齐掌柜手上，“这回你该安心了吧！”齐掌柜很仔细地翻看了几遍手里的银票，才小心地揣进贴身的衣兜里，长舒口气，摇摇头，说：“唉，兄弟你不知道，这货不是我一个人的，马虎不得。”

说话间，纳森的女人提了茶壶进来，放在炕沿边上，拿了茶碗先沏了一碗茶双手递给齐掌柜，轻声慢语道：“先喝些茶吧，肉马上就煮好了！”齐掌柜接了茶碗，瞭一眼女人，点点头，吸溜一口茶，双目光亮地盯着纳森，说：“纳掌柜，这回生意做得爽快，回去再给你弄过来一批，咋样？”

纳森咧嘴一笑，“咋？齐掌柜不怕了？早上你不是还要反悔呢吗？”

“咳咳咳，兄弟你就不要再笑话我了，这大一笔款子，不敢马虎，真不敢马虎呵！”

纳森看一眼还站在一边的女人，咦了一声，“咋还站着？快些个去看看肉好了没有，我今儿个要和齐掌柜好好喝一场子酒！”转而向着齐掌柜，“老鼠拉木锨，大头在后头呢。齐掌柜，接下来就看你的了。”说着哈哈大笑起来。

女人抿嘴一笑，一扭身，走出去。

齐掌柜又瞭一眼走出去的女人，一边搓着手，一边点头，“嗯嗯嗯，好好喝一场！”

不多时，黑壮汉端着肉、女人拿着碗筷和年轻人一起进来，肉才放上桌子，黑壮汉就迫不及待地拿起一块，在嘴边吹了吹，塞进嘴里大嚼。纳森笑着对齐掌柜道：“这是我兄弟，跟我一个德行！”一挥手，“那就都来吧，吃肉！”拿起酒壶，给各人面前的酒杯斟满酒，端起来，“来来来，先喝一个！”

酒过三巡，再不闻其他声响，只听一片饕餮之音。纳森冲身边的女人挥挥手，“倒酒倒酒！咋没点眼色呢？”端起斟满的酒杯，让一让众人，“来来来，别光顾着吃，喝酒喝酒。”黑壮汉端起酒杯，一仰脖子灌进嘴里，咂摸咂摸嘴，“嫂子，拿个碗来，这么喝，不过瘾，辣嗓子！”女人瞅一眼纳森，给众人换了大碗，于是，几个男人，你一碗他一碗，酣畅淋漓地喝起来。

齐掌柜端着大碗酒，不紧不慢地吃口肉，抿口酒。看着众人暴吃酣饮，心里竟也涌起股冲动，伴随着冲动漾起的还有腹胯间时隐时现的暖流。这种感觉在刚开始喝酒不久，就若有若无地让他心生黏腻。这让他隐隐地生出些不安，这不安再不是看到年轻人森白牙齿的那种威迫感。齐掌柜不由得觑一眼对面的女人，挪了挪屁股。粗布内裤潮腻地粘在裆里，伸手拽了拽衣裤。往日像个蔫茄子似的吊在裆里的东西竟有些翘，嘟哝一句："怪球了！"心里竟更潮起种惶惶的感觉。

黑壮汉又灌下一大碗酒之后，长舒口气，很惬意地打了很响的嗝，一抹嘴，蹭到炕边，下炕蹬上鞋，"不喝了，睡觉去！"年轻人也左右看看，夹两筷子菜塞进嘴里，边嚼着，下炕趿拉着鞋，跟着黑壮汉一起走出屋子。

纳森迷迷糊糊地骂了一句："狗日的，都没意思！"端起酒碗冲齐掌柜嚷道："我们俩喝，男人嘛，酒坛子倒了，人不能倒！"

齐掌柜双手急摆，"不喝了不喝了，回去，回去睡觉！"屁股却不挪窝。

"走球呢，喝酒喝酒！"一拽女人的衣袖，"给齐掌柜敬个酒，敬个酒！"

女人微微抿一下嘴，冲齐掌柜一笑，"他又喝多了。齐掌柜，我敬你！"双手端起面前的酒杯，伸到齐掌柜面前。

齐掌柜犹疑着接了酒杯。女人葱藕似的手指不经意地拂过齐掌柜的手背。齐掌柜不禁手抖了一下，酒泼洒在衣襟上，赶紧低了头凑近酒杯，吸溜一声喝了，眼睛却不听使唤，窥觑着女人。女人算不得漂亮，但很妩媚。头发在脑后绾个发髻。两腮酡红，眼睛水水润润，似两粒黑葡萄，卧蚕眉，像是笔锋不经意地轻轻带过落下的淡淡一笔。右侧脸颊上有个浅浅的小酒窝。唇粉润，微抿着，似笑非笑，更显女人味。女人咋像是个汉人呢？这疑问早在第一眼看到女人时便有了。只是那时一心在钱款上，没来得及细看。他窥觑一眼迷迷糊糊低头坐在对面的纳森。狗日的艳福不浅，这个鲜嫩水灵的女人，肯定是狗日的在外头养的小。想起自己家里早已皮松肉软的黄脸女人，齐掌柜不禁有些丧气。眼睛再落在女人身上，心里那种毛毛躁躁的黏腻又如潮水般涌起，且越发浓烈得让他想要将女人拥入怀中，撕咬揉捏，生吞活剥了。裆里的东西一翘一翘的，似要炸裂。对于自己今天身体的异样，心里总罩着一层阴影，老觉得早有人挖好了坑，在等着他往里跳。一想到这些，齐掌柜脊背上就有种毛毛虫爬过的惊悸感。咬咬牙，一股夹杂着酒气的腥臭气味涌上来，熏得他眉头一皱，深深吸口气，挪到炕沿上，"回家，回家，不能再喝了！"

纳森嗯了一声，张开惺忪的眼睛看一眼齐掌柜，下炕趿拉着鞋，一言不发，摇晃着出去了。齐掌柜正要蹬上鞋子出去，却又忍不住回头看一眼女人。女人浅笑着，端着酒杯，往齐掌柜身边挪了挪，“咋就要走，再喝一杯吧！”绵软的声音直透心脾，齐掌柜直愣愣地看着女人，接了女人递过的酒杯，仰头灌进嘴里，禁不住伸手在女人脸上捏一把。女人嗔他一眼，捉住齐掌柜的手，就势往齐掌柜身上一靠。齐掌柜躲了一下，女人却极快地探手到他裆里，隔着裤子盈盈地握了个满把。齐掌柜嗷地叫一声，再也把持不住，往前一扑，把女人裹在身下，噘着嘴往女人脸上凑。女人躲闪着，伸手扯开了齐掌柜的布裤带，一声娇笑，扬手把布裤带缠在齐掌柜的脖子上，顺势把齐掌柜的上身扒个精光。

哐当一声，屋门被一脚踹开。齐掌柜不及反应，纳森已闪身进屋，一步跨到炕沿边上，“狗日的老㞞，发骚你也不看个地方！”扯住缠在齐掌柜脖子上的布裤带，猛一拽，齐掌柜就四仰八叉地摔在地上。齐掌柜脑子一片空白，直到肚子上挨了狠狠一脚，才真正意识到大祸临头了。随后进来的黑壮汉和那个有着森白牙齿的年轻人，不由分说，拳脚齐上。齐掌柜杀猪般地哀号，在这个明月高悬的明亮躁闷的夜晚，却显得分外清冷。“不要打了，哎呀呀，妈呀，再打我就活不成了。纳……掌柜，纳……纳爷爷，你……你叫他们不要再打了！你说咋办都行！”齐掌柜老了，经不起这样的拳脚，在扯着嗓子哀号几声之后，声音渐渐暗哑了。

“差不多了，别弄出人命来！”

齐掌柜听到有人说话，看到屋门口晃过一个人影，一闪就不见了。恍惚间，觉得这声音很熟，“好人哪，救救我吧，让他们不要再打了！”

拳脚渐息，年轻人又狠狠地踹了一脚之后，一团衣裳扔到齐掌柜身上。纳森蹲下身，拍拍齐掌柜的脸，“老㞞，穿上你的衣裳快滚，不要让我再看见你！”

齐掌柜如遇大赦，忙乱地套上衣裳，摇晃着奔出屋子。直到坐在客房的床上，喘息匀和了，才猛然想起什么似的，伸手去内衣兜里摸索。空的，啥也没有。银票早不见了踪迹。再顾不得浑身的痛，起身把里外衣兜掏摸个遍，除了几个铜板和散碎物件外，再也掏不出任何东西。胸口似挨了重重一击，有什么东西卡在嗓子里，汗在嗞嗞地往外冒，就地转了两圈，一下窜到门边，在拉开屋门的一瞬间，恍然又听到那个熟悉的声音。愣怔片刻，齐掌柜如遭雷击，颓然摔跌在门边，手在脸上猛地扇了一把，才伸直了脖子，喊出一声：“狗日的天爷呀，这可让我咋活呢呀！”

齐掌柜在客栈里躺了两天，稍稍缓过点劲，雇了辆骡车，准备返回木垒河。就在骡车驶出恰克图城门的瞬间，齐掌柜恍然想起，那个熟悉的声音像是王哈萨。犹豫半晌，喊住赶骡车的师傅，让他再到西门外纳森的住处。院子大门紧闭，早已人去屋空。“报应啊！”齐掌柜一声哀号，声音还没落尽，嗓子一甜，一口血喷出来，两眼一黑，跌倒在地上。

半个多月后，齐掌柜回到木垒河。一到家，二话没说，张罗着卖了水磨坊。钱一到手的当天晚上，齐掌柜去了焦叔平家，把钱往焦叔平面前的桌子上一放，长出口气，“焦县长，你数数吧！这是该你的那份。”

焦叔平斜乜了一眼桌子上的钱，舔舔嘴唇，“听说你把水磨坊卖了，说说，究竟咋回事。”

齐掌柜盯着焦叔平，口唇哆嗦着，半晌，抱着头，伏在自己腿上，声泪俱下，“唉——咳咳，丢人得说不成了，都是那个没鸡巴的阴㞞和王哈萨日得鬼！”

焦叔平呵呵一笑，“咋就说不成了？”

齐掌柜抬起头，嘴张了几张，欲言又止，“说不成，唉——丢人丢人，丢人得说不成！”抹一把脸上的老泪，咯咯地咬咬牙，眼里涌上一股冰寒，“哪天要是两个贼㞞落在我手里，算是天爷有眼。”

焦叔平撇着嘴，嗤了一声，“人家就是再落到你手里十回，你也还是个丢人得说不成！”

齐掌柜大睁着眼睛，手在衣襟上蹭了两下，“咋？我——”

焦叔平往椅子上靠了靠，抽着嘴角笑了一下，“咋？你不服气？我还不服气呢！”仰起头，看看屋顶，一声慨叹，“那个没鸡巴的男人就是再没鸡巴，人家也是个男人！”

二十九　北塔山战役

月月回到迪化没多久，李教官也回到了迪化。他是接到省府另有任用的通知回来的。散布在全疆各地，凡是延安和“新兵营”派出的干部，几乎都接到了这样的通知。

李教官回到迪化，连续几天都到南梁招待所开会，而且，回来的时间越来越晚，他的脸色也越来越凝重。

月月忧虑地问：“咋了，你看起来很紧张。”

李教官看着月月担忧的眼神，拍拍月月的头，嘴角翘了一下，似乎想笑笑，笑却像贴在脸上似的，别扭又僵硬，“咱们的督办变了，新疆的天也要变！我们可能要离开。”

月月眨着眼，探询道：“有那么严重吗？”

李教官抬手抚了一下月月隆起的肚子，“招待所成立了学委会，我们正在进行气节教育。”犹豫了一下，续道，“你就不该回来，生娃了，也好有人照顾你，我也好放心。要不，你再回木垒河去吧。”

月月嘟起嘴，头靠在男人肩上，“我不走，这时候，我不放心你，我走了，你咋办？”

李教官笑起来，“你在，我更不放心！”

迪化的空气越来越紧张。六月初，所有延安方面的人员分别被督办集中到羊毛湖、八户梁和南梁招待所。八月底，蒋夫人和八战区朱长官及一应随从到了迪化。蒋夫人走了没多久，督办派军警抓了学委会主任等二十多人。

月月和李教官以及其他一部分人，先是被集中圈禁在八户梁。没过多久，被圈禁的男人和女人分别被投进第二监狱和第四监狱。

这年冬天，李教官受狱中组织的委派，利用外出就医的机会和关押在其他监狱的同志取得联系，这种联系没有持续多久就被狱方发现了。

李教官被带到一三七号，狱方只是简单地问了问他们相互传递的内容，没有深究的意思，甚至连审讯的过程都免了。他的不配合似乎也在狱方预料之中，他也没有受到想象中的酷刑。

负责审讯他的人把一份早就准备好的笔录放在他的面前，和颜悦色地说："李教官，你是个明白人，你看看笔录，签个字，现在就能出去。"

李教官斜睨了一眼站在眼前的审讯人员，拿起笔录。笔录一问一答，内容简单。就是要他承认，他们准备暴动，颠覆政府，反对督办的六大政策。笔录后面还空着几个地方，看来是准备填写他将要供述的幕后主使。

李教官明白，笔录里说的"他们"是指谁。他把笔录放在桌子上，嘴角挂着一丝笑，慢慢地将头靠在椅背上。转着眼睛看看四周墙上的血迹，再看看摆着的各种刑具。他知道，进到这里的人，他不是第一个，也不会是最后一个，他已经做好了承受一切的准备。

审讯的人也许知道，对他这样的人，刑具摧毁不了他的意志，所以也不动怒，敲敲桌子，"我们给你一天时间，好好想想。明天这时候，我再来！"说完，转身就走，走到门口，又回转身，"不过我给你说，这件事，你不同意，我们肯定能找到同意的人，到那时候，再后悔，就晚了！"

第二天，审讯的人进来，看李教官还那样靠在椅背上，背着手，围着李教官走了一圈，"想得咋样了？"

李教官靠着没动，"你就不要再费劲了，这种事，我做不来！"

审讯他的人也不多话，一挥手，"好，好好好，我想也是这样的结果，那就走吧！"

走出屋子，阳光直射下来。突然站在阳光下，他的眼睛一时适应不了。他眯着眼，手搭凉棚，深深地吸一口气。一股凉风，带着呼啸，向他刮来。他还没有反应过来，头顶一声轰响。他砰然倒地，眼里还残留着看到的最后一抹阳光。

那天晚上，李教官被装在麻袋里，拉到六道湾埋了。

过了很久，月月才听到丈夫的死讯。她没有哭天抹泪，紧咬着牙，到她死，也没再说一句话。

月月的具体死亡时间，怎么死的，已经没人能说得清楚。督办临离开新疆去国民政府就任农林部长时，下过一道手令，把在押的政治犯全部秘密处决。监狱方面在执行手令时，既简单便捷又原始残酷。他们点着名，把人犯一个一个喊出牢房，趁人犯还没反应过来，大头棒已经当头砸下，然后，往麻袋里一塞，拉出去随便一埋了事。后来，有人嫌这样麻烦，提议干脆一把火，把监狱烧了，既不留任何痕迹，也省了好多麻烦。好在国民政府委派的新主席及时到任，这场屠杀才得以制止。有人说，月月就是在这次屠杀中丧生的，有人又说不是。

众说纷纭，莫衷一是。

魏啸仪所在的骑兵团奉命向伊宁靠近。

这年冬天，“伊宁事变”区游击队包围了伊宁守军并发起猛烈进攻。游击队得到苏联的全面支援，他们的装备毫不逊色于国军。很快，游击队占领了伊宁，守军被挤压进鬼王庙、空军教导队、飞机场三个狭小的据点内，与游击队艰苦对峙。省府援军被阻在果子沟以外，国军四十五师主力在离伊宁十五公里的地方被苏联骑兵三面夹击，死伤过半。困守在据点内的守军，每天都要面对游击队的猛烈炮击，物资日渐紧缺，空投的物资大多落在游击队的阵地上。临近春节的时候，游击队发起总攻，并很快攻占了鬼王庙、空军教导队。两天后，守军从最后一个据点飞机场突围。突围后的守军及眷属百姓数千人，在伊北的皮里其河滩又被游击队包围。经过一天激战，守军悉数被歼，长官战死。

魏啸仪躲在死人堆里，逃过一劫。半个多月后，魏啸仪逃回迪化。伊娜抱着死里逃生的魏啸仪又哭又笑又叫，惊喜之情无以言表。

魏啸仪从伊犁逃回不久，被重新分派到保安司令部参谋处，做少校参谋。

这时候，“伊宁事变”区游击队已经控制了伊宁、塔城、阿勒泰等大部分地区。这年冬天，游击队一部向南疆发展，一部向东突击，并很快突破了国军在沙湾的防线。守军四十五师退守玛纳斯河东岸，炸毁玛纳斯河大桥，和游击队隔河对峙。

魏啸仪熬了几个通宵，制订了一套针对玛纳斯河对岸游击队的军事行动方案，交上去，却如泥牛入海，再无踪迹。这让他咬牙跺脚，愤愤不平，不时跑到上司那里，软磨硬泡，要求重返前线。终于，上司不耐烦了，说：“你既然精通战术，那就去军校教授战术吧！”

魏啸仪在军校待了两年，直到民国三十五年，驻守奇台的骑七师韩师长组建奇（奇台）、孚（孚远）、木（木垒河）三县独立骑兵保安大队，才被派去保安大队做中校督导官。

骑兵保安大队是由奇、孚、木三县哈萨克自卫队改编组建的，奇台南山的哈萨克头目人达乃拜为大队长。改编后，三县按地区划分，分别组建保安中队，大队部设在奇台，归驻守奇台的骑七师韩师长统一节制指挥。骑兵保安大队只能算是一个准军事组织，但魏啸仪说："好歹也算是部队，总比窝在学校纸上谈兵好。"

魏啸仪能到保安大队做中校督导官，得益于汪子恒托人四处活动。汪子恒架不住魏啸仪几次三番的恳求，只好答应出面去替他四处求人。

魏啸仪到奇台上任之前去拜会汪子恒。二人酒足饭饱后闲扯。汪子恒感叹道："你就安安稳稳在军校，多好，偏要跑出来带兵，这世道，带兵又能咋着？！你看看我现在这㞞式相！"

"你老了！你当官当得老气横秋了。"魏啸仪说，"哥，不为别的，我就想带兵上前线，真刀真枪地杀个痛快。光屁子咱也得把家伙翘起来，大头小头都不能低。你让我整天窝在司令部里，像个拴在磨道里的老骟驴，打发日子，你还不如毙了我！"

汪子恒咧了咧嘴，抬起手，作势要扇魏啸仪，"你个㞞娃，拐着弯骂我呢。"愣怔片刻，叹口气，"我老了！真的是老了！"说着扭头看着魏啸仪，"我是不是真的老了？"转而又道，"听说中央派了张部长来迪化主持和伊宁的谈判。"

魏啸仪撇撇嘴，鼻子里哼了一声，"球，光谈判，有个球用呢！我是从伊犁逃回来的，所过之处，你看看那些个老百姓过的日子你就知道了，这鸡巴世道要是没人起来造反，才怪球呢。"

汪子恒很认真地看了看魏啸仪，不再言语。

白杨河驻在所所长努尔兰抓了个盗卖牲畜的贼，努尔兰和两个手下劳神费劲地审了两天，能想到的法子都用了，日头晒、敲脚踝骨、鞭子抽得浑身上下没一块好皮肉，可这家伙死活不开口。就在努尔兰没了耐性，准备交由局里处理时，这家伙不知又动了哪根筋，开口了。这一开口犹如竹筒倒豆子，杂七杂八陈谷子烂芝麻的事，一股脑地带了出来。这本没啥，关键是把王哈萨那年带人在大浪沙抢了刘客商的事给抖了出来。焦叔平曾派努尔兰去山里查过这事，查了很久，愣是没查出啥头绪，只好不了了之。这下好了，真应了那句古话：踏破铁鞋无觅处，得来全不费工夫。努尔兰如获至宝，不敢耽搁，连夜赶到县里找焦叔平汇报。焦叔平二话没说，当晚就安排人把王哈萨从被窝里悄悄地抓来了。抓了王哈萨，焦叔平一再叮嘱努尔兰，一定不要把王哈萨被抓的消息走漏出去。

王哈萨倒不像那个贼，死不开口，而是问啥都说，却没有一句让焦叔平感到称心。焦叔平倒是不避讳，直言只要王哈萨指认魏啸铭是同谋，其他一概不问，也不为难他。其实，王哈萨一见到焦叔平，不用说就知道焦叔平想干啥，嘻嘻哈哈，东拉西扯，哄了焦叔平两天。两天里，焦叔平好吃好喝地供着他，他倒像个呼三喝四的爷。两天过后，焦叔平的耐性没了，开始给他动刑。能想到的刑都用了，结果，除了让王哈萨皮开肉绽外，想要的一句没得到，倒让王哈萨把祖宗八代骂个遍。只收拾王哈萨不是焦叔平的本意，他也不想多惹那些事，偏这驴㞞不识抬举，给脸不要。看看好几天过去了，事情却没有丝毫进展。王哈萨被抓的消息瞒得再好，也不可能不走漏一点风声，本想很快突破王哈萨，打魏啸铭个措手不及，但显然已经不可能。焦叔平真是一口烫搅团含在口里，吐了不舍，咽了又烫。

齐掌柜听说王哈萨被抓，骤然间有点无所适从。犹如走在路上，忽然有人塞给他个金元宝，意外的惊喜来得太突然，让他没有丝毫准备。想起这些年让魏啸铭个没鸡巴的阴㞞害得苦，齐掌柜就恨得牙痒痒。现在好了，抓住了王哈萨个狗日的，接下来就该收拾魏啸铭这个没鸡巴的阴㞞了。齐掌柜坐在自家堂屋的八仙桌旁，望着屋外瓦蓝瓦蓝的天。良久，起身从炕柜里摸索出个小铁罐，这是存了好些年的上好龙井，一直舍不得喝。今儿个咱也受活一回！齐掌柜咬着牙嘟哝一句。拿过小茶碗，抠开小铁罐的盖子，放在鼻子下深深吸口气，撮出一小撮茶叶，看看，又放回去一些，又似不称心，抿抿嘴，又撮出几片茶叶放在碗里，冲了开水，才把小铁罐盖好，放进炕柜。坐下来，装好一袋烟，点燃深吸一口，任淡蓝色的烟雾，从口鼻间丝丝缕缕地溢出，端起茶碗，咂口茶，受活地长舒口气。齐掌柜就这么默默地抽完两袋烟，把烟袋往桌子上一拍，走出屋子，高声大嗓地喊着，让婆姨把一只下蛋的母鸡宰了，自己屁颠屁颠地去找焦叔平。站在大门口，齐掌柜抻了抻衣裳，抬手凑近鼻子嗅了嗅，不由得皱一下眉。看来这双和羊毛打了大半辈子交道的手，咋洗也脱不去羊毛臭烘烘的腥臊味了。本想再进屋去洗洗，还没转身又变了主意，重重地咳一声，吐出口浓痰。几只鸡奔过来，啄食地上的痰。齐掌柜迈步绕过地上争食的鸡，背起手，瞅瞅左右，哼唧着乱弹，进去了。

焦叔平正在屋里惆怅，听齐掌柜说要去喝酒，眨巴着眼睛，一脸的疑问。

“抓住了王哈萨，还不该喝顿酒？”齐掌柜说。

焦叔平斜乜齐掌柜一眼，撇撇嘴，“你癫狂个啥？驴日的王哈萨死不开口，你有办法？”

齐掌柜愣怔一下，脖子一梗，咬着牙根声说：“不开口咋了，把魏啸铭抓来，一起审，不开口就往死里打，都是爹娘老子养的，不信他们不开口。”

焦叔平泼烦地一挥手，猛然间，手停在半空中，怔怔地眯着眼，半晌，一拍桌子说：“走，喝酒去！”走到院子，喊一声，“努尔兰！”努尔兰应声走出来。焦叔平招招手，“走，喝酒去！”

一大早，魏啸铭吃过早饭正要出门，被焦叔平派来的两个警察堵在院门口，说是焦叔平请他去问些事。他是头天晚上从奇台赶回来的，才出门就被堵，心里难免有些不快，可还是捺着性子，笑笑，“啥事？”两个警察相互看一眼，“你就不要为难我们了。”魏啸铭愣怔一下，一扬手，“嗯，那就走吧！”

路上，一个和魏啸铭相熟的警察还是忍不住，悄悄跟魏啸铭提了一句：“哥，王哈萨的事发了。”魏啸铭还想再问，那警察已经别过头去，他也只好悄悄地跟着走，脑子却再没闲下来。他历数和王哈萨在一起做过的事，觉得没啥把柄留下，那王哈萨又是啥事发了呢？

两个警察直接把魏啸铭带到会馆东南角早前放杂物的一间屋子里，王哈萨被扒光了衣裳反绑在屋当间一根粗实的柱子上。头低垂着，汗水淋淋地滴下来，身上旧伤新痕，累累叠加。努尔兰提着鞭子立在王哈萨身旁，想是刚刚给王哈萨动过刑。焦叔平在一边的桌子旁坐着喝茶，看到魏啸铭站在屋门口，没言语，招了招手，指指桌子旁一条板凳，瞟一眼绑在柱子上的王哈萨，端起茶碗，吸溜一口，看魏啸铭还站在门口没动，又指了指那条板凳。魏啸铭嘴角抽了一下，迈步进屋，路过王哈萨身边时，瞥一眼王哈萨，看看一脸悠闲的焦叔平，径直走到板凳边坐下。焦叔平咧嘴笑了一下，舔着嘴唇，斟酌道：“嗯，魏会长，柱子上绑的是王哈萨。狗日的那年带人在大浪沙抢了刘客商，他自己也认了，可就是死活不说同伙是谁，没办法，只好请魏会长来劝劝他。”说着，拿起手边的一只茶碗，沏满了茶，往魏啸铭面前推了推，“来来来，喝口茶！”

魏啸铭右手食指在茶碗口上轻轻摩挲，觑着焦叔平，不紧不慢地说：“焦县长这碗茶可不好喝，扎嘴！”

“魏会长想多了！”

“没想多，焦县长不是让我来劝劝王哈萨嘛。难道不是？”咧嘴笑了笑，看看王哈萨，“狗日的也真够皮实的，都成这样了，还不招。焦县长不会是硬要屈打成招吧？”

焦叔平一愣，随即嘎嘎嘎地笑起来，“魏会长挤对我呢，难道王哈萨一个人能抢了刘客商？”说着冲努尔兰努努嘴，“把狗日的弄醒，魏会长来看他了！”

努尔兰在身旁的水桶里舀了一瓢水，劈头泼在王哈萨头上。王哈萨一激灵，嘴里咕哝着：“焦叔平，你个驴日的，马操的，有本事你把老子拉出去毙了。”

努尔兰一步跨过来，扬手一鞭子抽过去，“你嘛，就是打得少了。”王哈萨叫了一声，“狗日的努尔兰，老子裆里还有个球呢，有本事你来咬一口！”

焦叔平摆摆手，起身走到王哈萨身边，“行啦，王哈萨，你看谁来了。唉，咋说你呢，为个不相干的人，何必硬扛着呢？”

王哈萨抬头看一眼魏啸铭，咧了咧肿胀的嘴唇，“狗日的铭娃，来看我也不给我带些个肉来。”

魏啸铭坐着没动，“我不是来看你的，我也不知你让抓了。我是焦县长从家里堵过来的。”

王哈萨嘎嘎嘎怪笑几声，被一阵剧烈的呛咳噎住了，喘息着说：“我就——我就知道狗日的拉——拉不出人屎！”

焦叔平嘻了一声，走过来重新坐在桌子旁，端起茶碗，抿一口茶，咂摸咂摸嘴，“王哈萨，既然魏会长说，他不是来看你的，那我就没办法了！”冲着努尔兰挥挥手。焦叔平挥着的手还没落下，努尔兰的鞭子已经落在王哈萨的身上。

魏啸铭看焦叔平一眼，身子一挺，“咋说打就打？”

焦叔平扭过头去，看着屋外。

魏啸铭皱了皱眉，回头看一眼王哈萨。鞭子啪啪地落下。鞭梢过处，一道渍红，血渗出来，蚯蚓般地游动着。王哈萨的身体剧烈地扭动着、挣扎着，惨叫一声比一声凄厉。魏啸铭感到身上的皮肉一阵阵发紧，想要尿尿。这种感觉让他的心一阵阵紧缩，似有一只手伸进胸腔，撕扯着。很多年前的那个冬日，低矮的小屋里飞舞的皮鞭，犹在眼前，这是根植在他生命里的伤。魏啸铭觉得胸口憋闷得要炸了，猛地从凳子上立起身，一股气流冲喉而出。骤然响起的一声嘶吼，变声变调，悚然凄厉，又猝然转为一声高昂的尖板：

啊————

曾不记三十六人贾家楼上曾结拜，誓死不到唐营来。

今日兵败威何在，临阵投降该不该。

……

魏啸铭脖子上暴起一条条青筋，一句句唱词从他大张的嘴里喷涌而出，越来越急，越来越快。微睁的眼里渐渐涌起一股阴冷，逼视着焦叔平，令焦叔平不禁一颤。

今生不能把仇解，二十年间某再来。

刀斧手押爷在法场外，等一等小唐儿祭奠某来！

啊————

一声尖厉的高音之后，魏啸铭戛然收腔，屋子里霎时一片死寂。焦叔平端着茶碗愣怔地瞪着魏啸铭，王哈萨的半截吼骂噎在嗓子里，努尔兰举着鞭子的手僵在半空中。片刻，王哈萨爆出一声狂笑，双腿挣扎着，猛地抬起挣脱绳索的右腿，向呆立在身侧的努尔兰胯间踹去。努尔兰闷哼一声，捂着胯间，紧夹着双腿圪蹴在地上，惨白的脸上，豆大的汗粒渗出来，顺着面颊滑进脖子，掉在地上。他牙关紧咬，痛苦压抑的呜呜声从牙的缝隙间丝丝缕缕挤出来。他扭曲着脸，看一眼焦叔平，强忍着胯间的剧痛，挣起身，抄起身边的一根木棍，朝着王哈萨当头砸下。王哈萨的狂笑骤然停歇，大睁着眼睛木然地盯着魏啸铭，嗓子里咯咯响着，头一垂，身子一软，吊挂在柱子上。

骤起的变故，让人猝不及防。焦叔平愣怔地看着吊挂在柱子上的王哈萨，片刻才醒悟似的，猛起身，冲到王哈萨身边，伸手探了探王哈萨的鼻息。愕然转身，盯着一脸茫然、扭曲着脸、立在一边的努尔兰，一脚踹过去。努尔兰被踹得倒退了好几步才勉强站住，“日你妈，你就是个窝囊㞞！”一指魏啸铭，怒吼道，“还不把狗日的给我抓起来！”

魏啸铭看着暴怒的焦叔平，冷冰冰地道：“你沉不住了！”说着嘿嘿笑起来，眼里渐渐笑出泪来。

民国三十五年秋，有人给魏宗寿送来了一个小女娃和月月的一封信。信封上娟秀的小楷字体，魏宗寿只看了一眼，就认出是月月的手笔。他接过送信人递上的信封，揽过小女娃，愣怔地瞪着送信人。他只看到送信人的嘴在动，送信人说的话，一句也没听进去。

月月的信分为两部分，前半部分是给魏宗寿的，后半部分是留给小女娃的。

小女娃叫李牧芊，乳名草儿。草儿身子瘦弱，和她的年龄很不相称。看起来和她妈一样，文文静静。两只眼睛忽闪忽闪的，像是会说话。名字是月月给起的。女娃属牛，生下来时就瘦弱得像只猫，没有一点牛的影子。月月对丈夫笑道："你看这娃瘦得跟小猫娃子一样，又属牛，我把她放在大草原上，让芊芊青草养育她，一定把她养得和牛一样壮。"

丈夫抚抚月月的头，一脸爱恋，"和你一样就好！"

和草儿同时送来的还有关于娥娥的消息。早在一年前，娥娥和迪化的三个青年结伙，跑到延安去了。送信人没有多耽搁，拉起魏宗寿的手，使劲地摇了摇，说："我们还会回来的！"然后，急匆匆地走了。

省府派出的参议会督选小组由迪化市长屈武带领，到木垒河督选木垒河参议会。

汪子恒随参议会督选小组到木垒河的当天下午，魏宗寿去汪家找汪子恒，想求他想个办法，帮帮魏啸铭。汪子恒早在临来木垒河之前，就已经收到魏啸仪给他带的话，要他到木垒河后，想办法把魏啸铭从牢里弄出来。

其实，魏啸铭被关在大牢里，焦叔平并没有怎么为难他，只是隔些日子去牢里看看魏啸铭。间或两人会坐在大牢门房的老榆木桌子旁，天上地下地瞎谝。这时候，魏啸铭会一改往日阴郁，谝到高兴处，两人都会禁不住拊掌大笑，似一对多年老友。但两人都绝口不提刘客商在大浪沙被抢的事，魏啸铭也从不在焦叔平面前喊冤叫屈，似乎他在大牢里住得很受活。

每到两人拊掌大笑时，焦叔平心里就别提有多窝囊。自从那天一怒之下把魏啸铭关起来，他就没舒坦过，好像被关起来的不是魏啸铭，而是他自己。抓起来容易，一句话的事，要放，可就难啦！这没鸡巴的阴屄真成了烫手的山芋，扔了不舍，捏着烫手，况且，还不是说扔就扔了的。每次他来牢里，都希望魏啸铭能服个软，然后放了他，等有了机会再慢慢和狗日的阴屄算账。可魏啸铭像是摸透了他的心思，偏就连个暗示都没有。若是就这么放了魏啸铭，他想魏啸铭一定会斜睨着眼睛看着他，然后得意地大笑而去。可恨驴日的王哈萨，至死都没说一句能让他整治魏啸铭的话。想起那天的情景，整个过程，不像是他事前设计好算计魏啸铭的，倒像是他自己挖好了坑，等着魏啸铭来把他推进自己挖的坑里。焦叔平真是越想越窝囊。看着狗日的魏啸铭开怀畅意的大笑，以及话里话外暗藏的机锋，焦叔平真恨不能一脚把狗日的阴屄的鸡巴脸踹成个烂西瓜。

魏宗寿不知道焦叔平在想什么，虽然魏啸铭几次给他说，让他别再去找焦叔平，找也没用。可他总以为这是儿子在体恤他，是心疼他颠来颠去的辛苦。他一边四处求人，一边在心里哀叹，这是他的命！他魏家的命！他一次次去找焦叔平，可焦叔平像是别住了哪根筋，死活不松口；甚至有天晚上，魏宗寿直接拿了几根金条去找焦叔平，也被焦叔平挡在了屋外，连门都没让他进。焦叔平倒是从没阻拦过他去牢里看望魏啸铭。他每天都要去牢里看看，看看这个曾经让他寄满希望的儿子。看着魏啸铭日渐消瘦的脸，深陷的眼窝里，两道阴鸷又燃着芒刺的目光，让他更加感到了自己的老迈、自己的无力。父子俩默然而坐，不置一言。牢房后墙上的小窗户让他想起很多年前，自己被关在这里的情景。这是根植在他心里的伤。他似乎又看到大儿子魏啸才阴沉着脸，充满仇恨似的站在他面前。每想到此，魏宗寿的心就像被谁拽住，狠狠地捏了一把。他觉得，他是亏欠了这个儿子的。狗日的天爷也像是故意跟他们魏家作对似的，大灾小难总也绕不过牢狱。

那天下午，麦秀正在院子里喂鸡，看魏宗寿嘴里叨咕着气哼哼地走进院子，就知道他又让焦叔平窝憋了。想安慰魏宗寿两句，端着盛鸡食的小木斗往前迎了两步，稍一愣神，又退回来，把小木斗往屋檐前的台阶上一放，进屋去换了身衣裳，急匆匆地朝大门口走去。魏宗寿喊了她两声，她停下来，回头看一眼魏宗寿，嘴里嘟哝一句啥，魏宗寿也没听清楚，就见她挥挥手，径直走了。

县府大门口有两个站岗的警察。以前县府门口没有站岗的，蔡县佐、马县长在任的时候都没有。县府大门口有警察站岗，是焦叔平上任后才有的。以前人们路过县府的时候，都会探头看两眼，偶尔看见蔡县佐或马县长，都会上前喧一阵子。焦叔平上任后，人们不由得对县府多出几分敬意，路过县府的时候，都低着头，觑着门口站岗的警察，脚下紧走几步，就迅速过去了。

麦秀走到县府大门口，其中一个警察拦住她，正要盘问，另一个相熟的看是麦秀，摆摆手，放她进去了。走进县府，麦秀才傻了眼。她从没进过县府，不知道焦叔平在哪个屋子。局促不安地在过道里踟蹰了好一阵子，才看见有人从一个屋里出来，匆忙迎上去问。那人看她两眼，笑笑，“你是魏会长家的吧？”麦秀愣怔地点点头。那人犹豫一下，拽着她，走到一个屋门口，指了指，扭头急匆匆地走了。麦秀深吸口气，手在胸口抚了抚，推开屋门，走进去。

焦叔平正伏在桌子上忙活着，听到有人进来，头都没抬一下，“啥事？”等了片刻，没人回话，才抬起头，愣怔一下，“你？”起身绕到办公桌前，环抱双臂，慢慢地靠在桌子上，“啥事？说吧！”

麦秀往前跨了两步，停在焦叔平面前，“我就是来看看，你究竟想把我们家铭娃咋着？要杀要剐，你就快当些，这么不声不响地关着，算个啥？”

焦叔平没言语，盯着眼前的女人。女人一头黑发，纹丝不乱地在脑后绾个鬏，眼角两道清浅的鱼尾纹，鼻梁挺直，口唇微启，棱角分明，隐隐透着坚忍，厚实的胸也因为说话激动得一起一伏。焦叔平舔了舔口唇，心里感叹道：这么个女人，放在魏啸铭身边，真是糟蹋了，是暴殄天物。狗日的，我睡了你的女人，看你还跟我斗个啥？这个念头倏地冒出来，心怦怦地猛跳几下，脸上不由得堆起些笑。这笑像是贴在脸上的，僵硬硬的，心里涌起的念头更是拱得他周身不自在。他立起身，在屋子里踱了两步，停在麦秀面前，“其实也没啥，你要是——嗯，要是陪我睡一黑夜，我就把他放了！”这后半截话，是焦叔平咬着牙说出来的，说完，舒口气，心里一下松快了。他微微翘起嘴角，静静地盯着麦秀。

麦秀疑是听差了，愣怔一下，脸上倏地染上两酡红，两眼瞪得溜圆，紧咬着牙，她觉得自己的心快从嘴里蹦出来了，一股怒气迅即涌起，又稍纵即逝。麦秀慢慢地舒口气，嘴唇哆嗦着：“真……真的？”看焦叔平点点头，麦秀往前挪了一步，脸上浮起一层浅浅的笑，右手倏地抬起，如灵蛇出洞，在焦叔平的脸上结结实实地挠了一把。焦叔平立时感到脸上火辣辣地灼疼，猛地扬起手。麦秀后退一步，指着焦叔平，“今天你敢动我一指头，试试看！”焦叔平的手僵在半空中，脸涨得似茄子，咯咯地咬着牙，半晌，从鼻子里喷出一股粗气。麦秀朝地上啐了一口，“牲口！”一扭身走到门口，又转回身，盯着焦叔平，“牲口！”摔门而去。

去找汪子恒，魏宗寿很是踟蹰了一番，临进汪家大门了，还在犹豫，在汪家大门口踟蹰了很久，才咬着牙，迈进汪家院子。院子里空荡荡的。汪雨量的一个远房侄子在扫院子。看到魏宗寿，冲着堂屋喊了一声：“大佬，魏家姨夫来了。”魏宗寿冲汪雨量的侄子点点头，抬手撩起吊在屋门上的芨芨草帘子，迈进屋去。

汪雨量斜歪在被子上没动身。汪子恒起身把魏宗寿让到桌子旁坐下，沏一杯茶。魏宗寿欠了欠尻子，接了茶杯，吸溜一口茶，却一时又不知怎么开口，尴尬地冲汪子恒笑笑。

汪雨量看魏宗寿窘迫的样子，撇撇嘴，揶揄道：“老尿，知道你无事不登三宝殿，啥事？说吧！”

魏宗寿眉头一皱，嘴张了几张，终于没说出话来，却献媚地冲汪雨量笑笑，“他姨夫，我——我——唉——”

汪子恒看一眼他大，笑笑，“姨夫，你也不要难心了，我回来的时候，仪娃就给我说了，让我给想个办法。我就问你一句，铭娃有没有啥把柄落在焦叔平手里？”

魏宗寿如遇大赦，放下手里的茶杯，一迭声地道：“没有，没有没有！前儿个，我还去看过铭娃，和他说起这事呢，他说没有！还说让我不要再找狗日的焦叔平了。”瞟一眼汪子恒，又续道：“说再找也是白搭。”

“为啥？”

“不知道，我也说不清白。原想狗日的就想诈些个钱财，可这次，咋送他都不收，也不知道是搭错了哪根筋。”

汪子恒沉吟半晌，才说：“那我想想办法再说吧。”

魏宗寿正要开口说谢，汪雨量嗤一声，截住了他的话头：“算球了吧，不想听你的尿球谢字。”

汪子恒送走魏宗寿，没进家门，直接去找蔡县佐。蔡县佐正在院子里鼓着腮帮子，吹小铁炉子里的牛粪火。每吹一下，小铁炉子里就冒出一股股青烟，弄得他脸上东一块西一坨的灰垢，身边小木桌上的小茶壶也落上一层烟尘。看到汪子恒走进来，指了指身旁的小板凳，又自顾吹他的牛粪火。终于，小铁炉里蹿起一团火苗，他把小茶壶放在炉子上，才轻舒口气，转向汪子恒，“你个尿娃不会是闻着我的茶香，来找我喝茶的吧？”抿一下嘴，抬手抹一把脸，在衣襟上蹭两下，挠着花白头，“嗯？是为魏家的事？”

汪子恒嗯了一声，随之叹道：“唉——没办法，受人之托，忠人之事。”往蔡县佐身边凑了凑，“蔡家爸，你说这魏家铭娃究竟有没有事？”

“有球个事呢，就是魏家铭娃有事，焦叔平也没证据，要不他能饶了魏家铭娃？！”蔡县佐揭起小茶壶盖子，往里放了一把茶叶，“我看根本就是两个犟板筋拧到一起了，谁也不低头！”

“那就帮魏家铭娃一下。”汪子恒沉吟道。

“咋帮？我们几个老人还有你大，都去找过焦叔平了，没用！”

“蔡家爸，你找几个人，联名写个举荐信，举荐魏铭娃参加参议会选举，你看咋样？”

蔡县佐疑惑地看着汪子恒，犹疑道：“举荐信没问题，可魏铭娃还在牢里关着呢。”

“只要你把举荐信交到我手里，剩下的事，你就交给我！”

蔡县佐沉吟半晌，重重地点点头。

第二天一大早，汪子恒拿着蔡县佐送来的举荐信去找焦叔平。

焦叔平看着手里的举荐信，工整的馆阁体，不用再看下面，就知道出自老秀才的手笔。举荐信最下方，一长溜儿签名，老秀才、蔡县佐、汪雨量以及镇子上的几位老乡绅都在其中。许久，焦叔平抬起头，看着汪子恒，“魏啸铭还在牢里呢，咋参加选举？”放下手里的举荐信，“汪处长不知道？”

汪子恒愣怔一下，狗日的这句问话够刁钻的，是问不知道魏啸铭被关在牢里，还是不知道魏啸铭犯了事？汪子恒斜乜着焦叔平，一时不知如何回答焦叔平的话。焦叔平斜吊着嘴角，笑嘻嘻地盯着汪子恒。汪子恒咽口唾沫，眉头一扬，“关在牢里，为啥？”

“汪处长可知那年有个客商在大浪沙被抢的事？”

“知道，跟魏啸铭有关？”

“嗯——正在查。”

“那就是还没有实据喽。”

焦叔平的脸沉了一下，端起桌上的茶杯，抿口茶，“汪处长——嗯，呵呵——咋就关心起地方上的杂事了？”

汪子恒哈哈一笑，“杂事我不管，我只管参议会的选举。既然有人举荐了魏铭娃，那我就要看看这人够不够选举资格。”

“那汪处长想咋办？”

“那就要看焦县长想咋弄了？”

“这事——嗯，这事不好办哪！”焦叔平觑一眼汪子恒，“事主眼睛盯着呢，我总不能枉法。”

汪子恒略一沉吟，伸手拿过焦叔平面前的举荐信，说：“焦县长就不要为难了，这事我看就交给屈市长去定夺吧，他是督选小组的组长！”不等焦叔平答话，转身就走，临到门口，又扭转身，“嗯，听说那个王哈萨已经死了。”伸手拉开屋门，正要出去，听焦叔平笑道：“汪处长，请留步！”汪子恒停住脚步，笑眯眯地盯着焦叔平。

焦叔平起身绕过办公桌，拉着汪子恒的手，把他让到茶几旁坐下，为他沏了茶，才坐在他身边说起来。那天，汪子恒和焦叔平说了很久，才从焦叔平的办公室出来。

两天后，魏啸铭被放回家。

魏啸铭被放回家的当天晚上，杀了只羊，在家里请蔡县佐、老秀才、汪雨量等一帮老乡绅喝酒。那天喝完酒，魏啸铭送汪子恒出来，说：“哥，帮人帮到底，当个参议员，有球个意思，要当就当议长！”

汪子恒撇撇嘴，拍一把魏啸铭，“你个㞞人，脑子里究竟有多少弯弯绕？”

魏啸铭笑笑，“哥，不管多少弯弯绕，只要觉得我不是个害人的人就行！”

之后，汪子恒去找过屈市长两次。魏啸铭最终被选为参议会副参议长。

焦叔平看到选举结果，在最初一瞬的窝憋之后，忽然爆发出一阵畅快的大笑，说：“这回可就热闹了。”

两天后，督选小组离开木垒河。

临走时，汪子恒卖了吉升昌，把他大汪雨量一起带走了。汪雨量跑到魏宗寿屋里大骂汪子恒不孝、逆子，末了还是跟着汪子恒去了迪化。

北塔山驻在所所长衡隶范在例行巡查北塔山时发现，外蒙军在北塔山上修建窝铺，即简易工事掩蔽部。情况上报到骑七师韩师长那里，韩师长派了独立骑兵保安大队的一个中队，由魏啸仪带领去北塔山驻守。这个中队是由奇、孚、木三县的保安中队分别抽调五十人临时组建的，指定原木垒河中队的哈布的任临时中队长。本来这差事轮不到魏啸仪，但这好赖也是个带兵的机会，魏啸仪岂能轻易错过，缠着韩师长不放。韩师长没办法，只好答应。

杨督军在位时，就在北塔山的乌龙布拉克设有边卡，并派范统领驻守。后来，尕司令进疆，范统领带着士兵，领着他的哈萨克朋友——枪手努尔哈孜去参战。士兵都到前线打仗去了，一时，没人再顾得上北塔山，外蒙人就乘机来了。直到盛督办在督办公署的办公室里坐安稳了，才又想起北塔山，才又在北塔山派驻了驻在所。

魏啸仪一到北塔山，就派人喊来了衡隶范。他要见见这位驻在所所长，他要和他商量商量协作联防的事情。他没有见过衡隶范，他听家里人说过这个人，他知道这个人和他们家的渊源。

魏啸仪站在营房门口等衡隶范。他看到三匹马带着一溜烟尘向他疾驰而来，嗒嗒的马蹄声敲击着大地，急骤如战鼓。魏啸仪咧咧嘴，背起手，眯起眼睛。

三匹马奔到魏啸仪近前，马上的人一收马缰，疾驰的马猛地向后矬，马蹄在地上划出一道深痕，才骤然停住。衡隶范等三人翻身下马，向魏啸仪走过来。

魏啸仪上下打量了一下衡隶范，面前的这个人和他想象中的衡隶范相去甚远。冬瓜似的大脑袋，一张大驴脸，五官稀疏地摆在上面，面相憨厚，甚至有些愚钝，剥去身上的警服，让人无法把他和一个驻在所的所长联系起来。但魏啸仪知道，站在他面前的这个人是智慧的，是那种云谲波诡的聪明。他向前迈了一步，嘻嘻一笑，“衡所长，你可不是我想象中的样子哟！”

衡隶范愣了一下，眨眨眼睛，“那……那……魏……魏督导官想我该是个啥样子？”

魏啸仪伸手搂住衡隶范的脖子，“走走走，进房子再说！”走了两步，凑近衡隶范的耳朵，轻声道：“驴，闷头驴子偷麸子！”眨着眼睛，盯着衡隶范看了一刻，才又续道：“不哼不哈地占便宜！”说完哈哈大笑，背起手，径自走去。

隔日，魏啸仪把保安中队分成两部分，一部分由中队长哈布的率领，驻守原地，并负责对附近几个地方的巡查。他自己在送走衡隶范的第三天，带着三十几个人和电台出发了。他和衡隶范约好，今天在外蒙人修建窝铺的地方会面，看看外蒙军修的窝铺，然后他要沿边境线巡视一圈。

衡隶范带着人早在那里等他。

外蒙军的窝铺修在一座山的半山腰，是一种简易战防工事，掩蔽部位置刁钻，视野开阔又隐蔽性良好，一看就知道是职业军人所为。魏啸仪嘟哝着骂了一句“狗日的”，一脚踹在掩蔽部的土墙上。“修工事修到人家炕头上了，还真跟在自家里一样，老实不客气。妈妈的，真是人善被人欺、马善被人骑。”

衡隶范撇了撇嘴，“善，善个球呢，根本就是窝囊！”

魏啸仪斜着眼睛看了衡隶范一眼，扭头走出掩蔽部。那天，他和衡隶范分手后，一路向北，去巡视边境线，衡隶范去胡吉尔特附近的哈萨克聚居区。

近几年，胡吉尔特附近一直有蒙方人员在活动，他们在外蒙军方的协助下，抢劫边民牲畜，鼓动煽惑胁迫哈族人向北塔山北部地区迁移，有的还过了国境线。这些蒙方人员有的就是当地的哈萨克人，跑到外蒙古，又被蒙方派遣回来，在当地活动。今年年初，阿山副专员拉提夫的儿子，就是被一个蒙方派遣过来的叫铁石坎拜的哈族人，带领五十多名外蒙军杀死的。当时，拉提夫的儿子正带人从青河经木垒河去镇西府探亲，走到沙尔乔克准备烧茶休息时，被外蒙军开枪射杀。像这样的事件，每年都有。每当这时，奇台驻军就派人去追剿。派出的追剿部队和外蒙军发生过几次零星战斗，双方各有胜负。

衡隶范到胡吉尔特的当天，就嗅到一种异常气息。他在小西沟找到他的眼线哈森别克的时候，已是黄昏。他一边喝着哈森别克女人烧的酥油奶茶，一边听哈森别克说最近一段时间发生在胡吉尔特的事情。

“苏力堂回来了，他说到北塔山去，外蒙的人给过冬的粮食呢！”哈森别克说。

“苏力堂是谁？”衡隶范警惕地问了一句。

“也是这边跑过去的，去年回来一次，又跑掉了，现在又回来了！瓦赫部落的几家子过去了，前几天有人回来说，真的给了粮食，人人都给的呢，只要过去了都给的呢。这两天，他们都想着迁到北塔山去呢，都准备的呢。西边的孔沙达哈部落的人好像也准备的呢，不过，我听说，他们的头目人伊尔格什拜不想去。”

衡隶范的脸色渐渐地凝重起来。他端着茶碗，眼睛直愣愣地盯着哈森别克的嘴。当天晚上，他就派一个手下返回奇台去向韩师长报告，他自己带着另一个手下和哈森别克，连夜去找孔沙达哈部落的头目人伊尔格什拜。

衡隶范到孔沙达哈部落的第二天晚上，就被伊尔格什拜手下的一个十户长，带领十多名外蒙军围在伊尔格什拜家里。外蒙军是来抓伊尔格什拜的，是要胁迫他和他的部落向北塔山迁移。结果，衡隶范赶上了，刚好一锅端。当时，衡隶范的手下想反抗，枪还没有拔出来，就被一个外蒙兵一刺刀捅穿了胸部。

魏啸仪和外蒙军的遭遇战发生在几天以后。这场规模很小的遭遇战以及由此引发的一系列战斗，被后来的地方史料统称为北塔山战役。

魏啸仪是接到骑七师韩师长的命令，从边境线上返回时，在胡吉尔特附近的一个山谷里和外蒙军遭遇的。韩师长的命令是根据衡隶范提供的情报发出的，要他到胡吉尔特协助衡隶范，阻止哈萨克牧民向北塔山北部迁移。电报还说，骑七师师部已经派出一个连到北塔山，和哈布的率领的保安中队一起，进驻北塔山主峰西部的姊妹峰，构筑阵地。

魏啸仪在赶往胡吉尔特的路上，遇到好几拨向北塔山迁移的牧民。他只好一边留下人劝说迁移的牧民返回胡吉尔特，一边加紧赶路。

这时候，魏啸仪的保安中队和外蒙军遭遇了。

转过一道山岭，当两支人马悄然相遇的时候，相距不过几十米，谁想退走，都只能是对方的靶子。双方的指挥官几乎同时把手向前一挥，一场血腥肉搏就此展开。

秋风飒飒，带起一片血腥。

衡隶范被反绑双手骑在马上，几个外蒙兵将他夹在中间。战斗一开始，双方人马搅在一起。他趁乱翻身跳下马，在厮杀的人群中左右躲闪。他的帽子早不知丢到了哪里，秃头顶上，几道血渍擦痕，头周边上的毛发乱草似的支棱着，显得狼狈又滑稽。

魏啸仪一手举枪，一手挥刀，一路砍杀，冲到衡隶范的跟前，纵身跳下马。“哟哟哟，衡所长，咋让绑得像个粽子？”说着，马刀插进绑在衡隶范身上的绳子里，要帮他割断绳子。

一个外蒙兵纵马挥刀冲过来。“小心后头有……”衡隶范的话不及说完，猛然侧肩撞开魏啸仪，他自己刚好迎上外蒙兵的马刀。马刀带着风声，自下而上，在他的胸前骤然划过。他踉跄着向后跌退几步，仰跌在地。

被撞开的魏啸仪向旁边冲出几步，反身挥枪。随着枪声，外蒙兵的身子扑跌在马背上，手臂无力地耷拉下来，马刀掉在地上。

魏啸仪几步跨到衡隶范身边，半蹲半跪，探身看着躺在地上的衡隶范。

衡隶范面色煞白，前胸被马刀豁然挑开，血汩汩地流出来，嘴里也在不停地往外溢着血沫。他看着身边的魏啸仪，咧咧嘴，惨然一笑，“我可以……我可以占你……占你们家的便宜，不……不能……不能占国家……国家的便……便宜。你……咳咳……咳……比我……金贵，还指望你来……保卫这片土……地呢！”他大口地喘着气，不停地呛咳，伴随着呛咳，越来越多的血从嘴角溢出来。

魏啸仪抽抽鼻子，伸手想把衡隶范抱起来，“急救包，快些，拿急救包来！”他扭头喊道。

衡隶范瞪着魏啸仪，轻轻摇摇头，“不……不……不行……了，看在我……我占了……占了你们家……家的便宜的……便宜的情分上，给我个痛……痛快。”

魏啸仪猛地站起来，走了两步又返回，把马刀插在地上，伸手搂着衡隶范的脖子，让他靠在自己的腿上，半晌，哑着嗓子道：“你……你有话要留下来吗？”

衡隶范抬手紧紧拽住魏啸仪的胳膊，凄惨地笑笑，“还想……还想占一回你们……你们家的……便宜。”

魏啸仪把衡隶范搂在怀里，拍了拍他的背，拿起手枪，对着衡隶范的心口扣动了扳机。衡隶范身子一挺，颓然瘫软在魏啸仪的怀里。

魏啸仪轻轻放下衡隶范，站起身，抬手抹一把脸，抄起地上的马刀，跃身上马，势如疯虎，扑向敌阵。

到处都是残肢断臂的伤兵和死尸，惨叫和哀号使人犹如置身鬼域一般。

战斗在临近黄昏的时候结束，双方都死伤惨重。外蒙兵留下几个人缠住魏啸仪的保安中队，其他十多人狼狈逃离战场。他们的指挥官也在这次战斗中留下了半条手臂。

魏啸仪返回驻地的第三天，外蒙军在十多架苏制战斗机的掩护下，攻击了北塔山主峰西部的姊妹峰阵地。在此之前几天，外蒙军方曾派人来，称该地带属于他们国家，要中国军队四十八小时内退出。结果，被驻守阵地的马连长严词驳回。随后，马连长将此情况报告给师部，师部又转到军部，等报告转到新疆保安司令部时，这里的战斗已经打响了。

外蒙军的激烈进攻历时三个多小时后，撂下数十具尸体，被迫撤出战斗。第二天，外蒙军又在五架战斗机的配合下，向姊妹峰阵地发起猛烈攻击。在随后的几天里，战斗愈演愈烈。在战斗最激烈的时候，附近的百余名哈萨克牧民自发组织，加入战斗，共同抵御外蒙军的进攻。这场战斗断断续续持续近一个月，大小二十余战，中方伤亡近百人，损失战马百余匹。一个月后，中蒙双方通过苏联调停，谈判停战。

保安中队中队长哈布的在这次战斗中战死。

魏啸仪是在战斗开始的几天后，被飞机上扔下的炸弹炸伤的。随后，他被送到奇台陆军医院养伤。一个多月后，等他伤愈从陆军医院出来，驻守在北塔山的骑兵保安中队已经撤回，韩师长另派了手下的韩番团去那里驻守。

韩师长对魏啸仪说："你就不要回保安大队了，就留在我的师部吧！"

魏啸仪挠着头道："我还是想去北塔山。"

韩师长歪头审视一下魏啸仪，"韩番团的军官都编满，你去干啥？"

魏啸仪急道："没事没事，没事，我去了当个连长都行！"

几天后，魏啸仪接到去韩番团报到的命令。韩师长派他去韩番团任中校团副。

不久，奇乎木独立骑兵保安大队在水磨沟集训了一个多月。集训结束时，颁发了北塔山战役纪念章，同时，骑兵保安大队被移交给省保安司令部指挥。

魏啸仪也得到了一枚北塔山战役纪念章。收到纪念章的那天下午，他站在驻地旁的一个高坡上，望着莽莽苍苍的戈壁滩、绵延起伏的山峦，慢慢地，他被一种大自然的浩瀚之气所感动。他一改往日俏皮不羁的神情，一脸整肃，渐渐地，眼里竟蒙上了一层雾翳。许久，长长地呼出一口气，抻抻身上的军装，发出一声长啸。啸声传出很久，才有回声荡回来。

三十　抗粮

谷雨过后，三天两头下雨，就像南方的梅雨天。整日里，到处雾气腾腾。地里的庄稼疯长，麦子、豌豆长到齐腰深，山野里的草也疯长，到处都是青幽幽的一片。过了五月，正是豌豆结荚、麦子拔节灌浆时，天气放晴，直到七月，再也没有一滴雨落下来。

庄户人蹲在田间地头，望着整片长势喜人的庄稼一日日地变黄枯萎，脸上的喜悦之气渐渐隐去，被一股渐行渐浓的愁苦替代。庄稼和草都在枯萎变黄，土地裂开一条条寸把宽的缝隙。天气是闷得不能再闷了，太阳炙热得像是要把人烤焦。山梁上的旱地里，已经有人开始收割，再晚，怕是连草也收不回来了。不管咋样，人们还是抱着希望，把收回来的草一般的庄稼放上麦场碾轧。看着瘪得像草籽似的麦粒，咧着嘴，仰头望望没有一丝云彩的青天。脸和土地一样干涸，黝黑的皱纹里填着干涩的汗泥。人们舔舔干裂的嘴唇，低下头，骂一声瞎了眼的天爷。

地里的粮食还没进仓，县里的摊卖粮就派了下来，而且，今年的摊卖粮要比往年多出近一倍。

魏啸铭的脸越来越阴郁。他无所事事地待在家里，已经快三个月了。开春的时候，焦叔平鼓动煽惑县里的参议员开了一次会，结果，魏啸铭的副参议长一职落选，随后是焦叔平借故罢免了他的商会会长。一开始，魏啸铭没觉得有啥不好，没了乱七八糟的差事，倒落得轻松自在。每逢雨过天晴，收拾好一应器物，背上猎枪，骑马去戈壁。隔天，总有猎物带回来，或黄羊野兔沙鸡，或野葱野蒜阿魏菇。吃不了的阿魏菇晾干收起来，猎回来的黄羊学着哈萨克人做熏马肉熏马肠的法子，连骨剔开，塞进羊肠子里，挂在灶台上熏着。后来，灶台上挂不下了，魏啸铭在院子里踅摸一圈，相中了菜窖。下去看看，感觉有点小，一个人吭哧吭哧挖了两天，又找几根木棍做了支架，把黄羊肉挂在上面，下面燃一堆梭梭和柏树枝烟火熏着。熏好了，煮出来，少了油腻，多了烟熏味，夹杂着柏树淡淡的苦涩和清香。他叫肖先生和蔡县佐几个老人来家里吃过几回。大夏天的，能吃到熏肉尤其是熏黄羊肉也算稀奇，每次蔡县佐和肖先生酒足饭饱之后，总要捎带一些回去。

过了六月，旱情渐重，魏啸铭也失了打猎采阿魏菇的兴趣，整日里困在家里，看着麦秀在眼前晃来晃去，再加上麦收时从学校放假回家的争子，愈发感到憋闷难耐。

争子已经长大，越来越像魏啸才，不但是长相、神态、脾性，就连走路的样子都像。每日里风风火火地在院子里跑进跑出，不见有片刻消停。但魏啸铭能感觉到争子的变化，这种变化早在送争子去奇台上学时就已显端倪。小东西的眼睛在这个家的每一个角落里巡睃，在麦秀和他的身上巡睃，越来越多地充满疑问和迷茫，更让他感到如芒在背、如鲠在喉。

场上的麦子进了仓，磨了新面，冬梅蒸了一笼暄腾的大白馍和蒸饼，留下林娃看门，和二柱子一起，带着两个小的来看魏宗寿。其实，二柱子是很怕进魏家门的。每次去魏家，魏宗寿都对他爱理不睬，但他知道，老爷子心里早就认了他这个女婿，只是一时转不过弯。

麦秀拿着一把才从地里拔的萝卜从后院出来，看到二柱子一家四口走进院子，匆忙迎过来，接过冬梅怀里的胖儿子，重重地亲一口，“臭儿子哎——”。魏宗寿听到院子里的响动，在堂屋门口探下头，看是冬梅一家，也急匆匆地走过来，眼神从二柱子、冬梅身上一带而过，从麦秀手里抱过娃儿，噘起满是胡楂儿的老嘴就往娃儿的嫩脸上凑，“我的个胖孙子哎——”扎得娃儿小腿又蹬又踢，惊乍乍地吱哇乱叫。春儿看没人理她，仰着头，眼睛扑闪着，在几个大人身上巡睃，拽拽麦秀的裤管，摇晃着，“还有我呢！”麦秀看看冬梅，笑着矮下身，搂着春儿，亲亲她的脸，“哎呀呀，咋就把我们家的丫头忘了嗄？”站起身，麦秀一边让着冬梅、二柱子进屋，一边大呼小叫地喊争子，让他去找魏啸铭回来。魏宗寿回头看一眼麦秀，说：“铭娃在东梁上呢！去喊他回来就行！”争子揉着眼睛走出屋子，看是冬梅、二柱子，龇牙一笑，叫声姑姑、姑父，就要出门。冬梅招招手，“快过来让姑看看！”迎上去，搂着争子，“娃儿真是见风长，有日子没见了，都快赶上你姑父高了。”

正是做午饭的时候，麦秀把一只芦花大公鸡杀了，又从菜窖里拿出些熏肉、阿魏菇，和冬梅一起结结实实做了一大桌菜。一家人难得聚在一起吃顿饭，魏宗寿心里高兴，脸却绷着，不时斜乜一眼二柱子。麦秀抿着嘴，胳膊肘碰碰冬梅，冲魏宗寿努努嘴。冬梅瞟一眼他大，撇撇嘴，夹起一块鸡肉，放在魏宗寿碗里，"大，饭做得硬了，还是肉没煮烂？"

魏宗寿咬着鸡肉，嘴里哼哼着，"嗯，好的呢好的呢。"

"那你咋绷着个脸？"说着，自己先绷不住了，看着麦秀，嘿嘿地笑起来。

魏宗寿怔了怔，哼一声，觑一眼二柱子，端起酒杯，一仰脖子倒进嘴里。

魏啸铭看着他大，抿嘴一笑，端起酒壶给他大斟满酒，冲二柱子使个眼色，端起酒杯，"大，我和二柱子敬你一个！"看魏宗寿没动，端起魏宗寿面前的酒杯塞在他手里，"都坐在一个桌子上了，还别扭个啥呢？来，大，碰一个！"

二柱子站起来，双手端了酒杯，"姨……姨夫……"

争子的眼睛在魏宗寿和二柱子脸上来来回回地巡睃着，看魏宗寿绷着脸，扑哧笑一声，"爷，装啥呢？刚才还抱着姑的娃娃亲不够呢！"

冬梅接了一句："就是，外孙子都认了，还这么别扭着，你想啥呢？"说着，站起身，"大，你还要咋着？我和二柱子给你磕头！"

麦秀放下筷子，抿下嘴，笑道："大，你就接过来喝了吧！心里早都认了，脸上还别扭个啥？！"

魏宗寿抹一把脸，伸手拦住冬梅，佯嗔道："行了，行了，你就消停些吧！"接过二柱子的酒，一口喝了。冬梅嘻嘻一笑，"大，这不就行了，多好，非要别扭！"

魏啸铭也咧嘴笑一下，喝了杯中酒，挥挥筷子，"吃饭吃饭！"

吃了饭，魏宗寿去沙的克的铺子门口找老汉们扯方去了。他已乐天知命，没什么事再需要他去劳心费神。娃儿们一个个都出去了，难心的日子也已熬过，接下来的日月，早已命定，再争也争不过一个命字。

麦秀和冬梅起身去收拾，争子帮着端碗碟。魏啸铭喝口刚沏好的热茶，偏过头，看着二柱子，"今年的收成咋样？"

二柱子叹口气，"交了摊卖粮，也就剩不下个啥了。"端起茶碗大喝一口，抹一把嘴上的水渍，"我这还算是好的了，交不上的人家太多了。"

魏啸铭抿着嘴，脸上的肌肉一颤一颤的，一副欲言又止的样子。

"今年年成瞎了，咋还要交这么多摊卖粮呢？"

魏啸铭乜一眼二柱子，嗤一声，没头没尾地撂出一句："不交摊卖粮，人家咋贪没呢？”

“谁？谁贪没呢？”

魏啸铭抿一下嘴，“除了狗日的焦叔平还能是谁？”踟蹰片刻，一咬牙，起身去炕柜里摸出个油纸包，递给二柱子。

二柱子一脸疑惑地接在手里，“啥？”

“狗日的贪没摊卖粮的证据！”

“他——他咋贪没呢？”

“这几年，狗日的每年都私自加征摊卖粮，加征的摊卖粮，再高价卖给水磨坊，还有他开烧坊的老丈人。”看二柱子大睁着眼睛盯着自己，咂摸下嘴，沉吟道：“前些个日子，嗯，就想去找你呢。想找几个人去省府告他！”

二柱子怔怔地看着手里的油纸包，半晌，犹疑道：“哥，我咋……咋觉得告也是闲的！嗯，上头肯定有人帮他呢，还不如……嗯，你看找些人去县府找他，行不行？让他把今年的摊卖粮给免了，哪怕少交些也行。”觑一眼魏啸铭，“今年的摊卖粮弄得人心惶惶的，现在的人心，就是一堆干柴，一点就着，只要有人带头，来的人肯定不少。”说着，举了举手里的油纸包，“实在不行，再去省府告他。”

魏啸铭有些吃惊地看着二柱子，看着他一闪一闪柔韧的眼神，心似被什么东西戳了一下。眼前的二柱子，再不是刚到他们魏家时瑟瑟缩缩的二柱子了，虽然，说话做事依然绵软，骨子里却隐含着坚忍。良久，魏啸铭长出口气，探问道：“那你看还找谁呢？”

“嗯，沈老大，我觉得沈老大行呢，前些个日子，就听他在场上日妈操老子的说现在的官家就是个强盗。”瞟一眼魏啸铭，“再有就是曹家老二。”

魏啸铭紧抿着嘴，沉吟半晌，一咬牙，说：“那你回去先找他们两个，探问一下。”

那天二柱子一回到家里就去找沈老大，二人一拍即合，当晚又一起去找曹家老二，三人在一起一直谝到天快亮的时候才散。之后，三人分头去了西吉尔玛、东吉尔玛和白杨河。

两天后，二柱子带话让魏啸铭去他家。

魏啸铭到二柱子家时，沈老大和曹家老二早已在那里等他。沈老大一见到魏啸铭就一把拉住他的手，使劲摇晃着说：“还是你想得周全，我们正发愁这么多摊卖粮咋交呢。这回好了，人多得很，好好闹腾一下狗日的，让他把摊卖粮给免了！”

曹家老二也兴奋得了不得，“就是就是，我到白杨河一说，才一黑夜，就有不少人家愿意跟我们走。”

魏啸铭咧嘴笑笑，坐下来，接过二柱子递给他的茶碗，慢慢抿着，半晌没说话。他原本想找几个人去省府告焦叔平，把狗日的掀翻，及至听二柱子说先找人去县府闹腾一下，也只是想，先闹腾一下，臊臊狗日的脸皮再去省府告。他弄这事，本没有什么高尚的目的。狗日的焦叔平不让他好过，他也不能让他安生。想起和焦叔平、齐掌柜斗了这些年，每次看到他们被窝憋的样子，他就有种说不出的兴奋和快意。尤其是和焦叔平的争斗，更有一种棋逢对手的惺惺相惜和惬意。这种争斗每次都让他像抽了大烟一样兴奋不已。其次，才是为那些个百姓被摊卖粮逼得倾家荡产感到不平。现在，事情偏离了他预想的轨道，朝着另一个不可预知的方向去了，他觉得自己已经无力把控事态发展的轨迹，这让他始料不及。他不想为这事把自己搭进去，更不愿连带着自己的妹夫也一起陷进他和焦叔平的积怨中。魏啸铭皱着眉，一时不知如何回答沈老大以及曹家老二。

沈老大看魏啸铭慢慢地抿着茶水，不言传，发急道：“接下来咋办呢？你倒是说句话呀，咦，真是急死个人呢！”

魏啸铭的眼睛在沈老大等三人脸上巡睃，沉吟道：“这事——嗯，这事闹得是不是有些大了？事情闹大了可不好收场。”

沈老大迷惑地瞪着魏啸铭，“收——收场？收啥场？”看看二柱子和曹家老二，“他说的啥意思？啊？他说的啥意思？”

魏啸铭轻咳一声，“沈家爸，你看，来这么多人，要是狗日的焦叔平不答应，万一闹起来咋办？那些个当兵的来挡，咋办？”看沈老大一脸茫然地瞪着自己，舔舔嘴唇，“沈家爸，这些个事都没想好，你们招这么多人来，你咋收场？”

曹家老二眨着眼，“那——那——你说咋办？”

魏啸铭端起茶碗，又抿口茶，摇摇头，“我也不知道该咋办。”

沈老大一挥手，“不知道你说个球啊！球事还没弄呢，就先像个婆姨，这不行那不行的。”一步跨到魏啸铭面前，审慎地盯着魏啸铭，猛地一拍大腿，“咳——我知道了，知道了，你害怕了！”看一眼二柱子和曹家老二，“他害怕了！”冲着魏啸铭，一挥手，“你要害怕了，我们弄，你就蹲在我们后头看。我还就不相信，狗日的鸡巴大了，还能把天给日了！”

魏啸铭愣怔一下，随即咧咧嘴，嘿嘿一笑，不急不火地道：“沈家爸，你要是这么说，那我就在后头看着，要是有个啥事了，我们前后也有个照应。”

沈老大撇撇嘴，重重地哼一声。

民国三十八年农历七月初八，木垒河狭窄的街道上突然拥进一拨拨的人流。城外的路上，还有不少人陆陆续续赶来。来的人中，有不少带着枪。二柱子、沈老大、曹家老二和另外几个领头的，被人簇拥到县府外的一个土台子上。二柱子望望四周鼎沸嘈杂的人群，一脸愁苦，“咋就有人带了枪？”曹家老二咬着牙，“我让他们带的，狗日的不答应，就打！”沈老大望着嘈杂的人群，沉吟道：“得把带枪的人拢起来，要是有人趁乱胡整就麻缠了。”二柱子看一眼曹家老二，摇摇头，“拢不起来了，这乱得，咋拢？还是先找县长，快快地把事情弄利索，人心就安稳了。”

县政府的前后大门早已关闭，自卫队和警察守在县府围墙上。驻军派人上街维持治安，三十多人刚刚开出营地，一看街上人头攒动的阵势，又缩了回去。

二柱子等人要求面见县长的请求，没有丝毫回应，焦叔平躲在县府不出面。日影西斜，拥在县府大门口的人愈来愈多，局势也越来越乱。沈老大一脸烦躁和忧虑，望着下面攒动的人头，拽拽二柱子的衣袖，对着二柱子的耳朵喊道：“外面太乱，是不是把狗日的吓住了？得想个办法让人不要乱！”二柱子点点头，冲着人群大喊，可几个人喊破了嗓子，也没能让人群安静下来。曹家老二急了，伸手拽过身边一个带枪的人的枪，朝天开了一枪。尖厉的枪声划破一片混乱，人群愣怔了片刻，便如听到号令一般，潮水似的往前涌。拥动的人群一拨拨冲击着已经摇摇欲坠的大门。

二柱子望着台下黑压压的人群，心头轰然发热，血液在周身奔突汹涌。他觉着自己在不断涨大。他骤然握紧沈老大的手，另一只手猛地一挥，嘴张着，却不知要吼些啥。脖颈青筋暴起，他扭头看一眼身边的沈老大。沈老大面色金红，花白的络腮胡须因激动，颤巍巍地抖着。事后很多年，二柱子每想起这一刻，就觉得周身热血沸腾，依然能感到拥动的人群勃发出的台风般的力量。

扒在围墙顶上的警察和自卫队员都是本乡本土的娃子，下面的人都是他们的叔伯子侄父老乡亲，谁都不忍也不敢向人群开枪，只得朝天鸣放。枪声更激起了人们的愤怒。摇晃的大门终于经不住拥来的人群，轰然倒下，愤怒的人群如决堤之水，一拥而入。

沈老大拽着二柱子，冲进县府，“赶快找到狗日的县长，要是让他们先找到他，他就活不成了！”

终于在县府一间放杂物的屋子里找到了焦叔平。人们看到二柱子等几个领头的簇拥着焦叔平走上县府门口的土台子，顿时鸦雀无声。焦叔平倒显得很镇静，两手交握在胸前，煞白的脸上，几道淡淡的灰渍，肌肉不时抽搐一下，藏青色的制服上沾满尘土，头发凌乱得失去了往日的威势。

其实早几天，焦叔平就已经听到风声说百姓要闹事，他也派人去奇台报告了此事，要奇台派兵协助。可是，直到今天早起，百姓已经拥入木垒河狭窄的街道，还是连个兵毛也没见着。这些个狗日的，日鬼捣棒槌地弄啥呢？到现在还不见个动静！焦叔平心里恶狠狠地骂一句，低垂着头，眼盯着脚尖处的一小块地方，哼哼哈哈地搪塞着沈老大、二柱子提出的减免摊卖粮的事。他觉得和这些个狗日的没啥好说的，他现在满脑子想的都是这事跟魏啸铭个阴屃有没有关系。他不时觑一眼身边的二柱子，看着往日里胆小怯弱的二柱子血脉贲张的面孔，看着沈老大、二柱子几个人嘴唇不停地嚅动着，说得唾沫星子四处飞溅，就隐隐觉得，这事肯定是狗日的阴屃在背后日的鬼。

沈老大看焦叔平半天不吱声，急了，猛地推他一把，“哎，不管咋着，你倒是说句话嘎！”

焦叔平趔趄一下，一股怒气在脸上一瞬而过，随即平和了，“哎呀，我不是说了吗？这事我做不了主，这是省府定的，这是我说了算的事吗？再说了，自古种地纳粮，天经地义的事，是谁想咋就能咋的吗？”说着，焦叔平两手一摊，显得很无奈的样子。

忽然，二柱子咬着牙，圆睁双目靠近焦叔平，瞪着他，吼了一句：“那你这几年把摊卖粮高价卖给水磨坊，卖给你老丈人，咋就说了算呢？”

焦叔平愣了一下，一把推开二柱子，“你——你嘴里喷粪呢！”

二柱子左右看看，急道：“我……我二哥手里有你落下的证……证……”他忽然住了嘴，涨红着脸，把剩下的半截子话咽了回去。

焦叔平阴阴地笑一声，“就知道是他狗日的日的鬼！”

曹家老二终于耐不住了，上前推焦叔平一把，“知道了，你又能咋样？”

“就知道狗日的在日哄我们呢。”

“狗日的，到这阵子了，嘴还犟得很，打这狗日的！”

安静的人群忽然激愤起来，慢慢地向前挤。就在此时，外面传来消息，省军已经到了城外。这消息更加激起人们的愤怒，随着嗷嗷的吼叫和咒骂，石头土坷垃一起掷向土台。

“狗日的，日哄我们呢！”

“打！打死驴日的！他不让我们活，我们先把他灭了！”

人群向土台子拥来。

沈老大、二柱子及几个带枪的壮汉围着焦叔平，不时有石头、土坷垃落在他们身上。

魏啸铭听说省军到了城外，心口像是被人猛捶了一拳，头皮一阵阵发麻，他揪着头发扯了一把，两手交握，瞪着传话的人，嘴里嘟哝着："麻缠了！狗日的不听我话，这回麻缠了！"在地上转了两个磨转，拔腿迈出屋子，就往县府跑。才出院门，跑了没多远，就看到大队省军自坍塌的西城门的豁口开进来。他慢下脚步，踟蹰而行。眼前的情景本是他预料之内的，可真的事临头，还是让他手足无措。他还没想好如何应对，要是狗日的焦叔平死不低头，依着沈老大和曹家老二的火暴脾气，难保不打起来。他似乎已经看到了愤怒的百姓和省军交火的场面，这是他最不愿意看见的结果。他使劲地摇摇头，怔怔地望着开过来的省军，望着前面骑在马上的省军军官，忽然右手握拳猛地一击左掌，疾跑几步，赶上骑在马上的省军军官，双手抱拳一拱，打个招呼："军爷，是从奇台过来的吧？"

军官斜乜他一眼，"咋？"

魏啸铭又拱拱手，"不要误会！我兄弟魏啸仪也在奇台韩师长手下供职。"

军官勒住马，认真看了魏啸铭一眼，"你是说魏副团长吧？你是——"

"我是他二哥，我叫魏啸铭。"

军官急忙翻身下马，两脚一碰，敬礼，"原来是二哥，我是七连连长张明辉，就在魏副团长手下。"

魏啸铭赶忙握住军官的手，"张连长，这可不敢当，不敢当！"

"二哥这是准备干啥去？"

"一大早就乱哄哄的，听说百姓把县府给占了，去看看。"

"啊？已经占了？这是啥时候的事？我们就是为这事来的。"松开魏啸铭的手朝后一挥，"快快快！跑步前进！"又对着魏啸铭一拱手，"二哥，过后再说！"也不等魏啸铭答话，急匆匆就要走。

魏啸铭一把扯住张连长，"我和你们一起去！"

曹家老二领着几个带枪的人虎视眈眈盯着疾奔而来的省军，他们身后是涌动的人流。远处，县府大门两边的围墙上爬满了人，门口的土台子上，沈老大和二柱子几个人簇拥着焦叔平。

张连长见状，挥着马鞭指着众人，怒道："你们想造反吗？还不赶快散了！"马鞭向后一扬，省军呼啦啦散开，端着枪，慢慢地围过来。

曹家老二也朝后一挥手，“球呢，反正是个活不成，就造反又咋啦？”几个壮汉也端起枪，怒视着省军。

魏啸铭急忙上前，挡在张连长和曹家老二之间，双手急摆，“不要急，不要急！有话慢慢说！”转而对着张连长，“张连长，你先不要动怒，我过去劝他两句，看看咋样再说，行不行？”看张连长点点头，转身走到曹家老二身边，“事情闹大了，总的有个收场，是不是？”看曹家老二瞪着自己不言传，急道：“事情到了这个份儿上，听我的行不行？”

曹家老二闷头想了想，“嗯，听你的！”看看身后的人群，又大声道：“不过二哥，你给他们说，要是不答应我们的条件，那我们也不是发面疙瘩，别人想咋捏就咋捏的。”

魏啸铭微微一笑，“嗯，听我的就好！”返回到张连长身边，“你听见了，他们要焦县长答应他们，免了今年的摊卖粮，才肯罢休！”

张连长举起马鞭顶了一下帽子，鼻子里哼了一声，“这不关我的事，我只管平乱！”

魏啸铭笑笑，手往四周一挥，“张连长，你看看这些个人，要真乱起来，也是个麻缠。”

“那你——二哥，你觉得咋弄好？”

“见了焦县长，跟他商量，看看他咋说，再相端。”

张连长沉吟片刻，点点头，“行，听二哥的！”把马缰绳递给身边的勤务兵，“你们先等着，我去见焦县长。注意警戒！”

曹家老二挥挥手，在前面带路。人群自动地让出一条道。张连长被魏啸铭和曹家老二一前一后夹在中间，才走几步，他便感到周身不自在起来。无数双眼睛芒刺般裹着他，刚刚经过的人墙通道瞬时消失于无形，沉默的人群如风助的沙流，无声无息地拥过来，他觉得自己正在慢慢地下陷，慢慢地被淹没，一种少有的无力和怯弱自心底涌起。

焦叔平脸上青一块紫一块的，藏青色的制服右肩被撕开一道口子，隐隐地露出里面的白色内衣。他两手交握着垂在肚腹前，头梗着，被沈老大和二柱子挟持着。看到走过来的张连长，抬手理了理凌乱的头发，掸掸衣裳，准备迎上去，却被沈老大一把拽住。他扭头瞪着沈老大，斜翘起嘴角笑一下，“沈老大，事情总有个过去的时候！”

沈老大一愣神，手松了一下，又一把拽紧，瞪着一双牛眼，“球呢，我看你鸡巴大了还把天给日了，今儿个的事情你没个说头儿，试一下！”

魏啸铭紧走几步，边摇手边喊道："沈家爸，沈家爸，快放手，有事说事，不要撕扯。"又反身到张连长身边，"这是奇台来的张连长，就为今儿个的事来的。你再不要胡闹腾，有啥事你就说！"

沈老大还没说话，二柱子向前迈了一步，正欲说话，见魏啸铭狠狠阴冷地瞪了他一眼，赶紧低下头，把到嘴边的话咽了回去。

焦叔平哼一声，甩脱沈老大的撕扯，伸出双手向魏啸铭奔过来，"哎呀呀，铭娃，我的个神哎，你可终于露头了！"一把握住魏啸铭的手，使劲摇着，斜扯着嘴角，一副洞明一切的神情，"不过，你来了也是闲的，要我答应减免摊卖粮，门都没有！"

魏啸铭咧了咧嘴，还没有接话，沈老大上前一把扳住焦叔平的肩膀，"你狗日……焦……焦县长，你不要逼人！"继而高吼一声："县长他说他不答应，你们说，咋办？"沈老大的话犹如凉水泼进了油锅，霎时，人群似炸了锅般躁动着向前拥动。

"横竖都是个死，先灭了狗日的！"

"打，打死他！"

"打死他！"

焦叔平的脸刷地一下失了血色。

张连长一把扯过枪套，还没掏出枪，就被曹家老二和一个壮汉一左一右地扭住了胳膊。魏啸铭跃上土台，双臂急挥，"不要乱，各位乡党，听我说，不要乱！"一把扯过焦叔平，高举起手臂，"不要乱！县长答应了！你们先不要乱，慢慢说！沈家爸，快喊，让人不要乱！"

焦叔平挣扎一下，要抽回手，"我——我可没说答应！"

魏啸铭紧揪着他的手不放，嗤一声，说："焦县长，你不想出人命吧？你敢大声喊，你不答应吗？"

望着愤怒拥动的人群，焦叔平再没说话。那天，沈老大等几个人和焦叔平几经商量，最终，焦叔平答应减免一半摊卖粮。

得到承诺的人们，如潮汐般退去。

暮霭中腾起的黄尘渐渐散去，天色暗下来，弦月已经挂在西边的天上。魏啸铭、焦叔平瘫坐在土台子上，望着转瞬间空荡荡的院场，相视半晌，忽然大笑起来，直笑得上气不接下气。良久，魏啸铭起身，拍拍身上的土，拉一把焦叔平，"走吧！"焦叔平挥挥手，"你先走，你先走！"魏啸铭嘿嘿笑两声，背抄着手，转身走开。他望着斜挂在天上的弦月，忽然就觉得嗓子痒，轻咳一声，依然有种毛毛躁躁的感觉，似有啥东西卡在嗓子里：

孙柏灵摆下了一字长蛇、二龙出水、三教斗法、四门围困、五虎群羊、横扫六合、七星北斗，八卦阵！

淤积于心的浊气冲喉而出，心里一片敞亮。

庞涓贼阵阵认不全。……

三十一　解放

这年九月，包尔汉主席、陶峙岳将军通电起义，新疆迎来了一个新的时代。

十月初，第一场雪下过没几天，焦叔平烧了县府的机密文件，跑了。临走时，把县府留存的几十两黄金一起带走。后来，解放军的剿匪部队在敦煌附近击溃了乌斯满匪徒，在抓获的俘虏中发现了焦叔平，并把他押解回木垒河。

焦叔平跑了，省府任命尼亚孜为木垒河代理县长，任命魏啸铭为副县长。

焦叔平被押解回木垒河不几天，魏啸铭提着手抓肉、几样小菜和一坛子奇台吉祥涌的陈年烧酒去牢里看他。当魏啸铭把带来的东西一样样摆在他面前的时候，焦叔平不禁哑然失笑。他想起那年把魏啸铭关在牢里的情景；想起自己无事时，到牢里和魏啸铭喝茶闲谝……世事报应，竟是如此不爽。“命啊！”焦叔平一声慨叹，端起魏啸铭递给自己的酒碗，仰起脖子，一饮而尽，抹抹嘴上的酒渍，“难得你有这份心，这时候了，还来看我。”魏啸铭没说话，又给焦叔平斟满了酒，端起酒碗和焦叔平碰一下，喝了。

那天，二人只喝酒吃肉，直到酒干肉光，魏啸铭告辞出来，他都没说一句话。

这年冬天，驻守北塔山的韩番团调防到孚远，新组建的人民解放军新疆军区给团里派了政委，并组建了政治处。同时命令，团长韩番去迪化的新疆军区参加师团一级的军官轮训，部队暂时交给魏啸仪指挥。

派来的政委姓张，是一九三八年从陕甘边区入伍的老兵。听说魏啸仪是从苏联老大哥那里留学回来的，言语中多了许多亲近，没事时，常来找魏啸仪闲谝。

外面不时传来起义部队叛乱的消息，上面命令部队的枪械集中管理。张政委找魏啸仪商量。魏啸仪歪着头，说："既是命令，那就执行，有啥好商量的。"眨眨眼，凑近张政委，嬉笑道："是变相缴我们的械吧？"

张政委上下打量一下魏啸仪，正色道："啥你们我们的，我们现在是一家！缴械，说得多难听。枪械集中，是为了防止出乱子！就怕枪械还没集中起来，乱子就出来了。"

"不是就不是嘛，你着急啥呢？"魏啸仪手一挥，"乱子，会出啥乱子？先把连以上军官召集起来，再宣布！派警卫连下去监督，我就不相信，他们还能翻了天！"

结果，真如张政委所担心的，命令还没有宣布，团部直属的辎重连就发生了叛乱。

消息是团部的一个参谋传出去的，他在团部门外听到了魏啸仪和张政委的谈话，立即去了辎重连。在此之前，他和辎重连的冶连长就已经密谋好，要把部队拉出去。现在，部队枪械要集中管理的消息，打乱了他们的计划，只好提前行动。

辎重连叛乱的消息是辎重连的一个班长报告的。他说，他们排长因为不愿参加叛乱，已经被冶连长杀了；冶连长还杀了派到连里的指导员和其他两个解放军战士，带着部队向三台方向跑了。

魏啸仪没等那个班长说完，脸就黑了。他咬着牙，半晌才吐出口气，恶狠狠地骂了句："狗日的！"他撇下站在一边的张政委，几步跨出团部，一挥手，吼道："警卫连集合！"

张政委稍一愣神，也跟了出来，"魏副团长，还是向上报告吧，在阜康附近驻扎有我们的部队，让他们派人……"

魏啸仪怪笑一声，"张政委怎么又分起你我来了，你不是说，我们现在是一家吗？"说着，猛然醒悟似的朝张政委跟前凑了凑，"张政委，你不会是怕我也去参加叛乱吧？"

张政委的脸抽搐了一下，尴尬地笑笑，"没——没有，魏副团长咋能这么想呢？我是担心你的安全，真的，我是担……"

魏啸仪一挥手，断然打断张政委的话，"张政委，我的安全就不用担心了。你负责向上汇报，我负责平乱。"向前走了两步，又反身对张政委悄声道："如果我也叛乱了，刚好让你们的部队把我也一起灭了！"说完，哈哈大笑而去。

第二天上午，魏啸仪带着警卫连在三台西边的老台附近，一个只有七八户人家的庄子里，追上了叛乱的辎重连。辎重连在庄子里，凭借地形，和魏啸仪带领的警卫连对峙。

魏啸仪站在庄子外的一个高坡上，向庄内的叛兵喊道："冶连长，我把你个狗日的鸡蒙眼，你也不看看天下大势，你活腻了，也不该捎带着这么多兄弟陪你一起送死吧！"

冶连长躲在一堵墙后，回道："魏团副，你忘了党国大义……"

"你算了吧，当初你克扣兄弟们军饷时，咋没想想党国大义？现在，你就不要拿党国大义，哄这么多兄弟陪你送死了！"魏啸仪稍停又道，"我给你三分钟时间，想好了跟我回去。我既往不咎，我保证不追究各位兄弟一时糊涂做的这些个糊涂事。"

"我们杀了共军的人，他们能放过我们吗？"庄子里有人喊道。

"首恶严惩，胁从不问！"魏啸仪不假思索地答道。

"你能保证吗？"

"我的话你们还不相信吗？"

一阵沉默后，庄子里传出几声枪响，不多时，有二十几个人退出庄子。冶连长气急败坏地大喊开枪。稀稀拉拉的枪弹射向退出庄子的士兵，有人中弹倒地。

魏啸仪命令警卫连向庄子发起攻击。庄子很快被攻破了，冶连长自知难逃一死，在庄破之时，开枪自杀。

不久，团长韩番调去师里任参谋长，魏啸铭正式接任团长。

解放大军源源不断地进疆，几十万人要吃饭，数万匹骡马要吃草，粮草成了进疆部队的大问题。

来年春天，木垒河开进了打着八一军旗的筹粮工作队。这是木垒河人第一次真真实实地见到共产党。虽然以往也听到一些抓共党杀共党的话，或是陕北的共产党打败了南京的国民党啦等等，但谁也没有真正见过。况且，那些事离他们的生活太远。现在共产党真的来了，人们看到了如今坐天下的共产党并不是像以往传说的三头六臂青面獠牙的样子，也都是一些庄稼汉子，只不过他们多了一身土黄色的、洗得有些发白的军衣。

虽然人们依然遵奉眼见为实、耳听为虚的古训，但还是不敢轻易靠近这些当兵的。

筹粮工作队到旧户不久，听说沈老大和二柱子等几个人领头抗过粮，梁队长亲自上门去请沈老大，想让他给工作队担任向导。沈老大正在往牛槽里添草料，听梁队长说明来意，上下打量一下梁队长，把草料筐子挂在牛槽边的柱子上，拍拍手，“老啦，不行了，腿脚也不灵便，你还是找那些个碎娃去吧！”说着，背起手，迈过梁队长身边，一蹶一蹶地走了。梁队长还想说，望望沈老大的背影，摇摇头，讪讪地去找二柱子。

筹粮工作队在经历了最初的艰辛之后，虽然仍不时受到小股土匪的侵扰，但相比初来之时，这些已算不得困难。他们用银元、布匹、茶叶及一些日常生活用品和当地人交换或购买粮食，筹集到的粮食源源不断地运出去。

木垒河人是真真切切地感受到了筹粮工作队和以往所见到的那些兵的不同。他们还没有见过有哪些兵和筹粮工作队一样，进到院子，刚刚放下行李，就帮你扫院子，帮你挑水。尤其是那个水灵灵的四川丫头，那才叫个水灵，仿佛捏一把就能捏出水来，整日里嘎嘎地跑来跑去，像只小燕子。像这样的人，你得帮一把，虽然家里的存粮也不多，还是要匀出一些给他们，况且，他们是买，是换，又不是抢。

二柱子陪梁队长去了一趟东城，在返回的路上，遭了土匪的袭击。

梁队长要去检查一下分派到各地的筹粮工作队员的工作情况。一大早就赶到东城，原本想早早办完事，当天赶回来。结果，被一些麻缠事给纠缠到半下午，才出发往回赶，咬牙沟过了还不到一半，太阳就已经落尽。

两辆运粮的木轮马车在坑坑洼洼的沙石土路上，咯噔咯噔不紧不慢地行进着，赶车的战士被摇晃得迷迷糊糊。暮色渐浓，一切都变得模糊起来。梁队长和二柱子骑马跟在运粮马车的后面，有一搭没一搭地说着话，这时候，一声枪响，将暮色撕裂。二十多个土匪，从两边山梁上吼叫着猝然而至。梁队长的枪还不及拔出，就已经被扔过来的套绳套住拉下了马，土匪欢呼一声，扬鞭策马，拖着梁队长狂奔而去。

二柱子稍一愣神，不及细想，也纵马追上去。他顾不上理会身后的惨叫声，他知道，那些个战士完了。他俯身马上，拽过背上的叉子枪，朝前面的黑影开了一枪，但很快他就明白，他开枪除了告诉土匪有人在追击外，实在没有多大意义。土匪俯身躲在马的侧面，不时朝后开枪。枪弹拖曳着热风，从他的耳边擦过。二柱子策马猛追，近了，又近了……两匹马在慢慢地贴近。二柱子趁土匪打出一枪，不及推弹上膛之际，猛然起身，挥枪抵近土匪的马头，扣动了扳机。土匪的马嘶鸣一声，翻滚着栽倒在地，马上的土匪也号叫着被摔出去。

二柱子把已经昏死过去的梁队长放上马背，纵身上马，回身望望已经寂静无声的沟谷，咬咬牙，纵马疾驰而去。

城里的人们早已睡去。二柱子来到魏家门口，敲开大门。麦秀掩着大襟棉袄，把抱着梁队长的二柱子迎进屋里。二柱子放下梁队长，让麦秀打发人去喊肖先生来为梁队长疗伤，他自己不及等肖先生来，就跑去县里报告。

等二柱子再带人赶到咬牙沟时，运粮的马车早已不见了踪迹。地上血迹斑斑，五个押运的战士横尸路边，其中一个好像是被乱马踩死的。

十数天后，伤势渐好的梁队长带着筹粮工作队离开了木垒河。临走时，带走了二柱子。又过不久，二柱子带话给魏啸铭和冬梅，他被梁队长送进了迪化专区的干部培训班。

筹粮工作队走了没多久，建政工作队进驻木垒河。

一九五〇年农历二月，中国人民解放军进疆部队派出了一个由十七人组成的建政工作队，进驻木垒河，不久，成立了中国共产党木垒河县委员会。

新政权还没有完全建立，旧政权依然存在。山里山外的生活都有了新气象，一切都变得轰轰烈烈，有声有色。

三月初，木垒河县第一届人民代表大会召开。大会一致选举建政工作队一位姓张的山西人为木垒河县人民政府县长，宣告了新生的人民政权成立。

旧政府的代理县长尼亚孜撤销了代理，和魏啸铭一起作为旧政府的留用人员，被正式任命为新政府的副县长。

一个崭新的时代开始了。

魏宗寿摔断了大腿，躺在炕上，接受着儿媳麦秀的侍候。他是正月里一连几天大雪之后，在天刚放晴的那个早上，上茅房时不慎跌倒，摔断了腿。肖先生费了好大的气力，才给他把断了的大腿骨捏合到一起，绑上夹板。之后，魏宗寿只能躺在炕上，接受别人的伺候了。他还不习惯接受别人的伺候，尤其是二儿媳麦秀。

在他的三个儿媳当中，只有麦秀是他做主娶进门的，可就是这个儿媳让他最不省心。三儿媳伊娜自不必说，那是仪娃弄进门的洋媳妇。他见过那些个老毛子婆娘，一个个袒胸露背，打扮得妖里妖气，最不能让他忍受的是浪声浪气毫无顾忌的说笑。他无法判断老毛子的风俗习惯，但他知道，那些洋人和国人在某些地方，存在着根本的不同，所以也就无从判断三儿媳伊娜的好恶。倒是大儿媳汪秀英，虽然让他劳心费神，窝心窝肺了好多年，但汪秀英知书达理，恪守妇道，反而最让魏宗寿感到舒心。只可惜，汪秀英红颜薄命。

争子早在两年前就去奇台读书了，魏宗寿指望不上孙子的侍候。娥娥更不用说，自打听说她和几个年轻人结伙去了延安，至今音信杳无。草儿还小，况且是个女娃，他更指望不上，剩下的只有麦秀。在熬过了最初的难堪之后，魏宗寿坦然了许多。不坦然，他也没办法，他不能把屎尿撒在炕上。

魏宗寿自摔断了腿，身体就不行了，一直养到来年春天，才能勉强下地活动。那次跌倒还磕掉了两颗门牙，之后，牙便一颗接一颗地掉。现在，满嘴仅剩一颗上门牙，孤零零地戳在那里。

地方依然不靖，匪患猖獗。乌斯满、贾尼木汗、尧乐博斯等土匪窜扰乡里，散兵游勇、一贯道、青红帮以及潜伏敌特分子滋扰地方，新生的人民政权面临的工作形势依然严峻。建政工作队、新政权工作人员以及农会积极分子，个个睁大眼睛。他们对一切仇视新政权的破坏活动都敏感异常，枕戈待旦。

魏啸铭向新政府的张县长提出复修西城门的建议。张县长沉思良久，说："住在城里的人心不齐，这城门修得再结实，也是白搭。"轻咳一声，看一眼魏啸铭，又续道："我们当前最主要的任务是稳定民心，促进生产，先解决人民的温饱问题。民以食为天，温饱问题解决了民心就稳了，民心稳则天下安。自古都是这么个道理，你说呢，魏副县长？"

魏啸铭没有马上答话，沉吟了好一会儿，说："你说得有道理。"

张县长长舒一口气，感叹道："啥时候我们能把城门城墙修筑在人民的心里，那我们的任务就算完成得差不多了！真到了那个时候，这城门城墙修不修的，就没啥区别了。"

那天下午下班后，魏啸铭独自踱到西城门，站在西城门的废墟上，望着西天的落日，很久，才离开。

三十二　终究逃不出个命

新粮入仓，冬麦下地，县里趁着农闲，办了一期干部培训班。因为没有更宽敞的地方，干训班就安排在会馆里。参加干训班的都是些农会积极分子，还有一部分旧政府的留用人员。魏啸铭本来不需要参加，但他说，要更快地掌握新政策，更好地开展工作，还是参加干训班的好。

这天傍晚，干训班下课，魏啸铭先在屋子里呆坐了一会儿，然后独自走出会馆。

伙食管理员看他站在大门口东张西望，上前打个招呼："魏副县长，就开饭了，你要出去吗？"

魏啸铭笑笑，"没事，你忙你的吧！"

"今儿个吃手抓肉，早上三区送来的羊和面粉。"伙食管理员边说边从魏啸铭的身边走过去。

魏啸铭又在会馆门口站了好一会儿，才踽踽而去。

魏啸铭回到家，麦秀正好从屋子里出来，抬头看他一眼，打个招呼，"回来啦？你先陪大坐一阵，饭就好了。"

魏啸铭没有搭话，径自走进魏宗寿的屋子。

那天晚上，吃过晚饭后，魏啸铭没有回到他在县政府的宿舍里去住。自从他在政府任职后，就很少回家了。他在他大的炕上窝了一夜，陪着魏宗寿说了好多话。这让魏宗寿感到惊奇，连魏啸铭自己也感到奇怪，自己今天怎么会如此反常。这么多年来，说不清是从什么时候开始，话变得愈来愈少，似乎从来都没有话多过。说不出一个让人信服的由头，今天，他就是想和他大说话。没有具体的话题，天南地北，信马由缰。从童年趣事到世事艰辛，但二人都小心地回避着一个话题，就是他和麦秀的生活。

第二天，天还没亮，魏家的大门被敲开，进来两个公安，带走了魏啸铭。

那天傍晚，参加干训班的干部在吃了手抓肉后，没挨过一个时辰，就陆陆续续开始上吐下泻。其中，有个二区四乡来的农会积极分子吃得最多。肉和面片，吃了足有一面盆。结果，瘦弱的身体让他没能扛住剧烈的上吐下泻，不到半夜就撒手归西了。

县里的几个主要干部接到通知，马上布置抢救。肖先生及几个药铺的先生、郎中，还有部队派来筹建县卫生院的军医都被紧急召到会馆里。

中毒是肯定的，但这样大的中毒场面，他们还是头一次遇到。他们感到手足无措，面对县里干部的一个个黑脸，更加没了主意。最后，还是肖先生提出，既是中毒，那就想办法先解毒再说。不知道中的是啥毒，不要紧，甘草能解百毒，那就熬些甘草汤吧。于是，会馆里弥漫起一股浓浓的甘草味。甘草既腥又甜的气味让人咽喉发痒，愈发地想呕想吐。

在郎中和军医们抢救中毒人员的时候，县里的领导们最先想到的是，怎么中毒的，是谁下的毒，一定是有人搞破坏。那么，搞破坏的肯定是敌人。是一小撮敌人，不甘心他们的失败，在向新生的人民政权进攻。

于是，公安局紧急出动，首先逮捕了做饭的马师傅。

“是谁让你在饭菜中下毒的？”审讯人员的审问省了好多虚套，直奔主题。谁都想尽快查出暗藏的敌人，以保卫新生的人民政权。再者，县里领导已经有了指示，快刀斩乱麻，似乎连审问都有点多余。在审讯人员的威慑下，马师傅说出了他能想到的第一个人名，有了第一个，那第二个就顺溜多了。

伙食管理员随后被带进审讯室，审讯人员的大喝声还没有落地，他就把裤子尿湿了。

于是，更多的人被带进审讯室。

于是，魏啸铭被带进了审讯室。

魏啸铭被带进审讯室，审讯人员直截了当，“你让马师傅在饭食里下了啥毒？”魏啸铭莫名其妙地张望半晌，“下毒，好端端的，我下啥毒呢？！我没有让马师傅下毒。”在接下来几天的审讯中，魏啸铭依然喃喃地嘟哝着一句话：“我没有让马师傅下毒！”

魏啸铭的坚硬让岳局长对投毒的认定产生了动摇。没有人能挺过他的审讯，这个没鸡巴的男人却让他对自己引以为豪的审讯方式产生怀疑。正在岳局长左右为难时，齐掌柜来了。

齐掌柜叙说了当年鸭子团长的部队驻扎在木垒河时，那次奇怪的瘟疫，症候和现在一样，也是上吐下泻，并且言辞凿凿地告诉岳局长，当时，有人看到魏啸铭往水井里投了些东西，投啥东西不知道，但是，没两天，鸭子团长的部队就出现了上吐下泻的症候。在岳局长审视的眼神里，齐掌柜赌咒发誓，绝无虚言。为证实自己所言不虚，他让岳局长去找肖先生和关在大牢里的焦叔平核实。

肖先生对公安局派来问讯的人的问话，没有半点迟疑，一口否决了齐掌柜提供的情况。“狗日的胡说呢，他和铭娃有仇呢，他这是要害铭娃呢！当年鸭子团长的兵，病是我和镇子上的其他几个人给治的，明明就是疠疫嘛，咋就成了下毒？”

对焦叔平的审讯是岳局长亲自进行的。焦叔平听清楚岳局长的问话，禁不住咧开嘴嘿嘿地笑起来。“你问这件事？具体的我也说不清楚，我没看见魏啸铭往井里下毒。”舔舔嘴唇，又沉吟道：“不过，魏啸铭这个人，太阴，这次是不是他下的毒，我就不知道了！”

中毒事件发生的第六天，县里宣布破获了暗藏的敌特组织，挖出了潜藏在革命队伍中的反革命分子，是木垒河县镇压反革命运动的重大成果。听到消息的当天，肖先生和蔡县佐就去县里，对这一案件表示异议。肖先生还特别提到了李教官和月月，提到了魏啸才和娥娥。

在如何处理这起反革命案件时，县里出现了严重分歧。五位主要领导，一个沉默，三个主张杀一儆百，唯有张县长不同意杀。他觉得这起案件疑点太多，公安局送来的材料中，虽然岳局长特意把焦叔平的审讯记录放在前面，并加以分析，但不足以证明魏啸铭就是下毒事件主犯。主张杀的人，理由简单到只有一句话：非常时期，需要非常手段，更何况有齐掌柜的证言，即便齐掌柜的证言本身也需要证实，但也不能说齐掌柜的证言就是空穴来风。表决结果三比一，一个弃权。魏啸铭和马师傅被判死刑，上报迪化专区等待最后裁决。张县长只好保留意见。

麦秀终于被许可去见魏啸铭。她在死囚牢中见到魏啸铭的时候，魏啸铭正坐在牢房里的小土炕边上，望着牢房后墙上，小窗户里透进的一缕阳光，发呆。他没有麦秀想象中的那种颓丧，反倒显得精神十足。看到麦秀进来，没有显出一丝惊讶。他从炕沿上立起身，朝前迈了一步，脚下哗啦哗啦地一片响，他愣怔了一下，扬扬手上的镣铐，咧咧嘴，又扭头坐回炕沿上。麦秀提着食篮，站在门口没动。在看到眼前这个男人的刹那间，她突然感到茫然而无所适从，她不知道自己现在该怎样去面对眼前的男人。

这个熟悉又陌生的男人是她永远的心痛，早已和她的生命融为一体。她一路流着眼泪来到牢房，可就在跨进牢门的瞬间，眼泪忽然间止住了。在过去的那些岁月里，这个男人一直在她的生活中若即若离地晃来荡去，她可以感受到这个男人的存在，却无法真正地触摸到他。她在哀叹自己命运的同时，也为眼前这个男人乖戾的命运感到惋惜。现在，这个男人将要死了，将要真真切切地与她的生命剥离开来，将要永远地从她的生活中消失了。她从最初的对这个男人的怨怪，到最后对这个男人的释然，从没有对这个男人产生过一丝一毫的怨恨。这是她的命！她对自己说。

牢门在她的身后哐当一声关上，看守狠声狠气地说了一声："半个时辰啊！记得，半个时辰就走！"麦秀扭头瞪了看守一眼，揉揉眼睛，走近魏啸铭，把食篮放在小土炕上，慢慢地坐在魏啸铭的身边。二人默然而坐。许久，麦秀提过食篮，捧出一个用手巾包裹着的瓦罐。揭开盖子，一股馨香扑鼻而来。瓦罐里，鼓鼓囊囊的羊肚子浮在汤面上。"我带的刀子，在门口让他们搜走了，不让带进来。你就用手撕着吃吧！"麦秀说着拿起筷子，一手一只，插进羊肚子，交错着撕开羊肚子。里面的东西显露出来，一块带着脆骨的羊肩胛骨肉、两个羊蹄，还有两根羊腿棒子，都是魏啸铭爱吃的东西。这是麦秀昨晚忙了半夜，才给魏啸铭准备好的。她知道魏啸铭喜欢吃羊肚子，喜欢吃带脆骨的羊肩胛骨肉，喜欢吃羊蹄、羊腿棒子，喜欢喝羊肉汤，喜欢吃……她费了好大心思，才想出这个法子。把这些魏啸铭喜欢吃的东西，通通装进羊肚子里，一起下锅煮。

魏啸铭凑近瓦罐嗅了嗅，再抬起头，看着麦秀，眼里就多了一层雾翳。他匆忙低下头，捧起瓦罐，大大地喝了一口汤。

麦秀张张嘴，又忍住，轻叹一声，觑一眼眼前的男人，轻声慢气地道："蔡县佐和肖家舅，还有镇子里的好几个老人，他们都给你写了保书，我……我想让争子去找仪娃。"

魏啸铭睃了麦秀一眼，复又低下头去。

"你真的给人家的饭食里下了毒？"麦秀忐忑地问道，随即又补充了一句，"我不相信你会干这事！"

魏啸铭没抬头，叹口气，"都这样了，说这些还有啥意思呢。"

"那——那也不能让他们就这样冤……"麦秀急道。

“冤？”魏啸铭似被什么东西刺了一下，不由得念叨了一句。抬起头，瞪着眼前的女人。女人也盯着他。如水般柔韧的目光中满含关切和不甘。女人的额头已不再光洁，眼角的鱼尾纹也不再浅淡，一缕黑发散在眼前，脑后的发髻略有些松散。很多年前，那个清冷的冬季的早晨，一个青涩的年轻人牵着马车行进在雪地里，他的心里鼓胀着对未来生活的憧憬，身后是裹着厚厚棉被偎在母亲身旁的花儿一般的姑娘，银铃般滚落在雪原上的笑声，更是撩拨和激发着他对这种憧憬的向往……一切都恍若隔世，他知道他的生命早已终结在那个冬日的午后，终结在那个该下十八层地狱的土匪挥刀的一瞬，在那一瞬之后的漫长岁月，留给他的是如火炙烤的煎熬、不甘和挣扎。这是狗日的命和他玩了一个残酷的游戏。现在，这一切都将过去了，了结了。此一生，他是欠了眼前这个女人的，如果真有来世，他会倾尽生命的全部激情来爱她，疼她。来世？真有来世吗？他的眼跳了一下，他忽然明白了争子对于这个女人的重要，这是她生命的延续，是她对生命的全部理解和希望。他抬起手，替女人把散在眼前的头发理到耳后，轻抚着女人的面颊，“你——你冤吗？”女人张了张嘴，终于没能说出一句话，只把脸紧贴着男人的手。

魏啸铭摩挲着麦秀的脸，“下辈子，我还娶你！”

麦秀愣怔一下，猛抬起头盯着魏啸铭。半晌，搂着魏啸铭的脖子，靠在魏啸铭的胸前，“铭娃，铭娃，我不要下辈子，我要你现在就搂紧我。”

魏啸铭的胸口像是被人猛地一击，一股撕扯般的疼痛令他脑子里一片轰鸣。他抬手轻抚着麦秀的肩膀，手上的镣铐哗啦哗啦地在麦秀的背上来回滚动着。女人的头使劲地拱着他的胸，像是要钻进他的胸。他觉得自己的胸正在一寸寸地裂开，他一把把女人搂进怀里，紧紧地揽在自己的胸前。他觉得女人似一团火，让他的心里升腾起一股烈焰。

那天，探视时间一到，麦秀就被看守拽出死囚牢。她跨出死囚牢门时，又扭头看了一眼魏啸铭，竟没有一滴眼泪流出来，她的心里也没有那种生离死别的伤痛，就像往常的离别一样，默默地跟在看守身后，往外走。

“贤妻啊——”一声花音叫板过后，魏啸铭扯开喉咙，吼将起来：

孤寂寂埋荒郊饮恨长眠，愿已偿债已还无有遗憾。
问贤妻今夜晚魂归哪边？生不能常恩爱百年相伴，
九泉下与贤妻共话团圆。……

猛然间，麦秀浑身一震，醒悟般的一声哀号冲喉而出："铭娃——我的铭娃呀——"转身回奔，被看守一把拽住，闻声赶来的又一个看守把她架住，拖了出去。她挣扎着，奋力扭回头，声嘶力竭地哭喊道："铭娃，我嫁给你不冤，我不冤哪……"

那天夜里，魏啸铭在牢房的小土炕上翻腾了一夜。第二天天还没亮，他就喊来看守，要了纸笔。随后，他趴在牢房的小土炕上，在镣铐哗啦哗啦的响声中，给县里和省府分别写了申诉信。

麦秀收到魏啸铭托看守带来的申诉信，千恩万谢地打发走看守，不敢耽搁，打发争子带着肖先生和蔡县佐及几个老乡绅写的保书，还有魏啸铭的申诉信，连夜去找魏啸仪。魏啸仪看了材料，打发争子先回木垒河，他去迪化找到二柱子和汪子恒，让他们分头找人想办法，自己去奇台找韩师长。

驻守奇台的骑五军一个连发生了暴乱。之前，他们虽缴存了武器，接受了改编，但部分军官依然觉得天下未定，还有很多机会在等待着他们。于是，在这一年的秋末冬初，杀了反对叛乱的副连长，在连长的带领下，趁奇台驻军去北沙窝追剿土匪、县城空虚的当口，砸了军火库，抢夺了武器弹药，抢劫了奇台县的商号店铺，在解放军到来之前逃出奇台，经奇台七户和中葛根向木垒河方向窜逃。途中，在木垒河的西吉尔杀了一个副区长，还有两个农会积极分子，裹挟了两三百汉族和哈族百姓，向木垒河县城扑来。

县里的形势骤然紧张起来，各种谣言也随之而起。

这天上午，新政府的几个主要领导正聚在尼亚孜副县长家商量对策，通信兵气喘吁吁地跑来报告，奇台的叛兵已经过了咬牙沟，快到县城了。木垒河没有驻扎解放军的部队，只有一个几十人的工作队。几个人简单商量后决定，马上组织县城里的民兵和解放军工作队一起，加上驻扎在县城里的起义部队，由几个领导分头率领，上城墙抵御叛兵，另派人出城去向奇台驻军求援。临行动前，尼亚孜提议，县里的两个女解放军穿上民族服装留在他家，如果叛兵真的攻破县城，由他负责保护。城里居民听说叛兵要来攻城，也有不少人纷纷赶着牲口挤进尼亚孜家避难，以求能躲过一劫。

守城的部队刚上城墙，和城外的叛兵还没交火，驻扎在城内的起义部队叛乱了。后院起了火，城是守不住了，新政府的几个领导只好带人分头突围，撤向城外。城里城外的叛兵一会合，整个县城就乱了，到处是大人喊、娃娃哭、牲口叫。几个叛兵冲进尼亚孜家，一看挤着一屋子女人娃娃，觉得没啥油水可捞，四处乱翻一通，赶着后院里的几百头牲口，走了。

魏家也进了叛兵，不过，魏家就没有这么幸运了。

本来麦秀要魏宗寿和她一起躲进菜窖里去的，可魏宗寿说："我一个快要死的老汉，躺在这达又不碍他们的事，他们还能把我咋样？"麦秀说不动魏宗寿，只好自己带着草儿躲进后院的菜窖。

躺在炕上的魏宗寿看屋子里冲进了几个叛兵，欠了欠身，说："老总，你们看上这屋子里的啥了，就拿走，只要不乱砸。"

几个叛兵被他这么一说，互相看一眼，倒真的没有乱砸，四处张望一番，临走时抱走了摆在条案上的两只瓷瓶，把魏宗寿放在炕边的一件貂皮坎肩顺手拽走。这事本来就完了，可随后走进魏家院子的是原来驻扎在城里的叛军马排长。他背着手，在院子里四处探望，望着已经有些破旧却依然富丽堂皇的院子，有些不甘心这么空手离开了。他对站在身边的另一个叛兵排长说："你看看这房子、这院子，妈妈的，老子啥时候能住上这样的房子，死了也甘心。"

站在他身边的叛兵排长心领神会，拍拍他的肩膀，"那就不要站在这达了！"

魏宗寿被两个叛兵架到院子里，叛兵排长笑嘻嘻地道："老爷子，这些兄弟想跟你老借些个钱花，你就看着打发打发我们吧！"

魏宗寿略一沉吟，说："嗯，好说，好说！"他朝屋子里挥挥手，两个叛兵又把他架回屋子。他在炕柜里摸索着拽出一只小木匣，往马排长面前一推，"就这些了，拿去和兄弟们分了吧！"

小木匣被打开，里面有百十块大洋，还有两根金条。他们没想到这么容易就让魏宗寿拿出这么多金银，看来这院子里真不知还藏着多少宝贝呢。叛兵排长瞟了马排长一眼，又盯着魏宗寿看了一会儿，抬起一只脚踩在炕沿上，往魏宗寿面前凑了凑，慢吞吞地道："老爷子，你这可真是打发要饭的呢！"

魏宗寿忙道："家里就这些了，这些年，兵荒马乱的，生意不好做，也是真的没钱！"

叛兵排长放下腿，背起手，慢悠悠地向屋门口走去，"那就不能怪兄弟们手狠了。"叛兵排长一步跨出屋门，站在屋门口的台阶上，四处望望，朝后一挥手。

魏宗寿又被架到院子里。

叛兵排长依然慢条斯理地道："老爷子，不管啥时候，命总比钱要紧些，你说是不是？”

马排长不耐烦地道：“行了行了，你就不要充善人了，想咋弄，你就快当些！”

叛兵排长又往魏宗寿面前凑了凑，“老爷子，你听到了？”

魏宗寿声音有些抖，强自镇定地道：“家里真的就这些了，真的没有了！”

叛兵排长两手一摊，挥手一巴掌掴在魏宗寿的脸上，“老牲口，你还真以为我是善人呢！”

魏宗寿被一脚踹倒在地，枪托、皮带瞬时落下。最初，魏宗寿还强忍着，一声不吭，可没过多久，他就忍不住了。

麦秀在菜窖里听到魏宗寿的一声声惨叫，坚持了一会儿，一咬牙，放下搂在怀里的草儿，爬出菜窖。她走进前院的时候，叛军排长正抓住魏宗寿的头发，把魏宗寿的头一下下往地上撞。“你们不要打他了，你们要干啥就说！”她冲过来要去拉魏宗寿。

叛兵排长仰起头，嘿嘿一笑，“又来了一个，这就好说了。我们不想干啥，就想借些钱花！”

麦秀咬着嘴唇，稍一犹豫道：“我知道东西在哪达藏着呢，你放了他，我领你们去拿。”

叛兵排长松开魏宗寿的头发，起身拍拍手道：“老东西，还不如一个女人的见识。”

麦秀走进后院的羊圈里，往西北角上一指。

不多时，叛兵在那里挖出一个不大的坛子，一铁锨拍碎坛子，金条、银锭、银元流泻出来。

麦秀连拖带拽，好不容易才把魏宗寿弄到炕上，看着一脸血污的魏宗寿，牙关紧闭，嘴里有丝丝缕缕的血渗出来，愣怔片刻，拔腿奔出院子。

肖先生看麦秀气喘吁吁地冲进院子，不等她说完，背着药箱就跟麦秀出了家门。进到魏家，一看魏宗寿的样子，打开药箱，拿出针包，一根银针深深刺入魏宗寿的人中穴，拿起魏宗寿的手揉捏了好一阵子，才见魏宗寿幽幽地缓过一口气来。

爆豆似的枪声没响多久就停了，大牢里拥进一伙当兵的，一扇扇牢门被打开，“都出来，快些个出来！”

“你们自由啦，快些个走！”

“我们把县城占了，共产党跑了，这里还是我们的天下！”

魏啸铭被两个士兵砸开镣铐放出牢房的时候，看到焦叔平也刚好走出牢房。二人相视一笑，跟着士兵走出牢房大门。骤然站在阳光下，魏啸铭不由得抬起手，挡在眼前。拥出牢房的人犯早作鸟兽散。他看到焦叔平也夹在人群中，消失在大牢黑洞洞的门洞里。脑子里一片空白，犹如才从一场纷乱的梦中醒来。耳朵嗡嗡地响，像是有只蜜蜂在耳边飞来飞去。茫然地望着瓦蓝的天、骤然间空荡荡的大牢，良久，慢腾腾地往外走。

魏啸铭步履踉跄地在街上踽踽而行。他不知道他该去哪里。转过两个街口，就是他的家。有个女人正在那里热切地盼着他的归来，但他知道，他不能就这么回去。

公安局大院里乱糟糟的，不时有三三两两的人小跑着进进出出。四五个带彩的解放军或蹲或坐在院子中间的场地上，被一伙叛军用枪指着。魏啸铭的目光漠然地一扫而过，转身踽踽而行，心却似被什么刺了一下，让他老忍不住要回头。耳朵依然嗡嗡嗡地响，使劲地抠抠耳朵，手在耳边挥了挥，像是驱赶盘绕在耳边的蜜蜂，眼睛不由得又扫向那几个解放军战士。狗日的！他嘟哝一句，退回到公安局门口，踟蹰半晌，才慢慢地走近那几个解放军。他看到了岳局长宽厚的背影。狗日的右臂上缠着布带，还在渗血，暗红的血洇湿了一大片衣袖。魏啸铭轻咳一声，他看到岳局长的眼神在他身上闪过又返回来死死地盯住他，那几个解放军也都大睁着眼睛在他身上巡睃。魏啸铭心里倏地蹿起一股火，似乎又看到了狗日的岳局长背着手在他面前晃来晃去、声色俱厉的样子。他使劲地咬咬牙，脸上鼓起一棱一棱的肌肉，禁不住轻轻地颤。他抬手抚着胸口，恍然感到麦秀在胸前拱，他看到了麦秀盯着他的眼睛，看到了麦秀眼里的渴望，他觉得自己是该回到这个女人身边的。他抬起手，在耳边挥了挥，怔怔地瞪着岳局长。片刻，猛地拨开叛军士兵，抬腿一脚踹在岳局长身上，“我把你个狗日的，我成今天这个样子，都是拜你所赐！”岳局长被踹得仰跌在地，几个解放军战士扑过来，挣扎着、吼骂着挡在岳局长面前。岳局长自己一点不挣扎，冷眼瞪着魏啸铭，一言不发。魏啸铭势如疯虎，扑在岳局长身上，拳打脚踢。他忽然觉得脑子里一片清亮，耳边嗡嗡响的声音消失了。他使劲甩了甩头，又一拳挥在岳局长脸上。

院子里的动静惊动了屋子里原来驻守木垒河的叛军马连长。他站在屋前的台阶上喝问咋回事，那些叛军士兵才拉开魏啸铭。马连长跳下台阶，走近几步，看清是魏啸铭才笑道：“原来是魏副县长啊，我说呢，谁有这么大的胆子，敢在这里闹事！”看看被打得一脸血污的岳局长，“打的是岳局长啊，怪不得呢！”冲扭着魏啸铭的士兵挥挥手，“放手，放手！”

魏啸铭伸手拽住身边一位士兵的枪，“兄弟，用下你的枪！”士兵往后退一步，躲开魏啸铭。

马连长哈哈一笑，“不急，不急嘎！留着他们还有用呢！”拍拍魏啸铭的肩，“过了今天，你想把他咋着都行！”

“过了今天？”魏啸铭咧咧嘴，“马连长，过了今天？你觉得你在这达能占几天？”

马连长愣怔一下，“嗯，明天应该没啥问题。”

“只怕你熬不过今儿个黑夜！”

马连长觑一眼魏啸铭，“那魏副县长跟我们一起走？”

魏啸铭看看马连长，“不走，我能活吗？”

岳局长半坐起身子，抹一把脸上的血渍，冷哼一声：“早就知道你是这么个东西！”

魏啸铭阴笑一下，“知道就好！”

魏啸仪到奇台找见韩师长，韩师长正准备派兵去木垒河平叛，看到魏啸仪从外面急匆匆地进来，问道：“你咋来了？没有命令，你不好好地带你的兵，跑我这达干啥来了？”

魏啸仪两脚一碰，敬礼，从兜里掏出蔡县佐和几位老乡绅写的材料，带给韩师长。

韩师长接过材料，翻看两页，“这是啥材料？”

“我二哥的，这是木垒河蔡县佐和几位老人为他写的申诉材料。”

韩师长顺手把材料往桌子上一放，“这阵子我忙的呢，没工夫看你的材料。你就简单些说，想让我干啥？”

“我二哥是冤枉的，想请师长帮帮他。”随后，魏啸仪简单说了事情的经过。

韩师长愣怔半晌，沉吟道：“这事不好办哪！”背起手，来回踱了几步，停在魏啸仪面前，“嗯，不过，你来得正好，你带兵去木垒河平叛吧！这也是功劳一件，你平了木垒河的叛乱，我亲自和你去迪化军区。”

弦月中天，一切都失去了正色。树林、房屋朦朦胧胧地映在地上。魏啸铭在院子里转了两圈，慢慢地走到关押岳局长和解放军战士的屋子门口。哨兵喝问一声，看是魏啸铭便再不言传。魏啸铭走近哨兵，掏出红锡包卷烟，抽出一支，递给哨兵，自己也叼一支在嘴上，把剩下的拍在哨兵手里。就在哨兵低头点烟的当口，魏啸铭猛地拔出匕首对着哨兵的脖子，“我不想害你，把门打开！”

岳局长看到魏啸铭逼着哨兵走进屋子，沉声道：“魏啸铭，你想干啥？”

魏啸铭用枪指着哨兵，让他解开绑着的解放军战士，“问个球呢，我还能干啥！把他绑了，我们走！”顺手把枪递给一个解放军，“你头里走！”

几个人鱼贯而行，还没到大门口就被哨兵发现了。一声尖厉的枪声划破夜空，只片刻，屋子里的叛军便吼叫着冲出来。带枪的解放军一枪撂翻了大门口的哨兵，带头冲出大门。一个战士刚冲到大门口，便被击中扑倒在地。追兵的枪弹如蝗虫般射过来。岳局长拾起哨兵的枪，边打边退。

就在此时，城外也骤然响起激烈的枪声。平叛部队很快冲过坍塌的西城门的豁口，向镇中心扑过来。

暗影里，焦叔平的眼睛追随着边打边退的岳局长和魏啸铭一伙人，涌动在心里的是一种说不清道不明的慨叹。后晌，当叛军砸开镣铐放他走出牢房的时候，他心里没有其他那些人犯的欣喜，就像每天一次的放风一样。当他像一叶浮萍随着人潮走出大牢站在街上，忽然一片茫然。他在岔路口踟蹰良久，不知该去哪里。自从被押解回木垒河，他没想过还能从大牢里出来。他觉得大牢该是他此生的归宿了，可天爷偏偏又把他从这里弄出来。他眯起眼，望着深而高远不见一丝丝云彩的天空中独自燃烧的日头，恍然觉得世间万物不过都是高高在上的狗日的天爷股掌间的玩物。这时候，他看见在公安局门口踟蹰的魏啸铭。他的眼神只是漠然地扫过狗日的阴尻，随即又转了回来，盯着慢慢走进大门的魏啸铭，似有一股神力，牵着他靠近。他看到魏啸铭发疯似的暴打岳局长时，不由得嗤了一声，狗日的都啥时候了，还有这份心劲。随后发生的一切更让他感到生之无奈，感到每个人面对生死都不能免俗。你狗日的也不过如此！也是个鸡蒙眼，吃不多又看不远，跟着这伙子贼尻，看你还能蹦跶个啥？焦叔平喃喃地嘟哝着，甚至有些幸灾乐祸，却又有一丝落寞和怆然自心底涌起。他黯然转身，准备离去，又被隐在心里的一丝不甘牵着，促使他留下来一探究竟。他觉得他焦叔平的对手不该如此弱智无能，他要看看狗日的阴尻又在日鬼捣棒槌地成啥精怪。现在，狗日的阴尻就从他面前疾步奔去，焦叔平不由得一声喟叹，狗日的阴尻真是阴到家了！

镇里镇外枪声一片，杀声震天。弦月在幽深的夜空里穿行，忽然仿佛被什么滞了一下，猛地一抖。焦叔平看到疾奔的魏啸铭舞蹈般地扭动着、旋转着，一头仆倒在地。他的心也随之惊悸般地一缩。他愣怔地盯着倒在地上的魏啸铭，心在一点点地下沉，有种被淹没的苍凉和惶恐，“命啊！再咋挣，谁又能挣过一个命字？！”他嘎嘎嘎地笑起来，如夜鹰鸣叫，直笑得涕泪横流。良久，抬手抹一把脸，转身消失在暗影里。从此，再也没人见过他。

肖先生佝偻着腰，坐在魏宗寿的身边，吧嗒吧嗒地抽着烟，不时捋一把颌下的白胡子，抬起眼皮，瞟一眼躺在炕上的魏宗寿。

魏宗寿一言不发，两眼一眨不眨地瞪着黑漆漆的屋顶。就在魏啸铭一头栽倒在地的那一刻，他一把抓住肖先生的手，老泪纵横地哽咽道：“哥，铭娃没了！”

魏啸铭的葬礼在当天下午举行，这是麦秀坚持的结果。肖先生和躺在炕上的魏宗寿以及镇子里的几个老人都说要在家里停放五天，至少也停放三天，但麦秀紧抿着嘴，死活没有点头。魏宗寿看着麦秀坚忍决绝的神情，哀叹着别过头去。

时间虽紧，却不仓促。寿材以及入殓的铺盖穿戴早已备齐。肖先生佝偻着腰，挥着长烟袋，给前来帮忙的老老少少分派活计。精壮汉子搭建灵棚、搭锅垒灶或去坟地挖坑垒墓；年老体弱的绑扎花圈、孝棒、金童玉女一应纸货；婆姨们发面蒸馍、剥葱剥蒜、择菜切肉；一帮老婆子扯布编麻绳，破孝成服……各有活计，有条不紊。可是肖先生老了，声音不再洪亮，中气不再充沛，喊几声就要停下来抽口烟，缓一缓。

临近中午的时候，冬梅长号着跌跌撞撞地冲进院子，“哥——我的哥呀——你咋就这么命苦啊，我的哥呀——”扑到魏啸铭灵前，不及摆好祭馍供品，便匍匐在麦秀身边哭倒在地，“嫂子——嫂子——天爷咋就瞎了眼哪！”麦秀跪坐在灵旁，紧抿着嘴，没有眼泪也不言传，轻轻拍着冬梅的背。几个婆姨抽咽着过来劝解，好不容易才把冬梅拉进魏宗寿的屋子。听见冬梅进来，魏宗寿挣起身子，不及张嘴，已是老泪纵横。冬梅抹抹眼泪，扶着魏宗寿重新躺下，便匆匆走出屋子，帮忙去了。

听着屋门哐当一声关上，魏宗寿惊悸般地颤抖了一下。已是秋末冬初，屋子里凉飕飕的，寒气逼人。魏宗寿裹了裹被子，缩作一团，婴孩般蜷缩在炕上。阔大的炕面，空荡荡的。顶棚上，老鼠欢实地奔来跑去，窸窸窣窣的声音在空寂的屋子里格外刺耳。屋外人声鼎沸，悲怆的唢呐声在一片铿锵的响器里更有一种哀婉凄凉，刺激着他的每一根神经，许多陈年往事涌上心头。很多年前，那个在西行出关的路上葬了父亲拉着自己的女人决然前行的男人；那个不畏艰辛带着婆姨四处打短工的男人；那个带着全家闯荡拼搏意气风发的男人，他本该儿孙满堂、安享天伦的。可如今，婆姨死了，才娃和他的媳妇死了，月月死了，娥娥至今杳无音信；煤窑丢了，磨坊卖了，三鑫和关了，就连最后的一点点金银也被狗日的匪兵掘走了……原本偌大的家口，竟零落到如此悲凉的境地。现在，连铭娃也死了，这瞎了眼的天爷咋就这么不能饶过我？唉，败了，败了，这狗日的天爷啊！魏宗寿拍打着炕面，涕泪横流，被一种苍凉心绪紧紧裹住，他更感到自己的苍白虚弱和没有根基。

日影西斜时，争子披麻戴孝，举幡拉纤，牵引着猩红棺木走出魏家大院。魏啸仪一身戎装，腰缠孝布紧贴争子，身后是冬梅挽着麦秀。肖先生背着手，大烟袋插在脑后，一蹶一蹶地跟在人群后。原本说好肖先生留下来陪着魏宗寿的，但他还是怕仓促间的葬礼遗漏了啥过场。

送葬的人群才出大门，迎面碰上匆匆而来的岳局长。凌晨，他和那几个解放军战士把魏啸铭的遗体送回魏家，便匆匆离去。他先去安排搜捕残匪，直到临近中午的时候才见到张县长。他想让张县长和他一起去魏家拜祭魏啸铭。张县长沉吟良久，摇头拒绝了，并且命令他也别去。岳局长瞪着张县长看了半晌，摔门而去。他把自己关在屋子里，抽烟抽得嘴皮发麻，才咬着牙脱下军装换上便服，走出县府大院。岳局长看到一身戎装的魏啸仪，愣怔一下，立正，敬礼，“魏团长，我是公安局长岳文林。”魏啸仪咬了咬牙，皱着眉伸手拨开他，搂着争子，继续前行。岳局长涨红着脸，怔怔地看着远去的人群，深深一躬。

麦秀紧抿着嘴，默默地跟在儿子的身后。早间，看到魏啸铭遗体的时候，她就没哭，只是扑在魏啸铭身上惊悸般地叫了一声，直到她独自一人为男人擦洗身子换好衣裳，看着众人抬起男人装棺入殓，也没哭一声。她拿出早就备好的孝衣孝帽穿戴好，和争子一起跪在魏啸铭的棺木旁，为她的男人守灵。

纸钱飘摇纷飞如纷扬的雪花，悲怆的唢呐声在空旷的山野间冲撞回荡。魏家坟地魏陆氏坟墓的右下边，一个新的坟坑等待着它的主人。八个精壮的汉子抬着猩红的棺木走到坟坑旁，摆好枕木落下棺木。人们收了纸幡花圈，做最后的祭奠。麦秀拉着争子跳进了坟坑。“娃，给你大捂捂，给你大——”一声撕心裂肺的哀号骤然响起，麦秀扯开衣襟，匍匐在坟坑里，“铭娃呀——我的铭娃呀——”争子脱了衣裳扑下身子，冬梅也嘶喊着向坟坑里挣。肖先生一声断喝，才止住纷乱的场面。几个壮汉跳下坟坑，七手八脚地把麦秀和争子拽出来，填土掩埋，烧了纸幡花圈后，纷纷离去。

魏啸仪在新隆起的坟堆前深深地拜下去。坟堆前纸灰飞扬，引魂幡在山风中飒飒作响。躺在坟堆里的男人是个悲情而又不甘于宿命的男人，最终却难逃宿命。还有葬在这里的母亲、大哥和大嫂，在这片山坳里，每一个新隆起的土堆下，都埋葬着一个曾经鲜活的生命。这是他们魏家留在这块土地上的印记。

梁坡下，大片的冬麦地已泛起淡淡的绿色，四周，秋翻后裸露的土地更是呈现出孕育的渴望。远处的木垒河听不到一丝喧嚣，河水凝滞了一般，被夕阳染得一片金红。木垒河镇恬静祥和，炊烟在一个个屋顶上随风飘摇。魏啸仪看看站在身后的争子，轻舒口气，拍拍争子的肩膀，“走！”

第二天，魏啸仪离开木垒河，临走时，带走了争子。

麦秀搂着草儿，站在大门口目送魏啸仪的吉普车渐渐远去。渐行渐远的吉普车带起一溜儿尘雾，穿过西城门的废墟，消失在远处的梁湾里，不久，又从蜿蜒西去的山道上冒出来。

这时候，太阳终于挣脱山体的羁绊，跃上空中。

2007年　腹稿于昌吉
2009年10月　初稿于伊犁
2010年5月　二稿于乌鲁木齐
2011年3月　三稿于伊犁
2011年12月　四稿于昌吉
2012年6月　五稿于伊犁

后记　我是被现实阉割了的

我说不清，人之一生所经历的无数变数是否真的暗含宿命，不知道当我们回望来路时，会有怎样的怆然和感慨，但我知道，人生经历的每一次变数，都意味着一次再生。

谁都无法预知，下一刻等待我们的是什么。

每次看到关于地震、洪水、暴雨的报道，我都会想起，小时候，一伙小娃儿对着蚁窝撒尿，然后用棍子拨捣蚁窝，看着原本安然有序的蚂蚁，骤然变得一片混乱。

人生如蚁。

木垒哈萨克自治县，一个人口不足八万，地处天山北麓、准噶尔盆地东南缘，连新疆本地人都未必能说出个子丑寅卯的小县。木垒镇，一个方圆不足两公里的小镇。东西两面是连绵起伏的峁墚，峁墚绝大多数都裸露着，很少几个梁坡上有星星点点的麦地和豌豆地。南面是巍峨的天山，北面是一望无际的平川和荒漠，空阔辽远，散落的庄子，田畴相间。镇子里的街道上，花篷马车的銮铃声里，间或有一两声汽车喇叭的长鸣。清真寺在镇子中央，浑圆的穹顶上有一弯新月。几座高楼散落在一片片民居间，被袅袅炊烟笼罩着，在落日的余晖里，呈现出一片祥和宁静。

在这片神奇又古老的土地上，世代繁衍生息的弹冬不拉、敲手鼓、唱京戏、吼秦腔的人们，杂居在一起，交融、冲突，融合、新生，早已不分彼此。

这就是生我养我的地方，不仅给了我艰辛而快乐的童年，更多的是给予了我一种坚忍。这是这片土地对我的滋养，一如她滋养生活在这片土地上的人们。

镇东南角有一段古旧城墙，是历史留给这个镇子的印记。干打垒的旧城墙还残留有二三十米，古拙、斑驳、厚重、残破，好像呐喊、厮杀、乱叶纷飞、飞沙走石之后，突然静下来，于是，一切静止，凝固，留下肃穆苍凉的一幕。它静静地立在那里，立在早已远逝的时光中，注视着小镇的古往今来。每次站在残存的古城墙下，我都想探寻刻于这段古旧城墙上的往事；想这个镇子尘封于时光中的历史；想先民们在这片土地上筑城垦地，繁衍生息；想那些远逝的时光里演绎的爱恨情仇、生之艰辛、死之无奈；想我自己；想人生于这个界地，暗含于命运中的很多必然与偶然。人类是如此渺小无助，而现实是如此强大坚硬。恍然间，就觉得世间万物不过都是高高在上的老天爷股掌间的玩物，而我们谁又能逃脱命运的役使?

一个很偶然的机会看到一本《木垒文史》，里面有一篇介绍木垒最初筑城的文章，便很仔细地读了。文章的题目忘了，大概内容是说木垒城修筑于民国初年，并同时筑了南、北、西城门，但不知何故唯独没修东门。直到民国十三年，一个流落到木垒的姓潘的泥水匠在旧户给一个大户人家修房子时，被县府抓了差，让他主持修建东城门。据说，这个姓潘的泥水匠之所以被抓差，不是因为他有多高的手艺，而是他砌的锅灶很有名，省柴、无烟、火旺。可是，姓潘的泥水匠主持修建的城门竣工没几天，还没来得及庆贺就塌了，还伤了人。泥水匠因此被押起来，吃了大官司。

这篇文章没说这个姓潘的泥水匠最后怎样了，这个官司大到什么程度，让这个泥水匠的家庭经历了一场怎样的劫难。这些好奇，梗在心里，让我难以释怀，更让我感叹世事无常，人生如蚁。

这时候，我觉得我是被现实阉割了的。

这时候，内心无法隐忍的激荡，让我有种讲述的冲动。

《木垒河》，构思、写稿、修改、定稿，历时六年。

六年，或是更早的那些漫长的夜里，我都在用心用情来讲述一个故事，用心用情来滋养故事中的每一个人物。魏宗寿、魏啸才、魏啸铭、汪雨量、汪子恒、汪秀英、麦秀……与他们同悲同泣、同欢同乐。很多时候，我是恍惚的，不知道是我生活在他们的世界，还是他们原本就是我生活的映射。但有一点该是明白的：他们生活在这片土地上，受这片土地的滋养，与这片土地一起经历动荡、骤变、苦难、刀犁血火；一起经历新生和繁荣，与这片土地休戚与共。

我不想也无法评析我书中的人物，他们都用自己的生命演绎和诠释了生活，而我，在用文字讲述我自己，讲述对于这个世界和现实的某些无法言说的无奈，讲述这片生我养我的土地。

现在，《木垒河》付梓在即，其中还有很多不足和遗憾，一如生活难免有不足和遗憾一样。我知道，很多事，不会因为勤奋，就一定会有成果，天道酬勤只能是人对自己勤奋的一种鼓励和安慰。不管怎样，生活总要继续，讲述也将继续。

李　健

2012年秋于伊犁

图书在版编目（CIP）数据

木垒河 / 李健著 .—长沙：湖南文艺出版社，2012.10
ISBN 978-7-5404-5755-6

Ⅰ. ①木… Ⅱ. ①李… Ⅲ. ①长篇小说－中国－当代
Ⅳ. ① I247.5

中国版本图书馆 CIP 数据核字（2012）第 208656 号

上架建议：文学·当代小说

木垒河

著　　者：李　健
出 版 人：刘清华
责任编辑：丁丽丹　刘诗哲
监　　制：一　草
策划编辑：马占国
版式设计：利　锐
出版发行：湖南文艺出版社
（长沙市雨花区东二环一段508号　邮编：410014）
网　　址：www.hnwy.net
印　　刷：北京嘉业印刷厂
经　　销：新华书店
开　　本：787mm × 1092mm　1/16
字　　数：450千字
印　　张：24.5
版　　次：2012年10月第1版
印　　次：2012年10月第1次印刷
书　　号：ISBN 978-7-5404-5755-6
定　　价：38.00元
（若有质量问题，请致电质量监督电话：010-84409925）